ullstein

Von dem Autor sind in unserem Hause außerdem erschienen:

Die Henkerstochter · Die Henkerstochter und der schwarze Mönch · Die Henkerstochter und der König der Bettler · Der Hexer und die Henkerstochter · Die Henkerstochter und der Teufel von Bamberg · Die Henkerstochter und das Spiel des Todes · Die Henkerstochter und der Rat der Zwölf · Die Henkerstochter und der Fluch der Pest · Die Henkerstochter und die Schwarze Madonna

Die Ludwig-Verschwörung · Die Burg der Könige · Der Spielmann · Der Lehrmeister · Das Buch des Totengräbers · Das Mädchen und der Totengräber · Der Totengräber und der Mord in der Krypta

Oliver Pötzsch

Die Henkerstochter und die Schwarze Madonna

Historischer Roman

Ullstein

Besuchen Sie uns im Internet:
www.ullstein.de

Wir verpflichten uns zu Nachhaltigkeit
• Papiere aus nachhaltiger Waldwirtschaft und anderen kontrollierten Quellen
• ullstein.de/nachhaltigkeit

MIX
Papier | Fördert gute Waldnutzung
FSC® C021394
FSC www.fsc.org

Originalausgabe im Ullstein Taschenbuch
1. Auflage Dezember 2022
3. Auflage 2024

Umschlaggestaltung: zero-media.net, München
Titelabbildung: © imageBROKER / Alamy Stock Photo; Hintergrund: Altoetting, Steel engraving, around 1850, drawing and engraving by J. Poppel, Upper Bavaria, Bavaria. Menschengruppe: © akg-images (Florigerio, Sebastiano um 1500 – nach 1543. »Musikalische Unterhaltung«, München, Alte Pinakothek); Schwarze Madonna: © akg-images / INTERFOTO / TV-Yesterday
Karte: Peter Palm, Berlin
Satz: LVD GmbH, Berlin
Gesetzt aus der Sabon LT Std
Druck und Bindearbeiten: ScandBook, Litauen
ISBN 978-3-548-06355-3

Für Emma »Emmi« Kuisl (1897 bis 1972)
Meine Urgroßtante, die auf Pferden ritt, nach Lourdes pilgerte, Schlangen im Dschungel mit dem Knüppel erschlug und den brasilianischen Priestern die Messgewänder bestickte.

»Heiliger Antonius, kreuzbraver Mann, führ mich an den Schlüssel / den Geldbeutel / die Brille etc. an!«
Von meiner Urgroßtante oft zitiertes Gebet, das unserer Familie auch heute noch gute Dienste leistet!

»Einer für alle, alle für einen!«
Leitspruch der drei Musketiere aus dem gleichnamigen Roman von Alexandre Dumas (und auch der Familie Kuisl)

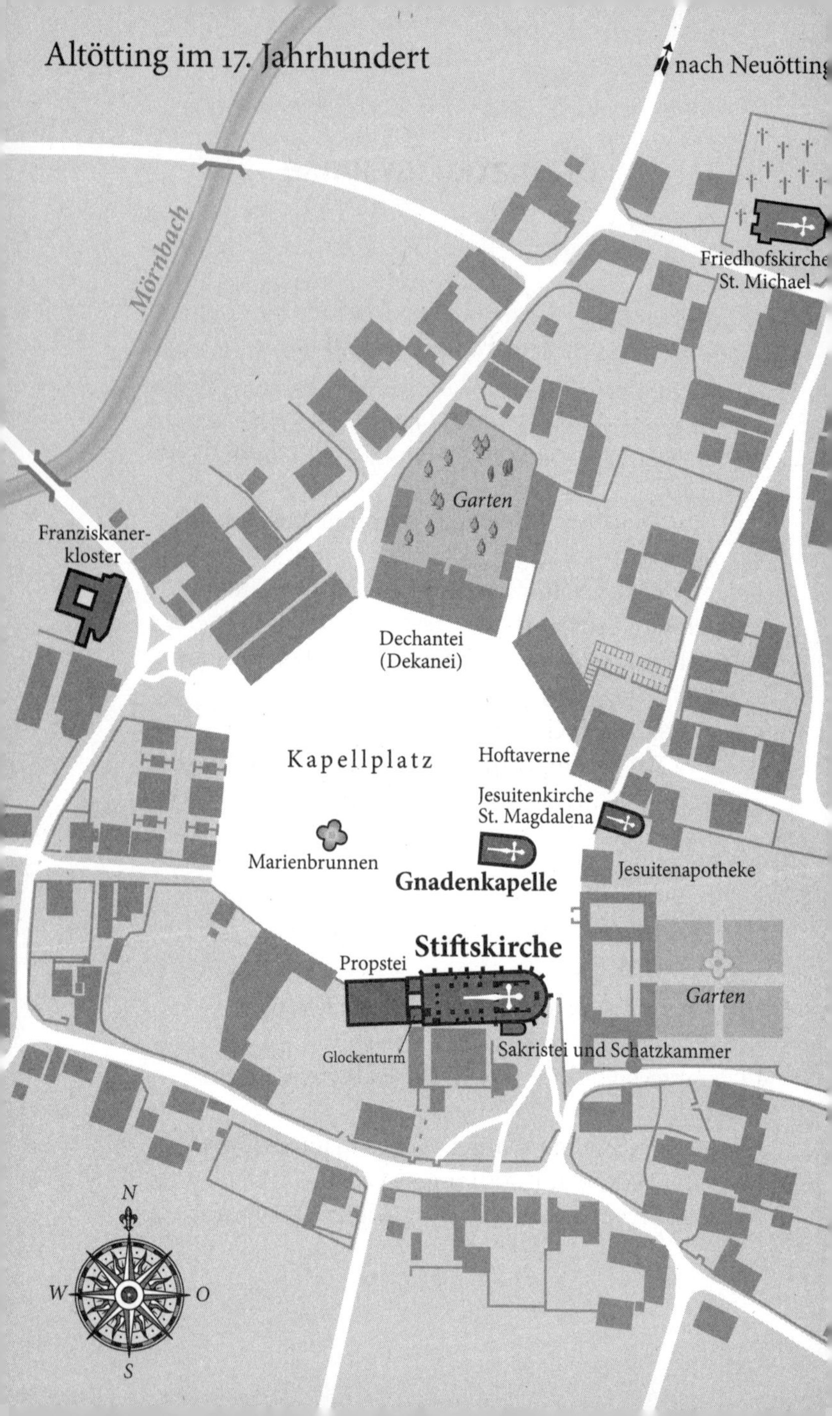
Altötting im 17. Jahrhundert
nach Neuötting
Mörnbach
Friedhofskirche
St. Michael
Garten
Franziskaner-
kloster
Dechantei
(Dekanei)
Kapellplatz
Hoftaverne
Jesuitenkirche
St. Magdalena
Marienbrunnen
Gnadenkapelle
Jesuitenapotheke
Stiftskirche
Propstei
Garten
Glockenturm
Sakristei und Schatzkammer
N
W
O
S

Dramatis Personae

Die Familie Kuisl

Jakob Kuisl, ehemaliger Schongauer Scharfrichter
Magdalena Fronwieser (geborene Kuisl), Jakobs ältere Tochter
Simon Fronwieser, Münchner Arzt und Magdalenas Mann
Peter und Paul, Söhne von Magdalena und Simon
Sophia, ihre Tochter
Georg Kuisl, Schongauer Scharfrichter, Jakob Kuisls Sohn
Crescentia Kuisl, Georgs Frau
Barbara Weisheitinger (geborene Kuisl), Jakob Kuisls jüngere Tochter

Adel und Kirche

Kurfürst Max Emanuel, bayerischer Herrscher
Kaiser Leopold I., deutscher Herrscher
Eleonore Magdalene von Pfalz-Neuburg, Leopolds Gattin
Herzog Maximilian Philipp, Max Emanuels Onkel
Mauritia Febronia, Maximilians Gattin
Albrecht Sigismund von Bayern, Altöttinger Propst

Achatius Viertl, Altöttinger Dekan
Pater Benedikt, Superior der Altöttinger Jesuiten
Johann Ferdinand Graf von Orth, Burghausener Vizedom
Pater Georg, Burgkaplan in Burghausen

Weitere Personen

Lucia, Wallfahrtshändlerin
Alois, kurfürstlicher Küchenjunge
Niklas Engelschall, Neuöttinger Wirt
Drei französische Musketiere
Barnabas und Sven, zwei Herumtreiber und Halunken
Ein dunkelhäutiger Fremder mit Mondaugen

Prolog

September 1680, in der Levante,
irgendwo in den Bergen des Dschebel Ansariye

Der Mann ohne Namen sah seiner Haut beim Brennen zu.

Er hielt die linke Hand ausgestreckt, ohne jegliches Zittern, nicht einmal mit den Augenbrauen zuckte er. Sein Blick ging in die Ferne, dorthin, wo sich der Dschebel Ansariye, jenes zerklüftete, undurchdringliche Gebirge, im flimmernden Dunst verlor. Irgendwo dahinter, weit entfernt, lag das Meer. Der Mann schloss die Augen und hörte mit seinem inneren Ohr das Rauschen der Wellen, die an das felsige, mückenverseuchte Ufer schlugen. Das Rauschen übertönte den Schmerz. Es roch nach angesengten Haaren, nach verbranntem Fleisch.

Seinem Fleisch.

Obwohl er die Augen weiterhin geschlossen hielt, spürte der Mann den Blick des Alten. Gemeinsam standen sie am Eingang einer Höhle weit oben in den Bergen. Ein Adler schrie, irgendwo kullerten Steine den Hang hinunter, der Wind strich durch die Zedern unten im Tal. Viele Tage waren sie hierher gewandert, die Sonne hatte wie das Innerste der Hölle vom Himmel gebrannt, ein paar Mal wären sie fast abgestürzt. All dies blendete der Mann ohne Namen aus, er hörte nur das imaginäre Rauschen der Wellen, während der Alte ihm die flackernde Pechfackel unter die ausgestreckte Hand hielt. Schwarze Rauchschwaden zogen zwischen den Fingern hindurch, hoch zur Decke.

»Empfange den Schmerz wie einen Freund«, sagte der Alte. Seine Stimme klang tief und monoton, so als spräche der Fels selbst. »Der Schmerz erinnert dich daran, dass du noch lebst. Dies ist die letzte Prüfung. *Allahu akbar.*«

Ganz plötzlich zog er die Fackel weg.

»Du kannst deine Hand jetzt in den Kübel mit Wasser dort drüben tauchen. Die Prüfung ist vorüber.«

Der Mann ohne Namen tat wie ihm geheißen. Es zischte kurz, als das Wasser auf seine verbrannte Haut traf. Der Schmerz wich einem Gefühl der Taubheit. Vermutlich würde er die Hand über Wochen hinweg nicht benutzen können, Narben würden bleiben. Doch das war nichts gegen die Narbe in seinem Herzen.

»Setz dich«, befahl der Alte.

Sie setzten sich auf einen Steinvorsprung vor der Höhle, und der Greis schmierte einen übel riechenden Balsam auf die Wunde. Dann bandagierte er die Hand seines Schützlings sorgfältig, während er uralte, von der Welt längst vergessene Worte murmelte. Schließlich nickte er zufrieden.

»Du warst ein guter Schüler. Ich habe dich nie gelobt, weil Lob den Menschen hochmütig macht. Aber jetzt will ich es dir sagen: Es gab nie einen besseren. Wer hätte das gedacht, als du vor Jahren zu uns kamst? Du bist etwas … ganz Besonderes. In jeder Hinsicht.« Der Alte stockte und musterte seinen Schüler aufmerksam. »In dir brennt ein heißes, unersättliches Feuer. Ich spüre, es wird von Hass genährt. Nimm dich in Acht!«

Der Mann ohne Namen wollte etwas erwidern, doch der Alte hob die Hand.

»Was immer es auch ist, ich will es nicht wissen. Ich habe dich ausgewählt, weil ich das Besondere in dir gesehen habe, das Feuer. Schon am ersten Tag, als du zu uns kamst. Du bist jetzt frei. Tue, was du willst. Gehe hin, wo immer du willst. Keiner hindert dich.« Er deutete mit dem Kopf dorthin, wo die späte Nachmittagssonne sich langsam über den kargen braunen Hügeln senkte. »Kehre an den Ort zurück, wo du hergekommen bist, und nimm deinen Hass und deinen Zorn mit dir. *Salam aleikum.*«

»*Aleikum salam*«, erwiderte der Mann ohne Namen und verbeugte sich. So viele Sätze auf einmal hatte der Alte in den ganzen letzten zwei Jahren nicht mit ihm gesprochen. Er hatte ihn geprügelt wie einen Hund, ihn draußen vor der Tür in der Kälte schlafen lassen, ihn nackt und ohne Wasser in die Wüste geschickt, ihn ausgelacht und verspottet. Aber er hatte ihm auch gezeigt, wie man den Dolch in einer fließenden Bewegung aus den Falten der Tunika zieht und blind auf ein Ziel wirft. Wie man ohne Seil und Haken an senkrechten Felswänden emporklettert. Auf welche Weise man das Gift der Levanteotter gewinnt, wie man mit einer Repetierarmbrust Pfeile im Abstand eines Augenzwinkerns verschießt, oder wie man eine fadendünne Schlinge unbemerkt um den Hals eines Wächters legt.

All das war Teil der Prüfung gewesen.

Jeden Tag hätte er sterben können, doch er hatte überlebt, als Einziger. Er hatte sogar ihre unheimliche Sprache gelernt, die nur aus kehligen Lauten zu bestehen schien, so als würden diese Menschen Nägel gurgeln und Steine fressen. Der Alte hatte recht: Der Hass hatte das Feuer in ihm am Brennen gehalten. Erst in der Wüste, unter der glutheißen Sonne, hatte er seine Bestimmung gefunden.

Es war Zeit, aufzubrechen.

Nur noch eines, ein Letztes, gab es zu tun.

Der Mann ohne Namen stand auf und trat an den Abgrund vor der Höhle. Steil fiel die Felswand ab, Dohlen kreisten in der Tiefe, weit unter ihm wogten grün die Wälder. Er sah seinen Meister auffordernd an.

Dieser zögerte kurz, dann kramte er unter seiner Tunika einen Dolch hervor. Er war uralt, der Griff war schwarz wie die Nacht, und das Eisen funkelte wie Sternenlicht. In die Klinge war ein Name eingraviert. Der Mann lächelte schmal. Trotz der Schmerzen und der Taubheit in seiner Hand, trotz all der Anstrengungen des langen Tages überkam ihn ein unendliches Glücksgefühl.

Es war sein Name.

»Ich gebe dir deinen Namen zurück«, sagte der Alte und überreichte ihm den Dolch. »Du hast ihn verloren, als du zu uns kamst. Doch du hast dich seiner würdig erwiesen. Nun gehe in …«

Noch bevor der Alte den Satz zu Ende gesprochen hatte, steckte die Klinge des Dolchs bis zum Heft in seinem Bauch. Blut quoll hervor und färbte die weiße Tunika rot. Der Alte stöhnte und krümmte sich, er griff nach dem Dolch. Doch dann straffte er sich, sein Gesichtsausdruck wirkte gelöst, fast zufrieden.

»Die … letzte … Prüfung …«, keuchte er. »Ich … habe immer gewusst, dass du … ein würdiger Schüler bist …«

»Und Ihr wart ein würdiger Meister«, sagte der Mann. »Dafür danke ich Euch. Für alles andere … fahrt zur Hölle!«

Mit diesen Worten griff der Mann noch einmal an den Dolch, drehte ihn langsam und bohrte ihn dann so tief in den Bauch des Alten, dass der Griff fast darin verschwand. Mit einer schnellen Bewegung zog er die Klinge wieder heraus. Es brauchte nicht mehr als einen sanften Schubser, der Alte taumelte, dann stürzte er ohne einen Laut in die Tiefe. Ein paar Kiesel polterten dem Körper hinterher.

Der Mann, der jetzt wieder einen Namen hatte, wandte sich ab und ging, ohne sich noch einmal umzublicken, auf die im Westen untergehende Sonne, auf das Meer zu.

Sein Ziel war ein fernes Land, viele Tausend Meilen entfernt. Es war ein Land, von dem die Bewohner des hiesigen Landstrichs vermutlich nie etwas gehört hatten. Klein und doch mächtig, mit einer ruhmreichen und blutigen Vergangenheit, fast tausend Jahre alt, geplagt von Seuchen und Kriegen, doch nie erobert. Mit stolzen Menschen, treu im Glauben, gefürchtet von seinen Feinden – und dennoch innerlich zerfressen von Machtgier, Zwietracht und Intrige.

Dieses Land hieß Bayern.

Kapitel 1

25. Februar 1681, Schongau,
unten am Lech im Gerberviertel

Der Säugling schlief fest und friedlich. Eingewickelt in mehrere Wolldecken lag er in der Wiege, nahe am Ofen. Nur das kleine Köpfchen ragte hervor, milchiger Speichel floss aus seinem Mund, der Atem ging ruhig und regelmäßig. Eben zuckten seine Lippen, fast so, als würde er im Traum über etwas lachen.

Über mich, dachte Paul. *Er lacht über mich, der Mistkerl!*

Paul wusste selbst nicht, wie er darauf kam. Es war nicht das erste Mal, dass er glaubte, dieses kleine, unschuldige Balg würde ihn verhöhnen. Er saß am zerkratzten Tisch in der Schongauer Henkerstube, vor sich ein Krug mit Dünnbier und eine Schüssel Brotsuppe, und blickte grimmig hinüber zur Wiege. Den ganzen verfluchten Morgen hatte er drüben den Stall ausgemistet und den Schinderkarren mit warmer Lauge geschrubbt, bis die Bretter wie frisch gezimmert glänzten. Sein Onkel Georg hatte ihm außerdem aufgetragen, die Zwickzangen, Ketten und Gluthaken von Asche und Blut zu reinigen. Eine schweißtreibende Arbeit, die Paul in den letzten zwei Stunden hier am Tisch verrichtet hatte. Und die ganze Zeit über hatte dieses kleine … *Ding* in seiner Wiege gelegen, geschlafen und gelegentlich ein Bäuerchen gemacht. Es war ein Junge, gerade mal drei Monate alt, von eher schwächlichem Wuchs. Seine Eltern hatten ihn auf den Namen Jakob getauft, so wie den Großvater, den ehemaligen Schongauer Henker. Jakobs Mutter Crescentia, die Tochter des Peitinger Baders, nannte den Säugling zärtlich Jockel, was Paul immer an »Gockel« erinnerte. Die Laute, die Crescentia bei ihren ständigen Liebkosungen ausstieß, klangen passenderweise wie das Glucken einer Henne.

Paul hatte seinem Onkel Georg versprochen, für ein paar Stunden auf das Balg aufzupassen. Crescentia kaufte oben in der Stadt auf dem Markt ein, derweil war Georg beim Schongauer Gerichtsschreiber zum Rapport einbestellt worden. Als städtischer Scharfrichter war Georg Kuisl nicht nur für die Hinrichtungen und peinlichen Befragungen in Schongau zuständig, sondern auch für den Müll in den Gassen. Und davon gab es zurzeit in der Stadt reichlich. Vor ein paar Tagen hatte erstes Tauwetter eingesetzt; die dicke Schneedecke, die Schongau in den letzten Wintermonaten bedeckt gehalten hatte, verwandelte sich nach und nach in grauen Matsch. Und der Unrat, der darunter in großen Haufen festgefroren gewesen war, stank zum Gotterbarmen! Paul ahnte, was ihm und dem Onkel in den nächsten Tagen blühte: Sie mussten den Müll aus der Stadt schaffen, vermutlich mit dem Schinderkarren, den er eben erst gründlich gesäubert hatte. In den noch vereisten Boden wurde dann eine mehrere Fuß tiefe Grube gegraben, der Abfall hineingefüllt und dann alles wieder zugeschüttet. Eine Knochenarbeit! So hatte er sich sein Leben als Henkerslehrling nicht vorgestellt.

Pauls Blick ging hinüber zum Herrgottswinkel, wo neben dem Kruzifix und den getrockneten Rosen das frisch geschliffene Richtschwert hing. Seit Generationen war es im Familienbesitz. Schon als kleiner Bub hatte Paul ein Scharfrichter werden wollen, so wie sein berühmter Urahn Jörg Abriel, wie sein Großvater Jakob und jetzt sein Onkel. Paul hatte für Recht und Ordnung sorgen wollen. Dass diese Ordnung sich auch auf das Reinigen der Gassen und das Wegschaffen von Tierkadavern bezog, hatte er zwar gewusst, aber zuvor kaum am eigenen Leib erfahren. Seit zwei Jahren war Paul nun der Lehrling seines Onkels, mittlerweile war er siebzehn. Die Eltern und Geschwister, ja sogar seine Tante, waren längst weggezogen ins herrschaftliche München, wo Pauls Vater es zum angesehenen Arzt gebracht hatte. Sein älterer Bruder Peter war gar ein leibhaftiger Studiosus in Ingolstadt! Und er?

Ich bin ein Nichts, dachte er. *Ich bin nirgendwo zu Hause.*

Es hatte Zeiten gegeben, da wollte Paul aufgeben, einfach weglaufen, egal wohin; sich vielleicht als Söldner verdingen, bei irgendeiner Armee, von denen jetzt so viele aus dem deutschen Boden sprossen. Doch er hatte sich in Schongau durchgebissen, auch weil er wusste, dass ihm das Handwerk des Henkers lag. Er war kräftig, schnell, ohne Skrupel. Oft fühlte er sich unruhig, nervös und voller Hass – er wusste selbst nicht, warum. Die Arbeit gab ihm Ruhe und Halt, sie befriedigte ihn. Manchmal mehr, als er sich eingestehen wollte.

Vor allem dann, wenn er anderen Schmerzen zufügte.

Warum das so war, wusste er selbst nicht. Er kämpfte dagegen an, aber manchmal kam es über ihn wie ein Gewitter.

Paul beugte sich über die Suppe, die mittlerweile kalt geworden war, als von der Wiege her ein leises Quäken ertönte. Er versuchte, es zu ignorieren. Doch schnell steigerte sich das Quäken zu einem Jammern und schließlich einem ohrenbetäubenden Plärren. Wutentbrannt knallte

Paul den Holzlöffel auf den Tisch. Das fehlte ihm noch! Gerade wenn er seine wohlverdiente Mahlzeit einnehmen wollte, fing dieses Balg zu schreien an, als wollte es ihm das Essen nicht gönnen. Er stand auf, näherte sich der Wiege und beugte sich darüber.

»Du brauchst nicht so zu schreien, deine Mutter ist ja gleich wieder da«, versuchte er es im Guten. Doch dem Säugling schien das egal zu sein, er schrie nur umso lauter.

»Psst, sei still!«, befahl Paul. Er gab einige gurrende, beruhigende Laute von sich, so wie Tante Crescentia das immer machte, aber auch das zeigte keinen Erfolg. Schließlich ging er hinüber zum Tisch und nahm die Schüssel mit der Suppe.

»Du hast sicher Hunger«, sagte er und versuchte, den Kleinen mit dem Löffel zu füttern. »Schau her, ich hab dir ein wenig Suppe …«

Das Balg schlug ihm Löffel und Schüssel aus den Händen. Die Schüssel landete in der Wiege, und ihr wässriger Inhalt verteilte sich über die Wolldecken. Der Säugling plärrte nun immer lauter.

»Jetzt schau, was du angerichtet hast!«, schimpfte Paul. »Herrgott, man sollte dich wirklich …« Sein Satz ging im Geschrei unter. Das Gesicht des Säuglings färbte sich vor Anstrengung puterrot. Paul glaubte zu sehen, wie ihn die kleinen Schweinsäuglein beinahe hasserfüllt anglotzten. Gleichzeitig überrollte ihn die Wut, rote Schlieren schoben sich in sein Blickfeld.

Das Gewitter raste heran …

»Verdammt, jetzt hör endlich auf! Hörst du? Hör um Gottes willen auf!« Paul packte das Kleine und riss es aus der Wiege, das Schreien steigerte sich jetzt ins Unerträgliche. Er schüttelte es, der Balg schrie weiter. »Sei still, hab ich gesagt! Oder … oder ich werf dich in den Ofen und …«

Eine schwere Hand legte sich auf seine Schulter. Paul fuhr herum und blickte in das bärtige, faltige Gesicht seines Großvaters. Ihn überkam unendliche Erleichterung, so als hätte die Berührung einen Fluch von ihm genommen.

»Gib ihn mir«, befahl Jakob Kuisl. Obwohl er leise sprach und der Säugling immer noch brüllte, war seine dunkle Bassstimme erstaunlich gut zu verstehen. »Oder willst du ihn wirklich ins Feuer werfen, damit er Ruhe gibt? Der Kleine ist kein Hexer und auch kein verurteilter Falschmünzer, sondern nur ein unschuldiges, greinendes Würmchen. Und jetzt gib ihn mir, bevor noch ein Unglück geschieht.«

Erleichtert drückte Paul dem Großvater das tobende Bündel an die Brust, und beinahe augenblicklich verstummte das Geschrei. Eine besänftigende Melodie brummend, ging der alte Mann mit dem Kind in der Stube auf und ab.

Noch immer leicht zitternd, wischte sich Paul den Schweiß von der Stirn. »Wie … wie hast du das gemacht? Dass er wieder still ist?«

»Ha! Wer weiß, vielleicht bin *ich* ja ein Hexer?«, entgegnete Kuisl grinsend. Seine Miene wurde schlagartig ernst. »Hab den Jockel weinen gehört, bis nach drüben zu mir. Was wär wohl geschehen, wenn ich geschlafen hätte?«

»Nichts«, sagte Paul kleinlaut. »Der … der hätte sich schon wieder beruhigt. Irgendwann.«

»Soso. Hätte er …« Jakob Kuisl sah seinen Enkel lange und prüfend an, dann winkte er ab. »Ein saublöder Einfall, einen halbstarken Haudrauf auf einen Säugling aufpassen zu lassen! Was treibt sich seine Mutter auch so lange auf dem Markt rum? Nach teuren Stoffen und Tand wird sie Ausschau halten, wie so oft, und dabei schwatzen wie alle depperten Weibsbilder!«

»Das *depperte Weibsbild* hat Hammelfleisch, Schmalz und Salz gekauft, wie so oft«, erklang eine hohe, leicht schrille Stimme von der Tür her. »Und übrigens auch Stoff für die neue Hose des werten Herrn Schwiegervater. Weil die alte um den dicken Bauch gerissen ist.«

Großvater und Enkel drehten sich um. In der Tür stand Crescentia. Die Tochter des Peitinger Baders war breit gebaut, mit runden, von der Kälte geröteten Wangen und einem gewaltigen, wogenden Busen, den auch das keusche Mieder nicht verdecken konnte. Sie trug einen Korb, der bis obenhin mit Geräuchertem und anderen Leckereien gefüllt war. Ihre Augen funkelten zornig. »Was geht hier vor? Ich hab den Jockel durchs ganze Gerberviertel schreien hören. Dachte schon, es wär was passiert.«

»Nichts ist passiert«, brummte Jakob Kuisl, der den jetzt wieder selig schlummernden Säugling in den Armen hielt. »Der Paul und ich, wir werden mit so einem Dreikäsehoch schon allein fertig. Nicht wahr, Paul?« Er sah hinüber zu Paul, der schweigend nickte. »Davon abgesehen brauch ich keine neue Hose«, fuhr Kuisl fort. »Ich hab meine Lederhose. Die ist unzerstörbar, die kann später sogar noch dein Jockel anziehen.«

»Das möge Gott verhüten!« Crescentia verzog das Gesicht. »Die stinkt wie ein verrottender Eselskadaver. Außerdem wirst du ja wohl kaum in der Lederhose zur Beichte gehen. Wenn du überhaupt einmal zur Beichte gehst! Nötig hättest du's ja …« Sie streckte die Arme aus. »Und nun gib mir den Kleinen, er braucht seine Mutter.«

Bei diesen Worten fing Jockel erneut zu schreien an, woraufhin Kuisl ihn wieder beruhigend wiegte. »Jetzt schau, was du mit deiner saublöden Schimpferei angestellt hast! Böse, böse Mutter …« Der alte Henker begann, unmelodisch zu brummen, und Paul musste unwillkürlich grinsen.

Seit über einem Jahr nun war Crescentia Georgs Frau. Nach langem Werben hatte sie den neuen Schongauer Henker endlich erhört. Dass es so lange gedauert hatte, hatte sicherlich auch mit ihrem Schwiegervater zu tun, denn der alte Jakob Kuisl hatte zuvor schon etliche von Georgs Heiratskandidatinnen weggebissen. Seit Längerem schon wohnte Kuisl drüben im Austragshäusl, vor zwei Jahren hatte er seinem Sohn die Stelle als Scharfrichter überlassen. Trotzdem ließ er es sich nicht nehmen, täglich im Henkershaus vorbeizuschauen, Ratschläge zu erteilen und seine berüchtigte schlechte Laune zu verbreiten. Außerdem war Kuisl nach wie vor als kundiger Heiler tätig, er verkaufte Salben, sogenanntes Armesünderfett und mumifizierte Diebesdaumen. Vom ersten Tag an hatte es zwischen ihm und seiner Schwiegertochter gekracht, wobei Paul zugeben musste, dass Crescentia eine durchaus würdige Gegnerin war.

Erst jetzt bemerkte Crescentia die schmutzigen Wolldecken in der Wiege. Sie sah Paul streng an und hob den Finger. »Was, um Himmels willen, hast du nur gemacht? Du solltest doch bloß kurz auf den Jockel aufpassen. Die Decken bekomme ich nie mehr sauber!«

»Hab halt versucht, ihn zu füttern«, gab Paul achselzuckend zurück. »Was kann ich dafür, wenn das Balg ständig Hunger hat? Wahrscheinlich bekommt er von dir nicht genügend Milch, so klein und verhutzelt, wie der liebe Joooockel aussieht.« Er zog den Namen in die Länge, so wie es Crescentia oft machte, wenn sie mit ihrem Kind schmuste.

»Du … du …« Für einen kurzen Moment war Crescentia sprachlos. Paul hatte einen wunden Punkt getroffen. Jockels Geburt, bei der die alte Hebamme Martha Stechlin nach Kräften geholfen hatte, war nicht leicht gewesen. Der Kleine war ein sogenanntes Sternguckerkind gewesen, das im Leib der Mutter nach oben blickte, die Entbindung hatte dementsprechend lange gedauert. Danach waren Mutter und Kind so erschöpft gewesen, dass die Stechlin für eine Nottaufe nach dem Pfarrer geschickt hatte. Es war noch einmal gut gegangen, aber Jockel blieb ein schwächliches Kind.

»Es wird wirklich Zeit, dass du deiner Wege gehst!«, zischte Crescentia schließlich. »Ein so ruppiges Mannsbild wie du hat hier nichts verloren! Außerdem brauchen wir den Platz im Haus. Spätestens dann, wenn ein weiteres Kind kommt.«

»Wohl noch so ein Schwächling!«, höhnte Paul. »Darauf kann der Georg getrost verzichten. Du vergisst, dass ich der Lehrling von deinem lieben Gatten bin und bald sein Geselle. So schnell wirst du mich also nicht los! Ebenso wenig wie den Großvater. Nicht wahr, Großvater?« Er wandte sich an Kuisl, der bekräftigend nickte.

Paul war groß und kräftig gewachsen und kam damit ganz nach dem alten Kuisl. Anders als seinem älteren Bruder Peter wuchs ihm auch bereits ein Bart. Die Schongauer Mädchen sahen ihm scheu hinterher, auch wenn er als ehrloser Henkerslehrling auf den Straßen gemieden wurde. Von Paul wusste man, dass er schnell mit der Faust war und manchmal auch mit dem Messer, wenn keiner hinsah. Einige Schongauer Bürger konnten sich durchaus vorstellen, dass er demnächst selbst zum Kandidaten für eine Hinrichtung wurde, auch wenn er der Lehrling und Neffe des Henkers war. Erst letzte Woche zu Fasching hatte Paul den Schusterlehrling so sehr verprügelt, dass dieser heute noch humpelte. Der betrunkene Bursche hatte die Frechheit besessen, Paul einen ehrlosen Galgenvogel zu nennen, der auf dem Schongauer Fastnachtsumzug nichts verloren habe.

»Diese Unverschämtheiten lass ich mir von dir nicht

bieten!«, schrie Crescentia. »Ich ... ich werde mit deinem Onkel reden. Der soll dich Mores lehren!«

»Das können wir gleich jetzt und hier tun«, brummte jemand von der Tür aus. »Was ist denn schon wieder los? Müsst ihr denn immerzu streiten?«

Pauls Onkel Georg betrat die Stube. Seine Augen waren müde und gerötet, die letzten zwei Jahre als Schongauer Scharfrichter hatten ihn vorzeitig altern lassen. Missmutig sah er von einem zum anderen: zu Paul, seiner keifenden Gattin und zum alten Kuisl, der noch immer leise singend mit dem Kleinen in der Stube auf und ab ging.

»Und hör gefälligst mit der Katzenmusik auf, Vater!«, fuhr Georg stöhnend fort. »Ich hab einen harten Tag gehabt. Dem Schreiber Lechner fällt immer wieder neuer Papierkram ein, um mich zu malträtieren.« Er schnaubte. »Du kannst froh sein, dass auf schiefes Singen nicht der Pranger steht. Du hättest ihn wahrlich verdient.«

Jakob Kuisl hörte tatsächlich zu singen auf und grinste. »Besser ein schlechter Sänger als ein zaudernder Henker, der sich vom Stadtschreiber den Schneid abkaufen lässt.« Er beugte sein großes bärtiges Haupt zu dem Säugling hinunter. »Nicht wahr, Jooooockel?«

»Was willst du damit schon wieder sagen?«, empörte sich Georg. Er war fast genauso groß und stark wie sein Vater, mit breitem Kreuz, doch trotz seiner fast dreißig Jahre und den ersten tiefen Falten im Gesicht wirkte er neben Jakob Kuisl immer noch wie ein kleiner Bub.

»Geschenkt.« Kuisl winkte ab. »Was anderes will ich euch sagen. Vielleicht ist es ganz gut, dass wir auf diese Weise mal alle zusammen sind, hier in der guten Stube. Ich werde nämlich verreisen.«

Sowohl Georg wie auch Crescentia starrten den Alten entgeistert an.

»Du wirst ... *was?*«, fragte Georg schließlich.

»Hast schon richtig gehört, Filius. Ich reise nach München zu deinen beiden Schwestern und ihrer Sippschaft.« Kuisl nickte grimmig. »Das wollt ich schon lang mal wieder machen. Hab nur drauf gewartet, dass es endlich taut. Seit gestern kann man auf dem Lech wieder reisen. Der Roider Toni von der Floßlände hat's mir vorhin bei einem Bier erzählt. Der Fluss ist fast eisfrei.«

»Aber in deinem Alter ...«, hoben Georg und Crescentia gleichzeitig an.

»Verflucht, ich bin noch keine siebzig! Und ihr tut so, als wär ich der Methusalem.«

»Vater, denk doch mal nach«, wagte Georg einen zweiten Versuch. »Ich hab dich in letzter Zeit beobachtet. Dir geht es nicht gut, das hab ich gesehen. Sitzt oft draußen allein auf der Bank, starrst vor dich hin, und deine Hände ...«

»Herrgott, was ist mit meinen Händen, ha?« Kuisl hob seine beiden großen Pranken, die immer noch aussahen, als könnte er damit sämtliches Eis allein aus dem Lech räumen. »Mit diesen Händen hab ich stranguliert, gehenkt und enthauptet! Ich kann noch immer einen Strauchdieb auf die Galgenleiter heben und einen Zentnerstein an die Füße von einem störrischen Verdächtigen hängen. Also komm mir nicht mit meinen Händen!«

Georg schwieg. Doch Paul musste dem Onkel insgeheim recht geben. Der Großvater mochte nach außen hin der Alte sein, doch irgendetwas war ... *anders* in den letzten Wochen. War es das Zittern der Hände, das offenbar auch Georg aufgefallen war? Das leblose Starren oder das Schnaufen und Stöhnen, das nachts vom Austragshäusl bis herüber ins Henkershaus zu hören war? Er erinnerte sich, wie er kürzlich mit dem Großvater gesprochen hatte und dieser nach Worten rang, als ob sie ihm nicht mehr einfallen würden. Einfache Wörter wie Löffel oder Schwert …

»Du kannst nicht nach München, nicht bei dem eisigen, nassen Wetter.« Georg schüttelte den Kopf. »Noch dazu allein! Der Simon, dein Schwiegersohn, mag ja ein guter Arzt sein, aber bis du dort anlangst, hast du dir ein Fieber oder was weiß ich geholt.«

»Ich geh ja nicht allein«, entgegnete Kuisl achselzuckend. Er deutete auf Paul. »Mein Enkel kommt mit und passt auf mich auf. Das kann er auch besser, als auf kleine plärrende Hosenscheißer aufzupassen.« Er zwinkerte Paul zu. »Nicht wahr?«

Paul war genauso verblüfft wie die beiden anderen. Die Aussicht, eine Weile aus Schongau wegzukommen, war verlockend. Ein paar Jahre seiner Kindheit hatte Paul in München verbracht, außerdem lebte dort auch seine kleine Schwester Sophia, die er über alles liebte, ebenso wie seine Mutter. Nur mit dem Vater hatte es immer wieder Ärger gegeben, aber ihm konnte er ja aus dem Weg gehen. Er würde ein paar alte Spezln wiedersehen, mit ihnen wie früher durch die Gassen im Angerviertel ziehen, ein paar Humpen Bier trinken … Alles war besser, als in einem stinkenden Kaff wie Schongau den Müll aus der Stadt zu schleppen.

»Aber das … das geht nicht!«, protestierte Georg. »Ich brauch den Paul, um den Unrat wegzuschaffen. Der Schreiber Lechner tobt jetzt schon. Die Fronveste gehört mal wieder ausgekehrt, die Grube am Katzenweiher ausgehoben, und schon morgen muss ich gleich drei zänkische Weiber an den Pranger …«

»Das kannst du auch allein«, unterbrach ihn Jakob Kuisl unwirsch. »Hab ich früher auch alles allein machen müssen. Ich hatte keinen Lehrling, der mir die Ketten sauber wienert. In den nächsten Tagen wird schon keine zwölfköpfige Räuberbande gehängt werden müssen.«

»Aber ...«, versuchte es Georg erneut. Diesmal war es Crescentia, die ihrem Mann ins Wort fiel.

»Vielleicht hat dein Vater ja recht.« Sie lehnte sich an Georg und streichelte ihm zärtlich die bärtige Wange. »Es ist doch nur allzu verständlich, dass er mal wieder seine Töchter sehen möchte. Findest du nicht? Nach der langen Zeit ...« Ihr abwägender Blick blieb Paul nicht verborgen. »Und die Fronveste kann auch ich ausfegen. Das vermag ein Weibsbild ohnehin viel besser.«

»Ha! Am Ende hilfst du mir noch beim Hängen und Köpfen!« Georg lachte rau. Er runzelte die Stirn und überlegte, was bei ihm immer ein bisschen länger dauerte als bei den anderen Familienmitgliedern. Doch auch ihm war die Vorstellung, ein, zwei Wochen ohne den knurrigen Vater und den widerborstigen Neffen, allein mit Frau und Kind, zu verbringen, offenbar nicht unangenehm. Schließlich winkte er ab.

»Ach, was soll's! Dass du nach München reist, kann ich dir ja eh nicht verbieten. Und dann ist es mir wirklich lieber, dass der Paul mitgeht. Beim Unrat kann mir auch der Schinder helfen.« Georg sah den alten Henker besorgt an. »Und du bist wirklich sicher, dass nichts ist?«

»Was soll schon sein?« Kuisl zuckte mit seinen breiten Schultern. »Ich bin ein alter, sturer Ochse. Der trägt sein Joch, bis ihn der Herrgott holt. Und bis dahin ist's noch lang.« Er bleckte die Zähne und zwinkerte Crescentia zu. »Und wär's auch bloß, damit ich meine Schwiegertochter noch ein paar Jahre zur Weißglut treiben kann.«

»Weiß Gott, das kannst du, Vater! Das kannst du. Und nicht nur die Crescentia.« Georg lächelte. Doch sein Blick blieb sorgenvoll.

Und auch Paul spürte etwas in der Luft, wie eine unsichtbare Bedrohung, eine dunkle Aura, die den Großvater umgab.

In diesem Augenblick fing Jockel wieder zu schreien an.

*

»Wann kommt er denn jetzt? Du hast gesagt, mittags. Aber Mittag ist lang vorbei, und ich hab Hunger! Außerdem regnet es in Strömen, und ich muss mal aufs Häusel …«

Magdalena knotete ihr Kopftuch fester, ganz so, als könnte sie auf diese Weise das Schimpfen ihrer Tochter ausblenden. Das war gar nicht so leicht. Sophia konnte ziemlich stur sein, wenn ihr was nicht passte, so stur, wie zehnjährige Mädchen eben nun mal waren. Außerdem hatte sie ja recht. Es war wirklich kein Vergnügen, sich hier vor dem Schwabinger Tor im Norden Münchens die Beine in den Bauch zu stehen. Zwar hatten sie einen halbwegs trockenen Unterstand gefunden, einen heruntergekommenen Pferdestall am Rande der Stadtmauer, der den Wachen offenbar auch als Toilette diente. Aber das Dach war undicht, es tropfte und stank erbärmlich. Der schmucke Hofgarten und die kurfürstliche Residenz waren nur einen Steinwurf weit entfernt, doch durch den Schleier des Regens kaum zu sehen, ebenso wenig wie die Baustelle der Theatinerkirche, des neuen Prunkbaus, vom dem jetzt alle sprachen.

Gedankenverloren beobachtete Magdalena das Kommen und Gehen. Kutschen und Fuhrwerke bildeten eine lange Schlange vor dem Stadttor, in regelmäßigen Abständen durfte eines der Gefährte die niedrige Durchfahrt passieren. Hausierer mit Buckelkraxen liefen durch den knöcheltiefen Dreck und boten unter lautem Krakeelen ihre Waren an, zerlumpte Kinder spielten in den Pfützen, auf denen hier und da noch Eissplitter trieben. Elegante Kavaliere mit Allongeperücken führten ihre Damen an der Hand, wobei die Paare eifrig darauf bedacht waren, sich nicht schmutzig zu machen. Ein sinnloses Unterfangen, wie Magdalena feststellte. Unwillkürlich musste sie grinsen. Sie würde sich wohl nie daran gewöhnen, dass die Mannsbilder neuerdings Perücken trugen, sich das Gesicht mit Puder einrieben und so stark parfümiert waren, dass sie rochen wie ein ganzes Feld voller Veilchen. Ihr eigener Mann Simon mochte ja ein modeversessener Geck sein, aber was diese jungen Herrschaften mittlerweile trieben, ging eindeutig zu weit.

Wenn das die sogenannte neue Zeit ist, dann hat die alte vielleicht nicht besser, aber zumindest ehrlicher gerochen, dachte Magdalena.

»Ich hab Hunger!«, ertönte erneut Sophias Stimme. Ihre Tochter stampfte wütend mit dem Fuß auf. »Kann ich denn nicht solange zur Tante Barbara gehen? Oder zurück nach Hause? Der Paul hat gesagt, er will mir einen Bogen schnitzen, damit wir auf Tauben schießen können.«

»Der Paul soll dir nicht immer so einen Unsinn beibringen.« Magdalena seufzte leise. Sie wusste nur zu gut, dass Sophia ihren großen Bruder über alles liebte.

Völlig überraschend war Paul gestern zusammen mit dem Großvater aus Schongau angekommen. Mit keinem Brief hatte sich der alte Kuisl vorher angekündigt, die beiden hatten plötzlich vor der Tür gestanden, zur großen Freude von Sophia und Magdalena – und zur nicht ganz so großen Freude von Simon. Letzte Woche hatte zudem ihr ältester Sohn Peter geschrieben, er werde für ein paar Tage nach München kommen. Seitdem stand man kopf im

Haus der Fronwiesers, es war fast so wie in den alten Schongauer Tagen, die Magdalena so schmerzlich vermisste. Die Familie Kuisl war wieder vereint, wenn auch ohne Georg.

»Willst du denn deinen anderen großen Bruder nicht wiedersehen?«, wandte sie sich an Sophia. »Es ist schon Monate her, seit ihr euch das letzte Mal getroffen habt! Der Peter weiß gar nicht mehr, wie du aussiehst.«

Sophia zog eine Schnute. »Bah! Das findet er auch später bei uns zu Hause raus. Warum müssen wir deswegen im Regen auf ihn warten?«

»Weil man das eben so macht als Familie«, gab Magdalena barsch zurück. Doch im Grunde musste sie Sophia recht geben. Sie hätten, zusammen mit den übrigen Familienmitgliedern, ebenso gut zu Hause auf Peter warten können. Die Postkutsche aus Ingolstadt sollte eigentlich schon gegen Mittag kommen, wie Peter in seinem Brief angekündigt hatte. Aber wegen des Tauwetters und des Regens war sie vermutlich irgendwo im Schlamm stecken geblieben. Es konnte noch Stunden dauern, bis ihr Sohn eintraf. Aber Magdalena hatte eben geglaubt, dass sie ihn abholen müsste.

Weil man das als liebende Mutter macht, wenn der verlorene Sohn heimkehrt, dachte sie. *Auch wenn dieser Sohn mittlerweile achtzehn Jahre alt ist, in einer Bücherwelt wohnt und von seiner ihn liebenden Mutter nicht mehr viel wissen will.*

Vermutlich war sie auch deshalb vors Schwabinger Tor gekommen, um Peter selbst die frohe Botschaft zu überbringen, dass sein ein Jahr jüngerer Bruder in der Stadt weilte. Als Kinder waren Peter und Paul ein Herz und eine Seele gewesen, doch in den letzten Jahren hatten sie sich mehr und mehr auseinandergelebt, sie waren einfach zu verschieden. Vielleicht konnte so ein überraschendes Wiedersehen ihr Verhältnis ja wieder kitten?

»Wir warten noch eine halbe Stunde, ja?«, schlug Magdalena ihrer Tochter vor. Sie kramte ein paar Münzen unter ihrem Rock hervor. »Hol dir drüben bei der Wurstbraterei am Hofgarten solange eine Rosswurst. Und meinetwegen auch ein paar kandierte Nüsse.«

Das ließ sich Sophia nicht zweimal sagen. Sie steckte die Münzen ein und humpelte über den belebten Platz. Sophia war mit einem Klumpfuß zur Welt gekommen, doch trotz ihrer Behinderung war sie schneller und geschickter als viele andere Kinder ihres Alters. Aber leider mindestens genauso unvorsichtig.

»Und pass um Gottes willen auf die Fuhrwerke auf!«, rief ihr Magdalena hinterher, doch ihre Tochter hörte sie schon nicht mehr. Vermutlich war Magdalena auch deshalb so ängstlich, weil Sophia das einzige ihrer drei Kinder war, welches sie überhaupt noch umsorgen konnte. Magdalena hatte nie gewollt, dass einer ihrer Söhne einmal in die Fußstapfen ihres Vaters, des Schongauer Scharfrichters, trat. Aber Paul hatte den Großvater und dessen Beruf schon als Kind bewundert. Ganz anders als Peter, der ganz nach seinem Vater kam. Nach einer glänzenden Schullaufbahn im Münchner Jesuiten-Kollegium, das Peter wegen seiner herausragenden Leistungen hatte besuchen dürfen, studierte er nun seit letztem Jahr Medizin an der Ingolstädter Universität. Es machte Magdalena stolz, dass der Enkel eines ehrlosen Scharfrichters, *ihr* Sohn, es irgendwann einmal zu einem angesehenen Doktor bringen würde. Doch sie wusste auch, dass sie drei Kinder hatte, nicht nur eines – und dass jedes sie auf seine eigene Art brauchte.

Auch wenn das manchmal schwerfällt, ging ihr durch den Kopf. *Besonders bei dem einen Kind …*

Der Regen hatte mittlerweile zugenommen und war in ein kräftiges Prasseln übergegangen. Magdalena fluchte leise, während es durch das undichte Dach auf sie herabtropfte. Sophia hatte recht: Was für ein saublöder Einfall, bei so einem Wetter auf eine Kutsche zu warten! Doch gerade als Magdalena hinüber zur Wurstbraterei gehen wollte, um nach ihrer Tochter zu sehen, ertönte der vertraute Ruf des Posthorns. Kurz darauf näherte sich von Norden her auf der schlammigen Schwabinger Straße eine Kutsche, die von vier Pferden gezogen wurde. Es dauerte noch eine ganze Weile, bis die Postkutsche, deren Dach turmhoch mit Kisten und Säcken beladen war, vor dem Tor zum Halten kam. Dann endlich öffneten sich die Türen, und Magdalenas Herz machte einen Sprung, als sie zwischen den anderen Reisenden ihren ältesten Sohn erkannte.

Im Gegensatz zu Paul ähnelte Peter sehr seinem Vater. Er war klein und eher zierlich, ein noch weicher schwarzer Flaum wuchs über seinen Lippen. Mühsam schulterte der junge Studiosus seinen Reisesack, der, wie Magdalena vermutete, wieder einmal hauptsächlich Bücher enthielt. Seit einiger Zeit trug Peter nun auch eine Brille, was ihn wie einen kindlichen Gelehrten aussehen ließ. Offenbar hatte er in der Kutsche gelesen, jedenfalls machte er einen ziemlich abwesenden Eindruck. Magdalena war schleierhaft, wie man bei all dem Geschaukel überhaupt die Buchstaben erkennen konnte, die Postkutschen wurden nicht umsonst auch Marterkasten oder Knochenhacker genannt. Wie so oft war Peter blass, er wirkte zwischen den vielen Menschen auf dem Platz einsam und verloren. Den prasselnden Regen schien er gar nicht zu bemerken.

Magdalena winkte und lief auf ihn zu. »Peter, Peter! Hier bin ich, hier!«

Er hob den Kopf und schien weniger erfreut als verblüfft, seine Mutter vor dem Stadttor anzutreffen.

»Du hier? Aber das wäre doch nicht nötig gewesen.« Schmunzelnd hob er den schweren Reisesack. »Sag nur nicht, du wolltest mir beim Tragen helfen.« Er sah sich suchend um. »Ist der Vater etwa auch hier?«

»Der Vater hat den ganzen Tag über Patienten, so wie eigentlich jeden Tag. Aber du siehst ihn hoffentlich gleich beim Mittagessen. Ihn und auch noch ein paar andere«, fügte sie geheimnisvoll hinzu. »Ich habe nämlich eine Überraschung für dich.«

»Gut, gut.« Peter nickte gedankenverloren. Er schien ihre Andeutung überhört zu haben. »Es gibt da nämlich ein paar heikle medizinische Fälle, die ich mit dem Vater besprechen wollte.«

Magdalena verdrehte die Augen. »Könnt ihr zwei Mannsbilder denn einmal nicht über die Arbeit reden? Vielleicht freue ich mich ja auch, dich mal wiederzusehen und mit dir zu reden. Das letzte Mal liegt schon ein paar Monate zurück.«

»Ich muss auf meine Prüfungen lernen, Mutter.« Peter sah sie streng an. »Dass ich kommen konnte, liegt nur daran, dass unser Professor für ein paar Wochen nach Heidelberg verreist ist. Und lernen kann ich auch hier.«

Magdalena musterte ihren Ältesten und versuchte, in ihm den kleinen ängstlichen Jungen zu sehen, der sich einst an ihren Rock geklammert hatte. Das schien Ewigkeiten her zu sein.

»Hat dein erfreulicher Besuch in München auch etwas damit zu tun, dass *er* dich mal wieder treffen will?« Sie sprach den Namen nicht aus, doch beide wussten, wen sie meinte. Peters Freundschaft mit dem jungen bayerischen Kurfürsten war einer ihrer großen Streitpunkte.

Er zuckte mit den Schultern. »Vielleicht will ich Max ja auch sehen. Immerhin ist es eine Ehre, und er ist mein Freund …«

»Er ist nicht dein Freund, Peter! Er ist der bayerische Kurfürst, seit letztem Jahr auch in vollem Amt und ohne Vormund. Ein Fürst kann nicht dein Freund sein. Niemals! Er wird dich nur wieder benutzen und …«

»Du sprachst vorhin von einer Überraschung«, fuhr Peter dazwischen. Er war offensichtlich nicht gewillt, mit ihr über sein Verhältnis zu Kurfürst Max Emanuel zu sprechen.

»Ja, die gibt es …«, hob Magdalena an. Doch bevor sie weitersprechen konnte, kam Sophia auf sie beide zugehumpelt, das Gesicht mit Senf verschmiert.

»Peter!« Im Gegensatz zu ihrer vorherigen Behauptung schien Sophia nun doch froh, ihren großen Bruder zu sehen. Sie warf sich in seine Arme. »Ich hab dich so vermisst!«

»Und ich dich auch.« Lachend fuhr ihr Peter durch das verstrubbelte Haar. »Du bist ja schon wieder größer geworden! Wenn ich nicht aufpasse, überragst du mich noch irgendwann.«

»Und du bleibst ein Zwerg!«, sagte Sophia kichernd. »Fang mich!«

Trotz ihrer Behinderung rannte sie vor ihrem Bruder davon, an den schimpfenden Wachen vorbei und durch das Stadttor. Lachend eilte ihr Peter mit dem Reisesack hinterher.

Magdalena blickte ihnen nach und schüttelte langsam und wortlos den Kopf.

So wie es aussah, musste Peter wohl selbst herausfinden, was die Überraschung war.

Schon kurze Zeit später erreichten sie das Haus der Fronwiesers im gutbürgerlichen Münchner Graggenauer Viertel. Seit letztem Jahr besaß Simon seine eigene Praxis, deshalb waren sie in ein größeres, mehrstöckiges Haus gezogen. Unten im Erdgeschoss befand sich der Behandlungsraum, der auch heute gut besucht war. Bis vor die Tür standen die Patienten in dünner ärmlicher Kleidung, Regen und Kälte schienen ihnen nichts auszumachen. Die meisten von ihnen waren einfache Bürger, Handwerker oder Mägde, aber auch etliche quengelnde, rotznäsige Kinder, die von ihren Müttern getragen wurden, waren darunter. Simon hatte als Arzt einen guten Ruf, auch deshalb, weil er jeden Menschen gleich behandelte, egal ob Flickschuster oder Ratsmitglied. Viele der Münchner Patrizier gingen deshalb lieber zur teureren Konkurrenz im Kreuzviertel, wo man unter sich war.

»Ich bin wirklich gespannt, ob dein Vater Zeit findet für ein Mittagessen«, seufzte Magdalena, als sie an den vielen schniefenden und hustenden Wartenden vorbeigingen. Eine schmale Stiege führte vom Erdgeschoss hinauf in die Wohnräume. »Jetzt, da es anfängt zu tauen, kommen immer besonders viele Kranke. Weiß der Teufel, woran das liegt! Du siehst ja selbst, was hier los ist.«

Peter nickte anerkennend. »Vater hat es wirklich zu etwas gebracht.«

»Ja, das hat er«, sagte Magdalena leise. »Wir alle …« Sie dachte an die Zeit zurück, als Simon noch der arme Sohn des Schongauer Baders gewesen war und sie eine ehrlose Henkerstochter. Sie hatten beide immer von einem besseren Leben geträumt. Und trotzdem – noch immer schmerzte es Magdalena, dass sie ihre Heimat Schongau, wo sie jeden Strauch, jeden Baum, jeden Menschen kannte, hatte verlassen müssen.

Sie öffnete die Tür zu den oberen Gemächern, die ganz im neuen bürgerlichen Stil eingerichtet waren. Hohe Kleiderschränke statt der sperrigen, quietschenden Truhen, durchsichtiges Glas anstelle der dunklen Butzenscheiben, alles wirkte hell und freundlich – und es roch auch nicht nach Rauch und nach dem Vieh im Stall nebenan, so wie früher in Schongau. Manchmal vermisste Magdalena diesen Geruch. Simon hatte schon öfter darauf gedrängt, ein Dienstmädchen einzustellen, aber Magdalena behagte der Gedanke nicht. Sie kam sich schon ohne Dienstmagd oft fremd vor, wie verkleidet. Zumindest die Küchenstube hatte sie sich ein wenig so eingerichtet wie zu Hause in Schongau.

Als Peter hinter ihr und Sophia eintrat, prallte er zurück.

»Was in aller Welt …«, stotterte er.

»Schön, dich mal wieder zu sehen, großer Bruder.« Paul saß neben dem Pfeife schmauchenden Großvater am Küchentisch und grinste über beide Ohren. »Oder sollte ich besser sagen, *kleiner* Bruder? Bist du geschrumpft? Und was soll dieses Drahtdings da in deinem Gesicht? Du siehst ja aus wie ein Pfaffe.«

»Aber wieso …?« Peter stand vor Staunen der Mund offen. Schließlich wandte er sich an seine Mutter. »Warum hast du mir nichts gesagt?«

»Nichts gesagt?« Sie zuckte die Achseln und lächelte. »Hab ich ja versucht, aber du wolltest nur wissen, wann du mit dem Vater über irgendwelche Krankheiten fachsimpeln kannst. Und dann bist du mit der Sophia davongezogen.«

»Der Großvater will mit dem Paul und mir später Bogen schießen gehen«, krähte Sophia und setzte sich auf Pauls Schoß. »Und dann rupfen wir die Tauben und braten sie, und dann …«

»Warum seid ihr denn hier in München?«, unterbrach Peter seine kleine Schwester und wandte sich an Paul. Er hatte seine Verblüffung noch nicht ganz überwunden. »Ist gar was passiert? Ein Unglück?«

»Warum muss es denn immer gleich ein Unglück sein, wenn man die liebe Verwandtschaft besucht?«, brummte Jakob Kuisl. Er tat einen tiefen Zug von seiner Pfeife. »Ihr besucht uns ja nicht in Schongau. Also kommen wir eben nach München. So weit ist das nicht. Schongau liegt ja nicht hinter dem Mond.«

»Aber fast«, spottete Peter. Er stellte seinen Reisesack ab. »Wie auch immer, ich freue mich, euch alle zu sehen! Wenn jetzt noch die Tante Barbara mit ihrem Mann Valentin vorbeischaut, ist die Familie fast wieder komplett.«

»Ich hab der Barbara schon Bescheid gegeben«, sagte Magdalena schmallippig. »Sie … schaut, wann es sich einrichten lässt.« Zwischen ihrer Schwester und dem Vater war es in den letzten Jahren immer wieder zu Streitereien gekommen. Jakob Kuisl hatte nie akzeptiert, dass seine jüngere Tochter einen Musikanten geheiratet hatte. Wenn, dann kam Barbara wegen ihrer geliebten Neffen auf einen Humpen vorbei, sicher nicht wegen ihres alten, grantigen Vaters.

Magdalena klatschte in die Hände. »Ich hab geschupfte Nudeln mit Kraut und fettem Bauchspeck für uns alle gemacht. Der Paul hat sich das gewünscht.«

»Ich hätt gern noch ein Bier, wenn's recht ist. Ist gar nicht so übel, euer Münchner Odelwasser.« Ihr Vater schob den leeren Humpen über den Tisch.

Magdalena wollte ihm eben aus dem großen Krug nachschenken, als sie Schritte auf der Stiege hörte. Kurz darauf trat Simon ein, er sah müde und abgearbeitet aus. Doch als er seinen älteren Sohn entdeckte, hellte sich seine Miene auf.

»Peter! So früh hatte ich dich gar nicht erwartet.«

»Der Junge hatte geschrieben, dass er heute mit der Mittagskutsche kommt«, sagte Magdalena. »Erinnerst du dich nicht?«

Simon ließ sich auf einen Stuhl fallen. »Ich muss es wohl vergessen haben. Kein Wunder, bei all den Patienten unten! Irgendein Fieber geht um, dazu der übliche Husten und Schnupfen um die Jahreszeit … Zum Zweiuhrläuten geht es unten schon wieder weiter, es ist ein Irrenhaus!«

»Ich kann dir ja in der Praxis aushelfen«, schlug Peter vor.

»Ich dachte, du musst auf deine Prüfungen lernen?« Simon lächelte. »Aber nun ja, ein bisschen angewandte Theorie kann sicher nicht schaden. Und Hilfe könnte ich wahrlich gut gebrauchen.«

»Ich wollte dich ohnehin zu ein paar Fällen befragen«, sagte Peter. »Was dieser Harvey da zum Blutkreislauf geschrieben hat, ist wirklich erstaunlich! Und dann dieser andere Engländer, dieser Richard Lower. Ich frage mich, ob man wirklich das Blut anderer …«

»Vielleicht können wir erst mal essen, ja?«, knurrte Paul. Er hob seinen Krug. »Und ich brauch, glaub ich, auch noch ein frisches Bier.«

Die nächsten Stunden verbrachten die Kuisls fast so wie früher. Zechend, schmausend, lachend und streitend … Es tat Magdalena gut, zu sehen, wie die Familie mal wieder beisammensaß, auch wenn Georg und Barbara fehlten. Mit leiser Wehmut bemerkte sie, wie düster Paul dreinblickte, weil Peter und Simon immer wieder die Köpfe zusammensteckten und fachsimpelten. Warum sprach Simon nicht auch mal mit seinem jüngeren Sohn! Es war immer schwer gewesen mit den beiden, sie waren einfach zu verschieden. Aber Himmelherrgott, Paul war ebenso Simons

Sohn wie Peter, auch wenn Paul nicht wusste, was ein Blutkreislauf war, und nicht jeden Knochen auf Lateinisch herbeten konnte! Magdalena hoffte, dass sich Paul zumindest in Schongau wieder eingelebt hatte. Als sie ihn gestern zu seinem Onkel, der Tante und dem kleinen Jockel befragt hatte, war er ziemlich einsilbig gewesen.

Jakob Kuisl saß die meiste Zeit still da, seine Enkelin auf dem Schoß. Aus dem Augenwinkel beobachtete Magdalena ihren schweigsamen Vater. Er ging jetzt auf die siebzig zu, seine einst schwarzen Haare waren grau und weiß geworden, ebenso der immer noch mächtige Vollbart. Die Hakennase ragte aus dem Gesicht hervor, mehr noch als früher, was auch daran lag, dass Kuisls Wangen schlaff geworden waren. Er war immer noch ein stämmiger Mann, aber ihm fehlte das Feuer von früher. Seine Augen schimmerten leer und müde, selbst wenn er von Zeit zu Zeit grimmig lächelte oder an seiner langen Stielpfeife zog. Und dann fiel Magdalena noch etwas auf: Kuisls Hände zitterten. Er versuchte es zu verbergen, aber vor seiner Tochter gelang ihm das nicht. Dafür kannte sie ihn zu gut.

»Nun hast du uns immer noch nicht verraten, was dich nach München treibt, Vater«, sagte Magdalena, als sie die schmutzigen Zinnteller wegräumte. Auch das war so eine neue Gewohnheit. Früher, in Schongau, hatten sie meist alle zusammen aus einer großen gusseisernen Pfanne gegessen. »Du hättest ja wenigstens vorher schreiben können.«

»Weißt doch, das Schreiben liegt mir nicht so«, brummte Kuisl. Er kramte seinen Tabakbeutel hervor und stopfte sich eine neue Pfeife. Auch dabei zitterten seine Hände leicht. »Im Grunde hab ich es auch wegen dem Paul gemacht.«

»Wegen dem Paul?« Simon runzelte die Stirn. Er warf seinem Sohn einen misstrauischen Blick zu. »Hast du etwa wieder etwas angestellt?«

»Das geht nicht mehr lang gut mit ihm und der Crescentia und dem Georg«, fuhr Kuisl fort. »Die sind jetzt eine Familie, mit dem Jockel und wohl bald einem weiteren Kind …«

»Und du bist der Lehrling deines Onkels«, wandte sich Magdalena an Paul. »Das wolltest du doch immer: ein Scharfrichter werden. Was geht da nicht gut?«

Paul nahm mürrisch einen Schluck Bier, wischte sich über den beginnenden Bart. »Das ist doch nur Drecksarbeit, die ich für den Onkel mach. Schrubben, kehren, den Unrat und die Kadaver aus der Stadt bringen … Ich kann froh sein, wenn er mich mal einen Strauchdieb aufhängen lässt! Und die Crescentia ist ein Drachen …«

»Sie ist deine angeheiratete Tante, Paul«, mahnte Magdalena. »Außerdem ist es doch eine Binsenweisheit, dass man als Lehrling nicht gleich das Handwerk des Meisters verrichtet.«

»Der Onkel traut mir nicht, er hat mir nie getraut. Da kann ich noch so viele Jahre schuften, nie lässt der mich ans Richtschwert!« An seiner Stimme merkte Magdalena, dass Paul schon mehr Bier getrunken hatte, als ihm guttat. »Ihr redet leicht! Sitzt euch hier in eurem schönen Haus die gepuderten Ärsche breit. Das Schongauer Henkershaus dagegen ist eine stinkende Kate, es zieht und qualmt, dieser verfluchte Balg schreit tagein, tagaus …«

»Himmelherrgott, jetzt reicht es mir aber!« Simon schlug auf den Tisch. »Jahrelang haben wir deine Eskapaden geduldet. Immer sind die anderen schuld, nie bist du zufrieden!«

»Oho, jetzt kommt die alte Leier, ja?« Paul verdrehte die

Augen. »Der enttäuschte Herr Vater! Was kann ich denn dafür, dass ich mich nicht um Arzneien und lateinischen Hokuspokus schere. Dass ich nicht so bin wie der da!« Bei den letzten, geradezu ausgespuckten Worten nickte er zu seinem Bruder hinüber.

Peter seufzte und schob seinen nur halb ausgetrunkenen Krug zur Seite.

»Paul, was soll das? Immer musst du mit dem Kopf durch die Wand. Es bringt doch nichts, wenn wir ...«

In einer wütenden Bewegung fegte Paul Peters Bierkrug vom Tisch, dass es spritzte. »Ach, wischt euch doch alle mit euren Büchern den Arsch ab! Ich kann eure Litaneien nicht mehr hören!« Sophia fing zu wimmern an und versteckte sich unter der Joppe ihres Großvaters. »Jetzt tut ihr so vornehm«, spottete Paul mit schwerer Stimme. »Dabei seid ihr doch auch nichts Besseres als ich! Henkerskinder, Musikanten, ein lausiger Bader ... Allesamt Ehrlose! Wir Kuisls bleiben Ehrlose, egal, was wir anziehen und wie blasiert wir daherreden!«

»Paul, ich bitte dich ...«, versuchte Magdalena, ihn zu besänftigen. Doch ihr Mann fuhr dazwischen.

»Vielleicht kann der junge Herr ja mal erklären, was er denn so machen möchte in seinem Leben«, sagte er mit schneidender Stimme. »Gott hat uns allen einen Platz auf Erden gegeben. Welcher Platz ist deiner, Paul? Welcher, na? Vielleicht der unter der Brücke oder in einem Schafstall? Oder gar auf dem Schafott?«

»Sicher kein Platz hier am Tisch! Das hast du mir ja gerade mehr als deutlich zu verstehen gegeben.« Paul stand wankend auf, er stieß den Stuhl um. »Ich geh zur Tante Barbara. Da ist die Gesellschaft allemal lustiger, und musiziert wird auch. Ich versteh gar nicht, warum ich überhaupt hergekommen bin. Ich hätte es wissen müssen! Du hast dich nicht geändert, Vater. Du bist immer noch der gleiche eitle Geck …«

»Herrschaftszeiten und Kreuzsakrament, jetzt ist aber eine Ruh!« Jakob Kuisl schlug mit seiner Pfeife so fest auf den Tisch, dass der Stiel abbrach. Es war das erste Mal, dass er in dem Streit die Stimme erhob, dafür war sie nun umso gewaltiger. Sophia sprang von seinem Schoß und flüchtete zu ihrer Mutter.

»Dieses ganze Gezanke und Geplärre macht mich noch ganz damisch!«, schimpfte Kuisl. »Ihr gspinnerten Streithansln!« Mit dem abgebrochenen Stiel deutete er auf jeden Einzelnen am Tisch, er zitterte vor Zorn. »Was hat die Kuisls immer stark gemacht? Dass wir zusammengehalten haben, zu allen Zeiten, gegen jeden! Nicht allein, sondern gemeinsam …« Er schnaufte tief, bevor er weitersprach, während die anderen beschämt schwiegen.

»Die Menschen haben auf uns gespuckt, sie haben drei Kreuze geschlagen, wenn sie uns begegnet sind. Sie haben uns nicht in ihre Häuser gelassen, obwohl wir ihnen die Dreckarbeit abgenommen haben. Aber hat uns das was ausgemacht? Nein! Weil … weil wir eine Familie waren, ein … ein Stamm, der zusammenhält! Gottverdammt, wenn euer Urgroßvater sehen könnte, wie ihr euch … wie ihr … wie …« Kuisl stockte. Sein Gesicht war plötzlich aschfahl.

»Vater, was hast du?«, fragte Magdalena ängstlich.

Jakob Kuisls Finger krallten sich um den Tischrand. Er versuchte aufzustehen, der Schemel glitt ihm weg. Polternd stürzte der alte Mann zu Boden.

»Großvater!«, schrie Sophia. »Was ist mit dem Großvater? Stirbt er?«

Simon sprang auf. »Lasst mich zu ihm!« Er beugte sich über seinen Schwiegervater und öffnete ihm das Hemd.

Schaum stand Kuisl vor dem Mund, er zuckte am ganzen Leib.

»Ich fürchte, es ist ein Schlagfluss«, sagte Simon. Er hielt sein Ohr an Kuisls bebenden Leib. »Vielleicht auch das Herz ...«

»Dann tu doch was!«, schrie Magdalena. »Verdammt, tu was, du ... du bist Arzt! Wir ... wir können doch nicht hier sitzen und darauf warten, dass er ... dass er stirbt!«

Paul stand da wie erstarrt, währenddessen eilte Peter seinem Vater zu Hilfe. »Branntwein!«, verlangte er. »Wir brauchen Branntwein! Schnell!«

Magdalena stürzte zu einem der Schränke. Sie wühlte darin, etliche Krüge und Teller fielen um, gingen zu Bruch. Endlich reichte sie Peter die tönerne Flasche mit dem Branntwein, und er begann, den massigen Oberkörper des Großvaters damit einzureiben. Ab und zu hielt er inne, legte das Ohr an die behaarte Brust und lauschte auf Kuisls Atem. Die anderen schwiegen in banger Erwartung, nur Sophia weinte leise. Schließlich wandte Peter sich wieder an seine Mutter.

»Er ist nicht mehr bei Besinnung, doch zumindest scheint er jetzt wieder ruhiger zu atmen. Davon abgesehen ...« Er und Simon wechselten einen sorgenvollen Blick.

»Was ist?«, hauchte Magdalena. »Wird er ... wird er sterben? Bitte sagt mir die Wahrheit! Wird ... wird mein Vater sterben?«

»Mehr können wir Ärzte nicht machen«, sagte Simon zu Magdalena. Er sah sie traurig an. »Jetzt hilft nur noch beten. Dein Vater ist in Gottes Hand.«

Als Magdalena und Simon sich diese Nacht endlich zur Ruhe legten, war nichts mehr so wie noch am Morgen. Nach dem schrecklichen Vorfall hatte Simon seine Praxis geschlossen und die murrenden Patienten nach Hause geschickt. Der heftige Streit zwischen Paul und seinem Vater war vergessen, zumindest vorübergehend. Man sah Paul an, wie sehr es ihn bekümmerte, dass es ausgerechnet sein Wutausbruch gewesen war, der dem Zusammenbruch des Großvaters vorausgegangen war. Seit Stunden sprachen alle nur noch leise miteinander, wenn sie denn überhaupt etwas sagten. Magdalena fühlte sich wie bei einer Beerdigung. Dabei lebte ihr Vater noch!

Peter und Paul teilten sich ein Bett, so wie früher, und Sophia hatte darauf bestanden, mit ihren großen Brüdern im Zimmer zu schlafen. Jakob Kuisl schlief drüben in der Kammer. Sie hatten die Türe offen gelassen, damit sie seinen Atem hören konnten. Jedes Mal, wenn er kurz aussetzte, glaubte Magdalena, es könnte der letzte Atemzug gewesen sein. Vorhin hatte ihr Vater im Schlaf gemurmelt, es klang so, als hätte er den Namen seiner geliebten Frau Anna Maria vor sich hingesprochen, die schon vor vielen Jahren von ihnen gegangen war. Dann hatte Kuisl unter Stöhnen und Keuchen noch einen anderen Namen ausgestoßen, Magdalena hatte ihn nicht genau verstanden. War es überhaupt ein Name gewesen?

Es hatte eher wie ein Fluch geklungen.

Ihr Vater war zäh, das wusste Magdalena. Aber er war auch nicht mehr der Jüngste. Viele in seinem Alter waren längst schon bei Gott. Der Tod holte sich seine Beute auf vielerlei Weise, nach einem Fieber, einem bösen Husten, wegen entzündeter Zähne, nach schwerem Durchfall, einem Blutsturz oder einfach wegen eines wunden Zehs. Manche Kranken verdorrten wie Blumen ohne Wasser, ihre Muskeln schwanden einfach dahin, keiner wusste, warum. Oder sie starben, weil das Herz aufhörte zu schlagen, von einem Augenblick auf den anderen. Gerade alte

Menschen wurden oft gefällt wie Bäume, mitten aus dem Leben heraus, man sprach dann vom Schlagfluss. Manche überlebten, doch es blieben oft Lähmungen zurück, oder sie konnten nicht mehr sprechen. Magdalena wusste nicht, welche Vorstellung schlimmer war: dass ihr Vater starb oder dass er für den Rest seines Lebens ans Bett gefesselt war. Wer würde sich um ihn kümmern? Georg wohl kaum. Vielleicht dessen junge, streitlustige Gattin Crescentia, die den Vater schon im gesunden Zustand nicht leiden konnte? Schon der Gedanke daran ließ Magdalena schaudern.

Und wenn er bei uns in München bleibt? Dann würde ich mich um ihn kümmern, tagein, tagaus …

Simon schien zu spüren, dass es in ihr arbeitete. Er rutschte unter der dicken Daunendecke näher an sie heran und umarmte sie fest. Es war kalt, die Glut im Kachelofen längst erloschen. Draußen tropfte der Regen vom Dach hinunter auf die Gasse.

»Dein Vater ist stark«, sagte Simon leise. »Der lässt sich nicht so einfach vom Tod auf den Karren packen. Ich war mit dem Peter vorhin noch einmal bei ihm. Er schläft jetzt ruhig, das Herz schlägt regelmäßig. Ich kenne viele Patienten, die sich nach so einem Anfall wieder erholt haben.«

»Wir wussten alle, dass dieser Tag irgendwann einmal kommen würde«, murmelte Magdalena. »Aber ich dachte immer, der Vater sei … er sei …«

»Unsterblich? Weil er so groß und stark ist? Weil er dein Vater ist? Keiner ist unsterblich, Magdalena, keiner! Das weißt du. Der Herrgott gibt uns allen nur eine gewisse Zeit hier auf Erden, bevor wir ins Jenseits einziehen.«

»Aber du bist Arzt! Was bringt all das Studieren, wenn es am Ende doch nur in Gottes Hand liegt, ob jemand lebt oder leidet, dahinsiecht und stirbt? Dein Schwiegervater liegt dort drüben, und du kannst ihm nicht helfen. Im Grunde weißt du nicht einmal, was ihm fehlt. Was … was bist du nur für ein Quacksalber!« Die letzten Worte taten ihr leid, kaum dass sie sie ausgesprochen hatte.

»Magdalena, hör zu.« Im Zwielicht sah ihr Simon jetzt direkt in die Augen. »Ich bin kein Zauberer und kein Gott. Wir Ärzte stehen noch ganz am Anfang. Aber es geht voran! Allein in den letzten Jahren habe ich so viele neue medizinische Werke gelesen, so viel Neues gelernt. Wer weiß, wo wir in hundert Jahren stehen? In zweihundert …?«

»Das bringt meinem Vater jetzt auch nichts«, entgegnete sie bitter. »Immerhin wissen wir nun, warum er nach München gekommen ist. Seine Hände zittern, hast du das gesehen? Er weiß, dass er alt und krank ist. Er wollte zu seiner Familie.«

»Vermutlich hast du recht.« Simon küsste sie. »Ich kann dir nichts versprechen, Magdalena. Ich kann nur alles tun, was mir möglich ist. Wir könnten es mit Weißdorn versuchen. Schon die alten griechischen Ärzte rieten dazu, es stärkt das Herz. Auf keinen Fall werde ich deinen Vater zur Ader lassen, wie es so viele machen. Er ist ohnehin schon geschwächt. Er muss sich ausruhen, einfach mal nichts tun.« Ihr Mann seufzte tief. »Wie ich deinen Vater kenne, wird das für ihn ohnehin die größte Herausforderung sein. Und auch für uns.«

»Was ist, wenn er gelähmt bleibt? Er wird den lieben langen Tag in seinem Bett liegen und schimpfen und fluchen …«

Als hätte ihr Vater dies als Aufforderung verstanden, erklang aus der benachbarten Kammer ein Husten und Röcheln, dann plötzlich leises Flüstern. Magdalena schreckte auf.

»Vater?«

»Ich ... ich hab Durst, verdammt ...«, erklang eine schwache, jedoch vertraute Stimme. »Wann bringt mir mal jemand ein Bier? Und den Nachttopf brauch ich auch. Verflucht! Soll ich vielleicht ins Bett bieseln?« Etwas schepperte und klirrte.

»Sieh an, ein Lebenszeichen.« Simon lächelte schwach. »Du hast recht. Schimpfen und fluchen kann dein Vater schon wieder. Ein gutes Zeichen, wenn du mich fragst. Aus dem Schimpfen schöpft er seine Kraft.«

Magdalena wusste nicht, wann sie je so froh gewesen war, ihren Vater fluchen zu hören. Im Nachthemd und mit einer Kerze in der Hand eilte sie zu ihm hinüber. Jakob Kuisl hing seitwärts aus dem Bett, das Hemd war ihm hochgerutscht. Offenbar hatte er versucht, den Nachttopf unter der Bettstatt hervorzuziehen, und hatte ihn dabei zerschlagen.

»Dreckstopf«, brummte er. »Wenigstens war er noch nicht voll ...« Er sah hoch. Als er Magdalena erblickte, bekam sein Gesichtsausdruck plötzlich etwas Trauriges, Düsteres. Er schien etwas sagen zu wollen, doch dann lächelte er stattdessen. Es war ein warmes, gütiges Lächeln, wie er es nicht oft zeigte.

»Mein großes Maderl«, sagte er sanft zu ihr. »Früher bist du oft so im Nachthemd zu mir und der Mutter ins Bett gekrochen, weil du in der Nacht Angst hattest. Du hattest Angst vor allem! Vor Druden, vor bösen Alben und dass einer von meinen Gehenkten an dein Fenster klopft. Ich hab dich oft in den Schlaf gewiegt ...«

Sie beugte sich tief zu ihm hinunter. »Wie geht es dir, Vater?«

»Wie soll's mir schon gehen? Ich hab Kopfweh und einen Riesendurst.« Er zwinkerte ihr zu. »Also eigentlich genauso, als wär ich die ganze Nacht in der Krone in Schongau gesessen.« Seine Augen trübten sich. »Was … was in Dreiteufelsnamen ist … ist denn geschehen? Wo …« Dann nickte er, als würde er mit einem Mal begreifen. »Ich hatte wieder ein kleines Schlagerl, nicht wahr?«

»Einen Schlagfluss, meint Ihr? Ihr hattet so etwas also schon öfter?« Es war Simon, der mittlerweile mit Peter, Paul und der kleinen Sophia die Kammer betreten hatte. Der Lärm hatte alle im Haus aufgeweckt. Simon schüttelte den Kopf. »Herrgott, warum habt Ihr mir das nicht schon früher gesagt?«

»Was hätte es geändert?«, knurrte Kuisl und richtete sich auf. »Ihr Quacksalber könnt doch sowieso nichts dagegen ausrichten.«

»Das werden wir noch sehen, ob der Simon dir nicht helfen kann.« Magdalena drückte ihn sachte zurück ins Bett.

»Ihr tut ja alle so, als hätte mein letztes Stündchen geschlagen.« Jakob Kuisl sah von einem zum anderen, plötzlich grinste er, was ihm jedoch nur schlecht gelang. In dem viel zu kleinen, verrutschten Nachthemd und mit den grauen zerzausten Haaren sah er aus wie ein beschwipstes Gespenst.

»Na, immerhin hat mein Schlagerl dazu geführt, dass ihr euch wieder vertragt. Und jetzt hätt ich gern ein warmes Bier, wenn's recht ist.«

Kapitel 2

Im Nymphenburger Schlosspark bei München,
drei Tage später

Wie verzaubert stand der Hirsch auf der Lichtung, so als hätte ihn eine böse Fee mit ihrem Spruch gebannt. Er hatte sein Haupt erhoben, das Braun seines Fells hob sich gegen das Weiß des Schnees ab, das durchsetzt war von ersten grünen Grasflecken, hinter ihm standen die Bäume wie stumme Zeugen. Einen Moment lang schien die Zeit stillzustehen, kein Geräusch war zu hören. Dann erschütterte ein plötzlicher Knall die Lichtung, kreischende Vögel stoben auf, und der Hirsch stürzte wie ein gefällter Baum zu Boden.

»Ein Sechzehnender! Ich hab einen Sechzehnender erwischt, mit dem ersten Schuss! Ha, das soll mir mal einer nachmachen!«

Max sprang hinter dem Busch hervor und hielt die Muskete wie eine Trophäe in die Höhe. Es war ein Radschlossgewehr neuester Bauart, mit silbernen Beschlägen, die diverse erotische Szenen zeigten. Der Schaft war aus italienischem Nussbaumholz gefertigt, aus dem Lauf stieg Pulverdampf in den bewölkten eisgrauen Märzhimmel. Der Kurfürst blickte hinter sich, wo Peter noch immer im Gebüsch kauerte.

»Nun komm schon und sieh dir das an!« Max feixte. »Oder hast du etwa Angst vor einem toten Hirsch?«

Zögernd trat Peter hervor. Er mochte die sogenannte Hochwildjagd nicht. Es war etwas anderes, ob ein Jäger Tiere schoss, um seine Familie oder ein Dorf zu ernähren, oder ob Adlige aus purem Vergnügen durch die Wälder preschten und Ausschau nach besonders prestigeträchtiger Beute hielten. Längst gab es Bären nur noch in undurchdringlichen Wäldern und im Gebirge, und auch die großen Rothirsche wurden immer weniger. Fürsten ließen die Tiere deshalb extra züchten und in ihren Wäldern und Parks aussetzen – um dann auf sie zu schießen wie auf Zielscheiben. Selbst jetzt, Anfang März, da eigentlich Schonzeit war, wurde zum Halali geblasen, manchmal sogar in Wildgehegen oder in Manegen, wo die schönen Tiere dann zu Tode gehetzt wurden.

»Ein wirkliches Prachtexemplar.« Max nickte anerkennend und zog den Hirschkopf an seinem stattlichen Geweih in die Höhe. Die Augen des Tieres glänzten leer, dunkles Blut rann ihm aus dem Maul. »Hat sich lange vor mir versteckt. Möchte man gar nicht glauben, in so einem kleinen Park.«

Sie befanden sich im Schlosspark der Sommerresidenz der Wittelsbacher, nicht weit vor den Toren Münchens. Max Emanuels Mutter Henriette Adelaide, eine Prinzessin aus dem Piemont, hatte den Park vor vielen Jahren von ihrem Mann geschenkt bekommen, zur Feier der Geburt des Thronfolgers. Max nannte ihn in Erinnerung an seine Mutter »Borgo delle Ninfe«, Nymphenburg. Es war tatsächlich ein märchenhafter Ort, mit einem noch unfertigen Schloss, mit Weihern, Heckenlabyrinthen, verwunschenen Lichtungen und Wäldern. Schon ein paar Mal war Peter mit Max hier reiten und jagen gewesen, aber er hatte sich immer dagegen gesträubt. Nur, was half alles Sträuben, wenn einem der bayerische Kurfürst höchstselbst den Befehl gab, wenn auch als vermeintlicher Freund?

Erst heute Morgen war ein Bote mit der förmlichen Einladung zur Jagd ans Haus der Eltern gekommen. Doch bereits in Ingolstadt hatte Peter einen versiegelten Brief erhalten, der sein Erscheinen in München ausdrücklich anordnete. Seinen Eltern hatte Peter noch nichts davon erzählt, auch weil sie mit dem kranken Großvater zurzeit andere Sorgen hatten. Und den Grund für seine von Max befohlene Anwesenheit in München wusste Peter bis heute nicht.

Doch ihm schwante, dass es dabei nicht nur um eine Jagd im Schlosspark ging.

»Komm! Hilf mir beim Aufbrechen des Kadavers.«

Max winkte Peter herbei. Die Jagdgesellschaft und die Soldaten, die sie vorher noch begleitet hatten, waren auf Max' Befehl zurückgeblieben. Offenbar wollte der Kurfürst mit Peter allein sein. Wie so oft trug Max Emanuel sein blaues Wams, das zu einem Erkennungszeichen geworden war, dazu einen schmucken Jagdrock, Lederstiefel und Handschuhe aus feinem Kalbsleder. Auf die Allongeperücke, wie sie mittlerweile auch am bayerischen Hof üblich war, hatte Max heute verzichtet, was ihn viel jünger wirken ließ. Das Lausbubenhafte, das Peter noch von früher kannte, schimmerte in seinen Augen.

Max war mittlerweile volljährig und seit letztem Jahr bayerischer Kurfürst. Das machte ihn zu einem der mächtigsten Herrscher im Deutschen Reich, ja, in ganz Europa. Dass ein einfacher bürgerlicher Studiosus, noch dazu der Enkel eines ehrlosen Henkers, mit dem Fürsten befreundet war, wussten nur wenige.

Peter musste daran denken, was seine Mutter vor ein paar Tagen erst gesagt hatte.

Er ist nicht dein Freund, Peter! Ein Fürst kann niemals dein Freund sein …

Peter und Max kannten sich aus ihrer Kindheit. Seit Peter in Ingolstadt studierte, sahen sie sich nur noch selten; dann spielten sie meist in der Münchner Residenz miteinander Schach. Max liebte Schach über alles! Er spielte mit den Menschen wie mit Schachfiguren, und am Ende gewann immer der König.

»Was hast du? Du stehst da wie festgewurzelt!« Der Kurfürst sah seinen Freund ungeduldig an. Er reichte Peter ein langes Jagdmesser. »Du studierst Medizin. Da solltest du ja wohl wissen, wie man einen Hirschkadaver aufbricht. Jetzt hab dich nicht so!«

»Verzeih.« Peter trat näher und nahm das Messer. »Ich … ich musste nur eben an meinen Großvater denken.«

»Diesen alten Brummbären aus Schongau?« Max tat mit seinem Messer den ersten Schnitt. In einer einzigen fließenden Bewegung öffnete er der Länge nach die Bauchdecke des Tiers. Die Eingeweide quollen heraus und dampften in der Kälte. »Was ist mit ihm?« Max hatte Peter nie gefragt, was sein Großvater, sein Onkel oder sein jüngerer Bruder für einen Beruf ausübten. Doch Peter ahnte, dass Max es ohnehin wusste. Vermutlich wusste der Kurfürst weitaus mehr über die Kuisls, als Peter lieb sein konnte.

»Er hat uns hier in München besucht und ist plötzlich schwer krank geworden. Es war wohl ein Schlagfluss.« Peter zuckte die Achseln. »Mittlerweile hat er sich wieder ein wenig erholt, aber …«

»Na, dann musst du dir ja keine Sorgen mehr machen. Komm, hilf mir lieber, die Leber rauszuschneiden. Die Kugel hat sie nicht zerrissen, und sie ist das beste Stück, wie jeder Jäger weiß.«

Peter seufzte. Es hatte keinen Sinn, mit Max über seine Familie zu sprechen. Und tatsächlich ging es dem Großvater ja wirklich wieder besser. Sein linker Arm fühlte sich wohl noch ein wenig taub an, und er konnte den kleinen Finger nicht bewegen. Doch davon abgesehen, hatte der alte Henker den Anfall erstaunlich gut überstanden. Trotzdem hatte Peters Vater Bettruhe verordnet, was der Alte nur unter viel Fluchen und Schimpfen über sich ergehen ließ. Ein paar Mal war er schon aufgestanden und hatte sich in der Küche einen Humpen Bier geholt. Erst gestern hatte ihn seine Tochter gerade noch davon abgehalten, das Haus zu verlassen und in ein Wirtshaus in der Au zu gehen. Man konnte sagen, er war wieder fast der Alte.

Trotzdem war die Familie in Sorge. Sie hatten gemeinsam beschlossen, dass der Großvater und auch Paul noch eine Weile in München bleiben sollten, unter Beobachtung. Wenigstens hatte es mit Paul keinen weiteren Streit mehr gegeben.

»Was für eine schöne Leber! Wusstest du, dass die alten Griechen in ihr den Sitz der Seele vermuteten? Wenn wir die Leber essen, verleihen wir uns damit die Kraft dieses prächtigen Tieres ein.« Max fingerte das noch warme, dampfende Organ aus der Bauchhöhle und schnitt zwei dünne Streifen ab, wovon er einen Peter reichte. »Hier, iss! Das macht dich zum Mann.«

Der Kurfürst sah ihn prüfend an, und Peter verdrehte die Augen. Das war wieder mal eine von Max' typischen Mutproben, so als wären sie beide noch zehn! Peter beschloss, sich auf die Probe einzulassen. Hastig steckte er den Fetzen in den Mund und schluckte das blutige Ding angeekelt hinunter. Max zögerte kurz, dann tat er es ihm gleich. Er grinste.

»Bah, schmeckt das widerlich!« Der junge Kurfürst lachte und wischte sich den blutigen Mund ab. »Du müsstest dein Gesicht sehen!«

»Und du deines«, erwiderte Peter. Er verschluckte sich, hustete, woraufhin Max nur noch lauter lachen musste.

Es waren Momente wie diese, in denen sie wirklich Freunde waren. Später am Hof würde Peter Max dann wieder mit »Seine kurfürstliche Exzellenz« ansprechen, und Max würde ihn behandeln wie einen x-beliebigen Diener.

Der junge Kurfürst rammte das Messer in einen nahe gelegenen Baumstumpf, das Lachen war ganz plötzlich aus seinem Gesicht verschwunden.

»Ich habe etwas mit dir zu besprechen. Du musst mir einen kleinen Gefallen tun.«

Jetzt also ist es so weit, dachte Peter, *das ist der Grund, warum er mich nach München gerufen hat. Wie so oft ...* Der Moment der Freundschaft war so schnell vorüber, wie er gekommen war.

»Was kann ich für dich tun?«, sagte Peter. Er versuchte, sich seine Enttäuschung nicht anmerken zu lassen. »Wenn ich öfter mit dir auf die Jagd ...«

»Ich werde mich auf eine Wallfahrt begeben«, unterbrach ihn Max. »Nach Altötting. Vielleicht hast du ja schon davon gehört.«

Peter nickte zögernd. Tatsächlich hatte auch er im fernen Ingolstadt vernommen, dass der bayerische Kurfürst demnächst nach Altötting pilgern wollte. Anders als sein verstorbener Vater hatte Max sich zwar bislang nicht durch übergroße Frömmigkeit ausgezeichnet, aber dass ein bayerischer Herrscher gelegentlich nach Altötting reiste, war durchaus üblich. Der kleine Ort, gut sechzig Meilen östlich von München, galt als Bayerns heiligste Stätte. Zur

Altöttinger Gnadenkapelle pilgerten die Menschen von weit her. Der große Feldherr Tilly war in der Altöttinger Stiftskirche begraben, sein Herz ruhte in einer Urne in der Kapelle, ebenso wie die Herzen von Max' Großvater, Kurfürst Maximilian, und dessen Gemahlin. Die sogenannte Schwarze Madonna, eine uralte schwarze Holzstatue der Muttergottes, hatte schon viele Wunder bewirkt.

»Ich folge damit übrigens einer Einladung«, erklärte Max beiläufig. Er wischte sich den noch leicht blutigen Mund mit einem Seidentüchlein ab. »Der deutsche Kaiser wird auch dort sein. Er hat mir einen Brief geschrieben und mich um dieses Treffen gebeten. Wir werden gemeinsam zur Schwarzen Madonna beten.«

»Der deutsche Kaiser … in Altötting …?« Eine Weile war Peter so verblüfft, dass ihm die Worte fehlten. Dieses wichtige Detail war ihm tatsächlich entgangen. Das Lernen hatte ihn in den letzten Wochen so in Anspruch genommen, dass er ganz in seiner eigenen Welt gelebt hatte. Peter war sofort klar, dass ein Treffen zweier so mächtiger Herrscher keine simple Wallfahrt sein konnte. Für Max war alles im Leben ein Spiel um die Macht, offenbar auch diese Pilgerreise. Peter dachte einen Moment lang nach.

»Die Türken«, sagte er schließlich.

»*Chapeau.*« Max lächelte schmal. »Du kannst eben nicht nur Schach spielen, sondern verstehst auch was von Politik.«

»Das war nicht so schwer zu erraten«, erwiderte Peter achselzuckend. Tatsächlich waren die Türken, deren Reich sich vom fernen Arabien bis nach Ungarn erstreckte, eine große Gefahr für das Deutsche Reich. Wien, die Hauptstadt der kaiserlichen Habsburger, befand sich nicht weit entfernt von ihrem Einflussbereich. Ein Waffenstillstandsabkommen mit dem Sultan war eben erst ausgelaufen, ein neuer Krieg wohl nur noch eine Frage der Zeit. Mit Schrecken erinnerte sich das westliche Europa daran, dass die Türken schon einmal, vor eineinhalb Jahrhunderten, vor den Toren Wiens gestanden hatten. Ein Bündnis der christlichen Herrscher tat dringend not.

Max stand auf und häufte Schnee auf die noch dampfenden Eingeweide. »Der deutsche Kaiser Leopold kämpft an zwei Fronten«, sagte er, ohne von seiner Arbeit aufzusehen. »Im Osten die Türken und im Westen der französische König, der gierig auf das Deutsche Reich schielt.« Wütend trat Max den blutgefärbten Schnee mit den Stiefeln fest, seine Stimme bekam etwas Schneidendes. »Der Kaiser ist schwach, er braucht starke Mitstreiter in einer Heiligen Allianz!«

»Und du bist so ein Mitstreiter in dieser … Heiligen Allianz«, vermutete Peter. Es fiel ihm schwer, dass Wort »heilig« in Verbindung mit Max' Machtplänen zu verwenden.

»Vielleicht.« Max lächelte und drehte sich zu seinem Freund um. »Das kommt ganz auf den Preis an. Und der steigt von Tag zu Tag. *J'augmente la mise!*«

Peter ahnte, was Max damit meinte, dass er den Einsatz erhöhte. Wie beim Schach spielte der junge bayerische Kurfürst auch in der Politik volles Risiko, wechselte die Taktiken, opferte wichtige Figuren. In Altötting wurden die Karten im Spiel um die Macht neu verteilt.

»Ich sehe, du lässt als frisch gebackener bayerischer Herrscher keine Zeit verstreichen«, sagte Peter in möglichst neutralem Tonfall. »Ich verstehe nur nicht, was ich mit alldem zu tun habe.«

Max ging hinüber zu dem Hirschkadaver und zog ein besonders langes Messer hervor. Dann packte er den Kopf des Tiers und begann, ihn mit sägenden Bewegungen abzuschneiden. »Mit dieser Heiligen Allianz wird Altötting in die Geschichte eingehen«, erklärte er, ohne in seiner blutigen Tätigkeit innezuhalten. »Das wissen die Türken und auch die Franzosen. Es wird also viele Augen und Ohren dort geben ...«

»Du vermutest, dass fremdländische Agenten in Altötting ...«, begann Peter.

»Aber natürlich«, unterbrach ihn Max. Er drehte das Haupt des Hirschs, bis es knackte. »Sie alle werden wissen wollen, was wir dort besprechen. Vielleicht versuchen sie sogar, die Allianz zu sabotieren. Auch ich brauche also ein Auge und ein Ohr ...«

Peter schwante Übles. »Du ... du willst doch nicht etwa sagen, dass ich für dich den Agenten spielen soll? Max, ich bitte dich! Dafür hast du doch viel bessere und erfahrenere Männer.«

»Denen ich allen nicht vertrauen kann. Erst vor ein paar Tagen haben wir einen französischen Spion enttarnt, er war Soldat meiner Leibwache. Auf der Streckbank hat er gestanden, leider ist er dort auch gestorben, bevor er alles erzählen konnte. Ich muss sehr vorsichtig sein ...«

Erst jetzt fiel Peter auf, dass es im Wald verdächtig still war. Er sah sich um. Der Park war leer, die berittenen Wachen in weiter Ferne, nicht einmal die Stimmen der Vögel waren zu hören. Es dämmerte bereits, eisige Nebelschwaden zogen über die Lichtung. Peter fröstelte.

»Ich brauche jemand Unauffälligen«, sagte Max leise, aber bestimmt. »So einen wie dich.« Er hielt den abgetrennten Hirschkopf in die Höhe und prüfte die Enden des Geweihs. »Also gehst du auf Wallfahrt, als einfacher Pilger, und hörst dich für mich um. Nicht mehr und auch nicht weniger.« Er zuckte mit den Schultern. »Natürlich habe ich andere fähige Männer, die das ebenfalls für mich tun werden. Agenten, die speziell für solche Zwecke ausgebildet sind. Aber du bist meine Trumpfkarte, denn keiner wird von dir wissen.« Er zwinkerte Peter spitzbübisch zu. »Ein persönlicher Agent des Kurfürsten! Na, wie findest du das?«

»Das … ist sicher eine große Ehre«, begann Peter zögerlich. »Aber ich muss zurück an die Ingolstädter Universität. Mein Professor …«

»Dein Professor … papperlapapp! Das kannst du alles nachholen. Ein kluger Kopf wie du schafft das mit links!«

»Und das ist noch nicht alles«, fuhr Peter fort, immer verzweifelter um einen Ausweg bemüht. »Ich habe dir doch vorhin gesagt, dass mein Großvater schwer krank ist. Er braucht mich! Der Vater muss ja weiter in seiner Praxis arbeiten, es … es gibt viel zu tun, auch für mich. Und dann ist auch noch mein Bruder Paul aus Schongau zu Besuch …« Peter stockte, als ihm selbst klar wurde, dass all dies nicht ausreichen würde, den Wunsch eines Kurfürsten abzuschlagen. Seltsamerweise schien Max plötzlich innezuhalten und nachzudenken.

»Dein Bruder ist zu Besuch, interessant, hm …« Geistesabwesend entfernte der junge Kurfürst einige blutige Sehnen, die unten am Hals aus dem Haupt des Hirschs hingen. »Und der Großvater krank …« Er schwieg einen Moment, dann nickte er entschlossen. »Nun, umso besser.«

»Umso besser? Was … was meinst du damit?«, fragte Peter verwirrt.

»Ich hätte da eine Idee. Eine großartige Idee!« Max lächelte breit. »Dein Vater gilt als guter Arzt, was man so hört. Und er kümmert sich auch um die einfachen Leute, Gesinde, Soldaten, sogar um Ehrlose …«

»Was hat mein Auftrag denn mit meinem Vater zu tun?«, fragte Peter, der nun immer weniger verstand, was Max vorhatte.

»Nun, eine ganze Menge.« Mit Schwung platzierte Max den Hirschkopf auf einem nahen Baumstumpf. Er sah Peter ernst und streng an, jeglicher Schalk war aus seinen Augen verschwunden. »*Alors, écoute, mon ami*! Hör mir gut zu.«

Als Peter ein paar Stunden später vor der Tür des Elternhauses stand, zögerte seine Hand, bevor er anklopfte.

Nach der Jagd waren er und Max noch mit der Kutsche in die Münchner Residenz gefahren, wo ihm der Kurfürst einige wichtige Details erläutert hatte. Vor allem aber hatte er Peter gesagt, unter welcher Tarnung sie alle zusammen nach Altötting reisen würden. Peter schüttelte sich wie nach einem bösen Traum, doch der Traum war die Wirklichkeit.

Verdammt, in was habe ich mich da nur reingeritten! Mich und alle anderen …

Noch immer brummte Peter der Kopf von den vielen Informationen. Doch im Grunde hatte er gar nicht richtig zugehört. Stattdessen verfluchte er sich dafür, dass er seine Familie überhaupt erwähnt hatte. Nun war es zu spät. Der Auftrag des Kurfürsten war sehr klar gewesen, ebenso wie die Weisung, den eigentlichen Grund für die Reise geheim zu halten.

Kein Sterbenswort gegenüber deiner Familie! Das waren Max' Worte gewesen. Dabei hatte er gar nicht übermäßig drohen müssen, Peter wusste auch so, dass mit seinem Freund nicht zu spaßen war.

Schon kurz nach seinem ersten zögerlichen Klopfen öffnete sich die Tür, und seine Mutter stand in Schürze und mit verschränkten Armen vor ihm. Sie funkelte ihn zornig an.

»Du hast es gewusst, nicht wahr?«, fauchte sie. »Oder

habt ihr, du und dein sogenannter Freund, das eben erst bei Rebhuhn und Malvasier in der Münchner Residenz ausgekungelt? Hast du denn keinen Augenblick daran gedacht, was das für deine Familie bedeutet?«

»Von … von was redest du?«, fragte Peter verdutzt. Doch er hatte bereits eine Ahnung, was seine Mutter meinte. Offenbar war Max ihm zuvorgekommen.

»Eben war ein Bote hier und hat dem Vater einen Brief gebracht«, fuhr seine Mutter aufgebracht fort. »Einen Brief des Kurfürsten höchstpersönlich!« Sie wies die Treppe nach oben. »Der Arme weiß gar nicht, wie er zu der Ehre kommt. Also sag nur nicht, das hätte nichts mit dir zu tun!«

Peter seufzte und hob entwaffnend die Arme. »Doch, das hat es. Vielleicht habe ich ein wenig zu sehr von Vaters Fähigkeiten als Arzt geschwärmt. Max war ziemlich beeindruckt. Aber dass er gleich so weit geht …« Er schwieg und blickte betreten zu Boden. Den ganzen Weg hierher hatte Peter sich überlegt, wie er vorgehen sollte. Es erstaunte ihn selbst, wie schnell ihm die Lüge über die Lippen gekommen war, und das auch noch gegenüber seiner Mutter.

Vielleicht bin ich ja gar kein so schlechter Agent, dachte er.

Oben in der Stube saßen sein Vater und sein Bruder Paul bei Kerzenschein am Tisch. Der Großvater und Sophia waren offenbar schon zu Bett gegangen. Peter sah, wie sein Vater einen zerknitterten Brief aus feinstem Papier in den Händen hielt, den er offenbar schon mehrmals gelesen hatte. Ein dickes rotes Siegel prangte darauf.

Das Siegel des Kurfürsten.

»Kurfürstlicher Hofmedicus, berufen für die Altöttinger Wallfahrt«, las Simon eben vor. Er blickte auf, als Peter mit Magdalena eintrat. »Ich gebe zu, mit dieser Ernennung hatte ich nicht gerechnet.«

»Wir alle nicht!«, blaffte Magdalena. Sie sah Peter böse an. »Vor allem nicht damit, dass *wir alle* den Vater nach Altötting begleiten sollen. So steht es nämlich in dem Brief. Wie stellst du dir das vor? Jetzt, wo es dem Großvater so schlecht geht? Und was soll das überhaupt?« Sie senkte die Stimme, vermutlich, um Sophia und den Großvater nicht zu wecken. Aber ihr Zorn war noch nicht verraucht. »Simon kann hier nicht weg, das weißt du nur zu gut!«, zischte sie. »Seine Patienten brauchen ihn, sein Schwiegervater braucht ihn. Und zwar hier und nicht in Altötting! Der Kurfürst hat doch schon einen Arzt.«

»Äh, das hab ich Max auch gesagt«, murmelte Peter, der wie ein Angeklagter mit gesenktem Kopf vor dem Tisch stand. »Aber er war unerbittlich. Max reist mit großem Gefolge, über vierhundert Personen. Da braucht er einen Hofmedicus vor Ort. Sein eigener Leibarzt ist zu alt für die Reise, meint er …« Peter schluckte. »Als ich Max das vom kranken Großvater erzählt habe, kam sein Vorschlag, dass wir alle den Vater begleiten sollen. Also, im Grunde war es eher ein Befehl …«

»Der liebe *Max*!« Paul verdrehte die Augen. »Ich wusste, dass uns deine Freundschaft mit dem Kurfürsten nur wieder Ärger einbringen wird!«

Peter verschwieg, dass Max sich vorher bei ihrem Gespräch insbesondere für seinen Bruder Paul interessiert hatte. Doch vielleicht hatte er sich das auch nur eingebildet.

»Himmelherrgott, wie soll denn das gehen?«, protestierte Magdalena zum wiederholten Mal. »Simon kann doch nicht einfach seine Praxis hier schließen! Was wird dann aus den vielen Kranken? Das sind arme Leute, die können sich nicht den Doktor Malachias Geiger in der Sendlinger Straße leisten oder gar die Quastenpuderer drüben im Kreuzviertel. Mal abgesehen davon, dass wir den Großvater nicht einfach so mitnehmen können. Er ist krank!«

»Na ja, so krank sah er heute nicht mehr aus«, sagte Simon. Noch immer hielt er den Brief des Kurfürsten in den Händen, so vorsichtig wie ein wertvolles Gemälde. »Hat seinen Haferschleim nicht essen wollen und stattdessen lautstark nach einer Surhaxe verlangt.« Peter sah seinem Vater an, dass ihm die Ernennung schmeichelte. Er rang sichtlich mit sich.

»Trotzdem können wir den Vater nicht mitnehmen«, beharrte Magdalena.

»Und wenn wir ihn solange bei deiner Schwester …«, schlug Simon vor.

»Vergiss es!« Magdalena schüttelte den Kopf. »Barbara hat sich jahrelang in Schongau um den Vater gekümmert, eigentlich seit dem Tod der Mutter. Die beiden haben sich nie vertragen. Außerdem hat Barbara mir gestern erst erzählt, dass sie mit ihrem Mann Valentin jetzt im März wieder auf den Dulten rund um München unterwegs ist. Für die Musikanten geht das Jahr ab Fasching wieder los.«

»Und wenn wir uns einfach weigern?« Trotzig verschränkte Paul die Arme vor der breiten Brust. »Der Perückenpopanz kann uns schließlich nicht zwingen, nach Altötting zu gehen.«

»Der Perückenpopanz ist der Kurfürst, Paul«, mahnte seine Mutter. »Er kann uns vielleicht nicht in Ketten legen, aber uns das Leben teuflisch schwer machen. Denk nur an unsere Einbürgerung hier in München und Vaters Sitz in der Zunft der Münchner Ärzte …« Magdalena sah ihren Mann an. »Bis jetzt weiß keiner, dass du der Schwiegersohn eines ehrlosen Schongauer Scharfrichters bist. Wenn das herauskäme …«

»Ich denke, er weiß es bereits«, sagte Peter leise.

Aller Augen wandten sich ihm zu. »Was sagst du?«, fragte sein Vater. »Du meinst, der Kurfürst weiß, dass wir …«

Peter nickte. »Er hat ein paar Mal so Andeutungen gemacht. Oberflächlich scheint er sich nicht für meine Familie zu interessieren, aber ich fürchte, er tut es doch.«

»Na, wer so einen Freund hat, braucht wirklich keine Feinde mehr.« Paul spuckte verächtlich aus. »Ich habe immer gewusst, dass er ein verlogener, intriganter Drecksack ist, schon von Anfang an! Und du spielst mit ihm Schach und trinkst feinen Wein. Wo lebst du eigentlich, Peter? Hier im Haus der Eltern oder doch mehr in der Münchner Residenz bei *deinen* Leuten?«

Peter ging auf die Provokation seines Bruders nicht ein. »Ich habe mir diese Freundschaft nicht ausgesucht«, sagte er stattdessen. »Und Max kann auch anders sein. Freundlich, zugewandt …«

»Wie es ihm halt in den Kram passt«, sagte seine Mutter bitter.

Peter hob die Hände. »Er ist auf alle Fälle ein kluger Herrscher, der es vermutlich noch weit bringen wird, vielleicht sogar bis zum deutschen Kaiser. Versucht doch auch, zu sehen, was meine Freundschaft mit ihm uns bringen kann! Und dass der Vater als kurfürstlicher Hofmedicus in Altötting wirkt, ist ja auch nicht das Schlechteste.«

»Na ja, die Kollegen werden grün vor Neid sein«, sagte Simon mit schmalem Lächeln. »Das ist wohl wahr. So eine Gelegenheit kommt nie wieder. Aber trotzdem können wir den kranken Großvater nicht mit nach Altötting …«

»Natürlich könnt ihr«, erklang eine brummige Stimme

von der Küchentür her. Dort stand Jakob Kuisl, im Nachthemd zwar, doch aufrecht, mit breiten Schultern und grimmigem Blick.

»Vater!« Magdalena sprang auf. »Leg dich bitte wieder hin. Das ist jetzt nicht die Zeit …«

»Himmelherrgott und Kreuzsakrament, jetzt ist aber einmal eine Ruh!« Jakob Kuisls Stimme klang wie ein Gewitter, das sich über dem Dach austobte. Er richtete sich zu seiner ganzen Größe auf.

»Ich bin das Theater jetzt wirklich leid! Ich bin kein sabbernder Greis und kein Kind, ich bin immer noch das Oberhaupt dieser Familie! Wo bleibt der Respekt vor dem Alter, ha? Ich hab jetzt drei verfluchte Tage lang Haferschleim fressen müssen, das Bier hab ich mir wie ein sechsjähriger Bub heimlich aus der Küche geholt, und ständig seid ihr mit einer Grabesmiene herumgelaufen, als wär ich auf meiner eigenen Beerdigung. Ich leb aber noch, zefix! Und deshalb sag ich euch jetzt, dass wir nach Altötting gehen, wir alle zusammen!« Kuisl schnaufte tief durch. »Wir müssen ja nicht alles zu Fuß gehen, da wird der liebe Herrgott schon ein Einsehen haben. Und außerdem will ich jetzt ein Bier und kalten Schweinsbraten mit scharfem Kren, und zwar sofort. Und wehe, einer kommt mir noch mal mit Haferschleim! Den ersäuf ich in einem kochenden Milchtopf, verstanden?«

Peter wusste nicht, wann sein Großvater das letzte Mal eine so lange Rede gehalten hatte. Alle am Tisch schwiegen. Eben als sich Simon räusperte, tauchte Sophia hinter dem alten Henker auf. Verschlafen hielt sie sich am Nachthemdzipfel ihres Großvaters fest und gähnte ausgiebig.

»Was ist denn los?«, fragte sie und wischte sich den Schlaf aus den Augen. »Warum sitzen alle in der Küche, und warum ist hier so ein Lärm?«

»Dein Großvater ist wieder gesund, Liebes. Daher der Lärm.« Ihre Mutter zog bedeutungsvoll die Augenbrauen hoch. »Und außerdem machen wir wohl zusammen eine kleine Reise.«

»Eine Reise? Wir alle zusammen?« Sophia strahlte. Sofort war sie hellwach. »Wie schön! Ich liebe Reisen! Wann soll es denn losgehen?«

Alle Blicke wandten sich Peter zu, der spürte, wie er rot wurde.

»Wann, Peter?«, fragte seine Mutter. »Wann? Das habt ihr hohen Herrschaften doch sicher auch schon ausgekungelt. Nun, red schon!«

»Äh, in drei Tagen«, murmelte er. »Die Postkutsche wird gegen Mittag abfahren, von München bis nach Wasserburg. Dort geht es mit dem Schiff weiter, das ist nicht ganz so beschwerlich. Für ein standesgemäßes Quartier vor Ort ist gesorgt, das hat mir Max hoch und heilig versprochen.« Er bemühte ein Lächeln. »Der Kurfürst selbst bricht bereits übermorgen zu seinem großen Pilgerzug auf, über Land, damit ihn auch jeder sieht. Ja, und der Kaiser wird demnächst in Wien losreisen …«

»Der Kaiser ist auch da, wo wir hinfahren?«, rief Sophia überrascht. Sie klatschte in die Hände. »Hurra! Ich wollte schon immer mal den Kaiser sehen!«

»Na, wenigstens eine, die sich freut«, sagte Magdalena mit einem Seufzen. Streng hob sie den Finger. »Und jetzt geh wieder ins Bett, Sophia. Ab, marsch!« Sie sah Peter und die anderen mit unerbittlicher Miene an. »Wir gehen jetzt alle ins Bett. Himmelherrgott! Die nächsten Tage werden noch anstrengend genug werden.«

Peter nickte erleichtert. Er hatte ein schlechtes Gewissen, weil er seine Familie angelogen hatte. Aber im Grunde war das Gespräch besser verlaufen, als er befürchtet hatte.

Sie würden zusammen nach Altötting gehen, alle, auch der Großvater und Paul – ganz so, wie es sich Max gewünscht hatte.

Als Peter wenig später neben seinem Bruder im Bett lag, konnte er lange nicht einschlafen. Und das lag nicht nur an der Aussicht, demnächst in geheimer Mission unterwegs zu sein. Etwas anderes ließ ihm keine Ruhe: Immer wieder fragte er sich, warum Max eigentlich ausgerechnet bei der Erwähnung seines Bruders die Idee von der gemeinsamen Familienreise gehabt hatte. Peter konnte sich noch gut an die Worte erinnern.

Dein Bruder ist zu Besuch, interessant …

Er grübelte und brütete, während er langsam in den Schlaf hinüberglitt. In seinen Träumen sah er ein gewaltiges Schachbrett und einen turmhohen König, der sich unerbittlich auf ihn zuschob.

Was für Figuren waren die Kuisls auf dem Schachbrett des Kurfürsten?

*

Im Dunkel der Münchner Gassen bewegte sich ein Schatten, der noch schwärzer war als die Nacht. Er eilte durch das Graggenauer Viertel, vorbei am Alten Hof und der Burggasse, bis er in eine Hausnische gegenüber der Residenz schlüpfte. Dort verharrte er und sah hinüber zu den beleuchteten Fenstern. Gelegentlich ging ein großer Schemen vorbei, vermutlich eine Wache. Funkelnde Kronleuchter und Hunderte brennender Kerzen schimmerten hinter dem Glas. Marmorlöwen standen links und rechts des Tors, dahinter erhoben sich schwarz die Mauern, Erker, Türme und Dächer bis hinüber zum Hofgarten.

So viel Reichtum, dachte der Schatten. *So viel Pracht.*

Sein routinierter Blick glitt über das Bollwerk, die

Augen maßen die Höhe der Mauer, nahmen die dicken Eisenstangen vor den Fenstern wahr, die beiden gerüsteten Wachsoldaten am Tor, ertasteten Vorsprünge, Dachrinnen, grobe Mauerstücke ... Der Schatten fluchte leise. Es war nicht unmöglich, aber er wusste, dass dahinter weitere Hindernisse zu überwinden waren, weitere Hürden und Schwierigkeiten, bis er endlich an sein Ziel gelangte. Das Risiko war einfach zu groß.

Außerdem gab es eine viel einfachere Lösung.

Und noch dazu eine viel schönere ... Präsentiert auf der Bühne der Welt ...

Das Geräusch marschierender Stiefel erklang, und der Schatten zog sich noch tiefer in die Nische zurück. Ein halbes Dutzend Soldaten patrouillierte vor dem Tor, es folgte der übliche Wachwechsel, alle vier Stunden, wie er bereits herausgefunden hatte. Nun erklang auch der Ruf des Nachtwächters, der mit seiner Hellebarde und einer Laterne im Viertel unterwegs war. Der Schatten lächelte. Sie würden ihn nicht finden, niemand würde ihn finden. Man hatte ihm beigebracht, wie ein Geist durch die Nacht zu schweben, er *war* die Nacht. Und sollten sie ihn doch einmal aufspüren, würde er sie töten, einen nach dem anderen.

Auch das hatte man ihm beigebracht.

Ein halbes Jahr war vergangen, seit er aus dem Land seines Meisters aufgebrochen war. Unerkannt war er übers Mittelmeer gereist bis zu jener Stadt, wo er die Mappe in Empfang genommen hatte. Das feine Kalbsleder hatte sich noch so glatt angefühlt wie am ersten Tag. Nächtelang hatte er über den darin befindlichen Dokumenten gebrütet, verloren in seinen Erinnerungen. Um sich über Wasser zu halten, hatte er das getan, was er am besten konnte: Töten. Ein paar Auftragsmorde, nichts Besonderes, im Grunde ging es nur darum, in Übung zu bleiben.

Sich bereitzuhalten für den großen Tag.

Die Schritte und Rufe verstummten. Jetzt erst schälte sich der Schatten aus der Nische. Er warf einen letzten Blick auf die Münchner Residenz, dann ging er wieder seiner Wege, wobei er sich suchend umsah und lauschte. Er brauchte Geld, seine Ersparnisse hatte er für ein schnelles Pferd ausgegeben, für Waffen und gelegentlich auch für Frauen, um zu vergessen. Am Anfang waren sie immer ein wenig verwundert gewesen, aber schließlich hatten sie doch ihren Spaß gehabt. Zumindest dann, wenn sie ihn nicht verspottet hatten, was gelegentlich vorgekommen war.

Für solche Fälle gab es Mittel und Wege, die frechen Weibsbilder für immer zum Schweigen zu bringen. Der Meister hatte ihm Dutzende beigebracht.

Der Schatten beschleunigte seine Schritte. Wenn er seinen Plan, den er erst vor wenigen Tagen entworfen hatte, in die Tat umsetzen wollte, ging das nicht ohne die nötigen … Zutaten. Und diese waren nicht einfach zu beschaffen, besonders, wenn man sie auf geheimen Wegen beziehen wollte. Aber Geld war nie ein Problem gewesen. Menschen besaßen Geld, und es gab genügend Dumme und Unvorsichtige, die sich ganz offensichtlich nur allzu gerne davon trennen wollten.

Er musste nur ein wenig durch die Gassen stromern, als das Glück auch schon bei ihm anklopfte. Zuerst hörte er ein Grölen und Singen, dann kam ein fetter Kerl aus einem Hinterhof gestolpert, wo er offenbar gerade sein Wasser abgeschlagen hatte. Der Mann nestelte an seinem Hosenbund und zog singend seiner Wege, ganz offensichtlich war er stockbetrunken.

Der Schatten wurde zur Nacht und heftete sich an die Fersen des Mannes, wobei er sein baldiges Opfer begutachtete wie einen Schlachtochsen. Der da vor ihm war kein Bettler und auch kein Vagabund; der feinen Kleidung nach zu schließen war er eher ein vermögender Bürger, vielleicht ein reicher Handwerker oder gar ein Händler. Eben verlor er seinen hübschen, breitkrempigen Hut, was ihm jedoch nicht weiter aufzufallen schien. Er stützte sich an einer Hauswand ab, rülpste und übergab sich lauthals.

Der perfekte Augenblick, um zuzuschlagen.

Der Schatten zog seinen Dolch, trat auf sein Opfer zu und …

»Himmelherrgott, ist jetzt da unten endlich Ruhe! Ich rufe die Stadtwachen, ja, das tue ich. Elendige Säufer! Allesamt einsperren sollte man euch, ach was, auspeitschen!«

Der Schatten zuckte zurück, als der übel riechende Inhalt eines Nachttopfs dicht an ihm vorbeirauschte. Über ihm am offenen Fenster zeterte noch immer eine ältere Frau, die nach unten blickte.

»Der Henker soll euch zwei ins Narrenhäusel sperren und morgen an den Pranger stellen!«

»Halt's Maul, alte Hexe!«, dröhnte der Betrunkene. »Ich komm gleich hoch und besorg's dir, wenn's dein Mann nicht vorher tut.« Er kicherte. »Wenn er noch einen hochkriegt.«

»Fahrt zur Hölle, alle beide!«

Die Fensterläden schlossen sich krachend, und der Mann ging grölend und singend weiter seiner Wege. Plötzlich stockte er in seinem Gang. In seinem umnebelten Hirn arbeitete es sichtlich.

»Wieso eigentlich alle *beide* …?«, murmelte er. »Wer …«

Er wollte sich eben umdrehen, als ihm der Dolch auch schon in die Kehle fuhr. Blut sprudelte hervor und verwandelte den Schrei des Mannes in ein heiseres Gurgeln. Er zuckte noch zwei, drei Mal, dann erschlafften seine Glieder. Der Mörder zog sein Opfer in eine schmale Seitengasse und tastete geübt die Taschen ab. Der Beutel hing an einer Lederschnur unter dem Wams. Der Schatten schnitt ihn ab und wog ihn prüfend in den Händen. Es klimperte, und er atmete erleichtert auf. Ein guter Fang. Es war wie beim Pilzesuchen, man wusste nie, was man so fand.

Noch zwei solcher Narren, dann sollte es wohl reichen …

Beiläufig wischte der Schatten seine blutbeschmierten Stiefel an der Hose des Toten ab, dann setzte er die Jagd fort.

Er hatte nicht mehr viel Zeit.

Kapitel 3

Auf der Landstraße nach Wasserburg, drei Tage später

Zum Teufel, wenn wir in dem Tempo weiterfahren, kommen wir zu Ostern in Wasserburg an! Falls wir nicht vorher bereits im Schlamm ersoffen sind …«

Missmutig blickte Jakob Kuisl aus dem kleinen Fenster der Kutsche, die zum wiederholten Mal angehalten hatte. Draußen toste ein heftiger Landregen und machte aus dem Schnee auf den Feldern einen bräunlichen Matsch. Es ging bereits auf den Abend zu. Schon mehrmals hatten sie wegen der schlechten Straßenverhältnisse einen Umweg fahren müssen, nur mit Müh und Not waren sie den fast knietiefen Schlammlöchern ausgewichen. Die Pferde wieherten, ansonsten war nur das Prasseln des Regens zu hören.

»Zefix, was ist denn jetzt schon wieder los?« Kuisl kniff die Augen zusammen und starrte hinaus in das Unwetter. Im Schleier des Regens ließen sich ein paar Scheunen und Ställe ausmachen, dahinter war die Kirche jenes Kaffs zu erkennen, welches sie vor etwa einer halben Stunde passiert hatten. Hastig hatten sie im einzigen Dorfwirtshaus einen Becher heißen, viel zu sauren Wein getrunken und ein paar Happen gegessen, bevor die holprige Fahrt weitergegangen war.

»Vermutlich stecken wir mal wieder im Dreck fest.«

Magdalena, die neben ihrem Vater auf der schmalen, ungefederten Bank saß, seufzte. »Dass es auch so viel regnen muss in diesen Tagen!«

»Beten wir, dass wir noch vor Einbruch der Dunkelheit ankommen«, murmelte Simon, der sich mit seinen Söhnen Peter und Paul die gegenüberliegende Sitzbank teilte. Sophia saß auf seinem Schoß. »Ich möchte wirklich nicht irgendwo auf einem Feld campieren müssen.«

Wie verabredet waren die Kuisls mittags in München aufgebrochen. Ihr weniges Gepäck war oben auf dem Kutschdach verstaut, darunter auch Simons große Arzneitasche mit den medizinischen Instrumenten. In den Tagen zuvor hatte sich in der Familie dann doch ein wenig Vorfreude auf die Reise breitgemacht, sie hatten sich von Sophia anstecken lassen. Die berühmte Altöttinger Gnadenkapelle besuchen zu können, noch dazu im Beisein zweier so mächtiger Herrscher, war sicherlich ein unvergessliches Erlebnis. Doch im ständigen Regen und der feuchten Kälte verflog die gute Laune schnell wieder.

Nicht zum ersten Mal wunderte sich Jakob Kuisl, wie sich die Welt verändert hatte. Noch in seiner Kindheit waren Postkutschen auf den Straßen ein seltener Anblick gewesen, mittlerweile schienen sie so allgegenwärtig wie brummende Schmeißfliegen, eine regelrechte Plage. Immer wieder kam es zu Unfällen. Seit einigen Jahren nahmen die Kutscher nun auch vermehrt Reisende mit. Es gab Fahrpläne, Posthaltereien, Pferdewechsel ... Wer wollte, konnte in nicht mal einer Woche von München nach Prag oder Wien reisen. Aber die unwegsamen Straßen, das Wetter und auch Räuber machten jede Fahrt immer noch zu einem gefährlichen Abenteuer. Selbst wenn es nur ins knapp vierzig Meilen entfernte Wasserburg ging ...

»Müssen wir heute Nacht wirklich draußen übernachten?«, fragte Sophia ängstlich. »Was ist, wenn Geister und Hexen kommen?«

»Denen tritt dein Großvater höchstpersönlich in den Arsch«, erwiderte Paul mit einem Augenzwinkern. »Oder er zündet sie an. Was ein echter Henker ist, der schichtet auch bei so einem Sauwetter einen anständigen Scheiterhaufen. Nicht wahr, Großvater?«

Kuisl grunzte nur. Dabei versuchte er, sich nicht anmerken zu lassen, dass er diese Reise trotz aller Hindernisse genoss. Ein großer Teil der Familie war vereint, und die gemeinsamen Abende waren weitaus schöner, als allein in Schongau im Austragshäuserl zu sitzen. Aber er würde den Teufel tun und das zugeben, denn dann müsste er auch erklären, warum er eigentlich zugestimmt hatte – und wie sehr ihn in den letzten Wochen und Monaten seine Ängste geplagt hatten.

Fast wie Geister und Hexen, dachte Kuisl. *Aber diese hier werd ich nicht durch einen saftigen Arschtritt los. Und auch nicht mit einem Scheiterhaufen. Der Henker ist mit seinem Latein am Ende …*

Drei Mal hatte das Schicksal in den letzten Monaten bei ihm an die Tür geklopft. Das erste Mal war es nur ein leises Prickeln in der linken Hand gewesen, eine winzige Taubheit, aber Jakob Kuisl war zu sehr Heiler, als dass er nicht wusste, was das bedeutete. Seitdem plagte ihn ein leichtes Zittern im Arm. Beim zweiten Mal hatte er hinter dem Haus in Schongau Holz gehackt, als ihm die Axt ganz plötzlich aus der Hand fiel, er war gestürzt und hatte die Besinnung verloren. Erst Stunden später war er wieder zu sich gekommen, ohne Erinnerung, von der Familie hatte Gott sei Dank keiner etwas bemerkt. Auch nicht, dass er danach genuschelt hatte und ihm manche Wörter nicht mehr eingefallen waren. Wobei ihn Paul ein paar Mal so angesehen hatte, als ahnte er etwas. Der Anfall in München vor ein paar Tagen war der bislang heftigste gewesen.

Wie lange noch, mein Herrgott? Wann wirst du mich zu dir holen?

Heimlich tastete Kuisl seine Gliedmaßen ab. Er hatte seine Familie angelogen. Von dem letzten Anfall war nicht nur eine leichte Taubheit geblieben, er konnte seinen linken Arm seitdem nur noch sehr eingeschränkt bewegen. Bislang hatte er das noch gut überspielen können, keiner schien zu merken, wie es wirklich um ihn stand. Der Henker war kein strenggläubiger Mensch, aber trotzdem war auch er der Ansicht, dass eine Wallfahrt nach Altötting in seinem Alter und im jetzigen Zustand wohl nicht das Schlechteste war. Außerdem gab es da noch etwas, was er mit sich ausmachen musste. Mit sich und seiner älteren Tochter …

Soll ich es Magdalena erzählen? Wenn nicht jetzt, wann dann?

Schon ein paar Mal war er kurz davor gewesen. Nun, er würde die Schwarze Madonna in Altötting befragen, was zu tun sei. Vielleicht gab sie ihm ja eine Antwort. Möglicherweise war die Muttergottes sogar ganz froh, wenn sie zwischen all den Herrschern, Sesselpupern und fetten Pfaffen, die Altötting bald bevölkern würden, auch mal einen einfachen Mann vor sich hatte – wenn es auch nur ein alter, ehrloser Scharfrichter nach ein paar Schlagerl war.

Noch immer rührte sich die Kutsche nicht. Draußen war das Wiehern der Pferde zu hören, dazu das Klatschen der Hufe im Dreck, gelegentlich auch ein Schnalzen der Peitsche. Ungeduldig klopfte Jakob Kuisl gegen den Verschlag. »He, Kutscher, was ist los? Seid Ihr auf dem Kutschbock eingeschlafen?«

»Wir bekommen den Karren nicht aus dem Dreck!«, kam die prompte Antwort. »Eines der verfluchten Räder sitzt fest. Vielleicht, wenn Ihr ein frommes Gebet ...«

»Kreuzsakrament! Na, Engel werden uns wohl keine aus dem Mist ziehen! Da werden wir schon selbst anpacken müssen. Auf geht's!« Kuisl erhob sich, wobei er sich prompt den Schädel an der niedrigen Decke stieß. Magdalena hielt ihn am Arm fest.

»Wo willst du hin, Vater? Du bist krank ...«

»Und bald auch verhungert und verdurstet, wenn wir nicht weiterfahren. Davon abgesehen geht es schneller, wenn wir alle mithelfen. Also raus mit euch!«

»Ich fürchte, der Großvater hat recht«, meldete sich Peter. »Wir müssen alle aussteigen, dann ist die Kutsche auch leichter.« Peter hatte bis jetzt fast die ganze Fahrt über geschwiegen. Irgendwie hatte Kuisl den Eindruck, dass sein Enkel noch nicht ganz erzählt hatte, was es mit dieser plötzlichen Reise nach Altötting auf sich hatte.

Der Henker öffnete die Tür im Verschlag, und sofort wehte ihm der Regen ins Gesicht. Der Kutscher und sein Helfer standen vorne bei den Pferden und zerrten am Geschirr. Das linke Hinterrad stand bis zur Nabe in einer Pfütze. Fluchend schlug der Kutscher auf die Pferde ein, doch die Kutsche rührte sich keine Handbreit.

»Wir müssen hinten schieben«, brummte Kuisl. Er wandte sich an den jüngeren und kräftigeren seiner beiden Enkel. »Komm, Paul, ich brauch eine starke Hand!« Seine Stimme ging im Rauschen des Regens fast unter. »Wär doch gelacht, wenn zwei Henker so einen klapprigen Holzkasten nicht aus dem Schlamm hieven könnten!«

»Ich glaube wirklich nicht, dass Ihr in Eurem Zustand ...«, setzte Simon an, doch Kuisl und Paul waren bereits durch den Dreck nach hinten gewatet. Schon nach wenigen Augenblicken waren sie klitschnass, Schuhe und Hosen mit Schlamm und Kot besprenkelt.

»Auf mein Zeichen«, sagte Kuisl zu Paul. »Eins, zwei, *drei*!«

Sie drückten und pressten gegen die Wagenwand, wobei Kuisl die gesunde rechte Schulter belastete. Und tatsächlich bewegte sich die Kutsche ein winziges Stück. Doch es reichte nicht.

»Kreuzsakrament, was macht Ihr da vorne? Pfeife schmauchen? Zieht gefälligst am Geschirr!« Kuisl entledigte sich seines Rocks und krempelte die Ärmel hoch. Trotz seiner fast siebzig Jahre hatte er noch Oberarme, dick wie junge Eichen.

»Als würde man einen Verurteilten zum Schafott zerren. Findest du nicht?« Paul grinste. »Der Vater und der Peter können ja in der Zwischenzeit ein paar fromme Gebete sprechen, während wir hier die Drecksarbeit ...«

»Dein Vater und dein Bruder haben andere Talente. Und jetzt halt die Goschn und schieb lieber. Noch haben wir den Karren nicht aus dem Dreck. Eins, zwei, drei!«

Wieder drückten sie, und diesmal glitt das Rad aus dem Schlammloch. Von vorne hörte man Jubel und Hochrufe.

»Gott sei's gedankt!«, sagte der Kutscher, als sie vorne am Kutschbock beisammenstanden. Respektvoll musterte er Kuisl, der sich eben Schweiß und Dreck aus dem Gesicht wischte. »Wer hätte gedacht, dass ein frommer alter Pilger ...«

»Der fromme alte Pilger versohlt dir gleich den Arsch«, knurrte Kuisl. »Und jetzt fahrt weiter, bevor ...«

In diesem Augenblick waren Wiehern und das Trampeln von Hufen zu hören. Als Kuisl sich umsah, tauchten im Schleier des Regens drei Reiter auf der Straße auf. Ihre Pferde waren groß und stämmig, fast wie Schlachtrösser.

Die Männer selbst trugen Schlapphüte und weite Hosen. Kuisl glaubte, im seitlichen Gehänge Degen und die Knäufe von Faustbüchsen zu sehen. Eine Erinnerung kam in ihm hoch, bitter wie Galle.

Blutrote Beinkleider ... zerfetzte Waffenröcke ... Mäntel wie Fahnen im Wind ...

Kuisl erstarrte.

Himmel! Ist das ein Albtraum?

Eine unsichtbare Faust griff nach seinem Herzen, und für einen Moment glaubte er, ein weiterer Schlagfluss würde ihm endgültig den Garaus machen. Doch es war nur die Angst.

»Was in Gottes Namen ...«, murmelte er. Zu seinem Schrecken bemerkte er, dass die Männer nicht innehielten, sondern direkt auf die Gruppe der Reisenden zuritten.

»He, was soll das?«, rief der Kutscher ihnen zu. »Seid ihr verrückt geworden? Seht ihr denn nicht, dass ...«

Die Reiter galoppierten so nahe an ihnen vorbei, dass der Mantelsaum des vordersten Kuisls Nase streifte. Er versuchte, nach dem Mantel zu greifen, doch der Fremde war schon an ihm vorübergeritten. Für einen kurzen Moment hatte der Henker sogar das Gefühl, der Mann sei durch ihn *hindurch*geritten, wie ein Spuk.

Wie ein Geisterreiter.

Die Kutschpferde wieherten aufgeregt und keilten aus, worauf das Gefährt fast in den Graben gestürzt wäre. Sophia schrie und weinte.

»Ihr Mistkerle!«, brüllte der Kutscher, der in dem Tohuwabohu tatsächlich vom Kutschbock gefallen war. Er reckte drohend die Fäuste, während die Reiter im Nebel verschwanden. »Der Teufel soll euch holen!« Mühsam rappelte er sich wieder auf und klopfte sich den Dreck vom Mantel.

»So was passiert immer wieder.« Der Kutscher schüttelte den Kopf. »Irgendwelche jungen Adligen, die glauben, die Straße gehöre ihnen. Nehmen keine Rücksicht und reiten in den Dörfern dann kleine Kinder nieder!«

»Die sahen aber gar nicht so adlig aus«, sagte Simon nachdenklich. »Mehr wie ... Marodeure. So wie Soldaten früher im Krieg ...« Sein Blick fiel auf Jakob Kuisl. »Ist alles in Ordnung mit Euch? Ihr seht plötzlich so blass aus.« Er drehte sich zu Magdalena um. »Ich wusste doch, dass diese Reise zu viel für deinen Vater ist!«

»Schmarren«, brummte Kuisl und versuchte, seine Stimme so normal wie möglich klingen zu lassen. »Lasst uns weiterfahren. Ich hoffe, dass wir in Wasserburg noch eine anständige Mahlzeit und einen Humpen Bier bekommen.«

Er stieg wieder in die Kutsche, wobei ihn ein leichtes Zittern überkam.

Drei Reiter ... blutrote Beinkleider ... Wie Soldaten früher im Krieg ...

Als die Reiter wie Spukgestalten im Regen aufgetaucht waren, hatte der Henker für einen kurzen Moment geglaubt, die Vergangenheit habe ihn eingeholt. Als wären seine schlimmsten Ängste Wirklichkeit geworden.

Seltsam, dass die Erinnerungen gerade jetzt zurückkehren, dachte er.

Jakob Kuisl schüttelte sich. Eines war klar: Der fromme alte Pilger würde heute Abend mehr als nur ein Bier brauchen.

Sie erreichten Wasserburg erst am späten Abend. In den Gassen war es bereits finster, nur mit viel Glück und Überredungskunst hatten die Wachsoldaten am Stadttor die Reisenden noch eingelassen. Die Stadt lag auf einer schmalen Halbinsel, die von beiden Seiten vom Inn umspült wurde. Am gegenüberliegenden Ufer ragte eine vom Fluss in Jahrtausenden ausgewaschene Steilwand bis zu zweihundert Fuß in die Höhe.

Jakob Kuisl zog sich die Kapuze über und sah sich blinzelnd um. Nahe des Stadttors brannten nur wenige Laternen, in den Gassen herrschte Dunkelheit. Es war das erste Mal, dass Kuisl in Wasserburg weilte, doch er hatte schon viel von der Stadt gehört. Ebenso wie am Lech in Schongau wurden hier am Inn viele Waren auf dem Fluss transportiert: Salz, Silber, Tuche, Wein, ganze Marmorblöcke, vor allem aber Getreide. Die Schiffe kamen aus Tirol, aus Hall und Kufstein, flussabwärts ging es weiter bis zur Donau; in nur drei Tagen konnten Reisende auf diese Weise Wien erreichen. Obwohl Wasserburg viele Meilen von der Hauptstadt entfernt lag, galt der Ort doch als der Münchner Hafen.

Sie passierten die verlassenen Gassen und erreichten schließlich die Schiffslände. Hier unten am sogenannten Gries war trotz der späten Uhrzeit noch einiges los. Tagelöhner schleppten Kisten und Ballen zu den Stadeln und Stapelhäusern, auf den im schwarzen Wasser dümpelnden Schiffen sah der Henker im Laternenlicht gebückte Männer in die Ladeluken hinuntersteigen, aus den benachbarten Hafenwirtshäusern erklangen Musik und Gelächter. Der Regen hatte mittlerweile aufgehört, doch vom Fluss her wehte eine feuchtkalte Brise, so als wollte der Winter noch einmal zurückkommen.

Jakob Kuisls Hunger war in den letzten Stunden immer heftiger geworden, vom Durst ganz zu schweigen. Mittlerweile hätte er einen ganzen Bären essen und dazu ein Fass Bier aussaufen können. Das schmutzige, nasse Hemd klebte ihm am Leib, trotz seines Körperumfangs fröstelte er. Auch die anderen Familienmitglieder waren mit ihren

Kräften am Ende. Noch zwei Mal hatten sie die Kutsche aus dem Dreck ziehen müssen, die holprige Fahrt war ihnen allen endlos erschienen. Die kleine Sophia konnte kaum noch die Augen offen halten. Es dauerte einige Zeit, bis die Reisenden endlich nahe der Lände eine Bleibe für die Nacht fanden.

Das Wirtshaus, in dem sie sich schließlich niederließen, stellte sich als gemütliches und vor allem gut beheiztes Lokal heraus. Es war ein verwinkeltes Kellergewölbe, von rußigen Fackeln und Laternen erleuchtet. In einem großen offenen Kamin brannte ein Feuer. An den Tischen saßen breit gebaute Schiffer und Flößer, daneben ein paar dickbusige Dirnen und einfache Handwerker – ein Publikum, bei dem sich der alte Henker sofort wohlfühlte. Der Eintopf war zwar einfach, aber er schmeckte köstlich – und ebenso das Bier, wie Kuisl erfreut feststellte. Er leerte den ersten Humpen in einem Zug, und beinahe augenblicklich kehrte Ruhe in ihm ein. Die albtraumhaften Bilder verblassten.

Noch immer dachte Kuisl mit Grauen an die unheimliche Begegnung auf der Landstraße nach Wasserburg. Für die anderen mochten die drei Reiter nur ein paar Hallodris gewesen sein, doch er hatte etwas anderes in ihnen gesehen.

Drei Geisterreiter … Wie Soldaten früher im Krieg …

Geistesabwesend griff Kuisl nach Pfeife und Tabakbeutel. Noch in München hatte er sich eine neue hübsche Stielpfeife zugelegt, nachdem er die alte im Zorn zerbrochen hatte. Neben ihm räusperte sich Simon.

»Ich denke, Ihr solltet das Rauchtrinken eine Zeit lang sein lassen.«

»Häh?« Der Henker schaute seinen Schwiegersohn an, als würde dieser Türkisch sprechen.

»Der Tabak.« Simon deutete auf den Beutel in Kuisls Fingern. »Meine ärztlichen Beobachtungen bringen mich zu dem Schluss, dass das Rauchtrinken gerade bei Patienten nach einem Schlagfluss …«

»Zuerst bekomm ich tagelang nur Haferschleim, und dann soll ich auch noch das Rauchen sein lassen?« Kuisl schnaubte und stopfte sich derweil seelenruhig seine Pfeife. »Ich frage mich, wer der bessere Folterknecht ist – ein Henker oder ein Medicus? Verzeihung, kurfürstlicher *Hof*medicus, meinte ich natürlich.« Mit einem brennenden Span entzündete er den Tabak, es qualmte wie in der Hölle.

Resigniert sah Simon zu Magdalena hinüber. »Red du mit ihm. Wenn er schon nicht auf seinen Arzt hört, dann vielleicht auf seine Tochter.«

»Vater«, begann Magdalena mit sanfter Stimme. »Verstehst du denn nicht, dass wir uns alle Sorgen machen? Du solltest jetzt wirklich …«

»Wirt, ein zweiter Humpen, aber schnell! Bevor mich noch der Schlag trifft, von all dem Genörgel und Gesäusel hier!« Kuisl hob seinen Krug in die Höhe. Doch sein Ruf ging in lautem Trubel unter. Der Lärm kam aus einer der hinteren Nischen. Der Henker drehte sich um und hätte beinahe den Krug fallen gelassen.

An einem Tisch im rückwärtigen Teil des Gewölbes saßen die drei Reiter.

Kuisl glaubte zu spüren, wie sein Herz einen Moment lang aussetzte. Die Pfeife fiel ihm aus dem Mund und landete auf dem Boden.

Träume ich? Was, in Gottes Namen …

In dem allgemeinen Gewühle waren sie ihm bisher nicht aufgefallen. Auch jetzt war es schwierig, Genaueres zu erkennen, denn um die Kerle hatte sich ein Pulk von wütenden Männern gebildet. Schimpfworte fielen, es gab Gerangel, Gläser gingen splitternd zu Bruch.

»Was geht dahinten vor?«, fragte Paul. »Eine Schlägerei?« Er grinste und rieb sich die Hände. »Der Abend verspricht spannend zu werden. Oder was meinst du, Großvater?«

»Ich … weiß … nicht«, sagte Kuisl zögerlich. Er saß da wie versteinert, blinzelte, kniff die Augen zusammen, sah wieder hin. Schließlich atmete er erleichtert aus.

Nein, sie sind es nicht. Gott sei gedankt! Nur ein saudummer Zufall. Du bist doch nicht verrückt …

Die Schreie wurden lauter. Die drei Reiter, die eben noch gesessen hatten, waren aufgesprungen, sodass Kuisl sie zwischen den umstehenden Männern nun besser ausmachen konnte. Wie zuvor bei ihrem verwegenen Ritt hatten die Kerle Schlapphüte auf, die mit bunten Federn geschmückt waren. Die Haare trugen sie lang und gewellt, die Spitzbärte waren gepflegt, die Hemden und roten Pluderhosen von bester Qualität. Trotzdem strahlten sie etwas Spitzbübisches aus, wie Räuber, die sich nur verkleidet hatten. Einer war klein, fast so zierlich wie eine Frau, der zweite hager und sehnig, der dritte jedoch war ein Bär von einem Mann, fast so groß und breit wie Kuisl.

»Sieh mal einer an!«, rief Simon überrascht aus. »Unsere drei Freunde von heute Nachmittag. Offenbar sind die Burschen gerne mal auf Ärger aus.«

Der Große hatte seinen Korbdegen gezogen. Er sprang auf den Tisch und ließ die Klinge kreisen, sodass die wütenden Gäste zurückwichen. Die beiden anderen Männer hatten sich Rücken an Rücken gestellt und zogen nun ihrerseits die Degen. Kuisl sah sofort, dass alle drei geübte Kämpfer waren. Ihre Bewegungen hatten etwas Routiniertes, über viele Jahre Eingeübtes. Der Henker kannte nur wenige, die so fochten.

Im Grunde nur eine Einheit ...

Erste Bierkrüge und Teller flogen in Richtung der fechtenden Reiter, die sich geschickt duckten und den Wurfgeschossen auswichen.

»Verfluchte Franzmänner!«, rief jemand aus der Menge. »Der Teufel soll sie allesamt holen!«

Ein paar der Wasserburger rüttelten nun an dem Tisch, auf dem die drei Männer standen. Der Kleine zog seine Faustbüchse und gab einen Warnschuss zur Decke hin ab. In dem niedrigen Gewölbe donnerte und hallte es, als würde die Welt untergehen. Putz rieselte zu Boden, der Pulvernebel verhüllte kurz die Sicht. Frauen kreischten und warfen sich auf den Boden, Männer fluchten und griffen nun ihrerseits zu Messern und Knüppeln.

Die drei Kämpfer, die also offenbar Franzosen waren, nutzten die Verwirrung und sprangen geschickt von Tisch zu Tisch, bis sie auf diese Weise die Treppe erreicht hatten, die zum Ausgang führte. Kurz darauf waren sie in der Nacht verschwunden. Zurück blieb ein Haufen schimpfender Wasserburger Bürger, die den Fremden derbe Flüche hinterherschickten.

»Was ist denn eigentlich geschehen?«, fragte Simon nach einer Weile einen der umstehenden Männer, der in den Scherben seines Maßkrugs stand. »Warum gab es Streit?«

Der Mann blutete aus einer Wunde an der Stirn, seine Lippen zitterten vor Zorn. »Hochmütige Franzmänner!« Er ballte die Faust. »Haben uns in den Wein gespuckt und ein paar von unseren Frauen betatscht. Auch meine Marie! Der Teufel soll sie und ihren parfümierten Perückenkönig holen! Dreckige Froschfresser!«

Tatsächlich waren Franzosen in den deutschen Landen derzeit nicht gut gelitten. Frankreich hatte nach dem langen Krieg, der nun schon einige Jahrzehnte zurücklag, etliche ehemals deutsche Gebiete zugesprochen bekommen – und König Ludwig XIV., genannt »der Sonnenkönig«, machte den Eindruck, als wäre er immer noch nicht satt. Die schreckliche Erinnerung an marodierende französische Landsknechte war in vielen Teilen des Reichs noch höchst präsent.

»Und Ihr seid sicher, dass es Franzosen waren?«, hakte Simon nach.

»Na, ich weiß doch, wie die reden!«, entgegnete der Mann achselzuckend. »Als hätten sie sich an einer schleimigen Schnecke verschluckt!«

»Möchte wirklich wissen, was die Froschfresser hier bei uns wollen«, sagte ein breit gebauter Flößer von weiter hinten und schloss einen derben Fluch an.

»Ja, das möchte ich auch«, sagte Peter leise, fast wie zu sich selbst. Er wandte sich an die anderen Familienmitglieder. »Sie sahen aus wie Soldaten. Findet ihr nicht?«

»Es waren Musketiere.«

Es war Jakob Kuisl, der gesprochen hatte. Sein Blick ging ins Leere, zurück in eine Zeit, die schon lange vergangen war. Paul sah ihn neugierig an.

»Ich vergesse immer wieder, dass du ja noch im großen Krieg gekämpft hast, Großvater. Du kennst solche Haudegen also?«

»O ja, ich kenne sie.« Kuisl nickte nachdenklich. »Musketiere sind königliche Haustruppen. Französische Elitekämpfer. Schwer zu schlagen … Früher schossen sie mit Musketen, daher der Name, aber sie sind schon lange mit anderen Waffen unterwegs. Verflucht zähe Bastarde …«

Der Henker schwieg. Erinnerungen an weit zurückliegende Schlachten stiegen in ihm hoch wie schmutziger Schaum in einem kochenden Topf Milch.

Pulvernebel über den Feldern, das Donnern der Kano-

nen, die schrillen Schreie der Sterbenden und Verletzten … Du bist ein Doppelsöldner, der Meister des Langen Schwerts, du schlägst einen blutigen Kreis, wie der Schnitter des Herrn … drei Reiter … zerfetzte Mäntel wie Fahnen im Wind …

Kuisl schüttelte sich. Diese Musketiere waren nicht die drei Geisterreiter aus seinen Albträumen gewesen, aber sie hatten etwas Altes, längst Verschüttetes wieder ausgegraben. Der Henker fragte sich unwillkürlich, ob ihm die Altöttinger Schwarze Madonna die Männer geschickt hatte, als ein erstes Zeichen.

Ich muss mit Magdalena reden. Schon bald.

»… frage ich mich, ob der Kurfürst eigentlich weiß, dass französische Musketiere hier in seiner Heimat so offen auftreten«, drang Peters Stimme zu ihm durch. »Wir sind ja nicht mehr im Krieg.«

»Wir könnten ihnen ja folgen und es herausfinden«, schlug Paul vor. »Wobei sie verflucht gute Kämpfer zu sein scheinen, wenn selbst der Großvater Respekt vor ihnen hat.«

»Einen Teufel werdet ihr depperten Mannsbilder tun und diesen Lumpen auch noch nachlaufen!« Magdalena winkte ab. »Lasst uns jetzt alle zu Bett gehen. Ich hoffe, dass die morgige Schifffahrt nicht ganz so viele Überraschungen bereithält wie der heutige Tag. Außerdem bin ich hundemüde und …«

Jakob Kuisl wandte sich ab und kroch unter den Tisch.

»Was, um Himmels willen, macht Ihr da?«, fragte Simon verdutzt.

»Na, was wohl?«, knurrte Kuisl. »Zefix! Ich such meine neue Pfeife. Reicht schon, wenn mir mein gutes altes Stück in München zerbrochen ist.« Nach kurzer Zeit hielt er die Stielpfeife triumphierend in den Händen. »Da müssen schon mehr Musketiere und Doktoren kommen, um einem Henker das Rauchen auszutreiben.«

Er steckte sich die Pfeife an und inhalierte tief.

Es war ein dummer Zufall gewesen, nicht mehr. Aber die Erinnerung an früher ließ sich nicht löschen.

Nicht mit allem Bier und Tabak der Welt.

Kapitel 4

Am nächsten Tag auf dem Inn

Die Fahrt von Wasserburg nach Neuötting am nächsten Tag dauerte nur wenige Stunden und war wesentlich angenehmer als die gestrige Reise. Über Nacht hatte es endlich aufgehört zu regnen, sogar die Sonne war ein wenig herausgekommen. Die Familie hatte eine günstige Passage auf einer sogenannten Plätte ergattert, einem flachen, lang gezogenen Kahn, dessen einzelne Bootsplanken am Zielort wieder verkauft wurden. Das Boot transportierte vornehmlich Salz, welches in Blöcken gelagert wurde. Am Heck gab es ein kleines Dach, unter dem die Kuisls in ihrer feuchtklammen Kleidung Schutz vor dem Wind gesucht hatten. Eine Glutpfanne spendete ein wenig Wärme.

Simon ging nach vorne zum Bug und ließ den Blick über das Ufer schweifen, wo hinter Büschen und Hecken die schmalen, ausgetretenen Treidelpfade zu erkennen waren. Gelegentlich sah er Pferde, die ein Floß oder mehrere zusammengehängte Boote flussaufwärts zogen, doch es waren nicht viele. Der Wasserstand war um diese Jahreszeit eigentlich noch zu niedrig, nur der viele Regen der vergangenen Tage und Wochen ermöglichte es überhaupt, auf dem Inn zu reisen.

Zum wiederholten Mal glitt Simons Hand in die Rocktasche, wo sich der Brief des Kurfürsten befand, jene Ernennungsurkunde, die er nun schon so oft gelesen hatte.

Kurfürstlicher Hofmedicus …

Ein Schauer überlief Simon. So ein Schreiben besaß nicht einmal sein alter Mentor Doktor Malachias Geiger! Wer hätte gedacht, dass er, der Sohn eines kleinen Schongauer Baders und Feldschers, es einmal so weit bringen würde? Er konnte sich noch gut erinnern, wie er vor gut zwei Jahrzehnten um Magdalenas Hand angehalten hatte. So vieles hatten sie seitdem gemeinsam durchgestanden. Sein eigenes Leben kam Simon manchmal vor wie dieser Fluss, der die Kuisls ihrem nächsten Ziel entgegentrug. Man wusste nie, was einen hinter der nächsten Biegung erwartete …

Die Ernennung zum Hofmedicus war an die Altöttinger Wallfahrt gebunden, sie galt nicht für immer. Aber trotzdem wusste Simon, was so eine Urkunde bedeutete. Sie hob ihn hervor in der Münchner Ärztezunft. Vermutlich zerrissen sich die Kollegen jetzt schon ihre Mäuler und sprachen von Günstlingswirtschaft. Sollten sie doch! Das war reiner Neid.

Als Simon in dem kurfürstlichen Brief gelesen hatte, dass sie alle gemeinsam nach Altötting reisen sollten, hatte er zunächst die Hände über dem Kopf zusammengeschlagen. Doch nach und nach hatte er sich damit angefreundet. Was blieb ihm auch anderes übrig? Sein grummelnder Schwiegervater schien den Schlagfluss halbwegs gut überstanden zu haben, und ein paar Tage Auszeit konnten ihnen allen nur guttun. Außerdem würde ihm Peter in Altötting eine willkommene Hilfe sein.

Mit dem Brief sollte Simon sich gleich nach der Ankunft des Kurfürsten in dessen Lager in Altötting melden und sich als Arzt um das vielhundertköpfige Gefolge kümmern. Eigentlich hätte Simon erwartet, dass er als Hofmedicus in einer eigenen Kutsche anreiste. Nun, zumindest an das Quartier war wohl gedacht worden. Peter hatte ihm versichert, dass es eine standesgemäße Unterkunft war, vermutlich die ganze Etage eines besseren Wirtshauses oder auch die Privatwohnung eines Patriziers. Als Vermieter war in dem Brief ein gewisser Niklas Engelschall im benachbarten Neuötting aufgeführt, in der Frauengasse. Engelschall und Frauengasse … Das klang schon mal nicht schlecht.

Simons Blick ging nach hinten, wo seine beiden Söhne miteinander plauderten, fast so wie früher. Unwillkürlich schüttelte er den Kopf. Wie konnten zwei Brüder nur so verschieden sein! Mit Paul hatte es immer nur Ärger gegeben, schon seit der Kindheit. Magdalena rügte Simon oft, dass er den jüngeren Sohn nie lobte – aber für was? Dass Paul sich mit Vagabunden prügelte, herumhurte und jetzt zum wiederholten Male kurz davorstand, seine Lehrzeit abzubrechen? Peter hingegen wirkte viel älter und reifer, als es seine achtzehn Jahre vermuten ließen, nur vielleicht ein wenig zu still. Er war auf dem besten Weg, ein mindestens ebenso guter Arzt zu werden wie sein Vater.

Der Inn floss in sanften Kurven dahin, gelegentlich tauchten am Ufer kleine Dörfer und Weiler auf. Im Dunst waren bewaldete Hügel zu sehen, weit dahinter, am Horizont, die Kette der Alpen. Nach einer weiteren halben Stunde erblickte Simon einen hohen Kirchturm, der aus der Landschaft herausstach.

»Die Neuöttinger Pfarrkirche Sankt Nikolaus«, brummte der Schiffer, ein kleiner, krummbeiniger Mann, der die ganze Fahrt über hinten am Ruder stand. »Macht euch fertig zum Aussteigen.«

Sie packten ihre wenigen Habseligkeiten zusammen und

stiegen schließlich von Bord. Die Neuöttinger Schiffl ände befand sich etwa eine halbe Meile von der Stadt entfernt, nur wenige Boote waren um diese Jahreszeit an den glitschigen Pfosten vertäut. Eine breite Brücke spannte sich über den Inn, langsam schoben sich Kutschen, Karren und Fuhrwerke darüber. Der Ort selbst lag auf einem Höhenrücken, eine steile Straße führte vom Fluss nach oben.

Suchend sah Simon sich um.

»Gibt es denn hier keine Kutsche oder wenigstens ein Fuhrwerk, das uns mit dem Gepäck abholt?«, wandte er sich an Peter. Dieser zuckte mit den Schultern.

»Wenn in deinem Brief nichts steht, wohl eher nicht. Aber so weit ist es ja nicht.«

Simon stöhnte. »Wenn du wüsstest, was diese Arzneitasche wiegt …«

»Komm schon, ich trag sie dir.« Paul wuchtete sich die große Tasche auf den Rücken und stapfte voran.

»Danke«, murmelte Simon und ging nachdenklich mit den anderen hinterher. Sein jüngerer Sohn hatte tatsächlich auch seine guten Seiten, und er gab sich derzeit Mühe, das musste Simon anerkennen. Seit dem großen Krach in München war es zu keinem weiteren Streit mehr gekommen.

Sie passierten etliche mit Fässern beladene Wagen, die von Vorspännern gezogen wurden. Peitschen knallten, Fuhrleute fluchten, schließlich betraten sie durch ein großes hohes Tor die Stadt.

Anerkennend sah sich Simon um. Anders als seine Geburtsstadt Schongau, die ihre besten Zeiten längst hinter sich hatte, machte Neuötting einen stattlichen Eindruck. Zur Rechten ragte hoch die Sankt-Nikolaus-Kirche auf, steingewordene Präsentation einer reichen Bürgerschaft. Die breite Hauptstraße war gesäumt von Patrizierhäusern, hübsche Arkaden dienten den Händlern für ihre Auslagen. Die vielen Amtsgebäude zeugten davon, dass in Neuötting das hiesige Pfleggericht seinen Sitz hatte. In den Straßen begegneten ihnen reiche Händler und Beamte, gekleidet in Schaube und Spitzentüchlein, aber auch Wallfahrer in einfachen Gewändern und mit Pilgerstäben.

»Kaiser und Kurfürst werden während ihres Treffens natürlich im benachbarten Altötting ihr Lager aufschlagen«, erklärte Peter, während sie an dem duftenden Brothaus am Schrannenplatz vorbeigingen. »Aber dort gibt es kaum Herbergen.« Er deutete auf eine Gruppe Pilger, die eben singend an ihnen vorüberzog. »Ich denke, dass viele Wallfahrer sich das kommende Spektakel nicht entgehen lassen werden. Es dürfte also ziemlich voll werden.« Er ging zu einem der Goldschmiede unter den Arkaden und kam nach kurzem Gespräch zurück.

»Kaiser Leopold wird wohl schon heute Abend in Altötting erwartet«, verkündete Peter lächelnd. »Eine große Menge Pilger hat sich bereits am Altöttinger Kapellplatz versammelt, um ihn dort zu begrüßen.«

»Juhu, der Kaiser!« Sophia klatschte in die Hände. »Dann müssen wir heute auch noch dorthin, ja? Ich will unbedingt den Kaiser sehen, bitte!«

»Ich will nur noch ein warmes Bett, was zwischen die Zähne und einen Humpen Bier.« Paul wandte sich an Jakob Kuisl. »Und der Großvater sicher auch. Oder?«

»So sicher, wie der Papst einen goldenen Haufen scheißt«, brummte Kuisl. »Halleluja!«

»Ich denke, ab jetzt übernehme ich wieder die Leitung der Reisegruppe«, sagte Simon und klopfte seinem Ältesten väterlich auf die Schulter. »Schließlich erwartet unser Vermieter den kurfürstlichen Hofmedicus und nicht einen Studenten der Medizin.« Er wandte sich an die Übrigen.

»Wartet hier unter den Arkaden, ich finde solange raus, wo man uns untergebracht hat.«

Simon fragte einen der vorbeieilenden Beamten nach dem Weg und erreichte schon bald die Einmündung der Frauengasse, wo sich laut dem Brief ihr Quartier befand. Anders als Simon erwartet hatte, war die Gasse schattig und schmal, jemand hatte seinen Nachttopf mitten auf dem Pflaster ausgekippt. Die Häuser hier wirkten wesentlich heruntergekommener als jene vorne auf dem Platz. Von einem besonders schiefen zweistöckigen Gebäude blätterte der Putz ab, Spinnweben hingen in den blinden Fenstern. Über einem niedrigen Türsturz hing ein schiefes, verblichenes Schild. Simon blieb stehen, um es zu lesen.

Stadtkoch Niklas Engelschall. Kost und Quartier auf Anfrage.

Stadtkoch? Simon traute seinen Augen kaum. Mehrmals verglich er den Namen auf dem Brief mit dem Namen über der Tür. Das hier sollte ihr Quartier sein?

Niklas Engelschall, dachte er. *Aha. Ein Name wie die Faust aufs Auge …*

Er zögerte kurz, dann klopfte er an. Nach einer Weile ertönten schwere Schritte, quietschend öffnete sich die Tür, und ein übler Kohlgeruch umwölkte Simon. Ein großer grobschlächtiger Kerl in speckiger Schürze und mit Kochmütze auf dem schütteren Haupt sah ihn von oben abwartend an.

»Meister Engelschall?«, fragte Simon. »Stadtkoch Niklas Engelschall?«

»Verflucht, der bin ich, ja«, sagte der Mann, der außer seinem Namen so gar nichts Himmlisches an sich hatte. Er kratzte sich das fettige Haar unter der Mütze. »Um was geht es?«

»Äh, sehr erfreut.« Simon lüftete den Hut. »Simon Fronwieser. Man sagte uns, es gebe hier Quartier für mich und meine Familie. Aber ich bin mir nicht sicher, ob …«

»Ach, Ihr seid das.« Engelschall nickte. »Hab Euch eigentlich erst morgen erwartet. Ihr gehört zum Gesinde des Kurfürsten, richtig?«

»Gesinde? Nun, das trifft es nicht ganz.« Simon straffte sich und lächelte schmal. »Ich bin der kurfürstliche Hofmedicus, um genau zu sein. *Doktor* Simon Fronwieser.«

»Hä?« Engelschall runzelte die Stirn. »Von einem Doktor hat mir keiner was gesagt. Aber der Name Fronwieser wurde mir genannt. Hab einen Brief aus München bekommen.«

Unwillkürlich fragte sich Simon, was da wohl schiefgelaufen sein konnte. Peter hatte von einer standesgemäßen Unterkunft erzählt. Doch das hier war eine billige Absteige, wo es noch dazu nach Kohl stank. Oder steckte etwa Absicht dahinter? War das ein besonders übler Scherz des Kurfürsten? Nun, nicht mit ihm!

»Tja, wohl ein Irrtum.« Simon wandte sich ab. »Ich werde mir eine andere Unterkunft suchen. Freut mich, Eure Bekanntschaft gemacht …«

»Da werdet Ihr kein Glück haben«, unterbrach ihn der Koch. »Es gibt nicht viele Quartiere in Neuötting, und die sind alle belegt.«

»Na, irgendetwas werde ich schon finden«, gab Simon schmallippig zurück.

Siegesgewiss machte er sich entlang der Hauptstraße auf die Suche, doch wen er auch fragte, er bekam stets die gleiche Antwort: Die wenigen Quartiere waren tatsächlich schon alle vergeben. Im benachbarten Altötting, so bekam er zu hören, sehe es nicht anders aus. Nach einer Weile klopfte er wieder bei Engelschall an.

»Was hab ich Euch gesagt?« Der Koch grinste und pulte

zwischen seinen Zähnen. »Wobei, mir ist noch was eingefallen: Mein Onkel hat einen Schweinestall, den er nicht mehr braucht. Ist allerdings ein paar Meilen weg, gibt auch keine richtige Straße.«

»Sehr witzig«, murmelte Simon. Zum Teufel! Er würde später ein ernstes Wörtchen mit Peter reden müssen. »Also gut, wir nehmen das Quartier«, fuhr er fort. »Aber ich brauche Wasser, eine große Waschschüssel, Seife, Tücher, außerdem jemand, der meine Reisekleidung reinigt.« Simon deutete auf seinen dreckverschmierten Rock und die verkrusteten Stiefel. »So kann ich mich ja wohl kaum als Hofmedicus beim Kurfürsten blicken lassen.«

»Kurfürstlicher Hofmedicus seid Ihr, ja?«

»Sagte ich doch.« Simon strich sich durchs Haar und straffte sich. »Mit Patent und Siegel. Einen besseren Arzt werdet Ihr zwischen Isar und Inn kaum finden.«

»Hm …« Engelschall nickte nachdenklich und kratzte sich am unrasierten Kinn. »Also gut, Herr Doktor Hofdings. Ich mache Euch einen Vorschlag …«

Als Simon wenig später mit den anderen in ihrer Unterkunft stand, herrschte betretenes Schweigen. Der Stadtkoch hatte ihnen zwei dunkle, zugige Räume im Dachgeschoss zugeteilt, vollgestellt mit allerlei Kisten und Truhen, die nur notdürftig zur Seite geschoben waren und wohl als Sitzgelegenheit dienen sollten. In der Mitte des einen Raums stand ein abgewetzter Tisch, daher war dies wohl die Stube. Eine Kammer mit einem halben Dutzend durchgelegener Betten befand sich nebenan. Auf einer der Truhen stand eine Waschschüssel, die bereits Sprünge zeigte.

Im Erdgeschoss des windschiefen Gebäudes befand sich eine riesige Küche, in der etliche Bedienstete rund um die

Uhr kochten, brieten, sotten, dämpften, garten und lärmten. Der Stadtkoch Niklas Engelschall lieferte das Essen für die vielen Ämter rund um das Rathaus. Wenn Simon den Gestank aus der Küche richtig deutete, aßen Beamte am liebsten Sauerkraut und gekümmelten Kohl.

»*Hier* sollen wir wohnen?«, fragte Paul ungläubig. »Da ist es ja in Großvaters Austragshäuserl noch gemütlicher.« Er wandte sich an seinen Vater. »Ich dachte, du bist kurfürstlicher Hofmedicus?«

»Diese Frage gebe ich gerne an deinen Bruder weiter«, sagte Simon, der seine Wut nur schwer zügeln konnte. Er sah Peter scharf an. »Du hattest mir eine standesgemäße Unterkunft versprochen!« Mit ausladender Geste deutete er auf die Kisten, Truhen und den wackligen Tisch. »Ist das hier vielleicht standesgemäß?«

»Ich … ich kann mir das auch nicht erklären«, sagte Peter und sah dabei betreten zu Boden. »Vermutlich wollte Max, dass wir nicht zu sehr auffallen …«

»Himmelherrgott, warum sollte ich denn nicht auffallen!«, schimpfte Simon. »Ich bin der kurfürstliche Hofmedicus, verdammt noch mal! Und nun kann ich froh sein, wenn mich die Flöhe und Wanzen nicht vor meiner ersten Behandlung auffressen! Dafür, dass ich diese gesprungene Waschschüssel und frisches Wasser bekomme, musste ich dem schmierigen Koch auch noch versprechen, dass ich seine Familie behandle. Umsonst, versteht sich! Vielleicht schreibe ich dem Herrn Kurfürsten auch mal einen Brief, und dann …« Er holte tief Luft, und Magdalena fiel ihm in den Arm.

»So schlimm ist es auch wieder nicht«, sagte sie beruhigend. »Außerdem ist es ja nur für ein paar Tage. Schau nur, der Sophia und dem Großvater scheint es zu gefallen.«

Tatsächlich saßen Jakob Kuisl und seine Enkelin drüben

in der Kammer auf einem der Betten. Kuisl hatte sich seine Pfeife angesteckt und wühlte eben in den Truhen.

»Die haben hier doch tatsächlich Bücher eingelagert«, sagte der Henker und zog einen zerfledderten Wälzer heraus. »Als wären's alte, abgelegte Kleider.«

Simon nickte. »Unser Vermieter meinte, dass vor uns irgendein Schreiber und Gelehrter hier gewohnt hat. Der konnte seine Miete nicht zahlen, hatte wohl auch Ärger mit der Stadt und ist auf und davon. Seine Reisetruhen hat er zurückgelassen.«

»Das Zeug ist sicherlich mehr wert als ein Jahr Miete in so einem Loch«, brummte Kuisl. Er überflog einen der Titel und zog eine Grimasse. »Ein Kochbuch. Vielleicht sollten wir das dem Koch mal runterbringen. Und hier ...« Er kramte ein paar weitere, teils angeschimmelte Werke hervor. »Schau an, der Abenteuerliche Simplicissimus. Außerdem ein paar von diesen neumodischen Zeitungen und etliche Bauernkalender mit Sprüchen und Geschichten ...« Der Henker schlug eines der Büchlein auf und begann, Sophia daraus mit tiefer Stimme vorzulesen, während unter ihnen die Töpfe klapperten und klirrten. Magdalena wandte sich lächelnd an Simon.

»Wo Bücher sind, kann es nicht so übel sein. Findest du nicht?« Sie deutete auf die gesprungene Waschschüssel. »Du wirst sehen, wenn der kurfürstliche Herr Hofmedicus sich erst mal den Dreck aus dem Gesicht gewaschen hat, sieht die Welt gleich ganz anders aus.«

*

Wenig später ging Jakob Kuisl mit einem seltsamen Gefühl gespannter Erwartung durch das stille Mörnbachtal auf Altötting zu. Einige Mühlen standen hier, ihre Räder drehten sich leise ratternd im Wasser. Der Henker hatte einen kleinen Trampelpfad unweit des Baches gewählt, um seine Ruhe zu haben. Zwischen den Bäumen hindurch sah er einige Wanderer, aber auch Karren und Ochsenfuhrwerke, die auf der matschigen Straße unterwegs waren. Irgendwo läuteten Glocken, und Kuisl fragte sich, ob der Kaiser vielleicht schon angekommen war. Er hoffte nicht.

Vor zwei Stunden erst hatten sie in Neuötting Quartier bezogen. Dass die versprochene herrschaftliche Unterkunft sich als schäbige Absteige herausgestellt hatte, störte Kuisl nicht weiter. Auch das geselchte Krautfleisch, das der Koch zum Einstand serviert hatte, war nicht übel gewesen, vielleicht ein bisschen zu viel Kümmel. Außerdem gab es Bücher, und zwar jede Menge davon. Wusste der Koch eigentlich, was für einen Schatz er oben in seiner Dachkammer barg? Wahrscheinlich nicht. Und selbst wenn er es wüsste, würde er sich mit den Seiten vermutlich nur den Arsch abputzen.

Bücher waren eine Leidenschaft, die Kuisl mit seinem Schwiegersohn und Peter teilte. Und offenbar auch mit seiner Enkelin, wie er erfreut feststellte. Sophia hatte gespannt zugehört, als er ihr ein paar der Kalendergeschichten vorgelesen hatte. Überhaupt bereitete es Kuisl eine große Freude, die geliebte Enkelin die ganze Zeit um sich zu haben. Allein dafür hatte sich die Reise gelohnt.

Aber eigentlich war er wegen etwas anderem mitgekommen.

Als der Henker verkündet hatte, er werde heute noch nach Altötting gehen, hatte Sophia gezetert und gebettelt, ihn begleiten zu dürfen. Doch Kuisl war ausnahmsweise hart geblieben. Das, was er vorhatte, musste er allein tun. Und so hatte die Familie sich darauf geeinigt, sich zum abendlichen Sechsuhrläuten am Altöttinger Kapellplatz zu treffen. Vermutlich war dann auch schon der Kaiser mit seinem Gefolge eingetroffen. Im Vorübergehen hatte Kuisl von zwei Händlern gehört, dass seine kaiserliche Exzellenz Leopold I. wohl schon auf dem Weg von Burghausen hierher war. Vermutlich war dies die letzte Möglichkeit, als einfacher Pilger die Gnadenkapelle zu besuchen, bevor die hohen Herrschaften mit ihrem Tross wie die biblischen Heuschrecken in dem kleinen Ort einfielen.

Etwa eine halbe Meile entfernt sah Jakob Kuisl bereits die zwei hohen Türme der Stiftskirche, ansonsten ähnelte Altötting von Weitem eher einem Dorf. Es gab Felder, Scheunen und Ställe; Kühe muhten, Bauern hackten den frostharten Boden für die kommende Saat auf. Kuisl verließ den Bach und wanderte auf der Straße weiter, vor ihm einige beschauliche Bauernhäuser und Wirtshäuser. Dahinter tauchten nun größere steinerne Gebäude auf. Zur Rechten stand ein Kloster, umgeben von einer hohen Mauer. Er traf auf immer mehr Menschen, die meisten von ihnen betende oder singende Wallfahrer, mit Kerzen oder Fahnen in den Händen, auch einige Franziskanermönche konnte Kuisl an ihren braunen Kutten erkennen. Sie alle strebten einem großen Platz in der Mitte des Orts zu. Verwundert blieb der Henker am Rande des Areals stehen.

Er wusste nicht, was er erwartet hatte, aber sicher nicht das.

Der riesige Platz wurde umsäumt von einer Reihe herrschaftlich aussehender, mattgelb angestrichener Häuser. Auf der rechten Seite ragte die große Stiftskirche auf, es gab eine weitere Kirche mit einer Kapelle und eine eher baufällige Taverne, neben der sich eine große, stinkende Kies- und Abortgrube befand. Etliche der kirchlichen Gebäude wirkten noch nicht ganz fertig, so als wäre das Areal eigentlich eine einzige große Baustelle.

Der Platz selbst war ein großes schlammiges Feld, das der Regen der letzten Tage teilweise überflutet hatte. Über die Pfützen und Wasserlöcher führten schmale Stege, wo die Wallfahrer nur mühsam vorankamen. Kuisl bemerkte einige Devotionalienhändler, die sich mit ihren Bauchläden einen Weg bahnten. Es gab einen großen Brunnen mit einer Marienstatue und noch einen kleineren Brunnen, doch ansonsten wirkte der Platz so beschaulich wie ein frisch durchwühlter Schweineacker. Vor Kurzem erst war offenbar ein größerer Baum gefällt worden, Kuisl vermutete eine Linde, ein Teil des Wurzelwerks ragte noch aus dem nassen Boden.

Ergänzt wurde der Anblick durch eine Reihe großer Zelte, die eben aufgestellt wurden, vermutlich für das einfache Gefolge der beiden sehnlichst erwarteten Fürsten. Das monotone Hämmern und Sägen, die Rufe der Zimmerleute, das Krakeelen der Devotionalienhändler und die Gesänge der Pilger vermischten sich zu einem Lärm, der Kuisl weniger himmlisch als infernalisch anmutete.

In der Mitte des Platzes, ganz so, als würde sie der ganze Trubel nicht kümmern, stand eher unscheinbar die Heilige Kapelle, von den Wallfahrern auch Gnadenkapelle genannt.

Jakob Kuisl kannte sie nur von billigen Stichen und Andachtsbildchen her, von denen es in Bayern so viele zu geben schien wie Brauereien, Hostien und Kerzen. Die Kapelle hatte eine seltsam achteckige Form, mit einem daran anschließenden Langhaus und einem Umgang, der das kleine Gebäude wie eine niedrige Burgmauer umgab. Oben thronten ein Turm und ein mit Ziegeln gedecktes Spitzdach. Ein Steg führte über die Pfützen auf den Eingang zu, vor dem sich eine lange Schlange von Pilgern gebildet hatte.

Kuisl fluchte lauthals, was er an einem so heiligen Platz gleich wieder bereute. Was hatte er sich eigentlich gedacht? Dass er mutterseelenallein vor der Altöttinger Madonna beten konnte? Andererseits, wenn nicht jetzt, dann wohl nie mehr … Die Soldaten, die in glänzendem Kürass am Rande des Areals standen, deuteten darauf hin, dass die Ankunft des Kaisers nicht mehr lange auf sich warten ließ. Vermutlich würden die ruppigen Kerle dann als Erstes den Kapellplatz räumen.

Der Henker reihte sich ein in die Schlange der Wallfahrer, die sich im Schneckentempo vorwärtsbewegten. Vor ihm stand ein kleines altes Männchen, in den Händen einen Rosenkranz. Der Greis betete die ewig gleichen, uralten Verse.

»Heilige Maria, bitte für uns Sünder …«

»Jetzt und in der Stunde unseres Todes. Amen«, ergänzte Kuisl. Es war einfach passiert, dabei hatte er schon lange keinen Rosenkranz mehr gebetet.

Der Alte sah neugierig zu ihm hoch und fragte mit seiner morschen Stimme: »Kommt Ihr aus dem Allgäu? Ihr klingt so anders …«

»Nicht ganz.« Kuisl schüttelte den Kopf. »Aus Schongau, unten am Lech.«

»Jessas! Ein langer Weg für einen alten Pilger.« Mit dem Kopf wies der Greis auf die lange Reihe vor ihnen. »Wollen hoffen, dass Eure Reise nicht umsonst war. Wenn der Kaiser bald kommt, hat Gschwerl wie das unsrige hier schnell nichts mehr verloren.« Der Alte seufzte. »Den ganzen Weg von Mühldorf bin ich heut hergelaufen, um dem Herrgott zu danken, dass unser Haus noch steht. Stadel, Stall, alles ist abgebrannt, weil der Blitz eingeschlagen hat! Ebenso das Haus vom Nachbarn. Und unser Haus wurde verschont. Ein Wunder!«

»Heiliger Sankt Florian, schütz unser Haus, zünd andre an«, murmelte Kuisl.

Der Alte hatte ihn offenbar nicht gehört, er faselte unbeirrt weiter: »Na, wenn Kurfürst und Kaiser gemeinsam an so einem heiligen Ort beten, wird die Jungfrau Maria uns sicher im Kampf gegen die verfluchten Heiden beistehen!« Er schlug ein Kreuz und senkte die Stimme. »Der türkische Großwesir hat einen Pakt mit dem Teufel geschlossen. Hab's eben von einem der Tandler gehört! Seitdem kommt aus den heidnischen Kanonen Höllenfeuer, und die Kanonenkugeln sind aus dem Kot des Satans gemacht.«

»Vielleicht kann der Papst uns ja seinen Heiligen Stuhl schicken«, brummte Kuisl. »Dann schießen wir zurück.«

Der Alte sah ihn an, als wüsste er nicht recht, ob Kuisl ihn aufzog. Er beschloss, still weiter seinen Rosenkranz zu beten und den großen seltsamen Kerl mit dem ebenso seltsamen Dialekt nicht weiter zu beachten.

Mittlerweile waren sie ein wenig vorgerückt. Der Henker sah nun, dass in dem arkadenartigen Umgang zahlreiche Votivbilder und Mirakeltafeln hingen, die von den unterschiedlichsten Unglücken und rettenden Wundern berichteten: aus der Wiege gefallene Säuglinge, Messerstiche in den Hals, zusammenbrechende Häuser, Feuersbrünste, unterspülte Brücken, Meeresstürme, Harnsteine, Wahnsinn, Blindheit ... Das erste Wunder war die Errettung eines kleinen Buben gewesen, der im Mörnbach ertrunken war und von der Heiligen Jungfrau Maria wieder zum Leben erweckt wurde. Viele weitere Wunder waren in den letzten Jahrhunderten gefolgt. Kuisl schmunzelte. Wenn man all diese Bildnisse betrachtete, schien die Schwarze Madonna wirklich einiges zu tun zu haben.

Gebete murmelnd und Choräle singend zogen die Pilger

im Kreis an den Bildern vorbei, angeleitet von zwei jüngeren Kaplänen, die für die nötige Ordnung sorgten. Manche der Wallfahrer trugen Kerzen oder große Holzkreuze, unter deren Last sie schier zusammenbrachen. Kuisl hasste es, den anderen wie ein Ochse nachzuhatschen. Er zweifelte schon, ob es wirklich eine gute Idee gewesen war, nach Altötting zu pilgern, als er das weihrauchgeschwängerte Langhaus betrat. Auch hier hingen Votivbilder. Unter einem Türbogen mit einer Schutzmantelmadonna hindurch ging es schließlich ins Allerheiligste.

Der Anblick ließ Kuisls Knie weich werden, er bekam eine Gänsehaut.

Er wusste nicht, was es genau war: die schwarzen Wände, das viele Silber, das im Licht der Kerzen glänzte und glitzerte, der stickige Geruch von Weihrauch, die vielen betenden Menschen in dem kleinen Raum – oder eben jene berühmte Statue, die vor ihm auf dem Hochaltar stand und trotz ihrer geringen Größe den Mittelpunkt aller Aufmerksamkeit bildete.

Die Schwarze Madonna war tatsächlich fast schwarz, vermutlich durch den Ruß der vielen Kerzen, die in der Kapelle seit Jahrhunderten brannten und schwelten. Sie trug eine hohe goldene Krone und ein festliches Gewand, das gleiche wie das Jesuskindlein, das sie in ihren Armen hielt. Ihr Antlitz hatte etwas Mildes, Vergebendes, so als könnte allein ihr Blick alle Sünden der Welt tilgen. Um Kuisl herum fielen die Menschen auf die Knie, und ohne nachzudenken, tat er es ihnen gleich. Er senkte sein Haupt.

Heilige Muttergottes!, betete er lautlos. *Sag mir, was soll ich tun? Soll ich es meiner Tochter sagen? Schwarze Madonna, was soll ich tun …?*

Er bekam keine Antwort.

Noch einmal versuchte er es, ganz in sich versunken.

Schwarze Madonna, was soll ich tun? Sag es mir …

Vergeblich.

Kuisl hatte nicht erwartet, dass die Madonna zu sprechen begann, auch nicht mit einer Stimme in seinem Inneren, aber doch zumindest mit einem Hinweis, einem klitzekleinen Zeichen, einem seltsamen Gefühl, irgendetwas.

Doch da war nichts. Gar nichts.

Eine tiefe Enttäuschung breitete sich in ihm aus, und er fühlte sich … beschmutzt, schämte sich. Was, zum Teufel, hatte er sich eigentlich gedacht? Er war ein ehrloser Henker, hatte Dutzende Menschen gequält und getötet, erst im Krieg und später dann als Scharfrichter. Warum sollte gerade ihm die Schwarze Madonna ein Zeichen senden, ihm helfen? Er hatte geflucht wie ein Heide, hatte gotteslästerliche Lieder gesungen, war stets lieber ins Wirtshaus gegangen als in die Kirche. Wenn er ehrlich war, hatte ihn Gott sein Leben lang einen Dreck geschert, und nun kam er hier als Pilger angekrochen.

Unwillkürlich schüttelte Kuisl den Kopf. Es war ein Fehler gewesen, herzukommen. Er schaffte es gerade noch, ein hastiges Kreuz zu schlagen, dann drängte er sich an den vielen Gläubigen zurück ins Freie. Erst draußen im Umgang konnte er wieder freier atmen.

Nun betrachtete Kuisl die Votivbilder vor ihm mit einem völlig anderen Blick. Wie selbstsüchtig war der Mensch eigentlich, dass er stets dachte, ausgerechnet ihm müsste geholfen werden? Auf einer der größeren Mirakeltafeln war ein Soldat zu sehen, dem ein Pfeil im Hals steckte. Wie oft hatte Kuisl selbst so etwas erlebt! Warum sollte die Jungfrau Maria gerade diesem einen Soldaten helfen, den Abertausend anderen auf dem Schlachtfeld jedoch nicht? Ein anderes Bild erzählte die Geschichte eines verurteilten Verbrechers, der dreizehn Schläge mit dem Rad überlebt hatte. Kuisl schnaubte. Was für ein Blödsinn! Wenn das stimmte, war das kein Wunder, sondern bloßer Pfusch. Wenn er früher jemanden gerädert hatte, dann hatte es gleich am Anfang den Gnadenstoß gegeben, damit das Leiden schnell zu Ende war.

Vorne, neben dem Eingang zur Sakristei, hingen weitere Tafeln, darunter auch ein düsteres Bild, das einen Mann zeigte, der in Seenot geraten war. Die Männer im Boot warfen dem Verunglückten ein Seil zu ...

Kuisl stutzte, als ihm an dem Bild etwas auffiel.

Das Seil war echt.

Aus der Mirakeltafel hing tatsächlich ein Stück Schnur.

Neugierig trat er näher. Er hatte die Schnur zunächst nicht bemerkt, weil sie exakt so aussah, als wäre sie gemalt. Sie war etwa so lang wie sein Finger, eine dünne Kordel, die einen ganz bestimmten Geruch verströmte – einen Geruch, den der Henker nur allzu gut kannte. Er zog daran, doch die Schnur hing fest.

Stattdessen entdeckte Kuisl etwas anderes.

Die Tafel schloss nicht, so wie die anderen Gemälde, mit der Wand dahinter ab. Dazwischen befand sich ein gut zwei Finger breiter Spalt. Prüfend griff Kuisl hinein.

Da war etwas ...

Er war eben dabei, die Tafel herunterzuheben, als sich einer der Kapläne ihm zornig näherte.

»He, nicht anfassen! Das ist ja wohl nicht zu glauben, was sich manche Pilger ...«

»Da ist etwas hinter dem Bild«, unterbrach ihn Kuisl. »Und ich glaube, ich weiß, was es ist.«

»Hinter dem Bild?« Der junge Kaplan sah ihn entgeistert an. »Äh ... Was soll denn hinter dem Bild sein?«

»Herrgott! Wie vernagelt seid Ihr? Das will ich Euch ja eben zeigen!«

Ohne auf den weiteren Protest des Mannes zu achten, hob Kuisl das schwere Bild an und drehte es um.

Auf der Rückseite hingen mehrere kleine Leinensäckchen. Von den Säcken aus liefen weitere Schnüre zu der einen Schnur im Mittelpunkt des Bildes, eben jener Schnur, die auf der anderen Seite wie ein kleines Schwänzchen heraushing.

Der Kaplan wurde kreidebleich. »Was ... was in Gottes Namen ist das?«

Kuisl sah sich zu einigen anderen Pilgern um, die sich bereits neugierig zu ihnen umgedreht hatten und tuschelten. »Wollen wir das wirklich hier bereden?«

»Um Himmels willen, nein!« Der Kaplan, ein jüngerer Mann mit pickligem Gesicht, einer schwarzen Haube und ebenso schwarzem Gewand, senkte die Stimme. »Am besten, Ihr folgt mir. Äh, mit dem Bild natürlich. Der ehrwürdige Dekan Achatius Viertl sollte schleunigst davon erfahren.«

Unter den aufmerksamen Blicken und dem Getuschel der Wallfahrer betraten sie die kleine Sakristei. Ein älterer Geistlicher in festlicher Robe war eben dabei, am Tisch einige Unterlagen zu sortieren. Als er das Knarren der Tür vernahm, zuckte er merklich zusammen. Er wandte sich erschrocken um, und seine Miene verdüsterte sich. Nervös rückte er seinen Kneifer zurecht.

»Herrgott, Bruder Johannes, was fällt Euch ein! Seht Ihr nicht, dass ich arbeite? In einer Stunde wird der Kaiser hier sein und ...« Er stutzte, als er den Henker mit der schweren Tafel erblickte.

»Wer, bitte schön, ist denn das? Und warum hält der Kerl eines der Mirakelbilder in seinen schmutzigen Pratzen?«

Ohne die Antwort des Kaplans abzuwarten, richtete

Kuisl das Wort an den Geistlichen, der offenbar eben jener Dekan Achatius Viertl war, von dem der Kaplan gesprochen hatte. Achatius hatte einen leichten Buckel, den er offenbar unter seiner weiten Robe zu verstecken suchte. Der Henker drehte die Tafel um, sodass die aufgehängten Säcke nun zu sehen waren.

»Das da ist Schießpulver«, brummte er. »Ein ganzer Haufen sogar.«

Kuisl deutete auf die Schnüre, die bei der einen Schnur in der Mitte zusammenliefen. »Und das da sind Zündschnüre. Wenn die vordere Schnur zu brennen beginnt, vergehen nur ein paar Augenblicke, dann fliegt einem das Zeug gewaltig um die Ohren. Bumm!«, fügte er leise, jedoch bedrohlich hinzu.

Der Dekan begriff schneller als der junge Kaplan. »Jemand ... jemand wollte die Heilige Kapelle *in die Luft sprengen*?« Er ächzte. »O Gott ... was ... was ...«

Kuisl winkte ab. »Das Pulver hätte sicher nicht ausgereicht, gleich die ganze Kapelle in die Luft zu jagen. Aber es hätte einen ordentlichen Rums gegeben, vielleicht ein Loch in der Mauer ... Tja, und wenn da natürlich gerade jemand vorbeigeht ...« Vorsichtig stellte der Henker die Tafel an der Wand ab. »Dauert bestimmt länger, bis man alle Stücke von demjenigen wieder zusammengesetzt hat, wenn Ihr versteht, was ich meine.«

»Der Kaiser!« Der Dekan stieß einen heiseren Schrei aus. »Ein ... ein Mordanschlag auf den Kaiser!« Er hielt sich am Tisch fest, um nicht umzufallen. »Das ... das ist ungeheuerlich ... ein so abscheuliches, satanisches Verbrechen ...« Doch dann schüttelte er entschieden den Kopf. »Welcher Teufel auch immer dahintersteckt, er hat nicht nachgedacht. Wenn der Kaiser später zum Beten hierherkommt, wird die Kapelle bewacht sein wie ein Schloss.

Überall werden Wachen stehen, keiner kommt hier rein außer ein paar wenigen Vertrauten. Es gibt keine Möglichkeit, die Zündschnur zu entzünden. Das Attentat wäre zweifellos fehlgeschlagen.«

Und dein eigener Kopf wäre gerettet, Pfaffe, dachte Kuisl.

»Wie gesagt, es ist unmöglich«, endete der Dekan, sichtlich erleichtert. Er nahm den Kneifer ab und putzte ihn, ganz so, als wäre die Angelegenheit nun erledigt.

»Nun, das hab ich zuerst auch gedacht«, sagte Kuisl. »Doch dann hab ich mir das Bild noch mal genauer angesehen. Das Boot …« Er tippte auf das gemalte Boot, aus dem die Zündschnur hing. »Es sieht aus wie eine Zielscheibe, findet Ihr nicht? Ich denke, so wollte er es machen, mit einem Brandpfeil, der von außen mit einem Bogen abgeschossen wird. Oder mit einer Armbrust.« Kuisl deutete zur Tür. »Im Kapellenumgang gibt es eine schmale Öffnung, groß genug, um hindurchzuschießen. Der Pfeil entzündet die Lunte und löst so die Explosion aus.«

»Das … das kann nicht sein!«, protestierte der junge Kaplan. »Der Platz wird weiträumig abgesperrt. Niemand kann mit einem Pfeil über eine so weite Distanz ein so kleines Ziel treffen. Noch dazu in der Abenddämmerung!«

»Ich glaube auch nicht, dass er es heute Abend machen wollte«, entgegnete Kuisl nachdenklich. »Vermutlich hätte er gewartet, bis Kaiser und Kurfürst tagsüber gemeinsam die Kapelle betreten. Zwei Fliegen mit einer Klappe, sozusagen …«

»Kaiser und Kurfürst …« Der Dekan stöhnte. »Das wird ja immer schlimmer! Wenn Ihre Exzellenzen davon erfahren …« Er senkte die Stimme und musterte Kuisl argwöhnisch. »Wer seid Ihr überhaupt, dass Ihr Euch mit derlei Teufelszeug auskennt? Wohl kaum ein Soldat, dafür seid Ihr zu alt.«

»Ich war mal einer«, brummte Kuisl. »Ist lange her.« Jakob Kuisl erwähnte nicht, dass er als Henker Verurteilten auf dem Scheiterhaufen gelegentlich kleine Beutel mit Schießpulver um den Hals gehängt hatte – auf Wunsch des armen Sünders oder seiner Angehörigen. Ein lauter Knall, und alles war vorbei, schnell und fast schmerzlos.

»Wie auch immer«, schnarrte der Dekan, der langsam seine Sicherheit zurückgewann. Er hatte ein hageres raubvogelhaftes Gesicht und buschige Augenbrauen, von denen er eine nun streng nach oben zog. »Keiner darf davon erfahren!« Er zog eine Bibel hervor, die auf dem Tisch lag. »Legt Eure Hand auf die Bibel und schwört, dass Ihr keinem sagt, was Ihr hier gesehen habt!«

»Hm …« Kuisl wiegte den Kopf. »Findet Ihr nicht, die hohen Herren sollten davon wissen? Es ist ja durchaus möglich, dass weitere Anschläge …«

»Das lasst getrost unsere Sorge sein«, entgegnete der Dekan mit eisiger Stimme. Er setzte den Kneifer wieder auf. »Legt Eure Hand jetzt auf die Bibel und schwört. Ich, Achatius Viertl, der Dekan des Altöttinger Stifts, befehle es Euch!« Raunend senkte er die Stimme. »Oder wollt Ihr an einem so heiligen Ort etwa Euer Seelenheil gefährden?«

Kuisl schwieg und tat, wie ihm geheißen. »Ich schwöre es«, erklang seine brummige Stimme.

Keiner der beiden Geistlichen sah, wie er beim Schwur hinter seinem Rücken die Finger kreuzte. Kein Blitz traf ihn.

Der Henker lächelte unmerklich. Dieser aufgeblasene Dekan mochte vor allem darauf bedacht sein, seinen Hals zu retten. Doch hier ging es um Höheres. Dafür konnte man schon mal einen Meineid schwören.

Kuisl schlug ein letztes Kreuz, zog den Hut und ging gedankenversunken seiner Wege. Denn etwas anderes war ihm inzwischen klar geworden: Was Magdalena anging, musste er selbst eine Entscheidung treffen, und zwar schon bald.

Er konnte nicht auf göttlichen Beistand hoffen.

Draußen auf dem Kapellplatz, verborgen hinter dem großen Brunnen mit der Marienstatue, stand der Schatten und beobachtete, wie der große Mann mit dem Schlapphut die Heilige Kapelle verließ. Der Mann fluchte, dann entfuhr seiner Kehle ein leises Lachen.

Was für ein Hohn! Das Schicksal spielt einem manchmal seltsame Streiche …

Er hatte die Beutel mit dem Schießpulver letzte Nacht erst angebracht, es war leichter gewesen, als auf dem Markt einen Kohlkopf zu stehlen. Diese Pfaffen waren so dumm! Im Grunde war er nur noch einmal zurückgekommen, um das Areal zu sondieren: die Wachen rund um den Platz, das Versteck, wo er mit der Armbrust gestanden hätte, den schwierigen Schusswinkel … Und dann taucht da dieser große Kerl auf, nestelt an dem Bild herum und, ja, hängt es schließlich ab! Als der Hüne mit dem jungen Kaplan in der Sakristei verschwand, wusste der Schatten, dass sein Plan fehlgeschlagen war. Und alles wegen so eines verfluchten Wallfahrers! Aber war das überhaupt ein Wallfahrer? Konnte es nicht sein, dass auch *andere* in geheimer Mission hier in Altötting weilten? War sein Vorhaben etwa bereits aufgeflogen? Irgendwie erinnerte ihn der große Mann nicht so sehr an einen Pilger als an einen alten, erfahrenen Kämpfer. Die aufrechte Haltung, die Bewegungen, die Leichtigkeit, mit der er das große Bild abgehängt hatte … Aber er hatte auch gesehen, dass der

Riese wohl unter einer leichten Lähmung litt. Ein einfaches Ziel …

Der Schatten beschloss, diesen vermeintlichen Wallfahrer zumindest im Auge zu behalten. Er trat hinter dem Brunnen hervor und folgte dem bärtigen Koloss. Keiner der vielen ahnungslosen Pilger, die an ihm vorbeizogen, bemerkte das Glitzern in seinen Augen. Der Schatten lächelte schmal.

Sein erster Plan mochte gescheitert sein, doch er hatte noch viele, viele Trümpfe in der Hand.

Und er würde verdammt noch mal dafür sorgen, dass ihm keiner mehr einen Strich durch die Rechnung machte.

Egal ob alter Söldner oder braver Wallfahrer.

Kapitel 5

Am frühen Abend in Altötting

Gut eine Stunde später stand Magdalena mit Sophia an der Hand am Rande des Altöttinger Kapellplatzes. Sie waren eingezwängt zwischen Aberhunderten Menschen, die die Köpfe reckten, ihre Hüte in die Luft warfen, jubelten, sangen oder einfach nur still beteten. Magdalena wusste nicht, wann sie das letzte Mal eine so große Menge erlebt hatte. Eine seltsame Unruhe lag in der Luft, ein Gefühl gemeinsamer Erwartung. Dabei warteten alle diese Leute gar nicht auf den Messias, sondern nur auf den deutschen Kaiser.

Was aber fast dasselbe ist, dachte Magdalena. *Jedenfalls könnte man den Eindruck bekommen, wenn man die Massen hier sieht.*

Zwischen den vielen Gläubigen hindurch konnte Magdalena einen kurzen Blick auf die Gnadenkapelle erhaschen. Dahinter ragte die große Stiftskirche auf, deren Glocken eben zu läuten begonnen hatten. Sie spürte, wie sich das Gefühl von heiliger Erwartung auch auf sie übertrug, aber gleichzeitig machten ihr die vielen Menschen zu schaffen.

Altötting, Bayerns heiligster Ort, ging ihr durch den Kopf. *Und ebenso wohl sein schmutzigster und stinkendster …* Sie sah zurück zu der großen Kiesgrube direkt am

Platz, in der sich bereits die halbe Christenheit erleichtert zu haben schien. Jedenfalls stieg von dort ein übler, äußerst unheiliger Geruch auf.

Das Quartier, in dem sie in Neuötting einquartiert waren, war wirklich ein ziemliches Loch, nicht mal einen eigenen Kamin gab es. Auch Magdalena wunderte sich, dass der Kurfürst seinen Hofmedicus in einer solchen Absteige untergebracht hatte. Doch bei ihrer Ankunft war ihr das in der Erschöpfung egal gewesen. Es gab halbwegs sauberes Wasser und eine warme Mahlzeit, ein paar mit Stroh gefüllte Säcke, die noch nicht gänzlich von Flöhen durchseucht waren, ja, sogar Bücher … Was wollten sie mehr? Etliche der Wallfahrer mussten in Scheunen oder Ställen schlafen. Es war ja nur für ein paar Tage.

Hinter ihr stand eine Gruppe Pilger, die mit lauten und ziemlich schiefen Stimmen ein frommes Lied schmetterten, andere Gläubige trugen große Kreuze oder zentnerschwere Kerzen. Zwischen den vielen Menschen hindurch bahnten sich die Devotionalienhändler ihren Weg und verkauften Kerzen, Andachtsbilder, Wachsstöcke und Rosenkränze. In der Luft hing fast wie Nebel der aromatische Dunst von Weihrauch.

»Ist der Kaiser denn schon da?«, quengelte Sophia zum wiederholten Mal. »Ich kann gar nichts sehen!«

»Wenn er kommt, wirst du es sicher hören. Und dann wird dich der Großvater bestimmt … autsch!« Jemand war Magdalena auf die Füße gestiegen, und sie verpasste der dicken Frau vor ihr einen Rempler. »Nun passt doch auf, hier ist ein Kind, verdammt noch mal! Ihr trampelt es noch zu Tode!«

Die Frau machte sich nicht einmal die Mühe, sich umzudrehen. Dafür drückte jetzt auch jemand von hinten, ein jüngerer, ungewaschener Kerl, der noch dazu stark nach Knoblauch stank. »He!«, rief Magdalena. Sie wandte sich an ihren Vater, der neben ihr stand. »Jetzt tu doch was!«

Ein einziger böser Blick Jakob Kuisls genügte, dass der Bursche zurückwich. Der Henker ragte heraus wie ein Leuchtturm aus der Brandung. Magdalena hatte ihren Vater auf dem überfüllten Kapellplatz überhaupt nur deshalb gefunden, weil er so groß war. Der alte Kuisl schien in einer seltsamen Stimmung zu sein. Aber wer war das nicht, an einem solchen Ort, an einem solchen Tag?

»Und alles bloß, weil so ein Lackarsch aus Wien kommt«, knurrte der Henker.

»Der Lackarsch ist immerhin der deutsche Kaiser«, sagte Peter, der mit seinem Bruder und Simon etwas weiter hinten in der Menge stand. »Und morgen kommt auch noch der bayerische Kurfürst! Die Leute hier werden vermutlich noch ihren Enkeln und Urenkeln davon erzählen.«

Kuisl schwieg. Doch Magdalena konnte sehen, wie es in ihm arbeitete. Ob er vorhin wohl wirklich zur Schwarzen Madonna gebetet hatte, aus Dank, weil er den Schlagfluss gut überstanden hatte? Irgendwie konnte sie sich ihren Vater noch immer nicht so recht als frommen Pilger vorstellen. Außerdem war ihr aufgefallen, wie er sich mehrere Male prüfend umgeblickt hatte. Auch jetzt tat er es wieder.

»Hältst du nach Dieben Ausschau, um sie aufzuhängen, Vater?«, fragte sie spöttisch.

»Was?« Kuisl sah sie verdutzt an, offenbar war er mit den Gedanken ganz woanders gewesen.

»Ich fragte, ob du die Augen aufhältst wegen möglicher Beutelschneider«, sagte Magdalena. »Ich hab gehört, das hier wohl eine Menge Taschendiebe ihr Unwesen treiben. Mehr als sonst. Wen wundert's?«

»Nein, das ist es nicht«, brummte Kuisl. »Es ist nur ...«

Plötzlich ertönte lauter Jubel aus einer der Seitenstraßen.

»Der Kaiser!«, rief Sophia. »Endlich kommt der Kaiser! Nimm mich hoch, Großvater! Schnell, bitte, bitte!«

Der Henker setzte Sophia auf seine Schultern, wo sie nun hoch über der Menge thronte.

»Was kannst du sehen?«, fragte Magdalena, der die vielen Köpfe vor ihr die Aussicht versperrten.

»Da sind ganz viele Reiter in glänzenden Harnischen!«, schrie Sophia gegen den Lärm an. »Sie kommen aus einer der Gassen. Und Männer mit so großen Flöten, viel größer als die vom Onkel Valentin ...«

»Das sind Fanfaren«, erklärte Simon lächelnd.

Tatsächlich waren jetzt Fanfarenstöße zu hören, die die Ankunft des Kaisers ankündigten. Mit Schwertern und Hellebarden bewaffnete Soldaten postierten sich am Rande des Platzes und schoben die Menge zurück. Von ihrem erhöhten Platz aus kommentierte Sophia das weitere Geschehen.

»Jetzt kommen auch ein paar Kutschen. Eine ist besonders groß. Die wird von vier, nein, von sechs Schimmeln gezogen! Nun steigt ein älterer Mann in einer weiten Robe aus, und ... und eine Frau. Sie hat das schönste Kleid an, das ich je gesehen habe! Aber der Mann sieht sehr streng aus. Und er ist ... na ja, schön ist er nicht gerade. Die Lippe hängt ihm runter wie einer Kuh.«

»Kaiser Leopold I. und seine Frau Eleonore Magdalene.« Peter nickte. »Vermutlich hat Leopold eben erfahren, dass der Kurfürst erst morgen anreist und ihn hier warten lässt. Seine Laune wird nicht die beste sein ...«

»Die Kaiserin heißt fast wie du, Mutter!«, krähte Sophia. »Magdalene!«

»Das ist aber das Einzige, was uns beide verbindet.« Magdalena versuchte, sich in der Menge ein bisschen mehr Platz zu verschaffen, was ihr jedoch nicht gelang. Eigentlich wollte sie einfach nur von hier weg. Es war laut, voll und stank. Was kümmerten sie der Kaiser und seine Frau?

»So, nun hast du deinen Kaiser ja gesehen«, wandte sie sich ungeduldig an ihre Tochter. »Ich denke, wir gehen jetzt wieder in unser Quartier zurück. Morgen können wir ja noch mal herkommen. Vielleicht hat sich der Trubel bis dahin ein wenig gelegt.«

Sophia murrte noch eine Weile, doch schließlich ließ sie sich durch ein wenig süßes Dörrobst zum Heimgehen überreden. Kaum hatten sie den Platz hinter sich gelassen, wurde es auch schon merklich leerer. Mittlerweile war es Abend geworden, in den wenigen Bauernhäusern wurden Lichter entzündet. Magdalena staunte. Es war tatsächlich so: Außerhalb des Kapellplatzes mit seinen geistlichen Gebäuden war Altötting kaum mehr als ein einfaches Dorf, nicht viel größer als die Weiler rund um Schongau.

»Ich denke, ich werde mich noch ein wenig umschauen«, sagte Paul. Er grinste und deutete die Gasse entlang. »Hab auf dem Weg hierher ein paar Wirtshäuser gesehen. Wenn die kaiserlichen Soldaten nicht schon alles Bier ausgesoffen haben, könnte das noch ein netter Abend werden …«

»Kann ich dich begleiten?«, fragte Peter.

»Du? Mich begleiten?« Paul wirkte irritiert. »Nun, warum nicht …?« Ein Lächeln huschte über sein Gesicht. »Wir können ja auf die alten Zeiten anstoßen, so wie früher. Aber nimm die Brille runter im Wirtshaus, sonst schlägt sie dir noch jemand von der Nase.«

»Amüsiert euch ruhig noch ein bisschen«, sagte Magdalena. »Die Schwarze Madonna wird es euch schon nicht übel nehmen.« Es freute sie, dass ihre Söhne endlich einmal wieder etwas gemeinsam unternahmen. Auch Simon nickte väterlich, offenbar war der große Streit mit Paul in München vergessen und vergeben.

Mit Simon, ihrem Vater und Sophia schlenderte Magdalena durch die Auen zurück nach Neuötting, vorbei an Weiden und klappernden Mühlen. Den ganzen Weg über plapperte Sophia wie ein Wasserfall. Der Großvater schwieg, doch Magdalena spürte, dass ihn etwas bedrückte.

»Sophia«, sagte Magdalena, als sie nach etwa einer halben Stunde eine stinkende Gasse unterhalb der Stadt erreichten. Es roch ätzend nach dem Urin, den die Gerber und Färber hier verwendeten. »Geh mit deinem Vater doch schon mal vor in die Herberge. Der Großvater und ich kommen gleich nach, ja?«

Sie warf Simon einen vielsagenden Blick zu, und dieser nickte unmerklich. Als er mit Sophia an der Hand schließlich verschwunden war, wandte Magdalena sich an Jakob Kuisl.

»Es ist doch was, Vater! Du bist so seltsam, schon die ganze Zeit. Vorhin am Kapellplatz hast du dich ständig umgeschaut, als würde irgendwo eine Gefahr lauern. Ich kenne diesen Blick von dir! Und dann dieses brütende Schweigen …«

»Es … ist tatsächlich was geschehen«, sagte Kuisl zögerlich. »Als ich in der Kapelle war. Ich wollt's euch später sagen …« Er stockte. »Aber … das ist es eigentlich nicht.«

»Was ist es dann, Vater? Im Grunde bist du schon seit Tagen so komisch. Hat es was mit deiner Krankheit zu tun?« Magdalena blieb stehen und verschränkte trotzig die Arme. »Wir hatten doch ausgemacht, dass du uns nichts mehr verschweigst! Der Simon kann dir nur helfen, wenn …«

»Himmelherrgott, jetzt hört doch mal mit meiner depperten Krankheit auf!« Zornig stampfte der Alte mit dem Fuß auf den Boden und fuhr fort: »Von dem ständigen Lamentieren werd ich ja erst krank. Mir geht es gut. Aus und Amen!«

Mittlerweile hatten sie den Hügel erklommen und das kleine Einmanntor erreicht, das direkt an ihre Gasse grenzte. Der Nachtwächter ließ sie mit einem argwöhnischen Blick ein. Noch immer waren etliche Passanten unterwegs, die von Altötting heimkehrten.

Magdalena ließ nicht locker. »Was ist es dann, was dich quält?« Ihre Stimme wurde weicher, sie fasste ihren Vater am Arm. »Du hast mir immer alles erzählen können. Warum nicht jetzt? Ich bin deine älteste Tochter, hast du das vergessen?«

»Meine älteste Tochter ... ja ...« Ihr Vater rang sichtlich mit sich, doch dann schüttelte er den Kopf. »Jetzt ist nicht der richtige Moment. Wir sind alle erschöpft von der Reise. Vielleicht morgen ...«

Er riss sich los, stapfte voraus in die Nacht und ließ Magdalena ratlos in der dunklen Gasse stehen.

Kurz darauf hatte Magdalena die Herberge in der Frauengasse erreicht. Im Flur und auf der Stiege stank es einmal mehr nach gekochtem Kohl. Die Stufen waren so schief und ausgetreten, dass sie beim Hinaufsteigen beinahe seekrank wurde. Vor der Tür ihres Quartiers stand der Koch Niklas Engelschall im Gespräch mit Simon. Trotz der späten Stunde hatte der stämmige Mann noch seine Kochmütze auf und die fleckige Schürze an. Er hielt einen dampfenden Topf in den Händen.

»Ist sonst alles zu Eurer werten Zufriedenheit, Herr Doktor?«, fragte Engelschall eben. »Braucht Ihr noch frisches Wasser? Weitere Decken? Ich habe Euch den Eintopf vom Mittag warm gehalten ...«

»Äh, danke. Wir können nicht klagen.« Simon nahm den Topf entgegen. »Wir sind nur alle sehr müde ...«

»Ihr denkt an unsere Abmachung, ja?« Der Koch hob die Augenbraue. »Meine kleine Pauline plagt ein schlimmer Durchfall, ich selbst hab so ein Ziehen im Backenzahn, und meine Frau ...«

»Später, später«, unterbrach Simon. »Ich ... äh werde zu gegebener Zeit nach Eurer Familie schauen. Jetzt wollen wir erst mal zu Abend essen. Danke für den Eintopf.«

Als Magdalena das Quartier betrat, musste sie feststellen, dass ihr Vater noch nicht da war. Auch zum Essen erschien er nicht. Nachdem sie Sophia nebenan ins Bett gebracht und ihr ein wenig vorgelesen hatte, saß sie mit Simon allein am Tisch. Der Koch hatte ihnen eine Kanne Wein dagelassen.

»Etwas ist mit dem Vater«, sagte Magdalena nachdenklich. »Aber er will's mir partout nicht sagen.«

»Er wird alt, Magdalena.« Simon zuckte die Achseln. »Da gehen einem viele Dinge durch den Kopf. Dinge, die man vielleicht noch erzählen will, bevor der Herrgott einen zu sich nimmt. Aber dein Vater ist noch nie ein Freund großer Worte gewesen. Vermutlich sucht er eben in Neuötting irgendein Wirtshaus, das noch offen hat, und brütet vor sich hin. Lass ihm Zeit.«

»Du hast recht.« Sie lächelte müde. Doch dann wurde sie wieder ernst. »Außerdem meinte er, in der Gnadenkapelle sei etwas ... geschehen. Er klang ziemlich besorgt.«

Simon stöhnte. »Hoffentlich zieht er uns nicht wieder in irgendeine üble Geschichte mit hinein. Ich bin als kurfürstlicher Hofmedicus hier und nicht, um Verbrecher zu fangen! Aber dein Vater scheint solches Gezücht ja anzuziehen.«

»Er ist Henker, vergiss das nicht.« Magdalena nahm einen Schluck Wein, der jedoch so sauer war, dass sie den Becher angewidert von sich schob.

»Kurfürstlicher Hofmedicus ...« Sie schmunzelte und schmiegte sich an ihn. »Wer hätte gedacht, dass mein kleiner Schongauer Bader es mal so weit bringen würde. Dabei kommt es mir so vor, als wäre es erst gestern gewesen, dass du beim Vater um meine Hand angehalten hast. Aber es ist wohl doch schon ein wenig länger her.«

»O ja!«, sagte Simon leise. »Nicht nur der Vater wird alt. Wir auch, Magdalena.«

Sie sah ihn an und wusste, dass er recht hatte. Simon war mittlerweile über vierzig, sein langes Haar zeigte erste weiße Strähnen, die er vergeblich zu verdecken versuchte. Auch ihre eigenen Locken waren nicht mehr so pechschwarz wie noch vor einigen Jahren. Sorgen und Arbeit hatten Falten in ihr Gesicht gegraben, aber es gab auch Lachfalten, es gab schöne Erinnerungen, und es gab ihre gemeinsamen Kinder. Eines war im ersten Jahr gestorben, doch drei hatte Magdalena großgezogen. Und jedes von ihnen war anders.

»Na, wenigstens werden wir zusammen alt«, sagte sie. Sie streckte sich. »Ich bin müde, Simon. Es war ein langer Tag. Lass uns ins Bett gehen.«

Simon winkte ab. »Geh nur, ich komme gleich nach. Ich muss noch nach dem Koch und seiner kranken Familie sehen.« Er verzog das Gesicht. »Sonst bekommen wir morgen vermutlich kein frisches Waschwasser mehr. Und auch keinen gekochten Kohl.«

Magdalena ging nach nebenan in die kalte, zugige Kammer, deckte die schlafende Sophia zu und legte sich zu ihr.

Noch im Eindösen hörte sie, dass jemand die Kammer

betrat, doch sie war zu erschöpft, um aufzusehen. Entweder es war Simon oder ihr Vater, der endlich heimgekehrt war. Oder vielleicht Peter und Paul? Wie schön, dass die beiden auf dieser Reise wieder zueinanderfanden. Dass sie alle zueinanderfanden …

Wenigstens werden wir zusammen alt …

Mit diesem tröstenden Gedanken schlief Magdalena ein.

Ein leises Geräusch weckte sie. Sophia stand zitternd im dünnen Nachthemd vor dem Bett, sie war sehr aufgeregt.

»Was ist?«, fragte Magdalena und rieb sich die Augen. »Kannst du nicht schlafen?«

»Der … der Vater …«, stammelte Sophia. »Der Vater …« Sie war kreideweiß.

Erst jetzt merkte Magdalena, dass der Platz im Bett neben ihr leer und kalt war. War Simon etwa immer noch bei diesem schmierigen Koch und seiner Familie?

»Der Vater muss noch arbeiten«, sagte sie müde. »Mach dir keine Sorgen, Sophia …«

»Aber ich hab ihn gesehen! Ich konnte nicht schlafen, und da hab ich aus dem Fenster gesehen. Da … da …« Sophia fing zu weinen an.

Abrupt setzte sich Magdalena im Bett auf. »Himmel, Sophia, nun red schon! Was hast du gesehen?«

»Da … da waren zwei Männer vor der Herberge. Die haben den Vater einfach mitgenommen!«

»Zwei Männer?« Magdalena sah ihre Tochter ratlos an, ihr Herz schlug schneller. »Was für Männer?«

»Das weiß ich nicht. Aber …« Sophia schluckte. »Sie … sie haben Schwerter gehabt, unter ihren Mänteln. Ich hab sie genau gesehen. Und eine Kutsche, schwarz wie die Nacht.« Tränen rannen ihr übers Gesicht. »Schwarz wie die Nacht, wirklich! O Gott, Mutter! Ich denke, sie ... haben etwas Böses mit dem Vater vor!«

*

Mit etwas unsicheren Schritten steuerte Jakob Kuisl den verlassenen Platz vor dem Neuöttinger Pflegschloss an. Über die Stadtmauer pfiff ein kalter Wind, aus der Ferne, vermutlich vom Schrannenplatz her, waren die Rufe des Nachtwächters zu hören. Der Henker hatte ein dringendes Bedürfnis und suchte dafür ein stilles Plätzchen. Im Schloss brannte kein Licht mehr, die ganze Stadt schlief, der Ort erschien ihm perfekt geeignet. An der Mauer angekommen, knöpfte Kuisl die Hose auf und pisste einen dampfenden Strahl in die letzten Schneereste. Er hielt den Kopf in den Wind, was ihn ein wenig ernüchterte. Gleichzeitig kamen die dunklen Gedanken zurück.

Als er vor ein paar Stunden schweigend davongestapft war, war er im Grunde ... geflohen.

Geflohen vor meiner Tochter, dachte er. *Geflohen vor Magdalena ...*

Gleichzeitig hatte er einen unendlich großen Durst verspürt, wie so oft, wenn die Schwierigkeiten ihn auffraßen und er keine Lösung fand. Er hatte ein billiges Wirtshaus in einer Seitengasse gefunden und sich wieder einmal dem Rausch ergeben. Die Menschen der Gegend lagen ihm. Sie schienen ebenso maulfaul, breitbeinig und bärbeißig zu sein wie er selbst, gemacht aus dem schweren, nassen Lehm ihrer Äcker und Felder. Das Sitzen, Grübeln und Trinken war Kuisls ganz eigene Form von Gebet – doch zu einer Lösung war er auch so nicht gekommen.

Das lag auch daran, dass ihm der Zwischenfall in der Altöttinger Gnadenkapelle nicht aus dem Kopf ging.

Schießpulver hinter einem Bild zu verstecken, und dann in solchen Mengen! Wer war in der Lage, einen derart teuflischen Plan auszuhecken und vor allem auch umzusetzen? Und warum?

Wer ist so ein Meisterschütze, dass er die Zündschnur noch aus so großer Distanz trifft?

Kuisls Neugierde war geweckt. Er würde morgen noch einige Details überprüfen müssen. Dabei war ihm klar, dass das verhinderte Attentat eine perfekte Ausrede war, um sich nicht weiter mit seinem eigentlichen Problem zu beschäftigen. Das musste warten.

Und vorher würde er auch noch klären müssen, was ihm sein Enkel Peter eigentlich verschwieg.

Denn dass der Junge nicht alles erzählt hatte, war Kuisl schon seit ihrer Fahrt in der Postkutsche klar. Peter konnte vielleicht seinen Eltern etwas vormachen, aber nicht seinem Großvater. Dafür hatte der Henker schon zu viele Verbrecher auf der Streckbank verhört. Er wusste ganz genau, wenn ihm jemand nicht die *ganze* Wahrheit sagte. Allein wie Peter geguckt hatte, vorhin in ihrem Quartier, als sein Vater sich über die kärgliche Unterkunft beschwerte.

Was zum Teufel ging hier vor?

Ein leises, klackerndes Geräusch ließ Kuisl innehalten. Noch immer stand er pinkelnd an der Mauer, mit dem Rücken zum Platz vor dem Pflegschloss.

Da war jemand.

Kuisl lauschte. Eine Wache? Der Nachtwächter? Aber der hätte ihn sicher schon angesprochen, immerhin pisste er gerade dem Neuöttinger Pfleger fast vor die Haustür. Aber da war noch etwas anderes, was den Henker störte. Es war dieses ganz bestimmte Gefühl, dass ihn jemand beobachtete.

Dieses Kitzeln zwischen den Schulterblättern, das er seit seiner Zeit im Krieg kannte.

Ohne den Hosenlatz wieder zuzuknöpfen, wandte sich Kuisl abrupt um.

Der Platz war leer.

Sein Blick glitt über das Schloss, die Stadtmauer, die benachbarten Gebäude ... Er mochte sich täuschen, aber eine Stelle war ... dunkler als der Rest.

Und diese Stelle bewegte sich.

Ein Schatten, der schon im nächsten Moment verschwunden war.

Nachdenklich knöpfte der Henker seinen Latz zu.

O ja, es gab viele Gründe, warum er sich derzeit nicht mit seinem eigentlichen Problem beschäftigen konnte.

*

Mit zwei Krügen, bis obenhin voll mit schäumendem Bier, schob sich Paul durch die lärmende Gästeschar. Er hatte mit Peter noch einen Tisch im Sträßlwirt ergattert, einem Wirtshaus in der Nähe des Altöttinger Franziskanerklosters. Wie nicht anders zu erwarten, hatten die kaiserlichen Soldaten die Herberge gleich einer feindlichen Festung erobert und im Anschluss auch noch die Sperrstunde gestrichen. Überall sah Paul blitzende Kürasse und Helme, abgelegte Schilde mit dem Wappen des Kaisers und nasse Mäntel, die in dem niedrigen, überheizten Wirtssaal vor sich hin dampften. Eben wurde ein Lied mit einem äußerst derben Text gesungen, kaum glaublich, dass man sich nur einen Steinwurf weit entfernt von Bayerns heiligstem Ort befand.

»Diese Runde geht auf mich«, sagte Paul und wuchtete die beiden Krüge auf den zerkratzten Tisch. Schaum floss in kleinen Bächen von der Tischplatte zu Boden. Grinsend bemerkte Paul, wie Peter mit einem angeekelten Gesichtsausdruck zur Seite rückte. Sein großer Bruder war solche schmutzigen, lauten Bierschwemmen offenbar nicht gewohnt. Es war erst sein zweites Bier, am ersten hatte Peter so lange genippt, bis es warm und schal geworden war. Dafür hatten die beiden Brüder sich gut unterhalten, so wie früher, und ansonsten der Musik gelauscht und den Soldaten beim Armdrücken und Fingerhakeln zugesehen. Die ganze Zeit über hatte Paul jedoch gespürt, dass Peter ihm irgendetwas sagen wollte.

»Gehst du in Ingolstadt denn nicht auch mal aus?«, erkundigte sich Paul. »Ein, zwei Humpen, ein hübsches Mädchen in den Armen …«

»Dafür habe ich leider keine Zeit«, erwiderte Peter. Er nippte nervös an seinem Krug. »Das Studium erfordert meine ungeteilte Aufmerksamkeit. Es gibt viel zu lesen, alles auf Latein, dann die Vorlesungen, die Prüfungen …«

»Klingt ja nach richtig viel Spaß«, unterbrach ihn Paul. Er selbst nahm ein paar tiefe Schlucke, dann wischte er sich den Schaum vom Mund und zwinkerte Peter zu. »Vielleicht solltest du stattdessen mal wieder mit mir um die Häuser ziehen.«

Früher in Schongau waren sie ein Herz und eine Seele gewesen, hatten zusammen gelacht, getobt und gespielt. Paul hatte Peter aus der einen oder anderen brenzligen Situation rausgehauen, dafür hatte sein älterer Bruder oft gute Ideen gehabt, wie man beispielsweise in den Obstgarten der alten Stechlin einbrechen oder unbemerkt die Frühmesse schwänzen konnte. Im Grunde war es der Vater gewesen, der einen Keil zwischen sie beide getrieben hatte. Mit seinen ständigen Nörgeleien und Ermahnungen; damit, wie er stets abfällig über Paul gesprochen und

Peter in den Himmel gelobt hatte. Zum ersten Mal glaubte Paul, dass diese Wallfahrt auch für ihn ein Gewinn sein könnte – nämlich dann, wenn sie ihm seinen Bruder wieder ein wenig näher brachte …

Peter räusperte sich. »Hör zu, Paul, da ist etwas, was du wissen solltest.« Er senkte plötzlich seine Stimme, sodass Paul ihn in dem Lärm kaum noch verstand. Peter blickte sich um, als könnten sie beide beobachtet werden. »Ich habe es bislang noch keinem gesagt. Es ist absolut vertraulich! Kann ich mich darauf verlassen, dass du den Mund hältst?«

»Ich schweige wie ein Grab«, sagte Paul und hob feierlich die Hand. »Bei der Schwarzen Madonna und dem Besoffenen Vitus, dem Schutzpatron der Bierbrauer!«

»Paul, ich meine es ernst!«

»Und ich auch.« Paul nickte. »Ich bin dein Bruder, schon vergessen? Du kannst mir alles anvertrauen. Um was geht es? Um ein Mädchen? Ist sie schwanger?«

»Nein, so etwas ist es nicht.« Peter seufzte. »Es … hat mit dieser Reise zu tun. Es gibt nämlich einen ganz speziellen Grund, warum ich hier bin. Warum … warum wir alle hier sind.«

»Ach ja?« Paul horchte auf. »Und der wäre?«

Sein Bruder sah sich noch einmal um, bevor er flüsternd fortfuhr: »Ich soll für den Kurfürsten in Altötting spionieren.«

»Spionieren?« Paul, der eben noch einen Schluck Bier trinken wollte, verschluckte sich fast. »Hab ich richtig gehört? Du Hanfstängel sollst für diesen Popanz spionieren?«

»Ich … ich soll für ihn die Augen und Ohren offen halten, ja. Das ist mein Auftrag. Deshalb hat er uns alle nach Altötting geschickt!«

Paul runzelte die Stirn. Der Lärm um sie herum war

jetzt nur noch gedämpft zu vernehmen, wie durch eine unsichtbare Wand. »Das versteh ich nicht. Glaubt er denn wirklich, dass du ihm eine große Hilfe bist?«

»Wahrscheinlich nicht.« Peter seufzte tief. »Ich hoffe für ihn, dass er noch andere, fähigere Männer hat, die sich für ihn hier umschauen. Du musst aber zugeben, dass es durchaus Grund zum Spionieren gibt. Was der Kaiser und der Kurfürst hier in Altötting zu besprechen haben, dürfte viele fremde Mächte interessieren. Immerhin geht es um ein Bündnis von zwei sehr mächtigen Herrschern. Die Türken, die Franzosen, andere deutsche Landesfürsten, vielleicht sogar der Papst im fernen Rom ... Jeder hat bei dieser Allianz seine ganz eigenen Interessen.« Peter sah Paul eindringlich an. »Der Kurfürst glaubt, dass diese Mächte hier vor Ort ebenfalls am Werk sind. Dass sie das Treffen vielleicht sogar sabotieren wollen. Denk nur an diese französischen Musketiere, denen wir in Wasserburg begegnet sind! Die waren mir nicht geheuer, auch wenn ich sie heute nirgendwo entdeckt habe.«

Paul äugte hinüber zur Theke, wo der Wirt an einem frisch angezapften Fass stand. Ein hübsches rothaariges Mädchen ließ sich eben einen Humpen einschenken, jemand fiedelte auf einer Geige. Das Wirtshaus war ganz nach Pauls Geschmack, derb, laut und für so einen heiligen Ort erstaunlich anrüchig. Ob es außerdem ein Nest für Spione und Saboteure war?

»Der Perückenpopanz hat das hübsch eingefädelt«, murmelte Paul. »Vaters Ernennung zum Hofmedicus, der kurfürstliche Brief mit dem Befehl, sich hier zu melden ...« Er stockte. »Augenblick mal! Ist das etwa der Grund, warum wir in so einer billigen Absteige untergebracht wurden? Damit deine Anwesenheit hier nicht zu sehr auffällt?«

»Ich vermute es«, erwiderte Peter. »Oder es ist einer von

Max' kindischen Streichen. Aber glaub mir, davon habe ich nichts gewusst.« Er knetete seine Hände. »Bitte erzähle es nicht den Eltern! Die Mutter reißt mir den Kopf ab, wenn sie davon erfährt. Allein, dass ich Sophia damit vielleicht in Gefahr bringe …«

»Eines verstehe ich nicht«, unterbrach ihn Paul. »Für die Tarnung hätte es doch gereicht, wenn der Vater hierhergereist wäre, mit dir als seinem Assistenten. Warum aber wir anderen?«

»Nun, den kranken Großvater konnte der Vater ja schlecht in München zurücklassen«, entgegnete Peter achselzuckend. »Und die Mutter wollte eben beim Großvater sein. Aber du hast recht, da stimmt etwas nicht. Irgendetwas stinkt zum Himmel.« Wieder einmal sah sich Peter um, bevor er leise weitersprach: »Du hast mich vorher gefragt, ob ich Max hier eine große Hilfe sein kann. Das habe ich mich auch schon gefragt. Und ich habe mir überlegt, ob Max nicht vielleicht auch noch … andere Interessen verfolgt. Er denkt oft mehrere Züge auf einmal, wie beim Schach.«

»Auf was willst du hinaus?«, fragte Paul, der sein Bier ganz vergessen hatte.

»Als ich Max damals im Nymphenburger Schlosspark von unserem kranken Großvater erzählt habe und dass ich wegen ihm nicht nach Altötting reisen könne, da … da habe ich auch erwähnt, dass du in München bist, Paul. Ich …« Peter zögerte. »Nun, ich hatte den Eindruck, dass es Max wichtig war, dass du hierher mitkommst. Und dass er wegen *dir* überhaupt erst darauf gedrungen hat, dass die ganze Familie mitreist …«

»Wegen mir?« Pauls Mund war plötzlich staubtrocken, er sah seinen Bruder entgeistert an. »Aber warum?« Eine gewisse Vorahnung beschlich ihn.

»Kannst du dir das nicht denken?« Peter beugte sich ganz nah zu Paul hinüber. Seine Stimme war jetzt kaum noch zu vernehmen. »Du hast ihm vor zwei Jahren übel mitgespielt, Paul. Max kann ziemlich nachtragend sein ...«

»Nachtragend ...« Paul nickte. »Ich ... verstehe. Du sprichst auf diese eine Sache in Kaufbeuren an.«

»Genau.« Peter lehnte sich wieder zurück. »Auf diese eine verfluchte Sache.«

Noch immer war nicht ganz geklärt, welche Rolle der bayerische Kurfürst damals in jener unheimlichen Kaufbeurer Mordserie gespielt hatte. Pauls und Max' Wege hatten sich damals gekreuzt, was für Paul fast tödlich geendet hatte. Er hatte etwas über den Kurfürsten erfahren, was dieser gerne für sich behalten hätte. Etwas, das mit seinen zukünftigen Plänen als Herrscher zu tun hatte. Und zwar nicht nur als bayerischer Herrscher ...

»Max nennt mich zwar seinen Freund«, fuhr Peter fort. »Aber ehrlich gesagt durchschaue ich ihn immer noch nicht, nach all den Jahren. Es kann auch sein, dass ich falschliege. Aber ich finde, du solltest es zumindest wissen. Nimm dich besser in Acht.«

»In Acht?« Paul lachte. »Mein schmächtiger Bruder, der Bücherwurm, rät mir, mich in Acht zu nehmen!«

»Ach, verdammt, vermutlich hast du recht.« Peter winkte ab. »Ich bilde mir da wahrscheinlich nur was ein. Dieses ganze Politisieren und Spionieren macht mich noch völlig verrückt.«

»Wie auch immer, danke für den Hinweis, Bruder«, erwiderte Paul grinsend. »Aber ich kann ganz gut auf mich selbst aufpassen. Das ist etwas, was ich in den Gassen gelernt habe. Zwar nicht Latein, Medizin und Politik – dafür aber Vorsicht, eine schnelle Hand und den festen Willen, zu überleben. Gnade dem, der sich mit mir anlegen will!«

Er stand auf. »Ich hol uns noch zwei Bier, ja? Bevor auch das zweite Fass leer ist. Diese kaiserlichen Soldaten saufen wie die Rösser.«

Peter hielt ihn zurück. »Lass gut sein, ich bin müde. Außerdem hat mich Max morgen zu einem ersten Verhör einbestellt, gleich wenn er in Altötting ankommt. Da möchte ich keinen Fehler machen.«

»Bruder, Bruder …« Paul schüttelte mit gespielt betrübter Miene den Kopf. »Ich werde dich nie verstehen.« Er zuckte die Achseln. »Aber ganz, wie du meinst. Schlafe in Frieden. Ich jedenfalls werde noch ein wenig hier sitzen bleiben und auf das Wohl des Kaisers trinken. Na, und vielleicht fange ich für dich auch noch einen türkischen Spion.«

»Solange du dich nicht mit den kaiserlichen Soldaten prügelst, soll mir alles recht sein.« Peter stand auf und lächelte müde. »Wir sollten das öfter mal machen. Zusammensitzen, reden, so wie früher …« Plötzlich beugte er sich noch einmal zu Paul hinunter und drückte ihn fest. »Du sollst wissen, dass ich immer zu dir stehen werde. Egal was der Vater oder wer auch immer sagt. Bis morgen!« Er klopfte ihm auf die Schulter. »Und sei leise, wenn du noch spät in unser Quartier kommst! Die Mutter bringt dich sonst um.«

»O ja!« Paul grinste. »Da magst du recht haben. Vermutlich versohlt sie mir wie früher den Hosenboden.«

Schon kurz darauf war Peter zwischen den vielen Gästen verschwunden. Paul erhob sich und ging hinüber zur Theke, um sich ein weiteres Bier zu holen. Dabei dachte er an das, was ihm Peter eben erzählt hatte. Sein Bruder ein Spion! Das war wirklich lachhaft. Weniger zum Lachen war Peters Vermutung, dass hinter den Plänen des Kurfürsten noch weitere Pläne steckten, die Paul betrafen. So gut kannte Paul Max Emanuel mittlerweile, er wusste, dass mit ihm nicht zu spaßen war. Und es war durchaus möglich, dass er die Sache damals in Kaufbeuren nicht vergessen hatte …

»Lädst du mich auf ein Bier ein?«

Paul schreckte aus seinen Gedanken hoch. Neben ihm an der Schanktheke stand noch immer das rothaarige Mädchen, das ihm schon vorher aufgefallen war. Sie war klein und zierlich, dafür mit einem üppigen Busen gesegnet, der ihr Mieder fast zu sprengen drohte. Trotz der Jahreszeit war ihr Gesicht so braun gebrannt, als wäre der Sommer nie fortgegangen. Ihr Haar leuchtete im Licht der vielen brennenden Talgkerzen. Sie grinste ihn frech an und deutete auf sein Ohr.

»He! Bist du taub und deshalb auf Wallfahrt?« Das Mädchen hatte einen harten Dialekt, ähnlich den Tiroler Flößern, die manchmal auf dem Lech nach Schongau reisten.

Paul schüttelte den Kopf. »Höchstens geblendet vom Anblick deiner feuerroten Haare.« Mit gespielter Strenge hob er den Finger. »In manchen Gegenden verbrennen sie vorlaute Mädchen wie dich als Hexe. Sieh dich also vor!«

»Na, eine Hexe würde wohl kaum Altöttinger Andachtsbilder und Pilgerzeichen verkaufen.« Sie kramte unter ihrem Rock ein kleines metallenes Amulett hervor, es hatte die Form der Jungfrau Maria, und hinten war eine gebogene Nadel angebracht, wie bei einer Fibel. Auffordernd hielt sie ihm das Schmuckstück unter die Nase. »Willst du vielleicht eins kaufen? Man kann es sich an den Hut stecken. Ist aus echtem Silber und kostet für dich nur einen Batzen. Die Schwarze Madonna wird es dir danken!«

»Wenn das Silber ist, bin ich aus Lehm.« Paul stieß ein

Grunzen aus und winkte ab. »Das ist dünner Zinn, Mädchen! So viel hab ich noch nicht getrunken, dass ich dir auf den Leim gehe.«

Sie lächelte süß. »Wie sagt der Prophet? Der Glaube versetzt Berge. Wenn du *glaubst*, dass es Silber ist, dann ist es das auch. Aber bitte schön, dann halt nicht.« Sie zog eine Schnute und packte das Medaillon wieder weg. »Vielleicht magst du ja ein Pilgerzeichen mit den gekreuzten Schlüsseln Petri, für deinen Gang nach Rom. Ich habe auch silberne Muscheln für den Jakobsweg …«

»Du meinst, wenn ich *glaube*, dass ich den Jakobsweg gepilgert bin, dann habe ich auch das Recht, dieses Pilgerzeichen zu tragen? Ein interessanter Gedanke. Was wohl die studierten Herren Theologen dazu sagen?«

Sie lachte. »Ich sehe, wir verstehen uns. Gibst du mir jetzt ein Bier aus?«

»Nun, ich denke, das hast du dir mit deinem Gerede redlich verdient.« Er ließ sich vom Wirt zwei volle Humpen geben, und sie stießen an.

»Ich bin der Paul aus Schongau«, sagte er nach dem ersten Schluck. »Bin mit meiner Familie hier auf, äh … Wallfahrt. Und du …?«

»Lucia. Auch auf Wallfahrt, gezwungenermaßen. Mein Vater ist ein fahrender Wallfahrtshändler, wir kommen ursprünglich aus Bozen.« Sie stöhnte und verdrehte die Augen. »Maria Hilf, Maria Weißenstein, Assisi, Padua, Rom … Sag mir einen Pilgerort, wo wir noch nicht waren! Ich laufe jedes Jahr ein Paar Schuhe durch.«

»Und wie läuft das Geschäft hier in Altötting?«, wollte Paul wissen. Er rückte näher an sie heran. Dieses Mädchen gefiel ihm außerordentlich gut. Sie besaß diese gewisse Frechheit und Schläue, die er bei den biederen Schongauer Töchtern so sehr vermisste.

»Na, was denkst du?« Sie nahm einen tiefen Schluck von ihrem Bier, rülpste laut und wischte sich über den Mund. »Wir machen das Geschäft unseres Lebens! Wenn der Kaiser und der Kurfürst Gold und Diamanten spenden im Kampf gegen die Türken, dann wollen die einfachen Leute eben auch ihr Scherflein dazu beitragen. Wir haben sogar Pilgerzeichen machen lassen mit Leopold I. und Max Emanuel darauf. Willst du vielleicht ...«

»Gott bewahre! Lass uns lieber noch zwei Bier bestellen.« Paul trank seinen Humpen in einem Zug leer und sah mit Erstaunen zu, wie es ihm dieses kleine, zierliche Ding gleichtat. Der Schaum klebte an ihrer Oberlippe wie ein Schnurrbart.

»Gerne«, sagte sie und knallte den leeren Humpen auf den Tisch. »Aber zuvor will ich sehen, ob so ein braver Schongauer Pilger auch tanzen kann.«

Sie nahm ihn bei der Hand und zog ihn in die Mitte des Saals, wo sich bereits ein paar der kaiserlichen Soldaten zur Musik von Fiedel, Schellenkranz und Trommel bewegten. Unter Grölen und Klatschen machte man dem jungen Paar Platz.

Paul lächelte selig, und das hatte nicht nur mit der Wirkung des Alkohols zu tun. Er legte ihr die Hand um die schmale Hüfte, und sie wiegten sich im Takt der Musik.

Diese Wallfahrt gefiel ihm tatsächlich immer besser.

Kapitel 6

Zur gleichen Zeit irgendwo in Neuötting

Simon hörte das Rattern der Räder auf den Pflastersteinen, spürte das Holpern und Rütteln der Kutsche, er roch muffiges Leder und ein unbestimmbares Parfüm, doch um ihn herum war nichts als Schwärze.

Die zwei Männer, die ihn vor einer Weile vor der Neuöttinger Herberge abgefangen hatten, hatten ihm ein Seidenband vor die Augen gebunden, sodass er sich vorkam wie ein Verurteilter kurz vor der Erschießung. Er wusste weder, wohin seine Reise ging, noch, warum ihn die Kerle entführt hatten. Ob sie ihn aus der Stadt schafften, um ihn irgendwo im Wald zu beseitigen? Aber warum?

Simons Atem ging schneller, sein Herz raste. Was in Gottes Namen ging hier bloß vor? Die Männer trugen schwarze Mäntel, doch darunter hatte er ein metallisches Scheppern gehört. Waren es also bewaffnete Soldaten mit Harnisch und Beinschützern oder doch nur irgendwelche Halsabschneider?

Nachdem Magdalena sich mit Sophia in die Schlafkammer zurückgezogen hatte, hatte er noch ein Glas von dem sauren Wein getrunken und war dann zu Niklas Engelschall und seiner Familie hinuntergegangen. Es stellte sich heraus, dass buchstäblich jeder in dem zehnköpfigen Haushalt des Kochs irgendein Wehwehchen hatte, sodass der Hausbesuch dementsprechend lange dauerte. Am Ende stand sogar auch noch die alte, kranke Nachbarin vor der Tür.

Als Simon schließlich den letzten Verband angelegt und die letzte abführende Latwerge verabreicht hatte, wollte er eben wieder nach oben gehen, als die bewaffneten Männer vor der Herberge auftauchten.

Dann war alles sehr schnell gegangen.

»Seid Ihr Doktor Simon Fronwieser?«, hatte einer der Kerle ihn gefragt. Simon hatte zögernd bejaht und war auch schon in die Kutsche gezerrt worden.

Es rumpelte, ein einzelner tiefer Glockenschlag ertönte. Simon vermutete, dass sie eben Neuötting verließen. Dem Inn zu hätten sie die steile Straße ins Tal hinunter nehmen müssen, er ging also davon aus, dass sie durch das östliche Burghauser Tor gefahren waren, auf Altötting zu. War das ihr Ziel? Und wieso kannten die Kerle eigentlich seinen Namen?

Neben sich hörte er den schweren Atem seines Bewachers, roch dessen herben Schweiß; der andere Mann saß vorne auf dem Kutschbock. Simon hatte längst aufgegeben, Fragen zu stellen, er bekam ohnehin keine Antwort.

Die Räder rumpelten und ächzten, die Pferde wieherten gelegentlich, ansonsten ging es schweigend dahin.

Etwas mehr als eine Viertelstunde mochte vergangen sein, als die Kutsche auch schon wieder anhielt. Kräftige Arme packten Simon und zogen ihn hinaus in die kühle Nacht. Ihn fröstelte in seinem dünnen Hemd, einen Mantel hatte er in der Eile nicht angezogen. Seltsamerweise hatten die Männer zuvor noch seine Arzttasche in die Kutsche gepackt, am Klirren der medizinischen Instrumente konnte Simon erkennen, dass der zweite Mann die Tasche genommen hatte. Sein Bewacher schob ihn mit sanfter Gewalt voran. Simon stolperte über ein paar Stufen, er hörte eine Tür quietschen, dann befand er sich offenbar im Inneren eines Gebäudes. Schritte hallten, auch war es jetzt merklich wärmer. Wieder quietschte eine Tür und schloss sich hinter ihm. Die Männer zerrten ihn an den Armen, bis er mit dem Rücken an einer Wand stand.

»Ihr könnt ihm die Binde jetzt abnehmen«, ertönte hallend eine männliche Stimme.

Jemand löste den Knoten, und Simon zog sich das Seidenband vom Gesicht. Er musste blinzeln ob der plötzlichen Helligkeit. Als seine Augen sich schließlich an das Licht gewöhnt hatten, sah er einen hohen Raum, dessen hinterer Teil von einem schweren roten Brokatvorhang verdeckt wurde. An den Wänden hingen Porträtgemälde von Bischöfen und Kardinälen, etliche kostbar aussehende Truhen standen in den Ecken, an der Decke funkelte ein Kronleuchter mit Dutzenden von Kerzen. Neben einer schwelenden Glutpfanne stand ein großes Himmelbett, in dem unter Decken eine leblose Gestalt zu erkennen war.

Ein hagerer, groß gewachsener Mann mit dünnem Schnurrbart trat hinter dem Brokatvorhang hervor. Er trug eine violette Soutane und um den Hals ein Brustkreuz an einem goldenen Band. Der Mann lächelte schmal, wobei seine Augen kalt und grausam blieben.

»Verzeiht die Umstände, Doktor«, sagte er mit schnarrender Stimme. »Aber wir haben Gründe für unser heimliches Verhalten, wie Ihr bald erfahren werdet. Lasst uns allein!« Er gab Simons Bewachern ein Zeichen, und diese verließen mit tiefen Verbeugungen den Raum.

Simon wischte sich den Schweiß von der Stirn, im Raum war es unangenehm heiß. Noch immer war er verwirrt, er hatte Mühe, die Fassung zu wahren. Nun, immerhin schien das hier keine Räuberhöhle zu sein, ganz im Gegenteil … Die Kleidung des Mannes verriet Simon, dass er es offenbar mit einem hohen geistlichen Würdenträger zu tun hatte.

»Wo … wo bin ich?«, fragte er schließlich.

»Wo Ihr seid?« Wieder erschien das kalte Lächeln im Gesicht des Mannes. »Ihr seid in meiner Propstei, wo derzeit, wie Ihr sicherlich wisst, auch der Kaiser und die Kaiserin untergebracht sind. Betrachtet diesen Ausflug als einen … nun ja, etwas ungewöhnlichen Krankenbesuch.« Der Mann streckte die rechte Hand aus, an deren Finger ein dicker goldener Ring steckte. »Sei gesegnet, mein Sohn.«

Simon erstarrte kurz. Hatte der Mann eben von *seiner* Propstei gesprochen? In diesem Fall stand vor ihm kein Geringerer als Albrecht Sigismund von Bayern, Fürstbischof von Freising und Regensburg, Altöttinger Propst und ganz nebenbei ein entfernter Verwandter des bayerischen Kurfürsten.

»Meine, äh … tiefste Verehrung, Eure Exzellenz«, brachte Simon heraus. Er verbeugte sich und küsste den kalten Ring.

So langsam dämmerte ihm, warum man ihm die Augen verbunden hatte. Er befand sich tief im Zentrum geistlicher und weltlicher Macht.

In der Höhle des Löwen, dachte er.

Blieb die Frage, warum ihn ein so mächtiger Mann zu sich beordert hatte, noch dazu mitten in der Nacht.

»Zu viel der Ehre, Hochwürden«, sagte Simon, als er sich wieder erhoben hatte. »Wie kommt es, dass der Altöttinger Propst einen so unbedeutenden Doktor wie mich kennt?«

Der Propst schmunzelte. »Oh, wir wissen sogar noch einiges mehr, Doktor Fronwieser! Wir wissen, dass Ihr nicht irgendein dahergelaufener Quacksalber seid, sondern kurfürstlicher Medicus. Leibarzt von Kurfürst Max Emanuel, meinem lieben Verwandten! Es ist eher erstaunlich, dass ich früher noch nicht von Euch gehört habe. Wo Ihr doch in so großen Tönen von Euch selbst sprecht.«

Simon erblasste. Es war äußerst unwahrscheinlich, dass der Kurfürst dem Propst schon im Vorfeld von seinem neuen Hofmedicus erzählt hatte. Warum sollte er auch? Woher kannte Albrecht Sigismund ihn also?

Der Propst schien seine Frage zu erraten. Er zuckte die Achseln. »Dieser Koch, bei dem Ihr wohnt, ist ziemlich geschwätzig. Ein Hofmedicus in Neuötting ... So was spricht sich schnell herum. Es hätte natürlich sein können, dass Ihr nur ein Hochstapler seid. Dann hätten meine Männer ...«, Albrecht Sigismund zögerte, »nun ja, den entsprechenden Auftrag gehabt. Aber glücklicherweise befand sich der Brief des Kurfürsten ja in Eurer Arzneitasche. Damit waren alle Zweifel ausgeräumt.«

Simon schloss die Augen.

Ich Idiot ... Warum kann ich nur immer meinen Mund nicht halten?

Er nahm seinen ganzen Mut zusammen. »Äh, Ihr spracht von einem Krankenbesuch.« Er deutete auf die leblose Gestalt im Himmelbett. »Ist das mein Patient?«

»In der Tat.« Der Propst nickte. »Das ist er.«

»Und darf ich fragen, warum sich nicht der kaiserliche Leibarzt seiner annimmt?«, hakte Simon nach. »Er residiert doch bestimmt ebenfalls bei Euch in der Propstei. Ich bin mir sicher, dass der Kaiser auch auf dieser Reise seinen Leibarzt dabeihat.«

Propst Albrecht Sigismund hob indigniert die Augenbraue. »Nun, ganz einfach. Weil dieser Patient hier der kaiserliche Leibarzt ist.«

»Oh«, machte Simon. Mehr fiel ihm nicht ein. »Aber …«

»Ihro Exzellenzen sind höchst besorgt«, fuhr der Propst fort und zwirbelte seinen dünnen Bart. »Soweit wir derzeit wissen, hat sich Doktor Branduardi nach dem Abendessen unwohl gefühlt. Zunächst gingen wir von einer bloßen Magenverstimmung aus, aber es wurde immer schlimmer.« Albrecht Sigismund senkte die Stimme. »Der Doktor ist ein enger Vertrauter der Kaiserin, sie haben an diesem Abend zusammen gegessen. Wenn Ihr versteht, was ich meine …« Sein letzter, nur leise gesprochener Satz schien in dem großen Raum nachzuhallen. Der Brokatvorhang erzitterte sacht.

»Ihr … Ihr meint, der Doktor wurde vergiftet, aber das Gift galt eigentlich der Kaiserin?«, hauchte Simon.

Der Propst zuckte mit den Schultern. »Das herauszufinden, seid Ihr hier. Ihr seid der einzige fähige Arzt, den wir auf die Schnelle finden konnten. Ein kurfürstlicher Hofmedicus! Zeigt, dass Ihr Euch diesen Titel redlich verdient habt.« Er räusperte sich. »Ich muss wohl kaum erwähnen, dass dieser Krankenbesuch absoluter Geheimhaltung bedarf. Wenn auch nur ein Sterbenswörtchen nach außen dringt, werde ich persönlich dafür sorgen, dass Euch der Burghausener Henker in Öl siedet. Euch und jeden anderen, der davon weiß. Habt Ihr verstanden?«

»Natürlich, Hochwürden. Ganz genau.« Simon schluckte. Schließlich trat er an das Bett des Kranken, wo seine Arzneitasche schon bereitstand.

Der kaiserliche Leibarzt war ein alter, ausgezehrter Mann mit schlohweißen Haaren, er zählte gewiss schon siebzig Jahre oder mehr. Simon begann mit ein paar oberflächlichen Untersuchungen, die allesamt nichts Gutes verhießen. Der Patient war dem Tode näher als dem Leben. Sein Atem war kaum noch vernehmbar, das Herz raste, das Gesicht war kreidebleich. Er reagierte nicht, wenn man ihn ansprach. Sein säuerlicher Atem ließ zudem darauf schließen, dass er sich erbrochen hatte. Simon sah von dem Kranken auf.

»Ich kann für diesen Mann nicht viel mehr tun als beten«, sagte er. »Ich werde ihm ein Sedativum verabreichen und etwas gegen die Schmerzen, aber das ist auch schon alles. Es tut mir leid. Ich denke, er wird die Nacht nicht überleben.«

»Damit hatte ich gerechnet«, erwiderte der Propst kühl.

Simon träufelte dem Todkranken ein paar Tropfen Mohnsaft ein und fühlte seinen immer schwächer werdenden Puls.

»Was hat der Doktor denn als Letztes gegessen?«, wollte er wissen.

»Ein mehrgängiges, eher schlichtes Menü. Das gleiche, welches auch ich bekommen habe, wenn auch in einem anderen Raum. Die Kaiserin wollte mit ihrem Arzt allein essen.« Der Propst runzelte die Stirn. »Lasst mich überlegen … Es gab Suppe, danach ein wenig kalten Braten mit Brot und Käse, frisch geräucherte Forelle aus dem Inn, Flusskrebse, Buttergebäck, kandierte Feigen, schließlich eine mit weißem Zucker bestreute Eiercreme. Dazu Weißwein aus dem Burg und und … ach ja, roten Tokaier. Ein äußerst wohlschmeckender Tropfen, übrigens.«

»Mahlzeit«, murmelte Simon. Er dachte an den gekümmelten Kohleintopf, den er selbst heute Abend gegessen hatte.

Zumindest war der nicht vergiftet …

»Und die Kaiserin und der Doktor haben beide das Gleiche gegessen?«, fragte er.

»Nun, das lässt sich nicht mehr ganz nachvollziehen«, erwiderte der Propst achselzuckend. »Sie waren ja allein, wie ich bereits erwähnte. Aber es ist wohl so, dass die Kaiserin auf die Eiercreme verzichtet hat.« Albrecht Sigismund hüstelte. »Ihro Exzellenz fühlte sich ob der üppigen bayerischen Küche ein wenig, äh ... übersättigt.«

»Und der Kaiser?«, wollte Simon wissen.

»Kaiser Leopold verzichtete ganz auf das Abendessen, er zog sich zum Beten in die Stiftskirche zurück. Er ist ein sehr gläubiger Mensch, Gott sei gedankt.« Der Propst dachte nach. »Das Essen wurde kurz nach der Ankunft in Altötting serviert. Die Beschwerden setzten beim Doktor dann vor etwa drei Stunden ein. Erbrechen, Durchfall, schließlich der völlige Zusammenbruch ...«

»Wo fand das Diner statt?«, unterbrach ihn Simon, der für einen kurzen Moment vergaß, dass er mit einem leibhaftigen Fürstbischof sprach. »Kann ich mir den Raum einmal ansehen?«

»Ansehen? Den Raum ...?« Albrecht Sigismund wirkte kurz irritiert. »Nun, warum nicht?« Er deutete auf eine Tür zur Rechten. »Er ist gleich nebenan. Aber da ist nichts mehr. Die Speisen wurden längst abgetragen.«

Simon hatte den Eindruck, dass der Propst zögerte. Der Vorhang hinter ihnen raschelte, als würde ein plötzlicher Wind durch den Saal brausen. Schließlich zuckte Albrecht Sigismund die Achseln. »Wenn Ihr meint, dass dies etwas bringt.«

Simon flößte dem Sterbenden noch ein paar schmerzlindernde Tropfen ein und deckte ihn zu. Dann folgte er dem Propst nach nebenan.

Es war ein größeres, lang gezogenes Speisezimmer mit schweren, schlichten Holzmöbeln und einem langen Tisch in der Mitte. An der gegenüberliegenden Wand hing ein großes Kruzifix, darunter war ein kleines silbernes Weihwasserbecken angebracht. Der ganze Raum atmete spartanische Christlichkeit.

»Die Cena der Propstei«, erklärte Albrecht Sigismund. »Hier nehme ich gewöhnlich meine Mahlzeiten ein, wenn ich in Altötting weile. Ich bin allerdings nur selten da, eigentlich nur bei größeren Feierlichkeiten. Dekan Achatius Viertl vertritt mich in allen wichtigen Belangen.«

Suchend blickte sich Simon in dem Raum um. Er wusste nicht, was er zu finden gehofft hatte, aber der Propst hatte recht: Es gab nichts Auffälliges zu entdecken. Trotzdem beschlich ihn ein seltsames Gefühl. Da die Kaiserin auf die Nachspeise verzichtet hatte, schien im Grunde alles auf eine verdorbene Eiercreme hinzudeuten. Doch dafür waren die Symptome zu gravierend, vor allem traten sie viel zu schnell und heftig auf. Der Mann im Nebenzimmer starb, daran hatte Simon keinen Zweifel. War die Creme also vergiftet gewesen?

»Wer hat für die Herrschaften gekocht?«, wandte er sich an den Propst, der abwartend in der Tür stand.

Albrecht Sigismund zuckte die Achseln. »Der Kaiser hat seinen eigenen Koch mitgebracht. Wir haben ihn bereits befragt. Er schwört Stein und Bein, dass die Speisen nicht verdorben waren. Alles war frisch zubereitet worden.« Der Propst hob eine Braue. »Wenn Ihr aber zu dem Schluss kommen solltet, dass es sich um Gift handelt …«

Er sprach nicht weiter. Doch Simon konnte sich auch so vorstellen, was dem Koch in einem solchen Fall blühte. Giftmörder wurden meist auf besonders grausame Weise hingerichtet. Man begrub sie bei lebendigem Leib oder zog ihnen die Haut ab.

»Selbst wenn es Gift war, kann es auch auf andere Weise in die Creme gelangt sein«, wiegelte Simon ab.

Nur wie?, ging ihm durch den Kopf.

Er prüfte das Fenster, das zum Kapellplatz hinausging. Es war vergittert und gut verschlossen. Auch gab es keine weitere Tür als die zum Saal nebenan. Prüfend fuhr Simon mit dem Finger über die polierte Tischplatte, dann wandte er sich der übrigen kärglichen Einrichtung und dem Kruzifix zu. Ob der Heiland wohl gesehen hatte, was hier geschehen war? Simon war sich mittlerweile fast sicher, dass der Leibarzt vergiftet worden war. Aber die Sache mit dem Koch erschien ihm zu einfach. Warum sollte sich der kaiserliche Koch auf eine so offensichtliche Weise in Gefahr bringen? Selbstverständlich würde man ihn als Erstes verdächtigen.

Wie …?

Simon stutzte, als ihm doch noch etwas auffiel.

In dem kleinen Weihwasserbecken unterhalb des Kruzifixes lag etwas.

Er griff danach und fischte aus dem Wasser ein paar kleine glitschige Bohnen. Sie sahen ein wenig aus wie vollgesogene Zecken, rötlich schimmernd und mit schwarzen Punkten. Sie erinnerten Simon an Kaffeebohnen, die er so liebte und von denen er auch auf dieser Reise ein Beutelchen dabeihatte.

»Was, in Gottes Namen, ist das?«, fragte der Propst, der neugierig näher getreten war. Er verzog angewidert das Gesicht. »Irgendwelche Käfer?«

»Nein, es sind wohl Samen …« Simon betrachtete den Fund in seiner offenen Hand. Irgendwo hatte er diese Bohnen schon mal gesehen. Nur wo? Er runzelte die Stirn, während er die Bohnen zwischen den Fingern rollte und krampfhaft nachdachte. Es war in irgendeinem Buch gewesen, ein Buch, das bei ihm zu Hause lag, ein wissenschaftliches Werk.

Wo …

Endlich fiel es ihm wieder ein. Es war ein Buch des griechischen Arztes Dioskurides gewesen, in dem die Bohnen aufgemalt gewesen waren. Ihr gepresstes Öl galt als Abführmittel, wobei ausdrücklich auch vor ihrer Giftigkeit gewarnt wurde.

»Die Christuspalme«, murmelte Simon. »Natürlich …«

»Was sagt Ihr da?«, hakte der Propst ungeduldig nach. »Sprecht gefälligst deutlich!«

Simon sah hoch. »Es sind Samen der Christuspalme, auch Rizinusbohnen genannt. Sie kommen ursprünglich aus Byzanz und den Ländern weiter östlich. Gemahlen sind die Samen ein sehr starkes Gift. Schon die kleinste Dosis ist tödlich.« Mit leisem Klackern legte er die Bohnen auf dem Tisch ab und trocknete sich die Hände an der Tischdecke. Der Propst erblasste, auch er wischte sich jetzt nervös die Hände an seiner Soutane ab.

»Wollt Ihr damit sagen, dass … das Weihwasser vergiftet ist?«, flüsterte er. »Mein Gott, ich habe selbst …«

»Diese Bohnen hier sind nicht gemahlen. Ich denke, von ihnen geht keine große Gefahr aus. Doch die Vergiftungserscheinungen, die der Doktor zeigt, sind typisch fur Rizinusbohnen.« Simon nickte. »Ich vermute, dies ist das Gift, das wir suchen.«

Der Propst runzelte die Stirn. »Aber wie kommen die Bohnen dann in das Weihwasserbecken?«

»Das kann ich derzeit nicht sagen«, erwiderte Simon achselzuckend. »Vielleicht wollte der Täter sie loswerden? Doch wenn die Bohnen hier in der Cena sind, wird die Eiercreme wohl nicht in der Küche vergiftet worden sein. Der Koch dürfte also unschuldig sein. Wer hat die Speisen denn serviert?«

»Nun, das Küchenpersonal bringt das Essen hoch in die

Cena. Hier tragen dann Diener auf. Ihr meint, einer der Diener …?« Albrecht Sigismund stockte. »Jetzt, da Ihr es sagt … Wie mir berichtet wurde, gab es wohl einen tragischen Unfall. Einer der Bediensteten stürzte kurz nach der Ankunft des Kaisers über eine vereiste Außentreppe, er brach sich das Genick …«

»Und ein anderer nahm seine Stelle ein«, vollendete Simon den Satz. »Vermutlich unser Giftmörder. Er streut die gemahlenen Bohnen über die Creme, mit dem Zucker fällt das nicht weiter auf. Die restlichen Bohnen versteckt er im Weihwasserbecken und verschwindet auf Nimmerwiedersehen. Ein ziemlich gewiefter Mordplan, zumal Rizinusbohnen schwer zu bekommen sind.« Er sah sich nach einer Aufbewahrungsmöglichkeit für die Bohnen um, schließlich zog er sein Taschentuch hervor und wickelte sie vorsichtig darin ein. »So was habe ich in unserer Gegend noch nie gesehen. Ich werde sie bei passender Gelegenheit näher untersuchen und …«

Ein leises Räuspern ertönte von der Tür her. Als Simon sich umsah, erblickte er dort eine Frau in festlichem schwarzem Brokatkleid, die ganz offenbar eben hinter dem Vorhang hervorgetreten war. In ihren ondulierten blonden Locken steckte eine Brosche mit schwarz glitzernden Edelsteinen. Ihr Gesicht war blass, die Lippen dünn und schmal. Simon kannte sie bislang nur von Gemälden, nun stand er direkt vor ihr.

»Lasst mich mit dem Doktor allein, Albrecht«, sagte die Kaiserin. »*Tout de suite*.«

»Wie Ihr befehlt, Euer Majestät. Ich gebe aber zu bedenken, dass …«

»Ich sagte: *Tout de suite*!« Ein ungeduldiger Wink reichte, und Propst Albrecht Sigismund verließ die Cena, nicht ohne Simon noch einen bösen Blick zuzuwerfen.

Dann stand Simon, Sohn eines einfachen Schongauer Feldschers und Baders, der deutschen Kaiserin Eleonore Magdalene allein gegenüber.

»Mein Kompliment, Herr Doktor«, sagte die Kaiserin, als die Schritte des Propsts verklungen waren. »Ich bin von Eurem Scharfsinn beeindruckt, auch wenn der Anlass ein so schrecklicher ist …« Sie schloss die Augen. Als sie sie wieder öffnete, sah Simon Tränen darin blitzen.

»Darf … darf ich Euch bitten, mir zu folgen«, sagte sie schließlich. Ihre Stimme zitterte. »Das alles ist zu furchtbar …«

Sie verstummte erneut. Stattdessen ging sie schweigend voran, und Simon folgte ihr zurück in den Saal. Am Bett des todkranken Doktors blieb die Kaiserin stehen. Sie streckte die Finger aus und strich ihm über die schweißnasse Stirn.

»Ein schrecklicher Ort ist das hier!«, klagte sie. »Kalt und ohne Leben.« Mit einem Seidentüchlein tupfte sie ihre verweinten Augen trocken. »Doktor Branduardi ist also vergiftet worden. Es gibt keine Hoffnung?«

»Ich fürchte, nein, Euer Majestät. Nicht nach dem, was ich eben herausgefunden habe.«

»Mein Gott, das … das ist …« Ihre Knie wurden weich, und Simon streckte eben noch rechtzeitig die Arme aus.

»Euer Majestät, Ihr solltet Euch hinlegen«, mahnte er.

»Ihr … Ihr habt recht.« Mit einem letzten Blick auf den besinnungslosen Doktor raffte sie sich auf und ließ sich von Simon aus dem Raum führen.

An den Saal schlossen weitere Räume an, die allesamt ebenso spartanisch eingerichtet waren wie die Cena. Schließlich erreichten sie ein Zimmer mit holzvertäfelter Decke, das augenscheinlich gerade erst eingerichtet worden war. Die wenigen Möbelstücke passten nicht zum sonstigen kargen Stil des Hauses. Simon sah eine Truhe mit Silberbeschlägen, zwei, drei gepolsterte Stühle, einen kleinen Schminktisch, einen Sekretär aus Mahagoniholz sowie eine Chaiselongue. Seufzend ließ sich die Kaiserin darauf fallen.

Um sie nicht weiter zu beschämen, kniete Simon nieder und verbeugte sich tief. Er glaubte zu träumen. Eben noch hatte er in einem zugigen Dachgeschoss verkochten Kohl gegessen und einem schmierigen Koch den Backenzahn gezogen, nun kniete er hier vor der deutschen Kaiserin, und das auch noch allein … Sogar ihren Arm hatte er gehalten! Ihm fehlten die Worte. Wie sprach man eigentlich eine Kaiserin an? *Durfte* man überhaupt das Wort an sie richten?

»Euer Kaiserliche … äh, Ehrwürdige Majestät …«, versuchte er es. »Mit tiefster Ergebenheit …«

Sie winkte ab und deutete auf einen der Stühle. »Lasst die Lobhudelei und setzt Euch. Wenigstens haben wir jetzt Klarheit. Ohne Euch wäre dieses abscheuliche Verbrechen nie ans Licht gekommen.« Sie erbleichte. »Wärt Ihr so freundlich, mir mein Riechsalz zu reichen? Es steht dort auf dem Schminktisch.«

»Aber natürlich, Majestät.« Simon, der sich eben hatte setzen wollen, stürzte zum Schminktisch und reichte ihr das Fläschchen.

»Danke.« Sie wedelte mit der Flasche vor ihrer Nase.

»Und es gibt wirklich keine Hoffnung für Doktor Branduardi?«, fragte sie erneut. »Nicht die geringste …?«

»Höchstens, es geschieht ein Wunder«, erwiderte Simon, der beschlossen hatte, stehen zu bleiben. »Wenn es wirklich die Rizinusbohnen waren, ist eine Heilung ausgeschlossen. Sein Puls war vorhin schon sehr schwach, fast nicht mehr messbar. Ich denke, er wird in den nächsten Stunden vor seinen Herrgott treten.«

»Ich … verstehe.« Sie nickte tapfer. »Das hatte ich befürchtet. Doktor Branduardi ist ein wichtiger Vertrauter von mir, müsst Ihr wissen. Mein … einziger Ratgeber. Jedenfalls der einzige, dem ich vertraue.«

»Aber Euer Gatte …«, warf Simon ein.

»Mein Gatte?« Die Kaiserin lachte traurig auf. »Machen wir uns nichts vor. Ich bin Leopolds dritte Frau. Er hat mich erwählt, weil unser Stamm als besonders fruchtbar gilt. Und tatsächlich habe ich ihm seinen so lang ersehnten Thronfolger geboren. Meine alleinige Aufgabe ist es, ihm und damit Gott zu dienen. Wenn ich einen Rat brauche, frage ich nicht ihn. Dafür bin ich ihm nicht … wichtig genug.«

»Nun, Ihr seid offenbar wichtig genug, dass man auf Euch einen Giftanschlag plante«, entgegnete Simon. »Der arme Doktor Branduardi war vermutlich nur Beifang. Könnt Ihr Euch vorstellen, warum man Euch nach dem Leben trachtet?«

Sie zuckte die Achseln. »Vielleicht galt das Attentat ja auch meinem Mann? Normalerweise speisen wir zusammen. Aber wir hatten davor einen kleinen Disput, nicht zum ersten Mal …«

Ihre Augen wanderten hinüber zu der Truhe. Plötzlich stutzte sie. »Aber wieso …«

Zitternd stand sie auf, ging hinüber zur Truhe und öffnete sie. Ein leiser Schrei entwich ihrem Mund, sie beugte sich über die Truhe und begann, darin zu wühlen. Etliche Kleidungsstücke fielen zu Boden, jedes von ihnen so kostbar, dass man ein Pferd damit hätte kaufen können.

»Mein Gott … wie … wie …«, hauchte Eleonore Magdalene. Schließlich brach sie weinend neben der Truhe zusammen. »Er ist gestohlen worden! Als wenn ein Unglück nicht reichen würde … Um Himmels willen, er wird mich umbringen, wenn er das erfährt! Umbringen!«

Simon versuchte, Haltung zu bewahren. »Äh, von was sprecht Ihr, Majestät? Wer wird Euch umbringen?«

»Der Kaiser!«, schrie sie. Sie hielt sich die Hand vor den Mund, dann deutete sie auf die Truhe. »Dort drin befand sich ein Degen …«

»Was für ein Degen?«, hakte Simon nach, dem die ganze Angelegenheit immer seltsamer erschien.

Die Kaiserin griff erneut zum Riechsalz. Nachdem sie sich einigermaßen beruhigt hatte, sah sie Simon mit großen Augen an.

»Schwört bei Gott und der Schwarzen Madonna von Altötting, dass das, was ich Euch jetzt anvertraue, niemals nach außen dringt. Schwört!«

Simon räusperte sich und hob die Hand. »Ich schwöre bei Gott und der Schwarzen Madonna von Altötting. Ihr könnt mir vertrauen.«

»Gut so. Möget Ihr sonst ewig in der Hölle schmoren.« Die Kaiserin nickte, dann setzte sie sich wieder auf die Chaiselongue.

»Wie Ihr vermutlich wisst, ist dieses Treffen hier für den Kaiser sehr, sehr wichtig«, hob sie an. »Leopold braucht den bayerischen Kurfürsten im Kampf gegen die Türken. Ein Krieg steht vor der Tür. Mein Gatte will Max Emanuel umgarnen. Deshalb ist er nach Altötting gekommen, deshalb duldet er es sogar, dass ihn der Kurfürst hier in diesem … diesem Kaff warten lässt wie einen Dienstboten. Und er hat ein sehr wertvolles Geschenk für ihn dabei. Einen Degen, kostbarer als alles, was ich je sah. Mit Diamanten besetzt, mit silbernem Gehänge, ein Meisterwerk der Schmiedekunst!«

»Der Degen aus der Truhe«, warf Simon ein.

»Ich habe bemerkt, dass die Truhe nicht mehr an derselben Stelle stand. Man hat ihn gestohlen!« Die Kaiserin schüttelte den Kopf, offenbar konnte sie es immer noch nicht fassen. »Ich muss gestehen, dass mich die eingesetzten Diamanten faszinierten. Mein Gatte und ich hatten schon in Wien eine Auseinandersetzung, weil ich die Steine lieber für ein Diadem verwendet hätte. Und was macht er daraus? Einen Degen! Ein Spielzeug für Buben! Auch darüber stritten wir wieder.« Sie seufzte und griff erneut zum Riechsalz.

»Nun, wie auch immer«, fuhr sie nach einer Weile schniefend fort. »Ich wollte die Diamanten noch ein letztes Mal sehen. Also habe ich den Degen an mich genommen und in diese Truhe gelegt. Und jetzt ... jetzt ist er weg! Erst wird Doktor Branduardi vergiftet, und dann auch noch das!« Tränen liefen ihr übers Gesicht. »Was habe ich getan, dass Gott mich so straft?«

Simon ging hinüber zum Fenster. Ihm war vorher schon ein gewisser Windzug im Raum aufgefallen. Tatsächlich stand das Fenster einen Spaltbreit offen. Er blickte nach unten, wo sich der Garten der Propstei befand. Bis zum Boden waren es keine vier Schritt.

Für einen guten Kletterer keine unüberwindbare Distanz, dachte er.

»Euer Majestät, ich fürchte, Ihr habt recht«, sagte er. »Der Dieb ist wohl durch das Fenster gekommen.«

»Der Degen ist für meinen Gatten von immenser Wichtigkeit, versteht Ihr?« Eleonore Magdalene biss sich auf die blutleeren Lippen. »Er hat in Briefen an den bayerischen Kurfürsten bereits gewisse Andeutungen gemacht. Wenn ... wenn er ihm das Geschenk hier nicht übergeben kann, könnte das schlimme Konsequenzen haben. Nicht nur für mich, für die ganze Christenheit! Max Emanuel könnte es als Affront auffassen und die Heilige Allianz aufkündigen. Leopold wird mich vielleicht nicht umbringen, aber vermutlich in irgendein abgelegenes Kloster stecken …« Sie brach erneut in Tränen aus, und Simon reichte ihr sein sauberes Taschentuch, das sie schluchzend annahm. Als sie sich ganz unkaiserlich schnäuzte, blickte er betreten zur Seite.

»Altötting ist ein Ort der Wunder, Euer Majestät«, versuchte er zu trösten. »Wer weiß, vielleicht taucht der Degen ja wieder auf. Und wir bestaunen dies später auf einer der großen Mirakeltafeln in der Gnadenkapelle.«

»Wie soll das gehen?«, jammerte die Kaiserin. »Der Degen ist verloren, alles ist verloren! Wenn mein Mann davon erfährt, dann … dann …«

»Der Degen lässt sich so ja gar nicht verkaufen«, warf Simon besänftigend ein. »Jeder würde ihn sofort erkennen. Vermutlich befindet er sich noch irgendwo in Altötting.«

»Meint Ihr?« Die Kaiserin sah auf, zum ersten Mal glomm ein wenig Hoffnung in ihren Augen.

Simon nickte. »Doch, das ist gut möglich. Zurzeit sind so viele Soldaten unterwegs, dass es zu gefährlich wäre, einen solchen Degen aus Altötting hinauszuschmuggeln.« Er glaubte selbst nicht, was er da sagte, aber er hielt es für seine Pflicht, die Kaiserin zu beruhigen. »Außerdem weiß ich aus Erfahrung, dass Diebe gerne mit ihrem Diebesgut prahlen. Wenn man also Augen und Ohren offen …«

»Ihr seid zu gütig, Doktor!«

Simon hielt irritiert inne. »Äh, wie meinen?«

»Ich danke Euch für Euer großzügiges Angebot. Ihr seid meine Rettung!« Die Kaiserin wischte sich die letzten Tränen aus dem blassen Gesicht. »Ihr habt eben schon Eure

Klugheit bewiesen. Warum sollte es Euch nicht auch ein zweites Mal gelingen? Ihr werdet mein Auge und mein Ohr sein! Findet diesen Degen, Doktor, und ich werde Euch für immer dankbar sein.«

Simon glaubte, sich verhört zu haben. »Aber …«, begann er.

»Das Reich wird Euch für immer dankbar sein!«, fuhr Eleonore Magdalene fort. Sie erhob sich, und ihr schwarzes Kleid raschelte.

»Wir haben nur wenige Tage Zeit. Wenn der Kaiser abreist, bevor die Waffe wieder auftaucht, ist alles verloren. Ich werde Leopold deshalb auch nichts von der Vergiftung erzählen, sonst besteht die Gefahr, dass wir Altötting gleich wieder verlassen.« Eleonore nickte entschlossen. »Ich zähle auf Euch, Doktor Fronwieser! Ihr werdet den Degen wiederfinden, nicht wahr?«

»Euer Majestät, ich … werde mein Bestes tun, Euch nicht zu enttäuschen«, murmelte Simon, der zum wiederholten Mal seine Geschwätzigkeit verdammte. Warum konnte er nicht ein Mal einfach nur den Mund halten?

Du verdammter neunmalkluger Trottel!

»Ihr seid ein Ehrenmann, Doktor«, sagte die Kaiserin, die ein letztes Mal am Riechsalz schnüffelte. Langsam kehrte die Farbe zurück in ihr Gesicht. »Ein Kavalier und ein Ehrenmann. Ich stehe tief in Eurer Schuld.«

Sie streckte die Hand aus, und zum zweiten Mal innerhalb kurzer Zeit küsste Simon einen Ring. Diesmal kam es ihm vor, als würde er mit dem Kuss einen unwiderruflichen Pakt eingehen.

Einen Pakt, bei dem er nur verlieren konnte.

Kapitel 7

Neuötting, am nächsten Morgen

Weißt du eigentlich, was für Sorgen ich mir gemacht habe? Ich dachte, irgendwelche Schurken hätten dich entführt und gemeuchelt!«

Magdalena funkelte Simon zornig an. Gemeinsam mit ihrem Vater und Peter saßen sie oben in ihrem kärglichen Quartier in der Neuöttinger Frauengasse. Simon kam sich vor wie vor einem Tribunal. Es war noch früh am Morgen. Aber nur Paul schlief noch, er war erst kurz vor Morgengrauen schwer betrunken die Treppe hochgetorkelt. Seitdem war von ihm nur Schnarchen aus dem Nebenzimmer zu hören, von der ganzen Aufregung der letzten Nacht und des anbrechenden Tages hatte er nichts mitbekommen. Um Sophia nicht weiter zu beunruhigen, hatte Magdalena ihre Tochter hinaus auf die Gasse zum Spielen geschickt.

»Es war ein Hausbesuch, nichts weiter.« Simon hob entschuldigend die Arme. »Wie oft muss ich das noch sagen? Drüben in der Altöttinger Propstei. Ein … höherer Geistlicher mit einer leichten Magenverstimmung.«

»Und das konnte kein anderer machen?«, fragte Magdalena. »Woher wussten die in der Propstei überhaupt, dass ein Arzt hier in Neuötting abgestiegen ist?«

»So was spricht sich eben schnell herum«, entgegnete

Simon mit Unschuldsmiene. »Außerdem verlangt der hippokratische Eid von mir, jeden zu behandeln. Egal ob am Tag oder mitten in der Nacht.« Er wandte sich an Peter, der eben gedankenverloren in einem mitgebrachten medizinischen Büchlein blätterte. »Das wirst du in deinem Medizinstudium ja wohl auch gelernt haben.«

»Und dieser hippokratische Eid gilt auch dann, wenn bewaffnete Männer den Arzt abholen?«, spottete Magdalena.

»Das muss sich Sophia eingebildet haben. Das waren Bedienstete der Kirche, nichts weiter.«

Simon hatte sich heute in aller Herrgottsfrühe diese Ausrede zurechtgelegt. Die Kaiserin hatte ihn um sein Ehrenwort gebeten, dass nichts von dem Degendiebstahl nach außen drang. Und was ihm blühte, wenn er von dem vergifteten kaiserlichen Leibarzt erzählte, darin war der Propst sehr deutlich gewesen.

Wenn auch nur ein Sterbenswörtchen nach außen dringt, werde ich persönlich dafür sorgen, dass Euch der Burghausener Henker in Öl siedet. Euch und jeden anderen, der davon weiß …

Also hatte Simon beschlossen, sein Geheimnis vorerst für sich zu behalten und auch seiner Familie nichts davon zu erzählen.

Die gleiche Kutsche, die ihn in der Nacht nach Altötting gebracht hatte, hatte ihn auch wieder heimgefahren. Dort hatte er eine aufgelöste Magdalena angetroffen, deren Verzweiflung sehr schnell in Wut umgeschlagen war. Seitdem grübelte Simon, wie er aus der verflixten Sache mit dem Degen wieder rauskam. Er hatte der Kaiserin versprochen, die gestohlene Waffe ausfindig zu machen. Aber wie sollte das gehen? Und was geschah, wenn er versagte, was mehr als wahrscheinlich war? Vermutlich war dieser Degen, entgegen Simons beruhigenden Versicherungen gegenüber der Kaiserin, schon längst nicht mehr in Altötting. Oder etwa doch?

In der Kammer roch es nach Kuisls Pfeifenrauch und dem Kaffee, den Simon sich unten in Engelschalls Küche noch aufgebrüht hatte. Simon hatte bereits die halbe Kanne ausgetrunken, doch er fühlte sich noch immer wie ausgespuckt, tiefe Ringe lagen unter seinen Augen. Dabei hatte er heute seine Stelle als Hofmedicus im kurfürstlichen Lager anzutreten! Auch Peter schien schlecht geschlafen zu haben, er wirkte blass und nachdenklich.

»Das mit dem Sorgenmachen gilt übrigens auch für dich!«, wandte sich Magdalena an ihren Vater, der bislang geschwiegen hatte. »Einfach so wegzugehen, ohne jemandem Bescheid zu sagen …«

»Ich bin fast siebzig«, brummte Kuisl. »Ich wusste nicht, dass ich meine Tochter noch um Erlaubnis fragen muss, wenn ich ein Bier trinken möchte.« Er nahm einen tiefen Zug von seiner Pfeife. »Außerdem musste ich nachdenken.«

»Du meintest gestern, in der Heiligen Kapelle sei etwas geschehen«, sagte Magdalena. Sie sah Kuisl argwöhnisch an. »Ich kenne deinen Blick, Vater! Den hast du immer dann, wenn du über ein Rätsel oder einen ungelösten Fall nachdenkst. Ist es das, ja?«

»So etwas in der Art«, entgegnete Kuisl.

»O Gott, nicht schon wieder ein Mord oder so was!« Simon stöhnte. »Ich bin hier als Hofmedicus angestellt, nichts weiter.«

Und ich soll, verflucht noch mal, für die Kaiserin einen verschwundenen Degen finden, dachte er. *Das sind schon genug Probleme …*

»Na ja, da war wirklich was Seltsames«, hob Kuisl an.

»Zwar kein richtiger Mord, aber doch fast …« In kurzen Sätzen begann er zu berichten, was sich gestern Nachmittag in der Gnadenkapelle zugetragen hatte. Sofort herrschte gespannte Stille am Tisch. Auch Peter hörte nun aufmerksam zu, er hatte sein Buch zur Seite gelegt.

»Ich musste dem Dekan auf die Bibel schwören, dass ich's keinem erzähle«, endete Kuisl schließlich. »Aber der Kerl wollte nur seine eigene Haut retten, das sah man gleich.«

»Ein Attentat mit einer Armbrust und Schießpulver?« Magdalena schüttelte den Kopf. »Hätte so was denn Erfolg gehabt? Von so einem Mordversuch habe ich noch nie gehört.«

»Es ist schwierig, aber ein sehr guter Schütze könnte es schaffen.« Kuisl zog ein weiteres Mal an der Pfeife, und dichter, fast schwarzer Qualm stieg zur niedrigen Decke empor. »Ich denke, der Kerl hätte sich hinter dem Brunnen auf dem Kapellplatz verborgen. Das sind etwa zweihundert Schritt.«

»Zweihundert Schritt und dann durch eine kleine Luke ein so winziges Ziel treffen?« Peter runzelte die Stirn. Kuisls Bericht hatte ihn sichtlich beunruhigt. »Wer kann so etwas? Wohl kein einfacher Soldat, das müsste schon ein Meisterschütze sein.«

»Ein Meisterschütze, in der Tat.« Kuisl nickte.

»Ein Attentat auf den Kaiser und den Kurfürsten … Und ich dachte, wir machen einfach mal eine schöne Reise zusammen.« Simon konnte es noch immer nicht fassen. Insgeheim überlegte er, welche Verbindung es zu den Ereignissen gestern Nacht in der Propstei geben könnte. Ein Giftmord und ein versuchtes Attentat … Ein Zusammenhang schien mehr als wahrscheinlich.

»Wer macht so etwas?«, fragte er nachdenklich. »Irgendwelche türkischen Agenten vielleicht, die die Allianz sabotieren wollen?«

»Jedenfalls kein dahergelaufener Strauchdieb«, knurrte Kuisl. »Wann wollte der Kurfürst heute in Altötting ankommen?«

»Wohl schon bald«, erwiderte Peter. »Ich werde mich dann übrigens gleich mit Max Emanuel treffen.« Er zuckte entschuldigend die Achseln. »Ein Freundschaftsbesuch …«

Simon horchte auf. »Ich dachte, du gehst vielleicht als mein Assistent heute Vormittag mit zum kurfürstlichen Lager, wenn ich mich dort als Arzt vorstelle …«

»Daraus wird leider nichts, Vater.« Peter stand hastig auf. »Max hatte sich schon in München gewünscht, dass ich ihn gelegentlich besuche. Ich soll mich gleich nach seiner Ankunft bei ihm melden. Wir wollen eine Schachpartie zusammen spielen. Und du weißt ja, was die Wünsche von Max eigentlich bedeuten …«

»Sie sind schlecht versteckte Befehle, ich weiß.« Simon seufzte. »Wirst du ihm denn von dem Attentatsversuch in der Gnadenkapelle erzählen?«

»Nun, ich denke, ich sollte es tun. Meint ihr nicht? Immerhin galt der Mordversuch ja vermutlich ihm und dem Kaiser. Und wer weiß, was der Kerl, der das geplant hat, noch so alles vorhat?«

»Ja, wer weiß«, murmelte Simon leise. Er sah auffordernd hinüber zu Magdalena. »Magst du mich dann vielleicht begleiten?« Er lächelte, bemüht, das Eis zwischen ihnen zu brechen. »Immerhin bist du ausgebildete Hebamme. Wir werden im Lager vermutlich keine Entbindungen haben, aber dein Wissen könnte trotzdem nützlich sein. Und eine Abwechslung zu dieser tristen Unterkunft ist es allemal.«

Simon hoffte, dass er auf diese Weise Magdalenas Wut

ein wenig dämpfen konnte. Außerdem freute er sich wirklich, sie um sich zu haben. In München war das tagsüber viel zu selten der Fall.

Sie zuckte mit den Schultern. »Und was ist mit Sophia?«

»Um die kümmer ich mich schon.« Kuisl stand auf. »Ich werd mit der Kleinen zur Ankunft des Kurfürsten gehen. Sie freut es, und ihr seid sie los. Dafür sind Großväter doch da.«

Magdalena sah ihn misstrauisch an. »Du willst dort doch nur wieder herumschnüffeln. Ich seh's dir an der großen Nase an! Auf dem Kapellplatz wird heute einiges los sein, sogar noch mehr als gestern. Wer sagt mir, dass du Sophia nicht aus den Augen verlierst?«

»Schmarren«, brummte Kuisl. »Ich bin vielleicht alt, aber nicht deppert. Außerdem braucht die Kleine ohnehin ein anständiges Frühstück. Und ganz bestimmt nicht so ein bitteres Teufelszeug wie das hier.« Er deutete auf die Kanne Kaffee und verzog das Gesicht. »Wenn etwas krank macht, dann ja wohl dieser vermaledeite Türkentrank und nicht Bier und Tabak.«

*

Kurze Zeit später stieg der Henker mit seiner Enkelin die steile Gasse von Neuötting zum Mörnbach hinunter. Zum ersten Mal seit Tagen war der Himmel blau und wolkenlos, die Sonne strahlte, zwischen den letzten schmelzenden Schneefeldern blühten Schneeglöckchen und Buschwindröschen. Es war, als hätte sich der bayerische Kurfürst für seine Ankunft in Altötting beim lieben Herrgott eigens kurfürstliches Wetter bestellt. Peter war schon vorausgeeilt, was Kuisl nur recht war.

So hatte er seine Enkelin ganz für sich allein.

Sophia schlenderte am Bach entlang, unter den liebevollen Blicken ihres Großvaters. Dass seine Enkelin hinkte, war kaum zu sehen. Kuisl selbst hatte ihr letztes Jahr erst einen Schuh angefertigt, der die Fehlstellung ein wenig ausglich. Er wusste aber auch, wie grausam gerade Kinder sein konnten. Schon in Schongau und später in München war Sophia immer wieder Hänseleien ausgesetzt gewesen. Zudem galt ein Klumpfuß als Mal des Teufels. Vermutlich nahmen nicht wenige der anderen Wallfahrer an, die Familie wäre wegen Sophia nach Altötting gekommen. Vor der Gnadenkapelle hatte Kuisl gestern etliche Holzprothesen und Krücken gesehen, die von früheren angeblichen Wundern zeugten.

Sophia beugte sich über das Wasser, um nach einem schwimmenden Hölzchen zu greifen, und ein Schreck durchfuhr Kuisl.

»Sophia, pass auf!«, rief er laut. Dass seiner geliebten Enkelin etwas zustoßen könnte, war eine seiner großen Ängste. Doch Sophia lachte nur und versuchte, ein paar flache Steine übers Wasser hüpfen zu lassen.

»Magst du mir ein Schifflein schnitzen, Großvater? Bitte!« Dass sie eben noch ganz dringend zum Einzug des Kurfürsten gehen wollte, schien sie schon wieder vergessen zu haben.

Der alte Henker zögerte kurz, dann stöberte er im Gras nach einem geeigneten Stück Holz. Was kümmerten ihn der Kurfürst, der Kaiser und irgendwelche verfluchten Attentate! Viel wichtiger war, dass seine Enkelin ein Bötchen hatte und die Sonne vom Himmel schien. Dabei hatte er selbst ja nach Altötting gewollt, um der Sache mit dem Schießpulver noch einmal nachzugehen. Außerdem war da noch das seltsame Erlebnis letzte Nacht … Kuisl war sich beinahe sicher, dass ihn gestern in Neuötting jemand heimlich beobachtet hatte. Und nicht nur dort. Auch auf dem Kapellplatz ein paar Stunden zuvor hatte er dieses verräterische Kitzeln zwischen den Schulterblättern gespürt. Er ahnte: Jemand hatte seine Fährte aufgenommen, vermutlich, weil er dessen Pläne durchkreuzt hatte. Und wenn Kuisl eines im Krieg gelernt hatte, dann das ...

Wenn dich jemand verfolgt, dreh den Spieß um – und hefte dich an seine Fersen.

Als der Henker schließlich ein schönes Stück Weidenholz gefunden hatte, kniete er sich neben Sophia und begann mit der Schnitzarbeit.

»Und es hat wirklich jemand versucht, die Heilige Kapelle in die Luft zu sprengen?«, fragte Sophia, während sie ihm beim Schnitzen zusah. Er hielt mit dem Messer inne.

»Hast du etwa gelauscht?«

Sophia zog eine Schnute. »Die Kinder draußen auf der Gasse haben mich nicht mitspielen lassen, wegen ... wegen ...« Sie zuckte traurig mit den Schultern. »Na, du weißt schon. Also bin ich wieder hoch. Zuerst wollte ich mit dem Paul raufen, aber der hat nach Bier gestunken und nur geschnarcht. Und dann hab ich eben gehört, wie du davon erzählt hast.« Sie machte eine unschuldige Miene. »Ist das schlimm?«

»Schlimm ist nur, wenn unser Schifflein untergeht.«

»Und wer ist nun dieser böse Kerl, der die Kapelle in die Luft sprengen will?«, hakte Sophia nach.

»Das wissen wir nicht. Und dich geht das alles auch nichts an, du Naseweis. Am besten, du vergisst schnell wieder, was du gehört hast.«

»Aber ...«, begann Sophia.

»Willst du jetzt ein Boot haben oder weiter neunmalkluge Fragen stellen?«, brummte Kuisl.

Sophia schwieg beleidigt, und Kuisl dachte daran, wie

aufgeweckt seine Enkelin war. Neunmalklug vielleicht, aber verdammt schlau. Das hatte er auch bemerkt, als er ihr gestern und heute früh aus den Büchern in ihrem Quartier vorgelesen hatte. Ihm war aufgefallen, dass Sophia viele Sätze laut mitsprach. Offenbar konnte sie viel besser lesen, als er bislang geahnt hatte. Das passierte eben, wenn man woanders lebte als der Rest der Familie. Da vergingen die Jahre wie im Flug, und plötzlich waren die Enkelkinder groß.

Endlich war das Boot fertig. Kuisl verpasste ihm noch einen Mast und ein Segel aus einem braunen Ahornblatt vom letzten Herbst, dann setzten sie es ins Wasser. Sophia blickte dem kleinen Schiffchen verträumt hinterher.

»Ich möchte einmal weit weg segeln«, sagte sie. »Ins Land der Klumpfüßler. Und dort bin ich dann die Kaiserin.«

»Was redest du da?« Kuisl stand auf. »Nun komm schon. Sonst verpassen wir noch den Einzug des Kurfürsten. Und den wolltest du doch unbedingt sehen.«

Als sie in Altötting anlangten, waren sie tatsächlich fast schon zu spät. Bereits vor dem nahe gelegenen Franziskanerkloster waren die Gassen so voll, dass kaum ein Durchkommen war. Vom Kapellplatz her drangen Hochrufe, die anzeigten, dass der Kurfürst wohl gerade in seiner Kutsche vorfuhr. Der Geruch von Weihrauch lag schwer in der Luft, aber auch der Duft von fettigen Krapfen, die ein paar findige Händler aus Pfannen auf Dreifüßen anboten. Überhaupt gestaltete sich die Ankunft von Max Emanuel wie ein Markttag, noch lauter und geschäftiger als das gestrige Eintreffen des Kaisers. In den Seitengassen boten die Devotionalienhändler schreiend ihre Pilgerzeichen und anderen Tand an, auf den Bänken vor den Wirtshäusern saßen die Alten in der noch kühlen Frühlingsluft und genossen ihr Bier.

Kuisl nahm Sophia auf die Schultern und schob sich voran. Von links und rechts hagelte es Proteste, doch das scherte ihn nicht. Auf diese Weise drängelte er sich bis zum Rande des Platzes, wo die Soldaten eine Linie bildeten.

Mit seiner Enkelin auf den Schultern beobachtete Kuisl das Geschehen. Ob der Attentäter wohl hier in der Nähe war? Wenn der Kerl ihn gestern mit der Mirakeltafel gesehen hatte, dann wusste er, dass sein Plan gescheitert war. Aber vielleicht hatte er ja jetzt etwas anderes vor? Ein enger Ring Soldaten schirmte den Bereich rund um die Kapelle ab. Auch der große Brunnen war, anders als Kuisl gedacht hatte, nicht frei zugänglich. Wenn er vom Eingang der Kapelle quer über den Platz eine gerade Linie zog, dann kam als Versteck für den Schützen eigentlich nur einer der alten Chorherrenstöcke an der Westseite in Betracht. Das waren noch mal fast hundert Schritt mehr. Konnte ein Attentäter von einem der Fenster dort wirklich ein so kleines Ziel treffen?

Es müsste tatsächlich ein Meisterschütze sein, dachte Kuisl. Ihm fielen nicht viele Menschen ein, die zu so etwas fähig waren. Doch hinter den Fenstern des Chorherrenstocks war keine Bewegung auszumachen. Alles blieb ruhig.

Unter Fanfaren und Glockenläuten querte nun eine prächtige Kutsche den Platz. Sie hielt vor der neuen Dekanei – und damit genau gegenüber der Propstei, wo der Kaiser weilte.

»Die Kutsche ist ja noch größer als die gestern vom Kaiser!«, jauchzte Sophia. »Und es sind noch mehr Rösser angespannt.«

Kuisl konnte sich ein Grinsen nicht verkneifen. Dieser

junge, ehrgeizige Kurfürst zog wirklich alle Register. Erst kam er nach dem deutschen Kaiser hier an, und dann hatte er auch noch die größere Kutsche. Die Kutschentüren öffneten sich, eilfertige Höflinge klappten eine Treppe aus, und der bayerische Kurfürst betrat Altöttinger Boden. Ein Raunen ging durch die Menge.

»Wie schön er ist!«, rief eine junge Frau neben Kuisl und hielt sich die Hand vor den Mund. »Und noch so jung!«

»Und dieses Blau!«, schmachtete eine ältere Magd. »Man möchte glatt drin versinken.«

Tatsächlich sah Max Emanuel, anders als der viel ältere Kaiser mit seiner hängenden Unterlippe, wie ein juveniler Gott aus. Er trug Dreispitz, Lackschuhe und einen tiefblauen Rock mit goldenen Knöpfen, in der Hand hielt er eine Art Zeremonienstab. Damit grüßte er nun huldvoll das Volk, dann beugte er das Knie und verneigte sich in Richtung der Gnadenkapelle. Die Hochrufe wurden jetzt immer lauter. Ein perfekterer Auftritt als der des Kurfürsten ließ sich kaum vorstellen.

Nun entstiegen der Kutsche auch Herzog Maximilian Philipp, Max Emanuels Onkel, sowie dessen Frau Mauritia Febronia, alle gekleidet in festliche Gewänder. Das Jubeln nahm kein Ende. Kuisls Augen wanderten weiterhin über die Gebäude am Rande des Platzes, doch er konnte nichts Auffälliges entdecken. Kein Attentäter weit und breit …

»Magst du mir einen Krapfen kaufen, Großvater?«, unterbrach Sophia seine Grübeleien. »Ich hab schrecklich Hunger.«

Siedend heiß fiel Kuisl ein, dass er ja versprochen hatte, seiner Enkelin ein ordentliches Frühstück zu spendieren.

»Natürlich«, brummte er. »Auch gerne zwei, wenn du …«

Er stockte, als etwas seine Aufmerksamkeit weckte. Es war nur ein kurzes Aufblitzen gewesen, eine schnelle Bewegung, die er aus dem Augenwinkel wahrgenommen hatte. Trotzdem waren seine Sinne sofort aufs Äußerste gespannt. Hatte er sich getäuscht? Nein! Da, in einem Erker an der Sakristei der Stiftskirche, war ein Schemen zu sehen. Kuisl blinzelte. Eigentlich war es kein Erker, sondern vielmehr eine Kanzel in etwa drei Schritt Höhe.

Dort stand jemand, gut verborgen hinter der Brüstung. Und er hielt einen Gegenstand in den Händen.

Eine Armbrust.

Der Henker setzte Sophia ab, woraufhin diese wütend protestierte.

»He! Was ist mit meinem Krapfen?«

»Den bekommst du gleich. Versprich mir, dass du hier auf mich wartest, ja? Ich bin gleich wieder da.«

Kuisl rannte am Rande des Platzes entlang, wobei er keine Rücksicht nahm auf die vielen Zuschauer. Wie ein wütender Stier preschte der Henker voran, verteilte Rempler und trat Menschen auf die Füße. Er streifte den Bauchladen eines Devotionalienhändlers, woraufhin dieser taumelte und mit seinen vielen Kerzen, Pilgerzeichen und Andachtsbildchen in den Dreck fiel.

»Pass doch auf, du fetter Trampel!«, schrie ihm der Händler hinterher. »Den Schaden ersetzt du mir!«

Doch Kuisl war schon weitergelaufen. Er passierte die Jesuitenkirche an der Ostseite, rannte an einem kleinen Friedhof entlang und erreichte endlich die Sakristei der Stiftskirche. Von diesem schrägen Winkel aus war in der Kanzel niemand zu entdecken. Der Mann mit der Armbrust war entweder schon verschwunden, oder aber er hatte sich auf den Boden gekauert. Auch musste Kuisl feststellen, dass es keine Möglichkeit gab, von außen in die

Kanzel zu gelangen. In jungen Jahren wäre er vielleicht irgendwo hochgeklettert, aber das war eben früher gewesen … Um Atem ringend, hielt er einen der Soldaten an, die den Kapellplatz bewachten.

»Da oben ist einer!«, keuchte er.

»Was sagst du?« Der junge Soldat drehte sich missgelaunt zu ihm um. »Hier sind verdammt viele Leute …«

»Da oben in der Kanzel!« Kuisl deutete zur Sakristei. »Da hockt einer mit einer Armbrust. Der legt gleich auf den Kurfürsten an!«

Der Soldat sah ihn an, als wüsste er nicht, ob Kuisl noch ganz bei Trost war. »Da oben?« Er linste hinauf. »Wahrscheinlich sind es nur ein paar Tauben, die du gesehen hast, Alter. Und überhaupt, das wäre doch auch viel zu weit. Der Kerl müsste ja über den ganzen Platz schießen, wenn er unseren Kurfürsten treffen wollte.«

»Verflucht, das weiß ich auch«, knurrte Kuisl, noch immer außer Atem. »War selbst mal Soldat. Aber …«

»Geh wieder beten und mach dir keine Sorgen«, unterbrach ihn der junge Kerl und tätschelte Kuisls Schulter. »Wir passen schon auf, dass unserem Herrscher kein Leid geschieht. Außerdem …« Er reckte den Kopf. »Soweit ich erkennen kann, ist der Kurfürst ohnehin schon in der Dekanei verschwunden. Alles gut also, Großväterchen.«

»Das Großväterchen hustet dir gleich was«, sagte Kuisl tonlos. Er wandte sich ab, müde und enttäuscht. Der Bursche hatte ja recht: Für eine Verbrecherjagd war er eindeutig zu alt. Und vermutlich war es ohnehin zu spät, der Attentäter war längst über alle Berge. Oder hatte er sich getäuscht? Er machte kehrt, als ihm plötzlich in einer Seitengasse eine Gestalt auffiel. Der Mann verließ eben durch ein kleines Gatter den Friedhof.

Eben jenen Friedhof, der an die Sakristei grenzte.

Ganz plötzlich wandte der Fremde sich um, und für einen kurzen Moment sah Kuisl ein dunkles Gesicht, schwarze, mondförmige Augen und die exotische, weit geschnittene Kleidung.

Kurz darauf war der Mann in einer Seitengasse verschwunden.

Kuisl folgte ihm noch einige Schritte, doch der Fremde war bereits außer Sichtweite. Mit einem leisen Fluch blieb der Henker stehen.

Dunkles Gesicht, schwarze Augen und dann diese Kleidung …

Ihm fiel ein, was ihm vorhin durch den Kopf gegangen war. Es gab nicht viele Männer, die zu einem solchen Schuss fähig wären.

Zum Teufel, natürlich! Wenigstens dein Verstand arbeitet noch, alter Mann …

Für eine Verfolgung war es zu spät. Dafür fand der Henker etwas anderes: Auf der Gasse glänzte in einer Lache von Speichel ein schleimiger grüner Batzen, nicht viel größer als eine Murmel. Mit spitzen Fingern hob Kuisl ihn auf und roch daran. Sein anfänglicher Verdacht erhärtete sich.

Ein Meisterschütze … In der Tat. Und er ist mir entwischt!

Angewidert warf Kuisl den Batzen weit von sich.

Mit einem unguten Gefühl bahnte sich der Henker den Weg zurück zu der Stelle, wo er Sophia zurückgelassen hatte. Dort blieb er stehen und sah sich um.

Sophia war nirgendwo zu entdecken.

»Sophia!«, rief Kuisl. »Sophia, bist du hier irgendwo?« Doch er bekam keine Antwort, stattdessen drängte die Menge auf den jetzt wieder freigegebenen Kapellplatz. Menschen rempelten ihn an, Gelächter ertönte, von der Stiftskirche dröhnte das Mittagsläuten.

Der Henker stieß einen leisen Fluch aus. So wie es aussah, hatte er im Gewühl nicht nur die Spur des Attentäters verloren, sondern auch seine Enkelin.

Von seinem Versteck aus beobachtete der Schatten den großen alten Mann, der sich eben erneut umblickte. Suchte ihn der etwa immer noch? Schon zum zweiten Mal war ihm der Kerl nun in die Quere gekommen! Aber das Ziel war auch zu verdeckt gewesen, zu viele Menschen dazwischen. Vermutlich wäre der Schuss ohnehin danebengegangen.

Dann eben das nächste Mal …

Bislang hatte der Schatten noch nichts über die Motive des Riesen herausfinden können, auch nicht, als er ihm gestern heimlich nach Neuötting gefolgt war. Das wurde langsam lästig. Auch die andere Sache schien fehlgeschlagen zu sein, jedenfalls hatte er nichts mehr aus dem kaiserlichen Gefolge gehört. Dagegen war er sich immer sicherer, dass er selbst verfolgt wurde.

Sie waren ihm auf den Fersen.

Der Schatten steckte sich einen weiteren Batzen Kathblätter in den Mund, kaute und schluckte den bitteren Speichel hinunter. Ihm blieben nur noch wenige Tage. Doch für jemanden wie ihn waren Tage wie Ewigkeiten.

Noch alle Zeit der Welt …

Kurz überlegte er, ob er mit der Armbrust auf diesen seltsamen Riesen anlegen sollte. Er hatte den Bolzen schon in der Hand. Der tumbe Bursche wäre ein leichtes Ziel, ein Schuss in den Hals oder in die Brust, dann würde der Mann ihn nicht mehr mit seiner Neugier belästigen. Doch wer war er überhaupt? Ein feindlicher Agent … in diesem Alter? Der Schatten senkte die Armbrust. Es war wichtiger, mehr über den Mann zu erfahren, als ihn zu töten.

Und so entsicherte er die Sehne, verstaute Bolzen und Armbrust und ging betend seiner Wege. Leise gesprochen klangen seine Worte tatsächlich wie lateinische Psalmen. Die Wirkung des Kath fuhr ihm in den Kopf wie ein Hammer.

Noch alle Zeit der Welt …

O ja! Er hatte noch so viele Pläne.

*

Peter stand im ersten Stock der Altöttinger Dekanei in einem schmucklosen Raum ohne Stühle und blickte durch ein hohes Fenster hinaus auf den Kapellplatz. Noch immer tummelten sich Hunderte Wallfahrer auf dem weiten Areal. Einen Moment lang hatte Peter geglaubt, seine kleine Schwester dort unten zu sehen: ein kleines humpelndes Mädchen, ganz allein. Aber vermutlich täuschte er sich, Sophia war ja mit ihrem Großvater unterwegs. Überhaupt sahen alle Menschen von oben gleich aus. Wie emsige Ameisen, kleine Insektenheere, die sich zu farbigen Mustern zusammenschoben, summend und singend. Unwillkürlich fragte sich Peter, ob Gott wohl auf diese Weise auf sie alle herabblickte. Der Gedanke erschien ihm so frevelhaft, dass er ihn gleich wieder weit von sich schob.

Seit über einer Stunde wartete er nun schon hier am Fenster, ging auf und ab und hing seinen Gedanken nach.

Wie ein Bittsteller, ging Peter durch den Kopf, *nicht wie ein Freund. Aber sicher hat so ein Kurfürst Wichtigeres zu tun, als den Sohn eines kleinen Doktors zu treffen.*

Schon in München hatte ihm Max Emanuel befohlen, gleich nach seiner Ankunft in Altötting in der Dekanei zu erscheinen. Also hatte sich Peter nach dem kärglichen

Frühstück eilig auf den Weg gemacht. Er hatte die vereinbarte Parole gesprochen, woraufhin man ihn zunächst in einen Saal mit einigen Bediensteten und Schreiberlingen und schließlich in diesen kahlen Raum geführt hatte.

Überhaupt wirkte die ganze Dekanei reichlich unfertig. Sie war ein Neubau, gerade erst errichtet, wie so viele Gebäude am Platz. Draußen an den Wänden fehlte noch der Stuck, und auch drinnen waren die Gänge und Räume, die Peter durchschritten hatte, kalt und leer.

Seitdem stand er sich die Beine in den Bauch und starrte aus dem Fenster. In der Stille des Raumes kam er sich vor, als wäre er der einzige Mensch in der Dekanei. Ein Gefühl, das Peter aus Ingolstadt kannte. Auch dort war er oft allein, eigentlich hatte er keine Freunde, nur ein paar mitlernende Kommilitonen. Manchmal dachte er, die anderen Studenten würden riechen, dass er eigentlich aus keinem guten Haus kam. Vielleicht war es aber auch einfach nur der Neid, weil er oft bessere Noten hatte.

Der einzige Freund, den er hatte, war ein junger, unberechenbarer Herrscher. Und selbst bei ihm war sich Peter nicht sicher, ob er ihn einen Freund nennen sollte.

»Gefällt dir der Ausblick?«

Peter zuckte zusammen, als er die Stimme des Kurfürsten hinter sich hörte. Er drehte sich um und blickte in Max' feixendes Gesicht. Der Kurfürst stand in der Mitte des Raums, die Arme verschränkt, so als würde er und nicht Peter schon eine ganze Weile hier warten. Peter lachte verblüfft auf. Wie war Max nur in das Zimmer gekommen, ohne dass er ihn gehört hatte? Oder gab es etwa irgendwelche Geheimgänge? Suchend sah er sich um.

»Ja, ich gebe zu, die Dekanei ist ziemlich schlicht und nicht sehr … kurfürstlich eingerichtet«, sagte Max, als er Peters Blick bemerkte. Er hatte den Dreispitz abgelegt, ansonsten trug er aber noch das gleiche blaue Gewand wie bei seiner Ankunft auf dem Kapellplatz.

»Wenn es nach meinem Vater und seinem Hofarchitekten, dem alten Zuccalli, gegangen wäre, dann sähe der ganze Kapellplatz jetzt anders aus. Viel mondäner, nicht wie so ein verschlafenes Kuhnest im Nirgendwo.« Max deutete aus dem Fenster. »Sie hatten einen großen Kuppeldom geplant, größer als der Petersdom! Wusstest du das? Aber das Geld brauchen wir jetzt für den Kampf gegen die Türken, da ist es besser angelegt. Zum Wohle der Christenheit und natürlich auch zum Wohle Bayerns.« Der Kurfürst schmunzelte. »Außerdem ist diese Unterkunft ja nur vorübergehend. Und der Kaiser ist selig drüben in der prächtigen Propstei. Ebenso wie seine Gesandten. Apropos Kaiser und Gesandte …«

Max' Gesichtsausdruck wechselte so plötzlich, als würde sich eine dunkle Wolke über den sonnigen Himmel schieben. »Hast du schon irgendetwas Interessantes für mich in Erfahrung bringen können?«

Gestern noch im Wirtshaus hatte Peter im Vorübergehen das eine oder andere aufgeschnappt. Es gab derzeit offenbar eine Menge Taschendiebe in Altötting, etliche Börsen und auch andere wertvolle Dinge waren in den letzten Tagen gestohlen worden. Doch er glaubte kaum, dass sich Max für derlei Nichtigkeiten interessierte. Er räusperte sich.

»Da gibt es tatsächlich etwas«, begann er, froh, zumindest eine Neuigkeit berichten zu können. »Es klingt unglaublich, aber ich weiß aus sicherer Quelle, dass wohl ein Attentatsversuch …«

»Wenn du den toten kaiserlichen Leibarzt meinst, das weiß ich bereits.« Max winkte ab. »Der Propst, mein heiß geliebter, wenn auch eher entfernter Onkel, hat mir gerade erst davon erzählt. Dieser alte italienische Doktor ist wohl heute früh verstorben, sehr bedauerlich. Aber wenn ich Albrecht Sigismund richtig verstanden habe, war wohl einfach die Eiercreme verdorben.«

Peter sah ihn mit großen Augen an. »Das … wusste ich nicht.« Das also war der Patient, von dem der Vater heute Morgen berichtet hatte. Offenbar war die leichte Magenverstimmung dann doch eher eine schwere gewesen.

Max zuckte mit den Achseln. »Deshalb habe ich ja auch noch andere Vöglein in Altötting, die mir das eine oder andere zwitschern. Deine Aufgabe ist es ja auch eher, dich beim einfachen Volk umzuhören. In den Wirtshäusern, bei den Wallfahrern und Soldaten …«

»Und da habe ich tatsächlich etwas aufgeschnappt«, sagte Peter.

Max hob die Augenbraue. »Und das wäre?«

Peters Herz schlug schneller. Er wusste, dass man bei Max jedes Wort genau abwägen musste. Es war wie beim Schach. Ein falscher Zug, und das Spiel war beendet. Er wollte Max von dem Attentatsversuch in der Gnadenkapelle erzählen, aber auf der anderen Seite durfte er auf keinen Fall seine Familie noch weiter mit hineinziehen.

»Ich konnte zwei Wallfahrer belauschen, die etwas gesehen haben«, fing Peter seinen Bericht an. »Da gab es wohl eine Mirakeltafel an der Gnadenkapelle, die mit Schießpulver präpariert war.« Er erzählte von dem Ereignis, ganz so, als wäre es irgendeinem Pilger und nicht seinem eigenen Großvater widerfahren. Nun hatte er Max' volle Aufmerksamkeit.

»Schießpulver in der Gnadenkapelle …« Das Gesicht des jungen Kurfürsten lief rot an, wie so oft, wenn er kurz vor einem seiner berüchtigten Wutanfälle stand. »Warum weiß ich davon nichts? Was machen eigentlich meine Spione den lieben langen Tag? Beten? Und warum berichten mir der Propst oder der Dekan nicht davon?« Er trat mit seinem Lackschuh so fest auf den Boden, als wollte er einen Käfer zertreten. »Verflucht, das ist ein Skandal!«

Max schloss kurz die Augen und atmete tief durch. Es dauerte eine Weile, bis er sich wieder beruhigt hatte. »Nun gut ... Du siehst, wie wichtig es ist, dich hier herumschnüffeln zu lassen. Offenbar taugen meine eigenen Männer nicht allzu viel. *Alors ... Qu'est-ce que ça signifie pour nous*? Was bedeutet das für uns?« Er nickte und dachte laut nach. »Jemand will also partout, dass diese Allianz nicht zustande kommt. Und er schreckt vor keinem Mittel zurück. Nicht einmal vor einem Mordanschlag auf mich und den Kaiser. Wer aber steckt dahinter? Die Türken?« Max sprach leise, fast zu sich selbst. »Oder doch die Franzosen? Jemand anders? Wenn das Habsburger Reich im Osten geschwächt ist, kann Sonnenkönig Ludwig sich im Westen des Reiches bedienen wie an einem großen, süßen Kuchen. Aber vielleicht arbeiten Türken und Franzosen ja sogar zusammen, das haben sie schon in der Vergangenheit gerne getan ...«

»Da fällt mir ein, ich habe Franzosen gesehen«, sagte Peter. Beinahe hätte er diese Beobachtung in all dem Trubel vergessen.

Der Kurfürst schreckte aus seinen Gedanken auf. »*Was* hast du?«

»Ich habe Franzosen gesehen. Es waren französische Musketiere. Sie sind uns in Wasserburg begegnet. Ein paar rechte Raufbolde.«

»Französische Musketiere, hier bei uns in Bayern?« Max runzelte die Stirn. »Hm ... Das können natürlich auch nur Herumtreiber sein. Söldner vielleicht, von irgendeinem Grafen oder Herzog gedungen. Aber merkwürdig ist das schon.« Er deutete auf Peter. »Halte weiter die Augen auf, nach allem, was dir auffällig erscheint! Ich werde derweil die Sicherheitsvorkehrungen überprüfen und meine Leibwachen verstärken. Das alles bleibt unter uns, verstanden? Wir müssen auf alle Fälle eine Panik hier in Altötting vermeiden.«

Der Kurfürst nickte nachdenklich, ganz in Gedanken versunken.

»Wie geht es deiner Familie?«, wechselte er plötzlich das Thema. »Seid ihr gut angekommen?«

»Danke«, erwiderte Peter. »Die Unterkunft ist vielleicht nicht die angenehmste …«

»Aber sie ist unauffällig«, fuhr Max dazwischen. »Dein Vater soll sich bloß nicht so viel auf seinen Posten einbilden. Hat er sich schon in meinem Lager gemeldet?«

»Er ist wohl gerade auf dem Weg dorthin.«

»Gut so. Schließlich ist er nicht zum Spaß hier, der Herr Hofmedicus.«

Von draußen schlug die Glocke der Stiftskirche. Max nestelte eine silberne Taschenuhr unter seinem Rock hervor und warf einen Blick darauf.

»Ich muss mich umkleiden. Das erste Treffen mit dem Kaiser findet bald statt. Mal sehen, was er zu bieten hat im Gegenzug für meine Hilfe.« Max steckte die Uhr wieder weg. »Dieser Versuch, die Heilige Allianz zu sabotieren, zeigt im Grunde nur, wie wichtig sie ist. Wir Christen müssen zusammenhalten! Das wird sicher auch der Kaiser begreifen und mir ein entsprechendes Angebot machen.« Er tippte mit dem Finger fest gegen Peters Brust. »Morgen zur gleichen Stunde hier in der Dekanei. Ich erwarte einen weiteren Bericht, mein Freund. *Adieu*!«

Max hatte sich schon zur Tür gewandt, dann drehte er sich noch einmal um. »Und kein Wort zu deiner Familie!

Nicht zu deinem Vater und auch nicht zu deinem Bruder. Er ist doch mit dabei, oder? Dein Bruder?«

»Ja, das ist er, aber …«

»Gut.«

Die Tür schloss sich, draußen hallten Max' Lackschuhe über den nackten steinernen Gang. Erst jetzt merkte Peter, dass er zitterte. War es die Kälte in dem kahlen steinernen Raum, oder doch etwas anderes? Warum nur hatte Max schon wieder nach seinem Bruder gefragt?

Er ist doch mit dabei, oder?

Es war Peter aufgefallen, wie Max just bei dieser Frage kurz zur Seite geblickt und an seinem Revers genestelt hatte. Peter kannte diesen Blick vom gemeinsamen Schachspielen her, er kam immer dann, wenn Max einen Zug plante, den sein Gegenspieler auf keinen Fall vorhersehen sollte.

Was hatte der Kurfürst vor?

*

Pauls Kopf schmerzte so heftig, als würden die Glocken der Altöttinger Stiftskirche gegen seine Schädeldecke schlagen. Oder waren das vielleicht wirklich Glocken, die er da hörte?

Dingdong … dingdong …

Er rappelte sich auf und rieb sich die kleinen roten Augen. Verdammt, da läuteten tatsächlich Glocken! Sie schlugen eben die elfte Stunde. Hatte er so lange geschlafen? Er stand mühsam auf, wobei er sich an einem Stuhl festhalten musste. Wo war er überhaupt? Richtig, das hier war dieses Loch in Neuötting, wo der Kurfürst sie hatte einquartieren lassen. Eine Welle der Übelkeit durchspülte Paul, ein fürchterlicher Geschmack lag ihm auf der Zunge, so schlimm, als hätte er mit Jauche gegurgelt. Er wusste nicht, wann er das letzte Mal einen solchen Kater gehabt hatte. Das musste immerhin, nun ja … vermutlich Wochen her sein.

Langsam kehrten die Erinnerungen an die gestrige Nacht zurück und ließen die Übelkeit und die Kopfschmerzen ein wenig in den Hintergrund treten. Er hatte im Sträßlwirt mit Lucia getanzt und getrunken, bis der Wirt sie schließlich mit den letzten Gästen rausgeworfen hatte. Im Hinausgehen hatte Paul noch eine Flasche Branntwein mitgehen lassen, die sie zu zweit in einem nahe gelegenen Stall oben im Heuschober geleert hatten. Das Heu war ihr Bett gewesen. Und was dort geschehen war, hatten nur ein paar Kühe mitbekommen.

Es war … unglaublich gewesen.

Paul hatte trotz seiner erst siebzehn Jahre schon etliche Mädchen gehabt, aber keines war wie Lucia gewesen. Normalerweise war er es, der die Initiative ergriff, doch Lucia hatte ihn genommen wie eine Piratin auf Kaperfahrt. Sie wusste genau, was sie wollte, und sie nahm kein Blatt vor den Mund, auch nicht in der Liebe. Als Paul ihr auf dem Höhepunkt ihrer Leidenschaft die Hand vor den Mund hielt, hatte sie ihm in den Finger gebissen.

Aber es war nicht nur ihre Begierde, die Paul so faszinierte. Ihr ganzes Wesen war so anders als das, was er bislang von Frauen kannte. Lucia war nicht schüchtern, nicht leise, nicht verschämt – sie war laut, humorvoll, derb und mit allen Wassern gewaschen. Vermutlich war sie ein paar Jahre älter als er, doch das störte ihn nicht – im Gegenteil. Er konnte diese jungen, zerbrechlichen Dinger ohnehin nicht leiden.

Außerdem vertrug Lucia offenbar genauso viel Alkohol wie ein Mann, vielleicht sogar mehr.

Stöhnend, aber beseelt von den süßen Erinnerungen begab sich Paul in die Kammer nebenan. Zu seinem Erstaunen war keiner der Familie da, nicht einmal Sophia. Doch dann fiel ihm wieder ein, dass es ja schon fast Mittag war. Auf dem Tisch stand eine halb volle Kanne des starken Kaffees, den sein Vater so liebte, er war bereits kalt. Paul trank in tiefen Schlucken aus dem Krug, was ihn aber auch nicht wacher machte. Er fand ein paar harte Brotreste und ein Stück Käse, doch schon beim ersten Bissen wurde ihm übel. Also beschloss er, auf das späte Frühstück zu verzichten und stattdessen hinüber nach Altötting zu gehen.

Er musste Lucia wiedersehen!

Erst kurz vor Morgengrauen hatte sie sich aus dem warmen Heu geschält und ihm einen letzten Kuss gegeben. Auf die Frage, ob und wann sie sich wiedertreffen konnten, hatte sie nur leise gelächelt.

»Altötting ist nicht groß«, war ihre Antwort gewesen. »Wenn du ein Pilgerzeichen oder eine Wetterkerze kaufen willst, wirst du mich schon finden.«

Mit diesen Worten war sie im dämmerigen Zwielicht verschwunden.

Wie Paul selbst heimgekommen war, wusste er nicht mehr.

Er tappte die Stiege hinunter und durch den Flur, in dem es schon wieder nach Kohl stank. Dann trat er hinaus auf die Gasse, wo die Märzsonne grell und erbarmungslos vom Himmel schien. Immer noch geplagt von pochenden Kopfschmerzen machte er sich auf den Weg hinunter ins Mörnbachtal und weiter nach Altötting. Mit jedem Schritt verbesserte sich Pauls Laune. Der Gedanke, Lucia bald wiederzubegegnen, ließ ihn den Kater allmählich vergessen.

In Altötting bahnte er sich seinen Weg durch die Menge, die sich schon wieder zerstreute. Offenbar war der Kurfürst nun endlich angekommen und logierte in der Dekanei. Grimmig dreinblickende Soldaten wachten vor den Toren.

Paul ließ seinen Blick über den Kapellplatz schweifen, wo wie so oft etliche Devotionalienhändler mit ihren Bauchläden unterwegs waren. Lucia war nicht darunter. Mit bangem Herzen machte er sich in den Seitengassen auf die Suche und erkannte schon nach wenigen Schritten, dass in den Wirtshäusern bereits einiges los war. Soldaten, aber auch Pilger und Einheimische saßen bei einem frühen Mittagessen, zechten, hielten einen Schwatz und feierten so das Ende des schlechten Wetters der vergangenen Wochen.

Paul konnte sein Glück kaum fassen, als er Lucia schließlich fand. Sie stand mit ihrem Bauchladen in der Nähe der Dekanei und wartete dort auf mögliche Kunden. Er wischte sich die zerzausten Haare aus dem Gesicht und trat von hinten auf sie zu.

»Ich hatte letzte Nacht eine Erscheinung«, flüsterte er ihr ins Ohr. »Eine rothaarige Madonna. Ihr möchte ich gerne eine Kerze stiften. Und vielleicht auch einen Kuss.«

Sie drehte sich zu ihm um und lächelte. Doch ihr Lächeln war nicht so strahlend, wie er es von gestern in Erinnerung hatte. Sie schien mehr überrascht als wirklich erfreut.

»Sieh an, mein nicht ganz so braver Schongauer Wallfahrer«, spottete Lucia. Sie zog die Nase kraus. »Puh! Wenn ich dich so rieche, könnte man meinen, du hättest dir gestern im Suff deine Erscheinung nur eingebildet.«

»Nun, jetzt steht sie direkt vor mir. Und ich bin wieder nüchtern. Also, zumindest fast.« Paul grinste und deutete auf eine der Seitengassen. »Was hältst du davon, wenn ich dich zu einem Happen einlade? Und vielleicht auf ein erstes Bier. Ich habe noch nicht gefrühstückt und fühle mich … nun ja, ein wenig schwach auf den Beinen. Du etwa nicht?«

»Vom Tanzen?« Sie lachte. »Ein wenig Kopfweh habe ich schon auch. Aber ich hoffe, dass ich nicht ganz so übel rieche wie du. Sonst kann ich meinen Bauchladen heute gleich wieder wegpacken.« Lucia zögerte. »Hör zu. Ich habe noch nicht viel verkauft. Vielleicht später? Außerdem weiß ich nicht, was mein Vater davon hält, wenn ich mit fremden Mannsbildern zusammensitze.«

»Gestern hat ihn das offenbar auch nicht gestört«, warf Paul ein.

»Gestern hat er schon tief geschlafen. Aber heute macht er mir die Hölle heiß, wenn ich nicht mindestens ein Dutzend Pilgerzeichen verkaufe.« Lucia hielt eines der billigen Zinnplättchen hoch und zwinkerte Paul zu. »Wenn du mir eines abkaufst, habe ich wenigstens schon ein Zwölftel von meinem Tagessoll erfüllt.«

»Man könnte fast meinen, du bereust, was gestern zwischen uns war«, brummte Paul.

»Aber nein, mein schöner Pilger.« Sie strahlte ihn an, und Pauls schlechte Laune verflog so schnell wieder, wie sie gekommen war. »Ganz im Gegenteil. Du bist ein großartiger Tänzer, und auch, was das andere angeht, brauchst du dich nicht zu verstecken …«

»Dann gehst du also mit mir was essen?«, versuchte Paul es erneut.

Lucia wollte eben etwas erwidern, als hinter ihnen eine Stimme ertönte.

»Na, ausgeschlafen, kleiner Bruder? Wenn ich dein Schnarchen heute Morgen richtig gedeutet habe, ist wohl noch viel Bier deine Kehle hinabgeflossen, nachdem ich gegangen bin.«

Paul drehte sich um und erblickte zu seinem Erstaunen Peter, der aus der Dekanei kam. Vermutlich war er bei seinem Freund, dem Kurfürsten, gewesen. Zu anderer Gelegenheit hätte Paul sich gefreut. Es war schön gewesen, mit Peter gestern im Wirtshaus zu sitzen und über alte Zeiten zu plaudern. Aber gerade jetzt konnte er ihn so gar nicht gebrauchen!

Peter trat näher. Er deutete auf Lucia mit ihrem Bauchladen. »Hab ich dich etwa dabei ertappt, dass du dir ein Andachtsbildchen kaufst, um deine Sünden erlassen zu bekommen? Dann nimm besser gleich mehr davon mit.«

»Peter, hör zu«, sagte Paul. »Das ist gerade ein schlechter Zeitpunkt ...«

»Magst du mich deinem Freund nicht vorstellen?«, unterbrach ihn Lucia.

Paul stöhnte leise. Das hatte ihm gerade noch gefehlt! »Das ist mein Bruder Peter«, sagte er schmallippig. »Wie ich dir ja schon sagte, sind wir mit der ganzen Familie hier.«

»Ja, das hast du gesagt. Aber bislang dachte ich, deine Familie bestünde aus einem brummigen Großvater, einer kleinen, ständig plappernden Schwester und deinen Eltern. So hast du es mir jedenfalls im Suff erzählt. Dass du einen Bruder hast, davon wusste ich nichts. Und auch noch so einen hübschen, niedlichen!« Lucia deutete auf Peters Brille. »Bist du ein Schreiberling oder so was?«

»Nicht ganz.« Peter schmunzelte verlegen und nestelte an seiner Brille. »Ich ... studiere in Ingolstadt Medizin.«

»Oho, ein echter Studiosus also! Und geht auch noch in der Altöttinger Dekanei ein und aus.«

»Äh, das hat andere Gründe.« Peters Blick ging zwischen Paul und Lucia hin und her. »Tja, nun weiß ich zumindest, warum mein Bruder erst im Morgengrauen heimgekommen ist.«

»Hör zu, Peter«, sagte Paul. »Du hast sicher noch einiges vor, und ich will dich nicht länger …«

»Dein Herr Bruder wollte mich gerade zum Essen einladen«, fuhr Lucia dazwischen. »Magst du nicht mitgehen? Ich hätte nichts dagegen.«

Paul schwieg mit zusammengebissenen Zähnen. Das lief überhaupt nicht so, wie er es sich vorgestellt hatte. Außerdem war er verwirrt. Es sah ganz so aus, als wollte Lucia nicht mit ihm allein sein. Gab sie ihm gerade einen Korb? Oder war das hier irgendein Spiel, dessen Regeln er nicht kannte? Warum waren Weibsbilder nur immer so kompliziert!

Peter zögerte sichtlich. Schließlich zuckte er mit den Schultern. »Warum nicht? Ich wollte mit meinem Bruder ohnehin etwas besprechen.«

Gemeinsam schlenderten sie am Rande des Kapellplatzes entlang, wo der Boden trockener und nicht mehr ganz so schlammig war.

»Was macht ein Studiosus der Medizin in der Dekanei?«, feixte Lucia. »Ist der Kurfürst krank geworden? Braucht er gar ein Abführmittel?«

»Ich, äh … kenne dort einen der alten Stiftskanoniker«, sagte Peter ausweichend. »Von der Universität her. Ein Höflichkeitsbesuch.«

»Verstehe. Ein Besuch unter Gelehrten.« Lucia nickte. »Übrigens steht dir die Brille. Du siehst aus wie eine große weise Eule.«

»Eine Eule?« Peter lachte. »Ich fasse das jetzt mal als Kompliment auf. Was meinst du, Paul?«

Doch Paul schwieg.

In der Gaststube des Bauernwirts in der Michaeligasse ergatterten sie noch einen freien Tisch. Es gab fettigen Eintopf, Brot und Bier. Doch obwohl Paul noch nichts gegessen hatte, hatte er keinen rechten Appetit. Lucia dafür umso mehr. Sie aß, trank und sprudelte nur so von Erzählungen über frühere Pilgerreisen.

»In Passau gab es mal einen Henker, der verkaufte Unverwundbarkeitsamulette«, erzählte sie. »Stellt euch das mal vor, Unverwundbarkeitsamulette! Er verhökerte sie für teures Geld an vorbeireisende Söldner. Na ja, ihr könnt euch vorstellen, dass es nie Klagen gab. Tote beschweren sich nicht. Und in Maria Einsiedel pinkeln die Reliquienhändler in Flaschen und verkaufen es als byzantinischen Theriak …«

Paul hörte schweigend zu. Das lebhafte rothaarige Mädchen an ihrem Tisch war das gleiche wie gestern Nacht, und doch jemand ganz anders. Einfach deshalb, weil sie nicht zu zweit hier saßen, sondern zu dritt. Was Paul vor allem zu schaffen machte, war, dass Lucia dies gar nicht zu bemerken schien. Ganz im Gegenteil, sie warf Peter den einen oder anderen zweideutigen Blick zu, was Paul jedes Mal einen Schlag in die Magengrube versetzte.

Große weise Eule … Ein Besuch unter Gelehrten … Pah!

Was sollte dieser Blödsinn? Oder wollte sie ihn etwa eifersüchtig machen?

Nach einer ganzen Weile, als sie den Eintopf gegessen und ihr Bier geleert hatten, räusperte sich Peter.

»Hör zu, Lucia. Es gibt da etwas, das ich mit Paul allein besprechen müsste. Es ist … wichtig.«

Sie nickte. »Ich verstehe. Eine Sache unter Brüdern. Nun, da will ich nicht stören.« Sie stand auf, doch Paul hielt sie zurück.

»Lucia, warte ...«

»Ich muss ohnehin wieder los, noch ein wenig von dem Zeug hier verkaufen. Und mein Vater wartet sicher auch schon.« Sie band sich den Bauchladen um, dann wandte sie sich noch einmal an Paul. »Wenn du mich suchst, ich bin drüben auf dem Kapellplatz oder in den angrenzenden Gassen. Und danke für das Essen. Die Schwarze Madonna möge euch beide beschützen!«

Kaum war sie fort, platzte es aus Paul heraus.

»Was zum Teufel fällt dir ein? Wenn du etwas mit mir zu besprechen hast, kann das ja wohl noch warten!«

»Paul, hör zu. Es ist wirklich wichtig.« Peter beugte sich über den Tisch und senkte die Stimme. »Ich war vorhin beim Kurfürsten. Und er hat sich erneut nach dir erkundigt! Ich bin mir mittlerweile sicher, dass Max irgendetwas im Schilde führt. Vermutlich ...«

»Es ist mir verflucht noch mal egal, was dein aufgeblasener Freund so vorhat!«, blaffte Paul. »Ich kann gut auf mich selbst aufpassen. Und davon abgesehen finde ich, jeder von uns sollte sich um sich selbst kümmern.« Er redete sich in Rage. »Hast du denn nicht gemerkt, wie sehr du hier gestört hast? Oder geht das in deinen gelehrten Eulenkopf nicht rein?«

»Aha, daher weht der Wind!« Peter lächelte schmal. »Wenn du meinst, dass ich hier dein kleines Schäferstündchen ...«

»Ja, das meine ich, zum Henker! Und glaub bloß nicht, dass du mir sie wegschnappen kannst!«

»Augenblick mal.« Peter sah ihn verdutzt an. »Ist es das, was du glaubst? Dass ich dir deine Liebschaft wegnehmen will? Verdammt, Paul, verstehst du denn nicht, was ich dir sagen möchte? Der Kurfürst ...«

»Ich habe dir bereits gesagt, dass es mich nicht schert,

was der Kerl über mich denkt oder was er vorhat«, fuhr Paul dazwischen. »Und ebenso wenig schert es mich, was *du* denkst und vorhast. Geh zum Teufel! Ich brauch dich nicht, dich und deine neunmalklugen Sprüche. Heb sie dir für deine Universität auf!«

»Ich will dir doch nur helfen ...«, wagte Peter noch einen Versuch.

»Das hast du immer gewollt. Mir helfen! Als wäre ich dein Mündel oder so was.« Paul nickte grimmig, das frische Bier stieg ihm zu Kopf. »Vielleicht sollten wir beide endlich akzeptieren, dass wir keine Kinder mehr sind und unten am Lech spielen. Wir haben uns auseinandergelebt, jeder sollte seine eigenen Wege gehen. Das ist besser für uns beide.«

Peter biss die Lippen zusammen und schwieg. Schließlich hob er die Hände.

»Nun gut, wenn du nicht hören willst, dann sauf dich doch lieber unter den Tisch oder treib dich weiter mit deinem Liebchen ...«

Paul packte ihn am Kragen. »Wag es nicht ...« Er ließ los, als er merkte, dass er eben dabei war, seinen eigenen Bruder zu erwürgen.

Ohne ein weiteres Wort stand Peter auf, ließ ein paar Münzen auf den Tisch fallen und verließ die Wirtsstube. Paul blieb allein zurück und starrte wütend vor sich hin. Er bestellte ein weiteres Bier und dann, kaum dass er ausgetrunken hatte, noch eines. Irgendwann waren seine Kopfschmerzen verflogen.

Er verließ das Wirtshaus und ging grübelnd hinüber zum Kapellplatz. Er musste mit Lucia reden, musste klären, wie es um sie beide stand – ob sie nur mit ihm spielte oder ob sie genauso fühlte wie er. Doch sosehr Paul auch nach ihr suchte, er konnte sie nirgendwo finden. Und ein böses, nagendes Gefühl machte sich in ihm breit, wie eine Ratte, die sich in seinen Eingeweiden verbissen hatte.

Was, wenn Lucia sich gerade irgendwo mit seinem Bruder amüsierte? Mit der weisen Eule, dem ach so klugen Gelehrten?

Paul beschloss, zurückzugehen und noch ein weiteres Bier zu trinken.

Kapitel 8

In der Nähe von Neuötting, an der Galgenleite

Eine hübsche Aussicht hat der Herr Kurfürst sich da für sein Lager ausgesucht. Mit dem Galgenbichl gleich vor der Nase.«

Angewidert deutete Magdalena auf einen Hügel, der nicht weit entfernt aus einem kleinen Wäldchen ragte. Ein typischer dreibeiniger Galgen aus schwerem Eichenholz war darauf aufgebaut. Zwar hing kein Verurteilter daran, doch auch so wirkte der Galgen im Licht der mittäglichen Sonne schauerlich genug. Die Hügelkuppe war gerodet, es sah aus, als hätten sich die Tannen und Fichten vor Entsetzen von dem großen Mordinstrument in ihrer Mitte zurückgezogen.

»Immerhin finden wir so das Lager schneller«, erwiderte Simon. »Der Galgenberg ist gut zu sehen, und irgendwo hier sollte es ja sein.«

Gemeinsam gingen sie die alte Straße nach Mühldorf entlang, die von Neuötting über Teising und ein paar kleinere Dörfer verlief. Der Weg war schlammig und teils noch gefroren, weshalb er von den meisten Fuhrleuten gemieden wurde. Die kalte, klare Luft hatte Simon wieder ein wenig wacher gemacht. Trotzdem war ihm noch völlig schleierhaft, wie er mehr über diesen gestohlenen Degen herausfinden sollte. Warum hatte er der Kaiserin nur versprechen müssen, sich darum zu kümmern! Und was war mit dem vergifteten Leibarzt? Vielleicht hatte er ja heute Nachmittag noch Zeit, sich darüber Gedanken zu machen. Nun musste er sich erst einmal wie vereinbart im Lager des Kurfürsten als kurfürstlicher Hofmedicus und zuständiger Arzt vorstellen.

Keuchend schleppte Simon seine große lederne Arzneitasche, die er zuvor in ihrer Unterkunft noch einmal sortiert hatte. Aus München hatte er nur das Allernötigste mitgenommen, aber auch das war schon schwer genug: Skalpelle, Pinzetten und Klistiere, Schröpfköpfe, Verbandszeug, Balsamtiegel, duftende Kräuterbüschel sowie etliche mit Arzneien gefüllte Glasfläschchen, die bei jedem Schritt klirrten. Simon hatte ein frisches Hemd angezogen, die Haare gekämmt und den Rock ausgebürstet. Wenn er sich als Hofmedicus vorstellte, wollte er sich keine Blöße geben. Auch Magdalena hatte die Flecken von ihrem Kleid und der Bluse entfernt und sich die Haare zu einem Dutt gebunden. Sie trug einen langen Wollmantel, der sie vor der Kälte schützte.

»Neben all dem Ärger finde ich es schön, dass Peter und Paul mal wieder ein Bier zusammen trinken«, sagte sie eben, während eine blökende Schafherde die Straße passierte. »Findest du nicht?«

»Mit dem Unterschied, dass Peter gerade eine Audienz beim Kurfürsten hat, während sein Bruder seinen Rausch ausschläft«, knurrte Simon. »Wie so oft.«

In Neuötting hatte Simon erfahren, dass sich das Lager des Kurfürsten ganz in der Nähe des Galgenhügels befand. Max Emanuels Beamte hatten dort für die Dauer des Aufenthalts ein größeres Gut requiriert, der Großbauer war angemessen entschädigt worden. Den Vormittag über hatte Simon noch einmal nach Niklas Engelschalls zweitjüngster Tochter geschaut, die an Keuchhusten litt, sowie einer weiteren Nachbarin einen eitrigen Abszess aufgestochen, schließlich war er mit Magdalena fast fluchtartig aufgebrochen. Simon seufzte leise. In Neuötting gab es keinen Arzt. Wenn das mit den vielen Malaisen der kleinen Leute so weiterging, würde er dort noch bis zum Sankt-Nimmerleins-Tag Fisteln aufschneiden und schleimigen Auswurf behandeln.

»Ich denke, das dürfte es sein. Schau, da vorne, der große Hof.« Magdalena wies auf einen prächtigen Vierseithof nahe der Straße, mit Stall, Scheune, Kornspeicher, Viehgehegen und einem Obstgarten. Dahinter schlossen Felder und Wiesen an, wo eben Zelte aufgebaut wurden. An Lagerfeuern saßen Soldaten, aßen, tranken und putzten ihre Waffen. Vor dem großen Tor zum Inneren des Hofes standen zwei Wachen. Als Simon und Magdalena sich dem Tor näherten, strafften sie sich und blickten wichtigtuerisch drein.

»Was wollt ihr?«, fragte der ältere der Wachsoldaten. Er war unrasiert und hatte sichtlich schlecht geschlafen. »Das ist kurfürstlicher Boden, hier hat niemand Zutritt.«

»Wir schon.« Simon zog den Brief mit dem Siegel hervor. »Ich bin der kurfürstliche Hofmedicus Doktor Simon Fronwieser, das hier ist meine Gemahlin.« Er deutete auf Magdalena. »Wir haben Weisung, uns hier einzufinden.«

Der ältere Soldat überflog pflichtschuldig die paar Zeilen, doch Simon sah ihm an, dass er nicht lesen konnte. Unterdessen schickte der andere Wachsoldat nach dem kurfürstlichen Verwalter. Dieser war ein kleiner drahtiger Mann in Schaube und Barett, dessen kurzsichtige Augen hinter seiner Brille nervös zwischen Simon und Magdalena hin- und herhuschten.

»Kurfürstlicher Medicus mit Gemahlin? Hm …« Der

Verwalter rieb das Siegel, als überprüfe er es auf seine Echtheit. »So jemand ist mir nicht angekündigt worden …«

Simon schloss entnervt die Augen. Ging das schon wieder los! »Aber der Brief …«, begann er mit wachsender Verzweiflung. »Er ist vom Kurfürsten persönlich signiert …«

»Papperlapapp, persönlich signiert!« Der Verwalter winkte ab. »Wisst Ihr, wie viele Papiere der junge Herrscher jeden Tag unterschreibt? Dutzende! Bildet Euch darauf nur nichts ein. Ich weiß jedenfalls nichts von Euch, Herr Doktor. Aber da Ihr schon mal da seid …« Er überlegte. »Wir haben tatsächlich ein paar Verletzte. Nichts Ernstes, eine Keilerei zwischen Soldaten.« Er wandte sich an den älteren Wachsoldaten. »Die Kerle sind noch immer im Loch?«

Der Soldat nahm Haltung an und nickte. »Seit heute früh. Wie befohlen, Euer Ehren.«

»Dann bringt sie hinüber in den Pferdestall. Der Doktor kann sie sich ja mal anschauen.« Der Verwalter sah kurz hinüber zu Magdalena und dann wieder zu Simon. »Glaubt Ihr wirklich, dass Eure Frau Gemahlin …?«

»Wenn Ihr meint, ich hätte noch nie ein verletztes Mannsbild gesehen, dann täuscht Ihr Euch«, fuhr Magdalena dazwischen. »Ich weiß, wie man eine gebrochene Nase behandelt, und auch, was bei einem Tritt ins männliche Gemächt am besten hilft. Bärensalbe, schön dick aufgetragen.«

»Äh, in der Tat.« Simon räusperte sich. »Meine Frau ist in derlei Dingen sehr bewandert.«

»Na, ganz wie Ihr meint.« Der Verwalter zuckte mit den Schultern. »Dann folgt mir.«

Sie gingen über den großen Hof, wo ein ständiges Kommen und Gehen herrschte. Beamte in höfischer Tracht eilten mit Papieren zwischen den einzelnen Türen hin und her. Irgendwelche Höflinge riefen nach warmem Wasser, Dienstboten schleppten Eimer heran. Mägde balancierten auf ihren Köpfen Bündel und Körbe, und dazwischen flatterten Hühner und Gänse.

»Wie groß ist denn das Gefolge des Kurfürsten?«, fragte Simon, der erstaunt zusah, wie zwei Soldaten eben eine riesige Truhe durch das Tor trugen.

»Etwa vierhundert Personen«, erwiderte der Verwalter im Gehen. »Wenn man die Reiterei mit einrechnet, wohl eher ein halbes Tausend. Der Kurfürst, sein Onkel und seine Tante sowie der engere Zirkel an Beamten residieren natürlich standesgemäß in Altötting, viele von ihnen in der Dekanei. Nun, und der Rest wohnt eben hier. Die höhergestellten Personen in den Zimmern des Gutes, die Soldaten und der Rest draußen vor den Feldern. Alles ist ein wenig chaotisch, wir sind ja auch eben erst eingezogen.«

Der Verwalter grinste, als einer der Höflinge zum wiederholten Mal mit lauter Stimme nach einem Badezuber verlangte. »Für so manchen ist es das erste Mal auf einem Bauernhof, und vermutlich auch das letzte Mal. Die bayerische Landluft ist eben nicht für jeden etwas. Aber Altötting ist viel zu klein, um all die Münchner Hofschranzen unterzubringen.«

»Warum kommen diese Leute denn dann mit, wenn es hier gar kein höfisches Leben gibt und sie die Landluft nicht vertragen?«, wollte Magdalena wissen.

»Tja, unser junger Herr Kurfürst hält es wie der französische König. Solange sich alle nur darum raufen, in seinem Licht glänzen zu dürfen, kommt keiner auf dumme Gedanken.«

Mittlerweile hatten sie den Pferdestall in einer Ecke des Vierseithofs erreicht. Die Pferde schnaubten und wieherten, als die Gruppe das warme, nach Heu und Dung duftende Gebäude betrat. Eine der vorderen Boxen war frei, dort kauerten auf dem Boden drei sichtlich mitgenommene Soldaten. Simon sah sofort, dass die Männer in eine üble Schlägerei verwickelt gewesen waren. Sie hatten Schrunden und Schnitte im Gesicht, einer hielt sich den rechten Arm, der nur notdürftig mit einem Fetzen verbunden war. Hilfe suchend wandte sich Simon an Magdalena.

»Wir werden sauberes Wasser brauchen. Und ein paar frische Tücher.«

»Sauberes Wasser?« Der Verwalter runzelte die Stirn. »Warum denn das?«

»Eine besondere Behandlungsmethode von mir«, erklärte Simon. »Vertraut mir.« Mit seiner Theorie, dass Schmutz krank machte, hatte er sich noch immer nicht durchsetzen können. Simon hatte bereits einige Aufsätze dazu verfasst, die aber zu seiner großen Enttäuschung in Gelehrtenkreisen nicht weiter beachtet wurden. Ebenso wenig wie seine Theorien zur Pest, zum Fraisenfieber und anderen Plagen. Er tröstete sich damit, dass er seiner Zeit wohl voraus war.

»Na, macht, was Ihr wollt.« Der Verwalter wandte sich zum Gehen, doch dann drehte er sich noch mal um. »Ach ja, falls Ihr eine Unterkunft suchen solltet, wir sind völlig überbelegt. Wie gesagt, mit Euch hatte keiner gerechnet, Herr Doktor. Vielleicht ist ja noch was in Neuötting frei.«

»Danke, wir haben bereits Quartier«, murmelte Simon.

Während Magdalena frisches Wasser und Tücher holte, nahm Simon die Verletzungen der Soldaten näher in Augenschein. Sie waren nicht so schlimm wie zunächst befürchtet, bis auf den Arm eines Soldaten, welcher leblos herabhing. Ein schmutziger Fetzen Verband war darum gewickelt.

»Was ist geschehen?«, fragte er den Verletzten. Er betastete dessen geschwollenes Gesicht und drückte hier und da, um festzustellen, ob auch ein paar Rippen gebrochen waren.

»Die verfluchten Kaiserlichen!«, schimpfte der Soldat. »Haben uns vor dem Bauernwirt aufgelauert. Meinten, wir hätten ihr Lager angegriffen!«

Mit fragender Miene wandte sich Simon an den wachhabenden älteren Soldaten, der sie vom Tor hierherbegleitet hatte.

»Die kaiserlichen Soldaten campieren auf dem Altöttinger Kapellplatz, die unsrigen hier«, erklärte der Wachmann achselzuckend. »Wie man sieht, nicht ohne Grund.« Er wies auf die Verletzten. »Diese Männer gehörten zu einer Vorhut, die schon gestern Abend ankam, sie sind verbotenerweise auf Sauftour rüber nach Altötting. Zwischen den Kaiserlichen und uns kommt es schon mal zu Reibereien. Halten sich für was Besseres, die feinen Herrschaften …«

»Die sollen zurück nach Wien gehen mit ihren gestriegelten Apfelschimmeln und ihrem ganzen prahlerischen Gehabe!«, schimpfte der Soldat weiter. »Was sollten wir denn in ihrem Lager wollen, hä? Ihren grausligen Muskateller saufen? Na, ganz sicher nicht! Und dann hieß es auch noch, wir hätten sie bestohlen!«

»Das heißt, ihr wart gar nicht auf dem Kapellplatz in der Nacht?«, fragte Simon, während er den alten Verband entfernte. Darunter zeigte sich eine üble verkrustete Stichwunde, vermutlich verursacht durch einen Degen.

»Natürlich nicht!«, meldete sich jetzt der zweite Soldat neben ihnen. Seine Nase war von einem Faustschlag so zugeschwollen, dass er nur schwer zu verstehen war. »Und wir haben die auch nicht angegriffen oder bestohlen!«, näselte er. »Das müssen andere gewesen sein.«

»Die Kaiserlichen behaupten also, sie wären angegriffen worden?« Simon fragte weniger aus Neugierde, sondern vor allem deshalb, weil er wusste, dass die Fragerei die Männer von ihren Schmerzen ablenkte. »Wann soll denn das gewesen sein?«

»Was weiß denn ich?«, knurrte der Soldat mit der Stichwunde. »Irgendwann in der letzten Nacht halt.« Er lachte heiser. »Die wussten ja selbst nicht, wie ihnen geschah. Waren genauso sturzbetrunken wie wir. Meinten, da sei so ein kleiner Wicht gewesen, der einen von ihnen aufgeschlitzt hat. Ein echter Wirbelwind mit einem Degen soll das gewesen sein.«

»Mir haben sie gesagt, es ist so ein großer, breiter Kerl gewesen«, mischte sich jetzt der dritte Soldat ein, dem etliche Zähne fehlten. Er spuckte Blut und Speichel. »Ein wahrer Riese mit Faustbüchse. Aber das war sicher nur Prahlerei.«

»Mir sagten sie, so ein Langer sei meuchelnd zwischen ihren Zelten herumgeschlichen«, meldete sich wieder der zweite Soldat mit der geschwollenen Nase. »Ha, und dann meinten sie noch, wir hätten so ein Kauderwelsch gesprochen, gar kein Deutsch ... Wie der Josef schon gesagt hat, die waren rotzbesoffen. Haben vermutlich alles doppelt und dreifach gesehen. Autsch!« Der Soldat mit dem Verband stöhnte, als Simon ihm den blutverkrusteten Fetzen von der Haut riss.

»Eine der Patrouillen hat unsere drei Schluckspechte da heute Vormittag am Rande des Kapellplatzes aufgegriffen«, erklärte der ältere Wachmann. »Selig schlafend neben der großen Abortgrube. Hatten sich bewusstlos gesoffen, trotz ihrer Verletzungen. Es gibt einen Befehl, dass die Unsrigen nichts am Kapellplatz verloren haben.« Er zuckte die Achseln. »Na ja, deshalb hat sie der Verwalter ins Loch gesteckt. Aber gerecht ist das nicht, wenn Ihr mich fragt, Herr Doktor.«

Simon nickte schweigend und behandelte die Stichwunde, während ihm ein bestimmter Gedanke nicht mehr aus dem Kopf ging.

Ein kleiner Wicht … ein großer breiter Kerl … so ein Langer …

Was wäre, wenn die kaiserlichen Soldaten gar nicht so besoffen gewesen waren? Wenn es wirklich *drei* Männer waren, die sie gesehen hatten? Was hatte eine der Wachen eben gesagt?

Und dann meinten sie noch, wir hätten so ein Kauderwelsch gesprochen, gar kein Deutsch …

»War gar nicht so einfach, frisches Wasser zu bekommen«, ertönte hinter Simon plötzlich Magdalenas Stimme. Sie schleppte einen vollen Eimer, über der Schulter hingen saubere Tücher. »Am Brunnen im Hof ist die Hölle los und …« Magdalena sah Simon an. »Ist irgendwas? Du wirkst so anders?«

»Nein, alles … in Ordnung.« Zögerlich schüttelte Simon den Kopf. »Wir sollten nur schnell diese Wunde hier auswaschen, damit sie sich nicht noch mehr entzündet.« Er kramte in seiner Arzneitasche. »Ich werde ein wenig Arnikasalbe drauftun … Und vielleicht treiben wir auf dem Hof ja auch ein wenig Branntwein auf.«

»Branntwein?« Magdalena grinste und tauchte ein sauberes Stück Leinen in den Eimer mit Wasser. »Das sollte in einem Lager für Soldaten ja wohl möglich sein.«

Simon erwiderte ihr Lächeln. Doch gleichzeitig war er in Gedanken schon wieder bei dem, was ihm die verletzten Soldaten eben berichtet hatten.

Degen und Faustbüchsen … Ein Kleiner, ein Großer, ein Langer … gar kein Deutsch …

Die Beschreibungen der Männer auf dem Kapellplatz passten ziemlich genau auf die drei französischen Musketiere, die Simon erst kürzlich in Wasserburg gesehen hatte.

Was hatten diese Männer hier verloren?

Grübelnd kramte Simon in seiner Tasche nach der Salbe. Vielleicht war er dem gestohlenen Degen der Kaiserin eben einen bedeutenden Schritt näher gekommen.

*

Nur wenige Meilen entfernt erlebte Sophia zum mindestens hundertsten Mal in ihrem Leben, was es bedeutete, mit einem Klumpfuß zur Welt gekommen zu sein.

Zuvor war sie mit dem Großvater noch am Altöttinger Kapellplatz gewesen, doch dann hatte dieser sich ganz plötzlich aus dem Staub gemacht. Er schien etwas gesehen zu haben, was seine Aufmerksamkeit mehr fesselte als seine Enkelin, und ganz plötzlich stand Sophia allein zwischen all den vielen Menschen. Zuerst war es noch ganz lustig gewesen, sie war herumgestromert, hatte all die Wallfahrer beobachtet, die teilweise von weit her kamen und in verschiedenen Dialekten sprachen. Doch nun bekam sie es doch mit der Angst zu tun. Fremde schoben sie herum, jemand riss versehentlich an ihrem Kleid, ein anderer trat ihr auf die Zehen ... Es war, als wäre sie gar nicht vorhanden.

Ein Gefühl, das Sophia nur allzu gut kannte.

Im Grunde war es wie zu Hause in München. Keiner hatte für sie Zeit, keiner kümmerte sich groß um sie. Wenn dann auch noch ihre Brüder zu Besuch waren, blieben die Großen meist ganz unter sich. Irgendwelche furchtbar wichtigen Dinge wurden beredet, Dinge, die sie nichts angingen, für die sie noch zu klein war. Und auch hier in

Altötting war es nicht anders! Sophia schimpfte leise in sich hinein. So hatte sie sich diese Reise nicht vorgestellt. Selbst der Kaiser war im Grunde nicht so imposant gewesen, wie sie erwartet hatte. Ein ziemlich hässlicher Wicht! In den Geschichten, die sie las, sahen Kaiser jedenfalls anders aus.

Nun, wenigstens gab es in ihrem Neuöttinger Quartier Bücher. Sophia liebte es, zu lesen. Auch in München blätterte sie gerne in den alten Kalendern der Familie und auch in diesen neuen Zeitungen, die der Vater manchmal aus dem Kaffeehaus mitbrachte. Mit Büchern vergaß sie die Zeit – und oft sogar ihre Behinderung, die es ihr nicht erlaubte, mit den anderen Kindern Schritt zu halten.

»Autsch!«, schrie sie, als ihr wieder irgendein Trampel auf den Klumpfuß trat. »Passt doch auf!«

Eine Gestalt beugte sich zu ihr herunter. Es war ein älterer Mann, der nach Branntwein stank. Seiner ärmlichen Kleidung nach zu urteilen, war er ein ehemaliger Soldat. Er hatte kaum noch Zähne im Mund, seine einst bunte Landsknechttracht war zerschlissen und ausgebleicht. An der Seite trug er einen langen Dolch.

»He, wen haben wir denn da?«, sagte er mit schwerer Stimme. »Was für ein hübsches kleines Mädchen!«

Sophia wollte sich schnell entfernen, doch die schwere Hand des Mannes legte sich wie Blei auf ihre Schulter.

»Bin ich dir auf den Fuß gestiegen, ja?« Er linste nach unten und sah den unförmigen, viel zu hohen Schuh, der ihre Missbildung ein wenig ausglich. »Oh, ein kleiner hübscher Krüppel bist du!« Er grinste zahnlos. »Tanz doch mal für mich. Du kannst doch tanzen, ja? Einen Hexentanz vielleicht, auf deinem Teufelsfuß.« Er kicherte. Ganz offensichtlich war er stark betrunken, doch nicht genug, dass Sophia sich seiner kräftigen Hand entwinden konnte.

Sie drehte sich nach den umstehenden Wallfahrern um, die jedoch alle ins Gebet vertieft schienen. Sollte sie um Hilfe schreien? Sie hatte schon oft erlebt, dass Menschen auf ihre Behinderung mit Spott, aber auch mit Argwohn reagierten. Wer einen Klumpfuß hatte, galt schnell als Hexe oder Bote des Teufels.

Der alte Soldat kicherte erneut, und erst jetzt erkannte Sophia, dass er nur einen Arm besaß. Der andere Arm war nur noch ein Stumpen, von einem Fetzen dürftig verhüllt.

»Vielleicht sollten wir gemeinsam zur Schwarzen Madonna beten«, lallte der Alte jetzt, die Lippen nah an ihrem Ohr. Er stank nicht nur nach Schnaps, sondern auch nach verfaultem Fleisch, ganz so, als wäre der Stumpen nicht gut verheilt. »Ein junger hübscher und ein alter Krüppel. Wir gäben ein schönes Paar ab, findest du nicht?«

Mit wachsender Verzweiflung sah sich Sophia nach dem Großvater um. Wo war er nur? Er hatte doch versprochen, er käme gleich wieder! Aber er war nirgendwo zu entdecken. Unzählige Menschen eilten an ihr vorbei, doch keiner schien von ihr Notiz zu nehmen.

»Ich … ich muss zurück zu meiner Familie«, stammelte sie. »Die anderen warten auf mich.«

»Wo sind denn die anderen, hä?« Der Alte gluckste. »Kann sie nirgendwo sehen. Sind die etwa auch so Krüppel wie du?« Die langen knotigen Finger seiner Hand gruben sich in ihre Schulter. Er schob sie ungeduldig voran. »Komm mit mir. Ich kenne einen kuschligen Stall, wo wir zwei zur Jungfrau Maria beten können. Ganz allein.«

»Da! Da ist mein Bruder ja!« In ihrer Angst deutete Sophia auf einen vorbeilaufenden Jungen in der Nähe. Er mochte vielleicht vierzehn Jahre alt sein und damit kräftig genug, um es mit einem betrunkenen Einarmigen aufzunehmen.

»Paul!«, rief sie dem Buben in ihrer Verzweiflung zu. »Wo ... wo warst du nur? Sicher ist der Vater ganz in der Nähe. Wollen wir zu ihm gehen, ja?« Sie sah den fremden Jungen mit großen, bittenden Augen an.

Dieser blieb stehen und musterte sie irritiert. Er trug einen alten Ledersack über der Schulter und abgetragene, einfache Kleidung, vermutlich war er irgendein Lehrling oder Geselle. Sophia konnte nur beten, dass er mitspielte.

Bitte!, sagten ihre Augen. *Bitte, lass mich nicht im Stich!*

Der Junge zögerte. Sein Blick ging von Sophia hinüber zu dem Betrunkenen und wieder zurück. Er wollte sich schon abwenden, doch dann schien er es sich plötzlich anders zu überlegen. Er trat auf Sophia und den Soldaten zu.

»Hier bist du also, kleines Miststück«, sagte er. »Der Vater sucht dich schon überall. Na, das wird Ärger geben!« Er nahm Sophia an der Hand und zog sie von dem Säufer weg. Doch der Alte wollte nicht so schnell aufgeben.

»He!«, rief er und zerrte an Sophia. »Was wird jetzt aus unserem gemeinsamen Gebet im Stall, mein kleiner süßer Krüppel? Mein Stumpf brennt wie Feuer. Und nicht nur der, auch mein ...«

Er stockte, als ihm der Junge in einer blitzschnellen Bewegung in den Schritt griff.

»Jetzt brennt es noch mehr, ja?«, sagte der Junge leise. »Lass sie sofort los! Sonst reiß ich dir die Eier ab und werf sie den Hunden zum Fraß vor. Und entschuldige dich gefälligst bei meiner kleinen Schwester.«

»Hab ... doch ... nur ... Spaß gemacht«, keuchte der Alte, dessen Gesicht jetzt puterrot anlief. »Ent...schuldigung ...«

»Na also.« Der Junge ließ los. »War doch nicht so

schwer.« Er nahm Sophia an der Hand und ging mit ihr weg.

Als der Soldat außer Sichtweite war, blieben sie beide in der Nähe der Stiftskirche stehen.

»Danke«, hauchte Sophia. Erst jetzt merkte sie, wie sehr sie zitterte. »Der Mann war böse zu mir, er wollte mich mitnehmen …«

»Keine Ursache«, erwiderte der Junge. »So viel Schnaps, wie der getrunken hatte, wärt ihr zwei sowieso nicht weit gekommen.«

Er schulterte seinen Sack, bereit, sich wieder auf den Weg zu machen. Sein Gesicht war wettergegerbt und von etlichen Pockennarben gezeichnet, ein erster weicher Flaum zeigte sich über seinen Lippen. »Mädchen wie du sollten sich wirklich nicht allein hier herumtreiben! Auch wenn Altötting ein Wallfahrtsort ist, gibt es einen Haufen Halunken. Von den vielen Soldaten ganz zu schweigen.«

»Ich war ja nicht allein!«, entgegnete Sophia. »Der Großvater war bei mir. Aber den hab ich verloren …«

Der Junge zuckte die Achseln. »In so einer Menge verliert man schnell jemanden.«

»Nicht den Großvater!« Sophia lachte befreit auf. »Er ist der größte Mann, den ich kenne. Eigentlich ragt er aus jeder Menge wie ein Turm. Aber er ist natürlich schon alt, und er trinkt gerne einen über den Durst. Vielleicht …« Sie schluckte. »Vielleicht hat er mich auch einfach vergessen.«

»So ein großer Kerl, sagst du? Hm …« Der Junge überlegte. »Und nicht mehr der Jüngste. Hat er vielleicht so eine riesige Hakennase, ziemlich breite Schultern und einen zottigen Bart?«

»Das … das ist er!«, rief Sophia. »Hast du ihn gesehen?«

»Ich denke schon. Er ist ja wirklich ziemlich auffällig.« Der Junge deutete hinüber zur Jesuitenkirche, wo eben eine Messe gelesen wurde. Die Türen standen offen, sodass die Stimme des Predigers bis hinaus auf den Platz hallte. »Das war da drüben. Ist aber schon eine Weile her.« Er streckte die Hand aus und grinste. »Ich heiße übrigens nicht Paul, sondern Alois. Und du?«

»Sophia.« Sie schüttelte seine Hand, die erstaunlich kräftig war. »Paul ist einer meiner Brüder. Ich bin mit meiner Familie hier. Aber eigentlich hat keiner so richtig Zeit für mich …« Ihr Magen knurrte vernehmlich, und ihr fiel ein, dass sie heute noch nichts gegessen hatte.

Alois legte den Kopf schräg, er hatte wuscheliges schwarzes Haar. Wäre sein Gesicht nicht von den vielen Pockennarben entstellt gewesen, hätte man ihn durchaus hübsch nennen können. »Hast du Hunger?«

»O ja!« Sophia rieb sich den Bauch. »Der Großvater hatte mir Krapfen versprochen, aber dann ist er ja ganz plötzlich weggegangen.«

Alois stellte sich auf die Zehen und sah sich im Getümmel um. »Ich kann deinen Großvater nirgendwo entdecken. Aber vielleicht ist er ja wirklich nur kurz in ein Wirtshaus hinein.« Er runzelte die Stirn, dann hellte sich sein Gesicht plötzlich auf. »Wenn du willst, kannst du mit mir was essen.«

»Hast du denn Geld?«, wollte Sophia wissen.

»Ha! Ich brauch kein Geld. Komm mit.« Er zog sie mit sich. »Ich hab eine Überraschung für dich.«

Gemeinsam gingen sie am Rande des Platzes entlang, vorbei an der Hoftaverne, der stinkenden Abfallgrube, direkt auf die Dekanei zu. Alois legte die Hand auf die Lippen. »Ab jetzt gehst du hinter mir und bist mucksmäuschenstill, verstanden?«, flüsterte er ihr zu.

Sophia nickte schweigend. Ihr Klumpfuß tat weh, wie so oft, wenn sie zu lange gegangen war. Aber sie ignorierte den Schmerz. Sollte der Großvater sich ruhig ein bisschen Sorgen um sie machen! Außerdem wollte sie unbedingt erfahren, wo sie der Junge hinbrachte.

Sie betraten eine schmale Seitengasse, die links an der Dekanei entlangführte. Sofort war es merklich stiller. Weiter hinten gab es in der Mauer eine kleine Pforte, auf die Alois jetzt zusteuerte. Ein Soldat stand gelangweilt davor, gelehnt an seine Hellebarde. Er blinzelte verschlafen.

»Na, schon wieder zurück, Junge?«, brummte er.

Alois hob den Sack. »Ich hab die Gewürze schneller bekommen als erwartet, drüben bei der Jesuitenapotheke. Waren auch nicht so teuer.« Er hob eine Münze hoch. »Hab sogar ein wenig Geld behalten.«

»Und wer ist das?« Der Soldat deutete auf Sophia.

»Die neue Hilfsköchin.« Alois spielte mit der Münze und ließ sie beiläufig vor der Wache fallen. »Hab sie eben angestellt.«

Der Mann grinste. »Soso, die neue Hilfsköchin. Verstehe. Wohl eher jemand, der sich den Bauch auf Kosten seiner Exzellenz vollschlagen möchte. Na, mir soll's recht sein.« Er beugte sich hinunter und griff nach der Münze. »Weiß ich doch nicht, was da so alles hinter meinem Rücken passiert.«

Alois und Sophia huschten hinter der Wache durch das offene Gatter. Erstaunt blickte Sophia sich um. Dies war ganz offensichtlich der rückwärtige Garten der Dekanei. Schmucke Arkaden zogen sich an dem großen gemauerten Geviert entlang. Es gab eine Remise, einen kleinen Pavillon und eine Holzlege; in der Mitte des Gartens wuchsen einige Obstbäume. Die Wiesen und Beete waren alle zertrampelt, fast wie umgepflügt. Einige provisorisch errichtete Zelte standen in der Mitte des Hofs, dazwischen eilten geschäftig Mägde und Dienstboten hin und her. An Dreibeinen hingen große Kessel, aus denen es dampfte, duftete und qualmte. Über anderen Feuern brieten an Spießen Spanferkel, die von etlichen Buben in Alois' Alter gedreht wurden. Es roch verführerisch lecker, sodass Sophias Magen nur noch lauter knurrte.

Grinsend verbeugte sich Alois vor ihr und machte einen Kratzfuß. »Gestatten, Alois, kurfürstlicher Küchenjunge, der dich gerade eben zur kurfürstlichen Hilfsköchin ernannt hat.«

Sophia deutete auf die Zelte und die vielen Feuer. »Das hier ist die Küche des Kurfürsten?«

»Du hast es erraten, ja.« Alois nickte. »Die fahrende Küche, um genau zu sein. Ein ganzes Heer emsiger Köche, Küchenjungen und Dienstmägde kümmert sich hier um das leibliche Wohl Ihrer Exzellenz. Sechs Wägen waren nötig, das alles aus München hierherzukarren. Und wenn das Treffen Ihrer Majestäten nach ein paar Tagen vorbei ist, bauen wir alles wieder ab und …«

»Heda, Alois!«, brüllte ein feister Mann, der eine fleckige Schürze und eine turmhohe Kochmütze auf dem Kopf trug. »Was fällt dir ein, herumzustehen und Maulaffen feilzuhalten? Komm gefälligst her und dreh mit den anderen Buben die Spieße.«

»Der kurfürstliche Oberhofkoch Josef Semmelweis«, sagte Alois hinter vorgehaltener Hand. »Bellt zwar wie ein zottiger Straßenköter, beißt aber selten. Außerdem ist er nicht der Hellste.« Alois schwenkte den Sack. »Ich hab doch die Gewürze für das Dessert besorgen müssen, Meister Semmelweis!«, rief er dem Koch zu. »Ich bring sie nur schnell hinüber zum Patissier, dann bin ich wieder da.«

»Aber beeil dich gefälligst! Sonst versohl ich dir eigenhändig den Hintern!«

»Zu Befehl, Eure Grimmigkeit.« Alois verbeugte sich, dann zog er die immer noch staunende Sophia mit sich, vorbei an den Arkaden und schließlich hinter die Holzlege. Er schob ein paar Holzscheite zur Seite und legte so eine Öffnung frei, in der sich diverse Köstlichkeiten befanden: Schinken, ein Laib Käse, gebratene Gänsekeulen, knusprige Pasteten, kandierte Birnen ... Sophia lief das Wasser im Mund zusammen.

»Greif zu«, sagte Alois und warf den Sack in eine Ecke. »Der trottlige Semmelweis hat mich vermutlich schon wieder vergessen, und die Gewürze für das Dessert können noch warten.«

Das ließ sich Sophia nicht zweimal sagen. Sie griff nach der Gänsekeule und biss hinein. Das Fleisch schmeckte köstlich! Fett lief Sophia übers Kinn, doch das kümmerte sie nicht. Stattdessen schob sie eine der kleinen Pasteten hinterher. Alois lachte.

»Heda, nicht so schnell! Sonst platzt du noch, und dann bekomme ich wirklich Ärger.«

Er aß ein wenig mit, schien aber keinen so großen Appetit zu haben wie sie.

»Du bist also mit deinem Großvater und deiner Familie hier auf Wallfahrt?«, fragte er stattdessen.

Sophia zuckte mit den Schultern. »Na ja, eigentlich sind wir alle mit meinem Vater hier«, sagte sie zwischen zwei Bissen. »Der ist nämlich kurfürstlicher Hofmedicus. Der Kurfürst selber hat ihn ernannt.«

Alois hielt mit dem Essen inne. »Kurfürstlicher Hofmedicus? Im Ernst? Und ich dachte, du bist nur irgendein kleines Mädchen mit ...« Er stockte und deutete auf ihren unförmigen Fuß. »Na, du weißt schon.«

»Mein Vater mag ein guter Arzt sein, aber meinen Fuß bekommt er auch nicht gesund.« Sophia zuckte die Achseln. »Vielleicht sollte ich zur Schwarzen Madonna beten, damit die mich heilt. Der Großvater hat auch schon gebetet, weil er krank ist.« Sie runzelte die Stirn. »Komisch eigentlich. Das macht er sonst nicht, er flucht eher …«

Alois grinste. »So groß, wie der ist, ist das Fluchen bestimmt ziemlich laut und Furcht einflößend.«

»O ja!« Sophia nahm sich noch eine der köstlichen Fleischpasteten. Sie schmeckten leicht süßlich und gleichzeitig scharf, vermutlich war irgendein teures Gewürz aus fernen Landen drin. »Die Leute haben oft Angst vor ihm«, fuhr sie kauend fort. »Er ist nämlich Scharfrichter.« Sie stockte. »Also … er war es. Jetzt ist der Onkel Georg der neue Scharfrichter in Schongau, da kommen wir nämlich her.«

»Ein echter Scharfrichter also.« Alois schüttelte sich. »Das ist wirklich unheimlich.«

»Na ja, eigentlich ist er ganz nett. Nur halt nicht zu denen, die er hinrichtet. Aber die sind ja auch nicht nett.« Sophia wischte sich die Krümel vom Mund. »Außerdem ist der Großvater sehr, sehr klug. Er hat schon vielen Bösewichtern das Handwerk gelegt. Er kommt ihnen allen auf die Schliche.«

»Tatsächlich?« Alois sah sie amüsiert an.

»Du glaubst mir nicht?« Sophia zögerte kurz, dann senkte sie ihre Stimme. »Er ist auch hier in Altötting einem Bösewicht auf der Spur. Wenn du mir versprichst, dass du es nicht weitererzählst …«

Alois hob die Hand. »Versprochen.«

»Du wirst es nicht glauben …« Sophia machte eine dramatische Pause, dann fuhr sie fort: »Jemand hat den Kurfürsten und den Kaiser in die Luft sprengen wollen! Wirklich! Der Kerl hat Schießpulver in der Gnadenkapelle versteckt, und der Großvater hat es gerade noch rechtzeitig entdeckt. Tja, und jetzt sucht er den Schurken. Ich glaube, er hat auch schon eine Spur …«

Alois blieb vor Staunen der Mund offen stehen. »Das … das ist nicht wahr!«

»Ich hab doch gesagt, du wirst mir nicht glauben. Aber bei der Schwarzen Madonna, ich spreche die Wahrheit!« Sophia steckte sich ein Stück kandierte Birne in den Mund, stolz, dass sie Alois mit diesen Neuigkeiten beeindrucken konnte. »Vielleicht ist der Großvater ja vorhin nur deshalb so schnell verschwunden, weil er den Kerl irgendwo gesehen hat. Oder weil …«

Der Gedanke an ihren geliebten Großvater ließ Sophia innehalten. Was war, wenn er sie jetzt gerade suchte und sich furchtbar Sorgen um sie machte? Sie schluckte das süße Stück Birne hinunter und stand abrupt auf.

»Ich muss wieder los«, sagte sie. »Den Großvater suchen.«

»Und wenn du ihn nicht findest?«, fragte Alois.

»Dann geh ich allein zurück nach Neuötting. Den Weg find ich auch so.« Sie drückte Alois die Hand. »Vielen Dank für das Essen. Das war wirklich, nun ja … kurfürstlich eben.«

»Du kannst gerne wiederkommen. Ich lege mir immer einen kleinen Vorrat zur Seite.« Alois sah sich verschwörerisch um. »Und vielleicht finde ich ja auch was raus. Also darüber, wer es auf den Kurfürsten und den Kaiser abgesehen haben könnte. Ich bin viel in der Dekanei unterwegs, keiner sieht mich, aber ich sehe etliche Leute ein und aus gehen.«

Sophia strahlte. »Das würdest du wirklich machen?«

»Na klar. Das ist doch spannend.« Alois verzog sein pockennarbiges Gesicht. »Jedenfalls spannender als Zwiebeln schälen und Spanferkel über dem Feuer drehen und …« Plötzlich schien ihm etwas einzufallen. »Hm, vielleicht habe ich ja sogar schon eine interessante Beobachtung gemacht …«

»Was denn?«, fragte Sophia aufgeregt.

»Ich bin mir nicht sicher, aber …«

»Alois, du elender Faulpelz!«, erscholl die Stimme des Oberhofkochs von der Mitte des Gartens her. »Wo steckst du nur? Eines der Spanferkel verbrennt jeden Moment. Verdammt, wenn du nicht sofort herkommst, dann spieß ich dich statt des Ferkels auf!«

»Jetzt hat der Trottel es also doch noch gemerkt.« Alois verdrehte die Augen. »Ich fürchte, wir müssen unser Gespräch ein andermal fortsetzen. Wenn du das nächste Mal kommst, dann sag dem Wachsoldaten am Gatter einfach, dass du für mich Gewürze besorgt hast, ja? Dann lässt er dich rein. Er kennt dich ja jetzt.«

»Und was hast du nun beobachtet?« Sophia ließ nicht locker.

»Vermutlich nichts von Bedeutung.« Alois winkte ab. »Aber möglicherweise weiß ich morgen schon Genaueres. Am besten, du kommst am frühen Nachmittag, dann machen viele hier ein kleines Nickerchen.« Er zögerte. »Ach ja, und sag deinem Großvater erst mal nicht, dass wir uns begegnet sind. Könnte ja sein, dass er nicht möchte, dass du hier herumstöberst.«

Sophia nickte. »Da hast du wahrscheinlich recht. Der Großvater kann ziemlich streng sein.«

»Na, hat mich jedenfalls gefreut, dich kennengelernt zu haben, kleine Spürnase. Bis bald!« Alois lächelte ihr noch einmal zu, dann eilte er hinüber zu den Feuern, wo ihn bereits der schimpfende Meister Semmelweis empfing.

Sophia lugte um die Holzlege. Keiner schien sie groß zu beachten. Kurz darauf trat sie an dem feixenden Wachsoldaten vorbei durch das Gatter, hinaus auf die schattige kleine Gasse. Es ging bereits auf Nachmittag zu. Der Kapellplatz war nun nicht mehr so voll wie zuvor, auch die Gegend rund um das nahe Franziskanerkloster hatte sich geleert. Da, das wusste Sophia, befanden sich etliche Wirtshäuser. Ob der Großvater vielleicht dort war?

Sie ging eben auf die erste Herberge zu, als sie einen großen Mann aus einer der Gassen kommen sah. Er blickte sich suchend um, wirkte abgehetzt und eindeutig in Sorge. Sophias Herz tat einen Sprung.

»Großvater!«, rief sie. Sie winkte ihm zu. »Großvater, hier bin ich! Hier!«

Er eilte ihr entgegen und schloss sie fest in seine Arme. »Mein Gott, Kind, ich hab dich überall gesucht!«

Sophia lachte. »Ich dich auch, Großvater!« In diesem Moment spürte sie einmal mehr, wie sehr sie ihn liebte und wie sehr sie ihn vermisst hatte. Seine Arme drückten sie so fest, dass es fast wehtat. »He, du erwürgst mich!«, kicherte sie.

Er ließ sie los und nahm sie stattdessen an der Hand. »Es … es tut mir leid, dass ich dich einfach so stehen lassen hab. Das war dumm von mir. Dachte, ich …« Er winkte ab. »Vergessen wir das. Dafür bekommst du auch drei Krapfen, ja?«

Kurz überlegte Sophia, ob sie dem Großvater von dem Festmahl hinter der Holzlege erzählen sollte und von ihrer neuen Bekanntschaft. Aber vermutlich hatte Alois recht. Das behielt sie besser für sich.

»Lass uns rüber nach Neuötting gehen«, sagte sie stattdessen. »Vielleicht können wir ja unten am Mörnbach noch ein Schifflein schnitzen. Schnitzt du mir eins, ja?«

»Das schönste Schiff der Welt, meine kleine Prinzessin!« Der alte Henker lächelte, und nicht zum ersten Mal dachte

Sophia, wie seltsam es doch war, dass so viele Menschen Angst vor ihrem Großvater hatten.

Für sie war er der netteste, stärkste und klügste Mann, den sie sich nur vorstellen konnte.

Und vielleicht würde sie ihm ja schon bald bei seiner Jagd auf die Bösewichter dieser Welt helfen können.

Kapitel 9

Samstag, 8. März, abends in Neuötting

Es dämmerte schon, als Magdalena und Simon über das Burghauser Tor zurück nach Neuötting kamen.

Der Tag war ausgefüllter gewesen, als sie erwartet hatten. Nachdem sie die Wunden der drei Soldaten ausgewaschen, mit Salbe behandelt und frisch verbunden hatten, war dem Verwalter des kurfürstlichen Guts doch noch der eine oder andere Patient eingefallen. Ein Frühjahrsschnupfen ging um, außerdem ein böser Schleimhusten, den Magdalena mit Kamillenblütensud ein wenig zu lindern versuchte. Überhaupt zeigte sich, dass Magdalenas Fähigkeiten durchaus gebraucht wurden, nicht nur die medizinischen, auch die des Zuhörens. Während Simon nach einem schlecht verheilten Bruch draußen im Soldatenlager sah, lauschte sie den endlosen Klagen einer Hofdame, die nicht einsehen mochte, warum sie auf einem schnöden Gutshof und nicht in der Altöttinger Dekanei untergebracht worden war.

»Mein Mann ist der Vetter des Schwagers des kurfürstlichen Vorkosters«, jammerte die Frau. »Wir sind solche Unterkünfte nicht gewohnt! Es zieht, es ist feucht, und von meinem Zimmer aus höre ich die Schweine quieken. Stellt Euch vor, Schweine!«

»Was Ihr nicht sagt«, murmelte Magdalena, deren Gedanken zu Sophia abschweiften. Ob sich ihr Vater auch gut um sie kümmerte? Er wurde alt und vergesslich, außerdem hatte sie ihm angesehen, dass er etwas Bestimmtes vorhatte.

Als Magdalena gegen sechs Uhr abends mit Simon endlich das gemeinsame Neuöttinger Quartier betrat, kam es ihr gar nicht mehr so ungemütlich vor wie gestern noch. Der Wirt hatte eingeheizt und ein paar Kerzen aufgestellt, auf dem Tisch dampfte ein schmackhafter Eintopf mit Bohnen, Speck und Wacholder. Offenbar machten sich Simons Hausbesuche bezahlt. In der hinteren Kammer saß Jakob Kuisl mit seiner Enkelin auf dem Schoß und las ihr aus einem der vielen Büchlein aus den Truhen vor.

Magdalena lächelte, als sie die beiden so eng beisammen sah. Was der so hastig abgereiste Vormieter hinterlassen hatte, war wirklich ein Schatz. Zumindest für Großvater und Enkelin, die durch die Bücher und zerfledderten Kalenderblätter zueinanderfanden. Als Magdalena ihre Tochter ansprach, blickte Sophia nur kurz hoch. Sie schien ganz in der Welt der Geschichten gefangen.

»Na, habt ihr zwei einen schönen Tag gehabt?«, fragte Magdalena.

Sophia wechselte einen Blick mit dem Großvater, bevor sie ein wenig hastig antwortete: »Sehr schön! Der Großvater hat mir ganz viele Schifflein geschnitzt, und den Kurfürsten haben wir auch gesehen.«

»Und der Großvater hat auch gut auf dich aufgepasst und nicht wieder irgendwelche Halunken gejagt, ja?«, hakte Magdalena nach. Sie hob streng die Augenbraue.

Beide, Enkelin wie Großvater, nickten einmütig und wandten sich wieder ihrem Buch zu. Es waren Kalendergeschichten, wie Magdalena heraushörte. Eben ging es wohl um eine Mäuseplage und irgendeine böse Zauberin. Magdalena spürte, dass ihr die beiden etwas verschwiegen, aber warum sollten Sophia und ihr Großvater nicht auch ihre kleinen Geheimnisse vor ihr haben? Zumindest machte ihre Tochter einen glücklichen und zufriedenen Eindruck.

Sie deckte fürs Abendessen, während sie dabei immer wieder zur Tür sah. Peter und Paul waren noch nicht heimgekommen. Wo mochten die beiden nur stecken? Sie erschienen auch später nicht, als Sophia schon längst zu Bett gegangen war und schlief. Allmählich machte Magdalena sich Sorgen.

»Sie können doch nicht schon wieder in irgendwelchen Wirtshäusern versumpfen!«, schimpfte sie und schob ihren halb leeren Teller zur Seite.

»Dem Paul traue ich das schon zu«, sagte Simon. »Und der Peter ist vielleicht noch beim Kurfürsten. Sie wollten ja die eine oder andere Partie Schach spielen. Das kann dauern.«

Jakob Kuisl sah von seinem Teller auf. »Was in Gottes Namen ist eigentlich so schlimm daran, in Wirtshäusern zu versumpfen? Ich hab meine schönsten Zeiten in Wirtshäusern verbracht! Außerdem erfährt man dort viel über Menschen, über Anständige ebenso wie über Halunken.«

»Ich weiß nicht.« Magdalena biss sich auf die Lippen. »Irgendetwas stimmt nicht. Ich spüre das. Eine Mutter, die merkt so was.«

Sie musste daran denken, dass sie ein ähnliches Gefühl in den letzten Tagen immer wieder beschlichen hatte. Peter war irgendwie … anders, schweigsamer, nicht so mitteilsam wie früher. Von Paul war sie das ja gewohnt. Aber auch Simon verhielt sich ihr gegenüber komisch, nachdem er diese Soldaten heute behandelt hatte. Fast kam es ihr vor, als würde ihr jeder der Männer in der Familie etwas verschweigen.

Es rumpelte auf der Stiege, und Magdalena schaute in banger Erwartung auf. Kurz darauf betrat Peter die Unterkunft. Er wirkte müde und nachdenklich.

»Peter!«, rief Magdalena. »Wo hast du nur so lange gesteckt? Warst du etwa die ganze Zeit beim Kurfürsten?«

»Mutter und ich hätten dich gut brauchen können«, brummte Simon. »Es gab im Lager einiges zu tun. Husten, Schnupfen, Brüche, zerschlagene Nasen … Hättest viel lernen können. Stattdessen spielst du Schach mit …«

»Ist Paul nicht da?«, unterbrach ihn Peter.

»Er ist noch nicht heimgekommen«, erwiderte Magdalena achselzuckend. »Wir dachten, du könntest uns sagen, wo er steckt.«

»Verdammt!« Peter ließ sich auf einen Stuhl fallen. »Ich hoffe, es ist nicht das eingetreten, was ich befürchte.«

»Und was wäre das?«, fragte Magdalena mit klopfendem Herzen. »Nun lass dir doch nicht alles aus der Nase ziehen! Habt ihr zwei euch mal wieder gestritten?«

»Ja, haben wir. Aber das ist nicht weiter wichtig.« Peter winkte ab. »Wichtig ist etwas anderes.« Er zögerte. »Ich … ich hatte schon länger den Eindruck, dass der Kurfürst sich sehr für Paul interessiert. Schon in München hat er nach ihm gefragt. Es war ihm sehr wichtig, dass wir mit der ganzen Familie hier anreisen. Also auch mit Paul.«

»Und warum sollte sich der Kurfürst gerade für deinen jüngeren Bruder interessieren?«, fragte Magdalena. »Vermutlich weiß er nicht mal, dass du einen Bruder hast.«

»O doch, das weiß er«, sagte Peter. »Paul hat Max vor zwei Jahren hinterherspioniert, damals in Schongau. Das war während der Sache in Kaufbeuren. Ihr erinnert euch?«

»Nur zu gut«, erwiderte Simon. »Schließlich sind wir alle gerade noch mit dem Leben davongekommen.«

Peter schluckte. »Wir haben euch nie davon erzählt, auch um euch nicht unnötig in Gefahr zu bringen. Paul weiß etwas über den Kurfürsten, etwas ... das Max schaden könnte. Nicht, dass dieses Wissen Paul viel nützen würde. Wer ist er denn schon? Ein ehrloser Henkerslehrling aus Schongau ...« Peter lachte verzweifelt. »Aber Max ist nachtragend. Ich mag mich täuschen, aber es könnte sein, dass ...« Er stockte. »Dass Max hier in Altötting mit Paul irgendetwas vorhat. Ich hab ihn gewarnt, auch heute wieder. Aber er will partout nicht hören.« Er seufzte. »Vielleicht ist es Max auch gar nicht wichtig, und ich mach mir ganz umsonst Sorgen. Aber er ist wie eine junge Katze. Wenn ihm langweilig ist, kommt er auf üble Gedanken.«

Peter nahm seine Brille ab und vergrub den Kopf in den Händen. Erst jetzt sah Magdalena, wie erschöpft ihr Ältester aussah. Eine Weile lang herrschte Schweigen am Tisch.

»Du meinst, wenn wir den Kurfürsten beschäftigen, lässt er vielleicht die Finger von Paul?« Es war Jakob Kuisl, der sich mit brummender Stimme zu Wort meldete. »Ist es das? Dass wir der Katze etwas zum Spielen geben sollten?«

Peter sah irritiert auf. »Äh, ja. Das könnte man so sagen ... Vermutlich würde das helfen. Schließlich ist Max das Zustandekommen der Heiligen Allianz sicher tausendmal wichtiger als mein Bruder.«

»Da hätte ich vielleicht was.« Kuisl zog an der Pfeife, dass es qualmte. »Etwas zum Spielen.« Er grinste. »Interessiert's euch?«

»Ha, wusste ich doch, dass du heute wieder herumgeschnüffelt hast!«, schimpfte Magdalena. »Ich hab dir doch hundertmal gesagt, dass du mit Sophia ...«

»Verdammt, willst du jetzt hören, wie wir den Kurfürsten beschäftigen können, oder nicht?«, unterbrach sie Kuisl.

Magdalena nickte zögernd. »Wenn es dem Paul hilft, meinetwegen.«

»Also, ich glaube, ich habe den Kerl, der auch für das Schießpulver verantwortlich war, heute gesehen«, fuhr der Henker fort. »Er hat mit der Armbrust auf den Kurfürsten angelegt, ist dann aber abgehauen. Aber als er davonlief, konnte ich kurz einen Blick auf ihn werfen. Und das bestätigt meine Vermutung.«

»Und die wäre?«, fragte Simon.

»Der Kerl, den ich gesehen habe, sah ziemlich fremdländisch aus. Exotische Kleidung, braun gebrannt, pechschwarze Haare, so Mondaugen ... Ich hab schon gestern gesagt, dass nur ein Meisterschütze das Gemälde an der Kapelle hätte treffen können. Und das galt genauso für den Schuss heute auf den Kurfürsten.« Kuisl lehnte sich mit der Pfeife zurück. »Wenn wir davon ausgehen, dass tatsächlich die Türken hinter diesen Anschlägen stecken, liegt eine bestimmte Vermutung verdammt nahe.« Er machte eine kurze Pause, bevor er fortfuhr: »Der Bursche ist ein Assassine.«

»Ein was?«, fragte Magdalena verdutzt.

»Ein Assassine. Das sind gedungene Meuchler, die von weit her aus dem Osten kommen. Ich hab von ihnen gelesen.« Kuisl nickte nachdenklich. »Sie sind eine verschworene religiöse Gemeinschaft, deren Mitglieder zum lautlosen Töten ausgebildet werden. Und man kann diese Teufel kaufen! Zu Zeiten der Kreuzzüge haben sie immer wieder von sich reden gemacht. König Richard Löwenherz, Sultan Saladin, französische Prinzen, englische Grafen ... Sie alle waren Ziel ihrer Attentate. Selbst hier in unserem schönen

Bayern! Herzog Ludwig I. soll in Kelheim von einem Assassinen gemeuchelt worden sein, im Auftrag des deutschen Königs.«

»Das ist nicht wahr!«, hauchte Simon.

»Was wahr ist und was nicht, daraus machen die Assassinen selbst ein großes Geheimnis.« Kuisl zuckte die Achseln und paffte seelenruhig weiter. »Aber es gibt sie wohl noch. Sie leben irgendwo zwischen Antiochia und Tripolis. Und sie kauen so ein Kraut, um sich wach zu halten, das sie dann ausspucken. Ich denke, ich hab was davon in Altötting auf dem Boden gefunden. Ich kann es natürlich nicht beschwören, aber es deutet doch einiges auf einen Assassinen hin.«

»Woher weißt du das alles, Großvater?«, wollte Peter erstaunt wissen.

»Nun, wir Henker sind nicht so blöd, wie manche meinen. Wir lesen viel. Auch auf Reisen.« Kuisl grinste und deutete nach hinten. »In den Truhen hier im Dachboden befinden sich nicht nur nette Bauernkalender und alte verstaubte Zeitungen. Ich habe auch eine Weltchronik von einem Wiener Dichter gefunden. Sehr interessant, wenn auch ein wenig holprig gereimt.«

»Rizinusbohnen«, murmelte Simon neben Magdalena. »Verdammt, die Rizinusbohnen!«

»Rizi... was?« Sie sah ihn irritiert hat. »Was flüsterst du da?«

Verlegen rieb sich Simon die Hände. »Nun, auch ich habe etwas herausgefunden. Der Hausbesuch letzte Nacht ...« Er zögerte, dann seufzte er. »Also, mein Patient war kein Geistlicher, sondern der Hofmedicus der Kaiserin, drüben in der Propstei. Der Besuch war streng geheim, wie ihr euch denken könnt. Es war auch keine Magenverstimmung, der Mann ist vergiftet worden.«

Magdalena sah, wie Peter nickte. Vermutlich hatte ihr Sohn sich schon so etwas gedacht, oder der Kurfürst hatte ihm heute beim Schachspiel davon erzählt.

»Ich vermute, dass Rizinusbohnen das Gift waren, das verwendet wurde«, fuhr Simon fort. »Das würde gut zu der Theorie mit den Assassinen passen. Rizinusbohnen sind ein sehr exotisches Gift, und sie sind nur schwer zu bekommen. Ich denke, der Attentäter hatte es auf die Kaiserin abgesehen, vielleicht sogar auf den Kaiser selbst, oder gar auf beide!«

»Kocht hier eigentlich jeder sein eigenes Süppchen, und nur ich bin die Dumme?« Magdalena schnaubte und funkelte Simon an.

»Verflucht, ich wollte euch und mich schützen!«, rechtfertigte sich Simon. »Ihr wisst nicht, was man mir angedroht hat, falls ich jemandem von dem Giftmord erzähle. Aber jetzt stellt sich die Sache natürlich anders dar.« Simon zählte an den Fingern ab. »Bis jetzt gab es also schon drei versuchte Anschläge. Mit Sprengstoff, mit der Armbrust und mit Gift. Alle drei vermutlich von ein und demselben Attentäter, mit dem Ziel, die Heilige Allianz hier in Altötting zu sprengen. Doch wer steckt dahinter? Tatsächlich die Türken …?«

»Zumindest ist das etwas, womit ich Max eine Weile beschäftigen kann.« Peter nickte. »Der Großvater hat recht: Die Katze braucht etwas zum Spielen. Ein geheimnisvoller Assassine ist da genau das Richtige. Gleich morgen früh werde ich Max davon berichten. Dann wird ihm Paul hoffentlich nicht mehr so wichtig sein.«

»Was uns zu der Frage bringt, wo dein Bruder eigentlich steckt«, sagte Simon.

»Ja, wo steckt er?« Magdalenas Herz wurde plötzlich klamm. »Wo um Himmels willen steckt Paul?«

Die ungute Vorahnung einer Mutter hatte sie noch nicht verlassen. Im Gegenteil.

Sie war sogar noch stärker geworden.

*

Rascheln … Quieken … tappelnde Füße …

Etwas kitzelte Paul an der Nase.

»Was zum Teufel …?«, brachte er hervor, dann überrollte ihn eine Welle der Übelkeit. Er drehte sich zur Seite und übergab sich in einem großen Schwall. Gleichzeitig nahm er wahr, wie etwas Graues, Pelziges das Weite suchte. Die Welt um ihn herum war dunkel, nur von weit oben kam ein schmaler Lichtschein. Unter ihm war harter Erdboden. Wo, zum Henker, war er? Was war geschehen?

Er keuchte und spuckte, dann ging es ihm ein wenig besser. Nun kamen auch die Erinnerungen. Er hatte sich mit Peter gestritten, wegen Lucia.

Lucia …

Kurz dachte er an die gemeinsame Nacht zurück, an das Gefühl der Geborgenheit in ihren Armen. Ihr warmer, ruhiger Atem, der auch ihn beruhigt und den Zorn, der sonst in ihm glomm, für eine Weile abgekühlt hatte. Ob sie Peter lieber mochte als ihn? Nun, es wäre nicht das erste Mal, dass jemand Peter an seiner statt bevorzugte …

In seiner Verzweiflung hatte Paul Lucia überall gesucht und nicht mehr gefunden. Schließlich war er wütend ins Wirtshaus zurückgegangen und hatte dort weitergetrunken. Bis dahin war noch alles klar.

Aber dann?

Er hatte heimgehen wollen. Doch irgendwann war er wohl falsch abgebogen und auf ein paar der kurfürstlichen Soldaten gestoßen. Man hatte ihn erneut zum Trinken eingeladen, in der Nähe von einem größeren Bauernhof war das gewesen. Zelte, ein Gelage an einem Lagerfeuer ... Branntwein war in Strömen geflossen, dann gab es Streit ... Pauls Lunte war kurz, besonders, wenn er sturzbetrunken war. Eine Schlägerei, ein gezücktes Messer ...

Er fasste sich an die Stirn, seine Hand war klebrig von Blut.

Über sich hörte er jetzt knarzende Schritte. Die schmalen Lichtstreifen rührten von einer Bodenplatte her, die dort eingelassen war. Paul reckte den Kopf. Er befand sich wohl in einer Art Vorratskeller. Jetzt fiel ihm auch der muffige Geruch auf, der sich mit dem Gestank seines Erbrochenen zu einer üblen Wolke mischte.

»Ist der Bursche endlich wach?«, erklang von oben eine Stimme. »Na, dann wollen wir mal sehen.«

Jemand schob die Bodenplatte zur Seite, und ein bärtiges Gesicht tauchte in der Öffnung auf. Es war ein Soldat, der mit einer Laterne in den Keller hinunterleuchtete. Angewidert verzog er das Gesicht.

»Himmel! Du stinkst ja zehn Meilen gegen den Wind!«

Paul blinzelte. Draußen schien es Nacht zu sein, nur der Schein der Lampe drang zu ihm hinunter.

»Wo ... wo bin ich?«, keuchte er.

»Wo du bist?« Der Soldat lachte rau, und ein paar andere Männer fielen in das Lachen ein. »In Schwierigkeiten, Junge! Du bist in verdammt großen Schwierigkeiten.«

Dann fiel die Platte wieder zu, das Licht verschwand, und Paul blieb mit seinem Kater, dem Erbrochenen und seiner wütenden Verzweiflung allein.

Kapitel 10

Sonntag, 9. März, kurz vor Morgengrauen
in der Altöttinger Gnadenkapelle

Bruder Johannes zitterte am ganzen Leib, als er an diesem frühen Morgen die Heilige Kapelle betrat.

Es war so kalt wie im Januar, wenn nicht schlimmer! Eine Kälte, die direkt aus der Erde zu kommen schien, aus dem neunten Kreis der Hölle, wo die Verräter in einem See eingefroren waren. Der junge Kaplan trug nur eine dünne Kutte und darunter ein kratzendes, fadenscheiniges Hemd, viel zu wenig für so einen frostigen Morgen. Aber der ehrwürdige Dekan Achatius Viertl hatte ihm gestern Abend noch befohlen, die Gnadenkapelle für den sonntäglichen Besuch der beiden hohen Herrscher festlich zu schmücken. Bruder Johannes unterdrückte einen unchristlichen Fluch. Warum blieben solche Aufträge eigentlich immer an ihm hängen? Vielleicht war der Dekan auch nur rachsüchtig, weil er, Johannes, ihm diesen maulfaulen Riesen mit der Mirakeltafel auf den Hals gehetzt hatte. Ein gezieltes Attentat mit Schießpulver! Bruder Johannes ahnte, dass der Kurfürst und der Kaiser bislang nichts davon erfahren hatten. Oder doch? Der Dekan hatte ihm jedenfalls mit schneidender Stimme klargemacht, dass davon nichts nach außen dringen durfte, auf gar keinen Fall!

Und nun stand Johannes kurz nach der Laudes schlotternd da und blickte demütig hinüber zur Schwarzen Madonna.

Hilf mir, Madonna, was soll ich tun?

Seit seiner Kindheit war Bruder Johannes vom gütigen Blick der Madonna fasziniert. Schon als kleiner Bub war er an der Hand des Vaters nach Altötting gekommen, hatte den vielen Wundergeschichten gelauscht, gebetet und sich von Weihrauch und Gesängen einlullen lassen. Er stammte aus Teising, einem kleinen Dorf, nicht weit entfernt. Nie hätte er sich träumen lassen, dass er es mal zum Kaplan der Gnadenkapelle bringen würde. Aber er war klug, fleißig und strebsam gewesen, und die Jungfrau Maria hatte ihn belohnt. Seit einem Jahr versah Bruder Johannes nun hier seinen Dienst, betreute die vielen Pilger, räumte hinter ihnen den Dreck weg, schloss die Kapelle auf und wieder zu. Dass nun Kaiser und Kurfürst gemeinsam den heiligen Ort besuchten, in seinem Beisein, erschien ihm wie sein eigenes persönliches Wunder.

Umso erstaunter war er, dass der Dekan die Sache mit dem Schießpulver einfach so unter den Teppich kehren wollte. Wäre es denn nicht wichtig, die hohen Herren zu warnen? Sollte er, der junge Kaplan, es etwa selbst tun? Oder wäre er dann ein Verräter, wie jene, die in einem See der Hölle eingefroren waren?

Was soll ich tun, Schwarze Madonna? Weise mir den Weg …

Wieder blickte Bruder Johannes hinüber zur Marienstatue. Doch diese schaute nur mit mildem Lächeln auf ihn herab.

Seufzend entfernte er ein paar welke Blätter aus den silbernen Vasen und bestückte sie mit frischen Krokussen und Narzissen. Die Blumen waren eigens für den fürstlichen Besuch in fernen Gewächshäusern gezüchtet und von reitenden Boten nach Altötting gebracht worden. Ebenso wie die festlichen Stühle herbeitransportiert worden waren: für den Kaiser und die Kaiserin zwei mit Goldbrokat bezogene Sessel, für die kurfürstlichen Durchlauchten solche mit rotem Samt. Mit einem Ledertuch wischte der junge Kaplan hier und dort über die Lehnen und widmete sich dann dem Silber, das im spärlichen Licht der mitgebrachten Laterne glitzerte. Schon bald würden die hohen Herrschaften zur Morgenmesse kommen, dann sollte alles hübsch sauber und bereit sein.

Johannes erschauerte, und das lag nicht nur an der Kälte. Er wusste, dass sich in dem Silbertabernakel die Blutweihebriefe gleich zweier bayerischer Herrscher befanden, das Herz von Kurfürst Maximilian war im Boden der Kapelle begraben, die vielen Votiv- und Mirakeltafeln zeugten von unzähligen Wundern. Bei Gott, es gab keinen heiligeren Ort in Bayern!

Wie so oft überkam den jungen Kaplan ein Gefühl unendlicher Demut, während er die silbernen Regale betrachtete, den Hochaltar, die Madonna, die schönen Silbervasen ...

Etwas glitzerte in einer der Vasen, ein Schatten wanderte über das polierte Silber.

Bruder Johannes zuckte kurz zusammen, dann entspannte er sich wieder. Vermutlich nur das Flackern seiner Laterne. Er hatte sie auf eine der Gebetsbänke hinter sich gestellt. Kein Grund zur Besorgnis.

Ein kalter Hauch streifte seine Kutte, und er fröstelte umso mehr. Wo kam nur plötzlich der Wind her? Die Fenster und Türen waren doch alle geschlossen ... oder war da etwa jemand? Es hieß, dass Diebe auf dem Kapellplatz ihr Unwesen trieben. Vielleicht auch hier an diesem heiligen Ort? Aber Gott würde doch sicher ...

Ganz plötzlich bekam der Kaplan keine Luft mehr.

Was, um Himmels willen …

Etwas zog ihm die Kehle zu.

Bruder Johannes keuchte, er griff sich an den Hals und ertastete dort eine dünne Schnur, die sich bereits tief in seine Haut gegraben hatte. Er versuchte zu schreien, doch sein Mund blieb stumm. Das Blut rauschte in seinem Kopf, und der Kaplan fragte sich unwillkürlich, ob dies der Fluss Styx war, der durch den Hades strömte. Er selbst stand auf einem Boot und trudelte dem Nichts entgegen.

Heilige Schwarze Madonna, hilf mir!, war der letzte Gedanke, der ihm durch den Kopf schoss.

Bruder Johannes' brechende Augen wandten sich bittend an die Statue über ihm, die seinem Blick lächelnd begegnete.

Hilf … Hilf mir!

Doch die Madonna half nicht.

Sie lächelte nur weiter gnädig und milde, während das Leben des Kaplans erlosch wie ein winziger Stern in der Unendlichkeit.

Der Schatten zog den dünnen Draht noch ein wenig fester zu, während ein letztes Zucken durch den sterbenden Körper des jungen Mannes ging. Er zählte innerlich bis zwanzig, wie der Meister es ihm beigebracht hatte. Schließlich löste er die Garrotte und ließ die Leiche beinahe liebevoll zu Boden gleiten.

Noch immer war der Schatten erstaunt, wie leicht es ihm gefallen war, durch den Ring zu schlüpfen, den die Soldaten rund um die Kapelle gebildet hatten. Am Stumpf der abgehauenen Linde und dem Brunnen vorbei, immer abseits der Lagerfeuer. Wenn man mit der Nacht ging, war man die Nacht. Nicht einer der Männer hatte sich umgedreht, die meisten versahen ihren Dienst ohnehin eher gelangweilt. Das galt für die kurfürstlichen Soldaten ebenso wie für die kaiserlichen Gefolgsleute, die überall auf dem Platz campierten und krakeelten und soffen, anstatt still zu beten. Doch offenbar wurde der Kurfürst langsam nervös, vor der Dekanei hatten am Abend jedenfalls weitaus mehr Wachen gestanden als noch am Morgen.

Genau wie geplant …

Der Schatten lächelte schmal.

Gut so.

Eigentlich war ihm von vornherein klar gewesen, dass die beiden Herrscher nur schwer zu erreichen sein würden. Es ging zunächst darum, Chaos und Furcht zu verbreiten. Schießpulver, Armbrust, Gift … und dann das große Finale. Der Kreis zog sich enger und enger, so wie die Garrotte um den Hals des jungen Mönchs, der nun für immer schweigen würde.

Heute begann der nächste Akt in seinem ganz persönlichen Theater des Grauens.

Der Schatten spuckte schleimiges Kath aus, beugte sich über die Leiche des Kaplans und zog das Messer hervor. Dann begann er mit der Arbeit.

Ein neuer Morgen, ein neuer Schrecken.

O ja, er hatte noch einiges vor.

*

Die Morgensonne hing als milchig trübe Scheibe über der Altöttinger Stiftskirche, als die herrschaftliche Kutsche zwei Stunden später vor der Dekanei zum Halten kam. Wie auf ein Zeichen läuteten die Glocken, und im gleichen Moment trat der Kurfürst aus dem Gebäude hinaus in die Kälte.

Max Emanuel genoss die klare, schneidende Luft, er atmete tief durch und ging die wenigen Stufen hinunter, auf die von sechs Rappen gezogene Kutsche zu. Er trug seinen blauen Rock, Gamaschen, hohe, glänzend gewichste Stiefel und über der frisch gepuderten Allongeperücke einen Dreispitz. Die Ankleide hatte über eine Stunde gedauert, aber das war es wert. Lakaien in Livree verneigten sich tief vor ihm, die Wachsoldaten nahmen Haltung an.

Trotz der frühen Morgenstunde hatte sich bereits etliches Volk auf dem Kapellplatz versammelt. Max Emanuel warf den Menschen einen kurzen Blick zu, grüßte und lächelte huldvoll. Er wusste, was er den Leuten schuldig war. Sie wollten ein Spektakel sehen, und er schenkte es ihnen, zum Wohle des Landes und der Wittelsbacher. Anders als sein Vater hatte Max schon früh gewusst, dass Herrschen immer auch etwas mit Bildern zu tun hatte. Und das Bild, das er hier bot, war das eines streng gläubigen Fürsten im Kampf gegen die Heiden, eines Herrschers, der zu Höherem geboren war.

Das höfische Ritual war zuvor mit seinen und den kaiserlichen Beamten bis auf die Minute genau abgesprochen worden. Max Emanuel würde mit seinem Onkel und dessen Gemahlin in die Kutsche steigen, die sie die wenigen Meter zur Gnadenkapelle fuhr. Im gleichen Moment würde sich von der Propstei die Kutsche des Kaisers und der Kaiserin nähern.

Max Emanuel nahm auf der seidenen Sitzbank Platz, sein Onkel und seine Tante stiegen nach ihm ein. Kaum hatte sich der Verschlag geschlossen, wandte sich Herzog Maximilian Philipp ungeduldig an seinen Neffen. Der Herzog war zwar erst Mitte vierzig, doch sein schmales Gesicht und der dünne Oberlippenbart ließen ihn alt und streng aussehen. Max Emanuels Ehrgeiz war er schon immer misstrauisch gegenübergestanden.

»Deine Tante und ich machen uns Sorgen«, begann der Herzog unvermittelt.

»Sorgen?« Max Emanuel hob überrascht die Augenbraue. »Über was?«

»Nun, es gibt Gerüchte. Die Diener tuscheln untereinander. Der Leibarzt der Kaiserin soll gestorben sein, man munkelt etwas von Vergiftung.«

»Ach das.« Max winkte ab. »Unsinn! Es war nur eine verdorbene Nachspeise, nichts weiter. Das Volk hat zu viel Fantasie. Der gute Propst Albrecht hat mir schon davon erzählt. Aber Ihr könnt ihn gerne gleich selbst fragen, liebster Oheim. Albrecht wird die Messe leiten, zusammen mit dem Dekan.«

Max Emanuel lächelte entwaffnend. Er hatte seinem Onkel nichts von dem Schießpulver in der Gnadenkapelle gesagt. Zum einen, um den Herzog nicht weiter zu beunruhigen, aber auch, um die Mission nicht unnötig zu gefährden. Maximilian Philipp galt als sehr vorsichtiger Mensch.

»Und die ganzen Wachen?«, fragte der Herzog und deutete aus dem Fenster. »Es werden jeden Tag mehr. Was soll das?«

Max Emanuel zuckte die Achseln. »Reine Vorsichtsmaßnahmen. Es wird viel gestohlen. Außerdem wollen wir dem Kaiser doch zeigen, wer der Herr im Haus ist.«

Der Herzog schnaubte. »Du weißt, dass ich von Anfang an nicht glücklich damit war, dass dieses wichtige Treffen hier in Altötting stattfindet! In Wien oder München wäre es viel sicherer gewesen.« Er warf einen Blick in Richtung seiner Gattin Mauritia Febronia, die neben ihm saß und sich eben leise in ihr seidenes Taschentuch schnäuzte. »Mal davon abgesehen, dass meine geliebte Mauritia in einem nahezu kahlen Raum nächtigen muss. Sie hat ohnehin schon einen Schnupfen. Es gibt ja nicht mal Wandteppiche, geschweige denn einen Zuber mit heißem Wasser!«

»Hätte ich dem Kaiser etwa in den Hintern kriechen und an seiner Wiener Hofburg anklopfen sollen?«, blaffte Max Emanuel zurück. »Das hätte Leopold so gepasst! Altötting ist neutraler Boden, ein perfekter Ort zum Verhandeln …«

»Sonderlich weit bist du mit dem Verhandeln ja noch nicht gekommen«, entgegnete sein Onkel süffisant.

Max Emanuel schwieg. Tatsächlich war der gestrige erste Verhandlungstag nicht sehr erfolgreich gewesen. Für seine Unterstützung im Kampf gegen die Heiden hatte Max vom Kaiser dessen Tochter als Frau gefordert. Maria Antonia war zwar erst zwölf Jahre alt, ein schüchternes, stilles Wesen, aber bereits jetzt ein wichtiges Faustpfand im Spiel um die Macht. Mit einer Habsburgerin als Gemahlin würde Max Emanuel seinem größten Ziel bedeutend näher kommen.

Dem Thron des deutschen Kaisers.

Bislang zauderte Leopold noch. Sein eigener, erst zweijähriger Sohn Joseph war von schwacher Gesundheit, vielleicht überlebte er die nächsten Jahre nicht. Dann wäre ein Wittelsbacher am Zug. Immerhin stellten die bayerischen Kurfürsten nach den Habsburgern die mächtigste Fürstendynastie im Deutschen Reich. Ob der Kaiser ahnte, dass er, Max Emanuel, dem kleinen Joseph schon einmal nach dem Leben getrachtet hatte? Es gab nur wenige, die davon wussten. Einer von ihnen war der räudige Sohn eines Schongauer Henkers, der damals, vor zwei Jahren, ein streng geheimes Gespräch in Schongau belauscht hatte. Bislang hatte Max den Kerl noch geschont, weil er nun mal der Bruder seines Freundes Peter war.

Aber jede Freundschaft hatte ihre Grenzen.

Und Max hatte beschlossen, dass diese Grenze jetzt erreicht war. Die Heilige Allianz hatte ihm gezeigt, dass er nicht mehr länger zögern durfte. Er musste handeln.

Zu viel stand auf dem Spiel.

Eines nach dem anderen, dachte er. *Erst mal muss ich diese Messe über mich ergehen lassen, samt meiner lieben Verwandtschaft …*

Schon einmal war ein Wittelsbacher deutscher Kaiser gewesen, fast vierhundert Jahre war das jetzt her. Ludwig der Bayer hatte hier ganz in der Nähe, in der Schlacht bei Mühldorf, seinen Habsburger Widersacher Friedrich den Schönen vernichtend geschlagen. Ludwig war ein großer Kaiser gewesen, wenn auch jähzornig und von der Kirche geächtet. Nach seinem Tod war Bayern bald darauf in einzelne Herzogtümer zerfallen.

Max lächelte schmal. Nun, er würde ein noch größerer Kaiser werden. Ein Ziel, das jeder Mühe wert war. Auch wenn er sich dafür in diesem Bauernkaff mit seinem miesepetrigen Onkel und dessen verschnupfter Gemahlin herumschlagen musste. Die Etikette verlangte nun mal, dass ihn seine liebe Familie begleitete.

Alles hatte eben seinen Preis.

Die Kutsche hatte bislang gewartet, dass sich das kaiserliche Gefährt auf der anderen Seite des Platzes in Bewegung setzte. Nun war es endlich so weit. Die Räder rumpelten über das noch immer schlammige und von tiefen Pfützen bedeckte Feld, Soldaten und Lakaien folgten. Schon nach wenigen Augenblicken war die Gnadenkapelle erreicht. Wachen hatten den Platz davor geräumt, dahinter standen die Gläubigen, gafften und staunten.

Eine gespannte Ruhe hatte sich über die Menge gelegt, nur gestört von den Kirchenglocken, die unentwegt läuteten. Das Gebimmel ging Max zunehmend auf die Nerven, ebenso wie der ständige Weihrauch, der wie Nebel über Altötting hing.

Der Verschlag öffnete sich, und Max Emanuel trat ins Freie. Mit Genugtuung sah er, dass der Kaiser bereits auf ihn wartete. Leopold stand mit seiner Gemahlin vor der Kapelle, die Lippen missmutig nach unten gezogen, wie so oft war er in eher triste Farben gekleidet. Die Kaiserin an seiner Seite fröstelte sichtlich, auch war sie auffallend blass, so als hätte sie kaum geschlafen.

Den ständischen Regeln gemäß verneigte sich Max Emanuel vor dem Kaiser.

»Liebster Freund«, begann er. »Wie schön, dass wir zu dieser frühen Stunde gemeinsam zur Schwarzen Madonna beten können.«

»Möge sie uns vereinen im Kampf gegen die Türken«, entgegnete Leopold grimmig. »Auf dass nicht Eitelkeit und Hoffart unsere Sinne trüben.«

»Wahr gesprochen«, sagte Max Emanuel lächelnd, während er die Zähne zusammenbiss. Dieser bigotte Narr! Glaubte Leopold wirklich, Bayern würde ihn nur für einen Platz im Himmelreich im Kampf gegen die Heiden unterstützen? Nun, das würde er ihm schon noch ausreden.

Von der Seite her näherten sich jetzt Propst Albrecht und dieser bucklige Dekan, zusammen mit einigen anderen Geistlichen. Die beiden älteren Herren verbeugten sich tief vor den Fürsten und ihren Familien.

»Werter Vetter«, wandte sich Max Emanuel an Propst Albrecht. »Was für eine Freude, dass Ihr diese Frühmesse für uns lest!«

»Es ist mir eine große Ehre«, knarrte Albrecht, dem die unterwürfige Gebärde sichtlich unangenehm war. Er wies auf den Dekan. »Und auch für den Dekan Achatius Viertl, der …«

»Können wir jetzt in die Kapelle, ja?«, unterbrach der Kaiser. »Bei dem Geläute versteht man ja sein eigenes Wort nicht. Außerdem ist meiner Gemahlin kalt.«

Tatsächlich zitterte die Kaiserin, und Max Emanuel fiel einmal mehr auf, was für einen erschöpften und besorgten Eindruck sie machte. War sie etwa krank? Nun, kein Wunder, dass ihr Sohn ein solcher Schwächling war.

»Natürlich, Euer Hochwohlgeboren«, sagte der Dekan mit unterwürfiger Stimme. »Bitte folgt mir. Die Kapelle wurde Euch zu Ehren gerade noch einmal festlich geschmückt.«

Er öffnete die Tür zur Kapelle, betrat das Langhaus und den hinteren heiligen Bereich. Plötzlich prallte er wie vor einer unsichtbaren Wand zurück.

»Um Himmels willen ...«, keuchte der Dekan.

»Was ist?« Der Propst trat neben ihn. »Warum ...« Als er in das Innere der Kapelle blickte, stieß er einen heiseren Schrei aus. »Mein Gott, das ist ... das ist ...«

Max Emanuel blieb auf der Schwelle stehen, ihm stellten sich die Nackenhaare auf. Drohte etwa ein weiterer Anschlag? Instinktiv griff er zu seinem Waffengurt, als ihm einfiel, dass er zu diesem festlichen Anlass gar keinen Degen trug. Egal, er würde sich nicht wie eine Maus hinter irgendwelchen Geistlichen verstecken! Er wusste sich zu wehren. Max schob den zitternden Propst zur Seite und betrat den heiligen Raum.

Es brauchte eine Weile, bis er begriff, was seine Augen erblickten.

Mit Blumen geschmückte Vasen waren überall aufgestellt, das Silber schimmerte im Licht der vielen Kerzen. Direkt unterhalb des Altars mit der Schwarzen Madonna lehnte jemand.

Ein Toter, ohne Zweifel.

»Mein Gott«, hauchte Max Emanuel. »Was für ein Frevel ...«

Die Augen des jungen Mannes waren offenbar ausgestochen worden, aus schwarzen Löchern glotzte er die Eintretenden an. Seine Arme waren ausgebreitet und an der Wand dahinter festgenagelt, wie die Hände des Erlösers am Kreuz, sein Antlitz war zu einer grässlichen Maske verzerrt. Beim Anblick des Gesichts zuckte Max zusammen.

Der Tote lächelte.

Das Lächeln glich auf grausige Weise dem der Schwarzen Madonna direkt darüber. Erst nach einem weiteren Moment erkannte der Kurfürst, dass das Lächeln davon herrührte, dass man der Leiche die Mundwinkel aufgeschlitzt hatte. Zusammen mit den ausgestochenen Augen wirkte sie wie eine fleischgewordene Statue.

Jemand schrie. Gefasst auf einen Angriff drehte Max Emanuel sich um, die Faust zum Schlag erhoben.

Doch es war nur die Kaiserin, die eben ohnmächtig auf den Fliesen zusammenbrach.

Dann versank die Welt in panischem Gebrüll, Alarmrufen und Chaos.

Kapitel 11

Kurze Zeit später in der Altöttinger Dekanei

Es ist ein Skandal! Wie konnte das nur geschehen, wie?«

Peter stand im ersten Stock der Dekanei und sah seinem Freund dabei zu, wie dieser mit weit ausholender Gebärde in dem weiten Saal auf und ab schritt. Die Stiefelabsätze des Kurfürsten knallten wie Pistolenschüsse auf dem Parkett, seine Stimme überschlug sich mehrmals. In den letzten Minuten hatte sich Max immer mehr in Rage geredet. Selbst wenn Peter gewollt hätte, wäre es ihm nicht möglich gewesen, ihn zu unterbrechen. Aber er war ohnehin sprachlos. Was ihm Max eben erzählt hatte, war ebenso unglaublich wie ruchlos. Als hätte der Teufel selbst in Altötting Einzug gehalten.

Bereits am frühen Sonntagmorgen war Peter in Neuötting aufgebrochen, um Max von Kuisls Theorie mit dem Assassinen zu berichten. Dass Eile nottat, erkannte Peter auch daran, dass Paul immer noch nicht aufgetaucht war. Freilich kam es öfter vor, dass Paul einen über den Durst trank und irgendwo versumpfte.

Anders als beim letzten Mal war Peter sofort zum Kurfürsten gerufen worden. Das Treffen fand diesmal in dem großen, fast leeren Empfangssaal statt, aus dem Max zuvor sämtliche Lakaien und Schreiber hinausgeschickt hatte. Die Einrichtung war überaus spärlich. Es gab eine

Art hölzernen Thron unter einem Baldachin, außerdem ein paar Truhen und Tische, auf denen sich Dokumente, Kladden und Notizblätter stapelten. Einige der Blätter hatte der Windzug auf den Boden geweht, was den Kurfürsten nicht weiter zu kümmern schien. Dafür war er viel zu sehr mit seiner Wutpredigt beschäftigt.

»Die Kapelle war von meinen Männern umstellt!«, fuhr Max mit zitternder Stimme fort. »Und dann schlüpft so ein Satan durch die Reihen und mordet am heiligsten Ort Bayerns. Lästert Gott auf infamste Weise! Vor allem aber hintertreibt er meine Pläne. Die Kaiserin ist immer noch nicht ansprechbar, genauso wenig wie meine Tante. Ich konnte Leopold gerade noch überreden, nicht sofort abzureisen! Wenn meine Feinde davon erfahren …«

»Dann sollten wir diese Unterredung vielleicht ein wenig leiser führen«, sagte Peter, der zum ersten Mal zu Wort kam. Er deutete auf die geschlossene hohe Flügeltür hinter ihnen. »Türen haben oft Ohren, wie du weißt.«

»Verflucht, du hast recht.« Erschöpft von seinen Tiraden ließ sich Max auf den Thron fallen. »Manchmal gehen die Pferde mit mir durch. Aber das ist nichts gegen meinen Onkel. Den hättest du erleben sollen!« Er stöhnte. »Der Oheim war von vornherein nicht begeistert von meinem Plan, das Treffen hier in Altötting abzuhalten. Und jetzt so etwas!«

»Du hattest selbst gesagt, dass fremde Mächte die Heilige Allianz sabotieren könnten«, warf Peter ein. »Aber ich gebe zu, mit so etwas konnte keiner rechnen.«

Was Peter von Max in aller Kürze erfahren hatte, hatte ihn schaudern lassen. Offenbar hatte jemand kurz vor dem Eintreffen der Fürsten in der Gnadenkapelle einen jungen Geistlichen erwürgt, ihm die Augen ausgestochen, sein Gesicht verunstaltet und ihn wie ein teuflisches Abbild unter der Schwarzen Madonna ausgestellt, zwischen duftenden Narzissen und Krokussen. Es war, als hätte jemand der gesamten bayerischen Christenheit ins Gesicht gespuckt.

»So furchtbar dies alles ist, so sehr hilft es uns doch auch, den Täterkreis einzuengen«, sagte Peter in ruhigem Ton.

Der Kurfürst richtete sich in seinem Thron auf. »Wie meinst du das?«

»Na ja, erst das versuchte Attentat mit dem Schießpulver, jetzt das. Das ist kein gewöhnlicher gedungener Mörder. Dafür sind die Taten zu ... perfekt.« Peter nickte nachdenklich. »Du hast von dem toten Leibarzt der Kaiserin erzählt. Vielleicht war es doch keine verdorbene Eiercreme, sondern Gift. Das würde zumindest ins Bild passen.«

»In welches Bild?«, hakte Max ungeduldig nach. Er trommelte mit den Fingern auf die Lehne. »Erkläre dich schon, Herrgott!«

»Ich vermute, dass es sich bei dem Täter um einen Assassinen handelt«, erklärte Peter. »Einen Meister des Todes. Dazu würde auch die Vergiftung des Arztes passen.« Er berichtete Max, was er von seinem Großvater gestern Abend erfahren hatte, wobei er verschwieg, dass der alte Kuisl den möglichen Attentäter beobachtet hatte. Der Kurfürst hörte aufmerksam zu.

»Und woher weißt du das?«, fragte er schließlich.

»Ich ... äh, habe in der Ingolstädter Universität von Assassinen gelesen«, antwortete Peter ausweichend. »Du weißt ja, dass ich mich für vielerlei Themen interessiere.« Er würde den Teufel tun und Max erzählen, dass er diese Informationen allesamt von seinem Großvater hatte.

»Ein Assassine also, hm ...« Max stand vom Thron auf und begann, mit hinter dem Rücken verschränkten Armen auf und ab zu gehen. »Und was ist mit diesen französischen Musketieren, von denen du berichtet hast?«

»Bislang sind sie nicht mehr aufgetaucht«, erwiderte Peter achselzuckend. »Vermutlich waren es doch nur irgendwelche Rabauken. Aber ich werde die Augen weiterhin offen halten. Der Assassine scheint mir jedoch die naheliegendere Lösung zu sein.«

»Zumindest ein interessanter Gedanke.« Max nickte. »Der teuflische Ritualmord in der Kapelle deutet tatsächlich darauf hin. Dann wären wohl eher die Türken die Auftraggeber, die dieses Treffen sabotieren wollen, und nicht die Franzosen. Verflucht, das ist den gottverdammten Heiden mit diesem Mord schon fast gelungen! Der Kaiser stand kurz davor, umgehend abzureisen. Ich konnte ihn gerade noch zum Bleiben überreden ...« Er wandte sich an Peter. »Was also schlägst du vor?«

»Wichtig ist vor allem, dass nichts nach außen dringt, damit wir keine Panik riskieren«, fuhr Peter fort. »Alles, was du unternimmst, muss möglichst lautlos geschehen.«

»Herrgott, das weiß ich selbst!« Max stöhnte. »Leopold ist gläubig bis zur Bigotterie. Was heute in der Heiligen Kapelle passiert ist, ist für ihn der allergrößte vorstellbare Frevel. Er erwartet von mir, dass ich dieses Verbrechen schleunigst aufkläre. Sonst wird es zu keinem Vertrag zwischen Bayern und Habsburg kommen, und ich kann meine Heirat mit seiner Tochter vergessen.« Er überlegte. »Je weniger Menschen von dieser verruchten Sache wissen, umso besser. Ich denke, ich werde keinen weiteren meiner Männer einweihen, das ist zu gefährlich.«

Max deutete mit dem Finger auf Peter. »Du hast mit deinem Verstand schon öfter Unmögliches erreicht, nicht nur im Schach. Halte weiter die Augen offen! Jeder Hinweis, und sei er auch noch so unscheinbar, könnte nützlich sein. Solange werde ich die Wachen noch mal verstärken, und ich werde dem Dekan und meinem lieben Verwandten, dem Propst, einen Batzen Geld zahlen, damit sie beide ihr Maul halten.«

»Da du vom Dekan und dem Propst sprichst ...«, sagte Peter langsam und bedächtig. »Ich habe mich gefragt, ob sie vielleicht eine Rolle bei diesen Attentaten spielen könnten. Immerhin hat der Dekan dafür gesorgt, dass dieser junge Kaplan allein in der Kapelle war, und er hat ja wohl auch den Schlüssel. Und der Propst sprach bei dem toten Leibarzt von einer reinen Magenverstimmung ... Für Geld haben schon viele Gott und den Kaiser verraten.«

»Hm, der Gedanke ist nicht ganz abwegig.« Max biss sich auf die Lippen. Er blieb an einem der Fenster stehen und sah hinaus. »Beide haben Einfluss, sie kennen sich in Altötting aus, sie könnten so einem Schurken Tür und Tor öffnen. Trotzdem kann ich mir den guten Albrecht beim besten Willen nicht als abgefeimten Verbrecher vorstellen. Dafür ist er zu eitel und zu dumm.«

»Und der Dekan? Dieser Achatius Viertl?«

»Den kenne ich nicht. Ach, ich weiß nicht ...« Max winkte ab. »Das klingt mir doch alles zu konstruiert. Schau dich lieber bei den Soldaten und den einfachen Leuten um. Ich denke, wenn es stimmt, was du sagst, dann hat unser Assassine dort seine Helfer.« Er deutete mit dem Finger auf Peter. »Ich zähle auf dich, einmal mehr! Jetzt muss ich erst mal meinen Onkel und meine Tante beruhigen. *Merde*! Mir bleibt auch nichts erspart.«

Max wandte sich ab, offenbar schon wieder mit neuen Überlegungen beschäftigt.

Mit einem Kopfnicken verbeugte sich Peter und verließ den kalten, zugigen Saal. Dabei entwich ihm ein Seufzer der Erleichterung. Wenn es an den grausigen Vorkommnissen irgendetwas Gutes gab, dann nur, dass Max nun bestimmt keine Zeit mehr hatte, sich um Paul zu kümmern.

Noch ganz in Gedanken versunken trat Peter unten aus der Dekanei, als ihn eine Stimme aus seinen Grübeleien weckte.

»Aha! Noch einen weiteren Höflichkeitsbesuch bei einem alten Lehrer? Oder hat diesmal jemand aus der kurfürstlichen Familie einen Schnupfen?«

Peter drehte sich um und erblickte Lucia, das rothaarige Mädchen, in das Paul offenbar verschossen war. Keine Frage, die Andenkenhändlerin war in der Tat hübsch, und sie hatte das gewisse Etwas. Peter konnte verstehen, warum sie seinem Bruder so gefiel. Lucia lächelte ihn an und hielt eine schwarze Kerze in die Höhe, die sie eben aus ihrem Bauchladen gekramt hatte.

»Du kannst es ja mal mit einer Wetterkerze versuchen. Dann regnet es nicht mehr so viel, und du musst nicht mehr ganz so sauertöpfisch dreingucken.«

»Sauertöpfisch?« Unwillkürlich musste Peter lachen. Lucias ungezwungene Frechheit und ihr Humor besserten seine Laune schlagartig. »Das glauben die Leute tatsächlich immer, wenn ich nachdenke.«

»Oh, ich vergaß ganz, dass du ja ein Studiosus bist! Die denken wohl immer so viel, dass ihnen der Hirnbrei aus den Augen quillt.«

Peter schmunzelte. Eigentlich hatte er gerade Besseres zu tun, als sich mit der frechen Händlerin zu foppen, zumal Paul ohnehin schon eifersüchtig war. Aber vielleicht wusste sie ja etwas über Pauls Verschwinden? Außerdem hatte der Kurfürst ihm aufgetragen, sich beim Volk umzuhören. Da konnte er auch gleich bei Lucia anfangen.

»Du weißt nicht zufällig, wo mein Bruder ist?«, fragte Peter, während die Pilger an ihnen vorbei auf den wieder geöffneten Platz strömten. »Ich habe ihn seit gestern nicht mehr gesehen und mache mir ein wenig Sorgen.«

Lucia zog einen Schmollmund. »Ach, und ich dachte schon, du würdest dich mal ausnahmsweise für mich interessieren. Aber nun gut …« Sie zuckte die Achseln. »Vielleicht weiß ich ja was. Aber dafür erzählst du mir ein bisschen, was dort drinnen in der Dekanei so vor sich geht. Einverstanden?«

Peter runzelte die Stirn. »Wie meinst du das?«

»Nun, das ist sicher nicht der geeignete Ort für unser Schäferstündchen.« Lucia sah sich vorsichtig um. »Was hältst du davon, wenn wir ein wenig spazieren gehen?« Sie hakte sich bei ihm unter. Eine Weile gingen sie schweigend dahin, bis die Häuser weniger wurden und schließlich in brache Felder übergingen, auf denen der letzte Schnee lag. Neben dem Weg stand unter einem Kruzifix und einer Linde mit ersten Sprossen eine kleine Bank. Stöhnend nahm Lucia den Bauchladen ab, bevor sie sich erschöpft auf der Bank niederließ.

»Wenn die Leute mehr kaufen würden, müsste ich nicht so viel schleppen«, murrte sie.

»Was willst du von mir?«, fragte Peter ungeduldig. »Du meintest, du wüsstest etwas über Paul. Also …«

»Nicht so vorschnell, mein kleiner Studiosus.« Sie hob die Hand. »Wir können gerne unser Wissen austauschen. In einem Wallfahrtsort gibt es immer zwei Dinge, die ein Händler verkaufen kann. Tand und Gerüchte.« Sie zwinkerte ihm zu. »Die Leute sind ganz wild auf jegliches Gerede. Und zurzeit brodelt in Altötting die Gerüchteküche, ja, sie kocht beinahe über! Es heißt, heute früh wäre in der Kapelle etwas geschehen. Etwas Schreckliches. Die Kaiserin sei seitdem schwer krank, der Kaiser denkt ans Abreisen …« Sie musterte ihn neugierig. »Du gehst in der Dekanei offenbar ein und aus. Also, was weißt du darüber?«

Peter beschloss, ein klein wenig von der Wahrheit preiszugeben, im Tausch für andere Informationen.

»Es ist richtig, die Kaiserin hatte einen Schwächeanfall in der Kapelle«, sagte er achselzuckend. »Sie ist krank, wenn auch nicht schwer krank. Der Kaiser überlegt deshalb, wieder nach Wien zurückzukehren.«

»So ein Mist!« Lucia pfiff durch die Zähne. »Das wäre schlecht für uns Händler. Dieses fürstliche Treffen ist ein großartiges Geschäft. Ich hatte gehofft, zusammen mit meinem Vater noch eine Menge Pilgerzeichen zu verkaufen. Wetterkerzen, Breverl, Andachtsbildchen …«

»Jetzt bist du dran«, unterbrach sie Peter. »Ich habe meinen Teil der Abmachung erfüllt. Auch ich habe nämlich Gerüchte gehört. Es soll hier so ein fremdländischer Kerl herumschleichen, dunkelhäutig, pechschwarze Haare, vielleicht ein Türke. Mein alter Freund in der Dekanei fürchtet, dass er so eine Art Spion ist. Ist dir so einer vielleicht begegnet?«

»Ein Spion? Oho!« Lucia grinste. Doch dann dachte sie nach. »Komisch, dass du das sagst. So ein Kerl ist mir tatsächlich über den Weg gelaufen. Erst heute Morgen, in einer Seitengasse in der Nähe der Dekanei.«

»Wirklich?« Peters Herz schlug schneller. »Erzähl!«

»Na ja, da gibt es nicht viel zu erzählen. Er trug fremdländische Kleidung, so weite Hosen und einen viel zu dünnen grünen Seidenmantel. Er sah halt anders aus als die üblichen Wallfahrer, hatte ein braun gebranntes, dunkles Gesicht, als käme er von weit her.«

»Das könnte er gewesen sein!«, rief Peter aus. »Wo ist er hingegangen?«

»He! Ich bin kein Spitzel, ich schnüffele niemandem hinterher. Warum auch? Der hatte ja nichts ausgefressen.«

»Du hast recht. Verzeih, dass ich gefragt habe.« Peter seufzte. Nun, das war zumindest mal ein Hinweis. »Und was ist mit meinem Bruder?«, erkundigte er sich weiter. »Du meintest, du wüsstest was. Ich dachte ohnehin, ihr zwei ...« Er stockte. »Na ja, du weißt schon.«

»Ob wir was hatten? Im Heu waren, wie der brünstige Stier und die Kuh, ja?« Lucia lachte neckisch. »Versteh mich nicht falsch, ich mag deinen Bruder. Vielleicht sogar mehr als das. Und er ist kein schlechter Liebhaber. Aber ich bin immer noch meine eigene Herrin. Deshalb hab ich ihn gestern auch abblitzen lassen. Ich kann es nicht leiden, wenn sich ein Mann zu viel auf sich einbildet.« Sie wurde wieder ernst. »Ich hab ihn später noch mal getroffen. Draußen bei den Feldern, in der Nähe des Galgenbergs. Das war am Abend ...«

»Und?«, hakte Peter nach.

Lucia wiegte den Kopf. »Na ja, dort draußen ist das kurfürstliche Lager. Ich wollte den Soldaten ein paar Pilgerzeichen verkaufen. Da hab ich deinen Bruder kurz gesehen. Er war ziemlich betrunken, es gab Ärger mit den Soldaten. Ich hab mich rausgehalten ...«

»O Gott«, stöhnte Peter. »Ich denke, ich weiß, was geschehen ist ...«

»Das Letzte, was ich mitbekommen habe, war, dass er sich mit ein paar von denen angelegt hat. Dein Bruder hat echt Mumm, das muss man sagen.« Lucia nickte anerkennend, doch dann verdüsterte sich ihr Gesicht. »Aber für eine Schlägerei hatte er sich eindeutig die falschen Gegner ausgesucht. Und vor allem viel zu viele.«

*

»Und? Habt Ihr bereits irgendetwas herausgefunden? Wisst Ihr, wer den Degen gestohlen hat?«

Die Kaiserin sah Simon mit großen Augen an. Ihr Gesicht war leichenblass, unter ihren Augen lagen tiefe Ringe. Sie lag auf der Chaiselongue, in dem Raum der Altöttinger Propstei, wo bereits ihr letztes Gespräch mit Simon stattgefunden hatte, und wedelte mit einem Fläschchen Riechsalz vor ihrer spitzen Nase.

»Äh, es gibt erste Hinweise«, erwiderte Simon ausweichend. »Aber es ist noch zu früh, um Genaueres zu sagen.«

»Sucht weiter, Doktor. Ich zähle auf Euch!« Eleonore Magdalene nickte matt. »Vielleicht werden wir den Degen aber auch nie finden, weil der Teufel selbst ihn gestohlen hat. Auf diesem Ort liegt ein Fluch, das wird jetzt immer klarer. Ein Fluch! Es ist alles so grauenhaft, ein wahrer Albtraum …«

»Ich werde mein Bestes tun, Euer Majestät. Aber ich kann Euch nicht versichern, dass …«

Sie winkte ab. »Ich will keine Ausflüchte hören! Das macht mich nur noch kränker, als ich ohnehin schon bin.« Die Kaiserin streckte ihm die Hand entgegen. »Hier, fühlt meinen Puls. Er rast! Untersucht mich, Doktor, bevor es zu spät ist!«

Simon tat, wie ihm befohlen. Tatsächlich war Eleonore Magdalenes Puls unregelmäßig, sie machte einen überaus schwachen Eindruck und hatte darüber hinaus Schüttelfrost. Simon tastete sie ab, ließ sie husten, schaute ihr in den Rachen, fragte nach der Farbe ihres Urins – und versuchte dabei stets, auszublenden, dass es sich bei seiner Patientin um die leibhaftige Kaiserin handelte. Er wusste, dass ihn eine Fehldiagnose schnell den Kopf kosten konnte.

Draußen vor der Tür wartete Probst Albrecht Sigismund, zusammen mit ein paar Wachen. Die Kaiserin hatte Albrecht verboten, bei der Untersuchung anwesend zu sein, was der Propst nur mit viel Widerwillen akzeptiert hatte. Die Blicke, die Simon dabei getroffen hatten, hätten töten können. Intuitiv fragte sich Simon, ob der Propst vielleicht etwas mit diesen Attentaten zu tun hatte.

Besonders mit dem Mord in der Heiligen Kapelle, von dem ihm die Kaiserin eben berichtet hatte.

Eigentlich hatte Simon heute Morgen in Neuötting bleiben, in Ruhe seinen Kaffee trinken und gegen Vormittag dann im kurfürstlichen Lager vorbeischauen wollen. Aber daraus war nichts geworden. Bereits in aller Herrgottsfrühe, kurz nachdem Peter gegangen war, war erneut die schwarze Kutsche mit den beiden zwielichtigen Männern gekommen und hatte ihn abgeholt.

Zuerst war Simon davon ausgegangen, dass die Kaiserin nur erfahren wollte, ob er irgendetwas über diesen verfluchten Degen herausgefunden hatte. Doch dann hatte sich herausgestellt, dass Eleonore Magdalene tatsächlich krank war. Ein akuter Schwächeanfall mit Gefahr eines möglichen Blutsturzes, ausgelöst durch ein furchtbares Erlebnis.

Den zittrigen Worten der Kaiserin hatte Simon entnommen, dass in der Heiligen Kapelle just vor dem Beginn der Frühmesse eine grausig zugerichtete Leiche aufgefunden worden war. Offenbar hatte der Attentäter seinen nächsten Zug gemacht.

»Ich gebe Euch ein Beruhigungsmittel aus dem Extrakt von Baldrian und Johanniskraut«, wandte sich Simon an die Kaiserin, nachdem er seine Untersuchung abgeschlossen hatte. Er kramte ein Fläschchen aus seiner Arzttasche und stellte es auf einen Tisch neben der Chaiselongue. »Zehn Tropfen, jeweils morgens, mittags und abends. Ansonsten solltet Ihr das Bett hüten und versuchen, so viel wie möglich zu schlafen.«

»Wie soll ich denn schlafen bei all den schrecklichen Vorkommnissen hier?«, jammerte Eleonore Magdalene. »Zuerst wird mein Leibarzt vergiftet, dann der Degen gestohlen und jetzt noch dieser grauenhafte Mord in der Kapelle. Ich sage Euch, der Teufel geht um in Altötting! Gerne würde ich meinen Mann bitten, noch heute abzureisen. Aber dann würde er sicher merken, dass der Degen fehlt! Bis jetzt hat er noch nicht danach gefragt, weil er andere Dinge im Kopf hat. Aber das kann sich schnell ändern ... Es ist zum Verzweifeln!« Sie drückte Simons Hand. »Bitte, Doktor, findet den Degen! Ihr habt doch eine Spur, ja?«

»Äh, ja, die habe ich. Ich ... ich werde der Sache nachgehen, noch heute.« Er verschwieg ihr, dass es sich bei seiner Spur um drei französische Musketiere handelte, von denen er nicht einmal wusste, ob sie noch hier waren, geschweige denn, ob sie den Degen gestohlen hatten.

»Gott sei Dank!«, hauchte die Kaiserin und schloss die Augen. »Ihr seid meine letzte Rettung, Doktor! Lasst mich jetzt allein. Ich werde versuchen, mich ein wenig auszuruhen.«

»Sehr wohl, Euer Majestät.« Mit einer tiefen Verbeugung verließ Simon den kahlen Raum. Als er draußen war, traf er vor der Tür auf Propst Albrecht, der ihn argwöhnisch musterte.

»Die Kaiserin scheint wirklich einen Narren an Euch gefressen zu haben«, zischte Albrecht. »Macht nur keinen Fehler, Doktor. Und denkt dran, kein Wort zu niemandem! Weder über den Giftmord noch über alles andere, was Ihr vielleicht mit Ihrer Majestät dort drin besprochen habt.«

Simon fragte sich, ob der Propst vielleicht gelauscht hatte. Aber das hätten die Wachen sicher bemerkt, und diese Blöße hätte sich Albrecht Sigismund vor einfachen Männern keinesfalls gegeben.

»Der ärztliche Schweigeeid wiegt mindestens so schwer wie das Beichtgeheimnis, Hochwürden«, entgegnete Simon schmal lächelnd. »Das solltet Ihr eigentlich wissen.«

Unter einem letzten bösen Blick des Propsts verließ er die Propstei.

Gerne wäre Simon zunächst zurück in ihr Quartier gegangen. Vielleicht war Paul ja wieder aufgetaucht? Dann hätten sie zumindest eine Sorge weniger. Doch der Verwalter des kurfürstlichen Guts hatte ihn gestern gebeten, spätestens mittags wiederzukommen. Ein paar der Höflinge klagten über Leibgrimmen, was vermutlich von der Kälte und dem ungewohnten Essen herrührte. Also schleppte Simon die schwere Arzttasche durchs Mörnbachtal nach Neuötting und von dort weiter über den vereisten Weg bis zum kurfürstlichen Lager. Als er dort anlangte, war er trotz der Kälte völlig verschwitzt, seine Stiefel und Hosen mit Schlamm bespritzt. Den Posten als kurfürstlicher Hofmedicus hatte er sich irgendwie anders vorgestellt. Zumal ihn Magdalena diesmal nicht begleitete, sie wollte bei ihrer Tochter in Neuötting bleiben. Offenbar war sie nicht davon überzeugt, dass der alte Henker ein guter Kinderhüter war.

Anders als gestern ließen ihn die Wachen am Tor diesmal sofort ein. Noch immer herrschte auf dem Hof rege Geschäftigkeit. Der Verwalter war eben dabei, ein paar Säcke Getreide zu überprüfen. Als er Simon sah, nahm er die Brille ab und winkte ihn ungeduldig herbei.

»Da seid Ihr ja endlich, Doktor! Ich fürchte, die Höflinge mit den Bauchschmerzen werden noch ein wenig warten müssen. Wir haben einen Schwerverletzten. Wieder eine Schlägerei im Soldatenlager, doch diesmal mit üblerem Ausgang. Kommt.«

Er führte Simon in eine Nebenkammer, wo in einem Bett ein Soldat unter einer löchrigen Wolldecke lag. Er war bleich im Gesicht, ein Verband war um Kopf und Hals gewickelt. Offenbar hatte er viel Blut verloren.

»Es gab gestern draußen im Lager mächtig Radau«, erklärte der Verwalter. »Irgendein junger Bursche, der sturzbetrunken war, hat Rabatz gemacht. Ein besoffener Vagabund, oder was weiß ich.« Der Verwalter zuckte mit den Schultern. »Fünf meiner Männer haben ihn nicht ruhig bekommen, und am Ende hat er dem da einen Krug auf dem Schädel zertrümmert. Eine Riesensauerei!«

»Wer hat den armen Kerl denn verbunden?«, fragte Simon und beugte sich über den Verletzten. Der Verband war blutgetränkt und schmutzig.

»Na, seine Kameraden. Aber die Wunde bricht immer wieder auf, vor allem die am Hals.«

Vorsichtig untersuchte Simon die Kopfwunde und den zerschlitzten Hals unter dem Verband. Die Halswunde war nicht gesäubert worden, kein Wunder, dass sie immer wieder aufbrach. Im Gegensatz zur Kaiserin mit Schüttelfrost und Schlafproblemen kämpfte dieser Mann um sein Leben. Simon nestelte in seiner Arzneitasche und zog ein Fläschchen Branntwein hervor.

»Wenn Ihr dem Verletzten Schnaps geben wollt, davon hat er schon genug intus«, sagte der Verwalter und winkte ab.

»Ich wasche damit seine Wunde«, entgegnete Simon.

»Waschen? Mit Schnaps?« Der kleine Mann grunzte. »Ich vergaß, Doktor, Ihr habt Eure eigenen Methoden.«

»Was ist mit dem anderen Burschen?«, wollte Simon wissen, während er den Wundrand vorsichtig abtupfte und einen frischen Verband anlegte. Es sah nicht gut aus für den Soldaten, er hatte bereits zu viel Blut verloren und war kaum mehr bei Sinnen. »Dem, der mit dem Masskrug zugeschlagen hat?«

»Der Teufel soll ihn holen!« Der Verwalter spuckte aus. »Er sitzt drüben im Loch, unter dem Vorratsraum. Meine Männer haben ihn übel verdroschen. Mag sein, dass er schon Hundefutter ist. Na, ich weine ihm keine Träne nach!«

»Dürfte ich trotzdem nach ihm sehen?« Simon war der Meinung, dass jeder eine medizinische Behandlung verdiente, die Opfer ebenso wie die Täter.

Der kleine drahtige Mann nestelte an seiner Schaube und setzte die Brille wieder auf. »Tut, was Ihr nicht lassen könnt. Aber denkt bitte noch an die Münchner Höflinge, bevor die mir mit ihrem Gejammer noch den letzten Nerv rauben.«

Als Simon den Soldaten fertig verbunden und ihm noch eine schmerzlindernde Tinktur eingeflößt hatte, ließ er sich von zwei Wachsoldaten hinüber in den Vorratsraum führen. Überall standen Kisten und Säcke, es roch streng nach fauligen Äpfeln und eingemachtem Kohl. Im Boden befand sich eine Klappe, die offenbar in einen darunterliegenden Keller führte.

»Kann man mir den Gefangenen nicht hochbringen?«, wandte sich Simon an die zwei Wachen. »Unten habe ich für die Behandlung viel zu wenig Licht.«

Der ältere der beiden Wachsoldaten stieß ein verächtliches Lachen aus. »Jetzt sollen wir den Hund auch noch auf Händen tragen, ja? Nachdem er einen von uns abgestochen hat! Aber bitte schön. Wenn Ihr ihn behandelt habt, Doktor, können wir ihn später umso besser aufhängen.«

Der Soldat schob den Riegel zur Seite, öffnete die Klappe und ließ eine Leiter hinunter. Mit gezogenem Schwert stieg er vorsichtig die Sprossen hinab.

»He, du Dreckskerl!«, rief er in die stinkende Finsternis hinein. »Heute ist dein Glückstag. Der Doktor ist da.«

Simon hörte ein Stöhnen und Murmeln.

»Nun komm schon!«, schimpfte der Wachmann, der nun offenbar den Kellerboden erreicht hatte. »Kannst schon mal für die Galgenleiter üben.« Ächzend zog er einen jungen Mann hinter sich die Leiter hoch. Der Gefangene schien kaum noch bei Sinnen, sein Gewand war über und über mit Dreck und Blut besudelt.

»Bäh, du Drecksau! Stinkst nach Schnaps und Scheiße!« Oben angelangt, ließ der Soldat seine schmutzige Fracht angewidert fallen und wischte sich die Hände an den Hosenbeinen ab. »Richtet ihn nur gut wieder her, Doktor. Spätestens wenn unser Kamerad stirbt, hat auch sein letztes Stündlein geschlagen.« Der alte Soldat nickte grimmig. »Der Galgenhügel ist nicht weit von hier. Wir werden auf unseren toten Kameraden trinken, während der Mörder am Seil sein letztes Ständchen tanzt.«

Simon hörte ihm schon gar nicht mehr zu. Fassungslos starrte er auf das Bündel Mensch vor ihm. Die Gefühle, die ihn dabei durchwogten, waren eine Mischung aus Entsetzen, Abscheu und einem Rest verbliebener Vaterliebe.

Dort auf dem Boden lag Paul.

Paul, sein Sohn. Der Herumtreiber, Säufer und Totschläger.

»Was ist?«, fragte der Soldat. »Ich gebe zu, er schaut ziemlich übel aus und stinkt. Vielleicht sollten wir erst mal ein paar Eimer Wasser ...«

»Es ... es geht schon«, sagte Simon und beugte sich über Paul, wobei er versuchte, ein Zittern zu unterdrücken. Er prüfte den Puls und tastete vorsichtig den Körper nach Brüchen und Wunden ab. Paul war mehr tot als lebendig, vermutlich waren etliche Rippen gebrochen, die Nase war eingeschlagen, die Augen zugeschwollen, er stöhnte leise. Trotzdem hatte ihn Simon sofort erkannt.

»Mein Gott!«, hauchte er.

»Ihr habt doch wohl kein Mitgefühl mit so einem?«, knurrte der Soldat. »Das ist ein Halunke und Mörder! So wie der gestern gekämpft hat, hat der schon mehr Männer auf dem Gewissen. Glaubt mir!«

Simon nickte schweigend und begann, seinem fast besinnungslosen Sohn die schmutzige Kleidung auszuziehen.

Ein Halunke und Mörder ...

Mit zusammengebissenen Zähnen tat Simon seine Arbeit. Bislang wusste keiner, dass es sich bei dem Gefangenen um den Sohn des kurfürstlichen Hofmedicus handelte.

Und um eben jenen Burschen, den der Kurfürst wohl nur allzu gerne loswerden will, dachte Simon.

Also würde er den Teufel tun und zu erkennen geben, dass er der Vater war. Aber wollte er das überhaupt? Paul hatte ihn so oft enttäuscht. Mit jeder einzelnen Enttäuschung hatte Simon sich mehr von seinem Sohn entfernt. Wenn Simon in sich hineinhorchte, war da ... ja, was? War da überhaupt noch etwas? Er dachte an den Soldaten mit dem aufgeschlitzten Hals, der ein paar Räume weiter mit dem Tod rang.

»Ihr schaut den Burschen so seltsam an«, brummte der Wachmann argwöhnisch. »Kennt Ihr den etwa?«

Simon zögerte kurz, während er Paul prüfend ins zerschlagene Gesicht sah.

»Nein, ich kenne ihn nicht«, war schließlich seine Antwort. Mit einem heftigen Ruck riss Simon seinem jüngsten Sohn das blutverkrustete Hemd bis zum Nabel auf.

»Woher sollte ich auch einen Halunken und Mörder kennen?«

Kapitel 12

Sonntag, 9. März, mittags auf dem Markt in Neuötting

Mit wachsender Ungeduld folgte Sophia ihrer Mutter und dem Großvater über den Neuöttinger Stadtplatz. Die Mutter trug einen Korb, in dem sich ein duftender Laib Brot, Schinken, Käse und geräucherter Fisch aus dem Inn befanden. Schon in der Früh hatte Magdalena Sophia gesagt, dass sie sich heute Zeit nehmen und mit ihrer Tochter zusammen einkaufen gehen wolle. Allerdings hatte sie ihr verschwiegen, dass sie auch allen Tuchmachern, Färbern und Schneidern in ganz Neuötting einen Besuch abstatten würde. Wegen des fürstlichen Treffens war trotz des Sonntags ein Markttag ausgerufen worden. Überall blieb Magdalena stehen, prüfte die Qualität einzelner Stoffe, palaverte mit den Händlern und feilschte, während Sophia und der Großvater gelangweilt danebenstanden. Der alte Henker jonglierte unterdessen mit etlichen Tuchballen, die ständig drohten in den Dreck zu fallen.

»Zum Einkaufen eignet sich Neuötting ganz wunderbar«, sagte Magdalena eben, während sie unter dem Gewölbe der Arkaden ein besonders fein gewebtes Stück Barchent begutachtete. »Die Stoffe sind hier viel schöner und auch billiger als in München.« Sie wandte sich an ihre Tochter und zeigte ihr den Stoff. »Ich werde dir daraus ein hübsches Kleid nähen, und auch eine Schürze. Den Rest heben wir auf, wenn du mal wieder aus deinen Gewändern herausgewachsen bist. So schnell, wie du zurzeit in die Höhe schießt!« Sie zwinkerte. »Oder vielleicht legen wir ihn jetzt schon in die Mitgifttruhe ...«

Sophia nickte schweigend. Ihr war, als würde die Mutter sie kaum noch aus den Augen lassen. Das hatte sicher mit diesem Assadings zu tun, von dem der Großvater gestern Nacht geredet hatte. Die anderen hatten gedacht, sie würde schlafen, aber Sophia hatte an der Tür gelauscht. Das alles war furchtbar spannend! Aber sie musste ja mit ihrer Mutter einkaufen gehen ...

Es wunderte Sophia, dass der Großvater so brav neben ihnen hertrottete. Überhaupt wirkte er nicht ganz so grimmig wie sonst, fast schon sanft, besonders, wenn er mit der Mutter sprach. Nun, vielleicht hatte er ja auch ein schlechtes Gewissen, weil er Sophia gestern auf dem Kapellplatz allein gelassen hatte.

Nervös lauschte Sophia den Glocken der Nikolauskirche. Schon ein Uhr! Sie hatte mit Alois, dem Küchenjungen, ausgemacht, dass sie am frühen Nachmittag wieder bei ihm sein würde. Und jetzt vertrödelte sie ihre Zeit mit Kleidern und Schürzen!

»Was für eine Farbe soll denn deine Schürze haben?«, fragte die Mutter. »Was meinst du? Ich denke, dass dir Blau steht. Ich könnte den Stoff auch selbst einfärben mit Färberwaid und Heidelbeere ...«

»Du hast mir versprochen, dass wir noch rüber nach Altötting gehen«, unterbrach Sophia mürrisch.

Die Mutter machte ein säuerliches Gesicht. »Was willst du dort? Es ist nur voll, und von dem vielen Weihrauch in der Luft wird einem übel.«

»Der Großvater hat mir Krapfen versprochen! Und einer

von den fahrenden Händlern verkauft kleine Hampelmänner.«

»Und ich bin ein alter kranker Mann, der in der Altöttinger Stiftskirche beten und seiner Enkelin etwas schenken will«, pflichtete Kuisl ihr bei. »In die Gnadenkapelle kommt man ja zurzeit wegen dieser hohen Ärsche nicht rein.«

Magdalena musterte ihren Vater argwöhnisch. »Du willst doch nur wieder auf Verbrecherjagd gehen, gib's zu!« Sie verdrehte die Augen. »Warum können wir Kuisls nicht einfach mal verreisen wie andere Leute auch! Eine Wallfahrt, ganz ohne große Aufregung. Einfach nur bummeln, beten und einkaufen ...«

»Aber wir haben doch eingekauft!«, begehrte Sophia auf. Sie deutete auf den gefüllten Korb und die Ballen. »Und zwar schon ziemlich viel.«

Magdalena zögerte. »Also gut. Ein wenig Beten schadet ja nicht. Vorher bringen wir aber noch die Einkäufe heim. Vielleicht ist Paul ja in der Zwischenzeit wieder aufgetaucht.«

Doch als sie an ihrem Quartier anlangten, war Paul noch immer nicht da.

»Mach dir keine Sorgen«, wandte sich Kuisl beruhigend an seine Tochter, während sie oben in der zugigen Dachkammer standen. »Der schläft vermutlich bei irgendeinem Mädchen seinen Rausch aus. Jeder feiert den lieben Herrgott auf seine Weise.«

»Dein Wort in Gottes Ohr!«, erwiderte Magdalena mit einem Seufzen.

Nachdem sie Korb und Ballen auf dem Tisch abgestellt hatten, spazierten sie gemeinsam auf Altötting zu. Mittlerweile kannte Sophia den Weg so gut, dass sie allein am Bach vorauslief, immer wieder zurückgeholt von den besorgten Rufen ihrer Mutter.

»Du musst sie verstehen«, sagte der Großvater leise zu Sophia, als sie einmal nebeneinanderher gingen. »Mütter haben immer Angst. Das war bei deiner Großmutter auch so. Die hat sich ständig gesorgt, gerade um Magdalena.« Sein Blick ging in die Ferne. »Seltsam eigentlich.«

Er schüttelte sich, als hätte er einen bösen Traum gehabt, dann erschien ein Lächeln auf seinem bärtigen Gesicht.

»Ich zeig dir was in Altötting, das wird dir gefallen. Ein, nun ja ... Spielzeug. Und später schnitzen wir wieder Schifflein. Na, was meinst du?«

»Danke, Großvater.« Sophia lächelte, doch in ihrem Inneren brodelte es. Sie wünschte sich so sehr, dass ihr der Großvater mehr über diesen Assadings erzählte, dass sie ihm bei der Verbrecherjagd helfen konnte – stattdessen zeigte er ihr ein Spielzeug und schnitzte Schifflein. Die Welt war einfach ungerecht! Nun, vielleicht hatte ja Alois etwas rausgefunden, was sie den anderen später berichten konnte. Damit sie sahen, dass auch sie Verbrecher jagen konnte!

Während sie die vielen Mühlen am Bach passierten, überlegte Sophia, wie sie den Erwachsenen entwischen und Alois den versprochenen Besuch abstatten konnte. Die Gelegenheit ergab sich in der Altöttinger Stiftskirche. Es war der Wunsch des Großvaters gewesen, die große Kirche am Rande des Kapellplatzes aufzusuchen. Die hohen, mit Schnitzereien verzierten Holztüren, die vielen Grabdenkmäler bedeutender Männer im Inneren und das große Kruzifix machten, dass Sophia sich ganz klein fühlte. Umso mehr, als auch hier unzählige Pilger ein und aus gingen. Es herrschte ein Schieben und Drängen, wobei sich vor allem rechts des Eingangs immer wieder größere Gruppen einfanden. Die Menschen starrten alle hinauf zu einer unheimlichen Gestalt, die auf einer fast sieben Schritt hohen Schrankuhr stand. Es war ein armhohes Gerippe mit einer Sense. Wie durch Geisterhand schwang die Sense im Takt der Uhr hin und her.

»Der Tod von Eding«, sagte Kuisl und deutete nach oben. »Ich hab schon viel davon gehört. Jeder Sensenschlag beendet ein Leben hier auf dieser Erde.« Grinsend beugte er sich zu Sophia hinunter. »Na, wie gefällt dir mein Spielzeug?«

»Der Tod als Automat!«, spottete Magdalena und verdrehte die Augen. »So ein Spielzeug kann auch nur einem Henker gefallen.«

»Ich würde gerne sehen, ob ich hier irgendwo beichten kann«, wandte sich Kuisl an seine Tochter. »Und ein paar Kerzen möcht' ich auch aufstellen, weil ich dem Tod noch mal von der Schippe gesprungen bin. Die Sophia mag sich solange den Automaten anschauen.«

Kuisl beugte sich zu Sophia hinunter und flüsterte ihr ins Ohr, damit die Mutter davon nichts mitbekam: »Ich seh dir doch an der Nasenspitze an, dass es dich umtreibt. Eine halbe Stunde kann ich dir die Mutter vom Hals halten, nicht länger!« Er zwinkerte und steckte ihr ein paar Münzen zu. »Iss einen Krapfen für mich mit, ja?«

Sophia nickte dankbar.

»Du gehst beichten?«, begann Magdalena argwöhnisch. »Seit wann …«

»Möchtest du einem alten kranken Mann diesen christlichen Wunsch verwehren?« Kuisl schob seine protestierende Tochter durch die Menge, und schon bald war Sophia allein.

Sie wartete noch ein paar Sensenschläge des Tods ab, dann rannte sie auf den Ausgang zu, hinaus auf den Platz. Die Sonne schien, die Luft war klar und kalt und ließ sie befreit aufatmen. Endlich der Obhut der Mutter entronnen! Wenn auch nur für kurze Zeit …

Sophia umrundete den von Wachen umstellten Platz, wo sich die Zelte der kaiserlichen Soldaten befanden, und huschte in die Seitengasse neben der Dekanei. Dort stand der gleiche Wachsoldat wie gestern.

»Ach, die kleine hinkende Hilfsköchin«, sagte er grinsend. »Na, dann mal schnell zum Abwasch!«

Er ließ sie passieren, wobei er ihr noch einen kleinen Schubs mitgab.

Drinnen im Hof waren etliche große Zinkwannen aufgestellt, in denen sich das schmutzige Geschirr des kurfürstlichen Mittagessens stapelte. Eine Reihe beschürzter Buben und Mädchen war dabei, die vielen Teller, Platten, Humpen und Weingläser abzuwaschen, während sie sich leise kichernd unterhielten. Die erwachsenen Köche und die Dienerschaft dösten derweil in den Zelten, in denen Glutpfannen gegen die Märzkälte aufgestellt waren. An einer der hinteren Wannen konnte Sophia Alois erkennen. Als der Küchenjunge sie bemerkte, flüsterte er seinem Nachbarn etwas zu und winkte sie hinüber zur Holzlege.

»Du bist tatsächlich gekommen, kleine Spürnase«, sagte er lächelnd.

»Und ich habe auch Neuigkeiten!«, flüsterte Sophia. »Mein Großvater glaubt, dass der Schurke, der hier sein Unwesen treibt, so ein … ein Assadings ist.«

Alois sah sie stirnrunzelnd an. »Ein Assadings?«

»Irgend so ein fremdländischer Kerl, wohl ein Muselmane. Ganz dunkel soll er sein, so wie ein Mohr, und er trägt komische Kleidung …«

»Aber … aber … das ist …« Alois wirkte völlig verblüfft.

»Was ist?«, fragte Sophia. »Hast du so einen schon mal hier in Altötting gesehen?«

»Aber das ist genau das, was ich dir eben sagen wollte!« Alois nickte eifrig. »So ein Kerl ist mir tatsächlich aufgefallen …« Er zögerte, dann zog er Sophia mit sich. »Komm, vielleicht haben wir ja Glück.«

Kurz dachte Sophia daran, dass sie schon bald wieder zurück in der Stiftskirche sein musste, aber was Alois ihr da erzählte, war einfach zu spannend. Vielleicht würden sie ja wirklich diesen Assadings fangen, gleich jetzt! Sie ließ sich von ihm durch den Garten führen, vorbei an den Zelten und den schlafenden Köchen bis zu der kleinen Einlasstür. Ohne sich um den im Stehen dösenden Wachsoldaten zu kümmern, huschten sie nach draußen.

»He!«, rief ihnen der Wächter noch hinterher. »Nicht vor dem Abwasch drücken, verdammt!« Doch Alois war mit Sophia bereits nach rechts gelaufen, weiter die schmale, schmutzige Seitengasse entlang. Über einige verwinkelte Gassen kamen sie an den rückwärtigen Teil eines bulligen einstöckigen Gebäudes, das unmittelbar an die Jesuitenkirche grenzte. In die Fenster waren Butzenglasscheiben eingelassen, hinter denen es trüb schimmerte.

»Die Apotheke der Jesuiten«, flüsterte Alois. »Ich war gestern schon einmal hier, sollte ein paar seltene Kräuter besorgen, die sich der Kurfürst gewünscht hat. Tja, und da hab ich ihn gesehen.«

»Den Assadings?«, hauchte Sophia.

»Könnte sein.« Alois nickte. »Der Kerl hat sich mit dem Apotheker unterhalten, meinte, er käme morgen Nachmittag noch mal her. Hat sehr geheimnisvoll getan. Er hatte einen Umhang mit Kapuze an, aber darunter hab ich sein Gesicht gesehen. Dunkel wie ein Mohr, brrr!« Alois stellte sich auf die Zehen und linste durch die Butzenglasscheiben. »Ich glaub, mich tritt ein Pferd!«, zischte er. »Er ist tatsächlich wieder da!«

»Ich will ihn auch sehen!«, flüsterte Sophia. Sie streckte sich, war aber nicht groß genug. Nicht weit entfernt lagerten einige alte morsche Kisten. Alois griff sich eine und bot sie Sophia als Podest an.

»Schnell, sonst ist er wieder weg!«

Sophia stieg auf die Kiste und spähte durch die Scheibe. Zuerst konnte sie durch das dicke Glas kaum etwas erkennen. Es gab einen breiten Apothekertisch, auf dem etliche irdene Gefäße standen, dahinter erhob sich ein riesiger Schrank mit vielen winzigen Regalen. Und dort ... Sophia zuckte zusammen. Ja, da war er! Genau wie der Großvater ihn beschrieben hatte.

Der Kerl hatte die Kapuze abgenommen, sodass sein krauses schwarzes Haar zu sehen war und das dunkle Gesicht mit den Mondaugen. Unter dem unscheinbaren Umhang trug er bunte, fremdländische Kleidung. Er lehnte an dem großen Apothekerschrank, auf dessen Schubladen lateinische Begriffe standen. Sophias Herz machte einen Sprung. Sie hatten den Assadings tatsächlich gefunden! Der Großvater würde Augen machen, wenn sie ihm davon erzählte.

Neben dem Fremden stand ein älterer Geistlicher, unter dessen Soutane sich ein Buckel abzeichnete. Die beiden waren offenbar am Diskutieren, es sah ganz nach einem Streit aus. Der Fremde gestikulierte viel und machte mit den Fingern Zeichen, als verlangte er Geld. Der Geistliche putzte derweil seinen Kneifer und schüttelte nervös den Kopf.

»Weißt du, wer der Pfaffe ist?«, wollte Sophia von Alois wissen, der neben ihr durch das Fenster spähte.

»Hm, den Buckligen hab ich schon öfter gesehen«, sagte

Alois und blinzelte. »Macht sich gerne wichtig bei uns im Garten, verteilt Aufträge. Ich glaube, das ist der Dekan.«

»Der Dekan!« Sophia erinnerte sich, dass ihr Großvater von so einem Dekan erzählt hatte. War dieser Pfaffe nicht dabei gewesen, als der Großvater die Mirakeltafel mit dem Schießpulver entdeckt hatte? Was hatte so ein ehrwürdiger Dekan mit einem türkischen Meuchler zu schaffen, noch dazu in einer Apotheke der Jesuiten? Sonst war in dem Raum keiner zu sehen, keine Bediensteten, kein Apotheker. Nur diese beiden Männer, die vor dem großen Schrank standen und wild debattierten.

Ganz plötzlich drehte sich der Fremde in Richtung der Scheibe. Seine Mondaugen glitzerten …

Sophia schrie. Gleichzeitig brach der morsche Deckel der Kiste ein, sodass sie ins Taumeln geriet und schließlich schmerzhaft auf die Knie fiel.

»Ich glaube, er hat uns gesehen!«, rief sie Alois zu. »Wir müssen weg, schnell!«

Ohne sich noch einmal umzuschauen, rannten die beiden davon. Trotz ihres Klumpfußes lief Sophia so schnell, als wäre der Teufel hinter ihr her. Dabei drehte sie sich mehrmals um, ob der Fremde ihnen folgte. Doch er war nirgendwo zu entdecken.

Endlich standen sie wieder in der Seitengasse neben der Dekanei, nahe des Gartens. Sophia keuchte, noch immer ganz gefangen von der Aufregung und ihrer Entdeckung. Sie hatte sich die Knie aufgeschlagen, doch sie spürte den Schmerz gar nicht.

»Und? Hab ich dir zu viel versprochen?« Alois zwinkerte ihr zu. »Das ist doch der Kerl, den dein Großvater sucht, oder?«

Sophia nickte. »Na, der wird Augen machen, wenn ich ihm davon erzähle!« Sie erschrak. »Ich muss wieder los, sonst schimpft mich die Mutter, bis ich taub bin. Dank dir!« Sie umarmte den Küchenjungen, der erstaunlich kräftig war. Wenn man sich die Pockennarben wegdachte, war er eigentlich wirklich ganz hübsch. Sophia drückte ihn noch ein wenig fester. Mit Alois an ihrer Seite würde sie, ohne zu zögern, noch viele weitere Abenteuer bestehen.

»Du kannst gerne wieder vorbeischauen«, sagte er lächelnd. »Ich muss jetzt wieder zurück zum Abwasch. Bis bald, kleine Spürnase!«

Mit diesen Worten trollte er sich, und Sophia eilte der Stiftskirche entgegen. Es gelang ihr, sich durch die Menge bis zum Tod von Eding durchzuwinden. Dort stand bereits ihre Mutter mit dem Großvater, sie wirkte sehr aufgeregt. Als Magdalena ihre Tochter in der Menge entdeckte, stieß sie einen tiefen Seufzer der Erleichterung aus.

»Wo warst du nur? Wir haben dich überall in der Kirche gesucht!« Sie sah hinunter zu den aufgeschlagenen Knien. »Und was hast du mit deinem Rock gemacht? Mein Gott, Kind, man kann dich auch keinen Augenblick allein lassen!«

»Ich war nur kurz im Kreuzgang, wollte mir dort die grusligen Grabtafeln anschauen«, erklärte Sophia mit aller Unschuld. »Aber dann hat mich jemand geschubst, und ich bin hingefallen und …«

»Spar dir deine Ausreden!« Magdalena hob den Finger. »Wir hatten ausgemacht, dass du hier bei der Uhr wartest. Deinen Krapfen kannst du jedenfalls vergessen. Wir gehen gleich wieder zurück ins Quartier, für heute hast du Stubenarrest.«

Der Großvater nickte mürrisch, doch sie sah den Schalk in seinen Augen blitzen.

Sophia schwieg und hoffte, dass man ihr die Aufregung

und Vorfreude nicht ansah. Gleich heute Abend würde sie dem Großvater von dem Fremden berichten! Sie hatte den Assadings gefunden, nicht Peter und auch sonst keiner. Sie war eine mindestens ebenso gute Halunkenjägerin wie der Großvater.

Der Weg zurück durch das Mörnbachtal verlief schweigend. Die Mutter war noch immer wütend, und der Großvater schien ganz in Gedanken versunken. Sophia fragte sich, ob er wirklich gebetet hatte oder ob sein Vorschlag nur dazu dienen sollte, ihr bei ihrer kleinen Flucht zu helfen. Nun, sie würde ihm den Gefallen noch heute zurückzahlen, wenn sie ihm von dem Assadings und dem Dekan in der Apotheke erzählte. Und dann las er ihr sicher auch wieder etwas vor. Vielleicht eine weitere Geschichte aus diesem Kalenderbuch oder etwas Grusliges aus den alten vergilbten Zeitungen. Diese Wallfahrt gefiel ihr immer besser!

Nach einer weiteren halben Stunde erreichten sie Neuötting. Durch das kleine Einlasstor betraten sie die Frauengasse. Sophia stürmte die Stufen zu ihrem Quartier hoch, in der Hoffnung, dass dort ihre beiden großen Brüder auf sie warteten. Denen würde sie was erzählen! Doch nur der Vater saß am Tisch, gebeugt und bleich, mit todtrauriger Miene. Er wirkte plötzlich sehr, sehr alt. Noch nie hatte Sophia ihren Vater so gesehen.

»Was ist?«, fragte ängstlich Magdalena, die hinter Sophia eben die Kammer betreten hatte. »Um Himmels willen, Simon, red! Du siehst aus wie ein Gespenst. Was ist geschehen?«

»Sie haben Paul«, sagte der Vater. »Er sitzt im Loch im kurfürstlichen Lager und ist schwer verletzt.« Seine Stimme klang schwach und blechern, und Sophia musste unwillkürlich an den unheimlichen Tod von Eding denken.

»O Gott, Magdalena!«, stieß der Vater hervor und raufte sich die Haare. Noch nie hatte Sophia ihren Vater so hilflos gesehen. »Wenn kein Wunder geschieht, wird der Kurfürst unseren Sohn schon bald hängen lassen!«

*

Kurfürst Max Emanuel, Herrscher und Verteidiger der Christenheit, stieß einen saftigen bayerischen Fluch aus, während er die breiten Stufen zur Empore der Altöttinger Propstei erklomm. Die Wachen an seiner Seite verzogen keine Miene, wohl wissend, dass ihr Fürst äußerst nachtragend sein konnte. Es ging auf den Abend zu, erste kalte Nebel waberten um die Türme der benachbarten Stiftskirche.

Max' Zorn war keine reine Eitelkeit. Er verstand besser als viele andere, dass es im Spiel um die Macht sehr wohl darauf ankam, welcher Herrscher den anderen besuchte, *wer* der Bittsteller war und *wer* der Gebetene. Dass er dem Kaiser hier in der Propstei einen Besuch abstattete, war vielleicht noch nicht der berühmte Gang nach Canossa, den ein deutscher Kaiser vor vielen Jahrhunderten getan hatte, aber es fühlte sich verdammt danach an. Doch was blieb ihm schon übrig, wenn die Heilige Allianz und damit ein wichtiger Baustein seiner eigenen Karriere gefährdet war?

Die breiten Flügeltüren öffneten sich wie von Geisterhand, und Max betrat das kalte, dunkle Innere der Propstei. Angewidert verzog er die Nase. Schon wieder dieser ekelerregende Dunst von Weihrauch! Wo in Altötting stank es eigentlich nicht danach? Im Grunde würde Max den Kaiser auch blind finden, man musste einfach nur der zunehmenden Stärke dieses Geruchs folgen. Wenn der

Satan nach Schwefel stank, dann stank der bigotte Habsburger nach Weihrauch. Ursprünglich hätte Leopold Fürstbischof werden sollen, nur durch den Tod des älteren Bruders war er zum Thronerben aufgestiegen.

Und im Grunde ist er bis heute mehr Bischof als Kaiser, dachte Max.

Eilig schritt er vorbei an Dienern und Wachen, passierte etliche Gänge und Türen, bis er endlich vor dem Eingang zur Hauskapelle stand. Max zögerte. Sollte er anklopfen? Das wäre dann doch zu viel der Unterwürfigkeit. Aber immerhin wartete hinter der Tür kein Geringerer als der deutsche Kaiser. Glücklicherweise nahmen ihm die Wachsoldaten die heikle Entscheidung ab, indem sie das zweiflüglige niedrige Portal für ihn öffneten. Der junge Kurfürst trat ins Innere der Kapelle, der betäubende Weihrauchodor warf ihn beinahe um.

Der Raum war nur schwach von ein paar Kerzen erleuchtet, Rauchschwaden waberten unter der holzgetäfelten Decke, auf einem geschmückten Hausaltar stand ein einsames Kruzifix. Seine kaiserliche Majestät Leopold I. betete allein in der vordersten Bank. Mit bedächtigen Schritten ging Max nach vorne, kniete sich neben dem Kaiser auf das harte Brett und faltete die Hände. Keiner der beiden Herrscher sprach ein Wort.

Nach einer gefühlten Ewigkeit schlug der Kaiser ein Kreuz und hob den Kopf. Er blickte starr nach vorne, wo das Kruzifix auf dem Altar stand.

»Ich bete für diesen Ort«, sagte er. »Auf dass der Herrgott Altötting trotz des schrecklichen Frevels nicht straft. Auf dass er uns nicht straft, die wir die Tat nicht verhindern konnten!«

Max seufzte lautlos. Seit dem schrecklichen Vorfall in der Gnadenkapelle waren bereits etliche Stunden vergangen, aber Seine Majestät schien sich nicht im Geringsten beruhigt zu haben – ganz im Gegenteil.

»Möge der Mörder für alle Zeiten in der Hölle schmoren«, spulte Max routiniert seine Litanei ab. »Und ebenso seine Auftraggeber. Falls es noch irgendeines Hinweises bedarf, dass wir gegen die Heiden mit feurigem Schwert kämpfen müssen, so ist er hiermit erbracht.«

»Ihr glaubt also, dass die Türken hinter diesem Frevel stecken?«, fragte der Kaiser, das Kinn auf die gefalteten Hände gesenkt, den Blick noch immer nach vorn gerichtet. Er hatte die gleiche vorstehende Unterlippe wie viele seiner Vorfahren. Von kleiner Gestalt und eher hässlich war Leopold das ziemliche Gegenteil des jungen bayerischen Kurfürsten, der in seinem blauen Rock und den gewichsten Stiefeln wie der geborene Herrscher aussah.

»Das steht doch außer Frage!«, empörte sich Max, was ihm ein strafendes Stirnrunzeln des Kaisers einbrachte.

»Die Türken wollen unsere Heilige Allianz sabotieren«, fuhr der Kurfürst leiser fort. »Der Friedensvertrag mit den Heiden läuft nächstes Jahr aus, unsere Agenten berichten, dass sie überall aufrüsten! Großwesir Kara Mustafa Pascha giert nach Rache, seit seine Armee in der Schlacht bei Mogersdorf vernichtend geschlagen wurde. Fast zwanzig Jahre ist das jetzt her …«

»Das weiß ich alles selbst«, sagte der Kaiser achselzuckend. »Warum wäre ich sonst hier? Aber auch Euer eigener Bündnisvertrag mit Frankreich ist letztes Jahr ausgelaufen. Mein französischer Vetter streckt die Hände nach dem Deutschen Reich aus. Ich traue ihm durchaus zu, dass er unser Treffen mit allen Mitteln sprengen will.«

»Meine Agenten haben mittlerweile Hinweise auf den Täter«, entgegnete Max. »Die Spur führt eindeutig nach Osten, nicht nach Westen.«

»Tatsächlich?« Zum ersten Mal wandte sich der Kaiser ihm zu. »Habt Ihr Beweise?«

»Vermutlich schon bald.« Max Emanuel nickte. »Es handelt sich aller Wahrscheinlichkeit nach um einen Assassinen. Ein gedungener Meuchler von einer Sekte aus dem Morgenland. Ein ... Informant hat mich davon in Kenntnis gesetzt.« Max hielt Peters These zwar noch immer für gewagt, doch so konnte er zumindest einen ersten Erfolg präsentieren – und den hatte er dringend nötig.

»Ein Assassine also ...«, sagte Leopold nachdenklich. »Hm ... Dann ist der Leibarzt meiner Frau vielleicht doch nicht an einer Magenverstimmung gestorben, sondern vergiftet worden?«

»Wir können es zumindest nicht ausschließen«, erwiderte Max. Er würde den Teufel tun und Leopold von dem versuchten Sprengstoffattentat auf die Heilige Kapelle erzählen. Es reichte, dass die Kaiserin erkrankt war. Jedes weitere Unglück würde nur dazu führen, dass Leopold vorzeitig abreiste. Und das wäre das Ende von Max' mühsamen Planungen.

»Habt Ihr die Sache unter Kontrolle?«, wollte der Kaiser wissen.

»Es besteht kein Grund zur Sorge, was Eure Sicherheit und die Sicherheit der Kaiserin angeht. Darauf habt Ihr mein Wort. Apropos Kaiserin ...« Max räusperte sich, froh um einen Themenwechsel. »Ich hoffe, die werte Frau Gemahlin ist wieder wohlauf? Es heißt, sie sei unpässlich ...«

»Der Anblick in der Kapelle heute früh hat ihr übel zugesetzt. Vermutlich wird sie nie ganz darüber wegkommen.« Leopold seufzte und bekreuzigte sich. »Aber zumindest geht es ihr wieder ein wenig besser. Irgendein Arzt aus der Gegend war wohl heute bei ihr. Ein guter Mann, der ihr empfohlen wurde. Er hat ihr etwas zur Beruhigung gegeben.«

»Schön zu hören.« Max runzelte die Stirn. »Wenn ich mich recht erinnere, war Ihre Majestät auch schon vor dem schrecklichen Ereignis überaus blass. Ehrlich gesagt, kam sie mir etwas ... kränklich vor.«

Leopold winkte ab. »Der Verlust ihres Leibarztes, nehme ich an. Die beiden standen sich sehr nah. Jedenfalls nichts, was Euch kümmern müsste.«

»Dann kann ich also hoffen ...«, begann Max.

»Es bleibt bei meinem Wort. Findet den Meuchler, diesen Teufel! Dann mögen wir weiter über Eure Heiratspläne reden.«

Max biss sich auf die Lippen. Dieser bigotte hässliche Zwerg machte ihm, dem bayerischen Kurfürsten, tatsächlich Vorschriften! Ob wohl auch Leopolds Sohn Joseph mal so hässlich wurde wie die meisten Habsburger? Zumindest Leopolds Tochter Maria Antonia machte einen ganz annehmbaren Eindruck, wenn man das bei einer Zwölfjährigen überhaupt schon sagen konnte. Aber für eine Heirat spielte das ohnehin keine Rolle. Es war wirklich an der Zeit, dass die bayerischen Wittelsbacher diese inzüchtigen Habsburger vom Thron stießen. Und dafür brauchte Max Emanuel eben diese Verbindung! Unwillkürlich fiel ihm Peters Bruder wieder ein, jener unliebsame Zeuge seiner früheren Pläne. Wie hieß er noch gleich? Ach ja, Paul ... Nun, um den musste er sich auch noch kümmern.

Eines nach dem anderen ...

»Glaubt Ihr wirklich, Ihr bekommt meine Unterstützung im Kampf gegen die Türken für nichts?«, fragte Max in scharfem Ton. »Ich hatte auf ein faires Abkommen gehofft. Quid pro quo! Wenn Ihr das anders seht, kann ich mein Hilfsangebot jederzeit wieder zurücknehmen.«

»Ich bitte Euch, werter Freund …« Der Kaiser lächelte schmal. »Ihr habt Euch doch nicht auf diese Wallfahrt begeben und Euch mit Pauken und Trompeten zum Kämpfer gegen die Heiden aufgeschwungen, um dann als beleidigter Spielverderber wieder nach München zurückzureisen. Wie sähe das denn aus? Ich fürchte, der Papst wäre nicht sonderlich glücklich darüber …«

Max hob die Augenbraue. Alle Achtung! So viel Raffinesse hätte er dem hässlichen Zwerg gar nicht zugetraut.

»Was der Heilige Stuhl sagt, lasst getrost meine Sorge sein. Ich bin sicher, wir finden eine für alle zufriedenstellende Lösung.« Bedrohlich senkte Max die Stimme. »Auch Ihr könnt Euch ein Scheitern der Verhandlungen kaum leisten. Sonst stehen die Türken demnächst vor Wien, das garantiere ich Euch! Und der Großwesir fordert Euren Kopf.«

»Was fällt Euch ein! Ihr blasierter junger …« Der Kaiser verschluckte das Wort, das ihm auf der Zunge lag.

Abrupt erhob sich Leopold von der schmalen Kirchenbank, schlug ein letztes Kreuz.

»Ihr vergesst, dass Gott auf meiner Seite ist. Ich habe mit meinen Beamten jedenfalls vereinbart, dass wir in fünf Tagen aus Altötting abreisen. Fünf Tage! Länger kann ich meiner Frau, aber auch mir dieses Kaff nicht zumuten. Bis dahin findet Ihr den Teufel, oder Ihr könnt Eure Heiratspläne vergessen. Wenn hier wirklich ein Assassine sein Unwesen treibt …«

»Wie ich vorher schon sagte, Ihr seid in Sicherheit, darauf habt Ihr mein Wort als Herrscher dieses Landes.« Max hob die Hand. »Das schwöre ich bei Gott und der Schwarzen Madonna. Ebenso wie ich schwöre, dass die

Heiden weder Wien noch München einnehmen werden.« Leise fügte er hinzu: »Solange man auch auf die Bedürfnisse Bayerns Rücksicht nimmt.«

»Die Bedürfnisse Bayerns oder Eure eigenen Bedürfnisse?«, fragte der Kaiser mit drohendem Unterton. »So ganz weiß man das bei Euch manchmal nicht, junger Freund. Wir sehen uns morgen zu weiteren Verhandlungen. Solange schließe ich Euch in meine Gebete ein.«

Nach einer letzten Verbeugung vor dem Kruzifix schritt Leopold auf den Ausgang der Kapelle zu. Max blieb noch eine Weile sitzen, während der Zorn in ihm brodelte.

Nur noch fünf Tage ... Die Zeit lief ihm davon.

Der Kurfürst hoffte, dass der Heiland dort vorne auf dem Altar gerade nicht in sein Inneres blickte. Er hatte Leopold eindeutig unterschätzt.

Nun, das würde ihm nicht noch einmal passieren.

Kapitel 13

Montag, 10. März, frühmorgens
auf dem Weg zum kurfürstlichen Lager

Ein kalter Wind strich über die weiten Felder und zerrte an Magdalenas Mantel. Ihre Hände waren taub vor Kälte, ihre Tritte knirschten auf der dünnen Eisschicht, die sich über Nacht auf den Pfützen des Weges gebildet hatte. Die Sonne stand noch tief hinter den Wäldern, in der Nacht war es wieder sehr kalt gewesen. Doch Magdalena spürte den Frost nicht, ihre Gedanken waren ganz bei Paul.

Sie hatte in der Nacht kein Auge zugemacht, sondern nur darauf gewartet, dass es endlich Morgen wurde und sie mit Simon das kurfürstliche Lager aufsuchen konnte. Was Simon ihr gestern berichtet hatte, war ebenso furchtbar wie unausweichlich. Wenn Paul im Rausch einen Soldaten schwer verletzt hatte, dann drohte ihm der Galgen – zumal, wenn der Soldat die Verletzungen nicht überlebte. Und als wäre das nicht genug, durfte sie sich als Mutter nicht einmal zu erkennen geben, wenn sie ihn nicht noch mehr gefährden wollte.

Ihr älterer Sohn war gestern erst spät heimgekommen. Als Peter von Pauls Gefangennahme erfahren hatte, hatte er seiner Mutter noch einmal deutlich gemacht, dass der Kurfürst Paul im Blick hatte. Noch immer wusste Magdalena nicht, was genau zwischen Paul und Max Emanuel damals vorgefallen war, und eigentlich wollte sie es auch gar nicht wissen. Doch es musste so schwerwiegend sein, dass der Kurfürst es ihrem jüngeren Sohn bis heute nachtrug. Wenn er erfuhr, dass Paul sich in der Gewalt seiner eigenen Soldaten befand, dann …

Magdalena schüttelte sich. Diesen Gedanken wollte sie nicht zu Ende denken.

Neben ihr schritt mit ernster Miene Simon, die schwere Arzttasche geschultert. Gestern hatte er Paul behandelt, so gut es ging, hatte seine Wunden gereinigt und verbunden. Dem Verwalter hatte Simon gesagt, dass er am nächsten Morgen zurückkommen werde. Vorgeblich, um sich um den verletzten Soldaten und ein paar der Höflinge und Kammerzofen zu kümmern. Für Magdalena war sofort klar gewesen, dass sie ihren Mann begleiten würde.

»Ich schaue jetzt gleich nach dem Soldaten«, sagte Simon, nachdem sie eine ganze Weile schweigend nebeneinanderher gegangen waren. »Er hat gestern schwer gefiebert. Du kannst ja derweil zu Paul gehen, wenn die Wachen dich zu ihm lassen. Ich denke, seine Verletzungen sind nicht so tragisch, wie ich anfangs befürchtet habe. Man hat ihn ordentlich verprügelt, vielleicht sind ein, zwei Rippen gebrochen, ein Zahn ausgeschlagen, das ist alles.«

»Das heißt, du willst Paul gar nicht sehen?«, fragte Magdalena überrascht.

»Wie ich bereits sagte, ich behandle den Soldaten, und das kann dauern«, erklärte Simon knapp. »Seine Verletzungen sind weitaus schwerwiegender als die von Paul.«

Magdalena betrachtete ihren Mann, der mit gesenktem Haupt eilig vorausging und ihrem Blick auswich. Schon gestern Abend war ihr aufgefallen, wie kühl Simon über Paul geredet hatte. Fast als wäre er nicht sein Sohn, sondern nur irgendein Patient.

»Wenn man dich so hört, könnte man fast meinen, dir wäre Pauls Schicksal egal«, sagte sie.

»Herrgott, wie kommst du denn darauf?« Simon blieb abrupt auf dem vereisten Weg stehen. »Verstehst du denn nicht, Magdalena? Wenn dieser Soldat stirbt, dann landet Paul schneller am Galgen, als ein Pilger Amen sagen kann! Wenn er überhaupt eine Chance hat, dann nur, wenn er kein Mörder ist, sondern lediglich ein Säufer und Halunke. In diesem Fall lässt der Verwalter vielleicht Gnade walten.«

»Ein Säufer und Halunke …« Magdalena schüttelte traurig den Kopf. »So sprichst du also über unseren Sohn.«

»Weil er genau das ist, Magdalena! Verdammt, mach doch endlich die Augen auf! Paul ist kein Kind mehr, er ist für seine Taten selbst verantwortlich. Du hast ihn lange genug geschützt, hast der Wahrheit nicht ins Auge blicken wollen …«

»Und du hast immer nur das Schlechte in ihm gesehen«, gab Magdalena zurück. »Von Anfang an! Es ging dir immer nur um Peter, nie um Paul.«

»Ich gebe gern zu, dass Peter mir … näher ist. Paul war immer anders, übrigens auch anders als du, als Sophia, im Grunde …« Simon zögerte.

»Im Grunde passt er nicht in unsere Familie?«, warf Magdalena ein. »Ist es das, was du sagen willst?«

Simon seufzte tief. Er stellte die Arzttasche in den harschigen Schnee und ergriff Magdalenas Hand. »Glaub mir, auch ich möchte unserem Sohn helfen. Aber wir helfen ihm nicht, wenn wir uns streiten. Lass uns ein andermal darüber reden und jetzt unsere Arbeit machen. Zum Wohle von Paul, und auch zum Wohle dieses armen Burschen, der mit dem Tode ringt.«

»Du hast ja recht«, sagte Magdalena. Sie schluckte

schwer. »Es ist alles wohl ein bisschen viel derzeit. Zuerst die schwere Krankheit vom Vater, die anstrengende Reise, irgendwelche Gerüchte von Attentaten und jetzt auch noch das ... Uns bleibt wirklich nichts erspart!«

Simon lächelte schmal. »War es jemals anders?« Er hob die Tasche wieder auf, und sie gingen auf dem Weg weiter, der schon bald zu dem Vierseithof in der Nähe des Galgenbergs führte.

Auf den verharschten Feldern rund um den Hof entzündeten die Soldaten eben die ersten Feuer für ein schnelles Frühstück. Die beiden Wachen am Hoftor hatten sich gegen die morgendliche Kälte in dicke Mäntel und Kapuzen gehüllt. Während Simon ohne Umweg in die Kammer zu dem Verletzten eilte, ließ sich Magdalena von einem der Wachsoldaten zum Vorratsraum führen.

»Was wollt Ihr denn noch bei dem Dreckskerl?«, knurrte der Soldat. »Wenn er nicht im Loch verrottet, stirbt er am Galgen. Da ist jede Arznei nur herausgeschmissenes Geld!«

»Anweisung des Verwalters«, verkündete Magdalena einsilbig. »Wenn es zum Gerichtsprozess kommt, soll der Angeklagte zumindest aus eigener Kraft vor dem Richter stehen können.«

»Na, das wird ein schneller Prozess werden. Es gab selten einen Schuldigeren.« Der Soldat lachte rau. »Hab selbst gesehen, wie der Bursche wild um sich geschlagen hat! Mit dem Masskrug hat er ausgeholt, als wär's ein Schwert.« Er öffnete die Tür zum muffig riechenden Vorratsraum, dann sperrte er das Schloss zur Luke auf und hob sie ächzend an. Er wollte bereits hinabsteigen, doch Magdalena hielt ihn zurück.

»Lasst gut sein. Ich gehe selbst zu ihm runter.«

»Aber ...«, begann der Soldat.

»Der Doktor hat mir versichert, dass von dem Gefangenen keine Gefahr ausgeht«, unterbrach ihn Magdalena. »Er ist wohl gefesselt und ohnehin sehr schwach.«

»Ganz, wie Ihr meint«, sagte der Wachsoldat achselzuckend. »So muss ich mir nicht die Hände schmutzig machen. Ich warte derweil oben.«

Er stellte die Leiter in die Luke. Magdalena ließ sich von ihm eine Laterne geben, dann stieg sie mit bangem Herzen hinab in das dunkle stinkende Loch.

Trotz des schwachen Lichtscheins brauchte sie eine Weile, bis sie Paul entdeckte. Er kauerte in einer Ecke, zwischen einem Haufen alter, fauler Rüben und dem Unrat, den Ratten und Mäuse über die Jahre hinterlassen hatten. Paul hatte die Hände um seine Knie geschlungen, vermutlich zum Schutz gegen die Kälte. Sein Gesicht war zerschlagen und geschwollen, die Kleidung zerrissen, sein Blick hatte den gleichen trotzigen Ausdruck, den er schon als Achtjähriger getragen hatte, wenn er mal wieder bei irgendeiner Übeltat erwischt worden war. Als er Magdalena im Zwielicht erkannte, stahl sich ein leichtes, fast nicht wahrnehmbares Lächeln auf seine Lippen.

»Mutter!«, sagte er überrascht. Seine Stimme war heiser und gebrochen. »Seit wann dürfen wehrlose Frauen in einen Kerker gehen und einem Verbrecher einen Besuch abstatten?«

»Dann, wenn sie als Heilerinnen und Arztgattinnen kommen«, erwiderte Magdalena und stieg die letzten Sprossen zu ihm hinunter.

Sofort verdüsterte sich Pauls Blick. »Dann ist der Vater also auch hier?«

»Er kümmert sich um den Mann, den du beinahe totgeschlagen hast, Paul. Es ist nicht sicher, ob der arme Kerl den heutigen Tag überlebt.«

»Das ... das wollte ich nicht.« Paul war mit den Füßen an einen schweren Balken gekettet, wie Magdalena jetzt sah. Er schlang die Arme noch fester um sich und blickte zur Seite. »Ich war ziemlich betrunken, diese Dreckskerle haben mich beleidigt ...«

»Ist das alles, was dir als Entschuldigung einfällt?«

»Soll ich mich entschuldigen, ja? Ist es das, was ihr wollt? Das macht die Tat auch nicht ungeschehen.« Er lachte verzweifelt. »Meinst du, ich wüsste nicht, was mir droht? Ich habe einen kurfürstlichen Soldaten zusammengeschlagen, ihn vielleicht sogar umgebracht. Ich bin selbst lange genug Henkerslehrling gewesen, um zu wissen, was das heißt. Der Galgenberg liegt nicht weit weg von hier. Sie brauchen nicht mal einen Richter und einen Henker. Weil sie Soldaten sind, gilt das Kriegsrecht. Der Verwalter senkt den Daumen, und ich baumle, so einfach ist das.«

Magdalena erschauerte. Es brach ihr das Herz, dass Paul so kühl über seinen eigenen Tod sprach.

»Wenn der Soldat überlebt, dann lassen sie möglicherweise Gnade walten«, wagte sie einen Versuch.

»Ich habe keine Gnade verdient«, murmelte Paul. »Als der Vater gestern hier war ...« Er stockte. »Du hättest seinen Blick sehen sollen. Die Kälte darin, die Abscheu ... Aber vielleicht hat er ja recht. Ich habe so oft nach einer Ausrede gesucht für mein ... mein Tun. Aber vielleicht gibt es keine Ausreden. Ich bin, wie ich bin. Ich war immer anders als ihr.«

Magdalena zuckte zusammen. Das waren exakt die Worte, die Simon vorhin geäußert hatte.

Paul war immer anders ...

»Du bist unser Sohn«, erwiderte sie. »Ich habe dich geboren! Wie kannst du da anders sein? Du bist einer von uns.«

»Für Vater war ich das nie, und ich denke mittlerweile, er hat recht.« Paul runzelte die Stirn. »Weißt du, was seltsam ist? Ich habe als Henkerslehrling oft Galgenvögel zum Schafott geführt, ich hab sie weinen und jammern gehört, später hab ich gesehen, wie sie zappelten und in ihre Hosen pissten. Doch da war etwas in ihrem Blick, in ihren Augen ... Es war, als ...« Paul dachte nach. »Als würde ich in einen Spiegel sehen. Ich sah mich! Verstehst du, Mutter? Ich war immer auf der anderen Seite, ich bin einer von denen, keiner von euch ...«

»Was redest du da, Junge?« Sie trat auf ihn zu und umarmte ihn fest. Er stank, doch das störte sie nicht. »Du bist mein Sohn, ich werde dich immer lieben.«

Er versteifte sich, wurde hart wie kalter Fels. »Wenn du mich liebst, dann lass mich endlich so sein, wie ich bin. Mit allem, was daraus folgt.«

Magdalena löste die Umarmung. »Wie meinst du das?«, fragte sie.

»Vater hat immer gesagt, ich würde keine Verantwortung übernehmen. Doch wenn der Mann, den ich niedergeschlagen habe, stirbt, dann habe ich den Tod verdient. Auge um Auge, Zahn um Zahn. So einfach ist das.« Er sah sie bittend an. »Und jetzt geh! Grüß mir den Peter, den Großvater und vor allem die Sophia. Für sie bin ich nur ein großer Bruder, den sie liebt und der sie liebt, nicht mehr und nicht weniger.« Er lächelte schmal. »Aber sie ist ja auch noch ein Kind.«

»Kinder sehen oft das Wahre im Menschen«, sagte Magdalena. Sie erhob sich und versuchte, nicht zu zittern. »Wenn du für dein Tun die Verantwortung übernimmst, dann denke bitte auch daran, was das für deine Mutter bedeutet! Dein Tod hilft keinem, und er macht auch niemanden wieder lebendig. Das hast du selbst gesagt.«

Sie kramte unter ihrem Rock ein kleines Bündel hervor, das sie bislang dort verborgen hatte. »Ich hab dir ein wenig Essen mitgebracht«, sagte sie und stellte das Päckchen vor ihm auf den Boden. »Ein Stück Käse, ein paar Scheiben Schinken und die süße Birnenlatwerge, die du so gerne magst. Außerdem eine Tinktur mit Johanniskrautöl und Arnika, reib dir damit deine Blessuren ein.« Sie zögerte, dann löste sie das kleine silberne Kruzifix, das sie um ihren Hals trug. »Nimm das. Es stammt noch von deiner Großmutter. Es soll dich beschützen.«

Er lächelte traurig. »Gottes Beistand für einen Halunken.«

»Gott liebt und schützt uns alle. Und jede Mutter liebt und schützt ihren Sohn. Ob Heiliger oder Halunke.« Schnell wandte sich Magdalena ab, um ihre Tränen zu verbergen. »Ich … ich komme wieder, dann hoffentlich mit besseren Nachrichten.«

Ohne sich noch einmal umzusehen, stieg sie die Leiter hoch. Sie klopfte an die Luke, die sich daraufhin öffnete.

»Und?«, fragte der Wachsoldat, als sie sich oben im Vorratskeller den Schmutz aus dem Rock klopfte. »Ich hoffe, er krepiert langsam. Der Mann, dem er den Masskrug über den Schädel gedroschen und den Hals aufgeschlitzt hat, ist ein guter Freund von mir.«

Und der Mann, der dies getan hat, ist mein Sohn, dachte Magdalena. In ihr reifte ein Plan.

Sie ließ sich zurück in den Hof führen, wo Simon bereits auf sie wartete.

»Das Fieber hat nachgelassen«, sagte er erleichtert, während er sich die Hände im kalten Brunnenwasser wusch. »Das macht Hoffnung. Wenn der Mann die nächste Nacht übersteht, dann …«

»Und wenn nicht?«, fuhr Magdalena dazwischen. »Darauf mag ich mich nicht verlassen. Selbst wenn, dann droht Paul trotzdem Übles! Sie werden ihn nicht einfach laufen lassen, das weißt du selbst. Außerdem …« Eben rumpelte ein Karren durch das schmale Tor, beladen mit Weinfässern. Sie zog Simon in eine Ecke des Hofs, wo sie unbeobachtet waren.

»Ich werde nicht zulassen, dass sie Paul hängen, niemals!«, flüsterte sie.

»Und was willst du tun?«, fragte Simon. »Er steckt in einem Loch, bewacht von Dutzenden Soldaten. Wir helfen ihm am besten, wenn wir hier gute Arbeit leisten und denjenigen kurieren, den er fast totgeschlagen hat.« Er sah sie drängend an. »Glaub mir, Magdalena! Eine andere Möglichkeit haben wir nicht.«

Magdalena wollte etwas erwidern, doch dann schwieg sie. Es hatte keinen Sinn, mit Simon zu streiten. Er konnte ihr nicht helfen. Was ihr aber noch mehr wehtat: Er *wollte* ihr vermutlich auch gar nicht helfen. Jedenfalls nicht bei dem, was sie vorhatte. Also brauchte sie jemand anderen dafür.

Und sie wusste auch schon, wen.

*

Zaghaft klopfte Peter an die Tür des Levitenhauses, das sich neben der Altöttinger Jesuitenkirche befand. Er war auf der Suche nach dem Vorsteher, die Patres hatten ihn hierhergeschickt. Seit fast einem Jahrhundert residierten die Jesuiten in Altötting, ihre Gelehrsamkeit war legendär – ebenso wie ihr Hang zur Arroganz und zur Besserwisserei. Ihre Klosterkirche Sankt Magdalena war wesentlich kleiner als die benachbarte Stiftskirche und schon ein wenig in die Jahre gekommen. Im Anbau, dem sogenannten Levitenhaus, befanden sich die Verwaltungsräume und die Zimmer der Novizen.

Vor allem aber war dort die Bibliothek. Und wegen ihr war Peter gekommen.

Den ganzen gestrigen Tag war er durch Altötting gestreift, in der Hoffnung, mehr über den Attentäter herauszufinden und vielleicht den dunkelhäutigen Fremden zu entdecken, von dem der Großvater und auch Lucia gesprochen hatten, bislang vergeblich. Auch diese merkwürdigen französischen Musketiere, die ihnen in Wasserburg begegnet waren, waren nirgendwo aufgetaucht. Heute wollte Peter es deshalb auf einem anderen Weg versuchen.

Nach dem dritten Klopfen öffnete sich die Tür ein wenig, und ein älterer Geistlicher lugte durch den Spalt. Er war klein und gebeugt, sein Gesicht verhutzelt wie eine getrocknete Zwetschge.

»Ja?«, krächzte er. »Wenn Ihr als Pilger zur Messe wollt, dann ...«

»Ich bin zwar ein Pilger, aber etwas anderes führt mich hierher«, unterbrach ihn Peter. »Ich suche den ehrwürdigen Pater Superior.«

»Der bin ich«, sagte das Männchen, immer noch vorsichtig. »Pater Benedikt, der Vorsteher der Jesuiten.«

»Umso besser.« Peter lächelte breit. »Ich bin ein Studiosus der Medizin aus Ingolstadt. Pater Clemens lässt Euch schön grüßen.«

»Pater Clemens?« Auf dem Zwetschgengesicht bildeten sich noch ein paar weitere Falten, die offenbar ein Lächeln darstellten. »Ach, der gute Clemens! Das ist aber nett. Wie geht es ihm denn?«

»Nun, er kann nicht klagen«, erwiderte Peter. »Hält sich gut für sein Alter. Die Studenten triezen ihn halt nach wie vor und ziehen ihn wegen seiner Glatze auf.«

Pater Benedikt kicherte. »Die hatte er schon während unserer gemeinsamen Zeit auf dem Jesuitenkolleg. Ihr wisst vermutlich, was damals in Ingolstadt geschehen ist?«

Peter nickte grinsend. »O ja, das weiß ich. Gottes Segen kommt stets von oben.«

Es war ein glücklicher Umstand, der Peter heute Morgen wieder eingefallen war. Einer seiner Kommilitonen, der in Ingolstadt Theologie studierte, hatte ihm von dem glatzköpfigen Jesuitenpater Clemens erzählt. Vor Jahren hatte eine Taube, die sich in die Kirche verirrt hatte, dem armen Pater bei der Morgenmesse auf den Kopf gekackt. Die Ingolstädter Studenten sprachen noch heute davon. Von dem Kommilitonen hatte Peter auch erfahren, dass Pater Clemens mit dem Vorsteher der Altöttinger Jesuiten bekannt war.

»Mein Gott, was haben wir gelacht! Natürlich erst später in der Sakristei. Aber wir wollen nicht weiter in Pater Clemens' Wunden wühlen.« Der Vorsteher winkte lächelnd ab. »Ich danke für den Gruß. Kann ich irgendetwas für Euch tun, junger Mann?«

Peter räusperte sich. »Das könnt Ihr in der Tat. Ich habe gehört, dass die Altöttinger Jesuiten über eine hervorragende Bibliothek verfügen, und wollte fragen, ob ich einen Blick hineinwerfen könnte.«

»Aber wir haben kaum medizinische Werke«, wendete der Pater ein. »Das meiste ist theologischer Natur.«

»Das ist mir bekannt. Ich schreibe allerdings gerade eine Arbeit über die Einflüsse des Islam auf die christliche Medizinlehre. Über den großen Ibn Sina, bei uns bekannt als Avicenna, und weitere berühmte Heilkundige unter den Heiden.«

»Avicenna, hm ... Ein wahrhaft Großer, obwohl kein

Christ.« Der Pater nickte nachdenklich. »Ja, über Avicenna und den Islam haben wir tatsächlich einige Werke. Nun, warum nicht? Ich bin selbst in diesen Tagen viel in unserer Bibliothek, ich arbeite an einer Streitschrift wider den Protestantismus, der auch in Bayern leider immer mehr Einzug hält. Kommt mit, junger Mann, ich zeige Euch den Weg.« Er winkte Peter hinein. »Ihr müsst entschuldigen, dass ich vorhin so argwöhnisch war. Aber zurzeit hört man viel von Dieben. Bei unseren lieben Brüdern, den Franziskanern, sind sie wohl schon eingebrochen und haben den Opferstock ausgeraubt! Ja, ja, man kann nicht vorsichtig genug sein in diesen Tagen. Ich erinnere mich an einen Fall in Ingolstadt ...«

Während der Alte weitere Geschichten zum Besten gab, führte er Peter hinauf in den ersten Stock und dort in die Bibliothek. Sie war nicht so groß, wie Peter erhofft hatte, aber immer noch beeindruckend. Regalfächer aus poliertem Nussbaumholz zogen sich an den Wänden entlang, gefüllt mit Hunderten in Leder gebundenen Büchern. In der Mitte stand ein großer Eichentisch, darauf einige aufgeschlagene Werke, die der Vorsteher offenbar gerade las. Ein mannshoher, wertvoll aussehender Spiegel verstärkte das Morgenlicht, das durch die hohen Fenster fiel.

»Ich lasse Euch dann allein«, sagte Pater Benedikt. »Wenn Ihr Hilfe braucht, gebt unten Bescheid. Wir freuen uns immer, wenn wir fleißigen Studenten zur Seite stehen können.«

Peter dankte lächelnd. Erst als der Superior gegangen war, wandte er sich den Büchern in den Regalen zu.

Es war ihm nicht leichtgefallen, freundlich und gut gelaunt zu wirken. Die Sache mit Paul machte Peter schwer zu schaffen. Sein Bruder saß als Säufer und Totschläger im Karzer! Offenbar brauchte es nicht mal einen finsteren

Plan des Kurfürsten, Paul lieferte sich gleich selbst ans Messer. Peter hatte die Mutter in der Nacht immer wieder schluchzen gehört. Er selbst war eher wütend – wütend auf Paul, weil er es so weit hatte kommen lassen.

Welche Chancen hatten sie noch, ihn freizubekommen, und zwar noch ehe der Kurfürst erfuhr, wer sich da in seiner Gewalt befand? Nach langem nächtlichem Grübeln war Peter zu dem Schluss gekommen, dass er seinem Bruder nur auf eine Weise helfen konnte: durch das alte Gesetz des Handels.

Quid pro quo ...

Wenn es ihm gelang, mehr über jenen mysteriösen Assassinen in Erfahrung zu bringen, dann besaß er ein Faustpfand gegenüber Max. Sollte es wirklich zum Äußersten kommen, konnte Peter den Kurfürsten um Pauls Freilassung bitten, im Austausch gegen Informationen. Aber eben nur dann, wenn er etwas vorzuweisen hatte. Einen Täter oder zumindest mehr als eine vage Spur.

Deshalb war er hier. Um mehr über ihren möglichen Widersacher zu erfahren.

Peter ging an den Regalen entlang und studierte die einzelnen Titel. Das meiste waren tatsächlich langweilige theologische Werke, wobei Peter auch auf andere Publikationen stieß. So zum Beispiel auf Avicennas *Kanon der Medizin*, eine fünfbändige Reihe, die er bereits aus Ingolstadt kannte. Darin wurden vom Luftröhrenschnitt bis zum Starstich etliche Behandlungsmethoden erklärt. Viele Werke sagten ihm nichts oder waren für ihn uninteressant; andere behandelten zwar den Islam, taten dies aber auf abfällige Weise. Als er schon aufgeben wollte, stieß er ganz hinten in der Ecke auf einen unscheinbaren, sehr alt aussehenden Band. Es war der Titel, der Peter sofort ins Auge stach.

Geschichte des Morgenlands. Geschrieben von Wilhelm von Tyrus.

Den lateinischen Zeilen auf der ersten Seite entnahm Peter, dass Wilhelm von Tyrus zur Zeit der Kreuzzüge gelebt hatte und Kanzler des Königreichs Jerusalem gewesen war. Neugierig fing er an, in dem Buch zu blättern. Anders als die meisten von Christen verfassten Werke behandelte es den Islam nicht wie einen Aussätzigen, sondern eher wie einen Bruder. Wilhelm von Tyrus berichtete vom Propheten Mohammed, vom Streit um sein Erbe und von der islamischen Eroberung großer Gebiete rund um das Mittelmeer. Auch auf verschiedene religiöse Strömungen ging das Buch ein, auf Sunniten, Schiiten und viele andere. Peter gewann den Eindruck, dass die religiösen Verästelungen im Islam mindestens ebenso kompliziert waren wie im Christentum.

Gebeugt über die Chronik saß er am Tisch, las, blätterte, übersetzte im Kopf das alte Latein, bis er schließlich auf die Seiten stieß, auf die er so sehnlichst gehofft hatte.

Über die Assassinen …

Sein Herz schlug schneller, während er die Zeilen überflog. Die Glaubensgemeinschaft der Assassinen, die auch Nizariten genannt wurden, lebte offenbar in der Levante, jenem Gebiet an der Ostküste des Mittelmeers, das von hohen Bergen begrenzt wurde. Die Assassinen hatten einen religiösen Führer, genannt »der Alte vom Berge«, der auf der Festung Alamut residierte und dem sie bedingungslos folgten. Ihr Fanatismus war legendär, ebenso wie ihre Meisterschaft im politischen Mord. Und tatsächlich gingen viele historische Attentate auf Assassinen zurück, sogar im europäischen Raum. Aber gab es die Sekte heute noch?

Die Chronik war viele Jahrhunderte alt, etliche Geschichten über die Assassinen klangen eher wie Märchen als wie Tatsachen. Sie kämpften mit Messer, Seil und Armbrust, stürzten sich nach vollbrachter Tat in den Tod, kauten Drogen ... In seiner Burg führte der Alte vom Berge seine unter Drogen gesetzten Jünger in einen wunderschönen Garten, wo sie das Paradies schauen durften, ehe sie als Meuchler in die Welt zogen.

Peter nahm seine Brille ab und rieb sich die vom Lesen müden Augen. So wie es aussah, jagte er einem Phantom hinterher. Wie sollte er diese Spukgestalt jemals zu fassen bekommen? Peters Reich war die Logik, der Verstand – doch sein Gegner erschien ihm eher wie ein überirdisches Wesen. Enttäuscht stellte er das Buch zurück ins Regal, als sich die Tür öffnete. Neugierig steckte Pater Benedikt den Kopf herein.

»Und?«, fragte er. »Habt Ihr gefunden, was Ihr suchtet?«

»Danke, Eure Bibliothek ist wirklich überaus interessant«, erwiderte Peter ausweichend. »Doch wenn ich ehrlich bin, hatte ich auf mehr Werke über den Islam gehofft.«

»Hm ... Lasst mich mal sehen.« Der Superior betrat den Raum und ging suchend an den Regalreihen entlang. »Ich dachte, da wäre mehr. Vielleicht findet sich ja ...«

In diesem Moment ertönte hinter ihnen ein Bersten und Splittern. Instinktiv ließ Peter sich fallen und sah, dass sowohl eines der Fenstergläser als auch der große Spiegel zerbrochen waren. Die Scherben lagen überall auf dem Boden, ein kalter Windzug wehte durch das Fensterloch.

In dem hölzernen Rahmen des Spiegels steckte ein kleiner, jedoch sehr tödlich aussehender Pfeil.

Der Pater war so entsetzt, dass er wie festgenagelt vor dem Regal stehen blieb.

»Um Himmels willen!«, brachte er stammelnd hervor. »Was … was …?«

»Runter!«, schrie Peter.

Er hechtete in Richtung des Paters und zerrte an dessen Soutane, sodass der alte Mann ins Taumeln geriet.

»He, was soll das?«, jammerte der Superior. »Was geht hier vor? Warum …«

Mit aller Kraft zog Peter ihm die Beine weg, und der Alte stürzte schreiend zu Boden. Im gleichen Augenblick erklang ein Zischen und dann ein Sirren. In der Regalwand, genau dort, wo der Pater eben noch gestanden hatte, steckte jetzt ein weiterer Pfeil.

»Wenn Euch Euer Leben lieb ist, dann kriecht unter den Tisch!«, rief Peter dem Alten zu. Gleichzeitig lief er geduckt hinüber zum Ausgang, während er aufmerksam horchte. Kein weiteres Sirren war zu hören, kein Splittern von Glas. Peter rannte die Treppe hinunter und zur Tür hinaus.

Keuchend blieb er stehen und musterte die Umgebung. Das Levitenhaus grenzte an die Sankt-Magdalena-Kirche der Jesuiten. Dazwischen befand sich nur eine schmale Gasse, die an der Kopfseite von einer Kapelle abgeschlossen wurde. Auf der unmittelbar gegenüberliegenden Seite stand ein Kirchenfenster offen. Von dort musste der Schuss gekommen sein.

Peter zögerte. Derjenige, der dies getan hatte, war ohne Zweifel ein kaltblütiger Mörder. Vermutlich hatte er nicht die geringste Chance gegen ihn, nicht, wenn es zum Kampf Mann gegen Mann kam. Andererseits war dies vielleicht die einzige Möglichkeit, mehr über das Phantom herauszufinden.

Für Paul, dachte Peter. *Ich tu's für meinen Bruder!*

Er hastete auf das offene Kirchenportal zu. Drinnen

waren nur wenige Gläubige, die in den Bänken knieten und mit gesenkten Köpfen still beteten. Offenbar hatte hier drinnen keiner etwas gehört.

»Ist da eben jemand rausgegangen?«, fragte Peter laut, ohne sich um die Kirchenruhe zu kümmern. »Ein Fremder, dunkle Haut, exotische Kleidung ...«

Ein altes Mütterlein sah ihn mit großen Augen an. »Nur der Mesner«, hauchte sie. »Also, ich ... ich denke, dass es der Mesner war. Zuvor hat er da droben ein Fenster geöffnet, wohl wegen des vielen Weihrauchs.« Sie deutete nach oben, wo an der Galerie ein Fenster weit offen stand.

Peter fluchte leise. Was hatte er erwartet? Dass der Meuchler in fremdländischen Gewändern und mit der Armbrust in der Hand in die Kirche hineinmarschierte? Natürlich hatte er sich verkleidet.

Aber auf wen hatte er es abgesehen? Auf den Pater Superior oder auf ihn, Peter? Konnte der Assassine wissen, dass er ihm auf der Spur war? Wie auch immer, der Kerl war auf und davon.

Ohne sich um die Gläubigen zu kümmern, von denen sich nun einige verärgert nach ihm umdrehten, ging Peter die seitliche Treppe nach oben, die zur Galerie und zur Orgel hinaufführte. Er sah sich suchend um. Hier, am offenen Fenster, musste der Mann gestanden haben. Peter bückte sich und bemerkte einen schleimigen Fleck am Boden, offenbar Speichel, vermengt mit etwas Grünem. Er erinnerte sich daran, was der Großvater erzählt hatte.

Die Droge, die er kaut ...

Blinzelnd spähte er hinüber zu dem zersplitterten Bibliotheksfenster, das auf der anderen Seite der Gasse, nur ein paar Schritte entfernt, zu sehen war. Dahinter konnte Peter den Pater Superior erkennen, der eben unter dem Tisch hervorkroch.

Und noch etwas anderes sah er.

Der Täter hatte den Spiegel getroffen, weil er die Gestalt darin für echt gehalten hatte. Peter rekonstruierte, wo Pater Benedikt und wo er selbst gestanden hatten. Dann nickte er.

Im Spiegel war nicht er, sondern der Pater zu sehen gewesen. Ihm hatte der Schuss gegolten. Das hieß, dass der Meuchler noch nicht ahnte, dass Peter seine Spur aufgenommen hatte.

Und auch etwas anderes wurde Peter klar.

Wenn der Meuchler das Spiegelbild mit der wahren Person verwechselt hatte, dann bedeutete es, dass er Fehler machte. Das Phantom war nicht unfehlbar, es war menschlich. Es hinterließ Spuren wie den grünen Speichelfleck.

Und das bedeutete, dass man es besiegen konnte.

*

»Die Tür ist dort hinten, siehst du?«

Magdalena deutete auf ein kleines Türchen, das sich neben einem Kornstadel befand. Zusammen mit ihrem Vater stand sie vor dem rückwärtigen Teil des Vierseithofs, in dem das kurfürstliche Gefolge untergebracht war. Anders als vorne, wo die Soldaten in ihren Zelten campierten, war diese Seite öd und verlassen. Brache Felder, gefleckt von letzten Schneeresten, breiteten sich bis zum Wald aus. Ein einzelner alter Bauer war vorhin mit seiner Hacke an ihnen vorbeigeschlurft und hatte sie mit einem kurzen Blick gestreift. Ansonsten war bislang niemand aufgetaucht.

»Ich sehe die Tür, aber ich sehe noch immer keinen Plan«, brummte Jakob Kuisl.

»Weil es auch keinen fertigen Plan gibt, Vater.« Magdalena seufzte. »Ich weiß nur, dass wir Paul da rausholen müssen, bevor sie ihn zum Galgen schleppen.«

Seitdem sie heute Morgen mit Simon hier gewesen war, waren etliche Stunden vergangen. Mittlerweile war es Nachmittag, und Simon war erneut in die Propstei gerufen worden. Ihre Majestät, die Kaiserin, fühlte sich weiterhin krank und schwach. Auf dem Rückweg zu ihrer Unterkunft hatte Simon Magdalena von seiner berühmten Patientin erzählt. Dass ihr Mann eine so hochstehende Persönlichkeit behandeln durfte, hätte sie sonst sicher mit Stolz erfüllt. Aber zurzeit war ihr das völlig egal.

Wichtig war nur, dass ihr Simon dank der Kaiserin nicht im Weg war.

Magdalena wusste nicht, was ihr Mann von ihren Befreiungsplänen halten würde, also hatte sie ihn gar nicht erst eingeweiht – und stattdessen ihren Vater um Hilfe gebeten. Sophia würde in der Zwischenzeit schon nichts anstellen, immerhin gab es oben in der Dachkammer jede Menge Bücher mit wunderschönen Stichen, in die sie sich vertiefen konnte.

Bereits heute Vormittag hatte Magdalena die kleine Pforte entdeckt. Das Türchen besaß auf der Innenseite einen festen Riegel, den sie zur Seite geschoben und dann ein paar Rechen und Sensen davor abgestellt hatte. Sie konnte nur hoffen, dass das unverschlossene Türchen niemandem aufgefallen war.

»Wichtig ist zunächst, dass du unbemerkt in den Hof gelangst«, versuchte Magdalena erneut, ihrem Vater den unausgegorenen Plan zu erklären. »Ich komme ganz offiziell als Heilerin durch das vordere Tor. Eine der Hofdamen hat nach mir verlangt, ich bringe ihr eine Tinktur gegen Verstopfung. Dann gehe ich hinüber in den Vorratsraum.«

»Und dann?«, fragte Kuisl.

»Dann werde ich ... ich werde die Wachen irgendwie ablenken. Währenddessen steigst du runter in den Keller und schnappst dir Paul.«

»Du hast gesagt, er ist angekettet.«

»Aber die Balken sind morsch, die Ketten rostig. Du kannst eine Kutsche hochheben, Vater, da wirst du doch so eine Kette aus der Wand reißen können.« Ihre Stimme klang sicherer, als sie sich fühlte. Es gab so viele Unwägbarkeiten, so viele Stellen, an denen ihr Plan schiefgehen konnte, aber sie mussten es versuchen! Es ging schließlich um nichts weniger als das Leben ihres Sohnes.

Es tat Magdalena noch immer schrecklich weh, wenn sie daran dachte, wie kühl Simon von Paul geredet hatte. Er hatte ihn nicht einmal kurz sehen wollen, so als ... als hätte er ihn schon aufgegeben. Aber man durfte ein Kind nicht aufgeben, niemals! Immerhin sah ihr Vater das genauso. Er war mitgekommen, auch wenn er von ihrem vagen Plan nicht sonderlich überzeugt war.

»Ich ... ich gehe jetzt zum Eingang«, erklärte sie. »Wenn ich dann aus dem Vorratsraum komme, weißt du, was du zu tun hast.«

»Das weiß ich zwar nicht«, sagte Kuisl. »Aber verflucht, mir wird schon was einfallen.« Er lächelte müde. »Das bin ich dir und dem Paul schuldig. Und jetzt geh schon!«

Magdalena huschte davon, wobei sie sich fragte, was ihr Vater mit seinen letzten Worten genau gemeint hatte.

Das bin ich dir und dem Paul schuldig.

Nun, sie konnte ihn später noch fragen.

Kurz darauf stand sie mitten in dem Trubel vor dem Vierseithof. Eben begehrten zwei Bauern Einlass, die ein fettes Schwein mit sich führten. Offenbar wollten sie mit dem Verwalter einen besseren Preis für das Tier aushandeln. Sie feilschten lautstark, während Magdalena ungeduldig darauf wartete, an die Reihe zu kommen.

Endlich verschwanden die Bauern mit einem kleinen Beutel Münzen, das Schwein wurde von einer Wache in den Hof geführt, und der Verwalter wandte sich ihr zu. Mittlerweile kannte er sie.

»Ach, die Frau des Doktors«, sagte er lächelnd. »Ich muss sagen, Ihr seid tatsächlich eine große Hilfe. Die Damen hier sprechen in den höchsten Tönen von Euren Mittelchen.«

»Und eben so ein Mittelchen habe ich wieder dabei«, erwiderte Magdalena und hielt ein verkorktes Tonfläschchen in die Höhe. »Für die Cousine des kurfürstlichen Barbiers.« Sie senkte die Stimme und hoffte, dass er ihr Zittern nicht bemerkte. »Die Dame kann nicht mehr, nun ... Ihr wisst schon. Eben das tun, was selbst der Papst tun muss.«

»Das liegt wohl auch daran, dass hier auf dem Abort kein Veilchenparfüm versprüht wird.« Der Verwalter schmunzelte und trat zur Seite. »Bitte schön, Ihr kennt ja den Weg.«

»Danke.« Während Magdalena an ihm vorbeiging, sagte sie beiläufig: »Ich werde dann auch noch mal zu dem Burschen im Kerker schauen. Mein Mann kümmert sich später um den verletzten Soldaten.«

Der Verwalter nickte freudig. »Der Arme scheint tatsächlich auf dem Weg zur Besserung zu sein, Eurem Gatten sei Dank! Vielleicht hilft dieses Waschen mit Branntwein ja doch.« Er runzelte die Stirn. »Ach ja, und was den Burschen im Keller angeht ... Um den braucht Ihr Euch nicht mehr länger zu scheren.«

»Warum?«, fragte Magdalena mit angehaltenem Atem. »Geht ... geht es ihm denn besser?«

»Das weiß ich nicht. Er ist nicht mehr da.«

»Wie ...?« Magdalena blieb wie angewurzelt stehen. »Nicht mehr da? Was soll das heißen?«

»Nun, als wir sahen, dass sein Opfer wohl überleben wird, kam der Galgen nicht mehr infrage.«

»Ihr ... Ihr habt ihn also entlassen?«, fragte Magdalena mit wachsender Hoffnung.

»O nein! Das nicht.« Der Verwalter lachte. »Für so Kerle gibt es eine gute Verwendung. Der Lager-Profoss hat ihm zwanzig Jahre Galeerendienst aufgebrummt. Eine Abordnung Soldaten hat den Halunken vor ein paar Stunden mitgenommen, zusammen mit einem Haufen anderer Galgenvögel. Ihr glaubt gar nicht, was für ein Geschmeiß so ein herrschaftliches Treffen alles anzieht! Bettler, Vagabunden, Taschendiebe ...«

»Und ... und wo hat man ihn hingebracht?«, erkundigte sich Magdalena tonlos. Sie versuchte verzweifelt, ihr immer stärker werdendes Zittern zu verbergen.

Der Verwalter sah sie argwöhnisch an. »Ihr scheint Euch ja sehr für diesen Burschen zu interessieren. Nun, wie auch immer ...« Er zuckte die Achseln. »Nach Burghausen geht es. Dort ist das Rentamt, und von dort aus werden diese Bastarde dann verschifft. Über Salzach, Inn und Donau bis zum Schwarzen Meer oder über die Alpen zum Mittelmeer. In Venedig zahlt man gute Preise für Ruderer! So hilft uns der menschliche Unrat im kommenden Kampf gegen die Türken. Angekettet auf der Ruderbank.« Er zog den Hut. »Einen schönen Tag noch, Frau Doktor.«

Magdalena hörte schon nicht mehr richtig hin. Wie eine Marionette stakste sie über den Hof, vorbei an Soldaten, Bediensteten und Schweinen, die sich im Dreck suhlten. Sie taumelte mehr, als dass sie ging. Durch ihre Tränen hindurch sah sie verschwommen ihren Vater in der Nähe der Pforte stehen. Er nickte ihr unmerklich zu.

Schnurstracks ging sie auf ihn zu, nahm ihn am Ärmel und zog ihn weg von dem kleinen Einlass.

»He, was machst du?«, protestierte Kuisl leise. »Ich dachte, wir wollten Paul befreien.«

»Paul ist nicht mehr hier, Vater«, erwiderte Magdalena schwach. »Und wenn nicht ein Wunder geschieht, dann werden wir ihn nie mehr wiedersehen.«

Eine Weile später standen sie draußen, am Rande des Brachfelds. Die Abenddämmerung setzte ein, feuchtkalte Nebelschwaden waberten über die vereisten Ackerkrumen. Es kam Magdalena vor, als stünde sie am Rand der Welt und könnte jeden Moment über die Klippe stürzen. Die Tränen auf ihrem Gesicht gefroren zu Eis.

Paul ist weg!, dachte sie. *Vielleicht für immer …*

Gleich hinter ihnen begann der Wald, darüber erhob sich der Hügel mit dem Galgen, der Paul erspart geblieben war.

Doch zu welchem Preis?

In stockenden Worten hatte Magdalena ihrem Vater erzählt, was geschehen war und wohin man Paul gebracht hatte. Jakob Kuisl hatte schweigend zugehört.

»Es hat so kommen müssen«, sagte er schließlich leise.

Magdalena sah mit verheulten Augen zu ihm auf. »Ist das alles, was dir dazu einfällt? Wir müssen Paul helfen! Irgendwie … Er ist mein Kind, dein Enkel …«

»Hör zu, Magdalena«, unterbrach sie Kuisl. »Da ist etwas, das ich dir sagen muss. Ich … ich wollte es schon die ganze Zeit …« Er blickte sich um und rang sichtlich mit sich. »Vielleicht ist dieser Ort, hier unter dem Galgenhügel, ja dafür der beste Platz. Aber vermutlich gibt es keinen guten Ort für … so was. Wie auch immer … Ich … ich kann es nicht mehr länger aufschieben. Seit Tagen ringe ich schon mit mir …«

»Herrgott, was redest du da?«, sagte Magdalena. »Egal was es ist, das kann doch warten! Wir müssen Paul helfen und …«

»Hör zu, verdammt! Jetzt!«, herrschte ihr Vater sie an. »Es kann eben nicht warten, Himmelherrgott noch mal!« Er schnaufte tief durch, dann hatte er sich wieder in der Gewalt. »Was ich dir sagen muss, hat mit deiner Mutter zu tun, mit dir, wo du herkommst. Und auch mit … Paul. Ich habe viel zu lange gezögert. Nur Gott weiß, wie viel Zeit mir noch bleibt! Ich kann das nicht mit ins Grab nehmen …« Noch einmal stockte er, die Fäuste geballt, die Lippen schmal, so, als würden sie sich weigern, die Wahrheit auszusprechen.

Dann begann der Henker in schweren, schleppenden Worten zu erzählen.

»Ich muss weit ausholen, Magdalena«, fing er leise an. »In die Zeit noch vor deiner Geburt …«

So lange ist das her, fast ein ganzes Leben. Ein kalter Novembertag, irgendwo in der Nähe von Regensburg, die Luft kühl und frisch, einzelne Schneeflocken schweben zu Boden, schimmern zwischen den Bäumen wie kleine Sterne …

Die Schreie kommen von weit her, zunächst klingen sie wie das Zwitschern zorniger Vögel. Erst als der junge Feldwebel Jakob Kuisl mit einigen seiner Leute näher kommt, erkennt er das Weinen und Klagen von Menschen. Er wischt die Zweige zur Seite und starrt auf ein brennendes Dorf. Der rote Hahn frisst sich durch die Dächer, beißender Rauch in der Luft, verkrümmte Leiber, die in ihrem Blut liegen. In der Mitte des Dorfplatzes kauern die Weiber, alte und junge, hübsche und hässliche; sie tragen dünne Hemden und zittern und schreien und weinen.

Um ein flackerndes Feuer, über dem fünf Hühner braten, sitzen ein paar Männer und lachen.

Es sind Kuisls Männer.

Sie würfeln. Immer wieder ertönen Jubelrufe, dann packt einer der Söldner eine Frau bei den Haaren, zerrt sie aus der Mitte und verschwindet mit ihr hinter den brennenden Häusern. Ein langer Schrei, ein Wimmern, das leiser wird und schließlich verstummt.

Die nächste Runde beginnt. Neues Spiel, neues Glück.

Ein groß gewachsener Mann, wilde schwarze Haare, buschige Augenbrauen, erhebt sich aus der Runde. Er zieht ein Mädchen zu sich her und greift ihr an die Brüste, sein Messer malt rote Linien auf ihre nackte weiße Haut. Jakob weiß sofort, dass der Mann der Anführer der Bande ist. Seit Jahren säuft der Kerl Blut, viel zu oft hat er ihn gewähren lassen.

Jakob zittert vor Wut, doch er zögert noch.

Dort auf dem Dorfplatz, zwischen all den Weibern, kauert eine junge Frau, das Kinn stolz vorgereckt, wie eine Königin ... All das Weinen und Schreien scheint nicht zu ihr durchzudringen, sie ist wie taub.

Er spürt, dass die Frau ihn anstarrt. Ihre Augen sind dunkle Strudel, die ihn hinabziehen. Er kann den Blick nicht von ihr wenden. Ein Feuer brennt in seiner Magengrube, viel heißer als die Flammen auf den Dächern.

Jakob nickt ihr schweigend zu, dann endlich gibt er den Männern an seiner Seite den Befehl zum Angriff.

Erst später, als die Beine der Erhängten im Wind nur noch schwach zappeln, die letzten heiseren Todesschreie verstummt sind und er mit ihr davonreitet, weit fort, nach Hause, dorthin, wo kein Krieg mehr ist; erst dann, als er beschlossen hat, kein Söldner mehr zu sein und nach Schongau zurückzukehren, wird er ihren Namen erfahren.

Anna Maria.

Sie wird die Frau seines Lebens.

Und Magdalenas Mutter.

Wer der Vater ist, weiß er bis heute nicht.

»Das Dorf hieß Weidenfeld«, fuhr Kuisl in schleppendem Ton fort, während Magdalena mit wachsendem Entsetzen zuhörte. »Wir lagerten mit unserer Kompanie ganz in der Nähe, ein paar meiner Männer haben marodiert. Sie haben ihre gerechte Strafe bekommen. Die einen früher, die anderen ... später. Drei Männer haben es damals am schlimmsten getrieben, drei Brüder. Erst kürzlich, unterwegs auf unserer Reise, dachte ich, ihre Geister wären zurückgekommen, wie mahnende Schatten ...« Er zögerte und schüttelte sich. »Damals kam ich zu spät. Die Kerle hatten viele der Frauen schon vergewaltigt, etliche umgebracht. Der Schweinehund, der deine Mutter schändete, hieß Philipp Lettner, er ... er war mein Stellvertreter.«

Magdalena starrte Jakob Kuisl an, während sie versuchte, das eben Gesagte mit der Wirklichkeit in Einklang zu bringen. Hatte sie richtig verstanden, was ihr Vater ihr da eben in stammelnden Sätzen mitgeteilt hatte?

Es hat mit deiner Mutter zu tun, mit dir, wo du herkommst ... Ich habe viel zu lange gezögert ...

Alles um sie drehte sich. Ihr Kopf war leer, wie Brocken würgte sie einige Worte hervor, als müsste sie etwas erbrechen.

»Willst du ... willst du damit etwa sagen, dass dieser ...

dieser Lettner …« Es gelang ihr nicht, weiterzusprechen. Ihr wurde übel.

»Er wollte sich später an mir rächen, damals, als du mit Simon in Regensburg warst, vor fast zwanzig Jahren. Du erinnerst dich?«

Magdalena nickte schweigend. Sie erinnerte sich. Damals hatte sie Schongau für immer verlassen wollen, zusammen mit Simon. Doch sie war zurückgekommen, so wie auch der Vater einst zurückgekommen war.

»Lettner hat mir damals in Regensburg einen Brief geschrieben und mir von seiner Vaterschaft berichtet. Ich hab den Wisch nach seinem Tod in tausend Fetzen zerrissen und in die Donau geworfen. Aber ich … ich bekam die Worte nicht mehr aus dem Kopf! Ich habe gezählt und gerechnet, so viele Male …« Kuisl stöhnte.

»Magdalena, ich kann es nicht beschwören. Aber dieser Mann hat deine Mutter vergewaltigt, er hat mit ihr ein Kind gezeugt. Sie sagte später, sie habe gleich darauf mit Mutterkorn abgetrieben, du seist mein Kind. Aber die Zweifel haben mich nie losgelassen …« Er stockte. »Magdalena, wenn dieser Lettner dein Vater ist, dann sollst du wissen …«

Schläge prasselten auf Kuisl ein. Magdalena wusste selbst nicht, wann sie angefangen hatte, auf ihn einzuprügeln. Sie merkte es erst, als sie erneut zum Schlag ausholte, immer und immer wieder.

»Zum Teufel!«, schrie sie ihn an und schlug weiter. »Du … du … Warum musst du mir das erzählen? Gerade jetzt! Warum hast du mich die ganzen Jahre über angelogen?«

»Magdalena, ich bitte dich! Ich habe nicht gelogen, ich habe nur das Maul gehalten. Ich war feig. Aber damit muss jetzt Schluss sein!« Er hielt ihre Fäuste fest, winzige

Bälle in seinen Pranken. »Du weißt selbst, wie es um mich steht. Ich weiß nicht, wann mich der Herrgott zu sich holt. Vielleicht schon morgen, vielleicht erst in ein paar Jahren. Ich dachte, du solltest es wissen. Auch wegen Paul.«

»Wegen Paul?« Magdalena zitterte, zog den Rotz hoch. »Was … was verflucht noch mal hat Paul damit zu tun?«

»Verstehst du denn nicht? Sein Wesen, diese dunkle Seite, die immer wieder bei ihm durchbricht. Ich denke, das hat er vielleicht von seinem wahren Großvater. Philipp Lettner war ein Dämon, ein übler Menschenschinder, ein …«

»Hör auf! Hör endlich auf!« Magdalenas Schreie gellten über das Feld, ein paar Krähen flogen erschrocken auf. »Ich will das nicht hören! Ich … ich hasse dich!«

»Magdalena, etwas ist mir ganz wichtig. So wichtig wie noch nie etwas in meinem Leben. Hör mir zu!« Er hielt sie fest und sah sie eindringlich an. »Philipp Lettner mag dein leiblicher Vater sein. Aber das zählt nichts! Gar nichts! *Ich* bin dein Vater, ich bin es immer gewesen und werde es immer sein. Hörst du, Magdalena? Hörst du?«

Ihre Tränen versiegten, ihr Widerstand erlahmte. Sie ließ sich von ihm in die Arme nehmen, doch dann stieß sie ihn wieder weg.

Plötzlich wurde sie ganz ruhig. Es war, als würde die Welt um sie herum sich langsamer drehen. Sie dachte daran, wie ihre Mutter sie früher öfter angesehen hatte. Dieser prüfende Blick, der tiefer zu gehen schien als bei ihren jüngeren Geschwistern Georg und Barbara. Daran, wie der Vater ihr oft zögernd über das wilde schwarze Haar gestrichen hatte. Wie sie heimlich von ihm ein Extrastück Bamberger Süßholz bekommen hatte, das gleiche Süßholz, das später auch Paul so mochte. Wie er ihr hinter dem Rücken der Geschwister einen rotbackigen Apfel zugeschoben hatte. Später dann hatte der Großvater für Paul immer mehr Verständnis gehabt als für Peter, er hatte ihm stets alles verziehen. Jetzt wusste Magdalena: Es war keine Liebe gewesen.

Sondern schlechtes Gewissen.

Auch ihr war aufgefallen, dass Paul anders war als der Rest der Kuisls. War das wirklich der Grund? Hatte Paul einen bösen Kern, weil in ihm ein fremdes böses Blut floss?

So wie auch in mir?

»Paul bleibt mein Kind, mit allem, was zu ihm gehört«, gab sie schließlich zurück. »Auch mit seiner dunklen Seite.«

»Paul ist dein Sohn, und er ist mein Enkel«, betonte Kuisl noch einmal. »Und wir werden ihm helfen. Irgendwie. Es war mir nur wichtig, dass du es weißt. Das ... das hilft dir vielleicht, ihn besser zu verstehen.« Er schnaufte. »Verflucht, so viel habe ich vermutlich nicht geredet seit ... ich weiß nicht. Ich fühl mich, als ... als hätte ich mich ausgespien.«

Und den ganzen Kübel hast du über mich ausgegossen, dachte Magdalena.

Ihr war furchtbar kalt, fröstelnd zog sie den dünnen Mantel fester um sich. Ihr Blick ging zum Galgenhügel, wo ein paar Raben um die nackten Balken kreisten. Ein trauriges gequältes Lachen entfuhr ihr.

Ich bin gar keine ehrlose Henkerstochter. Wie schön! Ich bin die Tochter eines Marodeurs, Mörders und Vergewaltigers ...

Sie nahm die Hand des alten Henkers und drückte sie. Ihr Zorn war plötzlich verraucht, wie ein Feuer, das der Wind ausgeblasen hatte. Zurück blieb eine Leere, die sie zu füllen gedachte.

»Lass uns zurück nach Neuötting gehen«, wandte sie

sich an Kuisl. »Kein Wort zu niemandem, nicht zu Simon, und schon gar nicht zu Peter und Sophia! Verstanden? Es gibt anderes zu besprechen. Wichtigeres … Vater.«

Als sie das letzte Wort aussprach, lächelte Kuisl leise. »Danke«, flüsterte er.

Sie sah, dass seine Augen feucht waren.

Kapitel 14

Montag, 10. März, nachts
auf der Straße nach Burghausen

Der Wagen rumpelte durch die Nacht, seine Räder tönten auf dem Schotter der Straße wie die mahlenden Steine einer Knochenmühle.

Sie waren zu siebt, aneinandergekettet an zwei gegenüberliegenden Sitzbänken. Die Ketten liefen durch schwere Eisenösen am Boden, an ihren Hand- und Fußgelenken hingen Ringe, schwer wie Blei. Paul biss die Zähne zusammen und versuchte, nicht zu zittern. Die Kälte nagte an seiner Haut, sein Hemd war zerrissen, die Hose ebenso. Wärme spendeten allein die anderen menschlichen Körper, mit denen er in dem engen Wagen wie Vieh zusammengepfercht war.

Seit die Wachen Paul aus dem Loch gezerrt und der Profoss ihn innerhalb weniger Minuten abgeurteilt hatte, waren etliche Stunden vergangen. Diese Zeit war Paul wie ein Traum vorgekommen, ein böser Albtraum, aus dem er nicht erwachen konnte. Sie hatten in Altötting gehalten und danach noch in weiteren Orten der Gegend, langsam hatte sich der Wagen gefüllt.

Verstohlen blickte Paul sich um. Seine Begleiter sahen alle nicht viel besser aus als er. Mit zerschlagenen Gesichtern, nervösen Blicken, klaffenden Zahnlücken … Er war lange genug Henkersknecht gewesen, um zu erkennen, dass es sich bei den Männern um menschlichen Abschaum handelte.

Abschaum wie ich, dachte er.

Unten im Loch hatte er mit seinem Leben bereits abgeschlossen gehabt. Der Keller war ihm vorgekommen wie das Ende einer Straße, die seit seiner Geburt auf diesen Abgrund zugeführt hatte. Es war der Blick seines Vaters gewesen, der Paul am Ende gebrochen hatte. Dieser Blick, der ihm sagte, dass sein Vater alle Hoffnung aufgegeben hatte, aus ihm je einen besseren Menschen zu machen. Auch in Paul war diese Hoffnung gestorben, schon eine ganze Weile. Kurz hatte er sie noch einmal gespürt, als er mit Lucia die Nacht verbrachte; er hatte geträumt von einem glücklichen Leben mit Frau und Kindern, wie es sein Bruder Peter sicher irgendwann führen würde. Aber dann hatte Lucia ihm einen Korb gegeben, er hatte zu viel getrunken, und alles hatte wieder von vorne angefangen …

Hieß Lucia nicht Lichtbringerin? Ja, sie hatte ein Licht in sein Leben getragen, doch das Licht war wieder erloschen. Einmal mehr.

Es ist zwecklos, dachte er.

Er hatte es immer wieder versucht, doch er war stets auf die dunkle Straße zurückgekehrt. Er hatte alle enttäuscht, einmal mehr. Sein Vater hatte recht: Er taugte nichts. Er war ein Mörder und Halunke.

Nein, ein Mörder war er nicht. Der Soldat, den er betrunken mit dem Bierkrug niedergeschlagen hatte, war wohl auf dem Weg der Besserung. Tatsächlich erleichterte das Pauls Gewissen.

Wenigstens kein Mörder …

Als sie ihn vor den Profoss gezerrt hatten, war Paul davon ausgegangen, dass er noch am gleichen Tag baumeln würde. Er kannte das Prozedere zur Genüge. Der kurze letzte Gang über die Galgenleiter, die Schlinge, die sie einem um den Hals legten und oben am Querbalken befestigten, ein kurzer Trommelwirbel, dann zog der Henkersknecht die Leiter weg. Paul hatte es selbst oft genug getan.

Und nun saß er hier, zwischen all den anderen Halunken, verurteilt zu zwanzig Jahren Galeerendienst. Der Galgen wäre zweifellos der schnellere und schmerzlosere Tod gewesen.

Paul wusste, dass diese Form der Zwangsarbeit seit einigen Jahrzehnten ein beliebtes Mittel war, Landstreicher und Störenfriede loszuwerden und damit auch noch Geld zu verdienen. Die Landesherren schickten ihre schwarzen Schäflein oft nach Venedig, wo ein regelrechter Markt mit Sträflingen entstanden war. Meist handelte es sich um Wilderer, Zigeuner und vagabundierende ehemalige Söldner. Auch in Schongau hatte der Schreiber Lechner immer wieder Strauchdiebe begnadigt und in Ketten in Richtung Süden verfrachten lassen. Das spülte Gulden in die klammen städtischen Kassen.

Blinzelnd spähte Paul durch die schmalen, vergitterten Luken des Wagens. Draußen war es bereits dunkel. Wenn sie in diesem Schneckentempo weiterfuhren, würden sie nicht vor Morgengrauen Burghausen erreichen. Der Wagen wurde von zwei müden Ochsen gezogen, er war aus dickem, mit Eisenbändern verstärktem Holz gezimmert. Eine an der Decke aufgehängte Laterne quietschte bei jedem Schaukeln. Sie spendete ein wenig Licht, vermutlich, damit der Wachmann auf dem Kutschbock die Gefangenen im Blick behalten konnte.

»So ein junges, hübsches Bürschlein, und schon unterwegs auf die Galeere. Eine Schande ist das!«

Die hohe, leicht heisere Stimme riss Paul aus seinen Grübeleien. Bis jetzt hatten seine Mitgefangenen allesamt geschwiegen, teils gedöst oder im Sitzen geschlafen. Der Kerl ihm gegenüber, der ihn angesprochen hatte, hatte ein spitzes Gesicht wie ein Fuchs. Zwei kalte, eng beisammenliegende Augen glänzten darin. Er lispelte leicht, was wohl daran lag, dass man ihm erst kürzlich ein paar Zähne ausgeschlagen hatte.

»Na, was hast du angestellt, Süßer?« Ein schmieriges Grinsen huschte über seine Lippen. »Ein paar Eier aus dem Korb der Marketenderin gestohlen oder vor dem Profoss zu sehr mit dem Hintern gewackelt?«

»Was geht's dich an?«, gab Paul einsilbig zurück.

»He, nur nicht frech werden!« Der Kerl warf den Kopf zurück und entblößte seine wenigen verbliebenen Zähne, die wie Hauer abstanden. »Na, dein Gehabe wird dir schon noch vergehen. Heulen wie ein Schlosshund wirst du, wenn sie dich erst an der Bank anketten, unten im Schiffsbauch. Die Peitsche gerbt dir den Rücken, und bei dem Geschaukel und dem elenden Fraß kotzt du dir die Seele aus dem Leib. Ich geb dir zwei Jahre, höchstens drei, dann werfen sie dich als Fischfutter über Bord.«

»Lass den Kleinen in Frieden, Sven«, brummte der Mann neben ihm, ein behaarter Bär mit langen, zottigen Haaren. »Was für ihn gilt, gilt für dich ebenso wie für uns alle hier. Wir landen auf der Galeere und schließlich im Meer bei den Haifischen.«

»Ha, nicht für mich!« Das Fuchsgesicht namens Sven senkte die Stimme. »Spätestens im ersten Hafen bin ich auf und davon. Hab schon von anderen gehört, die geflohen sind. Allerdings braucht man Geld, um die Wachen zu bestechen …« Svens Augen funkelten, als sein Blick auf das silberne Kruzifix um Pauls Hals fiel. Eben jenes Kruzifix, das ihm seine Mutter zum Abschied geschenkt hatte.

»Was für ein hübsches Stück! Und bestimmt eine Menge

wert. Ich mach dir einen Vorschlag, Bübchen. Du gibst mir das Kreuz, und der gute Sven sorgt dafür, dass du mit ihm zusammen hier rauskommst. Dann ist uns zwei Hübschen nachts auch nicht so kalt.«

»Ich mach dir einen anderen Vorschlag«, gab Paul zurück. »Zieh dir die Kette durch den Arsch und halt endlich dein Maul.«

Ein paar der anderen Männer lachten, woraufhin Sven bedrohlich zischte: »Ich wollte nur nett sein, Bübchen, nur nett!« Seine Stimme bekam einen drohenden Unterton. »Aber gut, das Kruzifix bekomm ich auch so. Dann hol ich es mir eben. Siehst du? ...« Ganz plötzlich hielt er ein kleines Messer in den Händen. Die Kette, an der er hing, war lang genug, dass er damit bis zu Pauls Kehle reichte. »Na, nun bist du nicht mehr so frech, was? Jetzt gib mir das Ding, bevor ...«

Seine Worte gingen in ein schmerzverzerrtes Gurgeln über, als Pauls Kopf nach vorne schoss und mit der Stirn Svens Nasenbein zertrümmerte. Das Messer fiel zu Boden, und Paul beförderte es mit einem Tritt in die hinterste Ecke des Wagens. Sven blutete wie ein Schwein, er hielt sich die Nase und heulte laut auf.

»Verdammt, das ... das wirst du büßen! Dafür schneid ich dir die Haut in Streifen ab! In Streifen!«

Der Wagen hielt knarrend an, und der Wachmann spähte durch die kleine Luke hinter dem Kutschbock. »He, was ist da los?«, rief er. »Ihr Bastarde braucht wohl den Ochsenziemer!«

»Nichts ist los, mein Herr«, erwiderte der Bär neben Paul. »Alles in Ordnung hier drin.« Er sah Sven und Paul warnend an. »Nur ein Gespräch unter Freunden. Nicht wahr?«

»Du Idiot!«, zischte er Sven zu. Sein Blick ging hinüber

zu dem Messer am Boden. »Das Ding können wir noch gut brauchen«, flüsterte er. »Wenn die Wachen es finden, ist keinem geholfen. Also Mund halten! Ich will keinen Ärger mehr hier drin. Verstanden?«

Paul und der fuchsköpfige Sven schwiegen, und der Wachmann winkte müde ab.

»Euch wird das Reden noch früh genug vergehen. Hü!« Quietschend und ächzend fuhr der Wagen wieder an.

Die ganze weitere Fahrt über spürte Paul Svens hasserfüllte Blicke, scharf wie kleine Messer, auf sich ruhen. Svens blutbefleckte Lippen murmelten tonlose Worte.

Ich bring dich um, Bübchen ... Schon bald, wenn du nicht damit rechnest.

Pauls Miene blieb ausdruckslos. Er hatte schon schlimmere Sprüche gehört und war mit übleren Kerlen zusammengestoßen. Doch er fragte sich, mit was für unliebsamen Überraschungen er in den nächsten Wochen noch rechnen musste.

Nun, er würde auf der Hut sein.

*

»Burghausen?« Simon sah Magdalena mit offenem Mund an. »Aber warum ...«

»Sie schicken ihn auf die Galeeren«, erklärte Magdalena knapp. Es fiel ihr schwer, die Ruhe zu bewahren, doch zumindest zitterte ihre Stimme nicht mehr. Trotzdem konnte sie nur hoffen, dass die anderen nicht merkten, wie es wirklich um sie stand. »Dieser verletzte Soldat hat überlebt, dank deiner Hilfe. Dafür wird Paul jetzt von Burghausen aus verschifft, wie ... wie ein Sack Salz.«

»O Gott!« Simon stöhnte und raufte sich die Haare.

Zusammen mit dem Großvater und Peter saßen sie am

Tisch in der zugigen Neuöttinger Dachkammer. Eine einzelne Kerze flackerte. Magdalena hatte Sophia nach nebenan ins Bett geschickt, vermutlich belauschte ihre Tochter das Gespräch. Aber das war ihr gerade egal. Auch Simons Vorhaltungen, weil sie ohne sein Wissen versucht hatte, Paul zu befreien, und sich damit in Gefahr gebracht hatte, ließen sie kalt.

Noch immer fühlte Magdalena sich wie in nasse Binden gepackt, sie war wie einer dieser teuren Automaten, die sich die Reichen und Adligen neuerdings für ihre rauschenden Feste leisteten. Die Nachricht über Pauls Schicksal war, zusammen mit Jakob Kuisls Geständnis, dass er wahrscheinlich nicht ihr Vater war, mehr, als ein einzelner Mensch an einem Tag ertragen konnte. Aber sie hatte keine Wahl, sie durfte nicht schwach werden, nicht jetzt. Nicht, wenn sie Paul wenigstens noch ein Mal sehen wollte.

Auf dem Rückweg hatte der alte Henker Magdalena noch ein paar weitere Einzelheiten über Philipp Lettner, ihren möglichen leiblichen Vater, erzählt: Was damals in Regensburg geschehen war, welches Ende Lettner und seine Brüder gefunden hatten. Sie hatte nichts dabei gefühlt, hatte alles ausgeblendet. Stattdessen war sie einfach weitergestapft, sämtliche Gedanken nur auf ihr nächstes Ziel gerichtet.

Sie musste Paul helfen. Das war jetzt das Wichtigste.

Nur, wie sollte das gehen?

Magdalena wusste: Wenn ihr Sohn Burghausen erst einmal verlassen hatte, wenn sie ihn verschifft hatten, konnte sie nichts mehr für ihn tun. Dann war er für immer aus ihrem Leben verschwunden. Die Zeit drängte also.

Ihr älterer Sohn putzte nervös seine Brille, wie immer, wenn er nachdachte. Peter war sehr blass, auch er hatte Schlimmes erlebt. Offensichtlich hatte der Attentäter in

Altötting ein weiteres Mal zugeschlagen, diesmal hätte es beinahe den Superior der Jesuiten erwischt. Peter war Zeuge gewesen, er hatte den Unbekannten noch vergeblich verfolgt. Doch die Nachricht von Pauls Verbannung ließ alles andere in den Hintergrund treten.

»Sie haben ihn schon am frühen Nachmittag mitgenommen«, fuhr Magdalena fort. »Das heißt, er dürfte jetzt in Burghausen angekommen sein. In der Nacht fahren allerdings keine Schiffe …«

»Aber vielleicht schon morgen.« Simon nickte nachdenklich. Er schien sich wieder ein wenig gefangen zu haben. »Also was können wir tun?«

»Nun, ich weiß, was *ich* tun werde«, entgegnete Magdalena. »Ich werde nach Burghausen gehen.« Sie funkelte Simon an. »Dir scheint unser Sohn ja egal zu sein.«

»Magdalena, das stimmt nicht, und das weißt du auch. Ich habe immer …«

»Nicht einmal sehen wolltest du ihn noch am Ende!«, zischte sie. »Um jeden gottverdammten Furunkel hast du dich gekümmert, aber nicht um deinen eigenen Sohn!«

»Verdammt, ich habe Paul dadurch geholfen, indem ich seinem Opfer das Leben gerettet habe!«, gab Simon zornig zurück. »Hast du daran mal gedacht?«

»Du hast ihn nie gelten lassen! Immer ging es nur um Peter. Und jetzt …«

»Himmelherrgott, jetzt ist aber eine Ruh, ihr zwei Streithansl!« Jakob Kuisl schlug mit der Faust auf den Tisch. Leiser fuhr er fort: »Wir helfen dem Paul sicher nicht, wenn ihr euch gegenseitig an die Gurgel geht.«

»Du hast recht«, sagte Magdalena. »Und deshalb werde ich eben nach Burghausen reisen …«

»Und was willst du dort erreichen?«, fragte Simon. »Allein, noch dazu als Frau …«

Sie zuckte die Achseln. »Mir wird schon was einfallen. Vielleicht lassen sie mich als seine Mutter ja noch mal mit ihm sprechen und zeigen sich gnädig. Es gibt immer Mittel und Wege. Ich kann ihn jedenfalls nicht so einfach ziehen lassen, fort aus meinem Leben. Alles ist besser, als hier untätig herumzusitzen.«

Simon zögerte sichtlich, dann richtete er sich entschlossen auf. »Also gut, ich komme mit. Vielleicht kann man Paul ja wirklich irgendwie rauskaufen.«

»Du willst mit?« Magdalena verschränkte die Arme vor der Brust. »Ich denke, du musst dich hier um diesen Assassinen kümmern. Von deinem Amt als Hofmedicus ganz zu schweigen. Jetzt, wo sogar die Kaiserin …«

»Verdammt, vergiss die Kaiserin! Vergiss alles andere … Jetzt geht es nur noch um Paul.« Simon überlegte. »Fragt sich nur, was wir solange mit Sophia machen …«

»Macht euch um Sophia keine Sorgen«, sagte Peter, der seine Brille wieder aufgesetzt hatte. »Um die kümmern der Großvater und ich uns schon.«

»Während ihr Verbrecher jagt?« Magdalena war nicht überzeugt. Sie konnte Sophia nicht mitnehmen, aber es fiel ihr auch schwer, sie erneut in der Obhut des Großvaters zu lassen. »Es reicht mir schon, dass ich Gefahr laufe, *ein* Kind zu verlieren. Wenn Sophia etwas zustößt …«

»Was soll ihr denn groß geschehen, Mutter?« Peter zuckte mit den Schultern. »Und was den Assassinen betrifft … Es gibt einen ganz bestimmten Grund, warum es nützlich sein könnte, dass der Großvater und ich dieses Phantom weiterhin jagen. Ihr könnt Paul vielleicht nicht freikaufen oder gar befreien – aber der Kurfürst hat die Macht, ihn zu begnadigen. Allerdings nur, wenn ich Max dafür auch etwas bieten kann. Eben den Attentäter.«

»Hm, du hast recht, Junge.« Simon nickte. »Daran hatte

ich noch gar nicht gedacht. Das ist vermutlich unsere beste Chance.« Er stand auf. »Dann ist es also ausgemacht. Magdalena und ich reisen noch in dieser Nacht nach Burghausen. Wenn wir irgendetwas erreichen sollten, dann lassen wir es euch wissen. Vielleicht gelingt es uns ja zumindest, den Gefangenentransport ein wenig zu verzögern. Du, Peter, hältst mit dem Großvater weiter nach diesem Assassinen Ausschau. Auf die eine oder andere Weise werden wir Paul da wieder rausbekommen. Wir Kuisls halten zusammen, immer!«

Simon sah seine Frau entschieden an. »Ich werde Paul helfen, weil ich ihn liebe und weil er mein Sohn ist! Unser Sohn …«, fügte er hinzu. »Ob du mir das nun glaubst oder nicht, Magdalena.«

Kapitel 15

Dienstag, 11. März, frühmorgens
während der Laudes im Franziskanerkloster St. Anna

»*Domine, labia mea aperies. Et os meum annuntiabit laudem tuam …*«

Die monotone Stimme des Pater Guardian wehte durch das Kirchenschiff wie der Ruf eines Muezzins, während der Schatten in aller Ruhe die Armbrust spannte. Tatsächlich erinnerte ihn der lateinische Gesang der Laudes, des ersten Klostergebets des Tages, an jene Zeit in den schroffen Tälern der Levante, wo von den Minaretten Allah singend und betend die Ehre erwiesen wurde. Es kam ihm vor, als läge sein Aufenthalt dort bereits eine Ewigkeit zurück, dabei war seit seinem Weggang nicht mal ein Jahr verstrichen.

Eine Zeit, in der sein Plan langsam Gestalt angenommen hatte.

Der Schatten spähte durch das Glasfenster im ersten Stock des Altöttinger Franziskanerklosters, das Gesicht gut verborgen unter einer Kapuze. Eine kleine Gruppe Mönche in erdbraunen Kutten war dort unten zum Gebet versammelt. Vorne an der Kanzel stand der Pater Guardian, der Vorsteher des Klosters, und leitete die frühmorgendliche Messe. Der zierliche alte Mann schien in seiner langen Kutte fast zu verschwinden.

Der Schatten lächelte, als er daran dachte, in welcher

prekären Lage sich der bayerische Herrscher befand. Max Emanuel musste für Sicherheit sorgen, um eine Panik zu vermeiden. Doch wenn er zu viele Wachen aufbot, schürte er eben dadurch die Angst. Gestern erst hatte der Kurfürst die Wachsoldaten draußen auf dem Kapellplatz noch einmal verdoppeln lassen, das Kloster hingegen war völlig unbewacht.

Die Schlinge zog sich enger.

Langsam, fast wie im Gebet, drehte die Gestalt mit der Kapuze an der Kurbel und spannte den Bogen der Armbrust fester. Er dachte daran, wie er dies gestern drüben in der Jesuitenkirche getan hatte. Er hatte den Pater Superior beobachtet und herausgefunden, dass dieser viel Zeit allein in der Klosterbibliothek verbrachte. Und gerade als er seinen kleinen Gruß verschicken wollte, tauchte dieser Jungspund auf!

Zornig spuckte der Schatten den grünen Klumpen Kath aus, an dem er gekaut hatte. Er musste sich eingestehen, dass seine Stiche bislang nicht die beabsichtigte Wirkung erzielt hatten. Zuerst war ihm der betagte Riese in die Quere gekommen, jetzt dieser schwächliche, bebrillte Kerl drüben in der Bibliothek. War es Zufall gewesen, dass der junge Bursche genau in diesem Moment dort aufgetaucht war? Oder waren sie ihm wirklich auf der Spur? Wer wusste denn, dass er hier in Altötting war? Schon während seiner Reise vom Mittelmeer hierher hatte ihn das Gefühl beschlichen, dass ihm jemand folgte.

Nun, wenigstens das kleine Präsent in der Gnadenkapelle war angekommen. Der tote Kaplan mit den ausgestochenen Augen und dem zerschlitzten Mund war ein wirklich gelungenes Gemälde gewesen.

Ob sie sein Zeichen bemerkt hatten? Vermutlich nicht. Diese Leute waren so dumm! Widerwillig musste der

Schatten seinem alten Lehrmeister recht geben. Dieses Europa war rückständig und verweichlicht. Während in Bagdad und Kairo die Gelehrten schon seit Jahrhunderten den Weltgeheimnissen auf der Spur waren, schlugen sie sich hier die Köpfe noch mit Streitäxten ein und verbrannten Hexen. Nein, sie würden seine Botschaft nicht verstehen, selbst wenn er sie ihnen in blutigen Lettern in die Stirn ritzte. Dabei hatte er ihnen beim ersten Mal sogar einen Brief geschrieben. Gut versteckt, doch zu finden für die Klugen unter ihnen.

Heute war es an der Zeit für eine weitere blutige Botschaft.

Ein letztes Mal drehte der Schatten die Kurbel, dann legte er den Bolzen in den Schaft. Er stand auf einem Baugerüst, das die Handwerker dankenswerterweise an der Kirchenmauer stehen gelassen hatten. Das Franziskanerkloster St. Anna war zwar schon vor einigen Jahrzehnten fertiggestellt worden, trotzdem gab es immer noch Arbeiten zu tun. Dass sich das Gerüst genau unterhalb des Fensters befand, war ein glücklicher Zufall. Der Schatten trug einen Maurerkittel, ein Eimer Mörtel stand neben ihm, die Armbrust ließ sich im Dunkel der Fensternische gut verbergen. Wenn ein Frühaufsteher vorbeikäme, würde er nichts Auffälliges bemerken. Nur einen Maurer, der sich gegen die Kälte die Kapuze ins Gesicht gezogen hatte und trotz der frühen Uhrzeit seinem ehrlichen Tagwerk nachging.

»Benedictus Dominus Deus Israel, quia visitavit et fecit redemptionem plebi suae …«

Der alte Pater Guardian war mittlerweile beim Benedictus angekommen, dem Lobgesang.

Nun musste er handeln.

Der Schatten nahm den in Stoff gewickelten Stein und schlug damit lautlos das dünne Fensterglas ein, just zu dem Zeitpunkt, als die Franziskanermönche zu einem lauten Amen ansetzten. Bolzen und Armbrust schoben sich durch das Loch, der Schatten blinzelte und zielte. Bis zur Kanzel waren es nicht einmal vierzig Schritt, ein Kinderspiel, er traf auch auf dreimal so große Distanzen. Dafür würde er diesmal ein besonders kleines Ziel wählen.

Empfangt meine nächste Botschaft, dachte der Schatten. *Lest die Zeichen.*

Er drückte ab, die Sehne sirrte.

»Et tu, puer, propheta …«

Der Bolzen fuhr dem Pater Guardian genau ins rechte Auge. Kurz bewegten sich seine Lippen noch, wie bei einem stummen Fisch, dann kippte er nach hinten. Im Fallen riss er die große goldene Bibel mit sich, die vor ihm auf der Kanzel aufgeschlagen gewesen war. Die Mitbrüder schrien entsetzt auf. Der Pater blieb auf dem Rücken liegen, sein linkes Auge starrte hinauf zur Decke, wo ein paar nackte fette Putten einen fröhlichen Reigen tanzten. Im anderen Auge steckte der Bolzen bis zum Schaft.

»Botschaft überbracht«, sagte der Schatten mit einem zufriedenen Lächeln.

In aller Seelenruhe zerlegte er die Armbrust, verstaute sie unter dem Kittel und stieg mit dem Eimer in der Hand vom Gerüst.

Die ersten Schaulustigen, die wegen des Schreiens und Klagens sich dem Kloster näherten, sahen nur einen von der schweren Arbeit gebeugten Maurer, der schweigend seiner Wege ging.

Nur den sehr Aufmerksamen wäre vielleicht ein bösartiges Grinsen im Schatten der Kapuze aufgefallen, ein Anblick wie die Fratze des Teufels.

*

»Eine Riesensauerei ist das! Dieser Hundsfott spielt doch mit uns!«

Max Emanuels Stimme hallte in dem frostigen Gewölbe. Zusammen mit Peter stand er in der sogenannten Alexiuszelle des Franziskanerklosters, einem kleinen unterirdischen Raum, der durch eine quadratische Öffnung mit dem darüberliegenden Kirchenschiff verbunden war. Auf diese Weise konnten die Ordensbrüder trotz Klausur betend an der Messe teilnehmen.

Der Mönch allerdings, der unter einem hastig übergeworfenen Tuch hier auf dem kalten Steinboden lag, würde ganz sicher nie mehr beten. Es war der tote Pater Guardian, der unglückselige Vorsteher des Klosters. Seine Mitbrüder hatten ihn in aller Eile hier abgelegt, um die morgendlichen Pilger nicht weiter zu beunruhigen. Der Cellerar hatte daraufhin den Hof verständigt, und der Kurfürst hatte sich höchstpersönlich in aller Herrgottsfrühe hierherbegeben. Zuvor hatte er Peter noch eine Nachricht zukommen lassen.

Peter hatte kaum geschlafen. Bis kurz vor Morgengrauen hatte er mit den anderen Familienmitgliedern in der Dachkammer beisammengesessen, dann waren die Eltern nach Burghausen aufgebrochen, nachdem sie noch einen letzten Blick auf die schlafende Sophia geworfen hatten. Als der Kurier unten an der Tür klopfte, wollte Peter eben erst ins Bett gehen.

»Gestern erst der Anschlag auf den Superior der Jesuiten, und nun wird der Vorsteher der Franziskaner getötet! Nicht zu vergessen der satanische Mord in der Gnadenkapelle …« Max schüttelte den Kopf. Er war unbemerkt und in Zivil gekommen, draußen vor dem Kloster warteten zwei seiner Leibwachen. »Der Kerl ist wie ein Spuk, geht, wohin er will, tötet vor unser aller Augen, ohne dass wir irgendetwas dagegen unternehmen können. Als wäre er unsichtbar!«

Peter hatte Max gestern noch von dem missglückten Anschlag in der Jesuitenbibliothek erzählt. Besonders entrüstet war der Kurfürst darüber, dass sie bei ihrer Suche nach dem Täter noch keinen Schritt weitergekommen waren.

»Glücklicherweise ist der Cellerar gleich zu mir in die Dekanei gekommen, um von dem Vorfall zu berichten«, sagte Max, der mit auf dem Rücken verschränkten Armen in dem kleinen Raum auf und ab ging wie ein Raubtier in einem Käfig. Der Leiche unter dem Tuch schenkte er dabei keinen Blick. »Der schlaue alte Fuchs wusste vermutlich, dass ich sein Schweigen und das seiner Mitbrüder gut entlohnen würde. Aber lange können wir die Sache nicht mehr geheim halten. Nicht nach allem, was schon geschehen ist. Wenn mein Onkel davon erfährt oder gar der Kaiser ...«

Der Kurfürst stöhnte. Dann trat er mit dem Stiefel gegen die Wand, dass der Putz staubte. »Verdammt, wenn wir diesen Schweinehund nicht bald erwischen, ist es aus mit meinen Heiratsplänen! Dann reist Leopold ab, und die Heilige Allianz ist *perdu*!« Er drehte sich zu Peter um. »Du bist doch so gottverdammt schlau. Also sag mir, wer ist dieser Kerl? Auf welcher Seite steht er? Wie können wir seiner endlich habhaft werden?«

Peter räusperte sich. »Äh, könnte ich vielleicht zunächst einen Blick auf die Leiche werfen?«

»Was soll das bringen?« Max zuckte mit den Schultern. »Der Pater ist mit einem Armbrustbolzen getötet worden. Alles, was man sagen kann, ist, dass der Attentäter wahrlich ein Meisterschütze sein muss. Der Bolzen ging direkt ins Auge.« Der Kurfürst deutete auf die verhüllte Leiche. »Aber bitte, immerhin bist du ein Student der Medizin.«

Peter kniete sich nieder und zog das Tuch vom Gesicht des Leichnams. Der Tote, ein Mann mit grauem Bart und Mönchstonsur, mochte etwa sechzig Jahre zählen. Sein Gesicht war eingefallen und abgezehrt, ebenso der bleiche Körper, der die Geschichte eines langen asketischen und entbehrungsreichen Lebens erzählte. Der Bolzen steckte noch in der Augenhöhle.

»Tatsächlich ein Meisterschuss«, murmelte Peter.

»Wie ich schon sagte«, erwiderte Max ungeduldig. »Fragt sich nur, warum keiner den Mörder gesehen hat. Der Cellerar meinte, er stand vermutlich auf einem Baugerüst, als er den Schuss durch eines der Fenster abgab.«

»Ich denke, er war verkleidet. Gestern in der Jesuitenkirche berichteten die Kirchgänger von einem Mesner, der auf die Galerie gestiegen ist. Diesmal hat er wahrscheinlich die Verkleidung eines Handwerkers gewählt, eines Maurers oder Zimmerers vielleicht ...« Peter zog an dem gefiederten Schaft, der sich mit einem hässlich glitschigen Geräusch löste. Zurück blieb ein schwarzes blutiges Loch. Aufmerksam betrachtete Peter den Bolzen.

»Festes und doch erstaunlich leichtes Holz«, stellte er fest. »Vermutlich Zeder. Die Schaftfedern stammen von einem mir unbekannten Vogel. Ein Kranich vielleicht?« Er stutzte, als ihm etwas auffiel. »Da ist ... etwas«, sagte er langsam und wischte mit dem Finger das teils schon getrocknete Blut ab. Er hielt den Bolzen näher vor die Augen. »Sieht fast aus wie ein Zeichen.«

»Lass sehen«, befahl Max.

Peter reichte ihm den blutigen Pfeil, den der Kurfürst aufmerksam musterte.

»Du hast recht. Das sieht fast aus wie eine Art Stempeldruck.« Max runzelte die Stirn. »Könnte ein Adler mit einer Krone sein, findest du nicht? Hm, oder vielleicht eher ein Falke. Zumindest irgendein Vogel mit ausgebreiteten Flügeln. Was zum Teufel soll das?«

»Vielleicht das Siegel desjenigen, der diese Bolzen herstellt?« Peter zuckte die Achseln. »Interessant wäre, zu wissen, ob sich auf dem Armbrustbolzen, der gestern den Pater Superior treffen sollte, auch so ein Zeichen befand.« Er seufzte. »Aber die Bibliothek ist sicher längst wieder aufgeräumt, der Bolzen beseitigt worden. Ich hätte früher draufkommen müssen, dass an den Bolzen vielleicht etwas Auffälliges ...«

Plötzlich kam Peter ein Einfall. »Wo liegt eigentlich die Leiche des jungen Kaplans? Dieser arme Kerl aus der Gnadenkapelle?«

»Nun, wenn ich der Dekan wäre, dann würde ich die Leiche so schnell wie möglich unter die Erde bringen. Jemand, den der Teufel so entstellt hat, der sollte schnell ein würdiges Begräbnis erhalten.« Max runzelte die Stirn. »Warum fragst du?«

Peter war ganz in Gedanken. »Üblicherweise bahrt man Tote doch zunächst zwei Tage auf. Meistens in einer Kapelle ...« Sein Gesicht hellte sich auf. »Der Tod des Kaplans ist gerade erst zwei Tage her! Wir könnten also Glück haben.«

»Von was redest du?«, fragte Max.

»Es ist nur eine Vermutung, nicht mehr. Aber ich denke, es ist einen Versuch wert.« Rasch deckte Peter den Toten wieder zu und wandte sich zum Ausgang. Noch einmal drehte er sich um. »Sollte ich etwas herausfinden, sage ich dir natürlich sofort Bescheid.«

»He, warte!«, rief ihm Max nach. »Verdammt, ich bin der Kurfürst, du kannst doch nicht einfach ...«

Doch Peter eilte bereits die Treppe hoch.

Kurz darauf hatte Peter die Altöttinger Stiftskirche erreicht. Auch um diese frühe Uhrzeit war sie für die Gläubigen geöffnet. Etliche Pilger drängten sich hinein, um zu beten, vielleicht aber auch nur, um Schutz vor der morgendlichen Kälte zu suchen. Peter eilte durch das weihrauchgeschwängerte Kirchenschiff und betrat durch ein seitliches Portal den Kreuzgang, der an der rückwärtigen Seite der Kirche verlief. Soweit er wusste, befanden sich hier die Kapellen. Nur, welche mochte die richtige sein? Oder kam er ohnehin schon zu spät?

Im Kreuzgang war es merklich ruhiger als drüben in der Kirche. Zahlreiche Grabplatten waren in den Wänden eingelassen, größere Tafelgemälde zeigten längst verstorbene Geistliche. Suchend ging Peter den Gang entlang, spähte in die einzelnen Kapellen, doch nirgendwo war ein offener Sarg aufgebahrt. Schließlich fand er eine Treppe, die nach oben führte. Im ersten Stock angekommen, stieß er auf einen schlichten, überwölbten Raum mit einem einzelnen Altar und einigen wenigen Kirchenbänken.

Vor dem Altar stand ein offener Sarg.

Vorsichtig näherte sich Peter. Als er einen Blick in den Sarg warf, schlug sein Herz schneller. Der Tote darin war jung, um den blassen Hals verlief ein violetter Ring, das typische Zeichen einer Strangulation.

Der Kaplan. Sie haben ihn noch nicht begraben …

Peter sah sich um. Kein Lebender außer ihm war in der Kapelle. Aber das konnte sich jeden Moment ändern. Was die Stiftskanoniker wohl sagen würden, wenn sie ihn dabei ertappten, wie er hier einen ihrer Toten untersuchte? Schließlich konnte er kaum behaupten, dass er im Auftrag des Kurfürsten handelte.

Der Kurfürst weiß ja nicht mal, was ich hier mache. Und ehrlich gesagt weiß ich es auch nicht so genau …

Peter beugte sich über die Leiche, die schon stark roch. Der untere Teil des Gesichts war mit einem Tuch umwickelt, vermutlich um die grauenhafte Grimasse zu verdecken, von der ihm Max erzählt hatte. Auf den ausgestochenen Augen lagen zwei silberne Münzen.

Vorsichtig entfernte Peter das Tuch und zuckte zurück.

Der Leichnam grinste ihn an.

Peter wusste bereits von Max Emanuel, dass der Attentäter dem Toten ein Lächeln ins Gesicht geschnitzt hatte – doch diese Verunstaltung mit eigenen Augen zu sehen war dann doch noch etwas anderes. Tatsächlich ähnelte das Lächeln des Leichnams ein wenig dem der Schwarzen Madonna. Peter fröstelte.

Was für ein abscheuliches Verbrechen! Welcher Dämon bist du, unbekannter Mörder?

Er untersuchte den Hals des Toten, das Gesicht, den bleichen Oberkörper, doch da war nichts. Peter seufzte tief. Er hatte sich getäuscht, seine Vermutung war nur ein kleiner dummer Gedanke gewesen.

Dafür hörte er jetzt Schritte draußen auf der Treppe.

Verdammt!

Hastig wickelte er das Tuch wieder über die untere Hälfte des Kopfes, wobei die Münzen aus den Augenlöchern glitten und klimpernd in den Sarg fielen. Das hatte ihm gerade noch gefehlt!

Die Schritte kamen näher.

Mit wachsender Nervosität fingerte Peter in dem Holzsarg nach den Münzen. Wo waren die verdammten Dinger nur? Schließlich bekam er sie zu fassen und legte sie zurück auf die Augenhöhlen. Schon wollte er sich abwenden, als er doch noch etwas entdeckte.

Die Münzen waren kleine silberne Scheiben, die nur über eine einzelne Prägung verfügten.

Sie zeigten einen Vogel mit ausgebreiteten Schwingen.

Was in Gottes Namen …?

Peter steckte eine der Münzen ein und trat vom Sarg weg. Im gleichen Moment betrat jemand die Kapelle.

Es war der Dekan Achatius Viertl.

Peter kannte ihn von den Beschreibungen seines Großvaters her. Der bucklige Dekan trug seinen Kneifer, mit dem er Peter nun verärgert musterte.

»Was hast du Bursche hier in der Sieben-Schmerzen-Kapelle verloren?«, schnarrte er.

»Ich, äh … suche die Gnadenkapelle«, erwiderte Peter stockend, er ließ seine Stimme schwerfällig und schleppend klingen. »Ist sie das nicht? Ich komme von weit her, aus dem Allgäu. Die Schwarze Madonna soll mir helfen, dass meine Kuh wieder kalbt. Ich hab nur die eine und …«

»Du Bauerntölpel!«, unterbrach ihn der Dekan, dem in seiner Kurzsichtigkeit offenbar nicht auffiel, dass Peter gar nicht wie ein Bauer gekleidet war. »Das hier ist nicht die Gnadenkapelle, die ist draußen auf dem Kapellplatz. Siehst du hier irgendwo eine Schwarze Madonna?«

»Nein, aber …«

»Raus jetzt, du störst die Totenruhe!«

Peter verbeugte sich hastig. »Zu Befehl, Hochwürden. Ich … ich bitte vielmals um Verzeihung.«

Er eilte die Treppe hinunter, wobei seine Faust fest die kleine Münze umklammerte. Beinahe glaubte er, die Blicke des Dekans wie Pfeile im Rücken zu spüren. Doch kein Ruf hielt ihn zurück, keine Wachen warfen ihn zu Boden.

Schon bald stand er wieder draußen vor der Stiftskirche, wo sein Blick hinüber zur Gnadenkapelle ging.

Die Gnadenkapelle …

Der Dekan hatte ihn eben auf eine weitere Idee gebracht.

Mit wachsender Ungeduld ging Peter vorbei an den vielen Soldaten, den Zelten, dem Brunnen und dem Wurzelwerk der gefällten Linde und reihte sich ein in die Schlange der Gläubigen.

Ein Letztes galt es noch zu überprüfen. Wenn er recht behielt, hatte er vielleicht endlich einen ersten Hinweis, wer hinter dem Phantom steckte.

Peter hoffte, dass er seinem Bruder doch noch helfen konnte, bevor es zu spät war.

*

»Was für eine Burg!«

Andächtig verharrte Simon neben Magdalena und betrachtete den langen Bau, der sich wie ein riesiger grauer Tatzelwurm über die ganze Hügelkette hinwegzog. Zwischen den Mauern erhoben sich Türme, Zinnen und festungsartige Gebäude. Hinter dem Hügel mussten die Stadt Burghausen und der Fluss Salzach liegen.

Gemeinsam standen sie auf einer windigen Anhöhe. Es war später Morgen, die letzten Stunden waren sie zu Fuß durch tiefe dunkle Wälder geeilt, wobei sie sich nach dem Mond gerichtet hatten. Sie hatten nur das Nötigste mitgenommen, darunter das wenige Geld, das ihnen von ihrer Reise aus München her noch geblieben war. Doch Magdalena wusste, es würde nie und nimmer reichen, um Paul freizukaufen.

Während der ganzen langen Wanderung waren Magdalenas Gedanken wild durcheinandergewirbelt. Was ihr Vater ihr da gestern erzählt hatte, stellte beinahe ihr ganzes Leben auf den Kopf. Was, wenn Jakob Kuisl recht hatte und ihr leiblicher Vater ein Mörder und Vergewaltiger war? Wie viel davon steckte dann auch in ihr – und vor allem in Paul? Noch beim Abschied in Neuötting hatte

Magdalena den Wunsch verspürt, den alten Kuisl zu schlagen – und wollte ihn doch gleichzeitig umarmen. Wie konnte er ihr nur so etwas antun! Aber offenbar hatte er reinen Tisch machen wollen, bevor es mit ihm zu Ende ging. Kuisls Krankheit, seine Beichte, Pauls Gefangennahme … Die Sorgen fraßen Magdalena schier auf. Und das Schlimmste war, dass sie sie mit niemandem teilen konnte, auch nicht mit ihrem Mann.

»Wie lang mag die Burg wohl sein?«, ertönte neben ihr Simons Stimme.

Sie schreckte auf. »Was?«

»Die Burg. Mehr als eine Meile? Es heißt, sie ist noch nie eingenommen worden, auch nicht im Großen Krieg.«

»Ehrlich gesagt ist mir die Burg gerade ziemlich egal«, erwiderte Magdalena schmallippig. »Lass uns lieber schauen, wo sie Paul hingebracht haben könnten. Vermutlich ist er irgendwo unten am Hafen.«

»Du hast recht.« Simon nickte, wobei er Magdalena sichtlich besorgt musterte. Dann ging er weiter, Magdalena folgte ihm schweigend.

Seit ihrem Weggang aus Neuötting hatten sie nur wenig miteinander gesprochen. Simon hatte ein paar Mal versucht, zu ihr durchzudringen, doch sie war ganz in ihrer Trauer gefangen. Magdalena vermutete, dass ihr Mann mittlerweile einsah, dass er sich falsch verhalten hatte. Aber ganz verzeihen konnte sie ihm noch nicht. Nun, zumindest hatte er jetzt Gelegenheit, seine Liebe unter Beweis zu stellen. Die Liebe zu ihr und zu ihrem gemeinsamen jüngeren Sohn.

Wenn Paul überhaupt noch hier ist, ging ihr durch den Kopf. *Und selbst wenn, wie sollen wir ihm bloß helfen?*

Der Pilgerweg, auf dem sie bislang unterwegs gewesen waren, führte direkt an der Burg vorbei. Etliche Fuhrwerke, Karren und vereinzelte Reiter waren um diese frühe Uhrzeit schon unterwegs. Sie passierten einen tiefen Graben und ein Doppeltor. Über einen gepflasterten Steig ging es schließlich hinunter zum bereits geöffneten Stadttor, ein paar schäbig gekleidete Wachen kassierten dort von den Fuhrleuten die Wegmaut.

Einst war Burghausen mächtig gewesen, fast so mächtig wie Landshut. Hier hatte sich der Familiensitz der niederbayerischen Herzöge befunden, deren Reichtum so legendär war, dass man bei den letzten drei Herrschern nur von den »Reichen Herzögen« sprach. Keiner im Deutschen Reich war vermögender gewesen, ihr Einfluss hatte bis Polen und Frankreich gereicht. Doch in einem erbitterten Bruderkrieg vor fast zweihundert Jahren waren die Landshuter Wittelsbacher von den Münchner Wittelsbachern vernichtend geschlagen worden, der einträgliche Salzhandel wurde seitdem von München aus kontrolliert. Mittlerweile war Burghausen nur noch eines von vier bayerischen Rentämtern und eigentlich ein heruntergekommenes Provinznest. Trotzdem zeugten die prächtigen Häuser am Stadtplatz noch vom einstigen Stolz der niederbayerischen Geschlechter.

Suchend sah Magdalena sich um. Links und rechts der breiten, belebten Marktstraße reihten sich bürgerliche Paläste, Amtshäuser und Gaststätten. Eine große Kirche war weiter hinten zu erkennen. Eine Seitengasse führte hinunter zu einer Brücke, die Burghausen mit dem anderen Ufer verband. Einen größeren Hafen konnten sie beide nirgendwo entdecken. Weiter rechts, dort, wo sich die Luken von Lagerräumen befanden, waren ein paar kleinere Barken und Flöße angepflockt. Erst als sie auf der Brücke standen, sahen sie mehr.

»Da!« Magdalena deutete auf einen kiesigen Uferstreifen zur Linken, der ein wenig flussabwärts lag. »Das muss es sein.«

Dort befanden sich einige Stege, an denen längliche Boote dümpelten. Tagelöhner rollten Fässer über eine steinerne Rampe zu einem Lagerhaus hinauf.

Magdalena ließ den Blick über die verschiedenen Boote schweifen. »Der kurfürstliche Verwalter meinte, die Gefangenen würden verschifft werden …« Sie hielt inne und deutete auf etwas am äußersten Rand des Hafens. »Siehst du den Wagen dort?«

»Das große Ding dahinten, hinter der Rampe?« Simon blinzelte. »Hm … Schaut ziemlich massiv aus, mit vergitterten Fenstern.«

»Jede Wette, dass damit die Gefangenen transportiert wurden.« Magdalena nickte entschieden. »Da stehen auch so ein paar große Kerle mit Knüppeln.«

»Ich hoffe, du schlägst nicht vor, dass wir den Wachen eins auf die Nase geben, den Wagen stürmen und Paul da rausziehen«, sagte Simon. »Das hätte nicht mal dein Vater in jüngeren Jahren geschafft.«

»Nein, vermutlich nicht.« Magdalena lächelte traurig, ein dunkler Schatten huschte über ihr Gesicht. Sie sah wieder hinüber zu der Anlegestelle. »Da liegt auch ein größeres Schiff, nicht weit weg von dem Wagen. Lass uns das mal näher anschauen.«

Sie schlenderten durch die Gassen und gelangten schließlich hinüber zu dem kleinen Hafen, ganz so, als wären sie auf der Suche nach einer Schiffspassage. Auf diese Weise näherten sie sich dem Wagen und auch dem bulligen, lang gezogenen Kahn. Tatsächlich war es das einzige Schiff auf dem Fluss, das über einen überdachten Aufbau verfügte. Es glich einer niedrigen, schwimmenden Festung, mit winzigen Bullaugen und festen Türen, die mit

Schlössern versehen waren. Ein paar Männer standen davor, sie unterhielten sich mit den Wachen vom Wagen.

»Verflucht, du hast recht!«, flüsterte Simon. Er stand mit Magdalena hinter ein paar Fässern und spähte hinüber. »Es sieht ganz so aus, als würden sie mit diesem Boot Gefangene transportieren …« Er stockte. »Mein Gott, schau!«

Die Wachen waren zum Wagen gegangen und öffneten ihn nun an der Rückseite. Ein halbes Dutzend aneinandergeketteter Männer wankte heraus. Alle sahen müde und mitgenommen aus, sie trugen schmutzige, zerfetzte Kleidung. Einer der Wachsoldaten schlug mit dem Knüppel auf den Vordersten der Männer ein, worauf dieser stürzte und die anderen mit sich riss. Gelächter ertönte. Unter weiteren Schlägen und Hohnrufen wurden die Gefangenen zu einer Planke getrieben, die zu dem schaukelnden Schiff hinüberführte.

Einer der Gefangenen war Paul.

Magdalena musste an sich halten, um nicht laut zu schreien. Ihr Sohn war nur wenige Schritte von ihr entfernt und doch unerreichbar! Paul ging aufrecht, den Kopf stolz erhoben. Der Knüppel traf ihn an der Schulter, doch er beugte sich nicht.

Für einen kurzen Moment drehte Paul den Kopf, sodass Magdalena sein von Schlägen gezeichnetes Gesicht sehen konnte.

Mein Sohn, dachte sie, und ihr kamen die Tränen. *Ich darf ihn nicht im Stich lassen! Niemals!*

Dann verschwand Paul zusammen mit den anderen im Bauch des Schiffs.

Magdalena wischte die Tränen weg, ihre Stimme war jetzt ganz ruhig.

»Wir brauchen einen Plan. Und zwar schnell.«

»Was hast du vor?«, fragte Simon. »Wir sind nur zu zweit, da unten stehen insgesamt fast ein Dutzend Wachen! Wir können ihn nicht einfach befreien …«

Magdalena sah ihn fest an. »Dann wird Paul mit diesem Schiff für immer aus unserem Leben verschwinden. Willst du das?«

»Nein, das will ich nicht. Aber …«

»Dann lass dir was einfallen, Herrgott! Du bist doch sonst auch so schlau. Denk nach!«

Simon schwieg. Er ließ den Blick schweifen über die Boote, deren Ladung, die Ballen und Fässer, die Rampe …

»Es wird niemals funktionieren«, sagte er schließlich. »Aber du hast recht, wir sollten es zumindest versuchen.«

Kapitel 16

Dienstag, 11. März, vormittags im Mörnbachtal

Das Schifflein schoss wie ein Pfeil durchs Wasser, blieb kurz an einem herabhängenden Weidenzweig hängen, löste sich wieder, drehte sich ein paar Mal im Kreis und fuhr dann geschwind weiter …

Direkt auf das Mühlrad zu.

»Großvater, Großvater! Pass auf!«

Sophia stand an einer Biegung des Mörnbachs und winkte Jakob Kuisl zu, der sich einen Steinwurf weit entfernt befand, unweit der Mühle. Sie hatten vereinbart, dass er das Boot aus dem Wasser fischte, bevor es das Rad erreichte. Doch der Großvater schien mit den Gedanken ganz woanders zu sein.

»Das Schiff!«, schrie Sophia noch mal. »Großvater, hörst du nicht? Das Schiff!«

Er hörte nicht. Kuisls Blick ging in die Ferne, so laut Sophia auch nach ihm rief.

Schließlich hatte das kleine Bötchen das Mühlrad erreicht. Eine der nassen Schaufeln hob es hoch, einen Moment lang konnte Sophia noch sehen, wie es weit oben mit seinem Mast aus dem Wasser ragte, dann ging die Fahrt nach unten, hinab in die tobenden Strudel, wo es für immer aus Sophias Blickfeld verschwand. Zornig stampfte sie mit den Füßen auf.

»Unser schönes Boot! Jetzt ist es weg. Du … du …«

Sie biss die Zähne zusammen, um ihrem Großvater nicht ein Schimpfwort entgegenzuschleudern. Das Schifflein war wunderschön gewesen. Sie hatten es gemeinsam aus einem Stück Ahornrinde geschnitzt und einen Mast darauf befestigt. Als Segel hatten sie ein Stück Papier aus einem alten zerfledderten Buch oben aus der Dachkammer verwendet. Sophia hatte zuvor noch ein Wappen draufgemalt. Ihr eigenes Wappen. Eine Krone, wie für eine Prinzessin, und darunter ein Schuh.

Das Wappen der tapferen Klumpfüßler, so hatte sie ihr Herrscherhaus selbst getauft.

Sie hatte dieses Schiff geliebt. Und nun war es auf und davon. Oder noch schlimmer: Es lag irgendwo am Grunde des Mühlbachs, wo Fische an dem Wappen knabberten.

Mit Tränen der Enttäuschung in den Augen humpelte sie zum Großvater.

»Warum hast du nicht aufgepasst? Ich hab so oft nach dir gerufen!«

Er schüttelte sich, als erwachte er eben erst aus einem bösen Traum.

»Tut mir leid. Ich war … mit dem Kopf woanders.« Er versuchte ein Lächeln. »Wir schnitzen ein neues, ja?«

Sie schüttelte trotzig den Kopf. »Ich will kein neues. Ich will mein altes Schiff!«

»Sophia, manche Dinge verschwinden und kommen nie wieder, auch wenn wir es uns noch so sehr wünschen. Vielleicht ist es ganz gut, wenn du das jetzt lernst.«

Sophia verstand nicht, was der Großvater mit dem dummen Spruch meinte. Überhaupt war er schon den ganzen Morgen so komisch. Alle waren sie komisch, seitdem diese Sache mit Paul geschehen war. Natürlich hatte Sophia gestern Nacht an der Tür gelauscht. Sie wusste, wohin die

Eltern gegangen waren, und auch warum. Seltsamerweise machte sie sich keine großen Sorgen um ihren Bruder. Paul war stark und schlau, keiner konnte ihn lange einsperren. Als das kleine Schiff durch den Mühlbach glitt, hatte Sophia sich kurz vorgestellt, dass Paul darauf bis zum Meer reiste. Er hatte die anderen Gefangenen befreit, den bösen Kapitän überwältigt, und nun fuhren sie, beladen mit Gold, Silber und Juwelen, heim nach München oder gar bis nach Schongau.

Und dann war das Boot untergegangen.

Plötzlich glaubte Sophia, den Großvater zu verstehen.

»Du machst dir Sorgen um Paul, ja?«, fragte sie mitfühlend. Sie streichelte seine behaarte Pranke. »Du musst dir keine Sorgen machen, Großvater. Der Paul kommt bestimmt zurück.«

Kuisl nickte gedankenverloren.

Im Grunde ärgerte sich Sophia nicht so sehr über das verlorene Schifflein als über etwas anderes. Zwei Tage war es nun schon her, dass sie zusammen mit dem Küchenjungen Alois den Assadings in der Apotheke gesehen hatte. Sie war fast geplatzt in ihrer Vorfreude, den anderen von ihrer Entdeckung zu erzählen. Doch dann war alles anders gekommen. Die Ereignisse hatten sich überschlagen, wieder mal hatte niemand für sie Zeit gehabt, keiner wollte ihr zuhören. Schließlich hatte sie beleidigt beschlossen, ihr Geheimnis für sich zu behalten. Stattdessen hatte sie, wie so oft in der letzten Woche, in den Büchern, Zeitungen und alten Bauernkalendern auf dem Dachboden geblättert.

Aber vielleicht war ja jetzt eine gute Gelegenheit, dem Großvater von ihrer Entdeckung zu erzählen. Sophia wusste, der Großvater liebte es, Schurken zu jagen. Dann würde er sich auch nicht mehr so schreckliche Sorgen um Paul machen.

»Ich muss dir was beichten«, begann sie.

»So?« Kuisl sah sie fragend an. »Sag nur nicht, dass du in Altötting Krapfen gestohlen hast. Dieben haut man die Hand ab, das weißt du! Also zumindest, wenn sie das dritte Mal erwischt werden«, fügte er in gespieltem Drohen hinzu.

»Das ist es nicht. Ich habe jemanden kennengelernt, einen Küchenjungen aus der kurfürstlichen Küche, er heißt Alois. Und zusammen haben wir was gesehen. Etwas, das dich bestimmt interessiert.« Sie machte eine, wie sie fand, äußerst dramatische Pause. »Wir haben nämlich den Assadings gesehen!«

»Ihr habt *was*?« Kuisl beugte sich zu ihr hinunter. Jetzt hatte Sophia seine volle Aufmerksamkeit.

Unter den Ästen der winternassen Weide erzählte sie ihm von Alois und ihrer gemeinsamen Beobachtung in der Jesuitenapotheke, auch von ihrer überstürzten Flucht.

»Verdammt, das war sehr gefährlich, Sophia!« Der Großvater schüttelte den Kopf. »Wenn der Kerl euch erwischt hätte …«

»Aber es war doch der Assadings, nicht wahr? Er sah genauso aus, wie du ihn beschrieben hast. Dunkel, mit Mondaugen, unter seinem Umhang trug er ganz komische Kleidung. Und er und der bucklige Dekan haben irgendwas Geheimes besprochen, das hat man genau gesehen!«

»Dunkel, mit Mondaugen …« Kuisl nickte nachdenklich. »Und dann auch noch mit dem Dekan zusammen. Zum Teufel, vielleicht hast du wirklich recht!«

»Und was machen wir jetzt?«, fragte Sophia aufgeregt. »Gehen wir zusammen in Altötting auf Verbrecherjagd?«

»Wir gehen jetzt erst mal in unser Quartier«, erwiderte Kuisl. »Peter war in aller Frühe wieder beim Kurfürsten.

Er dürfte mittlerweile zurück sein. Dann besprechen wir gemeinsam, wie wir weiter vorgehen.«

»Wir?«, hakte Sophia nach.

»Ja, wir.« Kuisl lächelte breit, zum ersten Mal an diesem Tag. »Immerhin hast du den Burschen entdeckt. Wir dürfen später nur nichts der Mutter erzählen, ja?«

Sophia hob die Hand zum Schwur. »Ehrenwort.«

»Na, dann komm, meine Verbrecherjägerin.« Er nahm sie an der Hand, und sie gingen am Mörnbach entlang zurück in Richtung Neuötting. »Zusammen wird uns schon was einfallen.«

Sophia strahlte.

Zusammen …

Ihre Eltern und Paul mochten gerade in großen Schwierigkeiten stecken, doch für sie fing gerade ein großes Abenteuer an.

Vielleicht das größte ihres Lebens.

»In der Apotheke? Was macht der Bursche in der Jesuiten-Apotheke? Und dann auch noch zusammen mit dem Dekan?«

Peter sah Jakob Kuisl stirnrunzelnd an. Zu dritt saßen sie in der hinteren Kammer ihres Quartiers. Überall auf dem Boden lagen die Bücher, Zeitungen und Bauernkalender, in denen Sophia in den letzten Tagen immer wieder geblättert hatte. Manche hatten Eselsohren und Flecken, von denen einige noch ziemlich frisch wirkten.

Kuisl zuckte die Achseln. »Nun, er könnte nach Giften Ausschau gehalten haben. Die gibt es zuhauf in einer Apotheke. Ich habe schon vermutet, dass der Dekan mit dem Attentäter unter einer Decke steckt. Vielleicht hat der Bursche ihn bestochen, damit der Dekan ihm alles über mögliche Ziele erzählt?«

»Aber es ist die Apotheke der Jesuiten, nicht die der Chorherren«, warf Peter ein.

»Herrgott, wenn ich schon alles wüsste, müssten wir jetzt hier nicht zusammensitzen, und du müsstest keine saublöden Fragen stellen«, knurrte Kuisl. Wenn er was an seinem Enkel hasste, dann seine neunmalkluge Art, die er ganz offensichtlich von seinem Vater geerbt hatte.

»Apropos *wir* …« Peter warf Sophia einen argwöhnischen Blick zu. »Findest du wirklich, Sophia sollte bei unserem Gespräch dabei sein?«

»Sie hat sowieso gelauscht und weiß beinahe ebenso viel wie wir.« Kuisl machte eine wegwerfende Handbewegung. »Und sie hat uns vielleicht den entscheidenden Hinweis geliefert.«

»Der Großvater hat recht!« Sophia nickte eifrig. Sie rutschte auf der Truhe hin und her, ihre Beine baumelten über dem Boden. »Ich … ich kann euch helfen, den Assadings zu jagen! Der Paul und du, ihr habt doch früher auch öfter spioniert, als ihr noch …«

»Es heißt Assassine und nicht Assadings«, entgegnete Peter. »Wie oft muss ich dir das noch sagen? Außerdem war das damals was ganz anderes.«

»Ach? Was war denn da anders? Der Großvater hat mir vorhin erzählt, wie ihr beiden mal im Semerwirt …«

»Sophia, tu mir den Gefallen und halt den Mund, ja?«, fuhr Peter dazwischen. »Wir haben hier wirklich wichtige Dinge zu besprechen. Es geht um das Leben deines Bruders, das ist kein Spiel!«

Sophia schwieg beleidigt, und Kuisl zwinkerte ihr heimlich zu. Tatsächlich hatte er seiner Enkelin auf dem Heimweg die eine oder andere Anekdote über ihre beiden älteren Brüder erzählt. Das Plaudern mit Sophia hatte ihn abgelenkt von seinen eigenen Sorgen. War es ein Fehler gewesen, Magdalena die Wahrheit zu sagen? Er fand, dass sie ein Recht darauf hatte. Auch um Paul besser zu verstehen, um sich selbst besser zu verstehen, das, was zwischen ihnen in all den Jahren vorgefallen war …

Kuisl runzelte die Stirn. Verdammt, wenn man mal anfing zu reden, wurde alles immer gleich so kompliziert! Deshalb redete er auch sonst nicht so viel. Viel besser war es, Verbrecher zu jagen. Das war etwas, das er konnte.

»Ihr seid nicht die Einzigen, die etwas zu berichten haben«, hob Peter an. »Ich war heute Morgen im Franziskanerkloster, zusammen mit dem Kurfürsten. Unser Phantom hat wieder zugeschlagen! Aber diesmal gibt es eine Spur.«

Er erzählte von dem Mord am Pater Guardian, vor allem aber von dem Zeichen, das er an dem Bolzen entdeckt hatte.

»Es sieht aus wie ein Siegel«, endete Peter seinen Bericht. »Ein gekrönter Vogel mit ausgebreiteten Schwingen, könnte ein Falke sein. Das hinterlässt er bei seinen Opfern. Beim Leichnam des Pater Guardian war es am Armbrustbolzen eingeritzt, ich vermute, es war auch auf dem Bolzen, der gestern auf den Vorsteher der Jesuiten abgeschossen wurde. Und es ist auf der Mirakeltafel vor der Gnadenkapelle, dort, wo er das Schießpulver versteckt hat! Ich habe vorhin noch nachgesehen. Rechts unten am Bildrand, kaum zu erkennen.«

»Und bei dem jungen Kaplan?«, fragte Kuisl.

»Das ist das Allerseltsamste.« Peter zog aus seiner Hosentasche eine kleine silberne Münze. »Diese Münzen lagen auf den Augen des Toten. Mit dem gleichen Zeichen.«

»Das heißt, der Täter hat sie später erst dorthin gelegt«, brummte Kuisl. »Als die Leiche schon in der Kapelle aufgebahrt war. Ziemlich frech.«

»Und auch ziemlich rätselhaft.« Peter seufzte. »Der Kurfürst hat schon recht, der Kerl spielt mit uns. Fragt sich nur, was er uns mit diesem Zeichen sagen will. Will er uns überhaupt etwas sagen? Vielleicht ist das ja einfach nur ein Erkennungsmal unter Assassinen. So wie die Zinkensprache, die Bettler und Vagabunden verwenden. Der Falke wird in den Ländern jenseits des Meeres sehr verehrt, die Kunst, mit ihm zu jagen, wurde dort erfunden. Die Ritter haben sie während der Kreuzzüge übernommen.«

»Also zur Zeit der Assassinen«, warf Kuisl ein.

Peter nickte. »In dem Buch in der Jesuitenbibliothek habe ich allerdings nichts darüber gefunden.«

»Vielleicht steht ja hier in den Büchern was darüber«, meldete sich Sophia von der Truhe aus. Sie deutete auf die zerfledderten Kalender und Büchlein am Boden. »Da stehen viele spannende Sachen drin.«

»Ja, dass es im April Mäuse hageln wird und in der Wüste Feuer speiende Drachen wohnen.« Peter sah sie spöttisch an. »Aber vermutlich nichts über Assassinen. Wobei, ich gebe zu, es sind sicher viele schöne Bilder darin.«

»Du denkst wohl, dass ich nicht lesen kann, ja?« Sophia funkelte ihren Bruder an. »Pah! Die Mutter hat's mir beigebracht, schon vor Jahren! In den letzten Tagen habe ich jede Menge gelesen. Auch über das große Schiff auf dem Würmsee. Diesen ... diesen ...« Sie kramte zwischen den Büchlein und zog schließlich ein einzelnes bedrucktes Stück Papier hervor. Ihre Blicke flogen über das Blatt. »Hier. Bu... Bucentaur.«

Mit flüssiger Stimme begann sie zu lesen.

»... sind wir stolz, vermelden zu können, dass zur Geburt des Kronprinzen ein Schiff zu Wasser gelassen wird, wie es die Welt noch nicht gesehen hat. Es verfügt über sechzehn Kanonen, die alle zur Feier der Geburt jeweils dreimal abgefeuert wurden und …«

»He, Moment mal!« Peter hatte während Sophias Vorlesen zunächst immer ungläubiger geschaut, jetzt lachte er laut auf. »Verflixt, du kannst wirklich lesen. Und das auch noch ziemlich gut! Ich habe wohl vergessen, dass meine kleine Schwester gar nicht mehr so klein ist. Und außerdem ziemlich schlau.«

»So wie es aussieht, bist du nicht der einzige Neunmalkluge in dieser Familie«, warf Kuisl ein, der über Sophias Fähigkeiten ebenso verblüfft war.

»Du warst doch mal auf diesem … diesem Bucentaur, ja?«, fragte Sophia. »Zusammen mit dem Kurfürsten. Ist es ein schönes Schiff?«

»Ein sehr schönes, ja. Allerdings ist das schon länger her.« Peter schmunzelte. »Ebenso wie diese Nachricht schon älter ist. Das Flugblatt muss ziemlich weit unten in der Kiste gelegen haben.«

Kuisl nickte. »In den Truhen sind auch jede Menge alte Zeitungen. Seit ein paar Jahren gibt es ja immer mehr davon.« Er schnaubte. »Ein Humbug, wenn ihr mich fragt. Die lügen das Blaue vom Himmel runter!« Plötzlich grinste er über das ganze Gesicht. »Aber wenn es noch eines Beweises bedurfte, dass unsere Sophia Verbrecher jagen darf, dann ist er wohl hiermit erbracht. Sie ist eine echte Kuisl. Schlau und immer mit dem Kopf durch die Wand.« Er verdrehte die Augen. »Wenn auch ein echtes Gscheidhaferl, wie ihr Vater! Wollen wir hoffen, dass der in Burghausen etwas für den Paul erreichen kann.«

*

Verborgen hinter einigen großen Fässern und Tuchballen stand Magdalena oben an der Rampe und beobachtete von dort aus das Geschehen an der Burghausener Hafenmole.

Ihr Herz klopfte wie wild. Eben ging Simon auf einen der Wachleute zu, hob die Hand zum Gruß und begann ein Gespräch. Sie war zu weit weg, um etwas verstehen zu können. Dafür sah Magdalena jetzt, wie Simon ein Dokument aus seiner Westentasche hervorzog und es dem Wachmann mit selbstbewusster Geste vor die Nase hielt. Dieser kratzte sich am Kopf und winkte dann einen zweiten Wachmann herbei. Gemeinsam diskutierten sie, wobei Simon immer wieder auf das Boot mit den Gefangenen deutete.

Magdalena atmete erleichtert auf. Ihr Plan schien aufzugehen, zumindest bis jetzt.

Im Grunde war es gar kein richtiger Plan, sondern eher eine Verzweiflungstat, von der sie nicht wussten, wohin sie führte. Simon hatte sich an das Dokument erinnert, das ihn als kurfürstlichen Hofmedicus auszeichnete. Damit ließ sich Paul zwar nicht loskaufen, aber zumindest konnte Simon darauf drängen, die Gefangenen einer medizinischen Untersuchung zu unterziehen. Als Arzt würde er von einer Seuche sprechen, die in Altötting ausgebrochen sei, und von der Gefahr, dass die Sträflinge diese Seuche weitertrugen. Es war nichts weiter als ein billiges Ablenkungsmanöver, zumal Simon seine ärztlichen Instrumente und Arzneien in Neuötting zurückgelassen hatte, aber zumindest würde Simon Paul auf diese Weise kurz sehen und vielleicht sogar sprechen können.

Das war noch der bessere Teil des Plans.

Für das, was dann folgte, hielt Magdalena eine brennende Laterne und eine Flasche hochprozentigen Schnaps unter ihrem weiten Umhang versteckt. Beides hatten sie zuvor noch in der Stadt bei einem Tandler besorgt, ebenso ein Messer und einen Zunderkasten.

Es war mittlerweile Mittag, die meisten der Tagelöhner aßen irgendwo in den umliegenden Garküchen, an der Hafenmole war nicht mehr viel los. Bislang hatte noch keiner der Schauerleute Magdalena größere Beachtung geschenkt. Eben noch hatten sie und Simon im Vorübergehen die Kisten, Ballen und Fässer inspiziert, die für die Verschiffung vorgesehen waren. Auf der Salzach wurden ganze Marmorblöcke befördert, außerdem Holz und Salz, aber auch exotische Gewürze, venezianisches Glas und Stoffe.

Oben neben den Fässern hatte Simon dann die Tuchballen entdeckt. Sie waren lose gestapelt, ein leichter Schubs würde ausreichen, um sie zusammen mit den Fässern die Rampe hinunterzubefördern. Vorher würde Magdalena allerdings den Branntwein über die Ballen schütten und sie anzünden. Die gewachsten Tücher waren vom Tauwetter feucht, es sollte also ordentlich rauchen. Im anschließenden Qualm und Chaos würden sie dann zusammen mit Paul die Flucht wagen.

Es war ein erbärmlicher, schier aussichtsloser Plan, aber es war der einzige, den sie hatten.

Magdalena spähte hinter den Fässern hervor. Tatsächlich schienen Simons Überredungskünste etwas bewirkt zu haben. Einer der Schläger öffnete die Tür zum Schiff, und die Gefangenen wurden wieder hervorgezerrt. Noch immer waren sie aneinandergekettet.

»Verflucht!«, zischte Magdalena. Wie sollten sie mit Paul fliehen, wenn er in Ketten lag? Zumindest wurden jetzt die Kettenglieder zwischen den einzelnen Gefangenen gelöst, nun war jeder nur noch einzeln an Händen und Füßen gefesselt.

Magdalena warf einen Blick auf ihren Sohn. Sie glaubte, ein leichtes Zusammenzucken zu bemerken, als Paul Simon erkannte. Ansonsten ließ er sich nichts anmerken. Simon begann nun, die Reihe der Gefangenen abzuschreiten, winkte sie einzeln vor, tastete hier über blaue Flecken und Beulen, sah dort in geöffnete Münder und inspizierte Augen, Ohren und sogar die Nasenlöcher. Es war nichts weiter als eine billige Posse, doch die Wachleute schienen darauf hereinzufallen. Schließlich ließ Simon Paul vortreten und klopfte ihm auf die Schulter.

Das war das vereinbarte Zeichen.

Geschwind zog Magdalena das kleine Messer hervor und schlitzte damit einen der Tuchballen auf, sodass die teuren Stoffe darunter hervorquollen. Dann entkorkte sie die Flasche Branntwein und goss den beißend riechenden Inhalt über die Stoffe. Sie wollte eben die brennende Laterne daranhalten, als etwas Unvorhergesehenes geschah.

Von der Stadt her näherte sich eine Abordnung Soldaten, angeführt von einem Mann in weiter Schaube und Barett. Sie hielten auf das Boot mit den Gefangenen zu.

»Was zum Teufel …«, flüsterte Magdalena.

Sie zögerte noch, den Stoffballen anzuzünden. Die Soldaten wirkten weitaus aufmerksamer und kräftiger als die dumpfen Kerle an der Mole, außerdem trugen sie Schwerter und Hellebarden. Sollte sie es dennoch riskieren? Eine zweite Chance würden sie vermutlich nicht bekommen.

Zwischen dem Mann mit der Schaube, Simon und den Wachleuten am Schiff kam es nun zu einem weiteren Gespräch, wobei der Mann Simons Dokument sorgfältig studierte. Magdalena fluchte leise. Was ging dort nur vor? Egal, sie musste handeln, und zwar jetzt! Sie führte die Kerze an die Ballen, als Simon ihr einen panischen Blick zuwarf. Er schüttelte den Kopf und machte dabei eine abwehrende Handbewegung. Ganz offenbar wollte er die Sache im letzten Moment abblasen.

Doch es war zu spät.

Bläuliche Flammen züngelten über die Tücher und fraßen sich durch den teuren Stoff.

»Und Ihr seid tatsächlich kurfürstlicher Hofmedicus, Doktor, hm ... Fronwieser?« Die Augen des Mannes wanderten über das gesiegelte Dokument, er tippte auf eine bestimmte Stelle. »Allerdings nur für eine bestimmte Zeit, und auch nur in Altötting. Was also macht Ihr hier?«

»Äh, das sagte ich doch bereits«, stammelte Simon. »Seuchengefahr ... Einige der Gefangenen stammen von Höfen, auf denen der Englische Schweiß ausgebrochen ist. Eine üble Krankheit ...«

»Üble Krankheit, soso ...« Der Mann blickte von dem Dokument auf und musterte sein Gegenüber eingehend, wobei Simon sich bemühte, nicht zu zittern. Verdammt, was musste dieser blasierte Kerl auch gerade jetzt auftauchen! Bislang war der Plan erstaunlich gut aufgegangen. Die einfältigen Aufpasser hatten ihm seine Geschichte mit der Seuchengefahr abgekauft, die Gefangenen waren zur Untersuchung wieder an Land gebracht worden. Eben hatte Simon Paul vortreten lassen und ihm auf die Schulter geklopft, was für Magdalena das vereinbarte Zeichen war. Paul stand nur wenige Handbreit von Simon entfernt, er betrachtete seinen Vater teilnahmslos. Pauls Blick schien gebrochen, so als hätte er sich trotz der nahenden Rettung aufgegeben. Aber vielleicht war das auch nur gespielt.

Und dann war diese seltsame Abordnung von der Burg gekommen.

Soweit Simon verstanden hatte, handelte es sich bei dem Mann in der Schaube um den Schlossamtmann. Bislang hatte der Kerl nur nach Simons Namen und Funktion gefragt. Jetzt gab er Simon das Dokument zurück und seufzte.

»Der Englische Schweiß also … Zu dumm! Der Vizedom wird nicht eben davon begeistert sein, wenn er davon erfährt.«

Simon linste hinüber zu Magdalena, die weiter hinter den Fässern verborgen war. Vermutlich entzündete sie eben einen der Tuchballen.

»Ach ja, und warum nicht, wenn ich, äh … fragen darf?«, erkundigte sich Simon.

»Nun ja, wir brauchen die Burschen zur Schanzarbeit oben auf der Burg. Seine Exzellenz Johann Ferdinand Graf von Orth hat vor einigen Monaten eine Abmachung mit München getroffen, dass er dafür Galeerensträflinge heranziehen kann. Natürlich nur die Kräftigen und Gesunden. Nun ja …« Der Amtmann zuckte mit den Schultern. »Vermutlich kann man die Burschen so nicht mal auf den Galeeren einsetzen, dort würden sie die Mannschaft anstecken. Vielleicht wäre der Galgen dann doch die beste Lösung. Das sind ja alles Verbrecher, nicht wahr?« Er deutete auf die andere Seite des Flusses, wo eine Reihe kleiner Häuschen stand. »Der Burghausener Scharfrichter wohnt gleich dort drüben. Ich denke, auf der Richtstatt sind noch ein paar Galgen frei. Die Stadt Burghausen gilt als sehr effizient, was Hinrichtungen angeht …«

»Aber … aber die Männer sind alle gesund!«, fuhr Simon dazwischen, während er verzweifelt versuchte, Magdalena auf sich aufmerksam zu machen.

»So?« Der Amtmann hob die Augenbraue. »Seid Ihr Euch da sicher?«

»Ich, äh … habe die Gefangenen ja eben eingehend untersucht. Keinerlei, äh … Auffälligkeiten …«

»Na, wenn das so ist …« Der Amtmann stutzte. »Sagt mal, was wedelt Ihr eigentlich so seltsam mit Eurem Arm? Habt Ihr vielleicht die Schüttelkrankheit?«

»O nein, mir ist nur der Arm eingeschlafen.« Simon lachte rau. »Das Blut fließt nicht mehr so, wie es soll. Vermutlich muss ich mich mal wieder selbst zur Ader lassen.«

Simon leckte sich die trockenen Lippen. Er konnte nur hoffen, dass Magdalena sein Zeichen gesehen hatte. Wenn diese Männer Paul hinaufbrachten auf die Burg, gab es vielleicht noch eine Chance, ihn freizubekommen. Jedenfalls eine bessere als bislang.

Hinter den Fässern stieg eine dünne Rauchsäule auf.

»Wenn Ihr kurfürstlicher Hofmedicus seid, habt Ihr da schon mal einen Steinschnitt vorgenommen?«, fragte der Amtmann plötzlich.

»Äh, was?« Simon sah sein Gegenüber fragend an und hoffte, dass dieser nicht den Angstschweiß auf seiner Stirn bemerkte. Ebenso wenig wie den Rauchgeruch, der vermutlich bald zu ihnen herüberziehen würde.

»Na, Blasensteine eben. Der Vizedom klagt seit Wochen über schreckliche Schmerzen. Der Physikus des Rentamts ist vor einem halben Jahr an einem Fieber gestorben, und dem Quacksalber aus der Stadt traut seine Exzellenz nicht. Sein Jammern und Klagen wird von Tag zu Tag schlimmer.« Der Amtmann schüttelte sich. »Es ist wirklich kaum noch auszuhalten. Nicht nur für den Vizedom, auch für alle anderen in der Burg.« Er senkte die Stimme. »Außerdem macht es natürlich keinen guten Eindruck, wenn der örtliche Stellvertreter des Kurfürsten und Oberste des Burghausener Rentamts jammert und weint wie ein kleines Mädchen.«

»Einen … einen Steinschnitt?« Simon hustete. Dann nickte er eifrig. »Na, da habt ihr aber Glück! Das ist im

Grunde so etwas wie mein Spezialgebiet.« Aus dem Augenwinkel bemerkte er, dass die Rauchsäule dünner wurde und schließlich ganz verwehte. Er atmete erleichtert aus. Offenbar hatte Magdalena das Feuer doch noch austreten können.

»Dann würde ich Euch bitten, Eure Fähigkeiten auf der Burg unter Beweis zu stellen«, sagte der Amtmann. »Oben könnt Ihr Euch ja auch noch mal die Gefangenen anschauen. Diese hier und auch die übrigen. Das ist vielleicht gar nicht mal die schlechteste Idee. Wir haben gut drei Dutzend Schanzer, von denen sind einige nicht mehr im besten Zustand. Es ist ja auch eine harte Arbeit, aber immer noch besser als der Galgen, nicht wahr?«

»Sicher, sicher«, erwiderte Simon. »Gerne komme ich mit. Allerdings nur unter einer Bedingung.«

Die Augenbraue des Amtmanns zuckte erneut nach oben. »Aha, und die wäre?«

»Meine Frau wird uns begleiten.« Lächelnd wies Simon auf Magdalena, die eben hinter den Fässern hervorgetreten war und auf sie zukam. Am Saum ihres Mantels zeigten sich leichte Rußspuren und Brandflecken, ihre Miene war die reinste Unschuld.

»Darf ich vorstellen, Magdalena Fronwieser«, sagte Simon und sah seine Frau dabei eindringlich an. »Wir wollten immer schon mal die berühmte Burghausener Burg besichtigen, ist es nicht so, Magdalena?«

Kapitel 17

Mittwoch, 12. März, vormittags
in der Altöttinger Stiftskirche

»Liebe Schwarze Madonna, mach, dass der Paul heil wieder zurückkommt, dass der Großvater wieder gesund wird und dass … dass …«

Sophia stockte in ihrem Gebet.

Und dass mich der Großvater und der Peter gemeinsam mit ihnen schlimme Bösewichter fangen lassen, wollte sie eben noch hinzufügen.

Aber sie spürte, dass dieser Wunsch keine geeignete Fürbitte war. Er war eigennützig und in den Augen der Muttergottes auch sicher nicht wichtig genug. Wichtig war vor allem, dass ihrem Bruder kein Leid geschah, aber irgendwie ging ihr dieser andere Wunsch nicht aus dem Kopf. Außerdem war sie wütend, schrecklich wütend, und das mochte die Schwarze Madonna vermutlich ebenso wenig wie eigennützige Wünsche.

Sie saß in einer der vorderen Kirchenbänke der Altöttinger Stiftskirche. Zu ihrer Linken und Rechten knieten alte Weiblein mit schwarzen Kopftüchern, tief ins Gebet versunken. Hinter ihr hustete ein Greis, der seinen Schleim heimlich auf den Kirchenboden spuckte, ein Säugling greinte im Arm seiner betenden Mutter. Auch an diesem Vormittag war die Kirche wieder gut besucht, es herrschte ein stetes Kommen und Gehen von Wallfahrern. Aber keiner von ihnen machte auf Sophia den Eindruck, ein gefährlicher Meuchelmörder zu sein.

Als der Großvater sie heute früh gebeten hatte, die Stiftskirche im Auge zu behalten, war sie zunächst Feuer und Flamme gewesen. Schon gestern hatten Peter und Jakob Kuisl in Altötting nach dem Assassinen Ausschau gehalten. Dabei waren sie abwechselnd an den Orten gewesen, wo der Attentäter bereits früher aufgetaucht war: an der Gnadenkapelle, der Apotheke, an der Jesuitenkirche und dem Franziskanerkloster. Doch ihre Suche war bislang vergeblich geblieben. Heute Morgen hatte Sophia dann so lange gebettelt, mitgehen zu dürfen, dass der Großvater schließlich ein Einsehen gehabt hatte. Er hatte sie in die Stiftskirche geschickt. Und schnell war Sophia auch klar geworden, warum.

Hier würde der Attentäter niemals auftauchen. Vermutlich kam hier nicht mal ein lausiger Taschendieb vorbei.

Dafür war Sophia umgeben von alten Weibern und Greisen, die ihr mit ihren zahnlosen Mündern zugrinsten und ihr von Zeit zu Zeit kandierte Früchte oder Nüsse anboten, als wäre sie ein Schoßhündchen. Der Großvater und ihr Bruder hatten sie abgeschoben, hatten sie an einem Ort verräumt, wo ihr nichts passierte, wo aber eben auch gar nichts passierte!

»Schwarze Madonna, sorge auch dafür, dass meine Eltern heil aus Burghausen heimkehren …«, wagte Sophia einen neuen Versuch.

»Ach, was bist du doch für ein liebes Kind!«, meldete sich das alte Mütterlein an ihrer Seite. Die Alte lächelte selig. »Erinnerst mich an meine eigene Enkelin. Betet immer brav für ihre Familie und vergisst auch nicht den täglichen Rosenkranz. Wie alt bist du denn, meine Kleine?«

»Ich bin zehn«, murmelte Sophia.

»Schau an, und da lassen dich deine Eltern ganz allein hierher? Ist denn sonst keiner von deiner Familie in Altötting?«

»Doch, der Großvater. Er ist …«

Das Weiblein tätschelte ihr das Knie, und Sophia verdrehte die Augen.

»Ach ja, dein Großpapa ist sicher ein herzensguter frommer Mann«, sagte die Alte. »Betet er denn auch so viel wie du?«

»Ehrlich gesagt flucht er mehr. Mein Großvater ist Henker. Geschwätzigen Weibern hängt er die Schandgeige um.« Sophia stand von der Kirchenbank auf. »Euch noch einen schönen Tag und Gott zum Gruß.«

Sie eilte davon und ließ die Alte mit offenem Mund zurück. Das Gebrabbel hatte Sophia nur noch wütender gemacht. Sie hoffte, dass ihr die Jungfrau Maria ihre schnippischen Worte verzieh. Jedenfalls war ihr die Laune zum Beten nun gründlich verdorben. Stattdessen würde sie sich bei einem der Stände draußen auf dem Kapellplatz einen Krapfen holen. Der Großvater hatte ihr ein paar Münzen dagelassen, damit sie tagsüber ihren Hunger stillen konnte.

Als Sophia mit den Münzen in der Hand vor der Stiftskirche stand, änderte sie plötzlich ihren Entschluss. Warum sollte sie Geld ausgeben, wenn sie umsonst in der kurfürstlichen Küche essen konnte? Seit gestern juckte es sie schon, Alois wieder einen Besuch abzustatten. Zwar hatte ihr der Großvater verboten, mit irgendjemandem über die Sache mit dem Assassinen zu sprechen. Aber Alois war da sicher eine Ausnahme. Vielleicht hatte er ja etwas Neues herausgefunden? Es war sozusagen ihre Pflicht als Verbrecherjägerin, ihn noch mal aufzusuchen.

Ihre Laune besserte sich mit jedem Schritt, den sie sich

dem Garten der Dekanei näherte. Als sie zu dem kleinen Seitentor kam, stellte sie verwundert fest, dass dort keine Wache postiert war, das Gatter stand weit offen. Sophia betrat den Garten und sah sich nach Alois um. Im gleichen Moment stellte sie fest, dass etwas nicht in Ordnung war.

Ganz und gar nicht in Ordnung.

Vor einem der Küchenzelte standen etliche Menschen beisammen. Sie unterhielten sich leise, andere jammerten und klagten, ein Schrei ertönte aus dem Inneren. Dann trat die Wache, die eigentlich am Seitentor stehen sollte, aus dem Zelt, gefolgt von zwei weiteren Wachmännern. Sie trugen ein langes Brett von der Art, mit der üblicherweise Brote in den Ofen geschoben wurden.

Auf dem Brett lag ein ziemlich beleibter Mann. Seine Arme schleiften leblos über den Boden, der Kopf war zur Seite gekippt, sodass Sophia sein Gesicht sehen konnte. Sie erschrak.

Es war der Oberhofkoch Josef Semmelweis, jener Koch, der Alois das letzte Mal eine Tracht Prügel angedroht hatte.

Er war ganz augenscheinlich tot.

Die Wachen trugen den Leichnam hinüber zur Dekanei, wo sie im Inneren des Gebäudes verschwanden. Die Menge zerstreute sich langsam, und Sophia wandte sich an eine Magd, die immer noch entsetzt den Kopf schüttelte.

»Was ist denn geschehen?«, wollte Sophia wissen.

Die Magd sah sie mit großen Augen an. »Man hat den dicken Semmelweis vergiftet! Ganz sicher, ich hab es selbst gesehen. Hat von der Krebssuppe gekostet, die für den Kurfürsten bestimmt war. Plötzlich fängt er an zu zucken, hat Schaum vor dem Mund wie ein tollwütiger Hund und bricht keuchend zusammen …«

»Der Assassine«, hauchte Sophia.

»Der was?« Die Magd starrte sie an wie eine Kuh. »Assas… Ist das ein Gewürz? Glaubst du, es war ein giftiges Gewürz aus dem Morgenland?«

»Äh, genau, ein Gewürz«, sagte Sophia und wandte sich schnell ab. Ob Alois schon davon wusste? Vielleicht hatte er ja wieder etwas beobachtet? Sie eilte durch den Garten, spähte in die einzelnen Zelte und sah im Pavillon nach. Auch hinter der Holzlege suchte sie ihn, doch Alois war nirgendwo zu entdecken.

Sie wollte schon aufgeben, als sie ihn am Ende doch noch fand. Alois kauerte ganz hinten in der Remise, versteckt hinter einem abgestellten Karren. Sein Körper war im Schatten verborgen, Sophia hätte ihn fast nicht gesehen. Gedankenverloren und mit trübsinnigem Blick schnitzte er mit einem Messer an einem Stück Holz herum. Einige Pferde, die dort untergestellt waren, schnaubten, als Sophia näher trat. Alois blickte überrascht auf.

»Alois!«, rief sie. »Hier bist du also! Ich hab dich überall gesucht. Weißt du schon, was dem Hofkoch geschehen ist? Man hat ihn …«

»Vergiftet, ich weiß.« Alois steckte das Messer weg und wischte sich die Holzspäne von der Hose. »Es ist furchtbar. Er … er …« Er stockte. »Er konnte ziemlich grimmig sein. Aber im Grunde habe ich den alten Semmelweis gemocht. Seit drei Jahren bin ich schon bei ihm im Dienst. Ich denke, er wusste, dass ich öfter Leckereien abzweigte, aber er hat nie was gesagt. Hat immer laut geschimpft, aber im Grunde war er freundlich. Fast ein bisschen so etwas wie ein … wie ein Vater für mich.« Alois wischte sich eine Träne aus dem Auge. »Als ich es gehört habe, bin ich hierher. Ich musste allein sein.«

»Meinst du, das … war der Assassine?«, fragte Sophia.

Sie beschloss, Alois auch den Rest zu erzählen. »Du wirst es nicht glauben, der Attentäter hat noch zwei Mal zugeschlagen, beide Male mit einer Armbrust! Der Großvater und mein Bruder suchen ihn seit gestern! Und, und ... Hm ...« Sie überlegte. »Glaubst du, er hat auch den Koch auf dem Gewissen?«

Alois nickte. »Das könnte sein. Vielleicht wollte der Kerl ja eigentlich den Kurfürsten vergiften, und es hat stattdessen den armen Semmelweis erwischt. Nun wissen wir zumindest, was der Kerl in der Apotheke gewollt hat. Gift! Vermutlich hat ihm der bucklige Dekan irgendein abscheuliches Gift gegeben.«

»O Gott!«, hauchte Sophia. Das alles war furchtbar, so gruslig, als befände sie sich in einer dieser schrecklichen Geschichten aus den Flugblättern.

Alois machte eine grimmige Miene. »Ich hab den Kerl erst vorhin wieder gesehen. Diese dunkle Haut und die Mondaugen ...« Er schüttelte sich. »Der streicht hier in Altötting herum wie ein Schatten. Wirklich unheimlich!«

»Du ... du hast ihn gesehen?«, fragte Sophia aufgeregt. »Wo war das? Nun red schon! Wo hast du ihn denn gesehen?«

»Na ja, das war in der Hoftaverne, gleich neben der Dekanei. Ich hab ein Fässchen französischen Weinbrand dort abgeholt, und da war er. Er saß in einem Hinterzimmer bei einem Glas Wein und ... He, wo willst du hin?«

Sophia war schon am Ausgang der Remise. »Ich muss unbedingt dem Großvater Bescheid geben!«, rief sie ihm zu. »Vielleicht ist der Kerl ja noch da. Dank dir, Alois!« Sie humpelte noch einmal zu ihm zurück und drückte ihm einen Kuss auf die Wange. »Gräme dich nicht, wir fangen den Übeltäter! Für jeden seiner Morde soll er tausendfach büßen. Mein Großvater, der Henker, wird ihm sämtliche Knochen brechen!«

Sophia rannte, so schnell ihr kleiner Klumpfuß es zuließ.

*

Zum gefühlt hundertsten Mal drehte Jakob Kuisl seine Runde durch Altötting. Er war am Kapellplatz gewesen, wo es mittlerweile von Wachen nur so wimmelte, bei der Jesuitenapotheke, hatte sich in den meisten Wirtshäusern umgesehen, sogar auf dem Friedhof von Sankt Michael hatte er Ausschau gehalten ... vergeblich. Der dunkelhäutige Kerl mit den Mondaugen, den er vor ein paar Tagen selbst noch gesehen und den ihm Sophia so genau beschrieben hatte, war nirgendwo zu entdecken.

Den zweiten Tag waren er und Peter nun unterwegs, streiften durch den Ort und die umliegenden Weiler, zogen Erkundigungen ein. Viel war die Rede von Diebstählen, von Einbrüchen in Bauernhäuser und kleine Kapellen, aber der Assassine blieb ein Phantom. Als wäre er doch nur irgendein Spukbild.

Es hatte Kuisl wehgetan, Sophia in die Stiftskirche abzuschieben. Er wusste, wie unbedingt sie ihnen helfen wollte, aber die Sache war einfach zu gefährlich. Der Kerl, den sie suchten, hatte bereits mehrere Menschenleben auf dem Gewissen, er war ein kaltblütiger und gerissener Meuchelmörder. In der Kirche, unter all den Wallfahrern, war Sophia einigermaßen sicher. Und vielleicht tauchte der Gesuchte ja wirklich dort auf? Dann war es gut, jemand dort postiert zu haben – selbst wenn dieser jemand nur ein zehnjähriges, wenn auch sehr aufgewecktes Mädchen war.

Missmutig trat Kuisl nach einem Stein, der die Gasse

entlangpolterte. Immerhin half ihm die Suche dabei, sich von seinen anderen Sorgen abzulenken. Wie es wohl gerade Magdalena und Simon erging? Ob sie Paul schon gefunden hatten? Und würde Magdalena ihrem Mann am Ende doch erzählen, woher Pauls dunkle Seite vielleicht herrührte; was damals in jenen unseligen Tagen in der Gegend um Regensburg geschehen war?

Eben bog Kuisl von der Friedhofskirche Sankt Michael ins Michaeligasserl, als er von Weitem Sophias überschnappende Stimme hörte.

»Großvater, Großvater!«

Kuisls Hand ging zum Knüppel, den er seit gestern an der Seite trug, gut verborgen unter einem weiten Mantel. Doch Sophia wurde nicht verfolgt. Trotzdem machte sie einen sehr aufgeregten Eindruck.

»Ich … ich weiß, wo er ist!«, keuchte sie, als sie bei ihm angelangt war. »Der … der Assassine!«

»Herrgott, was redest du da?!« Kuisl sah sich nach möglichen Lauschern um, doch die Gasse war leer. »Ich hab dir doch gesagt, du sollst in der Stiftskirche bleiben!«

»Bin ich aber nicht«, fuhr Sophia leise fort. »Ich wollte mir was zum Essen in der kurfürstlichen Garküche holen. Und dann … und dann …« Sie schluckte. »Hör zu, was passiert ist!«

Hastig erzählte sie ihm von dem vergifteten Koch und von ihrem Gespräch mit Alois.

»Ich hab dir doch gesagt, du sollst mit keinem darüber reden, Herrgott!«, schimpfte Kuisl schließlich. »Eine Tracht Prügel hättest du verdient!« Doch dann hielt er inne und kratzte sich am Kopf. »In der Hoftaverne hat ihn dieser Bub gesehen, ja?«

Sophia nickte. »Ist noch nicht lange her. Werden wir ihn jetzt gemeinsam schnappen?«

»Du wirst gar nichts tun. Geh zurück in die Stiftskirche. Ich werde später nach dir sehen. Und wehe, du rührst dich noch mal von der Stelle!«

Bei diesen Worten hatte Kuisl sich schon umgedreht und lief durch die Gasse hinüber zum Kapellplatz. Die Hoftaverne befand sich direkt am Platz, unweit der Dekanei. Sie war bereits ein wenig in die Jahre gekommen, ein baufälliger Steinkasten, in dem derzeit höhere kurfürstliche Beamte und Offiziere gastierten. Wie frech war dieser Bastard eigentlich? Kuisl hatte bei seiner Suche eher auf die einfacheren Wirtshäuser geachtet. Dass der Assassine sich gemütlich einen Schoppen Wein gleich neben der Dekanei genehmigte, umgeben von bewaffneten Soldaten, darauf war er nicht gekommen. Aber vielleicht war das ja gerade sein Trick. Immer das zu tun, was man am wenigsten von ihm erwartete.

Mittlerweile war es Mittag und die Hoftaverne entsprechend voll. Mit der Hand am Knüppel betrat Kuisl die Schankstube und sah sich um. An den bierverklebten Tischen saßen Soldaten der höheren Ränge in knarzendem Harnisch, dazwischen brüteten einige Schreiberlinge über einem Schoppen Wein. Der Duft von Schweinebraten und gekochten Rüben zog durch das niedrige Gewölbe, vermischt mit dem Qualm vieler Pfeifen. Von der großen Stube gingen ein paar mit Vorhängen verhüllte Separees ab.

Ohne sich um die anderen Gäste zu kümmern, warf Kuisl einen Blick in die einzelnen Zimmer, wobei er etliche missbilligende Blicke kassierte. Er ertappte ein paar Dirnen mit ihren Freiern und eine Runde Soldaten, die um Geld würfelten, aber keinen dunkelhäutigen Fremden.

»He, so passt doch auf!«

Im Vorübergehen hatte Kuisl einen Schankknecht angerempelt, das Bier schwappte aus den Krügen, doch der Henker ging unbeirrt weiter. Ganz hinten befand sich noch ein letztes Separee. Kuisl schob den Vorhang zur Seite …

Und erstarrte.

Dort, an einem einzelnen Tisch, saßen der Dekan Achatius Viertl und der dunkelhäutige Fremde mit den Mondaugen. Wie bei ihrer letzten Begegnung, draußen am Kapellplatz, trug der Mann exotische Kleidung, sein Haar war pechschwarz. Vor ihm standen einige Fläschchen und Tiegel.

Der Dekan blickte überrascht auf. Eine Mimik des Erkennens huschte über sein Gesicht.

»Der Riese mit der Votivtafel!«, rief er aus. »Was zum Teufel macht Ihr hier?«

Kuisl wollte eben etwas erwidern, als er den Dolch bemerkte, der neben den Tiegeln auf dem Tisch lag. Eben griff der Fremde danach.

Kuisl explodierte förmlich. Er schoss nach vorne, warf sich über den Tisch und packte den Fremden beim Kragen. Der Dekan schrie auf, der Tisch zersplitterte unter der plötzlichen Last. Henker und Fremder lagen nun am Boden, rangen miteinander. Der Dolch war irgendwo in eine Ecke gerutscht. Kuisl holte zum Schlag aus und verpasste dem unter ihm Liegenden einen Faustschlag ins Gesicht.

»Verruchter Giftmörder!«, knurrte der Henker. »Ich lass dich deine Tiegel und Fläschchen selber aussaufen und …«

In diesem Moment schlug ein Armbrustbolzen direkt neben ihm in einer der Holzbohlen ein. Als Kuisl sich umblickte, sah er in gleich drei Armbrüste, die auf ihn gerichtet waren. Sie wurden gehalten von drei der Soldaten aus dem Nachbarraum. Kuisl ließ von dem halb besinnungslosen Fremden ab und warf sich auf den ersten Soldaten. Wieder schlug ein Bolzen neben ihm ein, diesmal streifte er Kuisls rechtes Ohr. Der Henker entriss dem Mann die Armbrust, warf sie in die Ecke zu dem Dolch und zog seinen Knüppel.

»Herrgott, so nehmt diesen Wahnsinnigen doch endlich fest!«, schrie der Dekan. »Oder besser noch, tötet ihn gleich! Bevor er dieses Wirtshaus noch ganz auseinandernimmt.«

Der Henker wich einem dritten Bolzen aus und stürzte sich mit lautem Gebrüll ins Getümmel.

*

Auch Peter drehte seine Runden.

Heute Morgen war er wie vereinbart beim Kurfürsten gewesen, um mit ihm die neue Lage zu besprechen. Dabei hatte er Max jedoch weder verraten, dass Paul zum Galeerendienst verurteilt worden war, noch dass sein Vater sich unerlaubt von seinem Arbeitsplatz entfernt hatte. Peter hoffte, dass sein Freund genug andere Sorgen hatte, und so war es auch. Max wirkte fahrig und nervös, was sonst gar nicht seine Art war. Peter vermutete, dass es weniger Angst um sein Leben war als die Sorge, der Kaiser könnte ohne weitere Verhandlungen abreisen. Das schöne Kartenhaus, das Max gebaut hatte, die Heiratspläne, seine Zukunft als Schwiegersohn des Kaisers, die Hoffnung, als baldiger Führer der westlichen Welt zu gelten – all das schien in sich zusammenzufallen. Und das wegen eines einzigen Mannes, den sie nicht zu fassen bekamen.

Nun, zumindest hatte Peter jetzt ein Ziel vor Augen. Max hatte verlangt, dass er für ihn in Altötting weiter nach dem Attentäter Ausschau hielt, also tat er das – auch zum Wohle seines Bruders. Eben flanierte er durch die Hofgasse, wo sich auch die Hofbäckerei, die Metzgerei sowie eine Gärtnerei befanden. Zur Rechten erhob sich der düstere Bau der Propstei, in dem der Kaiser und die Kaiserin abgestiegen waren. Ein kleiner Garten, umgeben von einer hohen Mauer, schloss daran an.

Peter maß die Mauer mit prüfendem Blick. Sie war glatt und gut verputzt, trotzdem wäre es für einen geschickten Kletterer wohl ein Leichtes, sie zu erklimmen. Vom Garten waren es nur wenige Schritte zur Propstei und damit auch zu den Fenstern im ersten Stock. Verdammt, tatsächlich war der Kaiser hier so ungeschützt wie auf einem Präsentierteller! Peter konnte es Seiner Majestät nicht verübeln, wenn dieser schon bald samt Gemahlin das Weite suchen wollte.

»Sag bloß, du bist schon wieder auf der Suche nach dem großen Unbekannten?«, ertönte hinter ihm eine vertraute Stimme. »Buh! Der geheimnisvolle Türke mit den Mondaugen …«

Peter drehte sich um. Dort in der Gasse stand Lucia. Die Wallfahrtshändlerin hatte ihren Bauchladen umgespannt und zwinkerte ihm zu. Sie deutete auf die Mauer.

»Ich hab gesehen, wie du dich umgeschaut hast, fast so wie ein Spion. Oder hält der Herr Studiosus nur Ausschau nach einem lauschigen Plätzchen zum Lernen?« Sie zuckte die Achseln. »Ich weiß nicht, was die kaiserlichen Wachen dazu sagen würden, wenn du über die Mauer kletterst.«

Peter errötete. Offenbar taugte er wirklich nicht zum Agenten. Er war einfach leicht zu durchschauen. Verflucht, dieses Mädchen war auch zu hübsch! Kein Wunder, dass Paul sich in sie verguckt hatte. Lucia schien seine Gedanken zu erraten. Ihre Miene verdüsterte sich.

»Viel wichtiger als die Frage, was du hier machst, ist die,

wie es deinem Bruder geht. Man hat ihn wegen Randalierens eingesperrt, nicht wahr? Ich hatte recht.«

»Wenn es nur der Karzer wäre«, erwiderte Peter traurig. »Leider ist es schlimmer. Viel schlimmer.« Er erzählte ihr von dem schwer verletzten kurfürstlichen Soldaten und dass Paul zu zwanzig Jahren Galeerendienst verurteilt worden war.

»Meine Eltern sind jetzt nach Burghausen gereist, in der Hoffnung, dass sie noch irgendetwas ausrichten können«, endete er schließlich. »Aber es sieht böse aus für Paul.«

»Das ist ja furchtbar!« Lucia hielt sich die Hand vor den Mund. »Und das alles nur, weil er eifersüchtig auf dich war.«

»Eifersüchtig?« Peter runzelte die Stirn. »Wie kommst du denn darauf?«

»Nun, das war doch klar zu erkennen. Als wir vor ein paar Tagen zusammen im Wirtshaus saßen, hat dein Bruder dich ziemlich böse angeschaut. Und später hat er sich vor lauter Ärger betrunken und dann Rabatz gemacht. Dabei hab ich ihn mit dir doch bloß ein bisschen aufziehen wollen. Wer konnte denn ahnen …« Lucia schüttelte den Kopf. »Das hab ich nicht gewollt.«

»Ich auch nicht«, murmelte Peter. Der Gedanke, dass er letztlich an Pauls jetzigem Schicksal seinen Anteil hatte, trübte seine ohnehin schon schlechte Laune.

»Was wirst du machen, wenn der Kaiser und der Kurfürst wieder abgereist sind?«, fragte er, um das Thema zu wechseln.

»Nun, das, was ich immer mache. Ich reise mit meinem Vater weiter und verkaufe Heiligenbildchen. Vielleicht ziehen wir mal runter bis nach Santiago de Compostela und verkaufen dort unsere Petrus-Plaketten. Das Silber sieht aus wie echt!«

Peter lachte auf. »Solange du keine Wundertaten als heilige Lucia versprichst.«

Gemeinsam waren sie ein Stück weitergegangen und standen nun in der Nähe der Jesuitenkirche.

»Ich denke, keiner von uns beiden trägt Schuld an dem, was geschehen ist«, sagte Peter nach einer Weile. »Mein Bruder zieht das Unglück an wie ein Magnet. Wie eine Kompassnadel, die sich immer nach dem dunklen Norden ausrichtet. Es ist wirklich ...«

Plötzlich waren Schreie zu hören. Sie kamen aus der Hoftaverne, die nur einen Steinwurf weit entfernt lag. Ein Fenster splitterte, und ein Stuhl zerbarst draußen auf der Gasse. Lucia rümpfte die Nase.

»Das klingt ganz nach einer sauberen Wirtshausschlägerei in der Nähe. Vermutlich haben sich die kaiserlichen und die kurfürstlichen Soldaten mal wieder in die Haare gekriegt.«

Wieder ertönte ein Schrei, diesmal war er tiefer, ein röhrender Bass, mehr ein tierisches Brüllen. Es ließ Peter die Haare zu Berge stehen.

Er kannte nur einen Menschen, der so brüllen konnte.

»Du entschuldigst mich«, sagte er hastig. Dann rannte er auch schon auf die Hoftaverne zu.

»He, warte doch!«, rief Lucia ihm hinterher. Doch Peter war bereits in der Taverne verschwunden.

Die Schreie und der Kampflärm drangen aus einem der Nebenräume. Am Eingang zum Separee drängten sich die Zuschauer. Peter drückte und schob, bis er einen Blick auf das Geschehen erhaschen konnte. Dabei spürte er, wie Lucias warmer Körper sich von hinten an ihn presste. Offenbar hatte sie ihren Bauchladen irgendwo abgestellt und war ihm gefolgt.

»Was ist passiert?«, fragte sie.

»O Gott …«, hauchte Peter. Mehr brachte er nicht über die Lippen.

Tisch und Stühle waren umgefallen und zum größten Teil zu Klump gehauen, das Fenster war zerborsten. Zwischen den Möbelresten lag sein Großvater. Es brauchte vier Soldaten, um ihn am Boden zu halten. Blut floss aus einer Wunde an Kuisls Ohr. Der alte Henker wand sich, bäumte sich auf und brüllte seinen Zorn in die Welt hinaus.

»Verdammt, ihr Schafsköpfe habt den Falschen!«, schrie er. »Der Kerl dort drüben, das ist ein Meuchelmörder! Er steckt mit dem buckligen Dekan unter einer Decke! So glaubt mir doch!«

Erst jetzt hatte Peter Gelegenheit, sich weiter umzuschauen. An die Wand des Separees gedrückt standen der kreidebleiche, zu Tode verängstigte Dekan und daneben ein dunkelhäutiger Fremder in exotischer Gewandung, der sich die blutige Oberlippe abtupfte.

»So bändigt dieses Monstrum doch endlich!«, keifte der Dekan. »Herrgott, der Kerl ist allein, und ihr seid zu viert! Stopft ihm das Maul, bevor noch ein größeres Unglück geschieht!«

Zu seinem Erschrecken sah Peter nun, wie ein weiterer Soldat, ein höhergestellter Offizier, mit einer geladenen Faustbüchse auf Kuisl zielte.

»Nicht!«, schrie Peter und fiel ihm in den Arm.

Der Offizier wandte sich erstaunt zu ihm um. »Gehörst du etwa zu dem da?«, knurrte er.

»Das … das ist sicher ein Missverständnis …«, begann Peter. »Nichts weiter als ein großes Missverständnis …« Doch sein Großvater brüllte schon wieder.

»Das Missverständnis ist, dass ich hier wie eine Schlachtsau am Boden liege und ein heidnischer Meuchelmörder frei seiner Wege geht! Verhaftet den Kerl, auf der Stelle!«

»Heidnischer Meuchelmörder? Was redest du da, du Tölpel!« Der Dekan lachte auf. Dann deutete er auf den zitternden dunkelhäutigen Fremden an seiner Seite.

»Das ist der ehrenwerte Weihrauchhändler Hussein ibn Alizade! Weißt du Irrer eigentlich, was die Balsamtiegel kosten, die du eben zerdeppert hast? So viel Geld verdienst du in deinem Leben nicht.« Der Dekan nickte grimmig. »Und doch wirst du dafür bezahlen. Bei Gott, wenn der Burghausener Henker mit dir fertig ist, wirst du noch mehr brüllen, als du es jetzt schon tust.«

Kapitel 18

Mittwoch, 12. März, mittags
auf der Burg zu Burghausen

Simon stand in einem gut geheizten Zimmer der Burghausener Hauptburg, im ersten Stock des Palas. Das Licht einer Glutpfanne tauchte den mit Vorhängen verhüllten Raum in roten Schein, sodass der Mann in dem großen Himmelbett nur undeutlich zu erkennen war. Er hatte die Decke bis zur Nasenspitze gezogen, die Wölbung weiter unten verriet einen stattlichen Bauch.

Und er winselte wie ein geprügelter Hund.

»Ihr könnt natürlich auch weiterklagen und -leiden«, sagte Simon eben. »Oder Ihr pilgert nach Paderborn, zum Grab des heiligen Liborius, des Schutzpatrons der Steinleidenden. Nicht eben der nächste Weg ... Die Entscheidung liegt ganz bei Euch, Euer Exzellenz.« Er machte eine Verbeugung. »Vielleicht sollte ich später noch einmal ...«

»Nein, nein, bleibt!«, keuchte der Mann unter der Bettdecke. »Ich will ja auch, dass diese Schmerzen endlich aufhören und ich wieder pissen kann. Aber schildert mir diese Operation bitte nicht länger in allen Einzelheiten!«

»Ihr hattet mich selbst darum gebeten«, warf Simon ein.

»Ja, schon. Aber doch nicht so ... so anschaulich!« Der Patient räusperte sich. »Was haltet Ihr davon, wenn wir ... wenn wir es heute bei der Schilderung belassen? Ich, äh ...

muss mich zunächst innerlich auf die Operation vorbereiten. So wie … wie auf eine Schlacht.«

»Ganz wie Ihr meint, Euer Exzellenz.«

Simon verkniff sich jeden weiteren Kommentar. Es war jetzt schon das zweite Mal, dass er dem Vizedom einen Besuch abstattete und wieder weggeschickt wurde. Johann Ferdinand Graf von Orth war um die fünfzig Jahre alt. Wein und große Mengen fettigen Fleisches hatten ihn vor der Zeit altern lassen. Sein Gesicht war blass und teigig, das Haar dünn, er litt unter ständiger Verstopfung. Außerdem plagten ihn, wie viele Adlige und höhergestellte Herrschaften, Gicht und Blasensteine. Vor allem die Steine machten ihm so sehr zu schaffen, dass er sich vor Schmerzen wälzte, kaum noch das Bett verließ und jede Nacht so laut schrie und jammerte, dass seine Bediensteten sich Bienenwachs in die Ohren stopften. Trotzdem hatte er eine Operation bislang stets abgelehnt. Das lag auch daran, dass die sogenannte Lithotomie äußerst gefährlich war. Wie das Starstechen wurde sie meist von reisenden Chirurgen ausgeführt, die, wenn der Patient die misslichen Folgen spürte oder gar an einer Infektion verstarb, schon lange das Weite gesucht hatten.

Eben hatte Simon dem Vizedom erläutert, wie er vorgehen würde. Bei der Lithotomie machte der Chirurgus einen kleinen Schnitt in die Harnröhre unterhalb der Prostata, durch den er sein Werkzeug einführte. Mit einer Zange wurde der Stein ergriffen und mit Geschick und viel Glück schließlich herausgezogen. Wenn der Arzt nicht aufpasste, konnte dabei der Schließmuskel durchschnitten werden, was zu dauerhafter Inkontinenz führte – von den tödlichen Folgen einer Entzündung ganz zu schweigen.

»Ich verwende eine bestimmte Technik«, sagte Simon.

»Ich operiere in der Seitenlage, das ist weniger schmerzhaft. Außerdem reinige ich die Instrumente vorher gründlich mit Branntwein.«

»Was für eine Verschwendung!«, ächzte der Vizedom. »Ich sauf mich damit lieber besinnungslos.«

»Das würde ich Euch vor dem Eingriff ohnehin empfehlen. Aber Branntwein reinigt gründlich. Ich habe damit gute Erfahrungen gemacht.«

Simon verschwieg dem Vizedom, dass er in seinem Leben erst eine Handvoll Blasenschnitte durchgeführt hatte. Und auch, dass sein neues Verfahren dennoch nicht eben ungefährlich war, zumal er auf die Instrumente des kürzlich verstorbenen Rentamtsphysikus zurückgreifen musste. Bereits gestern, gleich nach ihrer Ankunft, hatte Simon festgestellt, dass dessen Werkzeug weitgehend rostig war und das Inventar nicht mehr dem neuesten Wissensstand entsprach. Dafür fanden sich in der Praxis allerlei Ingredienzien der sogenannten Dreckapotheke, darunter Schädelmehl, getrocknete Kröten und zerriebene Mumie.

Dass ein leibhaftiger Hofmedicus sich seiner annahm, beruhigte Johann Ferdinand Graf von Orth nur wenig. Doch immerhin hatte er dem Vorschlag seines Amtmannes zugestimmt, dass Simon und Magdalena bis zum guten Ausgang der Operation auf der Burg wohnen durften. Bislang war es ihnen jedoch noch nicht gelungen, überhaupt Kontakt zu Paul aufzunehmen.

»Wir machen es so, wie Ihr gesagt habt«, sagte von Orth nach einer Weile. »Vielleicht heute Abend, ja?« Er schwieg einen Augenblick, dann erkundigte er sich höflich: »Äh, habt Ihr sonst alles, was Ihr braucht? Sind die Gemächer zu Eurer Zufriedenheit? Fühlt sich Eure Gattin wohl?« Offenbar suchte der Vizedom ein anderes, nicht so unangenehmes Gesprächsthema.

Simon und Magdalena hatten ihr Quartier im äußersten Vorhof, ein paar Zimmer, in denen der alte Doktor des Rentamts früher auch praktiziert hatte. Die Räume waren nach seinem Tod ausgeräuchert und gefegt worden, das Essen kam aus der Burgküche. Sie hatten schon schlechter gewohnt, vor allem, wenn Simon an ihre jetzige Unterkunft in Neuötting dachte.

»Alles ist bestens, Eure Exzellenz.« Simon nickte, dann räusperte er sich. »Wenn Ihr nichts dagegen habt, würde ich später gerne noch einen Blick auf die Schanzarbeiter werfen. Ich habe gestern gesehen, dass einige von ihnen krank oder verletzt sind.«

»Was kümmern Euch die Schanzer?«, raunzte der Vizedom. »Das sind doch nur Gefangene. Die können froh sein, dass sie nicht am Galgen baumeln.«

»Das schon, Eure Exzellenz. Aber kranke und verletzte Männer arbeiten weniger und schlechter.«

»Hm, da habt Ihr auch wieder recht.« Graf von Orth winkte ab. »Also von mir aus. Wobei ein kurfürstlicher Hofmedicus für solche Leute im Grunde viel zu schade ist. Da tut es auch ein Bader oder der Kurpfuscher unten aus der Stadt.«

»Ich will Euch nur unnötige Mühen ersparen«, sagte Simon und lächelte besänftigend. »Wo ich doch schon mal hier bin. Außerdem arbeitet meine Frau ja als Baderin.«

»Ja, ja, macht nur. Und jetzt lasst mich schlafen. Die Gedanken an die bevorstehende Operation lasten schwer auf mir. Der Schlossamtmann wird alles Weitere in die Wege leiten. Und bringt mir Weinbrand, zur, äh … inneren Reinigung …« Graf von Orth dämmerte bereits wieder weg, was vermutlich auch an dem Krug schweren Rotweins lag, den er vormittags schon genossen hatte. Unter mehrmaligem Verbeugen verabschiedete sich Simon und verließ den Raum.

Auch heute, einen Tag nach ihrer Ankunft, war Simon noch beeindruckt, wie groß die Burghausener Burg war. Die Hauptburg mit Palas, Bergfried, Schlosskapelle und Kemenate war durch einen Graben von den übrigen Höfen abgetrennt. Auf der Gesamtlänge von über tausend Schritt passierte Simon den großen Marstall, die Hofpfisterei und einen weiteren Wehrgang. Es folgten Gärten mit kahlen Obstbäumen, eine Schmiede, in der gehämmert wurde, das dreigeschossige Zeughaus, eine weitere Kapelle und das große Kastenamt. Einst, zur Zeit der reichen Landshuter Herzöge, hatten hier Trubel und Leben geherrscht, Turniere waren ausgerichtet worden, die Kinder der Herzogin hatten lachend in den Gärten gespielt ... Nun fegte der Frühjahrswind durch die leeren Fensteröffnungen der vielen unbewohnten Gebäude. Außer dem steten Hämmern aus der Schmiede war kein Geräusch zu hören.

Die Wohnung des Burgphysikus befand sich ganz im Norden der Anlage. Der Hangrücken war hier breiter, sodass Simon auf einen lang gezogenen Platz blickte, der von etlichen Türmen, Verwaltungsgebäuden und kleinen Häuschen gesäumt wurde. Die Mitte bildete ein Brunnenhaus mit einem Uhrturm. Im Nordosten lag der Torzwinger, durch den man sowohl in die Stadt als auch hinaus vor den Burggraben gelangte. Weiter hinten ragte die sogenannte Schütt auf, ein mehrere Stockwerke hoher Speicherbau, der als Bollwerk diente.

Magdalena wartete bereits ungeduldig am Eingang ihres Quartiers.

»Wir vergeuden hier nur unsere Zeit!«, klagte sie. »Ich habe schon versucht, zu den Schanzarbeitern zu kommen, aber die Wachen lassen mich nicht durch! Vermutlich weil ich eine Frau bin und sie mich nicht kennen.«

»Nun, jetzt wird ihnen nichts anderes übrig bleiben, als uns durchzulassen«, sagte Simon. »Der Vizedom hat mir eben die Erlaubnis erteilt, nach den Gefangenen zu sehen.«

Der Anblick der gewaltigen Anlage hatte Simon seine Sorgen kurzzeitig vergessen lassen. Doch nun kamen sie mit aller Macht zurück. Sie mussten Paul retten, irgendwie! Dass Simon seinen Arbeitsplatz in Neuötting unrechtmäßig verlassen hatte, dass er noch dazu einen Befehl der Kaiserin ignorierte, all das spielte jetzt keine Rolle. Die Leibschmerzen irgendwelcher Höflinge, ein verschwundener Degen und diese französischen Musketiere konnten ihm gestohlen bleiben. Nun ging es nur noch um ihren Sohn!

In den letzten Tagen war seine Liebe zu Paul zurückgekehrt. Simon dachte an die vielen schönen Momente, die er mit ihm gehabt hatte – neben all den Schwierigkeiten. An den fröhlichen, lebenslustigen, kraftstrotzenden Jungen, der Paul einmal gewesen war.

Sie hatten bereits herausgefunden, dass die Schanzer irgendwo hinter der Schütt eingesetzt waren, wo sie wohl die Wehranlage ausbesserten. Die Angst vor einem baldigen Krieg mit den Türken hatte den Vizedom zu diesem Schritt veranlasst. Auf ihrem Weg dorthin klopfte Simon am Haus des Amtmanns an, der schließlich bereit war, sie zu begleiten.

Als der Verwalter Magdalena bemerkte, zog er die Augenbraue hoch.

»Eure Frau …?«

»Hilft mir beim Säubern der Wunden, falls das nötig ist«, sagte Simon schnell. »Das machen wir immer so. Sie ist Hebamme und Baderin.«

»Nun gut, aber ich kann Euch nicht erlauben, die Gefangenen in den Vorhof zu bringen«, erklärte der Amtmann. »So viele Wachen können wir nicht abstellen. Wenn es also nötig sein sollte, den einen oder anderen der Rabauken zu behandeln, müsst Ihr es schon im Graben tun.«

Simon nickte. Damit hatte er gerechnet. Aus diesem Grund hatte er auch die wichtigsten Arzneien und Instrumente in einen Beutel gepackt. Aber eigentlich ging es ihm vor allem darum, seinen Sohn wiederzusehen.

Sie passierten die Zugbrücke und stiegen über einen schmalen, steilen Pfad hinunter in den Graben. Schon von Weitem konnte Simon die Schanzer sehen. Es waren etwa zwei Dutzend Männer. Sie klopften Steine und trugen die schweren Brocken zu brüchigen Mauerstellen, wo sie eingesetzt und vermörtelt wurden. Der Boden war teils noch gefroren, teils schlammig, sodass sie mit ihrer Last immer wieder ausrutschten und hinfielen. Dann hagelte es Schläge von den Wachen.

»Dort hinten ist er!«, flüsterte Magdalena Simon ins Ohr.

Und tatsächlich, dort war Paul! Ebenso wie die anderen Gefangenen war er in Ketten, in gebücktem Gang schleppte er die unhandlichen Steine. Es brach Simon fast das Herz, ihn so zu sehen. Noch schien Paul sie nicht bemerkt zu haben.

Der Amtmann klatschte in die Hände, und die Wachen blickten zu ihnen herüber.

»Alle mal herhören!«, sagte der Verwalter mit lauter Stimme. »Wir haben hier für euch Bastarde einen Arzt! Und seine hübsche Gattin, die Baderin, noch dazu. Verdient habt ihr das nicht, aber in seiner unendlichen Gnade sorgt der Vizedom trotzdem für euer Wohl. Wer sich also krank fühlt oder glaubt, sich bei der Arbeit verletzt zu haben, der mag jetzt vortreten.« Er hob den Finger. »Aber ich warne euch! Wer hier nur simuliert und mir was vorjammert, der muss nachher doppelt so viel schuften.«

Trotz der mahnenden Worte schlurften etliche der Schanzer in Ketten auf Simon und Magdalena zu. Sie bildeten eine Reihe, und Simon nahm sich einzeln ihrer an. Dabei huschte sein Blick immer wieder hinüber zu Paul. Dieser musterte seine Eltern aus dem Augenwinkel, aber wie beim letzten Mal ließ er sich nichts anmerken.

Viele der Gefangenen hatten Abschürfungen und blaue Flecken von den Schlägen. Andere husteten schwer, vermutlich von dem Steinstaub, dem sie ausgesetzt waren. Simon gab den Kranken einen Sirup aus Efeu und Lindenblütenhonig zu trinken, auch wenn er wusste, dass dies nur vorübergehend half. Magdalena behandelte währenddessen die schlimmsten Abschürfungen mit einem schmerzlindernden Balsam.

Ein jüngerer Bursche konnte kaum noch laufen, ihm war ein schwerer Stein auf den Fuß gefallen. Die Zehen waren wahrscheinlich gebrochen, der Fuß fast auf die doppelte Größe angeschwollen. Der Mann war leichenblass und zitterte am ganzen Körper.

»Dieser Gefangene kann so nicht mehr arbeiten«, sagte Simon, nachdem er den blutverklebten Schuh heruntergeschnitten hatte. »Er muss ruhen und oben weiterbehandelt werden.«

»Ich habe Euch doch gesagt, es wird keine Behandlung oben im Vorhof geben«, entgegnete der Verwalter achselzuckend.

»Dann wird dieser Mann sterben. Wollt Ihr das? Als gesunder Arbeiter ist er allemal nützlicher.«

»Also gut«, lenkte der Amtmann ein. »Wir können im alten Verlies eine Liegstatt bereitstellen …«

»Ich bin auch verletzt«, meldete sich ein weiterer Gefangener. Er war klein gewachsen und sehnig, das spitze Gesicht erinnerte Simon an einen Fuchs. Tatsächlich schien seine Nase gebrochen, sie war dick und blutverkrustet. Aber Simon achtete mehr auf die eng beieinanderliegenden Augen. Etwas Lauerndes, Abwägendes blitzte darin. Simon untersuchte die Nase, konnte aber keinen größeren Schaden feststellen.

»Ich werde Euch eine Salbe geben, damit die Schwellung zurückgeht«, sagte er. »Der Schmerz wird nachlassen und ...«

»He, der Kerl hier kann wegen seinem Hinkefuß hoch in die Burg, und ich darf das nicht?«, schimpfte der Fuchsgesichtige. »Mann, ich bin fast verblutet!«

»Das glaube ich nicht«, erwiderte Simon matt lächelnd.

»Und ich sage Euch ...«

»Du hast doch gehört, was der Doktor gesagt hat«, fuhr der Verwalter dazwischen. Er gab den Wachen ein Zeichen. »Zurück an die Arbeit. Nun mach schon!«

Sie führten den fluchenden Gefangenen ab, und Simon trat nun an Paul heran. Wie beim letzten Mal untersuchte er seine Wunden, während Magdalena ihm Balsam auf die Haut strich. Simon war versucht, die Hand seines Sohnes zu drücken, doch er hielt sich zurück. Um Pauls Hals hing das silberne Kruzifix, das ihm seine Mutter geschenkt hatte.

»Wir holen dich hier raus«, flüsterte Magdalena ihrem Sohn zu, ihre Stimme zitterte. »Schon bald. Halt aus, Paul!«

Er nickte schweigend, sein Blick blieb leer.

Beiläufig fuhr sich Magdalena durchs Haar. Nur Simon hatte gesehen, wie sie sich eine Haarnadel herausgezogen hatte, die sie jetzt Paul zusteckte.

»Für die Ketten«, flüsterte sie und sah sich verstohlen um. Der Amtmann hatte ihr Gespräch offenbar nicht bemerkt.

»Uns wird was einfallen, ganz bestimmt«, sagte Simon leise. »Wir müssen nur …«

»Seid Ihr dann fertig, ja?« Der Amtmann, der eben noch bei den Wachen gestanden hatte, kam wieder näher. »Ich muss zurück. Es gibt heute noch etliche Schreibarbeit zu erledigen.«

Simon warf Paul einen letzten Blick zu, dann nickte er.

»Wir sind fertig.«

Als Simon mit Magdalena den schmalen Steig wieder nach oben stieg, drehte er sich noch einmal um. Paul klopfte bereits wieder Steine. Aber der Fuchsgesichtige stand da und beobachtete ihn.

Es kam Simon so vor, als ob er böse grinste.

Kapitel 19

Mittwoch, 12. März, mittags
in der Altöttinger Dekanei

»Den Altöttinger Weihrauchhändler verprügeln! Wie blöd kann man eigentlich sein? Das ... das grenzt an Sabotage!«

Kurfürst Max Emanuel hielt es nicht mehr auf seinem provisorischen Thron. Er sprang auf und fuhr in seiner Wutpredigt so laut fort, dass es vermutlich auch durch die geschlossenen Türen und Fenster der Dekanei noch gut zu verstehen war.

»Als hätte ich nicht schon genug Sorgen! Nun steigt mir auch noch der Dekan auf die Zehen, er spricht von einem Angriff auf die Kirche!«

»Mein Großvater hat ja nicht den Dekan angegriffen ...«, warf Peter ein.

»Zum Teufel, was kümmert mich dein trottliger alter Großvater? Er soll seine gerechte Strafe bekommen!« Der Kurfürst ging durch den leeren Saal der Dekanei und zählte dabei auf. »Widerstand gegen die Staatsgewalt, Randalieren, versuchter Totschlag ... Wenn ich den Äußerungen des Dekans Glauben schenken darf, dann hat sich dein Großvater gebärdet wie eine ganze Kompanie betrunkener Soldaten! Und jetzt kommst du und bittest um Gnade ...«

Peter schluckte schwer. Bislang hatte er noch keinen einzigen Satz an seinen Freund vollständig aussprechen können. Erst vor etwa einer Stunde hatten die Wachen Jakob Kuisl aus der Hoftaverne abgeführt, die rothaarige Lucia hatte Peter in dem allgemeinen Trubel aus den Augen verloren.

Bis zum Schluss hatte der alte Henker sich gewehrt und um sich getreten. Erst als er seinen Enkel zwischen den Soldaten ausmachte, war er ruhiger geworden. Vielleicht auch, weil ihm langsam aufgegangen war, dass er einen Fehler gemacht hatte.

Einen Fehler, der ihn das Leben kosten konnte.

Obwohl Peter wusste, dass die Lage ziemlich hoffnungslos war, hatte er um eine Audienz beim Kurfürsten gebeten – die ihm schließlich gewährt worden war. Doch bislang war das Gespräch ziemlich einseitig. Max hatte geschrien und getobt, seine Nerven wurden von Tag zu Tag dünner.

Peter räusperte sich. »Ich bitte nicht um Gnade. Ich will nur erklären, wie es dazu kommen konnte. Es … hat mit unserem Attentäter zu tun.«

Max sah auf und lachte höhnisch. »Gleich sagst du mir, dass dein alter kranker Großvater unser Meuchelmörder ist. Wusstest du übrigens, dass mein Koch heute Vormittag vergiftet wurde? Das war dann vermutlich auch dein Großvater.«

»Der Koch wurde vergiftet?« Peter erschrak. »Nein, das wusste ich nicht.« Kein Wunder, dass Max immer nervöser wurde.

»Er hatte von der Krebssuppe gekostet, die mir vorgesetzt worden wäre«, erklärte Max. »Frag mich nicht, was sich der Meuchler dabei gedacht hat. Ich habe natürlich einen Vorkoster, nach dem Koch hätten auch noch der Entremetier und der Saucier die Suppe abgeschmeckt. Vermutlich wollte der Kerl nur Chaos stiften. Das ist ihm auch gelungen.« Er seufzte schwer. »Ich kann nur hoffen, dass der Kaiser nichts davon erfährt. Ein Giftmord reicht!«

Peter zögerte kurz. Dann beschloss er, alles auf eine Karte zu setzen.

»Jakob Kuisl ist nicht der Meuchelmörder«, begann er. »Ganz im Gegenteil. Er hat ihn gesucht. Es war mein Großvater, der das versuchte Attentat mit dem Schießpulver aufgedeckt hat. Und er war es auch, der mich erst auf den Assassinen brachte. Er hilft mir bei der Suche. Er ist in so was … ziemlich gut. Aber dann haben wir uns wohl verrannt. Wir waren hinter dem Falschen her.«

»Du und dein Großvater, ihr habt den Weihrauchhändler verdächtigt?« Max Emanuel hielt inne und sah Peter staunend an. »Ihr glaubtet, dass er der Assassine ist? Mal davon abgesehen, dass ich dir strengstens verboten habe …«

»Wir wussten nicht, dass er Weihrauchhändler ist!«, fuhr Peter dazwischen. »Aber vieles deutete auf ihn als die gesuchte Person hin. Er hat sich mit dem Dekan in der Apotheke getroffen, wurde auch an anderen verdächtigen Orten gesehen, dann diese Tiegel auf dem Tisch der Hoftaverne … Der Großvater dachte wohl, es wäre Gift. Er konnte ja nicht ahnen, dass es Weihrauch war und der Dolch, der dort lag, nur dazu diente, Proben zu entnehmen …« Peter stockte.

Und er sah einfach verdächtig aus, dachte er. *Fremdländisch eben … Wie konnten wir nur so dumm sein!*

Im Nachhinein kam ihm ihr Verdacht nur noch hanebüchen vor. Sie hatten sich auf die Aussage einer Zehnjährigen verlassen, die einen verdächtigen Mann in einer Apotheke gesehen hatte! Einen Mann mit pechschwarzen Haaren und Mondaugen … Peter wusste, dass Weihrauch nicht nur bei Gottesdiensten, sondern auch zur Wundheilung und gegen Verdauungsbeschwerden eingesetzt wurde. Wahrscheinlich hatte der Händler seinen Weihrauch sowohl dem Dekan der Stiftskirche wie auch der Jesuitenapotheke verkauft.

Vor der Audienz hatte Peter den Superior der Jesuiten besucht, und Pater Benedikt hatte dem aus Persien stammenden Händler einen tadellosen Leumund ausgestellt. Hussein ibn Alizade war ein weit gereister Mann, der an vielen Wallfahrtsorten verkehrte und für die Qualität seiner Ware überaus geschätzt wurde. Natürlich war nicht auszuschließen, dass er trotzdem für eine fremde Macht spionierte. Aber der Mann, den Peter vorher in der Hoftaverne erlebt hatte, war ängstlich und schwach gewesen. Im Kampf mit Jakob Kuisl hatte er keine Minute durchgehalten, und er war auch nicht geflohen. Er war ein Händler, kein Kämpfer.

Sie hatten den falschen Mann verfolgt.

»Was fällt dir ein, deinen Großvater in diese Angelegenheit mit reinzuziehen?«, fuhr Max in seiner Schimpftirade fort. »Hatte ich dir nicht ausdrücklich befohlen, niemandem davon zu erzählen? Auch keinem aus deiner Familie!«

»Wie ich schon sagte, mein Großvater ist in derlei Dingen sehr bewandert«, erwiderte Peter. »Er hat schon etliche knifflige Fälle gelöst, viele Bösewichter zur Strecke gebracht.«

»Davon habe ich in der Tat gehört.« Max nickte nachdenklich, und zum wiederholten Mal fragte sich Peter, was der Kurfürst eigentlich alles von seiner Familie wusste.

Vermutlich mehr, als uns lieb sein kann.

»Und dein Bruder? Weiß der auch davon?« Max' Stimme bekam etwas Lauerndes. »Wo ist er überhaupt? Einer Rauferei geht er doch nur selten aus dem Weg.«

»Wir ... wir haben uns gestritten«, sagte Peter zögernd. »Er ist nicht mehr in Altötting.«

»Nicht mehr in Altötting? Wo ist er dann?«

Peter atmete schwer, er hob entschuldigend die Hände. »Bei der Schwarzen Madonna, ich schwöre, das weiß ich nicht! Meine Eltern suchen ihn zurzeit.« Das entsprach zumindest in Teilen der Wahrheit.

»Aha! Das heißt ja wohl, dass dein Vater seinen Aufgaben als kurfürstlicher Hofmedicus nicht nachkommt. Verflucht, macht in dieser Familie eigentlich jeder, was er will?« Max nahm ein Tintenfass von einem der Schreibtische und war kurz davor, es aus dem Fenster zu werfen, doch dann beruhigte er sich schlagartig wieder. Stattdessen setzte er sich auf den Thron, schlug die Beine übereinander und trommelte nachdenklich mit den Fingern auf die Lehne.

»Ich möchte, dass du mir sofort mitteilst, wenn dein Bruder oder dein Vater wieder in Altötting auftauchen«, sagte Max mit kühler Stimme. »Verstanden? Keine Ausflüchte mehr!«

Peter nickte schweigend. Er wusste, wann man seinen Freund nicht weiter reizen durfte. Das war früher schon so gewesen, als sie als Knaben im Hofgarten gespielt hatten. Einmal hatte ein junger, etwa gleichaltriger Sohn eines Adligen sich spöttisch über Max' Geigenspiel geäußert. Der junge Kronprinz hatte den Burschen so lange mit der Geige verdroschen, bis nur noch Holzsplitter übrig gewesen waren. Dabei hatte Max kein einziges Mal mit der Wimper gezuckt. Wenn der Kurfürst wütend wurde, dann musste man sich tunlichst in Acht nehmen. Schlimmer war es nur, wenn er ruhig blieb.

»Und jetzt nenne mir einen Grund, warum ich deinen Großvater nicht dem Burghausener Henker übergeben sollte«, sagte Max. »Wusstest du, dass in dieser Gegend so viele Menschen hingerichtet werden wie fast nirgendwo sonst in Bayern? Die Menschen hier scheinen ziemlich verschlagen und widerborstig zu sein.«

Peter legte jedes seiner nächsten Worte auf die Goldwaage. »Mein Großvater nutzt dir lebend mehr als tot. Außerdem ist er ohnehin schwer krank.«

»Wie soll er mir nutzen?«, fragte Max achselzuckend. »Wohl kaum als Henker.«

»Machen wir uns nichts vor.« Peter senkte die Stimme. »Du hast dich offenkundig über meine Familie erkundigt. Du weißt, dass mein Großvater ziemlich klug ist, eine echte Spürnase. Er hat in vielen Orten Bayerns bereits Fälle gelöst, welche die Behörden nicht aufklären konnten.«

»Und du denkst, er findet auch diesen Assassinen?« Max zog skeptisch die Augenbraue hoch. »Mit dem Weihrauchhändler lag er ja wohl daneben.«

»Gib ihm noch eine Chance. Gib uns noch eine Chance! Ich garantiere dir, wir finden den Kerl.«

Max zögerte. Noch immer trommelte er mit den Fingern auf die Lehne des Throns, ein monotones Geräusch in der Stille des großen Saals.

»Also gut«, sagte er schließlich. »Ihr sollt eure Chance haben. Ich habe dadurch nichts zu verlieren und vielleicht sogar etwas zu gewinnen.«

Peter atmete erleichtert auf, doch Max hob die Hand.

»Wenn ihr den Kerl jedoch nicht findet, werde ich mir weitere Schritte überlegen. Gegen deinen Großvater wie auch gegen den Rest deiner Familie. Dein Vater kann sich nicht so einfach über meine Befehle hinwegsetzen, und das gilt auch für deinen Bruder. Sollte der Bursche nicht eigentlich als Lehrling bei deinem Onkel in Schongau arbeiten?«

Peter erstarrte. Max wusste tatsächlich viel über die Kuisls.

»Es ist Lehrlingen verboten, sich von ihrem Arbeitsplatz zu entfernen«, sagte Max und lehnte sich im Thron zurück. »Also bringt mir den Attentäter. Oder ich werde dafür sorgen, dass die Familie Kuisl endlich die Regeln befolgt, die für jeden braven Bürger in diesem Land gelten.«

»Habt Dank, Eure Majestät.« Peter verbeugte sich förmlich und wollte sich eben abwenden. Doch Max hielt ihn zurück. Seine Stimme war jetzt wieder warm, beinahe kameradschaftlich, so wie früher.

»Peter, du bist mein Freund, das wird sich auch nicht ändern. Aber du musst verstehen, dass es nun mal Ziele gibt, die über einer Freundschaft stehen. Und die Familie Kuisl wird mir kein weiteres Mal einen Strich durch die Rechnung machen. Jeder erfüllt seine Aufgabe an dem Ort, wo ihn der liebe Herrgott hingestellt hat. Ob Kurfürst, Medicus oder ehrloser Henker ...« Er winkte ab. »Du kannst gehen. Wir sehen uns morgen früh wieder. Dann hoffentlich mit erfreulicheren Nachrichten. Und vielleicht weißt du bis dahin auch, wo sich dein Bruder herumtreibt!«

Mit einer tiefen Verbeugung verabschiedete sich Peter. Dabei dachte er an Max' letzte Worte.

Die Familie Kuisl wird mir kein weiteres Mal einen Strich durch die Rechnung machen ...

Der Kurfürst hatte Paul nicht vergessen, ganz im Gegenteil.

*

Die Suppe schmeckte nach Wasser und leicht süßlich nach verfaulten Rüben. Paul rührte mit seinem Löffel darin herum und fischte ein paar Gemüsestücke heraus. Dann schob er den Blechnapf angewidert von sich weg.

»Du solltest essen, Kleiner. Auch wenn es wie Pisse riecht, ist es doch Nahrung. Wenn wir hier weiter Steine schleppen, wirst du noch froh sein um jeden Teller Schweinefraß, den sie uns hinstellen.«

Es war der große Kerl, den Paul bereits auf der Fahrt von Altötting kennengelernt hatte. Mittlerweile wusste Paul, dass er Barnabas hieß. Er kam aus dem Frankenland und war lange Söldner gewesen, für jeden, der genug zahlte. Der Letzte, der gezahlt hatte, war ein Baron gewesen, der sich mit Raubzügen das eine oder andere hinzuverdiente. Barnabas war geschnappt worden, der Baron saß weiter in seinem Herrenhaus und knabberte an gebratenen Tauben.

Barnabas setzte sich mit seinem Teller neben Paul und löffelte gierig die wässrige Suppe in sich hinein. Zusammen mit den übrigen Gefangenen saßen sie an einem langen Tisch, der aus einem aufgebockten, nur schlecht gehobelten Brett bestand. Sie waren in einem großen Keller in der Schütt untergebracht, der ihnen als Essensraum und Schlafstatt diente. Bis hinunter zum Graben, wo sie arbeiteten, war es nur ein kurzer Weg. In dem kalten Gewölbe roch es nach Moder und Rauch. Es gab nur eine winzige Glutpfanne in einer Ecke, dort standen die Wachen und wärmten sich auf.

Jetzt am zweiten Tag spürte Paul jeden einzelnen Muskel in seinem Körper. Jeder der Steine, die sie trugen, wog sicher vierzig Pfund. Paul war kräftig, doch auch er wusste, dass ihn die Arbeit auf Dauer völlig auslaugen würde.

Nun, immerhin war es besser als der Galeerendienst.

Gestern früh hatte Paul mit seinem Leben schon abgeschlossen gehabt, jetzt keimte in ihm plötzlich neue Hoffnung auf. Seine Eltern waren ihm tatsächlich nachgereist, und offenbar hatten sie Pläne für seine Befreiung.

Ich bin ihnen wichtig, dachte er. *Dabei bin ich ein Nichts, ein Niemand …*

Letzte Nacht hatte er kaum geschlafen. Nicht nur wegen der Kälte, des Schnarchens und Grunzens der anderen Gefangenen und der klappernden Wachgänge der Soldaten. Im Dämmerzustand war sein ganzes bisheriges Leben an ihm vorbeigezogen. Er war am Ende, und nun reichten ihm genau die zwei Menschen, die er am meisten enttäuscht hatte, erneut die Hand. Tränen waren ihm in die Augen gestiegen, er hatte aufpassen müssen, nicht laut aufzuschluchzen. Sein Vater hatte Peter immer vorgezogen, hatte ihn, den jüngeren, schwierigen Sohn, abgelehnt – trotzdem war er jetzt nach Burghausen gekommen, mit dieser Lügengeschichte, und riskierte sein eigenes Leben, um Paul zu befreien.

Offenbar war es den Eltern gelungen, auf der Burg Quartier zu beziehen. Der Vater kümmerte sich um den Vizedom, zumindest bis zu dessen Operation. So viel hatte Paul verstanden, als er dem gestrigen Gespräch unten am Hafen gelauscht hatte.

Pauls Hand wanderte zu der Haarnadel, die ihm die Mutter vorhin noch zugesteckt hatte. Er musste an das Messer denken, das ihm der fuchsgesichtige Sven gestern im Wagen an den Hals gehalten hatte. Es mitzunehmen war ihm nicht gelungen. Doch nun hatte er sogar etwas Besseres. Mit so einer Haarnadel ließ sich das Kettenschloss an seinen Knöcheln öffnen. Damit war er zwar noch nicht in Freiheit, aber …

Jemand rempelte ihn von der Seite an, und Pauls Teller kippte um. Die dünne Suppe ergoss sich über seine löchrige Hose.

»Hoppla, was für ein Missgeschick!« Es war Sven, der sich ihm genähert hatte. »Tja, du kannst die Brühe ja immer noch vom Tisch lecken.« Er grinste und setzte sich mit seiner Schüssel Paul gegenüber.

Nach ihrer Auseinandersetzung im Wagen hatte ihn Sven zwar noch etliche Male böse angestarrt und ihm Flüche hinterhergezischt, doch ansonsten hatte er Paul in Ruhe gelassen. Er hatte auch nicht mehr versucht, das silberne Kruzifix, das weiterhin um Pauls Hals hing, an sich zu nehmen. Der Rempler war das erste Zeichen, dass Sven ihn wohl weiter drangsalieren würde.

Paul griff zu dem harten Kanten Brot, den die Gefangenen mit der Suppe bekommen hatten, und biss davon ab. Er würdigte Sven keines Blickes.

»Was für ein Glück, dass es jetzt doch nicht auf die Galeere geht«, begann Sven mit lispelnder Stimme. Seine geschwollene Nase glühte rot wie ein Stück brennende Kohle. Er löffelte beiläufig seine Suppe. »Wobei ich mir da nicht so sicher bin … Die werden uns hier schuften lassen, bis wir tot umfallen!« Er hielt mit dem Essen inne und musterte Paul. »Einige von uns haben da vielleicht mehr Glück. Die bekommen Zucker in den Arsch geblasen, von hübschen, vollbusigen Weibsbildern.« Er leckte sich mit der spitzen Zunge über die Lippen.

»Was meinst du?«, brummte Paul. »Red nicht drum rum, wenn du was von mir willst.«

Sven blickte kurz zur Seite, wo Barnabas sich mit einem anderen Gefangenen unterhielt, dann fuhr er leise fort: »Meinst du, ich hab nicht gesehen, wie dir dieser Arzt vorher was zugeflüstert hat? Und seine Frau hat dich getätschelt, als wenn du was ganz Besonderes wärst. Ich sag dir was.« Er deutete mit dem Löffel auf Paul. »Du kennst die zwei, und sie kennen dich! Ich weiß noch nicht genau, warum, aber das findet der schlaue Sven schon noch heraus.«

Er kniff die Augen zusammen, dann sah er Paul eindringlich an. »Hm … jetzt, wo ich dich so anschaue … Ihr seht euch ähnlich, die Frau und du. Fast wie Mutter und Sohn. Und dann dieses Kruzifix, das dir so wichtig ist … Sie hat so verliebt daran rumgenestelt.« Plötzlich grinste er breit. »Ist es das? Ist sie deine Mutter? Hat sie den Arzt bestochen, damit er dich hier rausholt?«

Paul schwieg und aß weiter von seinem Brot.

Sven nickte. »Brauchst nichts zu sagen, mir reicht dein Blick. So, und jetzt hör mir mal gut zu, Jungchen.« Seine lispelnde Stimme war jetzt ganz leise. »Du wirst mich von nun an brav auf dem Laufenden halten. Wenn du von hier abhaust, dann geh ich mit, verstanden? Wenn du mir krumm kommst, auf welche Weise auch immer, dann steck ich den Wachen, dass ihr, du und die schöne Maid, euch kennt. Dann ist euer hübscher Plan beim Teufel …«

»He, nicht quatschen, ihr zwei!«, raunzte einer der Wachleute, der sich die Hände an der Glutpfanne wärmte. »Esst auf, und dann geht es wieder an die Arbeit!«

Sven löffelte weiter seine Suppe, doch über den Tellerrand zwinkerte er Paul zu.

»Keine Spielchen mehr, Süßer«, flüsterte er. »Sonst landet deine Mutter mit dir am Galgen. Und wenn ich neben euch zapple, soll's mir nur recht sein. Du hast die Wahl.«

*

Als Simon ein paar Stunden später die Kemenate des Burghausener Vizedoms verließ, stand ihm der Schweiß auf der Stirn, sein Hemd war klitschnass.

Nach ewigem Ringen, Lamentieren und Zögern hatte sich Graf von Orth dann doch für die Operation entschieden. Am späten Nachmittag war er mit seinen medizinischen Instrumenten zu ihm gekommen. Schon zu diesem Zeitpunkt hatte Graf von Orth nur noch gelallt, dennoch hatte ihm Simon noch ein paar zusätzliche Gläser Branntwein eingeflößt. Wenn die Patienten bei der Operation vor Schmerzen schrien und sich wanden, war die Gefahr eines Fehlschnitts einfach zu groß. Trotzdem hatten zwei Soldaten den Vizedom festhalten müssen, zusätzlich waren Lederriemen verwendet worden.

Simon hatte sich ganz auf seine Aufgabe konzentriert. Bei chirurgischen Eingriffen ging es vor allem um Schnelligkeit, auch um unnötige Schmerzen zu vermeiden. Die Seitenlage erlaubte ihm einen besseren Winkel. Der Schnitt passte genau, und der Stein war von einer Größe, dass er ihn schon nach kurzem Suchen fand und mit der Zange herausziehen konnte. Waren die Blasensteine zu massiv, bekam man sie manchmal nicht durch die Öffnung. Dann mussten sie zertrümmert werden, was schmerzhaft und oft auch tödlich war, weil die kleinen Bröckchen sich überall verteilten. Simon träumte von einer Steinzange, die die Kristalle zerkleinerte und gleichzeitig herauszog. Vielleicht ließe sich so was mal erfinden.

Draußen vor der Kemenate empfing ihn der Amtmann.

»Und?«, fragte er. »Wird der Herr genesen?«

Sie wussten beide, dass die Lithotomie immer ein Risiko war. Jeder dritte Patient starb, wobei die Mortalität vom Können des jeweiligen Chirurgen abhing. Bislang hatte Simon immer eine glückliche Hand bewiesen.

»Ich denke, er schafft es«, erwiderte Simon. »Aber Genaueres lässt sich erst nach ein paar Tagen sagen. Es gibt immer die Möglichkeit einer Entzündung …«

»Dann möchte ich Euch bitten, unsere Gastfreundschaft noch ein paar weitere Tage in Anspruch zu nehmen. Oder habt Ihr andere Pläne?«

Simon ahnte, warum ihn der Amtmann so großzügig einlud. Wenn der Vizedom starb, brauchte er einen Schuldigen.

»Nein, ich ... denke, das lässt sich einrichten«, sagte Simon. Solange sie nicht wussten, wie sie Paul helfen konnten, würden sie ohnehin nicht von hier weggehen – auch auf die Gefahr hin, dass ihm selbst als Quacksalber der Prozess gemacht wurde.

»Gut.« Der Verwalter nickte. »Ich wünsche Euch noch einen schönen Abend.« Er lächelte schmal. »Zum ersten Mal seit Langem wird es wohl auch ein ruhiger Abend sein.«

Er entfernte sich, und Simon stieg die Treppe hinunter in den Burghof. Die Sonne war bereits untergegangen, der Palas und die übrigen Gebäude lagen im Dunklen. Simon fröstelte in seinem schweißnassen Hemd, er eilte an den Torwachen vorbei und über die Brücke in Richtung der Vorhöfe. Zwei große Wappen an der Steinwand wiesen ihm den Weg, sie zeigten einen Adler und einen Löwen. Beide schienen uralt zu sein, wie so vieles in diesen Gemäuern.

Mit knurrendem Magen beschleunigte Simon seine Schritte. Er hatte seit heute Morgen nichts mehr gegessen. Vielleicht hatte Magdalena ja mit dem Abendbrot auf ihn gewartet? Am Nachmittag hatte sie sich um den jungen Gefangenen mit dem zerquetschten Fuß gekümmert, hatte ihm Suppe in den Kerker gebracht und seinen Fuß gewaschen und bandagiert. Es war Simon vorgekommen, als würde sie diesem Gefangenen all ihre Mutterliebe schenken, vermutlich war sie in ihren Gedanken dabei ganz bei Paul gewesen.

Aber da war noch etwas anderes. Etwas Düsteres lag in Magdalenas Blick, das Simon sich nicht recht erklären konnte. Doch wenn er sie fragte, bekam er nur ausweichende Antworten.

Jetzt im Dunklen kam Simon die Burg finster und unheimlich vor. Schwarze Wolken zogen über den Abendhimmel, ein kalter Nieselregen hatte eingesetzt. In den vielen Ecken und Nischen, auf den Dächern und Zinnen lauerten überall Schatten. Es war, als wären die Gargylen lebendig geworden und jederzeit bereit, sich kreischend auf Simon hinabzustürzen.

Er eilte an dem großen herzoglichen Marstall vorbei, als er von rechts Gerede vernahm. Zunächst dachte er an irgendwelche Wachen, doch als er genauer hinhörte, wurde er stutzig.

Es waren französische Stimmen.

War das möglich? Simon blieb stehen und starrte in die Richtung, aus der das Gespräch kam. Es war ein Zwinger an der Ostseite, in dem sich ein kleines Einmanntor befand. Offenbar führte ein Steig durch das Tor hinunter in die Stadt. Dort stand ein Wachmann, der eben einen schweren Riegel zur Seite schob. Die Pforte öffnete sich, und herein traten drei Männer, die dem Soldaten an der Pforte anscheinend bekannt waren. Jedenfalls ließ er sie ohne Einwand passieren.

Simon traute seinen Augen kaum.

Was in Gottes Namen …

Es waren die drei französischen Musketiere, die er zuletzt in Wasserburg gesehen hatte.

Kein Zweifel. Sie trugen die gleiche Gewandung, die gleichen Schlapphüte mit Federn, auch ihre Statur verriet sie: ein großer Bärenhafter, ein schlanker Drahtiger und ein kleiner Zierlicher. Ihre Degen klapperten in den Waffengurten, während sie sich leise miteinander redend auf den Weg durch den Burghof machten.

Die Musketiere hatte Simon fast schon vergessen gehabt, doch nun kam alles wieder in ihm hoch: der gestohlene Degen, der Auftrag der Kaiserin und sein Verdacht, dass hinter dem Diebstahl eben jene drei Musketiere stecken konnten.

Und nun tauchten sie auf der Burg in Burghausen auf! Was hatten die Kerle hier verloren?

Simon duckte sich hinter den hohen Brunnen der Rossschwemme und wartete kurz, dann schlich er den Männern hinterher. Ihm fiel auf, dass der Größte der drei gelegentlich stehen blieb und laut aufstöhnte. Die anderen beiden redeten ihm gut zu, schließlich nahmen sie ihn zwischen sich und stützten ihn beim Gehen. Vermutlich war er betrunken. Sie gingen weiter durch das nächste Burgtor, am Zeughaus und an der Schmiede vorbei.

Ganz plötzlich drehte sich der Kleinste der Musketiere um. Simon befand sich noch auf der Brücke, die über den breiten Graben führte. Er duckte sich, doch es war zu spät. Der Kerl schien ihn bereits gesehen zu haben.

»*Quelqu'un est là*«, sagte er zu seinen Kameraden, zog seinen Degen und ging auf die Brücke zu. Wie ein erstarrtes Karnickel kauerte Simon im Schatten des Geländers. Als der Mann bereits den halben Weg bis zu ihm zurückgelegt hatte, fasste Simon einen Plan. Er schlüpfte durch die Holzstreben und hielt sich kurz mit beiden Händen an den Balken fest. Seine Füße ertasteten einen Stützpfeiler. Ziemlich unelegant rutschte er daran hinab, bis er schließlich im Matsch des Grabens landete.

Mit wenigen Schritten tauchte er in das Dunkel unter der Brücke. Über sich hörte er jetzt die Schritte des Mannes, die Bohlen quietschten und ächzten.

»*J'ai vu quelqu'un, je le jure!*«, rief er den anderen zu. Diese antworteten etwas Undeutliches.

»*Merde!*«, zischte der Mann. Dann ging er wieder zu den anderen.

Simon atmete erleichtert aus. Als die Schritte verklungen waren, kletterte er vorsichtig aus dem Graben. Er konnte eben noch erkennen, dass die Männer auf ein turmartiges Gebäude zur Linken zuhielten. An der Seite führte eine überdachte Treppe hinauf, die Männer stiegen hoch und verschwanden im Inneren. Stiefeltritte ertönten, eine Tür schlug zu, dann herrschte Stille.

Simon krabbelte die letzten Meter aus dem Graben und eilte an den Türmen und Gebäuden vorbei, bis er den äußersten Vorhof erreicht hatte. Er stürzte auf das kleine Häuschen zu, wo sich ihr Quartier befand, Magdalena kniete vor dem kleinen Kachelofen und schürte ein. Sie sah ihn mit großen Augen an.

»Wie schaust du denn aus?«, fragte sie. »Ist dir das Burggespenst begegnet?«

»So was Ähnliches«, sagte Simon. Er ließ sich auf einen Stuhl fallen und goss sich ein Glas Wein ein.

»Ich hoffe, die Operation ist gut verlaufen«, sagte Magdalena. »Sonst lässt uns der Vizedom gleich mit Paul zusammen Steine schleppen.«

»Die Operation ist unser geringstes Problem«, entgegnete Simon nachdenklich und nippte an seinem Wein. »Aber vielleicht tut sich eine neue Möglichkeit auf, wie wir Paul wieder nach Hause bringen können. Eine wesentlich elegantere. Hör zu ...«

Kapitel 20

Mittwoch, 12. März, nachts
vor der Altöttinger Posthalterei

Mit festem Griff zog Peter die jammernde und schimpfende Sophia hinter sich her. Seine kleine Schwester gebärdete sich wie eine bockige Ziege, sie funkelte ihn zornig an.

»Du hast mir gar nichts zu befehlen!«, fauchte sie. »Ihr wollt mich nicht dabeihaben, gut, dann mach ich eben, was ich will. Ich finde den Assassinen auch alleine, pah!«

»Herrgott, Sophia!« Peter musste an sich halten, um ihr keine Maulschelle zu verpassen. »Wie oft muss ich es dir noch sagen! Es gibt keinen Assassinen, jedenfalls ist es nicht der Mann, den du uns genannt hast. Dieser Küchenjunge hat sich getäuscht, wir alle haben uns getäuscht!«

»Dann müssen wir eben weitersuchen!«, drängte sie.

»Du musst nur eines, nämlich zurück ins Quartier. Ich bin es leid, dir ständig hinterherzurennen!«

Sie standen vor der Posthalterei etwas außerhalb von Neuötting, wo Peter Sophia schließlich gefunden hatte. Nach seinem Gespräch mit dem Kurfürsten war ihm siedend heiß eingefallen, dass Sophia noch irgendwo alleine herumstromerte. Dabei hatte er der Mutter doch hoch und heilig versprochen, gut auf sie aufzupassen! Peter hatte zunächst überall in Altötting gesucht, dann war er durch das Mörnbachtal nach Neuötting gegangen, doch auch in ihrem Quartier war Sophia nicht. Nach stundenlanger Suche hatte ihn sein Weg schließlich in die Posthalterei geführt. Dort wurden Pferde gewechselt, Kutschen kamen an und fuhren wieder ab, Reisende von weit her gaben sich die Klinke in die Hand. Vermutlich hatte Sophia gehofft, hier auf den großen Unbekannten zu stoßen.

Mittlerweile war es dunkel geworden, kalter Regen peitschte Peter ins Gesicht. Ein einsamer Reiter galoppierte an ihnen vorüber. Peter fror, er wollte so schnell wie möglich ins Warme und darüber nachdenken, wie es weitergehen sollte. Der Großvater saß nach wie vor in einem Keller der Dekanei ein, der Kurfürst hatte Befehl gegeben, ihn noch bis morgen früh dort schmoren zu lassen. Vermutlich wollte Max auf diese Weise verhindern, dass Jakob Kuisl wieder auf dumme Gedanken kam.

»Wo bist du nur den ganzen Tag gewesen?«, schimpfte Peter mit Sophia. »Kannst du nicht verstehen, dass wir uns Sorgen gemacht haben?«

»Ach, jetzt macht ihr euch plötzlich Sorgen, ja?« Sie stemmte die kleinen Fäuste in die Hüften. »Zuerst schiebt ihr mich in die Stiftskirche ab, dann liefere ich euch einen Hinweis, dann schiebt ihr mich wieder ab, und jetzt macht ihr euch plötzlich Sorgen. Ha!«

»Zum Teufel, dein sogenannter Hinweis hat den Großvater in den Kerker gebracht! Vielleicht solltest du ab jetzt einfach mal deinen vorlauten Mund halten, bevor noch jemand aus der Familie am Galgen endet.«

Sophia schwieg sichtlich betroffen, ihr Zorn war plötzlich verraucht. »Das ... das wollte ich nicht«, sagte sie leise. »Ich hab doch nur helfen wollen ...«

Peter seufzte. »Das eben war gemein von mir, tut mir leid. Natürlich hast du helfen wollen, und dein Hinweis war ja nicht verkehrt. Wir haben uns eben alle getäuscht. Aber du musst verstehen, dass …«

Er stockte, als er ein Geräusch hörte, es kam vom Pferdestall hinter der Posthalterei. Ein Ziegel hatte sich vom Dach gelöst und war klirrend zu Boden gefallen. War es der Wind gewesen, oder … Peter hob den Blick und sah einen Schatten, der wie eine große schwarze Spinne auf dem Dach hockte. Der Schatten richtete sich auf, in den Händen hielt er etwas.

Eine Armbrust.

»Runter!«, schrie Peter. Er stürzte sich auf Sophia und warf sie zu Boden. Im gleichen Moment zischte etwas knapp über ihm vorbei.

»He!«, rief Sophia erschrocken. »Was soll das?«

Doch Peter war schon wieder auf den Beinen. Gebückt zerrte er Sophia zu einem Wagen neben dem Schuppen und gab ihr einen Schubs. »Bleib da unten und rühr dich nicht!«

Dann rannte er im Zickzack wie ein Hase wieder hinüber zum Stall. Seine Gedanken rasten: Der Anschlag hatte eindeutig ihm gegolten. Wollte der Kerl ihn zum Schweigen bringen? Aber warum? Weil er, Peter, irgendetwas herausgefunden hatte?

Hier hinten am Stall war keine Menschenseele sonst zu sehen, es gab niemanden, der ihm und Sophia helfen konnte. Bis jemand auf ihre Hilfeschreie reagierte, war es sicher zu spät. Trotzdem entschied sich Peter gegen die Flucht.

Üblicherweise brauchte ein Schütze einige Zeit, um die Sehne seiner Armbrust wieder neu zu spannen. Peter ging davon aus, dass er etwa eine halbe Minute hatte, vielleicht auch weniger. Er wusste selbst nicht, was ihn antrieb. Der Kerl dort oben auf dem Dach war ein gerissener Meuchelmörder, gegen den hatte er keine Chance. Aber der Drang, endlich herauszufinden, wer hinter den Attentaten steckte, war stärker als Peters Furcht. Er umrundete den Stall, als von oben ein weiteres Sirren ertönte.

Diesmal traf der Pfeil.

Peter spürte einen dumpfen Schmerz, als ihm der Bolzen in den linken Arm fuhr. Trotzdem lief er weiter. Um die Wunde würde er sich später kümmern.

Wenn er dann noch lebte.

Wieder eine halbe Minute …

Auf der Rückseite sah er jetzt eine Gestalt vom Dach springen. Sie trug schwarze Kleidung und eine Kapuze über dem Kopf, ihre Bewegungen waren schnell und geschmeidig. Sie wandte sich zu ihm um und drehte an der Kurbel, die die Sehne spannte.

Noch zwanzig Sekunden …

»Peter! Was … was …«

Erschrocken drehte sich Peter um. Dort stand Sophia und sah ihn mit großen, angstgeweiteten Augen an.

»Verdammt, Sophia, ich hab doch gesagt, bleib unter dem Wagen!«

Sophia blieb wie versteinert stehen. »Der Assassine!«, hauchte sie. »Es gibt ihn wirklich!«

Die Gestalt mit Kapuze, die etwa zwanzig Schritt von ihnen entfernt stand, drehte weiter an der Kurbel.

Noch zehn Sekunden …

Peter beschloss, alles auf eine Karte zu setzen. Nach vorne gebeugt, um ein möglichst kleines Ziel zu bilden, rannte er direkt auf den Attentäter zu. Vielleicht würde er es rechtzeitig schaffen, bevor der Unbekannte mit seiner Armbrust erneut anlegen konnte. Wenn nicht, würde es wenigstens nicht Sophia treffen.

Noch fünf Sekunden …

Als Peter nur noch wenige Meter von dem Mann entfernt war, geschah etwas Seltsames. Der Unbekannte senkte plötzlich seine Waffe.

»*Hifz allah almalik alhaqiqiu!*«, rief er laut, mit seltsam krächzender, heller Stimme. Und dann noch einmal: »*Almalik alhaqiqiu!*«

Er drehte sich um und war im nächsten Moment in der Dunkelheit verschwunden.

Schwer keuchend blickte Peter auf die Stelle, wo der Mann eben noch gestanden hatte. Er hatte dem Tod ins Auge geblickt, doch der Tod hatte ihn verschont. Vielleicht, weil Peter dann doch nicht wichtig genug gewesen war? Oder weil der Attentäter fürchtete, entdeckt zu werden? Und was sollte dieser letzte Ruf?

Almalik alhaqiqiu …

Ein Kampfruf?

Peter stöhnte auf und sah sich um. Noch immer war er mit Sophia allein, den Angriff hatte hier hinten im Schatten des rückwärtigen Gebäudes keiner bemerkt. Erst jetzt fiel sein Blick auf seinen linken Arm, der unter dem Wams dumpf pochte. Der Bolzen war direkt durchs Fleisch gefahren. Glücklicherweise schien keine größere Ader verletzt. Peter biss die Zähne zusammen, dann zog er mit einem Stöhnen den Pfeil heraus.

Auf dem Schaft war das bekannte Zeichen eingebrannt.

Wütend warf Peter den Pfeil weit von sich. Er zog das Wams aus und riss es in Fetzen. Damit band er die Wunde ab. Der Verband würde zumindest einige Zeit halten. Bis dahin hoffte er, in ihrem Quartier in Neuötting zu sein. Sein Vater hatte die Arzttasche dagelassen, darin befand sich auch Verbandszeug und ein entzündungshemmender Balsam mit Johanniskraut.

Hinter sich hörte Peter Sophia weinen. Er ging auf sie zu und drückte sie fest.

»Alles ist gut, der Kerl ist weg.«

»Du bist verletzt«, schniefte sie und deutete auf den Verband.

Peter winkte ab und versuchte ein Lächeln. »Nichts Ernstes. Offenbar ist unser Assassine doch kein unfehlbarer Meisterschütze.«

»Ich hab solche Angst gehabt, dass der Kerl dich umbringt!«, jammerte Sophia mit Tränen in den Augen. »Dass er uns beide umbringt. Ich wollte nicht allein sein unter dem Wagen ...«

»Siehst du jetzt, was ich meine?«, sagte Peter. »Das ist alles kein Spiel, Sophia! Der Mann ist ein kaltblütiger Mörder ...«

Und hat uns verschont, dachte er. *Warum?*

Er nahm Sophia an der Hand und ging mit ihr einen schlammigen Feldweg entlang, der sie schließlich ins Mörnbachtal brachte. Oben auf dem Berg leuchteten die Lichter Neuöttings. Immer wieder sah Peter sich um, doch der Attentäter tauchte nicht mehr auf. Die Wunde schmerzte, aber zumindest blutete sie nicht stark.

Schließlich betraten sie durch das kleine Einmanntor die Frauengasse, wo ihr Quartier lag. Peter freute sich auf ein warmes Feuer, trockene Kleider, einen besseren Verband, ja, sogar auf den eintönigen Krauteintopf ihres Vermieters. Morgen würde er den Großvater aus dem Kerker holen, und dann würden sie gemeinsam nachdenken, wie ... Abrupt blieb Peter stehen.

Vor ihrer Herberge stand eine schwarze Kutsche. Zwei in dunkle Mäntel gekleidete Männer warteten davor, unter ihren weiten Gewändern waren die Umrisse von Schwertern zu erkennen.

Peter erstarrte. Wer mochte das sein? Hatten sie vielleicht etwas mit dem Attentäter zu tun?

Neben ihm schrie Sophia leise auf, doch Peter gab ihr mit einem Wink zu verstehen, sie solle den Mund halten.

Die Männer hatten ihn und Sophia bereits gesehen und winkten sie gelangweilt herbei.

»He!«, rief der eine von ihnen. Er deutete auf die kärgliche Herberge. »Wohnst du in diesem Loch?«

Peter nickte schweigend. Er sah keinen Sinn darin, diese Tatsache zu verleugnen. Offenbar hatten die Männer nicht vor, ihn und seine Schwester anzugreifen. Außerdem war er ohnehin zu schwach, um sich zu wehren. Seinen Verband schienen die Kerle im Dunklen nicht zu bemerken.

»Dann kennst du auch den Doktor, ja? Diesen ...« Der Mann wandte sich mit fragendem Gesichtsausdruck an seinen Kameraden.

»Fronwieser«, sagte der zweite. »Der Bursche heißt Doktor Fronwieser. Ist wohl so eine Art Hofmedicus.« Er sah skeptisch hinüber zu der Herberge. »Der wohnt auch hier. Wobei man annehmen könnte, dass ein Hofmedicus sich eine bessere Unterkunft leisten würde. Ist er da?«

»Hab ihn seit gestern nicht mehr gesehen«, antwortete Peter verhalten. »Warum?«

Einer der Männer schnaubte. »Das hat dich nicht zu kümmern, Bursche. Wenn du ihn siehst, dann sag ihm, jemand aus der Propstei will ihn wiedersehen. Jemand sehr Wichtiges. Jemand, der Fragen an ihn hat.«

»Aus der Propstei?«, fragte Peter erstaunt. »Wer denn?«

»Wie gesagt, das geht dich nichts an. Richte ihm nur aus, dass die Person weiterhin sehr besorgt ist. Er soll sich so schnell wie möglich bei ihr melden. Sonst könnte es übel für ihn ausgehen.« Die Männer stiegen zurück auf den Kutschbock, einer von ihnen knallte mit der Peitsche. Dann verschwand die Kutsche ratternd in Richtung Stadtplatz.

Peter atmete erleichtert aus.

»Ich kenne diese Männer!«, rief Sophia. »Die haben den Vater schon mal abgeholt. Was sie wohl von ihm wollten?«

»Das weiß ich ebenso wenig wie du«, erwiderte Peter achselzuckend.

Das letzte Mal hatte die Kaiserin nach seinem Vater schicken lassen. Gut möglich, dass dies auch diesmal der Fall war. Ob Ihre Majestät wohl noch immer krank war? Aber was sollten dann diese merkwürdigen Andeutungen?

Richte ihm nur aus, dass die Person weiterhin sehr besorgt ist … Jemand, der Fragen an ihn hat …

Welche Fragen?

Peter tastete nach dem Verband, der bereits nässte. »Ich weiß nur, dass es offenbar immer gefährlicher für uns Kuisls wird, in dieser Gegend unterwegs zu sein.« Er sah Sophia eindringlich an. »Ab jetzt wirst du das Quartier nicht mehr verlassen, verstanden? Unter keinen Umständen! Nicht, bis der Großvater und ich endlich Klarheit haben, wer hinter diesen schrecklichen Attentaten steckt. Und warum der Meuchler ausgerechnet mich angegriffen hat.« Er drückte fest Sophias Arm. »Hast du mich verstanden?«

»Autsch! Ja, doch«, presste sie hervor.

»Gut so.« Peter nickte.

Aber in ihren Augen sah er bereits neuen Widerstand blitzen.

*

Mit einer Laterne in der Hand stapfte Dekan Achatius Viertl die unzähligen Stufen des Glockenturms der Altöttinger Stiftskirche hoch.

Er ächzte und stöhnte, jede einzelne Stufe tat ihm weh. Er war beileibe nicht mehr der Jüngste, sein sechzigster

Geburtstag lag schon einige Jahre zurück. Früher, als junger Mann, war er den Glockenturm wie ein Windhund hochgeeilt, manchmal nur, um von oben die schöne Aussicht zu genießen, die von den Hügeln, Wäldern und fettschwarzen Äckern Niederbayerns bis hin zu den schneebedeckten Alpen reichte. Damals war er noch ein einfacher Student der Theologie gewesen. Er hatte sich hochgedient, ja, sein Lebensweg erschien ihm ebenso steil wie diese Treppe, Stufe für Stufe war er emporgestiegen, und das trotz eines Buckels, für den er seit seiner Kindheit gehänselt worden war.

Nun war er Dekan und schritt Seite an Seite mit Kurfürst und Kaiser. Zumindest beim Einzug in die Gnadenkapelle war das so gewesen. Und dann hatte er sich plötzlich einem Albtraum gegenübergesehen! Den Anblick des jungen Kaplans mit den ausgestochenen Augen und dem sardonischen Grinsen würde er sein Lebtag nicht vergessen.

Der Dekan erschauerte. Die Heilige Allianz war der Gipfel seiner Laufbahn, höher konnte man nicht mehr steigen. Und nun drohte sich dies alles in Chaos aufzulösen. Es war zum Verzweifeln!

Während er weiter nach oben ging, musste der Dekan an den verrückten Riesen denken, der heute Mittag über den Weihrauchhändler hergefallen war. Was war nur in den gefahren? War er betrunken gewesen? Dabei hatte mit ihm alles angefangen. Der große, tumbe Kerl hatte das Schießpulver hinter der Votivtafel entdeckt. Er, Achatius Viertl, hatte eine Panik verhindern wollen, und, ja, er hatte auch sein Lebenswerk gefährdet gesehen, darum hatte er geschwiegen. Doch dann hatten die Unglücksfälle nicht mehr aufgehört. Die grausam zugerichtete Leiche des Kaplans in der Gnadenkapelle, der Pater Guardian der Franziskaner von einem Armbrustbolzen durchlöchert, ein weiteres Attentat auf den Superior der Jesuiten. Achatius Viertl hielt schnaufend inne.

Gnadenkapelle, Franziskanerkloster, Jesuitenkirche …

Drei Mal hatte der feige Meuchler für seine Untaten ausgerechnet einen Ort des Glaubens ausgesucht. Für den Dekan war damit klar: Es mussten die Türken dahinterstecken! Diese Heiden taten das alles, um die Heilige Allianz zu sprengen. Doch dann fiel ihm noch etwas auf.

Ein Ort des Glaubens fehlte bislang.

Die Stiftskirche.

Achatius Viertl zögerte, dann nahm er die letzte Treppe in den südlichen Glockenturm in Angriff. War es ein Fehler gewesen, allein hier hochzugehen, so spät am Abend noch? Aber es schien dringend zu sein. Der Lehrling des Glöckners hatte ihm vorhin einen späten Besuch abgestattet, mit einer Nachricht seines Meisters. Offenbar hatte die größte der Glocken, die sogenannte Stürmerin, einen Sprung. Das wäre in der Tat eine weitere Katastrophe! Jede der Glocken war in einem bestimmten Ton gestimmt, damit sie zusammen die ersten Töne des Salve Regina läuten konnten. Wenn der Kaiser und die Kaiserin schon bald abreisten, dann sollte das Salve Regina weithin zu hören sein, zum Lob Mariens, ein Zeichen an die Welt, dass die Heilige Allianz erfolgreich gewesen war. Ein lautes Fanal gegen das im Osten drohende Heidentum!

Und nun hatte die Glocke einen Sprung …

War sie noch zu reparieren? Der Dekan hatte beschlossen, sich selbst ein Bild davon zu machen. Der Glöckner, so besagte die hastig geschriebene Nachricht, erwarte ihn oben im Südturm.

Je höher der Dekan stieg, umso mehr blies der Wind. Die Treppe ächzte und knarrte, der ganze Turm schien leicht zu schwanken. Achatius Viertl blinzelte, als Staub vom Boden aufgewirbelt wurde. Dann hatte er die letzte Stufe erreicht. Durch eine offene Luke gelangte er in den Glockenstuhl. Er hob die Laterne und leuchtete in den dunklen Raum.

»Seid Ihr hier irgendwo, Meister Beppo?«, fragte er in das Brausen des Windes hinein. »Verdammt, jetzt sagt nur nicht, ich bin die Treppe umsonst hochgestiegen!«

Er sah sich suchend um, doch der alte Glöckner war nirgendwo zu entdecken. Wie eine monströse, fette Fledermaus hing die Stürmerin an einem dicken schweren Balken von der Decke. Hier im Südturm war sie die einzige Glocke, die vier kleineren hingen drüben im Nordturm. War der Glöckner etwa dort? Aber er hatte ihm doch als Treffpunkt den Südturm genannt! Um von hier in den anderen Turm zu gelangen, würde der Dekan über einen schmalen, nur schlecht gesicherten Steg balancieren müssen, und das bei dem Wind … Er fluchte leise. Dann ging er hinüber zu der Luke, die hinaus auf den Steg führte. Er steckte den Kopf hinaus, Regen wehte ihm ins Gesicht.

»He, Meister Beppo, seid Ihr da drüben?«, rief er gegen den Wind an. »So meldet Euch doch, wenn …«

Seine Stimme brach ab, als sich eine Schlinge um seinen Hals legte. Jemand gab ihm von hinten einen Stoß …

Der Dekan würgte, taumelte, dann stürzte er nach vorn aus der Luke.

Himmel, hilf!

Achatius Viertl fiel nur einige Meter tief. Das Knacken seines Genicks, als sich das Seil festzog, wurde von der Glocke übertönt, die im selben Augenblick zu läuten begann.

Die Stürmerin schlug klar und laut, während der tote Dekan wie ein Pendel am Seil hin- und herschaukelte.

Der Schatten kroch zurück in die Finsternis des Glockenstuhls. Das wilde Sturmläuten war Musik in seinen Ohren. Er hatte das Seil innen am Glockenschlegel angebracht, sodass auch das geringe Gewicht des Dekans ausreichte, um ordentlich Lärm zu machen. Wie lange würde es wohl dauern, bis die ersten Wachsoldaten hier oben anlangten und nach dem Rechten sahen? Er hatte nicht mehr viel Zeit für seine Vorbereitungen.

Zuvor, auf dem Dach der Posthalterei, war er schwach geworden. Warum eigentlich? Sein Ziel stand höher als sämtliche Bedenken, der Zweck heiligte die Mittel! Doch seine Hand hatte gezittert. Und dann hatte er auch sein Schweigen gebrochen und in der Sprache seines Ordens gesprochen ... Hatte der Meister ihm nicht befohlen, stets zu schweigen? Jedes Wort konnte einen verraten! Aber es war aus ihm herausgebrochen. Vermutlich auch deshalb, weil er wollte, dass sie ihn verstanden. Dass sie verstanden, warum er das alles auf sich nahm. So viele Jahre hatte er gewartet, im Grunde seit seiner Geburt. So viele Kränkungen und Schmähungen hatte er über sich ergehen lassen ... Er konnte nicht mehr warten, er musste zuschlagen, schon bald würde er der Welt sein letztes Zeichen schenken. Und dann würde er sich endlich zu erkennen geben.

Und sie würden sehen, wer er wirklich war.

Sollten sie ruhig winseln und vor ihm im Staub kriechen, dafür war es jetzt zu spät.

Sie waren ihm auf der Spur. Nicht nur der blasse, schwarzhaarige Bursche mit der Brille und der Riese, auch andere ... Heute war er ihnen eben noch entkommen, doch es war knapp gewesen. Bei dem Gefecht auf Leben und Tod hatte er die Ledermappe verloren, die ihn während seiner ganzen Reise begleitet hatte. Sie musste ihm herausgefallen sein, als er sich wie eine wütende Hornisse verteidigt hatte. Sehr ärgerlich! Aber er bezweifelte, dass sie etwas damit anfangen konnten, die wichtigsten Teile waren verschlüsselt geschrieben, und als Beweis taugten die Dokumente ohnehin nicht. Er selbst hatte jedes einzelne Papier in seinem Kopf archiviert. Wenn er die Augen schloss, sah er die Seiten gestochen vor sich.

Sein Kopf war seine Bibliothek.

Nachdem der Schatten seine Arbeit vollendet hatte, trat er hinaus auf den Steg und ließ sich den Wind durch die Haare pfeifen. Unter ihm wippte sanft der tote Dekan, auf dem Kapellplatz reckten die Menschen ihre Hälse.

Die kaiserlichen und kurfürstlichen Soldaten, die vielen Wallfahrer, die braven Altöttinger, sie alle starrten hinauf zum Glockenturm, wo sich ein schwarzes Etwas vor der bleichen Sichel des Mondes abhob. Wie ein großer Vogel mit ausgebreiteten Schwingen.

Der Schatten schrie seinen Namen in die Welt hinaus. Er wurde vom Glockenläuten übertönt, doch das war ihm egal.

Schon bald würden alle seinen Namen kennen.

Kapitel 21

Donnerstag, 13. März, frühmorgens
in einem Keller der Altöttinger Dekanei

Jakob Kuisl hörte die Glocken der Stiftskirche und schreckte auf. Er musste am Ende doch noch eingeschlafen sein.

Wie spät war es? Er zählte die tiefen Glockenschläge. Sechs Uhr, vermutlich morgens …

Langsam hob er den rechten Arm, bewegte die einzelnen Finger, ballte sie zur Faust.

Gut.

Dann versuchte er das Gleiche mit dem linken Arm. Er konnte ihn zwar unter Mühen anheben, aber es gelang ihm nicht, eine Faust zu bilden. Nachdem er es mehrere Minuten probiert hatte, gab er schließlich erschöpft auf. Der Henker setzte sich auf den harten Steinboden, der ihm seit gestern als Liegstatt diente, und betrachtete seine nutzlose linke Hand. Das Zittern ließ sich nicht verleugnen, außerdem war da ein Gefühl der Taubheit, so als wäre die Hand ein nasser Lappen, den ihm jemand an den Arm gebunden hatte.

Der Schlagfluss war gekommen, kurz nachdem sie ihn hier unten eingesperrt hatten, in diesen kahlen Keller tief unten in der Dekanei. Das Gebäude war noch so neu, dass sich außer ein paar Fichtenlatten und vom Bau übrig gebliebenen Ziegelsteinen nichts darin befand. Es gab ein winziges Fenster, das nach hinten hinausging, aber es war viel zu klein, um hindurchzukriechen.

Zunächst hatte Kuisl um Hilfe rufen wollen, doch was hätte das gebracht? Sie hätten wohl kaum einen Arzt gerufen. Außerdem wollte er sich keine Blöße geben. Ein zitternder, sabbernder Alter, der keinen Löffel mehr halten konnte ... So weit war es also schon mit ihm gekommen.

Er war so nutzlos wie ein alter Hund, den man vom Hof jagte.

Jakob Kuisl ahnte, warum ihn die Krankheit erneut überrollt hatte. Es war die Aufregung gewesen, der aussichtslose Kampf mit den Wachen in der Hoftaverne – vor allem aber die Einsicht, dass er falschgelegen hatte. Der unheimliche Fremde mit den Mondaugen und den pechschwarzen Haaren war nichts weiter als ein harmloser Weihrauchhändler, das hatte der Dekan voller Hohn erklärt. Kuisl hatte schon während des kurzen Kampfes gemerkt, dass dieser Mann kein ausgebildeter Assassine sein konnte. Seine berühmte Spürnase hatte ihn getrogen.

Er wurde alt.

Vielleicht wäre es besser gewesen, dieser Offizier hätte ihn mit seiner Faustbüchse über den Haufen geschossen. Das wäre ein schnellerer Tod gewesen als dieses langsame Dahinsiechen. Immerhin hatte er seiner Tochter noch die Wahrheit gesagt – wobei Kuisl sich nicht sicher war, ob dies wirklich die richtige Entscheidung gewesen war. Den Blick, mit dem ihn Magdalena nach seinem Geständnis angestarrt hatte, würde er nie mehr vergessen. Er hatte reinen Tisch machen wollen, aber möglicherweise hatte er in ihrem Leben nur eine noch viel größere Unordnung geschaffen.

Nach dem Schlaganfall war er ohnmächtig geworden.

Mitten in der Nacht war er dann wieder aufgewacht, hatte sich auf dem harten Steinboden gewälzt. Im Halbschlaf hatte er wildes Glockenläuten gehört. Oder hatte er das nur geträumt? Jetzt fühlte er sich müde und ausgezehrt, aber zumindest hatte der Tod ihn noch einmal von der Schippe springen lassen.

Wie oft noch?

Nun, womöglich dauerte es ja gar nicht mehr lange. Randalieren und versuchter Totschlag ... Es waren schon Leute für weitaus geringere Vergehen gehängt worden, das wusste der Henker aus seiner eigenen Tätigkeit.

Draußen auf dem Gang waren plötzlich Schritte zu hören, dann wurde ein Schlüssel ins Schloss gesteckt und umgedreht. Die Tür öffnete sich. Kuisl ballte die gesunde rechte Faust. Holten sie ihn jetzt ab und schleppten ihn zum Galgenhügel? Oder würden sie ihn vorher noch foltern, in der Annahme, er wäre jener unbekannte Meuchler ... Der Henker schloss die Augen, öffnete sie wieder.

In der Tür stand sein Enkel Peter.

»Du bist frei, Großvater«, sagte Peter.

Kuisl blinzelte, einen Moment lang war er sprachlos.

»Ich bin ... was?«, kam es schließlich über seine spröden Lippen. »Das soll wohl ein Scherz sein? Oder ...« Er runzelte die Stirn. »Oder habe ich das deinem sogenannten Freund zu verdanken? Dann bleibe ich besser hier drin.«

»Bitte, Großvater, mach es mir nicht so schwer!« Peter seufzte. »Ich habe einiges auf mich genommen, um deine Freilassung zu erwirken. Außerdem kennst du die Bedingungen, die damit verbunden sind, noch nicht.«

»Und die wären?«

»Zunächst einmal geht es darum, dass wir den Assassinen schnappen. Max gibt uns noch eine Chance. Er weiß mittlerweile, dass ich dich in meinen Auftrag eingeweiht habe und dass du mir mehr als nur geholfen hast. Du kannst dein Wissen auch gleich unter Beweis stellen.«

Kuisl richtete sich auf. »Wieder ein Mord?«, fragte er neugierig. Er spürte, wie allein die Vorfreude auf ein neues Rätsel seine Kräfte wieder zurückkehren ließ.

»So ist es.« Peter nickte. »Und wieder ein besonders grausamer. Diesmal hat es den Dekan erwischt. Ebenjenen, der gestern noch mit dem Weihrauchhändler in der Hoftaverne zusammensaß. Jemand hat ihn am Glockenseil der Stiftskirche aufgehängt.«

»Deshalb also das wilde Glockenläuten in der Nacht«, brummte Kuisl. »Dann hab ich das doch nicht geträumt.« Er sah Peter aufmerksam an. »Und hat unser Mann wieder sein Siegel hinterlassen?«

»Viel besser«, erwiderte Peter. »Er hat sich selbst hinterlassen. Oder vielleicht auch nicht. Dort oben auf dem Dach der Stiftskirche liegt eine weitere Leiche. Der Kurfürst glaubt, dass es der Assassine ist.«

»Aber du glaubst das nicht?«, fragte Kuisl.

»Sagen wir, ich habe so meine Zweifel. Und deshalb brauchen wir jetzt einen, der sich mit den Toten auskennt wie kein Zweiter. Einen Henker eben.« Peter lächelte schmal. »Bist du bereit, Großvater?«

»Ob ich bereit bin?« Kuisl stand auf. »Scheißt der Teufel dicke Haufen? Gehen wir.«

Mit jedem Schritt, der ihn aus der Dekanei führte, fühlte Kuisl sich frischer.

Sie hatten den alten Hund auf den Hof zurückgebracht.

Mit dem Großvater an der Seite eilte Peter über den Kapellplatz, ohne auf die vielen Soldaten und Wallfahrer zu achten. Sie durchquerten die Stiftskirche, bis sie an eine bewachte Pforte gelangten. Die beiden mit Hellebarden und

Schwertern bewaffneten Wachen starrten sie unter ihren Helmen grimmig an.

»Keiner darf …«, begann der eine von ihnen.

»Wir werden erwartet«, unterbrach Peter. »A, Cis, E, Fis, A.«

Die Wachen traten zur Seite, und Kuisl sah Peter erstaunt an.

»Die Töne der einzelnen Glocken der Stiftskirche«, flüsterte ihm Peter zu. »Wir haben eine Parole vereinbart.«

»Wir?«, fragte Kuisl. »Wer ist *wir*?« Doch Peter war bereits vorausgegangen.

Über eine Treppe ging es hinauf in die Empore und über eine weitere Wendeltreppe in den Südturm. Aus dem Augenwinkel betrachtete Peter den Großvater. Er sah alt und erschöpft aus, die Nacht im Keller der Dekanei hatte ihm sichtlich zugesetzt. Bei jedem Schritt atmete er schwer. War es ein Fehler gewesen, ihn mitzunehmen? Vielleicht hätten sie davor wenigstens noch kurz ein Frühstück zu sich nehmen sollen? Doch die Zeit drängte, und wenn es jemanden gab, der Klarheit in diesen neuen Fall bringen konnte, dann nur der Großvater.

Das hoffte Peter zumindest.

Ein kurfürstlicher Bote war heute weit vor der Morgendämmerung an der Neuöttinger Herberge aufgetaucht und hatte so lange geklopft, bis jemand aufmachte. Sophia hatte noch geschlafen. Bevor Peter das Quartier verließ, hatte er den Raum hinter sich abgesperrt. Seine kleine Schwester würde ihn dafür hassen! Aber das war ihm egal, auf diese Weise wusste er Sophia wenigstens in Sicherheit. Er hatte genug andere Sorgen.

Nachdem Peter einen kurzen Blick auf den Tatort im Glockenstuhl geworfen hatte, hatte er darum gebeten, seinen Großvater hinzuziehen zu dürfen – was ihm gestattet worden war. Dort oben warteten auf Jakob Kuisl nun zwei Leichen.

Und eine Überraschung.

»Schwer bewaffnete Wachen, Parole ... Ihr fahrt ja schwere Geschütze auf.« Kuisl schnaufte, als sie die Treppen weiter hochstiegen.

»Den toten Dekan haben in der Nacht etliche Leute oben baumeln sehen«, sagte Peter. »Ebenso wie den Mörder, der sich dort schemenhaft gezeigt hat. Vermutlich weiß man jetzt schon im fernen Landshut, was hier geschehen ist. Es galt also, bestimmte Vorsichtsmaßnahmen zu treffen. Der Kurfürst verlangt schnelle Entscheidungen. Deshalb habe ich dich auch sofort hergebracht.«

Über eine schmale Holztreppe ging es nun hoch in den obersten Teil des Südturms.

»Und warum glaubst du jetzt, dass der da oben nicht unser gesuchter Assassine ist?«, fragte Kuisl weiter.

»Weil ich ihn gestern Nacht noch selbst gesehen habe, zusammen mit Sophia.«

»Du hast was?« Der Henker blieb abrupt auf der Treppe stehen.

»Er hat auf mich geschossen. Gott sei Dank nur ein Steckschuss, der gut verheilt.« Peter hob seinen linken Arm, der unter dem Hemd verbunden war. Dann erzählte er in kurzen Worten, was sich gestern an der Posthalterei zugetragen hatte.

»Es war kurz nach Sonnenuntergang, also etwa eine Stunde, bevor der Dekan ermordet wurde«, endete er. »Durch das wilde Glockenläuten kennen wir seinen Todeszeitpunkt ziemlich genau. Ich kann es nicht beschwören, weil es ja dunkel war und regnete, aber der Kerl sah anders aus als der Tote dort oben. Er trug ein anderes Gewand.«

»Er könnte es gewechselt haben«, warf Kuisl ein.

»Warum sollte er das tun? Und dann in der kurzen Zeit?« Peter zuckte die Achseln. »So oder so brauchen wir Beweise. Es geht auch nicht darum, mich zu überzeugen. Jemand anderen musst du überzeugen.«

Mittlerweile hatten sie die Luke zum Glockenstuhl erreicht. Peter stieg hindurch, und Kuisl folgte ihm. Einen Moment später prallte der Henker zurück und stieß einen erschrockenen Fluch aus.

»Kreuzhimmelsakrament, das wird doch nicht …«

»Begrüßt du so deinen obersten Herrscher?«

Der Kurfürst saß lächelnd auf dem Querbalken der großen Glocke. Max Emanuel hatte zwar keine Perücke auf und trug auch kein blaues Wams, aber Kuisl erkannte ihn augenscheinlich auch so. Der Henker zögerte kurz, dann deutete er eine Verbeugung an.

»Eure Majestät, meine Verehrung«, kam es undeutlich zwischen seinen Lippen hervor. Es hätte aber auch ein weiterer Fluch sein können. »Verzeiht meinen rüden Ton, aber die Audienz kommt doch ein wenig überraschend.«

»Äh, ja, das wollte ich dir noch sagen«, wandte sich Peter an den Großvater. »Das ist die Person, die du überzeugen musst. Max wollte sich selbst ein Bild von der Lage machen, und das möglichst schnell. Also ist er inkognito gekommen. Deshalb auch die schwer bewaffneten Wachen unten an der Pforte.«

»Wie schön, dass ich den lieben Großvater meines Freundes mal kennenlernen darf«, sagte der Kurfürst leutselig. Er klatschte in die Hände und sprang vom Balken. »Peter hat schon viel von dir erzählt. Du sollst ja eine echte Spürnase sein, Meister Kuisl! Ein Henker, der die Bösewichter nicht nur aufhängt, sondern vorher gleich selbst zur Strecke bringt.« Er deutete in das Zwielicht des Glockenstuhls. »Ich bin gespannt auf deine Vorführung!«

»Vorführung?« Kuisl kratzte sich am Kopf. »Welche Vorführung? Wusste nicht, dass wir hier Hanswurst spielen.«

»Mäßige dich, Henker!«, fuhr der Kurfürst in wesentlich strengerem Ton fort. »Dort hinten liegen zwei Leichen. Ich befehle dir, sie genau anzusehen und mir dann umgehend zu berichten, zu welchem Urteil du kommst. Mein Freund Peter meint, dein Scharfsinn sei Gold wert. Nun, dann beweis es!«

Mit wachsender Nervosität sah Peter zu, wie Kuisl den Raum mit langsamen, schlurfenden Schritten durchmaß. Offensichtlich war dem Großvater nicht klar, wie sehr von der Probe seines Könnens seine weitere Zukunft, ja, sein Leben abhing.

Im hinteren Teil des Glockenstuhls lagen ordentlich nebeneinander, wie aufgebahrt, zwei Leichen. Es waren der Dekan und ein unbekannter Mann, der eine erdbraune Hose und einen schwarzen Umhang mit Kapuze trug. Peter hätte schwören können, dass das Gewand des Attentäters an der Posthalterei gänzlich schwarz gewesen war, auch die Hose.

Kuisl deutete auf die Toten. »Ich nehme nicht an, dass man die beiden so vorgefunden hat.«

»Der Dekan hing an dem Glockenseil draußen vor dem Fenster«, erklärte Max Emanuel. »Die Wachen haben ihn reingezogen und vom Seil geschnitten. Der zweite Tote lag auf dem Schrägdach, direkt unterhalb des Stegs, der die beiden Kirchtürme verbindet. Glücklicherweise ist er nicht weiter hinabgerollt, die Leiche hatte sich an einem Wasserspeier verkantet. Zur besseren Untersuchung hat man ihn ebenso hier hereingebracht.«

»Schlecht, sehr schlecht«, brummte Kuisl. »Wenn die Leichen bewegt wurden, macht das die Untersuchung nicht eben leichter.« Er sah sich um. »Und da ist herumgetrampelt worden wie in einem Schweinestall. Viele Spuren im Staub …«

»Verzeih, dass meine Wachen ihre Arbeit gemacht haben«, sagte der Kurfürst pikiert.

»Und ich mach meine«, entgegnete der Henker. Er trat näher an eines der von vielen Kerzen rußverschmierten Fenster und betrachtete es eingehend. »Wenigstens kann man auf Fenstern nicht herumtrampeln. Ich nehme an, das hier ist den Wachen nicht aufgefallen?«

»Was?« Peter kam näher und betrachtete das schmutzige Glas. Überrascht zog er die Luft ein.

»Das Zeichen!« Er winkte Max heran und deutete auf eine mit dem Finger in den Ruß gemalte Zeichnung in der rechten unteren Ecke. »Der Falke mit den ausgebreiteten Schwingen. Er hat auch hier sein Siegel hinterlassen.«

Der Kurfürst nickte nachdenklich. »Wie zu erwarten war. Wir können also davon ausgehen, dass …«

»Wenn Eure gnädige Exzellenz bitte kurz zur Seite treten würden, ja? Zu freundlich.« Kuisl packte die Toten nacheinander an den Füßen und zog sie unter das Fenster, wo es heller war. Dann beugte er sich tief über die Leiche des Dekans …

… und schnupperte.

»Himmel, was macht er da?«, flüsterte Max Emanuel Peter zu. »Das ist ja ekelerregend!«

»Das … äh, ist eine seiner Methoden«, erklärte Peter. »Der Großvater hat eine recht gute Nase.«

»Kein Gift, kein Verwesungsgeruch«, begann Kuisl seinen monotonen Vortrag. »Die Leiche ist frisch, die Totenstarre wegen der kühlen Temperatur noch nicht voll ausgeprägt. Klassische Strangulation würde ich sagen ...« Er fuhr mit dem Finger über den violetten Strangulationsring am Hals, dann packte er den Kopf und rüttelte ihn hin und her. »Genickbruch. Dieser Mann war sofort tot. Ein schneller Tod, wie ich ihn früher selbst gerne meinen Galgenvögeln gegönnt habe. Man kann sich dafür auch unten an die Füße hängen und feste ziehen. Hm ...« Er tastete den Körper ab. »Keine weiteren Verwundungen, soweit ich sehen kann. Entweder hat dieser Mann also Selbstmord begangen, was ich bezweifle, oder man hat ihm schnell und überraschend die Schlinge von hinten um den Hals gelegt und ihn dann aus dem Fenster gestoßen.«

»Und der zweite Mann?«, fragte der Kurfürst.

Kuisl maß den zweiten Toten mit prüfendem Blick. »Ihr glaubt, dass dies der Assassine ist?«

»Sag du es mir, Henker«, entgegnete Max Emanuel.

»Na, dann lasst uns mal schauen ...« Kuisl kniete nieder und begann, den Leichnam gründlich zu untersuchen. »Der Kerl hat für die Jahreszeit eine sehr dunkle Hautfarbe, er kommt wohl aus einem südlichen Land. Schwarzes, gelocktes Haar, klein, sehnig, ein geschmeidiger Körperbau ...«

»Sag ich doch!«, fuhr Max dazwischen. »Ein typischer Meuchler aus türkischen Landen! Nun, ich denke, damit ist der Fall klar.« Er deutete zum Fenster. »Der Bursche erhängt den Dekan, hinterlässt sein Zeichen, dann will er über den Steg fliehen. Der Steg ist vom Regen rutschig, also gleitet er aus, fällt aufs Dach und bricht sich alle Knochen.«

»Also, alle Knochen hat er sich zumindest schon mal nicht gebrochen.« Kuisl tastete den Toten ab. »Ja, das Genick ist entzwei, aber sonst ist alles intakt ... Ah, das ist interessant!«

»Was?«, fragte Peter mit wachsender Aufregung. Ihm war aufgefallen, dass Kuisl alle seine Untersuchungen nur mit der rechten Hand vorgenommen hatte. Hatte er sich in der gestrigen Schlägerei etwa an der linken Hand verletzt?

Die Finger des Henkers glitten geübt über eines der Schienbeine des Toten. »Hier spürt man deutlich eine Verwachsung. Ich denke, der Knochen war mal gebrochen und ist nur schlecht wieder zusammengewachsen. Vermutlich hat der Mann gehumpelt.« Er hob den Kopf und sah Peter und den Kurfürsten an. »Ein humpelnder Assassine, hm …«

»Vielleicht sollte ich erwähnen, dass wir bei dem Mann einen Brief gefunden haben«, sagte Max Emanuel. »In Türkisch. Meine Beamten konnten ihn bruchstückhaft übersetzen. Er ist an den türkischen Großwesir Kara Mustafa Pascha gerichtet. Darin schreibt der Verfasser, dass alles zur größten Zufriedenheit verlaufe. Man habe das vereinbarte Ziel schon bald erreicht.«

Peter wandte sich verdutzt an Max. »Davon hast du mir gar nichts gesagt!«

Der Kurfürst zuckte die Achseln. »Ich wollte eben sehen, wie dein Großvater so arbeitet. Aber wie gesagt, der Fall ist im Grunde klar. Der Brief beweist, dass der Bursche von den Türken geschickt wurde.«

»Der Brief könnte eine Fälschung sein«, gab Peter zu bedenken. »Gibt es auf dem Papier irgendein Siegel? Etwas Handfesteres als nur ein paar Sätze?«

»Das nicht, aber …«

»Vermutlich hat dieser Assassine nicht nur gehumpelt, sondern sich auch seine Kleider selbst genäht«, fuhr Kuisl dazwischen.

»Was?« Max Emanuel sah irritiert hinüber zum Henker. Dieser hob die rechte Hand des Toten und deutete auf dessen Fingerkuppen.

»Viele kleine Stichverletzungen, wie von zahlreichen Nadelstichen. Eine typische Verletzung bei Schneidern. Sie benutzen zwar einen Fingerhut, aber ganz lässt sich die Pikserei nicht vermeiden.«

»Die Stiche könnten auch von etwas anderem kommen«, warf Max Emanuel leicht verunsichert ein.

»Sicher, sicher«, sagte Kuisl. »Vielleicht ein heidnischer Brauch, bei dem sich die Teufelskerle gegenseitig in die Finger piksen und dann ihr Blut trinken.«

»Macht Ihr Euch über mich lustig?«, fragte der Kurfürst in schneidendem Ton.

»Ich stelle nur Überlegungen an, dafür hat man mich doch geholt, oder? Zum Beispiel frage ich mich auch, warum der Tote so saubere Fingerkuppen hat. Durchstochen, aber sauber. Wo er doch kurz vor seinem Tod diesen Vogel ins rußige Glas gemalt hat.«

»Herrgott, er wird sich die Finger halt nachher abgewischt haben!«

»Ruß lässt sich nicht einfach so abwischen«, entgegnete Kuisl und maß den Kurfürsten mit ruhigem Blick. »Das weiß Eure Exzellenz vielleicht nicht, weil Ihr Euch selten … nun ja, die Finger schmutzig macht. Aber dafür braucht man schon Wasser und Seife. Und ich sehe hier oben im Glockenstuhl weder Wasser noch Seife. Ich sehe nur einen Toten, der …« Kuisl brach ab und begann zu schnüffeln.

»Jetzt geht das wieder los!«, klagte der Kurfürst.

»Du musst zugeben, dass seine Beobachtungen ziemlich gründlich sind«, sagte Peter. Je länger die Untersuchung dauerte, umso stolzer war er auf seinen Großvater. Es gab nichts, was ihm entging. Jakob Kuisl mochte alt und krank sein, aber sein Verstand arbeitete immer noch so verlässlich wie ein Nürnberger Uhrwerk.

Der Henker beugte sich so tief über den halb geöffneten Mund des Toten, dass seine Nase fast darin verschwand. »Hat jemand vielleicht mal eine Nadel oder so was?«, brummte er.

»Hier, Ihr könnt die Fibel meines Umhangs haben.« Max Emanuel reichte ihm mit wachsender Ungeduld die Nadel. »Aber dann ist Schluss mit diesen Kuriositäten! Ich habe gleich noch ein wichtiges Treffen mit dem Kaiser.«

Mit sichtlichem Ekel beobachtete der Kurfürst, wie Kuisl mit der Nadel im Mund des Toten herumstocherte. Schließlich hob er mit triumphierendem Grinsen die Nadel hoch.

»Schau an, da ist es ja!« An der Nadel klebte ein winziger gräulicher Klumpen, nicht größer als ein Nadelkopf. Kuisl roch daran, und Max Emanuel wandte sich angewidert ab.

»Wie ich es mir gedacht habe«, sagte der Henker zufrieden.

»Würdest du uns an deinem beglückenden Erlebnis teilhaben lassen?«, zischte der Kurfürst. »Bevor ich mich noch vor Ekel übergeben muss.«

»Das hier ist ein Fleischrest«, erklärte Kuisl. »Der Tote hat ziemlich große Löcher in den Zähnen, da bleibt schon mal was hängen. Ich denke, das Fitzelchen stammt von einem Stück zähem Speck, das sich verfangen hat.«

»Und was soll uns das jetzt sagen?«, höhnte Max. »Dass der Hund vor seinem Tod noch ein letztes gutes Mahl hatte? Deine Überlegungen werden immer wirrer, Henker.«

»Wie bereits gesagt, es ist Speck. Geräucherter Schweinespeck. Der Geruch ist nicht zu verkennen, auch die Kleidung des Toten riecht leicht danach. Soweit ich weiß, verabscheuen die Muselmanen Schweinefleisch. Dieser Mann hier aber offenbar nicht ...«

Kuisl machte eine kleine Pause, und Peter und der Kurfürst schwiegen verblüfft. Dann zählte der Henker an den Fingern ab. »Wir haben also einen humpelnden, christlichen Schneider, der außerdem keine Zeichnung am Fenster hinterlassen hat. Nun, ich weiß ja nicht, welche Vermutungen Seine Exzellenz anstellt und auf welcher Grundlage. Aber ich denke nicht, dass dieser arme Bursche der gesuchte Assassine ist.«

»Aber ... aber die dunkle Hautfarbe und die schwarzen Haare!«, begehrte Max auf. »Das Gewand, der Brief ...«

»Ich denke, ich weiß jetzt, was geschehen ist«, mischte sich Peter ein. »Es gab einen Grund, warum der Meuchler, der mich gestern angriff, sich ausgerechnet an der Posthalterei herumgetrieben hat. Er war auf der Suche nach einem Opfer! Einem Reisenden von weit her, dessen Erscheinung dem geläufigen Bild eines Assassinen entsprach und den keiner hier kannte. Er hat ihn umgebracht, ihm vermutlich lautlos das Genick gebrochen, ihn umgezogen und ihm den Brief ins Gewand geschoben. Dann ist er mit dem Toten hierher, hat den Dekan erhängt und sein zweites Opfer vom Steg aufs Dach geworfen.«

»Aber warum sollte er das tun?«, fragte Max.

»Kannst du dir das nicht denken? Er präsentiert uns seine vermeintliche Leiche, um uns in Sicherheit zu wiegen!« Peter sah seinen Freund eindringlich an. »Wann wird der Kaiser Altötting verlassen?«

Max zuckte die Achseln. »Wohl schon morgen Mittag. Es wird noch einen letzten gemeinsamen Gottesdienst in der Kapelle geben, eine große Verabschiedung am Kapellplatz ...«

»Der Meuchler wird genau dann zuschlagen, darauf wette ich!« Peter nickte. »Die Verabschiedung ist draußen im Freien, in der Menge kann er gut untertauchen …« Bittend hob er die Hände. »Max, dein Leben ist in Gefahr! Und das des Kaisers! Ich bin sicher, dass alles andere, gemeinsam mit diesem Ablenkungsmanöver, nur ein Vorspiel war. Es wird ein letztes großes Attentat geben, ein Attentat auf zwei der mächtigsten Herrscher der Christenheit, morgen hier in Altötting!«

Max Emanuel wich zurück. Er verschränkte die Arme vor der Brust. »Weißt du eigentlich, was für mich auf dem Spiel steht?«, zischte er. »Weißt du das?«

»Dein Leben, Max …«, entgegnete Peter.

»Das meine ich nicht! Ich habe Leopold jetzt fast so weit, dass er der Heirat seiner Tochter mit mir zustimmt. Es gibt heute noch ein letztes Treffen, bei dem wir die einzelnen Punkte vertraglich festlegen wollen. Mitgift, mögliche Gebietsabtretungen, Erbansprüche, natürlich auch das weitere Vorgehen gegen die Türken … Ich bin so nah dran! So nah!« Max hielt Zeigefinger und Daumen in die Höhe. »Ich habe Leopold versprochen, dass ich ihm innerhalb von fünf Tagen den Attentäter präsentiere. Hier ist er! Und jetzt rätst du mir stattdessen, dass ich zum Kaiser gehe und ihm sage, dass ein Attentat auf ihn und mich geplant ist, dass wir den Bastard immer noch nicht erwischt haben und weiterhin im Dunklen tappen! Weißt du, was dann passieren wird? Der Kaiser wird abreisen. Sofort und ohne jeden Vertrag!«

»Aber …«, warf Peter ein.

»Ich sag dir, was ich jetzt tun werde«, unterbrach ihn Max. »Ich werde Leopold von diesem Leichnam hier im Glockenstuhl berichten. Ich werde ihm den türkischen Brief präsentieren und ihm sagen, dass es keinen weiteren

Anlass mehr zur Sorge gibt. Weil der Attentäter nämlich tot ist, gerichtet durch sein eigenes Missgeschick und durch Gott.«

»Das ist nicht wahr!«, protestierte Peter. »Und das weißt du!«

Erst jetzt wurde Peter klar, dass Max nie an einer Lösung des Mordfalls interessiert gewesen war. Er hatte nur auf weitere Hinweise gehofft, die ihm in den Kram passten. Ja, vielleicht stammte der gefälschte Brief nicht einmal von ihrem Assassinen, sondern aus den Schreibstuben des Kurfürsten. Von der verschmierten Zeichnung am Fenster mal ganz zu schweigen ...

Max seufzte tief.

»Peter, du bist so klug, und dann doch wieder so einfältig wie ein Bauer, ebenso wie dein Großvater hier. Das unterscheidet euren Stand eben von dem meinigen.« Der Kurfürst sah Peter beinahe mitleidig an. »In der Politik geht es nie um Wahrheit und Lüge, es geht nur darum, was *möglich* ist. Das Haus Wittelsbach könnte in einigen Jahren vielleicht wieder einen deutschen Kaiser stellen. Darauf arbeite ich hin. Und diesem Ziel werde ich alles unterordnen! Auch die Wahrheit. Es gibt viele Wahrheiten, Peter. Es kommt immer nur darauf an, wer sie erzählt.«

Der Kurfürst wischte sich den Staub von den Händen, dann stieg er durch die Luke, wobei er noch einmal innehielt.

»Damit eines klar ist: Dieses Gespräch hat nie stattgefunden. Weitere Ermittlungen sind nicht mehr vonnöten.« Er maß Jakob Kuisl mit einem letzten Blick.

»Gute Arbeit übrigens, Henker. Mein Kompliment.«

Dann verschwand Max Emanuel im Finsteren des Turmes und ließ Peter und den Großvater mit den zwei Leichen zurück.

»Jetzt hat er sich am Ende doch noch die Finger schmutzig gemacht«, knurrte Jakob Kuisl, als die Schritte auf der Treppe verklungen waren. »Da hilft auch alles Waschen in duftendem Rosenwasser nichts.«

Kapitel 22

Donnerstag, 13. März, morgens
auf der Burg zu Burghausen

Den Kopf unter der dicken, muffigen Daunendecke, prüfte Simon den frischen Wundverband. Dabei bemühte er sich, so selten wie möglich Atem zu holen. Der Vizedom roch nach Wundsekret, Altmännerschweiß und ausgeschwitztem Alkohol. Der Qualm, der von der Glutpfanne herüberwaberte, dämpfte den Gestank nur mäßig. Dabei hatte Simon zuvor noch ein wenig getrockneten Salbei und Thymian in die Flammen geworfen.

»Die Wunde sieht gut verheilt aus«, sagte er und zog den Kopf wieder unter der Decke hervor. Er atmete tief durch. »Ich habe den Verband noch mal gewechselt. Trotzdem solltet Ihr noch mindestens drei Tage im Bett bleiben.«

»Drei Tage?« Graf von Orth schnaubte. »Meine Geschäfte warten nicht …«

»Ihr könnt auch aufstehen und riskieren, dass sich die Stelle entzündet. Dann werdet Ihr schon bald gar keine Geschäfte mehr machen können.« Simon hatte sich entschieden, in klaren Worten zu reden. »Höchstens vom Burgfriedhof aus.«

»Schon gut, schon gut, Doktor, ich habe verstanden.« Der Vizedom lehnte sich ächzend im Bett zurück. Neben ihm stand ein Tablett mit einer Flasche Wein und ein paar Scheiben fettiger kalter Braten. Simon schwante, dass Graf von Orth nicht lange ohne neue Blasensteine bleiben würde. Aber dann war er, Simon, glücklicherweise nicht mehr auf der Burg.

»Ich bin Euch zu großem Dank verpflichtet«, sagte von Orth und goss sich ein Glas Wein ein. »Wenn Ihr nicht gewesen wärt, hätten mich die Schmerzen vermutlich schon bald umgebracht. Ich fühle mich wie neugeboren.« Er prostete Simon zu. »Wenn es irgendetwas gibt, das ich für Euch tun kann, dann sagt es mir.«

Lasst meinen Sohn frei, dachte Simon. Doch er wagte nicht, diesen Wunsch zu äußern. Das hätte zu viele Fragen nach sich gezogen. Am Ende wären er und Magdalena noch im Burghausener Kerker gelandet, anstatt Paul nach Hause zu bringen. Außerdem gab es seit seiner Entdeckung gestern Abend vielleicht noch eine andere Möglichkeit, ihren Sohn freizubekommen.

»Ich hatte kürzlich eine interessante Begegnung auf der Burg«, sagte er stattdessen. »Da waren drei Männer, die französisch sprachen. Sahen aus wie Soldaten. Beschäftigt Ihr etwa französische Söldner?«

Tatsächlich ließ Simon die gestrige Begegnung mit den Musketieren keine Ruhe mehr. Was taten die Männer auf der Burg? Waren sie im Besitz des kaiserlichen Degens? Nach kurzem Zögern hatte er Magdalena gestern Nacht schließlich vom geheimen Auftrag der Kaiserin erzählt. Eigentlich hatte er damit gerechnet, dass Magdalena wütender reagieren würde, aber sie war erstaunlich ruhig geblieben.

»Als hätten wir nicht schon genug Sorgen!«, war ihre Antwort gewesen. »Aber was schert mich dieser gestohlene Degen und die Kaiserin? Es geht mir allein um Paul.«

»Mir doch auch, Magdalena«, hatte Simon entgegnet. »Aber du musst zugeben, dass wir mit unseren Plänen,

Paul zu befreien, noch nicht sonderlich weit gekommen sind. Du hast ihm eine Haarnadel zugesteckt, aber das ist auch schon alles. Lass uns das wenigstens als zusätzliche Möglichkeit in Betracht ziehen.« Er hatte sie eindringlich angesehen. »Überleg doch! Wenn diese Musketiere wirklich im Besitz des Degens sind und wir den Diebstahl aufklären können, dann können wir uns von der Kaiserin alles wünschen! Jemandem wie ihr kann selbst ein bayerischer Kurfürst nichts abschlagen, auch nicht die Bitte, einen jungen Rabauken zu begnadigen.«

Unter Murren hatte Magdalena schließlich zugestimmt.

Nun sah der Vizedom Simon lange und prüfend an. »Könnt Ihr schweigen?«, fragte er schließlich.

Simon nickte. »Das ist Teil meines hippokratischen Eids.«

»Na ja, eigentlich darf keiner davon erfahren, aber da Ihr mir geholfen habt ...« Graf von Orth räusperte sich. »Sagt Euch ein gewisser Seigneur de Vauban etwas?«

»Äh, nein ... nicht, dass ich wüsste«, erwiderte Simon.

»Sébastien Le Prestre, Seigneur de Vauban, ist Marschall des französischen Königs. Vor allem aber ist er der Generalkommissar aller französischen Festungen, Ludwigs Festungsbaumeister sozusagen.« Graf von Orth nahm einen Schluck Wein und schmatzte genüsslich. »Breisach, Lille, Dünkirchen ... das sind nur ein paar der Städte, die dieser Seigneur für die Verteidigung gerüstet hat. Er ist ein Genie!«

»Und diese Musketiere ...?«, hob Simon an.

»Sind in seinem Auftrag hier«, erklärte der Vizedom mit verschwörerischer Stimme. »Es gibt ein geheimes Abkommen zwischen unserem Kurfürsten und dem französischen König, von dem der deutsche Kaiser natürlich nichts wissen darf. Burghausen soll zu einer vollkommenen Festung ausgebaut werden. Die Kosten spielen keine Rolle!« Graf von Orth nickte begeistert. »Jetzt, da es vermutlich bald zum Krieg mit den Türken kommt, hat der Ausbau der Schanzanlagen oberste Priorität. Die ganze Nordseite mit der Schütt soll eine neue Gestalt erhalten. Deshalb suchen wir ja auch immer wieder neue Schanzarbeiter unter Galeerensträflingen und anderen Verbrechern. Wir können gar nicht genug von ihnen bekommen!«

»Und Ihr seid Euch sicher, dass diese drei Männer wirklich von Seigneur de Vauban geschickt wurden?«, fragte Simon.

»Hä?« Graf von Orth sah ihn verdutzt an. »Warum denn nicht? Sie haben gesiegelte Papiere dabei. Königliche Siegel! Ihre Aufgabe ist es, das Terrain zu sondieren, Grundrisspläne zu prüfen ... Der Marschall kommt für so was ja nicht persönlich nach Burghausen, vermutlich wird sich der Seigneur de Vauban nie hier blicken lassen.«

»Nun, gestern machten mir die drei eher den Eindruck von, äh ... gestandenen Soldaten«, sagte Simon. »Wenn Ihr versteht, was ich meine.«

»Das verstehe ich ehrlich gesagt nicht. Ihr Deutsch ist nicht sonderlich gut, das stimmt. Aber ich habe keinen Anlass, an ihnen zu zweifeln.« Die Augen des Vizedoms blitzten plötzlich argwöhnisch. »Warum interessiert Ihr Euch eigentlich so sehr für diese Männer, Doktor?«

»Ach, reine Neugier. Eine Berufskrankheit, verzeiht.« Hastig packte Simon Instrumente und Verbandszeug zusammen. »Ihr entschuldigt mich. Ich werde dann später noch mal nach Euch sehen.«

Er verbeugte sich und verließ Graf von Orth, nicht ohne noch den einen oder anderen verwunderten Blick zu kassieren.

Draußen auf dem Burghof sortierte Simon seine Gedanken. Hatte er sich getäuscht? Waren die drei Franzosen am Ende doch ehrenwerte Männer, die im Auftrag eines französischen Marschalls, ja, des Königs gar, unterwegs waren? Doch irgendwie brachte er diese Vorstellung nicht in Übereinstimmung mit den drei Haudegen, die er vor einer Woche in Wasserburg gesehen hatte, die sich dort mit den Wirtshausgästen angelegt hatten, und die vermutlich auch schon in Altötting aufgetaucht waren.

Simon durchquerte den ersten Vorhof, vorbei an den beiden großen Wappen, bis er zu dem bulligen Gebäude gelangte, in dem die drei Musketiere gestern verschwunden waren. Vermutlich logierten sie dort für die Dauer ihres Aufenthalts. Eine steinerne Tafel wies darauf hin, dass es sich um den sogenannten Büchsenmeisterturm handelte. Der Turm verfügte über zwei Stockwerke und bildete eine Einheit mit dem Tor zwischen den zwei Vorhöfen. Ein schmaler Durchlass führte hinunter zu den Weinbergen und dem Burgsee auf der Westseite.

Zögernd blieb Simon stehen und sah hinauf zu den dunklen Fenstern. Was die Kerle wohl dort trieben? Die Fenster waren viel zu weit oben, um etwas dahinter zu erkennen.

Eben ging er hinüber in den nächsten Vorhof, als sich in einem nahen Gebäude eine Tür öffnete. Es war ein frei stehendes Haus mit Treppengiebel, vertrocknete Rosensträucher rankten an Spalieren die Wand empor. Als Simon die Gestalt erkannte, die heraustrat, drückte er sich in den Schatten des Tors.

Es war der Kleinste der Musketiere, den ein älterer Mann mit Brille und Ziegenbärtchen eben verabschiedete. Der Franzose trug unter dem Arm ein paar zerfledderte Pergamentrollen.

»*Merci, Monsieur l'aumonier*«, sagte er gerade mit lauter selbstsicherer Stimme. »*Pardonnez les circonstances.*«

»*À tout moment*«, erwiderte der Ältere.

Der kleine Franzose strebte genau auf den Durchgang zu, in dem Simon sich verbarg. Dieser fasste sich ein Herz, trat auf den Weg hinaus und ging so unauffällig wie nur irgendwie möglich an dem Mann vorüber. Tatsächlich beachtete ihn der Franzose nicht weiter, streifte ihn nur mit einem kurzen Blick.

Simon wartete eine Weile, dann näherte er sich dem schmucken Haus mit dem Giebeldach und klopfte an die Pforte. Nach einer Weile öffnete ihm der ältere Mann und sah ihn durch seine Brille verwundert an.

»Ja, bitte?«

Simon tat überrascht. »Oh, entschuldigt, ich bin neu hier auf der Burg«, sagte er. »Wohnt hier nicht der Schlossamtmann? Ich habe etwas mit ihm zu besprechen.«

»Nein, tut mir leid, der Amtmann wohnt vorne im äußersten Burghof.« Der ältere Mann mit dem Ziegenbart lächelte. »Ich bin nur der Burgkaplan.«

»Ach, ich dachte, weil der Herr eben mit den Pergamentrollen …«

Der Kaplan hob die Augenbrauen. »Moment mal, Ihr seid doch dieser neue Arzt, nicht wahr? Derjenige, der dem Vizedom die Blasensteine herausgeschnitten hat. Ein echter Münchner Hofmedicus, was man so hört.«

»In der Tat.« Simon fühlte sich geschmeichelt, dass seine Anwesenheit sich offenbar schon herumgesprochen hatte. Er deutete eine Verbeugung an. »Doktor Simon Fronwieser.«

»Wir auf der Burg sind Euch alle überaus dankbar. Oh, besonders natürlich der Vizedom!« Der Kaplan grinste und reichte ihm die Hand. »Pater Georg, ich kümmere mich hier um die beiden Burgkapellen.« Er zögerte, dann fuhr er fort: »Ich bekomme nicht oft Besuch von außerhalb der Burg, und schon gar nicht aus München. Ihr mögt nicht zufällig Kaffee? Ich habe eben eine Kanne aufgesetzt. Ich weiß, es ist ein heidnisches Getränk, aber …«

»Ihr habt Kaffee? Wirklich?« Simons Augen wurden groß. »Ich liebe Kaffee!«

»Wie schön, ich auch!« Der Kaplan lachte. »Die Kaffeebohnen bekomme ich von einem Händler aus Venedig, der in Burghausen einen Teil seiner Ladung löscht. Allerdings hat das Getränk gerade einen ziemlich schlechten Ruf in der Gegend. Man nennt es Türkentrank. Und die Türken sind derzeit nicht gut gelitten, wie Ihr wisst. Nun, man muss es ja nicht an die große Glocke hängen.« Er winkte Simon herein. »Folgt mir in mein bescheidenes Heim!«

Über eine Treppe gelangten sie vom dunklen Flur in den ersten Stock, wo ein Feuer im Ofen brannte. Überrascht sah sich Simon um. Der Raum war überaus behaglich eingerichtet, mit Regalen voller Bücher und etlichen Blumentöpfen, in denen grüne Kräuter dufteten. Es war angenehm warm, auf dem Herd dampfte tatsächlich eine Kanne Kaffee. Der aromatische Geruch zauberte ein Lächeln auf Simons Lippen.

»Damit hätte ich auf einer Burg nicht gerechnet«, sagte er.

»Und ich nicht mit dem Besuch eines Hofmedicus«, erwiderte der Kaplan.

Er wies Simon einen Stuhl zu und schenkte ihm von dem duftenden Kaffee ein. Pater Georg trug kein priesterliches Gewand, sondern eine einfache Schaube mit Kragenkoller, wie sie bei Gelehrten üblich war.

»Darf ich fragen, was Euch ins schöne Burghausen verschlägt?«, begann der Kaplan und schob Simon ein kleines silbernes Zuckerdöschen zu. »Münchner Bürger, noch dazu vom Hof, sieht man hier eher selten.«

»Das ist eine lange Geschichte«, sagte Simon ausweichend. Er nahm gleich vier gehäufte Löffel und rührte um. Wann bekam man schon mal echten weißen Zucker aus Westindien, und das in solchen Mengen? »Eigentlich bin ich mit dem Kurfürsten derzeit in Altötting ...«

»Ah! Die Heilige Allianz, ich verstehe.« Der Kaplan nickte. »Der Kaiser war erst letzte Woche hier auf der Burg, bevor es weiter nach Altötting ging. Und der Kurfürst ist von München angereist, mit großem Gefolge, wie man erzählt.«

»Tja, meine Anwesenheit war in Altötting nicht mehr länger vonnöten. Also bin ich mit meiner Frau weiter nach Burghausen. Wir haben in der Gegend, äh ... Verwandte.« Simon nahm einen Schluck von dem verführerisch süßen Kaffee. Er hoffte, dass der Kaplan nicht weiter nachfragte. Sein Blick glitt über die Buchregale, die gut bestückt waren, er entdeckte auch einige Werke über Astronomie.

»Ihr interessiert Euch für die Sterne?«, sagte Simon, bemüht, das Thema zu wechseln.

»Nun ja, es ist eine gewisse Leidenschaft von mir.« Pater Georg schmunzelte. »Ich habe sogar ein eigenes Fernrohr. Kein so gutes, wie es der von mir hochverehrte Galileo Galilei besaß, aber immerhin hat es eine Sammellinse und eine Zerstreuungslinse. Die Nächte auf einer Burg können recht langweilig sein. Wenn ich nicht in die Sterne schaue, dann schaue ich in Bücher. Beides sind Ausblicke in ferne Welten.«

»Ein wahres Wort!« Simon lachte und pustete in seine Tasse. Der Kaplan war ihm überaus sympathisch. »Ich mag Bücher. Ehrlich gesagt kann ich nie genug von ihnen bekommen.«

»Dann solltet Ihr unbedingt noch die Bibliothek im oberen Stockwerk dieses Hauses besuchen«, erwiderte Pater Georg. »Ebenso wie der Kaffee ist sie etwas, was man, zumindest in dieser Größe und Qualität, nicht auf einer Burg erwartet.«

»Ist es denn Eure eigene Bibliothek?«, fragte Simon neugierig.

»O nein, zu viel der Ehre! Sie befindet sich schon seit fast zwei Jahrhunderten hier. Sie gehörte einst dem berühmten Gelehrten Johannes Aventinus, der Euch vielleicht etwas sagt. Er wohnte hier, zumindest ein Jahr lang.«

»Nun ja, vor allem kenne ich Aventinus' lateinische Grammatik.« Simon seufzte. »Ein Standardwerk an der Ingolstädter Universität. Damit musste ich mich als Student nächtelang herumschlagen. Ich habe mehr Nächte mit Aventinus verbracht als mit irgendeinem Mädchen.«

Der Kaplan zwinkerte ihm zu. »Da erging es mir ähnlich. Wobei ich nicht die Wahl zwischen Mädchen und Aventinus hatte.«

Aventinus, der eigentlich Johannes Turmair geheißen hatte, war der Sohn eines Weinwirts aus Abensberg, der es in die höchsten Kreise geschafft hatte. Der Niederbayer war nicht nur in Gelehrtenkreisen ein Begriff. Er hatte in Ingolstadt, Wien, Krakau und Paris studiert und war mit Martin Luther und Philipp Melanchthon bekannt gewesen. Seine Werke fanden sich in jeder guten bayerischen Bibliothek.

»Aventinus hat hier auf der Burg die beiden jüngeren Brüder Herzog Wilhelms von Bayern unterrichtet«, erklärte Pater Georg und nippte an seinem Kaffee. »Das ist zweihundert Jahre her, aber die Bibliothek ist geblieben. Ich habe sie nur ein wenig, nun ja … aufgefrischt. Wollt

Ihr sie mal sehen? Wir können ja später noch ein weiteres Tässchen trinken.«

»Sehr gerne!« Simon stellte seine leere Tasse ab und folgte dem Kaplan ins oberste Stockwerk. Die zufällige Begegnung stellte sich immer mehr als echter Lichtblick heraus. Kaffee und Bücher, was gab es Schöneres! Und vielleicht konnte ihm der Besuch auch anderweitig nutzen. Immerhin schien der Kaplan einen der Musketiere zu kennen, möglicherweise wusste er mehr über die Franzosen.

Oben angekommen, stieß Simon einen erstaunten Pfiff aus. Der kleine, von etlichen Fenstern erhellte Raum war ganz in Holz getäfelt, Regalreihen zogen sich an den Wänden entlang, darauf lagen und standen sicher einige Hundert Bücher, Kladden und auch Pergamentrollen.

»Der Herr mit den Pergamentrollen eben …«, begann Simon.

»Ja, er hat sich hier nach Grundrissplänen der Burg erkundigt.« Pater Georg nickte. »Und er wollte auch etwas über ihre Geschichte wissen. Er ist einer von drei französischen Gesandten, die derzeit auf der Burg weilen.« Der Pater runzelte die Stirn. »Seine Fragen waren wirklich sehr speziell, sie betrafen auch Aventinus' *Bayerische Chronik*.«

»Ein Franzose, der sich für bayerische Geschichte interessiert?«, sagte Simon. »Es geschehen noch Zeichen und Wunder.«

Pater Georg zuckte die Achseln. »Nun, ganz habe ich nicht verstanden, was er hier will. Aber der Vizedom hat mich angewiesen, die drei Herren in allen Belangen zu unterstützen. Glücklicherweise spreche ich ein wenig Französisch.« Der Kaplan deutete auf die vielen Regale. »Der eigentliche Schatz der Bibliothek sind natürlich die Werke von Aventinus. Ich konnte etliche Werke im Nachhinein für die Burg erwerben. Aventinus hat ja nicht nur die erste wissenschaftliche Enzyklopädie geschrieben, sondern auch Lehrbücher in den Bereichen der Musik und der Mathematik. Vor allem aber die *Annales ducum Boiariae* und die *Bayerische Chronik*, eben jene Chronik der bayerischen Geschichte, von der ich bereits erzählt habe. Vor ihm hat das kein anderer gemacht!«

»Ich durfte sie in Auszügen an der Ingolstädter Universität kennenlernen«, murmelte Simon. Er erinnerte sich vage an langwierige Ausführungen, die bis zu irgendwelchen längst zerfallenen römischen Gerippen zurückreichten.

Sein Blick fiel auf das geöffnete Fenster in der Südwand und dort auf etwas wesentlich Spannenderes als staubtrockene Geschichte, nämlich das Fernrohr, von dem der Kaplan vorhin gesprochen hatte. Es ruhte auf einem Dreibein und war etwa so lang wie Simons Arm. Im Grunde sah es aus wie eine lange braune Pergamentrolle. Ringe in regelmäßigen Abständen deuteten darauf hin, dass man es zusammenschieben und auseinanderziehen konnte.

Ein Gedanke durchzuckte Simon.

»So viele Bücher!«, seufzte er. »Ich wünschte, ich hätte Gelegenheit, darin mal zu lesen …«

»Nun, warum nicht?« Pater Georg lächelte. »Wisst Ihr was? Ihr könnt gerne eine Weile allein stöbern. Aventinus würde sich sicher freuen, wenn er wüsste, dass auch heute noch ehemalige Ingolstädter Studenten gebannt in seinen Büchern blättern. In der Zwischenzeit setze ich einen neuen Kaffee für uns auf. Was haltet Ihr davon?«

Simon machte ein erfreutes Gesicht. »Das ist wirklich zu liebenswürdig! Allein dafür hat sich mein Abstecher auf die Burg gelohnt.«

Als der Kaplan verschwunden war, eilte Simon geschwind zum Fenster, wo das Fernrohr stand. Auf dem

Dreibein ließ es sich gut in alle Richtungen schwenken. Simon drückte sein Auge gegen das Okular und wich erschrocken zurück. Er hatte ganz vergessen, wie nahe die Dinge rückten, wenn man sie durch ein Teleskop betrachtete. Die Bäume im Obstgarten schienen ihn förmlich anzuspringen. Er schob das Fernrohr an den Ringen zusammen, drehte die Röhre und verrückte das Stativ. Langsam bekam er Übung. Von seinem Platz am Fenster aus ließ sich die ganze West- und Südseite der Burg überblicken, die Wehrmauern, die Türme, Zinnen, der See mit den Weinbergen, die einzelnen Gebäude …

Und eben auch der Büchsenmeisterturm.

Simon stellte scharf, bis die Fenster des Turms groß vor ihm auftauchten. Verschwommen erkannte er dahinter einen Tisch, ein paar undeutliche Gegenstände, jedoch keine Menschen, nichts von Interesse.

Verdammt …

Hatte er wirklich geglaubt, er könnte auf diese Weise mehr herausfinden? Enttäuscht schwenkte Simon das Fernrohr in alle Richtungen. Plötzlich stockte er in der Bewegung, fuhr zurück, stellte scharf.

Da!

Zwei der französischen Musketiere standen etwas unterhalb der Wehrmauer auf der Seite zum See. Es waren der Kleine und der Hagere. Ein Stück entfernt war ein Wehrgang zu sehen, der entlang des Ufers zu einem massigen Turm auf einer weiteren Anhöhe führte. Die beiden Männer gestikulierten heftig, der Kleine hielt eine aufgerollte Pergamentrolle in der Hand. Er deutete auf einen bestimmten Punkt auf der Karte und dann auf den Turm. Simon blinzelte, drehte, schraubte, doch die Karte war beim besten Willen nicht besser zu erkennen. Trotzdem weckte etwas sein Misstrauen.

Hatte der Vizedom nicht davon gesprochen, dass die Verbesserungen an der Nordseite vorgenommen würden, am Burggraben unterhalb der Schütt, wo auch Paul arbeitete? Was machten die angeblichen Baumeister dann also unterhalb des westlichen Wehrgangs? Und warum interessierten sie sich so dringend für die bayerische Geschichte?

Jetzt blickten sie sich nach allen Seiten hin um, ganz so, als ob sie Angst hätten, beobachtet zu werden. Schließlich eilten sie auf einen Durchlass in der Burgmauer zu und waren bald darauf verschwunden.

Simon trat zurück und wischte sich die vom langen konzentrierten Schauen müden Augen.

Eines sagte ihm sein über Jahre gewachsener Instinkt: Diese Männer waren keine ehrenwerten Herren, sie verfolgten irgendwelche geheimen Pläne.

Und er würde verdammt noch mal herausfinden, was es damit auf sich hatte.

Kapitel 23

Donnerstag, 13. März, vormittags in Neuötting

Etliche Meilen entfernt befand sich auch Sophia in einer Bibliothek. Doch ihre Bibliothek war klein und dunkel, Staubflusen wirbelten vor dem Fenster, und statt Regalen aus Nussholz gab es nur abgewetzte Truhen und sperrige Kisten. Um sie herum verteilt lagen zerfledderte Bauernkalender, vergilbte Zeitungen und fleckige Bücher, von denen sich teils der Einband löste. Im Dachstuhl sah es aus, als wäre eine der Truhen explodiert und hätte ihren Inhalt dabei über den Dachboden verteilt.

Als Sophia heute Morgen aufgewacht war, war Peter nicht mehr da. Sie war zur Tür geeilt und fand sie verschlossen. Auf dem Tisch hatte neben einem Stück Käse, zwei verschrumpelten Äpfeln und einem Laib Brot ein handgeschriebener Zettel gelegen.

Nicht böse sein, Sophia. Es ist zu deinem Besten. Ich muss mich um den Großvater kümmern und komme später wieder. Dein dich liebender Bruder Peter.

In einem ersten Wutanfall hatte Sophia den Zettel zerrissen und den Brotlaib durch die Kammer geschleudert. Wie konnte Peter ihr nur so etwas antun! Sie einzusperren, als wäre sie ein Kleinkind, das nicht auf sich selbst aufpassen konnte! Sollte sie ihren Vermieter, diesen schmierigen Stadtkoch, um Hilfe bitten? Verzweifelt an die Tür klopfen, heulen, jammern? Diesen Gefallen würde sie den Erwachsenen nicht tun. Außerdem hatte Peter vermutlich auch dem Stadtkoch Engelschall Anweisungen bezüglich seiner widerborstigen, ungehorsamen Schwester erteilt.

Schließlich war Sophia wieder hinüber in die Dachkammer mit den Büchertruhen gegangen und hatte sich mit ihrem Schicksal abgefunden. Seitdem lag sie auf ihrem schmalen Bett und blätterte in den unterschiedlichsten Werken. Immer wenn ihr ein Text zu langweilig wurde, schleuderte sie das Buch in eine Ecke und griff sich etwas Neues.

Besonders spannend waren die sogenannten Zeitungen und Flugschriften. Das waren gefaltete Blättersammlungen oder auch nur lose Blätter, auf denen neben Text auch Stiche zu sehen waren. Meist war auf den Bildern etwas besonders Dramatisches dargestellt: blutige Morde, Hinrichtungen, brennende Häuser, der Teufel mit haarigem Schweif und Forke, ein Erdbeben oder Flammen, die vom Himmel regneten. Es gab auch Landkarten, auf denen Drachen und Löwen zu erkennen waren. Sophia fuhr mit den Fingern die Meere ab, landete mit dem Daumen in Afrika und reiste mit einer Fingerspanne weiter in dieses sagenumwobene *America* am Rande der Welt, wo Menschenfresser und Riesen lebten.

Nach und nach war sie ruhiger geworden. Sollten sie ihren blöden Assassinen doch alleine suchen! Und überhaupt war dieses Altötting ein ödes Kaff, das den Besuch nicht lohnte. Nur der Küchenjunge Alois war ihr Freund, auch wenn er mit seiner Vermutung falschgelegen hatte. Sophia konnte Alois' düster-trauriges Gesicht nicht vergessen, wie er da im Schuppen des Dekaneigartens gesessen hatte. Der Tod des kurfürstlichen Kochs Semmelweis war ihm sichtlich nahegegangen. Grimmig schleuderte Sophia ein weiteres Buch weg. Nun, Peter konnte sie hier ja nicht ewig einsperren, und dann würde sie Alois wieder besuchen. Da konnten die anderen noch so zetern und schimpfen!

Ein leichter Anflug von schlechtem Gewissen überkam sie. Auch ihr Bruder Paul war eingesperrt, ebenso der Großvater, und die beiden hatten keine spannenden Zeitungen und Bücher zur Hand, vermutlich nicht mal einen Laib Brot ... Es gab also keinen Grund, zu jammern.

Sie griff sich ein Werk, das ihr zuvor schon aufgefallen war. Das Buch schien besonders alt zu sein, der Ledereinband war fast zerfallen, dafür befanden sich darin viele wunderschöne Stiche. Sie zeigten ein Ritterfest, und zwar genau so, wie Sophia sich ein solches Fest vorstellte. Mit Herzog und schöner Herzogin, langen Banketten, die sich unter der Last der Speisen bogen, einem Minnesänger mit Laute und vielen geharnischten Rittern, die auf ihren Pferden mit Lanzen gegeneinander angaloppierten. Aufgeregt blätterte Sophia durch die Seiten, las hier und da ein paar Zeilen, ahmte den höfischen Tonfall mit den Lippen nach. Eingemummelt in ihre Wolldecke wurde sie selbst Teil des Festes. Eine Prinzessin, die aus einem fernen Land kam und einen hübschen Prinzen heiratete. Von ihrem Thron aus beobachtete die junge Herrin Tjoste und Turnier, ihre Krone funkelte in der Sonne, sie winkte den Rittern zu ...

Plötzlich stutzte Sophia.

Aber das ist doch ...

Sie blätterte noch einmal zurück, runzelte die Stirn. Dann stand sie auf und ging hinüber in die andere Kammer. Sie zog die Schublade am Tisch auf und kramte zwischen Fadenresten, Nadeln und mit Grünspan überzogenen Kupferlöffeln. Hier, so wusste Sophia, hatte Peter die Münze versteckt. Jene Münze, die er auf dem Auge des toten Altöttinger Kaplans gefunden hatte. Sophia hatte in den letzten Tagen genug gelauscht, um zu wissen, was es damit auf sich hatte.

Mit der Münze in der Hand ging sie zurück in die Dachkammer und beugte sich über den Stich im Buch. Sie verglich das Geldstück mit der Zeichnung, es gab keinen Zweifel ... Ein feines Lächeln breitete sich auf Sophias Gesicht aus.

Eigentlich war es ganz einfach. Warum war nur vor ihr keiner draufgekommen?

Sophia zögerte. Aber wenn sie sich täuschte? Wenn es wieder nur eine falsche Fährte war wie bei dem Weihrauchhändler? Peter würde sie sicherlich auslachen. Es war ja so offensichtlich, dass er es bestimmt schon selber herausgefunden hatte.

So oder so, diesmal würde sie ihm nichts sagen. Keinem würde sie etwas sagen! Sie wollten sie nicht dabeihaben, gut, dann mussten sie auch allein zurechtkommen. Bah!

Sie warf das Buch in weitem Bogen in eine Ecke, wo es in seine Einzelteile zerfiel. Die Münze steckte sie ein. Dann wendete sie sich einer weiteren Zeitung zu, der *Frankfurter Postzeitung*, die Ausgabe war offensichtlich schon älter. Auf der vordersten Seite war ein haariger, bärtiger Mann abgebildet, der auf allen vieren kroch und ein kleines Kind fraß, genau wie ein Wolf. Andere Kinder liefen schreiend vor ihm weg. Mit bebenden Lippen las Sophia weiter.

Der Werwolf von Epprath, seine verruchten Taten und wie er grausig auf dem Rad zu Tode kam ...

Sie leckte die Fingerspitze an und blätterte gespannt um. Solche Geschichten waren ganz nach ihrem Geschmack. Sollten die anderen ihren Meuchler ruhig allein jagen!

*

»Das Ganze ist ein abgekartetes Spiel, und Max weiß das auch!«

Peter war immer noch fassungslos. Zusammen mit dem Großvater saß er in einem Wirtshaus am Neuöttinger Stadtplatz. Nach Kuisls Schlägerei in der Altöttinger Hoftaverne hielt Peter es für besser, den Ort des Herrschertreffens erst einmal zu meiden. Sie hatten einen Tisch in einer dunklen Nische gewählt, entfernt von den anderen Gästen, die sich jetzt am späten Vormittag nach und nach zum Mittagessen einfanden.

»Niemals ist der Tote oben im Glockenstuhl unser Mann!«, fuhr Peter kopfschüttelnd fort. »Alle Beweise sprechen dagegen. Der Meuchler hat einen Reisenden an der Posthalterei umgebracht und ihn als sich selbst ausgegeben, damit er in Ruhe weiterarbeiten kann. Wie kann Max nur so verbohrt sein! Vermutlich hat der Kurfürst sogar diesen türkischen Brief fälschen lassen, um sich seine Wahrheit zurechtzubiegen!«

»Weil es eben verschiedene Wahrheiten gibt«, erwiderte Kuisl. »Das hat dein schnöseliger Freund doch genau erklärt. Und unsere Wahrheit passt ihm eben nicht in den Kram.« Der Henker nahm einen kräftigen Schluck von dem Humpen Braunbier und wischte sich den Schaum aus dem Bart. »Wichtiger ist dem Herrn Kurfürst, dass der Heiratsvertrag mit dem Kaiser wirklich zustande kommt.«

»Und dabei riskiert er sein Leben und das des Kaisers!« Peter seufzte und lehnte sich zurück. Die Wunde am linken Arm tat immer noch weh, er vermied es, den Arm zu bewegen. »Im Grunde hat Max uns verboten, weiterzuermitteln.«

»Nun, daran müssen wir uns ja nicht halten.« Kuisl zuckte die Achseln. »Wenn wir ihm den wahren Schurken präsentieren, wird er vielleicht Vernunft annehmen.«

Peter lächelte schmal. »Du gibst nicht auf, Großvater, was? Niemals.«

»Wenn ein alter Bluthund erst einmal eine Fährte aufgenommen hat …« Kuisl grinste, dann wurde er wieder ernst. »Um deinen sogenannten Freund ist es nicht schade, wenn du mich fragst. Aber was ist, wenn dieser Meuchler etwas Großes vorhat? Vielleicht wieder mit Schießpulver wie beim ersten Versuch? Dann erwischt es nicht nur Kaiser und Kurfürst, sondern viele weitere unschuldige Leben.«

»Das ganze Reich könnte gefährdet sein.« Peter nickte. »Davon abgesehen, gäbe es, wenn wir ihn zu fassen bekommen, immer noch die Chance, Paul gegen den Meuchler auszutauschen. Daran muss auch Max gelegen sein, jedenfalls inoffiziell.« Er sah den Großvater an. »Wir fangen also wieder bei null an. Was schlägst du vor? Welche Hinweise haben wir?«

Jakob Kuisl stopfte sich in aller Seelenruhe seine Pfeife. Dabei fiel Peter erneut auf, dass auch der Großvater Schwierigkeiten mit der linken Hand hatte. Ob er sich ebenso verletzt hatte? Oder war da mehr? Peter wollte ihn eben fragen, doch da hatte Kuisl die Pfeife bereits angezündet und hob zu sprechen an.

»Da gibt es als Erstes dieses Siegel von ihm, wohl einen Falken«, zählte der Henker an den Fingern auf. »Er hinterlässt es überall, also ist es ihm wichtig. So, als wollte er uns damit was sagen.«

»Nur was?«, fragte Peter, der sein Bier noch nicht angerührt hatte. »Vielleicht ist es auch einfach nur das Erkennungszeichen seiner Mördersekte.«

»Er ist auf alle Fälle ein Meister seines Fachs. Ein Meister des Tötens, so wie ich.« Kuisl knurrte. »Er hat das gelernt, im Krieg oder wo auch immer.«

»Und er hatte es auf mich abgesehen«, sagte Peter. »Das ist doch interessant. Warum ich? Oder war das bei der Posthalterei nur ein Zufall?«

»Möglich, aber eher unwahrscheinlich.« Kuisl wiegte den Kopf. Er deutete mit dem Pfeifenstiel auf Peter. »Wahrscheinlicher ist, dass du ihm schon mal irgendwo in die Quere gekommen bist.«

»Das kann eigentlich nur im Levitenhaus gewesen sein.« Peter runzelte die Stirn. »Da war ich ihm dicht auf den Fersen. Zu dicht? Vielleicht glaubt er ja, ich hätte ihn erkannt, und nun will er mich ausschalten.«

Kuisl nickte, den Kopf von dichtem Pfeifenqualm umwabert. »Ich denke, er hat auch mich schon beobachtet. Hier in Neuötting, gleich nach unserer Ankunft. Ich habe gespürt, dass mich jemand verfolgt. Das war kurz nachdem ich das Schießpulver entdeckt hatte.« Der Henker deutete mit der Hand zum Fenster, nach draußen, wo die braven Neuöttinger Bürger ihrer Wege gingen. »Der Kerl streift hier irgendwo herum, ohne dass ihn jemand erkennt. Er ist eben kein offensichtlicher Assassine mit pechschwarzen Haaren und Mondaugen, sondern jemand ganz Unauffälliges. Jemand, der sich vermutlich gut verkleiden kann.«

»Und trotzdem spricht er eine fremde Sprache«, sagte Peter. »Gestern auf der Posthalterei, da hat er mir was zugerufen.« Er versuchte, sich zu erinnern. »*Almalik alhaqiqiu* oder so ähnlich ... War das Türkisch? Oder Arabisch? Verdammt!« Peter rieb sich die müden Augen.

»Es wäre interessant, zu wissen, was er da genau gesagt hat. Möglicherweise bringt uns das weiter. Aber ich kann nur Latein und ein paar Brocken Französisch und Italienisch.«

»Aber jemand anderes kann vielleicht diese Sprache«, sagte Kuisl.

»In Altötting und Umgebung?« Peter lachte. »Wer in diesem Kaff sollte ...« Dann begriff er. »Ich glaube kaum, dass dieser Jemand uns helfen würde.«

Kuisl grinste und ließ den Rauch durch seine großen Nüstern entweichen. »Nun, es käme ganz auf einen Versuch an, nicht wahr?«

*

Der Schatten bewegte sich durch die Menge am Kapellplatz wie ein Fisch im Wasser.

Er nahm die vielen fremdartigen Gerüche wahr, hörte Stimmen, die in den unterschiedlichsten Dialekten sprachen, sah alte, krumm gebeugte Pilger, laut feilschende Reliquienhändler, jammernde Krüppel, die auf Krücken der Gnadenkapelle entgegenhumpelten, und dazwischen ehrwürdig dahinschreitende Mönche, grimmig dreinblickende Soldaten und die vielen in Lumpen gekleideten Bettler, die den Wallfahrern ihre knorrigen Hände entgegenstreckten.

Wie so oft bereitete es dem Schatten Freude, Einzelne von ihnen für kurze Zeit nachzuahmen – er wankte wie ein Krüppel, buckelte wie ein Alter, leckte sich gierig die Lippen wie ein Händler, stolzierte stolz wie ein höfischer Beamter, fluchte wie ein Söldner ... Die Menschen waren so leicht zu durchschauen. Man musste sie nur genau beobachten, schon konnte man in ihre jeweilige Rolle schlüpfen.

Gestern Abend in der Posthalterei war er auch jemand anders gewesen. Sie würden nie erraten, wer. In dieser Gestalt hatte er sich unter den Reisenden umgesehen, und schon nach kurzer Zeit hatte er das perfekte Opfer gefunden. Der Mann war eben erst aus der Lombardei eingetroffen, ein fahrender Flickschneider, der auf der Suche nach einem besseren Leben war.

Sein Leben hatte jäh geendet.

Es war ein Leichtes gewesen, den leicht hinkenden, braun gebrannten Mann hinter den Schuppen zu locken. Der Meister hatte ihm einst gezeigt, wie man einen Menschen schnell und lautlos umbrachte, ganz ohne Waffe. Man trat hinter ihn, umklammerte seinen Hals und drehte den Kopf schnell nach links und gleich wieder nach rechts, bis es knackte. Der lombardische Schneider hatte vermutlich nicht einmal etwas gespürt, höchstens ein leises Kitzeln, dann war seine Seele schon in einer besseren Welt.

In der diesseitigen Welt diente sein toter Körper einem höheren Zweck.

Eben ging der Schatten an den Zelten der kaiserlichen Soldaten vorbei. Er hinkte ein klein wenig, und das hatte nichts mit seiner Tarnung zu tun. Der Kampf gestern hatte ihm das Äußerste abverlangt, seine Gegner waren gut gewesen und in der Überzahl – aber eben nicht gut genug, er war ihnen um Haaresbreite entkommen. Doch die Zeit drängte!

Ob sie den Köder geschluckt hatten? In der Stiftskirche hatte er noch beobachtet, wie die Wachen den Leichnam heimlich, gehüllt in Tücher, durch einen Seitenausgang hinüber in die Propstei getragen hatten. Vermutlich sollte der Kaiser überzeugt werden, dass die Gefahr endlich gebannt war. Dass nun nichts mehr geschehen würde.

Der Schatten lächelte grimmig.

Er griff nach dem Dolch mit dem schwarzen Griff, der kühl in seiner Tasche ruhte. Mit dem Finger fuhr er die einzelnen Buchstaben nach, die in den Griff eingraviert waren. Das Zeichen seiner Herkunft.

Sein Name.

Er kicherte und fiel damit für einen winzigen Moment aus seiner Rolle.

O ja, sie würden ihr blaues Wunder erleben!

Kapitel 24

Donnerstag, 13. März, mittags
auf der Burghausener Burg

Es ging bereits auf Mittag zu, und Simon saß noch immer in der Burgbibliothek.

Neben ihm stand eine Tasse dampfender Kaffee, die ihm Pater Georg gebracht hatte. Der Burgkaplan war ganz entzückt, dass sich ein kurfürstlicher Hofmedicus so sehr für die Werke von Aventinus begeisterte. Auch wenn Pater Georg nicht wusste, was Simon genau interessierte.

Und im Grunde wusste das Simon auch nicht.

Nachdem er die Musketiere durch das Fernrohr beobachtet hatte, hatte Simon beschlossen, sich ein wenig in die Geschichtsschreibung des berühmten Gelehrten zu vertiefen. Neben den *Annales ducum Boiariae*, die in Latein verfasst waren, gab es auch die wesentlich einfacher zu lesende *Bayerische Chronik*. Simon fragte sich, was der kleine Franzose darin wohl gesucht hatte. Er blätterte darin, stieß auf uralte bayerische Stämme mit vergessenen Namen, auf unzählige Kriege, Könige, Päpste, Kaiser, Herzöge … Schon bald verlor er bei all den Namen den Überblick. Warum hatten große Herrscher eigentlich immer so wenig schmeichelhafte Beinamen? Simon entdeckte Dicke, Fette, Kahle, Faule, Hinkende und Schiefmäulige. Sogar einen Harald Hasenfuß und einen Heinrich den Zänker gab es. Welchen Namen man ihm wohl verpasst hätte?

Simon der Wohlgekleidete? Oder doch nur Simon der Kleingewachsene? Der Neunmalkluge?

Seufzend gab er auf und schob den dicken Band zur Seite. Er stand auf und streckte sich, dann wanderte er an den Buchreihen entlang, während er weiter nachdachte. Noch immer war er davon überzeugt, dass die Franzosen mit falschen Karten spielten. Aber half ihm das bei der Befreiung von Paul wirklich weiter? Wie lange wollten er und Magdalena noch hier auf der Burg ausharren? Vermutlich hatte der Kurfürst bereits erfahren, dass sein neu ernannter Hofmedicus sich ohne Erlaubnis aus dem Staub gemacht hatte. Suchte man bereits nach ihm?

Eher beiläufig streifte Simons Blick die Regale, bis er plötzlich an etwas hängen blieb. Zwischen den mehrbändigen dicken Werken von Aventinus stand noch ein weiterer Band, der ihm bisher nicht aufgefallen war. Er war in weißes Leder gebunden, mit stabiler Lederschließe und arg zerfledderten Seiten. Neugierig zog Simon das Büchlein aus dem Regal und stellte fest, dass es sich um einen astronomischen Hauskalender handelte.

Der persönliche Hauskalender von Johannes Aventinus.

Simon hatte von solchen astronomischen Kalendern schon gehört. Damit ließen sich Sternenkonstellationen und daraus entstehende Wetterveränderungen untersuchen. Er schlug den Kalender auf und blätterte darin. Interessant war, dass Aventinus offenbar eigene Notizen hinzugefügt hatte. Mit wachsender Neugierde überflog Simon die Seiten. Die handschriftlichen Aufzeichnungen bezogen sich nicht nur auf das Wetter, sondern umfassten auch Autobiografisches, Aufenthaltsorte und politische Ereignisse. Auch Skizzen und grobe Grundrisspläne waren zu erkennen.

Ein Tagebuch!, dachte Simon.

Die ersten Einträge bezogen sich auf das Jahr 1499, also noch vor der Zeit, als der berühmte Gelehrte hier auf der Burg weilte und sich um die Erziehung der Prinzensöhne kümmerte. Aventinus hatte sie wohl erst im Nachhinein hineingeschrieben. Vieles war schlecht zu entziffern. Mit Mühe las Simon einen längeren Eintrag aus dem Jahr 1505.

Der Untergang der Reichen Herzöge. Vom Kampf um Landshut und Burghausen …

Untergang, Kampf … Na, das klang doch schon mal spannender als irgendwelche hasenfüßigen Herrscher! Aus einer Laune heraus beschloss Simon, den Hauskalender mitzunehmen. Vielleicht fand sich darin ja auch etwas, was ihnen bei Pauls Befreiung weiterhalf. Fluchttunnel etwa, weitere Grundrisspläne oder eine Lücke in den Schanzanlagen der Burg … Dafür musste er eigentlich nicht mal Pater Georg fragen. Er würde sich den Band heimlich ausleihen und später wieder zurückstellen.

Simon steckte die in Leder gebundene Kladde in seine Rocktasche und begab sich nach unten, wo der Burgkaplan eben über einem astronomischen Werk brütete. Durch seine Brille blinzelnd, sah Pater Georg auf.

»Nun, ich hoffe, Aventinus hat Euch gut unterhalten.«

»O ja, sehr gut!« Simon lächelte. »Aber ich fürchte, meine Frau wird langsam eifersüchtig auf ihn, wenn ich mich nicht auf den Rückweg mache.«

Pater Georg nickte. »Grüßt sie von mir, Doktor! Ihr seid jederzeit willkommen, auch mit Eurer Gattin.«

Simon dankte herzlich und trat hinaus auf den Burghof. In der Zwischenzeit hatte ein kalter Regen eingesetzt. Fröstelnd eilte er hinüber in den äußersten Vorhof, in der Hoffnung, dass sich Magdalena nicht schon Sorgen um ihn machte. Vielleicht gab es ja auch etwas Warmes zu essen, dazu ein Glas heißen Gewürzwein … Der Kaffee hatte Simon wach gemacht, aber auch hungrig.

Als er ihr kleines Quartier betrat, blieb er verwundert stehen.

Magdalena war nicht da.

*

»Was auch immer Ihr sucht, werte Frau, hier ist kein Zutritt. Für niemanden!«

Der junge Wachmann klammerte sich an seine Hellebarde und blickte Magdalena von einer höheren Treppenstufe aus grimmig an. Er hatte sehr weit abstehende Ohren, die wie zwei Henkel unter dem Helm herausragten. Breitbeinig stand er vor der verschlossenen Tür der Schütt, jenes großen mehrstöckigen Gebäudes, das die Burg an der Nordseite wie eine Mauer begrenzte. Magdalena hatte bereits erfahren, dass etliche Räume dort drinnen mit Steinen gefüllt waren und als Bollwerk dienten. Die restlichen Gänge und Zimmer waren Speicherräume, Depots für Kanonenkugeln, Weinkeller und Gefängniszellen.

Wegen dieser Zellen war Magdalena hier.

Von einigen gesprächigen Wachen im Burghof wusste sie mittlerweile, dass die Schanzarbeiter in der Schütt untergebracht waren. Dort schliefen sie und nahmen auch ihr karges Essen ein. Doch sie wusste weder, wo genau sich die Zellen befanden, noch, wie die Gefangenen bewacht wurden. Heute Morgen hatte sie deshalb den Plan gefasst, sich dort einmal näher umzusehen. Außerdem wollte sie nach ihrem Sohn schauen, auch wenn sie wusste, dass sie Paul im Moment nicht helfen konnte. Eigentlich hatte Magdalena auf Simon warten wollen, aber der war noch immer nicht vom Vizedom zurückgekommen. Also hatte sie sich allein auf den Weg gemacht. Die Schütt war nur einen Steinwurf weit von ihrem Quartier entfernt.

»Ich bin die Frau des Münchner Hofmedicus. Ich glaube, wir haben uns schon mal gesehen, unten im Graben bei den Gefangenen.« Lächelnd hob Magdalena einen Korb hoch, in dem ein paar Fläschchen klirrten. »Ich hatte mit dem Amtmann vereinbart, dass ich noch einmal komme und ein wenig hustenlindernde Tinktur vorbeibringe.«

Das war gelogen, aber Magdalena hoffte, dass die Wache nicht beim Amtmann nachfragte. Als der junge Bursche nicht antwortete, sondern sie nur weiterhin anschaute, deutete sie nach oben, wo der Himmel gerade seine Pforten öffnete. »Es regnet. Ich denke, wir sind beide froh, wenn wir kurz ins Trockene kommen.«

Der Wachmann zögerte. »Wen kümmert's, ob diese Kerle verrecken oder nicht«, brummte er schließlich und blieb wie in Stein gemeißelt stehen.

Magdalena nickte eifrig. »Da habt Ihr natürlich recht. Aber der Vizedom fürchtet wohl, dass die Schanzarbeiten sonst ins Stocken geraten. Oder man muss ...« Sie zuckte mit den Schultern. »... gar auf die Burgbesatzung zurückgreifen. Wenn der Keuchhusten erst mal in die Lungen kriecht, fallen die Gefangenen um wie die gemähten Halme.«

»Das wäre ja noch schöner!« Der Soldat lachte höhnisch. »Wir schleppen Steine, und die Hunde furzen derweil gemütlich in ihre Krankenbetten. Um unsereins hat sich noch nie ein Arzt gekümmert!«

»Dabei hättet Ihr ebenso einen nötig, das ist wahr.« Magdalena machte plötzlich ein besorgtes Gesicht und deutete auf eine rote Pustel am Ohr des jungen Wachmanns. »Sagt, juckt diese Stelle manchmal? Müsst Ihr Euch kratzen?«

»Äh, ja«, erwiderte der Mann. Er berührte nervös den Pickel. »Warum fragt Ihr?«

»Nun, es muss nichts bedeuten, aber …« Magdalena zögerte.

»Aber was?«

»Tja, es könnte natürlich Ziegenpeter sein. Das fängt an den Ohren an und breitet sich dann aus, auch an … anderen Stellen. Wenn Ihr versteht, was ich meine.« Sie senkte die Stimme und deutete auf seinen Hosenlatz. »Euer Wertvollstes schwillt an, was sehr schmerzhaft ist, es kommt zum Blutstau. Manche Männer können danach keine Kinder mehr zeugen.«

Der Wachmann erbleichte sichtlich. »Und was kann man dagegen tun?«

»Nun, ich kann eine Salbe anrühren, die hilft. Gleich, wenn ich hier fertig bin.« Sie hob demonstrativ den Korb.

»Verdammt, dann kommt schnell.« Der Wachmann nestelte nach seinem Schlüsselbund und sperrte die schwere Tür auf. Der Regen prasselte auf sie beide herab. »Jetzt, da Ihr danach fragt, juckt das Ohr schon stärker.«

Magdalena folgte ihm in einen dunklen, nach Moder und Schimmel riechenden Gang, der von einigen wenigen Fackeln erhellt wurde. Durch die schmalen Fenster konnte man das Rauschen des Regens hören. Sie bogen ein paar Mal ab und stiegen Stufen hinab und andere hinauf, wobei Magdalena krampfhaft versuchte, sich den Weg zu merken. Noch zwei Mal blieb der Wachmann stehen und öffnete mit dem Schlüsselbund eine Tür, dann endlich standen sie in einem größeren, niedrigen Gewölbe.

Magdalena erkannte schmutziges Stroh, das an den Wänden aufgeschichtet war. Rostige Ringe deuteten an, dass dort die Gefangenen in der Nacht wohl einzeln angekettet wurden. In der Mitte des Raumes stand ein langer

Tisch, der aus einem aufgebockten Brett bestand. Daran saßen die Gefangenen auf Schemeln und löffelten irgendetwas Graues aus Holzschüsseln. An den Füßen trugen sie weiterhin ihre Ketten, die in regelmäßigen Abständen rasselten. Es stank nach Kohl, menschlichen Fäkalien und Rauch, der von einer Glutpfanne in einer Ecke herrührte. Magdalena hustete.

Kein Wunder, dass sich hier alle über kurz oder lang den Tod holen, dachte sie. *Es ist feucht, kalt, und der Rauch lässt einen kaum atmen …*

Die Gefangenen hoben ihre Köpfe und starrten sie an wie eine überirdische Erscheinung. Zwei weitere Wachmänner standen gelangweilt neben der Glutpfanne.

Ganz hinten in der Ecke des Tischs saß Paul.

Noch immer trug er um den Hals das Kruzifix, das sie ihm geschenkt hatte. Hoffentlich besaß er auch noch die Haarnadel. Wie schon bei ihren letzten Begegnungen krampfte Magdalenas Herz bei Pauls Anblick zusammen. Seltsamerweise war ihre Liebe noch gewachsen, seitdem sie erfahren hatte, wer möglicherweise sein Großvater war.

Und vielleicht mein Vater, dachte sie. *Ein Mörder und Halunke.*

Es war wie ein dunkles Band, das sie mit ihrem jüngeren Sohn verband. Wie gerne wäre Magdalena auf Paul zugelaufen, hätte ihn in ihre Arme genommen, gestreichelt, getröstet … Doch sie durfte nicht. Stattdessen stellte sie ihren Korb ab und wandte sich an den jungen Wachmann mit den großen Ohren.

»Es ist eine stärkende Tinktur, die den Husten lindert«, sagte sie und deutete auf die Fläschchen im Korb. »Jeder der Gefangenen sollte einen Löffel bekommen. So hat es mein Mann, der Medicus, verordnet.«

»Wohl auch noch mit einem Silberlöffel, ja?« Der Wachmann grunzte. »Na, dann aber schnell! Die Hunde gehen gleich wieder runter in den Graben zum Steineschleppen.« Er hob den Finger. »Aber für die Behandlung bleiben sie am Tisch sitzen. Ich will keine Unordnung!«

»Wie Ihr meint.« Magdalena nahm eines der Fläschchen und ging hinüber zum Tisch. Sie blickte in ausgemergelte graue Gesichter, in große leere Augen. Auch jetzt husteten einige von ihnen stark. Magdalena hörte schleimiges Röcheln.

Die Gefangenen drehten sich ihr zu und ließen sich den grünen Saft einflößen. Manche schüttelten sich und verzogen den Mund ob des bitteren Geschmacks, ein paar machten böse Witze. Doch alle ließen sich gerne von ihr behandeln, vielleicht auch nur deshalb, weil eine Frau in diesem schimmligen Loch schon ein Lichtblick war. Magdalena wusste, dass die Tinktur nicht viel half. Aber wenigstens für die nächsten Stunden würde der Husten ein wenig nachlassen.

Auf diese Weise näherte sie sich langsam Paul am hinteren Ende des Tisches. Ob sie auch diesmal mit ihm kurz sprechen konnte? Wohl kaum. Dafür saßen die Gefangenen zu dicht beieinander, und der Wachmann folgte ihr wie ein Hund auf Schritt und Tritt.

Eben stand sie vor dem Kerl mit dem Fuchsgesicht und der blutigen Nase, der ihr schon das letzte Mal aufgefallen war. Er saß nur unweit von Paul entfernt, neben einem bulligen Riesen. Als sie sich mit dem Löffel näherte, leckte der Fuchsgesichtige sich gierig die Lippen.

»Hm, weiß gar nicht, was mir besser schmeckt«, lispelte er. »Der Saft oder die Frau.« Er schnupperte. »Du riechst gut …«

»Öffnet den Mund«, sagte Magdalena tonlos. »Sonst kann ich Euch den Saft nicht geben.«

Der Fuchsgesichtige blinzelte ihr zu. »Einen anderen Saft würd' ich noch viel lieber kosten. Den zwischen deinen Schenkeln.«

»Lass das, Sven«, sagte der Riese neben ihm. »Die Frau hat dir nichts getan. Im Gegenteil, sie will uns helfen.«

»Uns?« Sven kicherte. »Wohl eher unserem kleinen Rabauken.«

Bevor Magdalena empört etwas erwidern konnte, flüsterte Sven ihr zu: »Aus diesen Schenkeln ist doch auch der süße Bursche dort drüben gekrochen, nicht wahr? Mir macht ihr zwei Hübschen nichts vor! Ich hab euch beobachtet beim letzten Mal, hab gesehen, wie ihr geturtelt habt, wie Mutter und Sohn.«

Magdalena erstarrte. Der Wachmann stand ein wenig abseits, sodass er das leise Gespräch nicht hören konnte.

»Was ... was fällt dir ein ...?«, hob sie an.

»Kusch, Weib!«, zischte der Fuchsgesichtige. »Ein falsches Wort, und ich lass euch zwei auffliegen. Dann ist's vorbei mit all euren Plänen! Du willst deinen Jungen hier rausholen? Gut, aber nicht ohne den schlauen Sven. Ihr nehmt mich mit, hast du mich verstanden? Ob du verstanden hast?«

Magdalena nickte schweigend. Aus dem Augenwinkel nahm sie wahr, dass wohl auch Paul ihren Wortwechsel belauscht hatte.

»Na, dann ist's gut«, knurrte Sven. Ein schmieriges Grinsen huschte über sein Gesicht. Er öffnete weit den Mund und leckte sich erneut die Lippen. »Und jetzt gib mir deinen Saft, Weib. Hmmm, ob du untenrum auch so gut schmeckst? Das sollte ich mal auspro...«

In diesem Augenblick warf sich Paul mit lautem Gebrüll auf ihn.

»Nicht!«, schrie Magdalena.

Doch es war zu spät. Trotz der schweren Ketten war Paul aufgesprungen, der Schemel fiel klappernd zu Boden. Der Riese wollte noch dazwischengehen, aber Pauls Hände umklammerten bereits Svens Hals. Gemeinsam stürzten sie zu Boden, wo Paul seinen Gegner weiterwürgte.

»Du … du Drecksau!«, brüllte Paul. »Ich mach dich kalt!« Trotz seines jungen Alters war er größer und stärker als Sven, vor allem aber war er rasend vor Zorn.

Und Magdalena konnte verstehen, warum.

»He!«, rief der junge Wachmann. »Auseinander, ihr Bastarde! Auseinander, hab ich gesagt!«

Er näherte sich mit gezogenem Knüppel und drosch auf Paul und Sven ein. Die beiden anderen Wachen eilten ihm zu Hilfe. Nur unter Mühen gelang es ihnen, Paul von seinem Opfer herunterzuziehen. Dabei verteilten sie mit ihren Stöcken eifrig Prügel, die Paul aber gar nicht wahrzunehmen schien.

»Aufhören!«, schrie Magdalena ihnen zu. »So hört doch endlich auf!«

Der Wachmann hielt kurz inne, wischte sich den Schweiß von der Stirn und wandte sich ihr zu.

»Hab ich Euch nicht gesagt, dass diese Hunde es nicht verdienen, dass man sich um sie kümmert? Jetzt seht Ihr selbst, was das bringt. Nur Scherereien!« Er hob seinen Prügel und versetzte Paul einen weiteren Hieb. »Na, Bürschlein, ich werd dir schon noch Manieren beibringen! Wenn eine Dame dich das nächste Mal besucht, kannst du vor ihr nur noch kriechen. Diesen Tag wirst du nicht mehr vergessen!«

Mit einem Zischen fuhr der Knüppel auf Paul hernieder, immer und immer wieder.

Kapitel 25

Donnerstag, 13. März, mittags
am Altöttinger Franziskanerkloster

Auch in Altötting hatte Regen eingesetzt. Es war ein feiner Nieselregen, der sich als kalter, feuchter Film auf die Kleidung legte und sie langsam durchweichte. Verborgen hinter ein paar eben angelieferten Bierfässern beobachteten Peter und Jakob Kuisl den Platz vor dem Altöttinger Franziskanerkloster. An der Pforte herrschte ein reges Kommen und Gehen. Händler brachten Waren, Mönche in braunen Kutten verließen das Kloster, Wallfahrer warfen staunende Blicke auf das weitläufige Gebäude, das an einen großen Garten mit noch brachen Gemüseäckern und Obstbäumen grenzte.

Die Fässer waren vor einer guten Stunde von einem Bierkutscher abgeladen worden, und Peter hoffte, dass sie noch eine Weile dort stehen blieben; sie waren die perfekte Tarnung. Durch die Dauben hindurch konnte Peter den malzigen Bierdunst riechen.

»Ich bekomm langsam Durst«, meldete sich der Großvater neben ihm. »Vom Sträßlwirt aus hätten wir einen ebenso guten Ausblick auf die Pforte gehabt. Außerdem ist es dort trockener.«

»Auf die Gefahr hin, dass du wieder eine Schlägerei anzettelst?« Peter maß Kuisl mit spöttischem Blick. Der Henker trug gegen den Regen eine Kapuze, die sein bärtiges

Gesicht nur schlecht verdeckte. »Ich denke, hier ist es sicherer, Großvater. Wer weiß, wer dich von den Gästen dort drinnen erkennt. Du bist ja nicht zu übersehen.«

Kuisl winkte ab. »Im Alter schrumpft man, wie du sicher weißt, Junge. Außerdem tut mir von der gestrigen Keilerei noch das Kreuz weh, also keine Sorge.«

Prüfend griff Peter nach seinem eigenen linken Arm. Die Wunde, die er sich gestern bei der Begegnung mit dem unbekannten Attentäter zugezogen hatte, schien weiterhin gut zu verheilen. Ob das auch für die Wunden des Großvaters galt?

»Es kann eigentlich nicht mehr lange dauern«, sagte Peter und wischte sich die Regentropfen aus dem Gesicht. »Der Händler ist vor über einer Stunde dort rein. Über den Preis wird man sich bestimmt schnell einig, der macht das ja nicht zum ersten Mal.«

»Hm, Weihrauch wird immer teurer«, knurrte Kuisl. »Die Türken blockieren viele Handelswege, und sie wissen, dass die Christen vom Weihrauch abhängig sind wie ein saufender Pfarrer vom Messwein.«

Es war Kuisls Idee gewesen, den einzigen Mann in Altötting aufzusuchen, der ihnen vielleicht verraten konnte, was der Assassine gestern Abend gesagt hatte.

Den Weihrauchhändler Hussein ibn Alizade.

Sehr wahrscheinlich würde er über den unangekündigten Besuch nicht sehr begeistert sein.

Während der Großvater sich im Hintergrund gehalten hatte, war Peter in die verschiedenen Wirtshäuser gegangen und hatte sich erkundigt. Meister Alizade war oft entlang des Inns unterwegs. Gerade jetzt zur Zeit der Heiligen Allianz brauchten die Kirchen, aber auch die vielen Wallfahrer sowie die Apotheken der Gegend jede Menge Weihrauch. Gewonnen aus dem Harz des Balsambaums, der nur in fernen Ländern jenseits des Mittelmeeres wuchs, ließen sich damit gute Geschäfte erzielen. Im Sträßlwirt hatte Peter dann erfahren, dass der Weihrauchhändler wohl eben den Franziskanern einen Besuch abstattete.

»Wenn die Pfaffen bei der heiligen Kommunion Bier statt Wein verwenden würden, dann wären die Kirchen in Bayern stets gut besucht.« Kuisl schnupperte mit seiner großen Nase. »Gerne auch dieses braune, malzige Bier, das sie hier brauen. Da könnten sie fünf Messen jeden Tag halten, ich wär dabei.«

Peter schmunzelte. »Das ist es also, was du unter einer Wallfahrt nach Altötting verstehst, ja?«

»Heißt es nicht bei Jesaja: Kommt her, lasst uns Bier holen und uns vollsaufen?« Kuisl hob den Finger wie ein Prediger. »Und es soll morgen sein wie heute und noch viel mehr!«

»Ich glaube, der Vers bezog sich eher auf Wein, und …« Peter stockte, als sich die Klosterpforte öffnete und eine vertraute Gestalt heraustrat. Trotz des Nieselregens war der Mann gut zu erkennen. Jetzt, da er den Weihrauchhändler erneut sah, konnte Peter überhaupt nicht verstehen, wie sie je auf die Idee gekommen waren, er sei ein gefährlicher Assassine. Meister Alizade machte einen gutmütigen und eher schwächlichen Eindruck. Eben lachte und scherzte er mit dem Mönch an der Pforte, dann verabschiedete er sich, schulterte seinen Beutel und ging in Richtung des Platzes. Er umrundete eben ein paar Pfützen, als sich ihm Peter in den Weg stellte.

»Meister Alizade?«, fragte Peter. »Auf ein Wort …«

Der Händler blieb erschrocken stehen. Erst jetzt sah Peter das blaue Auge und die dicke aufgeschwollene Oberlippe, die wohl noch von den gestrigen Schlägen herrührte.

»Ja?«, fragte Meister Alizade vorsichtig und wich einen Schritt zurück. Seine zitternde Hand ging zum Gürtel, wo sich unter dem weiten Mantel vermutlich ein Dolch verbarg.

»Es gibt jemanden, der sich bei Euch aufrichtig entschuldigen möchte.« Peter winkte Jakob Kuisl, der nun hinter einem der Fässer hervortrat. Der Weihrauchhändler erbleichte, als er den bärtigen Riesen erkannte. Er klammerte sich an seinen Beutel und sah sich nach einer Fluchtmöglichkeit um.

»Ich ... ich schreie«, krächzte er. »So laut, dass es in ganz Altötting zu hören ist. Wenn Ihr Schurken glaubt, Ihr könntet einfach so am helllichten Tag ...«

»Meister Alizade, ich schwöre, wir wollen Euch kein Leid tun!« Peter hob die Hände. »Das gestern in der Hoftaverne war eine dumme Verwechslung.« Er wandte sich an Jakob Kuisl. »Nicht wahr, Großvater?«

»Eine Verwechslung, ja.« Der Henker nickte. Leider gelang es ihm nicht, dabei besonders vertrauenswürdig auszusehen. »Ich dachte, Ihr seid ein anderer. Verzeiht.«

»Ach, und da stürzt Ihr Euch so einfach auf unschuldige Menschen und prügelt sie windelweich?« Meister Alizade deutete auf sein blaues Auge. »Ich kann von Glück reden, dass ich nicht blind bin! Einen Zahn habe ich auch verloren!« Er sprach ein fast akzentfreies Deutsch. Nur wer genau hinhörte, konnte einen leicht fremdländischen Akzent vernehmen.

»Nun, Ihr habt zum Dolch gegriffen«, begann Kuisl. »Und ...«

»Ich wollte mich verteidigen, Herrgott! Ein ... ein Monstrum fällt plötzlich über mich her. Ich dachte, der Himmel stürzt über mir ein!« Der Händler sah Jakob Kuisl argwöhnisch an. »Warum seid Ihr überhaupt auf freiem Fuß? Ich ging davon aus, man hätte Euch ins tiefste Loch gesteckt.«

»Da war ich auch«, brummelte der Henker. »Aber man hat mich wieder rausgelassen. Wegen … wegen guter Führung.«

»Äh, wir haben Euch ein Geschenk mitgebracht«, mischte sich Peter ein. »Ich dachte, es würde Euch vielleicht freuen.« Er zog ein in Wachspapier gewickeltes Päckchen hervor und reichte es dem Händler, der es argwöhnisch öffnete.

»Der erste Teil der *Materia Medica* von Dioskurides, in deutscher Übersetzung«, erklärte Peter. »Auch Weihrauch kommt darin vor.«

»Hm …« Zögernd blätterte Meister Alizade in dem Buch. Glücklicherweise hatte der Regen mittlerweile nachgelassen. »Das ist ziemlich wertvoll …«

»Ich weiß«, sagte Peter leise. Er hatte das Buch von seinem Ingolstädter Professor nach einer bestandenen Prüfung geschenkt bekommen. Lange hatte er überlegt, was sie Meister Alizade als Wiedergutmachung anbieten konnten. Peters Wahl war auf das Buch gefallen, auch wenn es ihm wehtat. Er hatte es mit einigen anderen Werken aus München mitgenommen. Offensichtlich hatte er sich für das passende Geschenk entschieden.

»Dioskurides …«, murmelte der Händler und blätterte weiter durch die teils mit Stichen versehenen Seiten. »Das erinnert mich an alte Zeiten in Kairo. Dort hat man diesen berühmten griechischen Gelehrten nicht vergessen.«

»Das bringt mich zu einer Frage …« Peter räusperte sich. »Sprecht Ihr zufällig Arabisch?«

»Ob ich Arabisch spreche?« Meister Alizade schmunzelte. »Nun, ich spreche Persisch, Arabisch, Türkisch, Deutsch, Französisch, sogar ein paar Brocken Portugiesisch. Als Händler, der viel auf Reisen ist, sind Sprachen mein täglich Brot.«

Peter strahlte. »Umso besser! Ich habe kürzlich einen Mann kennengelernt, der sich mit ein paar Worten von mir verabschiedet hat, die ich nicht verstehe. Vielleicht ist es Arabisch, vielleicht auch Türkisch …«

»Und wie lauten diese Worte?«

»*Hifz allah almalik alhaqiqiu*«, wiederholte Peter den Spruch des Assassinen. »Ich hoffe, ich spreche die Worte richtig aus.«

»*Almalik alhaqiqiu* … Das ist in der Tat Arabisch. Eure Aussprache ist gar nicht mal so schlecht für einen Laien, auch wenn manche Laute tiefer in der Kehle gebildet werden müssten. Hm …« Meister Alizade runzelte die Stirn. »Und so hat er sich von Euch verabschiedet?«

»Ja. Was bedeuten die Worte denn?«

»Nun, sie bedeuten übersetzt so viel wie: ›Gott schütze den wahren König.‹ Das ist eigentlich keine geläufige Abschiedsformel.«

»Den wahren König?«, fragte Peter. »Wer könnte damit gemeint sein?«

»Na, das müsst Ihr schon Euren Bekannten fragen, wenn Ihr ihn das nächste Mal seht.« Der Händler klappte das Buch zu und wandte sich an Jakob Kuisl. »Ich nehme Eure Entschuldigung an. Dioskurides wird mich über meinen verlorenen Zahn hinwegtrösten.« Er grinste, und Peter sah die Zahnlücke in der oberen Reihe. »Und nun gehabt Euch wohl, auch andere Klöster erwarten meinen Weihrauch.«

Meister Hussein ibn Alizade verbeugte sich und trat hinter den Bierfässern hervor, hinaus auf den belebten Klostervorhof.

Peter sah ihm und seinem Buch noch länger hinterher. Schließlich seufzte er.

»Ich hoffe, das war es wert. Vorne im Einband steht sogar eine Widmung meines Professors. Aber richtig viel schlauer sind wir jetzt auch nicht.«

»Gott schütze den wahren König, hm …« Kuisl kratzte sich die Nase. »Klingt wie ein Kampfruf. Die Assassinen verehren ja ihren Obersten, den sogenannten Alten vom Berge. Aber ein König ist das eigentlich nicht …«

»Und wenn König und Sultan das Gleiche ist?«, fragte Peter. Er runzelte die Stirn. »Aber warum dann den ›wahren König‹? Als ob es auch einen falschen gibt.«

Jakob Kuisl schlug ihm auf die Schulter. »Was hältst du davon, wenn wir das bei einem Humpen Bier besprechen? Dieser malzige Duft aus den Fässern hat mich verdammt durstig gemacht. Und bei einem Bier und einer Pfeife kann ich immer noch am besten nachdenken.«

Er ging schnurstracks auf den Sträßlwirt gegenüber dem Franziskanerkloster zu. Ungeduldig drehte er sich zu Peter um. »Nun komm endlich! Ich werd schon keinen Mönch auffressen, versprochen. Außerdem werd ich lieber von innen als von außen nass.«

*

Nur einen Bogenschuss entfernt stand Kurfürst Max Emanuel vor dem bislang größten Schritt seiner Laufbahn – und einer steifen Leiche.

»Und Ihr seid sicher, dass er es ist?« Angewidert blickte der Kaiser auf den Leichnam, der auf einem Brett am Boden lag. »Dieser Mann hier ist der Teufel, der für all das Grauen verantwortlich war?«

»Es gibt keinen Zweifel.« Max Emanuel nickte. »Er hat den Dekan oben im Glockenturm erhängt, um weitere Unruhe zu stiften. Dabei ist er ausgeglitten und hat sich das

Genick gebrochen. Gott selbst hat ihn gestraft. Möge er ewig in der Hölle schmoren!«

Gemeinsam befanden sich Kurfürst und Kaiser in einem Abstellraum der Propstei, in dem sich Truhen mit wertvollen Messgewändern stapelten. Auf einem Tisch reihten sich silberne Monstranzen, in einer Ecke lehnte ein vergoldeter Hirtenstab neben einigen mit Edelsteinen verzierten Kruzifixen. Zwischen all den religiösen Kostbarkeiten wirkte die Leiche wie die hastig abgelegte Statue irgendeines Märtyrers.

Von der Stiftskirche hatte Max den Toten heimlich über einen Verbindungsgang in die Propstei bringen lassen. Es war immens wichtig, dass der Kaiser sich selbst vom Tod des Attentäters überzeugen konnte. Allerdings sollte niemand sonst davon erfahren. In der abgelegenen Kammer war es bitterkalt, der Kaiser trug einen dicken Pelzmantel und lederne Handschuhe. Mit seinem spitzen Seidenstiefel stupste Leopold die Leiche vorsichtig an, ganz so, als fürchtete er, sie könne wieder zum Leben erwachen.

»Er sieht gar nicht aus wie ein Teufel«, sagte der Kaiser nachdenklich.

»Das macht den Teufel ja so gefährlich«, erwiderte Max Emanuel. »Dass er oft in harmloser Gestalt daherkommt. Denkt an all die schönen jungen Frauen, in die er fährt, sogar in Mönche wie Luther …« Er zog den zerknitterten Brief hervor. »Das hier haben wir bei dem Toten gefunden. Es ist ein Schreiben an den Sultan, in dem der Attentäter von seinen Taten berichtet. Außerdem ist er von einigen Zeugen wiedererkannt worden. Glaubt mir, es ist unser Mann. Es gibt keinen Zweifel!«

Max Emanuels Stimme klang fest und sicher. In seinem Inneren sah es anders aus. Als er von dem Toten auf dem

Kirchendach gehört hatte, war er zunächst unendlich erleichtert gewesen. Das Dreckschwein war seiner gerechten Strafe nicht entgangen. Was für ein göttlicher Witz, dass der Kerl sich nach all seinen Untaten am Ende selbst gerichtet hatte! Max hatte den gefälschten Brief nur verfassen lassen, um den Kaiser noch glaubhafter überzeugen zu können. Doch dann war Peter mit seinem Großvater gekommen …

Während der Kaiser den Brief in Augenschein nahm, dachte Max Emanuel noch einmal an seine Begegnung mit Jakob Kuisl heute Morgen. Dieser Henker war wirklich verdammt schlau! Was er herausgefunden hatte, hatte Hand und Fuß. Ob er ebenso wie Peters Bruder ahnte, was er, Max, damals in Kaufbeuren geplant hatte? Der Kurfürst biss sich auf die Lippen. Diese Familie Kuisl wurde langsam zu gefährlich, er würde sich um sie kümmern müssen, nicht nur um Peters Bruder.

Aber jetzt gingen andere Dinge vor.

Der Kaiser warf einen letzten Blick auf den in Türkisch verfassten Brief, dann gab er ihn Max mit spitzen Fingern zurück. Plötzlich lächelte er breit.

»Mein Kompliment, Ihr habt Wort gehalten! Gott hat Euch geholfen, den Teufel zu besiegen. Und wenn Gott auf Eurer Seite ist, dann bin ich es auch.«

»Und das heißt …?«, hob Max an.

»Wir kämpfen Seit an Seit gegen die Heiden. Und dieses Bündnis sollte durch eine eheliche Verbindung gefestigt werden! Ich werde die nötigen Verträge noch heute unterschreiben. Unsere Beamten werden alles Weitere veranlassen. Max Emanuel! Ich darf doch Max sagen, ja?« Der Kaiser breitete die Arme aus. »Lass dich als meinen zukünftigen Schwiegersohn ans Herz drücken!«

Zwischen Messgewändern, Monstranzen und Kruzifixen umarmten sich die beiden Herrscher. Max roch den muffigen Pelz des kaiserlichen Mantels und auch Leopolds sauren Atem, der so gar nichts Kaiserliches hatte.

»Nichts soll uns mehr trennen«, sagte Leopold, der nun wieder einen Schritt zurücktrat und seinen Mantel glatt strich. »Auch Frankreich nicht.« Er legte den Kopf schräg und musterte Max. »Du wirst doch nicht hinter meinem Rücken ein heimliches Bündnis mit Ludwig schließen, oder?«

Max lächelte. »Wie könnte ich meinem zukünftigen Schwiegervater so etwas antun?«

»Das wäre in der Tat schmerzlich ... Nicht nur für mich«, fügte Leopold mit einer nicht zu überhörenden Schärfe hinzu.

»In der Tat. Für uns alle«, erwiderte Max.

Einen Moment schweigen sie beide, wie Kombattanten nach dem ersten Schusswechsel. Max atmete tief durch. Er hatte erreicht, was er wollte. Der Heirat mit Maria Antonia, der erst zwölfjährigen Tochter des Kaisers, stand nun nichts mehr im Wege. Sie würde seine Stellung im Reich weiter festigen.

Und dann folgt nur noch ein weiterer Schritt, dachte er. *Ein letzter. Aber das hat Zeit.*

Er war jung. Er dachte nicht in Jahren, sondern in Dekaden.

Jetzt musste nur noch dieses gottverfluchte Treffen in Altötting friedlich zu Ende gehen.

»Ich werde wie besprochen morgen Mittag abreisen«, sagte der Kaiser und rieb die ledernen Handschuhe gegeneinander, dass es leise quietschte. »Ich denke, es sollte noch einen letzten großen Gottesdienst geben, um dem Volk unsere Einheit zu demonstrieren, nicht nur die übliche zeremonielle Verabschiedung. Was meinst du? Auch als starkes Zeichen gegenüber den Türken und gegenüber Frankreich.«

»Daran habe ich auch schon gedacht, werter Vetter.« Max nickte. »Lass uns in der großen Stiftskirche die Messe feiern. Mit ausgesuchten Kirchgängern, auch aus dem Volk. So können wir davon ausgehen, dass die Nachricht sich schnell überall verbreitet. Nichts plappert so schnell und laut wie der Mund des Volkes.«

»Ein ausgezeichneter Gedanke, eines großen Herrschers würdig!« Leopold zwinkerte ihm zu. »Und dann habe ich übrigens auch noch ein Geschenk für dich.«

»Ein Geschenk?« Max tat überrascht. Dabei hatten ihm seine Leute schon vor Tagen gesteckt, dass es sich wohl um etwas sehr Wertvolles handelte. Offenbar einen mit Diamanten besetzten Degen, wie ihn die Welt noch nicht gesehen hatte.

Wenn ich dereinst gegen die Türken reite, werde ich diesen Degen an meiner Seite tragen, dachte er.

Und auch dann, wenn mich der Papst irgendwann zum Kaiser krönt.

Max verbeugte sich. »Zu viel der Ehre, Vetter.«

»Ach was! Nur ein kleiner Dank für deine Gastfreundschaft hier in Altötting. Nicht der Rede wert.« Der Kaiser winkte ab. Dann seufzte er tief. »Auch wenn meine Gemahlin sicherlich froh sein wird, wenn wir endlich zurück nach Wien in die Hofburg reisen.«

»Wie geht es ihr denn?«, erkundigte sich Max mit mitfühlendem Ton.

»Sie ist leider immer noch krank von den schrecklichen Ereignissen in der Gnadenkapelle. Wer kann es ihr verdenken?« Leopold runzelte die Stirn. »Vielleicht ist es aber noch etwas anderes. Irgendwie gefällt sie mir nicht in letzter Zeit. Sie spricht kaum noch, weicht mir aus …«

»Das muss bei Weibsbildern nichts bedeuten«, sagte Max. »Wir Männer werden sie wohl nie verstehen.«

Der Kaiser lachte. »Da hast du recht.« Er warf einen letzten Blick auf den Leichnam, der noch immer zwischen ihnen auf dem Brett am kalten Steinboden lag. Dann schüttelte er sich.

»Beten wir, dass dieser Albtraum nun endlich vorbei ist! Der Teufel ist besiegt, und schon bald werden es auch die Türken sein. Keiner kann uns aufhalten!« Er klopfte Max auf die Schulter. »Gemeinsam können es Bayern und Österreich noch weit bringen. Das Haus Wittelsbach und das Haus Habsburg, zwei mächtige Geschlechter, und nun bald vereint!«

Leopold klopfte gegen die Tür, und seine Leibsoldaten, die bislang draußen Wache gehalten hatten, öffneten und salutierten. Helles Licht drang in den dunklen, muffigen Raum, als Max nach draußen trat.

Im Gegensatz zum Kaiser war er nicht davon überzeugt, dass der Teufel wirklich besiegt war.

*

Weiches Nachmittagslicht fiel durch die hohen Kirchenfenster und tauchte das Mittelschiff der Altöttinger Stiftskirche in einen rötlichen Schein. Die Schritte und das Flüstern zahlreicher Wallfahrer hallten von den Wänden, wo die Grabplatten vor langer Zeit verstorbener Ritter, Pröpste und Dekane hingen. Die Orgel setzte ein und spielte ein paar tiefe Tonfolgen, die sich in Peters Magengrube wühlten.

Nachdenklich lehnte Peter an einer der schlanken achteckigen Säulen und betrachtete das hohe Gewölbe. An der Nordseite befand sich das wunderschöne geschnitzte

Hauptportal, das auf den Kapellplatz hinausging. Gegenüber führte ein weiteres Portal in den Kreuzgang und zu den dort befindlichen Kapellen, über eine Empore gelangte man zur Orgel und über weitere Zugänge hinüber in die Propstei und in die Schatzkammer. Peter fluchte leise.

So viele Pforten, Türen, Nischen und Verstecke. Und überall konnte der Attentäter lauern.

Mittlerweile hatte sich herumgesprochen, dass es morgen Mittag einen letzten großen Abschiedsgottesdienst mit Kaiser und Kurfürst in der Stiftskirche geben würde. Just in der Stiftskirche, dem größten und unübersichtlichsten Kirchengebäude Altöttings! Vermutlich würden die ersten Gläubigen schon in aller Herrgottsfrühe anstehen, um einen der begehrten Plätze zu ergattern. Wachen an den Eingängen würden jeden Pilger einzeln in Augenschein nehmen.

Von seinem Platz an der Säule aus zählte Peter die Kirchenbänke. Wie viele Menschen mochten die Messe morgen besuchen? Sicher ein paar Hundert. Und jeder von ihnen konnte der Attentäter sein! Das bucklige Weiblein mit dem Kopftuch, der greinende Alte mit dem Krückstock, vielleicht sogar ein Mönch, ein höherstehender Adliger …

Die letzten zwei Stunden hatte Peter mit dem Großvater am Kaminfeuer im Sträßlwirt gesessen, wo der Henker sich langsam warm trank. Gemeinsam hatten sie noch einmal über die seltsamen arabischen Worte nachgedacht.

Hifz allah almalik alhaqiqiu …

Gott schütze den wahren König.

Peter hatte gehofft, dass ihnen der Spruch weiterhelfen würde. Aber im Grunde tappten sie noch immer völlig im Dunklen. Vermutlich hatte Max recht, und der Unbekannte war wirklich ein von den Türken geschickter Attentäter. Aber was sollte dann der Falke als Zeichen? Warum hinterließ der Kerl überhaupt diesen Hinweis? Warum hatte er auf Peter geschossen?

Nur eines war dank des Großvaters jetzt klar: Der Tote auf dem Dach war nicht der Assassine. Der lauerte noch immer dort draußen, bereit, jederzeit zuzuschlagen. Und Peter glaubte zu wissen, wann und wo.

Hier in der Stiftskirche. Morgen Mittag.

Es gab einfach keinen perfekteren Ort für das Attentat. Danach würden die beiden Herrscher zwar noch der Gnadenkapelle einen Besuch abstatten, aber die war klein und damit viel besser bewacht. Überall auf dem Kapellplatz waren Soldaten postiert.

Nicht so in der Stiftskirche.

Peter glaubte nicht, dass Max so uneinsichtig war und gar keine Vorsichtsmaßnahmen traf. Vermutlich würden Leibgardisten die Menge beobachten und bei Gefahr sofort einschreiten. Doch ihr gesuchter Mann war ein Meister des Tötens, das hatte er nun oft genug bewiesen. Er würde eine Lücke in der Bewachung suchen, und er würde sie finden, da war sich Peter sicher. Er war froh, dass er zumindest seine kleine Schwester in Sicherheit wusste. Sophia würde ihm vermutlich die Augen auskratzen, wenn er heute Abend zurück in ihr Quartier in Neuötting kam. Aber so konnte ihr wenigstens nichts geschehen.

Die Orgel setzte aus, und die nachfolgende Stille schreckte Peter aus seinen Gedanken auf. Gleichzeitig tippte ihm jemand von hinten auf die Schulter.

Erschrocken fuhr er herum und starrte in das grinsende Gesicht Lucias. In der ganzen Aufregung hatte er die rothaarige Wallfahrtshändlerin ganz vergessen.

»Der Herr Studiosus«, sagte sie. »Hier steckst du also!

Betest du, oder nimmt dich die Orgelmusik so gefangen, dass du zur Säule erstarrt bist?«

»Du hast mich ganz schön erschreckt«, erwiderte Peter. Tatsächlich war er erstaunt, wie lautlos sich Lucia ihm genähert hatte. Aber vermutlich hatte die Orgel sämtliche Geräusche übertönt. Die Wallfahrtshändlerin stemmte die Hände in die Hüften.

»Ich finde, du bist mir noch eine Erklärung schuldig. Was war da gestern in der Hoftaverne los? Dieser große alte Mann, der sich auf den Muselmanen gestürzt hat, war das …«

»Ja, das war mein Großvater.« Peter hob ungeduldig die Hände. »Hör zu, das ist eine Familiengeschichte …«

»Familiengeschichte?« Lucia lachte spöttisch. »Mach mir doch nichts vor! Vor ein paar Tagen hast du mir noch erzählt, in Altötting wäre ein Spion unterwegs. Faselst irgendwas von einem alten Freund in der Dekanei, stöberst in Bibliotheken herum. Und jetzt fällt dein Großvater über diesen Mann her. Was soll das alles?«

»Es war der Mann, den du mir selbst beschrieben hast, erinnerst du dich?«, entgegnete Peter. »Er ist übrigens ein harmloser Weihrauchhändler, wie du vermutlich schon mitbekommen hast.«

»Aha, bin ich jetzt etwa dafür verantwortlich, dass dein Großvater wildfremde Menschen zusammenschlägt? Ich hab dir einen Mann mit pechschwarzen Haaren und Mondaugen beschrieben, das ist alles! Kann ich doch nicht ahnen, dass ihr hier Räuber und Soldat spielt.« Sie tippte ihm mit dem Finger auf die Brust. »Noch mal! Ich will jetzt endlich wissen, was hier gespielt wird. Und jetzt sag mir nur nicht, das hätte alles mit deinem missratenen Bruder zu tun.«

»Doch, das hat es. Also … zumindest ein bisschen.«

Peter seufzte. Er verstrickte sich immer tiefer in irgendwelche Ausreden.

Spontan beschloss er, Lucia zumindest zum Teil die Wahrheit zu erzählen. Andernfalls riskierte er, dass sie ihm hier eine Szene machte, und das konnte er gerade am allerwenigsten brauchen. Wer sagte ihm, dass der Attentäter nicht eben genau wie er die Kirche inspizierte und sie beide belauschte? Peters Blick ging hinüber zu den beiden Beichtstühlen neben dem Altar, die offenbar gerade leer standen.

»Kennst du das Beichtgeheimnis?«, sagte er leise.

Lucia runzelte die Stirn. »Was soll das schon wieder? Bist du jetzt ein Pfaffe, oder was?«

Ohne weiteres Wort nahm er sie an der Hand und führte sie zu einem der Beichtstühle. Peter sah sich noch einmal um, dann bugsierte er Lucia hinein und setzte sich ihr gegenüber. Er schloss die kleine Tür, sofort war es ruhiger. Durch das vergitterte Fenster sah er Lucias rote Haare leuchten.

»Was ich dir jetzt erzähle, muss unter uns bleiben, verstanden?«, begann er leise. »Versprichst du mir das?«

Sie seufzte. »Bei meinem Vater und den fünf heiligen Andechser Hostien, von mir aus! Bevor du mich noch in irgendeine finstere Grabkammer entführst.«

»Du weißt, was ein Agent ist, ja?«, fuhr er fort.

»Willst du damit sagen, du bist ein Agent?« Sie schnaubte. »Für wie blöd hältst du mich?«

»Gehen wir mal davon aus, dass ich tatsächlich ein solcher Agent bin, ein Agent des Kurfürsten. Und in Erfahrung gebracht habe, dass auf den Kurfürsten und vielleicht auch auf den Kaiser hier in Altötting ein Attentat geplant ist. Dass es schon mehrere solcher Attentatsversuche gegeben hat.«

»Moment mal!« Sie pfiff durch die Zähne. »Letzte Nacht auf dem Dach der Stiftskirche ... Man munkelt, dass sich der Dekan erhängt hat, andere haben einen Schatten dort oben gesehen, wie ein Gespenst ...«

»Der Dekan wurde erhängt, und es gab noch andere Morde. Vermutlich will der Attentäter das Treffen zwischen dem Kurfürsten und dem Kaiser stören, damit es zu keiner Einigung kommt.«

Nun hatte er Lucias ganze Aufmerksamkeit. Sie beugte sich so weit vor, dass er ihr weiches, warmes Haar durch das Gitter riechen konnte. Sie nickte aufgeregt.

»Die Heilige Allianz! Deshalb also deine Suche nach einem Muselmanen. Weil vermutlich die Türken dahinterstecken.«

»Mein Großvater hat mir bei der Suche geholfen. Er ist ziemlich klug, musst du wissen. Ein echter Spürhund ...«

»Und was hat das jetzt mit deinem Bruder zu tun?«, unterbrach sie ihn.

Noch immer war es ganz still im Beichtstuhl. Wie von fern drangen die Geräusche der Kirche durch die Tür. Peter räusperte sich. »Wenn ich den Attentäter finde, dann schuldet mir der Kurfürst einen Gefallen ...«

»Und begnadigt Paul, ich verstehe.« Lucia stand im Beichtstuhl auf. »Nun, worauf warten wir noch?«

»Was meinst du?«, fragte Peter verdutzt.

»Na ja, ich werde euch helfen, diesen Kerl zu finden. So wie es aussieht, könnt ihr jede Hilfe gebrauchen.«

»Aber das ist sehr gefährlich!«, widersprach Peter. »Dieser Bursche ist ein eiskalter Mörder und ...«

»Hör mal, ich sehe vielleicht aus wie ein süßes, einfältiges Mädchen, aber ich habe vermutlich mehr gesehen als du und dein Großvater zusammen. Außerdem bin ich das Paul schuldig, weil ...« Sie zögerte. »Es war wirklich ...

sehr schön mit ihm. Und es tut mir leid, was geschehen ist. Wenn ich ihm also irgendwie helfen kann, dann tue ich das.«

Sie trat aus dem Beichtstuhl, und Peter folgte ihr hastig. Draußen sahen sich ein paar Gläubige nach dem seltsamen Paar um, das eben gemeinsam aus der Beichte kam.

»Was hast du jetzt vor?«, zischte er ihr zu.

»Nun, ich denke, ich sorge dafür, dass wir morgen früh hier in der Kirche einen guten Platz bekommen, von dem aus wir alles genau beobachten können.« Sie tätschelte seinen Arm. »Keine Ahnung, warum der Kurfürst gerade dich zum Agenten gemacht hat. Lass mich nur machen, mein kleiner Studiosus. Wir Wallfahrtshändlerinnen sind mit allen Weihwassern gewaschen.«

Kapitel 26

Donnerstag, 13. März, abends
auf der Burghausener Burg

Mit Aventinus' Hauskalender saß Simon am Tisch ihres Burgquartiers und blickte in die verheulten Augen seiner Frau. Magdalena hatte sich einen Sud aus getrockneten Melissenblüten aufgebrüht, die sie unter den Arzneien des verstorbenen Stadtphysikus gefunden hatte. Doch der Trunk schien sie nicht im Geringsten zu beruhigen.

»Sie haben Paul halb totgeschlagen!« Ihre Stimme zitterte. »Und ich konnte nichts dagegen tun. Nichts! Verflucht, ich hätte diesen pickligen Jungspund von Wachmann am liebsten eigenhändig erwürgt!« Es war heute nicht das erste Mal, dass Magdalena ihre Wut und ihre Trauer laut hinausschrie. Seit sie aus dem Gefängnis zurückgekommen war, hatte Simon sie immer wieder trösten müssen, bislang vergeblich. Überhaupt schien sie von Tag zu Tag, von Stunde zu Stunde, mehr von ihren Sorgen gebeugt.

»Magdalena«, sagte er mit besänftigender Stimme. »Wir holen Paul da raus, irgendwie. Ich verspreche dir …«

»Herrgott, dann tu doch endlich etwas und verkriech dich nicht immer hinter deinen Büchern!«

Seufzend schob Simon den Hauskalender zur Seite. Es war mittlerweile Abend geworden, eine Kerze flackerte auf dem Fensterbrett. Vorhin war er noch einmal beim Vizedom gewesen, hatte die Wunde untersucht und den Verband gewechselt. Graf von Orth war bereits beim zweiten Krug Wein gewesen. Glücklicherweise hatte er Simons neugierige Fragen zu den drei Musketieren schon wieder vergessen. Jedenfalls sprach er nicht davon und ließ Simon seine Arbeit machen.

Von Magdalena hatte Simon erfahren, was die Wachen mit Paul angestellt hatten und dass ein Mitgefangener wohl bereits Verdacht schöpfte. Sie mussten sich beeilen! Aber was konnten sie groß tun? Magdalenas Erkundungstour hatte ihnen gezeigt, dass Pauls Gefängnis gut bewacht war. Selbst wenn er seine Ketten mit Magdalenas Haarnadel öffnen konnte, gab es immer noch die Wachsoldaten und außerdem etliche Türen, die zu überwinden waren. Eben noch hatte Simon in Aventinus' Notizen geblättert, in der Hoffnung, auf irgendetwas zu stoßen, das ihnen weiterhalf – bislang vergeblich.

Ein Mittel hatte Simon noch in der Hinterhand, ein sehr tödliches Mittel. Bereits gestern hatte er in seinen Taschen etwas gefunden, das er schon fast vergessen hatte. Es waren jene Rizinusbohnen, die er damals im Weihwasserbecken der Propstei entdeckt hatte und mit denen vermutlich der kaiserliche Leibarzt vergiftet worden war. Damals hatte Simon die Bohnen eingesteckt, um sie als Beweismittel zu sichern. Aber sie konnten ihm auch anderweitig nützlich sein. Sicher ließ sich damit ein Gift herstellen, mit dem die Wachen ausgeschaltet werden konnten. Magdalena bräuchte nur noch einmal hinüberzugehen, diesmal mit einem Krug Wein für die armen geplagten Soldaten, darin die zerriebenen Rizinussamen … Aber Simon wusste, dass sie das niemals tun würden. Oder etwa doch?

Was ist uns unser Sohn wert? Würden wir für ihn auch morden? Er schob den schrecklichen Gedanken zur Seite.

»Ich denke immer noch, dass wir diesen Froschfressern auf den Zahn fühlen sollten«, sagte er stattdessen. »Wenn sie diesen Degen wirklich haben …«

»Nun hör doch endlich auf mit diesem verfluchten Degen!«, fuhr ihn Magdalena an. »Es geht hier um Paul!«

»Magdalena, ich habe dir schon mal gesagt, dass dieser Degen vielleicht unser Faustpfand ist, um Paul rauszuholen.« Simon nickte ernst. »Ich denke, diese Musketiere waren in Altötting, zumindest sind sie mir von ein paar Soldaten ziemlich genau beschrieben worden. Und etwa zum gleichen Zeitpunkt wurde dort der Degen gestohlen! Das mag vielleicht ein Zufall sein, aber die Kerle sind mit Sicherheit nicht nur irgendwelche braven Baumeister von irgendeinem Seigneur Weißnichtwer. Die führen etwas im Schilde, da bin ich mir sicher!«

»Und was willst du machen?« Magdalena funkelte ihn an. »Sie höflichst auf Französisch fragen, ob sie diesen Degen haben, mit der Bitte, ihn uns auszuhändigen?«

»Wir könnten zumindest mal in ihrem Quartier nachsehen.« Simon hob die Hand, als Magdalena erneut etwas einwenden wollte. »Als ich beim Vizedom war, brannte in ihrem Turm kein Licht. Die sind ausgeflogen, vielleicht schnüffeln sie irgendwo auf der Burg herum. Wenn du Schmiere stehst, könnte ich bei ihnen einbrechen und nach dem Degen Ausschau halten.«

»Du willst einbrechen?« Magdalena schnaubte. »Ein Doktor auf Diebestour! Wie stellst du dir das vor?«

»Es gibt am Turm einen Durchlass, an der Seeseite. Dort ist auch ein Rankgitter angebracht, daran könnte ich hochklettern. Die Fenster sind nicht vergittert, ich hab vorhin noch nachgesehen.«

»Ziemlich wagemutig, wenn du mich fragst. Und auch irgendwie hirnrissig. Du hast keinen einzigen Hinweis, dass diese Musketiere wirklich den Degen haben!«

»Ach ja?« Er runzelte die Stirn. »Meinetwegen. Aber zumindest ist mein Plan aussichtsreicher, als sich an einem Dutzend Wachen vorbei und durch ein halbes Dutzend Türen zu schleichen, um Paul rauszuholen. Lass es uns wenigstens versuchen! Was haben wir schon zu verlieren?«

»Also gut.« Sie nickte. »Alles ist besser, als nur herumzusitzen und grausligen Melissensud zu trinken. Mir ist schon ganz schlecht von dem Zeug.« Angewidert schob Magdalena den Becher zur Seite. »Dann los! Bevor die Kerle zurückkommen, während du gerade in ihren Kleidertruhen wühlst.«

Draußen war es bereits dunkel, nur in ein paar Verwaltungsgebäuden brannte noch Licht. Simon und Magdalena huschten durch das Tor, das den ersten Vorhof mit dem hinteren Teil der Burganlage verband. Kurz darauf standen sie vor dem Büchsenmeisterturm, der den Franzosen als Quartier diente. Simon atmete erleichtert auf. Noch immer war keines der Turmfenster erleuchtet. Eine überdachte Außentreppe führte ins Innere; an der vom Hof abgewandten Seite befand sich jenes Spalier, das ihm bereits aufgefallen war. Ein Birnbaum rankte dort an der Mauer empor.

»Wenn du dich unter der Treppe im Schatten versteckst, kann dich keiner sehen, aber du selbst überblickst den ganzen Hof«, flüsterte Simon. »Wenn etwas ist, pfeifst du drei Mal. Dann habe ich noch gut Zeit, um wieder hinunterzuklettern und mich zu verstecken. Ich gehe nur kurz rein und schaue nach, dann komme ich sofort zurück. Versprochen!«

Magdalena nickte schweigend, in ihren Augen glitzerte

es feucht. Als Simon sich schon abwenden wollte, drückte sie noch einmal fest seine Hand. »Simon, es ... es tut mir leid, dass ich dir vorgeworfen habe, du würdest Paul nicht lieben. Es war nie leicht mit ihm, aber ...«

»Er ist unser Kind, Magdalena«, unterbrach er sie sanft. »Ebenso wie Peter und Sophia. Jedes unserer Kinder ist kostbar, auf seine Weise. Wir müssen jegliche Chance ergreifen, die sich uns bietet! Denk dran, drei Mal kurz pfeifen. Das ist unser Signal!« Er drehte sich um und huschte durch den Durchgang zum Spalier.

Dort angekommen legte Simon prüfend die Hände an die Holzsprossen. Das Gitter machte einen stabilen Eindruck, jedenfalls erschien es ihm sicherer als die dünnen Äste des Birnbaums. Simon packte zwei der Sprossen und zog sich langsam hoch. Sprosse für Sprosse erklomm er auf diese Weise die Turmwand. Das Fenster befand sich in etwa vier Schritt Höhe. Das Gitter knarrte und ächzte, doch es hielt. Schließlich hatte Simon die Fensteröffnung erreicht.

Schon bei seinem vorherigen Erkundungsgang hatte er bemerkt, dass das Fenster leicht offen stand. Er drückte dagegen, mit einem leisen Quietschen schwang es auf. Simon horchte, doch nichts geschah. Nachdem er einen letzten Blick hinunter in die Tiefe geworfen hatte, zog er sich am Fensterbrett hoch und stemmte sich ins Innere.

Der Raum dahinter war dunkel, es roch nach kaltem Pfeifenrauch und verschüttetem Wein. Simon überlegte kurz, dann ließ er den Fensterladen offen, damit das Mondlicht ins Zimmer fiel. Er blinzelte und tastete sich langsam voran. Nach einer Weile hatten sich seine Augen an die Dunkelheit gewöhnt. An den Wänden lagen auf Strohhaufen ausgebreitet alte Decken, dazwischen ein Weinkrug und ein paar Zinnteller mit Essensresten. Das

Ganze wirkte äußerst unaufgeräumt, so als wäre den Bewohnern ihre Wohnstatt nicht sonderlich wichtig. Eine Wendeltreppe führte nach unten ins Erdgeschoss, außerdem gab es noch zwei weitere Türen. Verdammt, das waren mehr Räume, als er erwartet hatte!

Simon entschied sich für die linke Tür, hinter der sich eine steile Treppe verbarg. Sie knarrte, als er nach oben stieg. Nach einem guten Dutzend Stufen erreichte er schließlich das oberste Turmzimmer. Durch das winzige Fenster fiel gerade so viel Licht, dass Simon einige Umrisse ausmachen konnte.

In der Mitte des kargen Raums stand ein Tisch, auf dem offenbar einige Pergamentrollen ausgebreitet waren. Es war jener Raum, den Simon durch das Teleskop des Burgkaplans bereits gesehen hatte. Gegenüber an der Wand befand sich etwas Großes, Sperriges. Als Simon darauf zutappte, erkannte er, dass es sich um eine Truhe handelte. Er kniete davor und hob prüfend den Deckel. Erfreut stellte er fest, dass sich die Truhe öffnen ließ.

Simon griff hinein und fühlte Kleider, einen ledernen Waffengurt, eine geölte Pistole ... Dann glitten seine Finger über etwas Langes, Kaltes, das in einer Spitze endete.

Er zuckte zusammen.

Es war die Spitze eines Degens.

Simons Herz schlug schneller. Hatte er wirklich gefunden, was er suchte?

Heilige Schwarze Madonna! Gott ist mit den Tüchtigen ...

Unwillkürlich musste Simon lächeln. Der Degen war der Kaiserin aus einer Truhe gestohlen worden. Was für eine Ironie, dass er nun wieder aus einer Truhe entwendet wurde! Doch um sicherzugehen, brauchte er mehr Licht.

Er beschloss, den Degen mit in den ersten Stock zu

nehmen, wo er ihn begutachten konnte. Wieder knarrten die Stufen, als er nach unten ging. Simon öffnete die angelehnte Tür …

Und erstarrte.

Blinzelnd blickte er in das Licht einer hellen Laterne, welches einen Schlapphut und darunter ein Gesicht mit einem Spitzbart beschien.

Es war der Kleinste der drei Musketiere, neben ihm stand Magdalena.

In einer Hand hielt der Franzose eine Faustbüchse, die er ihr lässig gegen die Schläfe drückte. Mit der anderen Hand hielt er ihr den Mund zu. Ein zweiter Musketier, der Hagere, Lange, befand sich dicht hinter ihm. Auch er hatte eine geladene Faustbüchse.

»*Voilà!*«, sagte der kleine Mann und lächelte. »*Tiens, nous avons un voleur.* Ein Dieb.« Er musterte Simon mit einer Mischung aus Neugier und Amüsement. Dann fuhr er auf Deutsch fort: »Und der Dieb stiehlt ausgerechnet meine Waffe. *Mon dieu!* Haben die Deutschen denn keine eigenen Degen mehr?«

Simon betrachtete die Waffe in seiner Hand.

Es war ein schlichter Korbdegen, ohne Diamanten und Verzierungen. Eine gute Waffe, aber sicher nicht das Geschenk für einen Fürsten.

Als Simon wieder aufsah, waren die zwei Faustbüchsen auf ihn gerichtet.

»*Alors*, wisst Ihr, was man in Frankreich mit Dieben macht, die man auf frischer Tat ertappt?«, sagte der Kleine der Musketiere. »Man erschießt sie und wirft ihre Leichen auf den Mist. *Un, deux, trois …*«

Die beiden Männer legten kalt lächelnd auf Simon an.

*

Etwa zehn Meilen entfernt bewegte sich ein Schatten durch den Kreuzgang der Altöttinger Stiftskirche. Um diese späte Uhrzeit waren die Gänge gespenstisch leer, von den Grabplatten blickten strenge Steingesichter und Totenschädel mit leeren Augen dem Eindringling hinterher. In seinen weichen Lederschuhen verursachte er nicht das geringste Geräusch; es war, als schwebte eine dunkle Wolke über den Steinboden.

Schritte ertönten, und der Schatten drückte sich an eine Säule. In seinem schwarzen Gewand wurde er eins mit dem Hintergrund. Ein einzelner älterer Geistlicher zog seine Runden, vielleicht der Mesner oder einer der Kaplane. Einmal mehr wunderte sich der Schatten, wie schlecht die Stiftskirche bewacht war. Es war ein Leichtes gewesen, in den Kreuzgang zu gelangen. Wegen der morgendlichen Abschlussmesse mit den beiden hohen Herrschern war das Nordportal, das zum Kapellplatz zeigte, verschlossen und gut bewacht. Aber offenbar hatte keiner daran gedacht, dass man auch von der Rückseite in die Kirche einsteigen konnte. Alles, was man dazu brauchte, war ein Dietrich und ein wenig Geschick beim Klettern.

Der alte Pater ging vorüber, so nah, dass der Schatten seine Hand nach ihm hätte ausstrecken können. Tatsächlich konnte er sogar den muffigen Geruch der Kutte wahrnehmen. Beim geringsten Verdachtsmoment hätte er dem Alten die Kehle durchgeschnitten, das Blut wäre fast spurlos in der weiten Kutte versickert. Es gab viele Nischen hier im Kreuzgang und in den angrenzenden Kapellen, wo man eine Leiche für einige Zeit verstecken konnte. Doch der Pater schlurfte weiter, nicht ahnend, dass der Tod nur ein paar Handbreit von ihm entfernt lauerte.

Als die Schritte verklungen waren, setzte der Schatten seinen Weg fort. Er passierte die Tilly-Kapelle, in deren

Gruft der große deutsche Feldherr seine letzte Ruhestätte gefunden hatte, es folgten einige weitere Kapellen, die alle im Dunklen lagen. Der Schatten brauchte keine Laterne und keine Fackel, seine Augen waren scharf wie die einer Katze in der Nacht. Außerdem war er den Weg in den letzten Tagen mehrmals gegangen, um ihn sich genau einzuprägen. Er hätte sein Ziel auch mit geschlossenen Augen gefunden. Allerdings schmerzte die Wunde noch von dem Kampf, den er gestern hinter sich bringen musste. Die Kerle waren in der Überzahl gewesen, geübte Kämpfer, trotzdem hatte er einem von ihnen gut zugesetzt. Sie würden ihn nicht aufhalten, nicht so kurz vor dem Abschluss. So viele Jahre hatte er darauf gewartet!

Die Ledermappe fiel ihm wieder ein. Ihr Verlust tat ihm mehr weh als jede Wunde. Er konnte sich nur damit trösten, dass er sie nicht mehr brauchte. Was sich darin befand, waren schöne Erinnerungen, mehr nicht. Alles andere hatte er sich genau eingeprägt. Jeden Gang, jede Kammer …

Zu seiner Rechten tauchte nun das Südportal mit seinen wertvollen Schnitzereien auf. Prüfend drückte der Schatten die Klinke. Wie zu erwarten, war das Portal um diese späte Uhrzeit verschlossen. Aber das Schloss war groß und simpel, mit seinem Dietrich brauchte er keine Minute, um es zu öffnen.

Mit leisem Quietschen ging die Tür auf. Der Schatten schlüpfte hindurch und betrat die Stiftskirche. Kurz blieb er stehen und atmete tief durch.

Am Ziel …

Schon in wenigen Stunden würden die beiden Herrscher hier eintreffen, zusammen mit Dutzenden von Wachleuten, stumm betenden Geistlichen und lärmenden Wallfahrern. Die Kirche würde aus allen Nähten platzen, die Luft erfüllt von stinkendem Weihrauch und den Gesängen der Gläubigen. Doch jetzt war es hier leer und still. So als würde die Kirche auf etwas warten.

Der Schatten lächelte.

Die Leute sollten ihr Spektakel bekommen.

Er griff unter sein eng anliegendes Wams, sortierte Waffen und Werkzeug, dann machte er sich geräuschlos an die Arbeit.

*

»Nicht schießen!«, rief Simon und hob die Hände. Im letzten Moment fiel ihm ein, dass er ja den Degen in der einen Hand hielt. Er ließ los, woraufhin die Waffe scheppernd zu Boden fiel. »Das ist ein Missverständnis, ein ... ein *malentendu*«, kramte er seine wenigen Französischkenntnisse hervor.

»Ein *malentendu*, ah, *oui*?« Der Kleinere der beiden Musketiere bedrohte mit seiner Faustbüchse jetzt wieder Magdalena, während der Hagere noch immer auf Simon zielte. »Ich wüsste nicht, was es nicht zu verstehen gibt. Ihr seid hier eingedrungen, ich ertappe Euch auf frischer Tat mit einer Waffe, übrigens auch noch mit meiner eigenen ...«

»Ich habe etwas, äh ... anderes gesucht!«, fuhr Simon dazwischen. »Etwas, von dem ich dachte, dass ... dass Ihr es besitzt. Aber ich habe mich wohl getäuscht ...«

Nach wie vor war er sich sicher, dass die Kerle etwas im Schilde führten. Doch momentan ging es nur darum, dafür zu sorgen, dass sie nicht sofort abdrückten. Simon verfluchte sich. Wie hatte er nur so blöd sein können, zu glauben, er könnte hier unbemerkt einbrechen! Diese Männer waren mit allen Wassern gewaschen, sie waren erfahrene Söldner. Vermutlich hatten sie den offen stehenden Fensterladen bemerkt und dann Magdalena überrumpelt. Simon starrte in den Lauf der Pistole, darauf gefasst, dass sie jeden Moment Feuer schlug und ihm das Lebenslicht ausblies.

»Getäuscht?« Ganz plötzlich wirkte der kleine Musketier ein klein wenig verunsichert. »Was sollen wir denn besitzen?«, fragte er, ohne die Waffe an Magdalenas Schläfe sinken zu lassen. »Und wer seid Ihr überhaupt? Ich habe Euch auf der Burg schon ein paar Mal gesehen. Ihr seid *le docteur*, nicht wahr? Der, der den Vizedom aufgeschnitten hat.«

Simon nickte erleichtert, das war schon mal ein guter Anfang. »Ja, der bin ich. Doktor Simon Fronwieser, um genau zu sein.« Er war erstaunt, wie gut der Franzose Deutsch sprach, viel besser, als er erwartet hatte. »Was haltet Ihr davon, wenn Ihr Eure Waffen senkt und wir wie zivilisierte Menschen miteinander reden?«, schlug er vor.

Der kleine Musketier wandte sich an seinen Kameraden, woraufhin sich ein Gespräch in Französisch entspann. Simon schluckte. Vermutlich beratschlagten die beiden gerade, ob sie ihn und Magdalena gleich erschießen oder noch ein wenig damit warten sollten. Der Konversation konnte Simon zumindest entnehmen, dass der kleine Mann, der bislang gesprochen hatte, Arthur hieß. Der andere hörte auf den Namen Gabriel.

Schließlich senkte Arthur die Pistole und gab Magdalena einen Schubs, sodass sie keuchend auf die löchrigen Wolldecken fiel.

»Hinsetzen, *tout de suite*!«, befahl er. Gabriels Faustbüchse blieb auf Simons Kopf gerichtet.

Simon tat, wie ihm geheißen. Er wechselte einen Blick mit Magdalena, die ihn gleichsam ängstlich wie zornig ansah. Vermutlich gab sie ihm die Schuld für dieses Debakel – und das zu Recht.

»Also, was macht Ihr hier, wenn Ihr keine Diebe seid?«, fragte Arthur ungeduldig. »Und bedenkt Eure Antwort gut!«

Kurz überlegte Simon, ob er dem Mann eine Lüge auftischen sollte. Dann entschied er sich für die Wahrheit, zumindest in Teilen.

»Ihr wart in Altötting, richtig?«, riet er aufs Geratewohl.

Arthur zog sichtlich überrascht die Augenbraue hoch. »Und wenn schon?«, knurrte er. »Was geht's Euch an?«

»Man hat Euch dort gesehen, im Kampf mit anderen Soldaten. Dummerweise ist genau zum gleichen Zeitpunkt ein sehr wertvoller Degen aus der Propstei verschwunden. Er gehörte dem deutschen Kaiser und war als Geschenk für den bayerischen Kurfürsten gedacht.« Simon reckte entschlossen das Kinn vor und versuchte, möglichst offiziell zu wirken. »Man hat mich beauftragt, diesen Degen zu suchen.«

»Ach ja?« Arthur lächelte kalt. »Und Ihr glaubt also, wir hätten diesen Degen gestohlen?«

»Es gab … einen gewissen Verdacht«, erwiderte Simon. »Als ich Euch dann hier auf der Burg sah, beschloss ich, diesem Verdacht nachzugehen.«

»Und nun? Glaubt Ihr immer noch, wir würden diesen Degen besitzen?« Arthur sah ihn lauernd an.

Simon zuckte die Achseln. Er deutete auf die Waffe am Boden. »Dieser ist es jedenfalls nicht.«

Der hagere Gabriel brummte etwas, Arthur lachte kurz auf. Beide Männer blickten hinüber zu Magdalena, und ihre Blicke verhießen nichts Gutes.

»Wer mich anrührt, dem beiße ich die Kehle durch!«, zischte Magdalena. »Und Euer Gemächt werfe ich den Hunden zum Fraß vor!«

Arthur schmunzelte. »Ah, *voilà*! Ein echter Wildfang,

das mögen wir Franzosen!« Er winkte ab. »Keine Sorge, *Madame*, wir bevorzugen jüngeres Blut. Wenn Ihr auch noch recht manierlich ausseht für Euer Alter …« Er wiegte den Kopf, offenbar überlegte er. »Ihr wart oben im Turmzimmer … Habt Ihr die Papiere auf dem Tisch gesehen?« Abschätzend musterte er Simon.

»Ich, äh … es war viel zu dunkel«, sagte Simon. Er spürte, dass von seiner Antwort viel abhing. »Ich konnte ja nicht mal den Degen erkennen, geschweige denn die Papiere.«

»Hm, ich weiß nicht, ob ich Euch trauen kann. Offenbar sprecht Ihr ein wenig Französisch, also könnt Ihr unsere Sprache auch lesen. Dort oben liegen wichtige, sehr geheime Dokumente.« Wieder überlegte Arthur. Er runzelte die Stirn. »Außerdem verstehe ich nicht, warum ausgerechnet ein *docteur* einen Degen des Kaisers sucht. Wer sagt mir, dass Ihr nicht in Wirklichkeit ein Agent seid, hä?« Noch immer zielte er mit der Waffe auf Simons Gesicht.

»Bei meiner Ehre, ich bin kein Agent, ich bin kurfürstlicher Hofmedicus!«, sagte Simon hastig. »Und ich habe, wie Ihr wohl wisst, den Vizedom operiert. Glaubt Ihr wirklich, Ihr könnt uns hier so einfach erschießen und damit durchkommen?«

Arthur zuckte die Achseln. »Leute verschwinden, *c'est la vie.*« Plötzlich änderte sich seine Miene, er schien nachzudenken. »Ihr seid Hofmedicus? *Vraiment?*«

Simon nickte. »Das sagte ich doch bereits. Wir kommen aus Altötting, wo …«

»Schweigt!« Arthur winkte ab. »Soweit ich weiß, lebt der Vizedom noch. Ihr scheint also kein so schlechter *docteur* zu sein. Oder aber eben ein besonders gerissener Agent. Ich will Euch auf die Probe stellen. Folgt mir!«

Mit der Pistole wies er Simon und Magdalena an, aufzustehen. Zusammen mit Gabriel dirigierte er die beiden zu der rechten Tür des Raumes. Simon trat ein, und ein muffiger, leicht süßlicher Geruch schlug ihm entgegen, den er nur zu gut aus seiner Münchner Arztpraxis kannte. In der kleinen Kammer stand ein einzelnes Bett, darin lag der Größte der drei Musketiere. Der Mann hatte die Augen geschlossen und atmete schwer, sein Gesicht war unnatürlich blass, kleine Schweißtropfen perlten auf seiner Stirn. Die Decke war zurückgeschlagen, sodass Simon am linken Arm einen dreckigen Verband entdecken konnte.

»In Altötting hat Maxime eine Kugel abbekommen«, erklärte Arthur. »Eigentlich nur ein … *comment dit-on*? … Streifschuss. Aber die Wunde hat sich entzündet. Seit gestern hat er Fieber, er ist nicht mehr aufgestanden, es geht ihm von Stunde zu Stunde schlechter.« Mit dem Pistolenlauf schob Arthur Simon Richtung Bett. »*Alors*! Zeigt, dass Ihr ein echter *docteur* seid!«

Simon wechselte einen Blick mit Magdalena. »Wenn Ihr erlaubt, unterstützt mich meine Frau bei der Untersuchung«, sagte er an die beiden Musketiere gewandt. »Sie versteht einiges von Wunden.«

»Meinetwegen.« Arthur zuckte mit den Schultern. In seinen Augen blitzte jedoch echte Sorge. »Hauptsache, Ihr könnt Maxime helfen. Wir … wir kennen uns schon sehr lange.«

Vorsichtig beugte sich Simon über den Verletzten und entfernte den blutverkrusteten Verband. Sein Vater war noch ein einfacher Feldscher gewesen, als Kind war Simon mit ihm von Schlachtfeld zu Schlachtfeld gezogen. Er hatte damals viele solcher Wunden gesehen. Die Stelle hatte sich bereits entzündet, zwischen dem Eiter befanden sich schwarze Punkte wie kleine Krümel. Magdalena nickte wissend.

»Schwarzpulver und Splitter«, sagte sie leise. »Kein Wunder, dass er fiebert.« Sie sah Simon ernst an. Die Überlebenschancen für Maxime standen trotz seiner Größe und Stärke nicht gut. Wenn eine Wunde derart verschmutzt war, breitete sich schnell Wundbrand aus. Manche Chirurgen empfahlen, eine Mischung aus Eigelb und Honig darüberzustreichen, doch Simon glaubte nicht so recht daran. Er hatte schon zu viele Soldaten nach einer solchen Behandlung jämmerlich zugrunde gehen sehen.

»Ich fürchte, wenn Euer Freund das hier überleben soll, muss ich ihm den Arm abnehmen«, wandte Simon sich an ihre beiden Bewacher.

»Niemals!«, zischte Arthur. »Maxime ist Linkshänder, das ist seine Waffenhand. Lieber würde er sterben, als seinen Arm zu verlieren!«

»Tja, leider können wir ihn gerade nicht fragen, ob er das genauso sieht«, sagte Simon mit Blick auf den schwer fiebernden Kranken. »Ich denke aber …«

»Ich sage, der Arm bleibt dran!« Arthur drückte Simon so heftig den Pistolenlauf gegen den Hinterkopf, dass er auf die Knie fiel. »Wenn Maxime stirbt, sterbt Ihr beide auch. So einfach ist das!«

»In Ordnung, ich … ich habe verstanden«, erwiderte Simon hastig und hob die Hände. »Bringt uns frisches Wasser und Branntwein. Wir werden versuchen, die Splitter zu entfernen. Aber ich garantiere für nichts.«

»Wie gesagt, wenn Maxime stirbt …«

»Herrgott, wollt Ihr Eurem Freund jetzt helfen oder nicht?«, fuhr Magdalena Arthur an. »Dann bringt um Himmels willen, was mein Mann verlangt! Außerdem Zange, Pinzette, Stilett und frische Tücher. Ihr findet alles drüben im Turm des Burgphysikus. Und macht schnell, verdammt!«

Arthur lächelte. »Eine Frau, die weiß, was sie will. Das mag ich.« Er wandte sich an den hageren Gabriel und wechselte mit ihm einige französische Worte. Daraufhin verschwand der Lange durch die Tür, nicht ohne noch einen letzten besorgten Blick auf seinen fiebernden Freund zu werfen. Arthur richtete erneut die Pistole auf Simon.

»Wir holen, was Ihr verlangt. Aber keine Spielchen, *oui*? Sonst begleitet Ihr Maxime in die Hölle.«

Kapitel 27

Freitag, 14. März, frühmorgens
vor der Altöttinger Stiftspfarrkirche

Am Morgen darauf schien die Sonne in Altötting so strahlend vom Himmel, als hätte die Jungfrau Maria höchstpersönlich bei Petrus gutes Wetter bestellt.

In den letzten Tagen war es morgens noch frostig kalt gewesen, doch heute kehrte zum ersten Mal der Frühling zurück. Er zauberte den Menschen ein Lächeln ins Gesicht. Trotz der frühen Uhrzeit tummelten sich bereits viele Wallfahrer auf dem Kapellplatz. Die kaiserlichen Soldaten, die rund um den Stumpf der alten Linde ihr Lager aufgeschlagen hatten, waren vollauf damit beschäftigt, die Menge zu bändigen. Wachen liefen laut schreiend herum, schoben Leute zurück in die Reihen und verteilten gelegentlich auch Hiebe.

Peter stand mit Jakob Kuisl am Rande des Platzes und beobachtete von dort aus das hektische Geschehen. Eben begannen die Glocken zu läuten, sodass Peter kaum sein eigenes Wort verstehen konnte. Er deutete auf eine lange Schlange von Pilgern, die sich entlang der Stiftspfarrkirche vor dem Nordportal staute.

»Jeder will heute dabei sein, wenn Kurfürst und Kaiser die Abschiedsmesse besuchen!«, rief er gegen den Lärm an. »So nah kommen die Leute ihren Herrschern nie mehr im Leben.«

Tatsächlich hatte Max Emanuel beschlossen, auch einfache Gläubige zur Messe zuzulassen – und Peter konnte gut verstehen, warum. Max wollte ein starkes Zeichen in die Welt senden, dass Kaiser und Kurfürst gemeinsam gegen die Heiden vorgingen. Auf diese Weise, über das Gerede im Volk, wurde die Botschaft viel schneller verbreitet als durch Boten oder die neumodischen Zeitungen.

Peter beobachtete, wie Wachen jeden einzelnen Kirchgänger auf Waffen durchsuchten. Zumindest diese Vorsichtsmaßnahme hatte Max getroffen. Wobei Peter bezweifelte, dass der Attentäter auf diese Weise entdeckt werden konnte.

»Da stehen ja schon Hunderte an«, brummte Kuisl. »So kommen wir nie rein. Kannst du deinen parfümierten Kurfürsten nicht fragen, ob er uns vorlässt? Du bist doch sein Freund.«

»Bin ich das?« Peter seufzte. »So oder so hat Max kein Interesse daran, dass wir dort aufkreuzen. Für ihn ist der Fall ja abgeschlossen.« Er deutete nach links, wo sich der kleine Friedhof der Stiftskirche befand. »Lucia meinte, wir sollen sie zum Siebenuhrläuten dort treffen. Sie hat wohl einen anderen Weg gefunden, wie wir alle drei in die Kirche gelangen können.«

»Alle drei? Nehmen wir also jetzt auch schon Weibsbilder mit, ja?« Kuisl schnaubte. »Da hätten wir die Sophia nicht zu Hause lassen müssen.«

»Sophia ist zehn Jahre alt«, entgegnete Peter. »Lucia dagegen ist eine ziemlich gewitzte junge Frau. Ihr war es wichtig, dabei zu sein. Ich denke, sie hat ein schlechtes Gewissen wegen Paul. Wir sollten ihre Hilfe annehmen.«

Als Peter seiner kleinen Schwester gestern Abend mitgeteilt hatte, dass sie noch einen weiteren Vormittag allein im Quartier bleiben musste, war sie seltsam gefasst geblieben.

Kein Toben und Schreien, stattdessen hatte sie nur trotzig und stumm genickt und war wieder im Zimmer mit den Büchertruhen verschwunden. Der ausbleibende Protest hatte Peter misstrauisch gemacht. Aber er konnte auch nicht ständig nach ihr sehen. Wenn Sophia einen Weg fand, das Quartier zu verlassen, dann war das nicht seine Sache. Hauptsache, sie störte nicht bei ihrem vermutlich letzten Versuch, dem Attentäter auf die Schliche zu kommen.

Noch immer war Peter davon überzeugt, dass der Assassine heute in der Altöttinger Stiftskirche zuschlagen würde. Es gab keinen besseren Ort und Zeitpunkt. Wenn sie das Mordkomplott verhindern wollten, mussten sie den Mann in der Menge der Gläubigen ausfindig machen.

»Lass uns sehen, ob Lucia schon da ist«, schlug Peter seinem Großvater vor. »Und sei bitte nicht gar zu grantig! Sie ist ein nettes und aufgewecktes Mädchen. Kein Wunder, dass sich Paul in sie verguckt hat.«

Gemeinsam umrundeten sie den Platz, bis sie zum kleinen Petersfriedhof mit seiner Kapelle gelangten. Dort war der Trubel nicht ganz so heftig. Tatsächlich wartete Lucia am Friedhofsgatter auf sie. Diesmal hatte sie keinen Bauchladen dabei, sie trug ein schlichtes Kleid, wobei Peter ihr üppiges Dekolleté auffiel. Es sah fast so aus, als hätte sie sich etwas in die Bluse gestopft, um ihren Busen größer wirken zu lassen. Grinsend winkte Lucia ihnen zu.

»Schau an, das ist also der Mann, der sich mit einem halben Dutzend Wachen und dem Altöttinger Weihrauchhändler anlegt«, sagte sie zu Jakob Kuisl, als sie sich am Gatter begegneten. Sie wandte sich an Peter. »So aus der Nähe wirkt dein Großvater sogar noch Furcht einflößender. Ein Riese von Mannsbild.«

»Genau, und am liebsten fresse ich vorlaute Weibsbilder mit roten Haaren«, knurrte Kuisl.

Peter sah ihn warnend an. »Keinen Streit, bitte! Wir haben auch so schon genug Ärger.«

»Ganz meine Rede«, erwiderte Lucia. »Außerdem drängt die Zeit.« Sie ging voraus, und Peter und Kuisl folgten ihr über den Gottesacker mit seinen Grabsteinen und schiefen Holzkreuzen.

»Wo führt sie uns hin?«, fragte Kuisl argwöhnisch. »Der Eingang ist vorne am Kapellplatz.«

Eben wollte Peter etwas erwidern, als sie hinter der Peterskapelle auf einen jungen Geistlichen stießen. Sein Gesicht war von Pickeln arg entstellt. Als er Lucia entdeckte, lief er puterrot an, und so langsam ahnte Peter, warum die Wallfahrtshändlerin ihr Mieder ausgestopft hatte.

»Das ist der junge Kaplan Adalbert«, raunte Lucia ihm zu. »Ich hab das Jüngelchen kennengelernt, als ich der Kirche vor ein paar Tagen einen Schwung Heiligenbildchen und Hostien verkauft habe. Hab ihm ein wenig Honig ums Maul geschmiert.«

»Wohl mehr als das«, spottete Peter leise. »So ein Gelübde ist auch nicht jedermanns Sache.«

»Gott schütze uns vor den unzüchtigen Weibern!«, brummte Kuisl.

Lucia setzte ihr strahlendstes Lächeln auf und breitete die Arme aus. »Der gute Adalbert! Die Kutte steht dir. Wobei ich mich immer gefragt habe, was wohl *unter* der Kutte steckt«, fügte sie mit rauchiger Stimme hinzu. »Habt ihr Geistlichen eigentlich da was an?«

»Du ... du ... hast gesagt, du würdest allein kommen«, stotterte Adalbert und warf Peter und Jakob Kuisl unsichere Blicke zu.

»Nicht heute, mein Lieber, nicht heute. Als ich meiner Familie gesagt habe, dass du mich in die fürstliche Messe schmuggeln kannst, war bei meinem Bruder und meinem

Großvater kein Halten mehr. Die beiden sind treue Kirchgänger und viele, viele Meilen hierhergepilgert. Nicht wahr, Brüderlein?« Sie sah Peter eindringlich an. Dieser nickte.

»Wir sind Euch zu großem Dank verpflichtet«, sagte Peter mit einem Lächeln, an Adalbert gewandt. »Mein Großvater wird an seinem Heimatort eine Messe für Euch lesen lassen. Gott und die Schwarze Madonna seien gepriesen!«

»Auch ich danke dir außerordentlich«, ergänzte Lucia. Sie zwinkerte Adalbert zu. »Wie sehr, zeig ich dir nach dem Gottesdienst, ja?«

Der picklige Kaplan wurde noch röter. »W... w... wieder drüben bei der Michaelskirche?«

»Gerne!«, erwiderte Lucia. »Aber erst die Arbeit, dann das Vergnügen.«

»F... folgt mir«, stammelte Adalbert. »Und seid um G... G... Gottes willen leise, damit uns keiner der Pater hört!«

Sie gingen hinter ihm her zu einer kleinen Pforte, die in den Kreuzgang hinüberführte. Von dort aus war es nur ein kurzes Stück bis zum rückwärtigen Portal der Stiftskirche. Adalbert eilte voraus, wobei er den pickligen Kopf so geduckt hielt, als könnte er sich auf diese Weise unsichtbar machen.

»Die a... a... anderen sind alle mit den Vorbereitungen zur Messe beschäftigt«, flüsterte er. »Ich lasse euch rein, und ihr versteckt euch eine Weile. Wenn die Gläubigen am Nordportal reingelassen werden, m... m... mischt ihr euch unter die Leute.« Er blickte sehnsüchtig hinüber zu Lucia. »Und heute Nachmittag ...?«

»Zeig ich dir meinen Bauchladen, versprochen.« Sie lächelte breit. »Du wirst viel zu beichten haben, Junge.«

Adalbert öffnete das Südportal, und Lucia, Peter und Jakob Kuisl schlüpften ins Kircheninnere. Gleich zur Linken befand sich ein Beichtstuhl, der ihnen als Versteck dienen konnte. Kuisl nahm auf der Priesterseite Platz, während sich Peter und Lucia auf der Sünderbank aneinanderdrängten. Er roch ihr Haar, ihr Busen drückte gegen seine Brust. Sündige Gedanken kamen in Peter auf, und er musste sich erinnern, warum sie eigentlich hier waren.

»Wir werden uns verteilen müssen«, flüsterte er ihr zu. »Und zwar so, dass wir die ganze Kirche im Auge behalten können. Denk dran, der Kerl könnte jeder oder jede sein! Ein Wachmann, eine alte Frau, ein Krüppel …«

»Und wenn er sich irgendwo in der Kirche versteckt hat?«, fragte Lucia.

»Das werden wir überprüfen, so gut es geht.« Peter lauschte. Das Quietschen und Ächzen einer großen Tür war zu hören, dann trappelnde Schritte und leise Stimmen. »Sie lassen die Ersten in die Kirche«, sagte er leise. »Wir wollen die Zeit nutzen und uns ein wenig umsehen.«

Vorsichtig trat er hinaus. Tatsächlich füllte sich die Kirche langsam mit Pilgern. Viele von ihnen verharrten zunächst andächtig am Eingang vor dem hohen Uhrenkasten mit dem Sensenmann, dem berühmten Tod von Eding. Mit leisem Tacken schwang der Tod seine Sense und zählte so die Sekunden. Peter vermutete, dass der Kurfürst und der Kaiser erst zu Beginn der Messe erscheinen würden. So lange hatten sie noch Gelegenheit, die Kirche zu untersuchen.

Auch Jakob Kuisl hatte den Beichtstuhl jetzt verlassen. Zu dritt schritten sie das Kirchenschiff ab, spähten in die anderen Beichtstühle, blickten unter Kirchenbänke und in

Nischen. Doch sie fanden nichts. Aus dem Augenwinkel sah Peter, dass auch einige der kurfürstlichen Soldaten die Kirche durchstreiften.

Derweil füllten sich die Bänke. Den einfachen Menschen war der hintere Teil des Gotteshauses vorbehalten, weiter vorne saß das Neuöttinger Bürgertum, die Frauen in schwarzen Kleidern und Hauben, die Männer im besten Gewand mit samtenen Knopfwesten, die vorne an ihren dicken Bäuchen spannten. Es folgte der Klerus, der im Chor Platz nahm. Ganz vorne, links vom Hochaltar, standen zwei Throne, wobei die Lehne des einen etwas höher war als die des anderen. Sie waren mit rotem Brokat überzogen und mit silbernen Nägeln beschlagen. Daneben befanden sich einige mit Samt gepolsterte Hocker, die wohl weiteren hochstehenden Persönlichkeiten vorbehalten waren.

Wieder setzten die Glocken ein. Ministranten wedelten mit ihren Weihrauchschwenkern, und ein betörender Qualm stieg zur Decke. Dann erklang plötzlich laut die Orgel von der Empore. Ein Raunen ging durch das Kirchenschiff.

Peter wandte den Blick. Oben links von der Empore, wo sich der Verbindungsgang zur Propstei befand, hatte sich eine Pforte geöffnet. Durch diese schritten nun der Kaiser und der Kurfürst, mit langen Schleppen, die Gewänder aus Brokat, der Kaiser im habsburgischen Schwarz-Gelb, der Kurfürst in seinem berühmten Blau. Als Zeichen seiner Verbundenheit trug Leopold zudem einen Hut mit weißblauen Federn, den er nun jedoch abnahm und einem Diener reichte. Hinter den beiden Herrschern folgten die Kaiserin sowie der bayerische Herzog Maximilian Philipp und dessen Gemahlin. Selbst aus der Ferne konnte Peter erkennen, dass die Kaiserin sehr blass war, sie zitterte. Offenbar war sie noch immer von den schrecklichen Ereignissen in der Gnadenkapelle geschwächt. Doch Peter kam es eher vor, als hätte sie vor irgendetwas Angst. Vielleicht vor dem Attentäter?

Suchend sah Peter sich nach seinen beiden Begleitern um. Den Großvater fand er schnell. Jakob Kuisl lehnte an einer Säule, wo ihn eine der Wachen eben aufforderte, Platz zu nehmen. Der große Henker quetschte sich in die Kirchenbank, was bei den Dahintersitzenden zu giftigen Blicken und Getuschel führte. Doch wo war Lucia? Peter konnte sie nirgends entdecken.

»Hinsetzen, Bauerntrampel!«, raunte ihm ein Wachmann zu. »Neige dein Haupt, wenn die hohen Herrschaften zu uns herabsteigen!«

Peter tat, wie ihm geheißen. Von seinem Platz in einer der hintersten Bänke verfolgte er, wie Max Emanuel und Kaiser Leopold zusammen mit ihrem Gefolge die Treppe herunterkamen. Tatsächlich wirkte ihr Auftritt, mit all dem Weihrauch und der Orgelmusik, als würden sie auf einer Wolke vom Himmel herniederschweben. Vorsichtig schaute Peter sich um. Wo mochte der Attentäter stecken? Und wo zum Teufel war Lucia?

»Ich sagte, neige dein Haupt!«, zischte der Wachmann. »Sonst mach ich dich einen Kopf kürzer!«

Peter gab auf. Er beugte sein Haupt und faltete die Hände zum Gebet.

»So ist's recht«, brummte der Soldat. »Schön unten bleiben, wenn dein Herrscher dir die Ehre erweist.«

Die Musik schwoll an zu einem Crescendo, und die Messe nahm ihren Lauf.

*

Simon schreckte mit einem leisen Schrei auf. Er blinzelte und sah sich um. Durch die geschlossenen Fensterläden des Burghausener Büchsenmeisterturms fiel ein schmaler Streifen Licht, offenbar war es mittlerweile Morgen geworden. Er streckte seine steifen Glieder und sah hinüber zu Magdalena, die sich eben über den verletzten Soldaten beugte und dessen Stirn abtupfte. Sie wandte sich zu ihm um, ihr Gesicht war blass, von Müdigkeit gezeichnet.

»Du bist eingeschlafen«, sagte sie. »Aber keine Sorge, hier gibt es ohnehin nichts mehr, was wir noch tun können. Wenigstens ist sein Fieber nicht weiter angestiegen.«

Simon stand von dem harten Stuhl auf und trat näher. Das Gesicht des großen Franzosen war noch immer leichenblass. Zusammen mit Magdalena hatte Simon noch in der Nacht die Kugelsplitter und den Schmutz, so gut es ging, aus der Wunde entfernt, diese mit Branntwein ausgewaschen und dem Patienten ein Beruhigungsmittel eingeflößt. Nun konnten sie nur noch beten. Kurz hatte Simon überlegt, vom Fenster aus um Hilfe zu rufen. Aber wie hätte er den Wachen erklären sollen, warum er sich überhaupt im Büchsenmeisterturm befand? Arthur würde ihn zu Recht als Dieb anzeigen, und die Musketiere genossen das volle Vertrauen des Vizedoms.

Nachdem Arthur und Gabriel ihnen am Anfang noch prüfend über die Schulter geschaut hatten, waren sie irgendwann nach nebenan gegangen und hatten hinter sich abgesperrt. Simon hatte das Klirren von Gläsern und leise Stimmen gehört, vermutlich schliefen die Männer jetzt. Ihm selbst war nur ein kurzer Schlaf vergönnt gewesen, durchsetzt von üblen Träumen. Magdalenas Augenringen nach zu urteilen, hatte sie überhaupt nicht geschlafen. Sie stand auf und kauerte sich neben ihn, den Kopf an seinen Schoß gelehnt.

»Da sind wir nun«, sagte sie müde. »Am Ende unserer Reise. Ich komme mir vor, als wäre ich in eine tiefe Grube gefallen, aus der es kein Entrinnen mehr gibt. Ich glaube, ich war noch nie so tief unten, in meinem ganzen Leben nicht.«

»So darfst du nicht reden, Magdalena«, erwiderte Simon. »Wir haben schon viel Schlimmes durchgestanden, wir werden auch das hier überleben.«

»Und was ist mit Paul? Vielleicht erinnerst du dich, dass wir seinetwegen hier in Burghausen sind. Doch anstatt ihm zu helfen, befinden wir uns in den Händen irgendwelcher Banditen! Und Sophia und Peter sind allein in Altötting.« Sie presste die Lippen aufeinander. »Ich … ich habe alle meine Kinder im Stich gelassen! Ich habe als Mutter versagt …«

»Peter ist kein Kind mehr, er kann gut auf sich selbst aufpassen. Außerdem ist der Großvater ja bei ihnen …«

Magdalena seufzte. »Das macht mir am meisten Sorgen. Er zieht die beiden bestimmt wieder in irgendeine üble Sache mit rein. Außerdem …« Sie stockte.

»Was ist?«, fragte Simon. Nicht zum ersten Mal hatte er das Gefühl, dass Magdalena ihm irgendetwas verschwieg. »Magdalena, wenn du mir etwas sagen möchtest, dann …«

In diesem Moment wurde ein Schlüssel im Schloss gedreht, knarrend öffnete sich die Tür. Arthur betrat die Kammer. Diesmal hatte er keine Faustbüchse dabei. Offenbar glaubte er nicht, dass ihn Simon und Magdalena überwältigen konnten. Außerdem wartete drüben in der Kammer noch Gabriel, der dritte der Musketiere.

»Und?«, fragte Arthur und sah hinüber zu dem besinnungslosen Kranken. Trotz der frühen Uhrzeit hielt der kleine Musketier ein halb gefülltes Weinglas in der Hand.

Auch er schien nicht viel geschlafen zu haben. »*Comment va t-il*? Geht es Maxime besser?«

»Immerhin lebt er noch«, sagte Simon. »Wir konnten die Splitter entfernen. Wenn er die kommende Nacht überlebt, gibt es Hoffnung.« Er räusperte sich. »Hört zu, wir haben unseren Auftrag erfüllt. Es besteht also kein Grund mehr, uns hier länger einzusperren und ...«

»Ich habe nachgedacht«, unterbrach ihn Arthur. »Über diese Sache mit dem Degen. *Je ne comprends pas*. Ich verstehe nicht ... Warum sollte ein *docteur* den Auftrag bekommen, nach einem kaiserlichen Degen zu suchen? Ihr mögt ein Arzt sein, aber vielleicht seid Ihr doch mehr als das ...« Er zog die Augenbraue hoch. »Vielleicht eben doch ein Agent?«

»Herrgott, wie oft noch? Ich bin kein Agent!«, entgegnete Simon mit wachsender Verzweiflung. »Ich ... ich bin da in etwas hineingeschlittert ...«

»Ge...schlittert?«, fragte Arthur. »Dieses Wort kenne ich nicht.«

»Degen, Agent ... Hört her, das ist jetzt alles völlig egal«, mischte sich Magdalena ein. »Wir sind in Burghausen, weil wir unserem Sohn helfen müssen! Er ist hier auf der Burg zur Schanzarbeit verurteilt worden und schuftet sich zu Tode. Die Wachen haben ihn halb totgeschlagen. Und ich werde als Mutter nicht ohne meinen Sohn aus dieser Burg gehen.«

Mit vor der Brust verschränkten Armen sah sie Arthur trotzig an. »So, jetzt wisst Ihr es! Ihr macht Euch Sorgen um Euren Freund, dann gesteht mir auch zu, dass ich mir Sorgen um meinen Sohn mache und mit ihm von hier fliehen will. Oder schert Euch, verdammt noch mal, zum Teufel!«

Arthur schwieg eine Weile.

»Ihr habt einen sehr starken Willen, *Madame*«, sagte er schließlich. »Das schätze ich. Und ja, Maxime ist für mich und Gabriel so etwas wie ein Bruder. Ich kann also gut verstehen, wie Ihr Euch fühlt.« Er zuckte mit den Schultern. »Aus Eurem Mann werde ich jedoch nicht so recht schlau.« Arthur griff in seine Rocktasche und zog ein schmales Büchlein hervor. Simon zuckte zusammen, als er es erkannte. Es war Aventinus' Hauskalender, den er drüben auf dem Tisch in ihrem Quartier liegen gelassen hatte.

»Als wir die medizinischen Instrumente holten, haben wir das hier bei Euch gefunden«, sagte Arthur und warf das Büchlein vor Simon auf den Boden. »Ich habe ein wenig darin geblättert. Es ist wohl so was wie ein Tagebuch, das hier auf der Burg geschrieben wurde. Wie kommt es in Euren Besitz?«

»Ich habe es aus der Burgbibliothek«, erwiderte Simon.

»Und warum interessiert Ihr Euch dafür? Es ist zweihundert Jahre alt.« Arthur musterte ihn misstrauisch. »Und erzählt mir nicht, dass das Eure … wie sagt man … Bettlektüre ist.«

»Ach ja, und was ist mit den Pergamentrollen, die Ihr Euch aus der Bibliothek besorgt habt?«, sagte Simon, den Müdigkeit und Zorn jegliche Vorsicht vergessen ließen. »Der Vizedom meinte, Ihr seid im Auftrag irgendeines französischen Baumeisters hier, um die Schanzarbeiten und den Umbau der Burg zu überwachen. Aber das glaube ich nicht! Ich habe Euch nämlich nie bei den Schanzanlagen gesehen. Stattdessen stöbert Ihr überall herum, leiht Euch alte Dokumente aus …«

»Pah!« Arthur winkte ab. »Die Dokumente aus der Bibliothek waren nutzlos. Außerdem spreche ich Eure komische Sprache zwar, aber das Lesen fällt mir schwer. Die Sprache ist zu alt, zu verworren.« Er schnaubte. »Und dann dieser Blödsinn, dass die Verben immer erst ganz hinten kommen … Endlose Sätze, die ins Nichts führen! *Nom de Dieu*, eure Sprache ist ein einziger Albtraum!«

Ein Gedanke durchzuckte Simon.

»Wie es der Zufall will, bin ich ein Fachmann in alten deutschen Handschriften«, sagte er. »Außerdem habe ich Latein studiert. Ich könnte Euch also nützlich sein.«

»Ihr uns nützlich? Ein jammernder *docteur*?« Arthur lachte, doch dann fiel sein Blick auf Aventinus' Hauskalender am Boden. »Was steht denn nun in diesem Buch?«

»Es sind Aufzeichnungen aus der Zeit, als die Burg noch zu Landshut-Niederbayern gehörte«, sagte Simon. »Und kurz danach. Ich habe eben erst angefangen zu lesen …«

»Steht darin vielleicht auch etwas von einer Landshuter Hochzeit?«

»Landshuter Hochzeit …?« Simon stutzte. »Wieso …?«

Das alles wurde immer verwirrender. Was in Gottes Namen suchten diese Männer hier in Burghausen? Simon beschloss, alles auf eine Karte zu setzen.

»Ach ja, Hochzeit … Ich … ich glaube, etwas darüber gelesen zu haben. Aber wie gesagt, ich bin noch ganz am Anfang und …«

Arthur befahl ihm mit einer Handbewegung zu schweigen. Er biss sich auf die Lippen und dachte lange nach.

»*Merde*!«, zischte er plötzlich. »Wir haben nicht mehr viel Zeit. Wenn es Maxime schlechter geht, werden wir ihn nach Hause bringen müssen oder … eben seine Leiche. *Alors* …« Er wandte sich zur Tür. »Folgt mir, beide!«

»Wohin gehen wir?«, fragte Simon hoffnungsvoll. »Lasst Ihr uns frei?«

»*Non!* Zumindest jetzt noch nicht. Ich will, dass Ihr Euch etwas anseht.« Arthur deutete auf den Hauskalender am Boden. »Und nehmt dieses Buch mit. Mag sein, dass wir zu einem Handel kommen. Ihr helft uns, dafür lassen wir Euch frei, und Ihr könnt die Burg meinetwegen verlassen.«

»Ich gehe nicht ohne meinen Sohn!«, fauchte Magdalena und blieb neben dem Bett stehen. »Wie oft muss ich Euch das noch sagen?«

»*Mon dieu*, diese Frau macht mich noch wahnsinnig!« Arthur verdrehte die Augen. »Also gut, wenn Ihr uns helft, dann holen wir Euren Sohn da raus. Es wäre nicht das erste Mal, dass wir Musketiere jemanden aus einem Gefängnis befreien. Aber jetzt schweigt und kommt mit. Bevor ich noch die Geduld verliere!«

*

Der Choral in der Altöttinger Stiftskirche schwoll an, die vielen Kirchgänger sangen zusammen das uralte Lied.

»Christ ist erstanden, von der Marter aller ...«

Jakob Kuisl bewegte lautlos die Lippen. Tatsächlich waren seine Sangeskünste nur wenig ausgeprägt, seine Familie hatte ihn früher immer aufgefordert, beim gemeinschaftlichen Singen den Mund zu halten.

Darüber hinaus war er voll und ganz mit Beobachten beschäftigt.

Über eine Stunde dauerte der Gottesdienst nun schon. Kaiser und Kurfürst hatten vom Altöttinger Propst die heilige Kommunion empfangen, in einer ausschweifenden Predigt hatte Propst Albrecht Sigismund zum Kampf der Christenheit gegen die Heiden aufgerufen. Kuisl fühlte sich an die Zeiten der Kreuzzüge erinnert. Hatte damals nicht auch irgendein Pfaffe den Marsch nach Jerusalem befohlen?

Brav war der Henker aufgestanden, wann immer man

es ihm befahl, er hatte sich niedergekniet, die Hände gefaltet, die Gebete gemurmelt, aber aus dem Augenwinkel hatte er dabei stets auf seine Umgebung geachtet. Die Kirchenbänke, die Empore mit der Orgel, der Knochenmann am Nordportal, der Hochaltar, das Chorgestühl, wo die Geistlichen saßen … und dann noch die vielen Säulen, in deren Schatten sich jemand verbergen konnte. Es gab viele Verstecke, aus denen möglicherweise Gefahr drohte.

Einmal hatte Kuisl kurz geglaubt, den Attentäter entdeckt zu haben. In einer der hinteren Reihen saß ein Kerl, der seine Kapuze tief ins Gesicht gezogen hatte. Doch als er aufgeblickt hatte, war Kuisl das alte, zerfurchte Gesicht aufgefallen, und statt eines Arms hatte der Mann nur noch einen Stumpf. Er musste einer der Bettler sein, die es an den Wachen vorbei in die Kirche geschafft hatten. Vielleicht war er ja auch ein Taschendieb, von denen es in Altötting zurzeit wohl einige gab. Der Assassine war er jedenfalls nicht, nicht mit bloß einem Arm.

Ansonsten war das Publikum bunt gemischt. Frauen und Männer, Reiche und Arme … Die hohen Herrschaften saßen auf ihren Thronen hinter dem Speisgitter und wurden von einer Reihe Wachen abgeschirmt. Kuisl fiel auf, dass die Kaiserin immer wieder nervös zum Nordportal blickte, so als würde sie noch jemanden erwarten.

Peter saß etwas weiter vorne und behielt ebenso wie Kuisl das Kirchenschiff im Blick. Von dem rothaarigen Weibsbild war keine Spur zu entdecken. Vielleicht hatte sie schon wieder das Weite gesucht? Lucia hatte auf Kuisl nicht den verlässlichsten Eindruck gemacht, er wurde nicht ganz schlau aus ihr. Ob sie ihnen wirklich half, weil sie Paul noch einen Gefallen schuldete? Oder verfolgte sie ihre ganz eigenen Ziele?

»Christ soll unser Trost sein … Kyrieleis …«

Kaiser und Kurfürst erhoben sich von ihren Thronen. Noch einmal ertönte die Orgel mit dem Gloria, der Gottesdienst ging offensichtlich seinem Ende entgegen. Bis jetzt war alles friedlich geblieben. Kuisl runzelte die Stirn. Hatten sie sich getäuscht? Doch irgendetwas sagte ihm, dass da was nicht stimmte. Es war nicht mehr als ein Gefühl, genauer gesagt, etwas, was *da* sein sollte, das jedoch fehlte. Was war es nur? Er kam einfach nicht drauf.

Mit wachsender Ungeduld musterte Kuisl die einzelnen Kirchgänger, deren viele Gesichter er mittlerweile auch mit geschlossenen Augen vor sich sah. Peter sah kurz zu ihm hinüber und zuckte die Achseln. Auch er schien nichts Auffälliges bemerkt zu haben. Die Orgel steigerte sich zu einem letzten Crescendo, und Kaiser und Kurfürst verließen den Chorbereich. Es folgten die Kaiserin Eleonore Magdalene und Herzog Maximilian Philipp samt Gemahlin, schließlich der Propst und die anderen Geistlichen. Alle wurden sie von den Wachen abgeschirmt, die sich links und rechts der Kirchenbänke aufgereiht hatten.

Kuisl überlegte. Selbst wenn sich der Attentäter oben in der Empore versteckt haben sollte, würde er es schwer haben, mit seiner Armbrust ein bestimmtes Ziel zu treffen. Dafür standen die Soldaten zu dicht beisammen, das Gedränge war zu groß. Vielleicht würde er also doch erst draußen zuschlagen?

Offenbar sollte es auf dem Kapellplatz noch eine letzte offizielle Verabschiedung geben, bevor der Kaiser mit seinem Gefolge die Rückreise nach Wien antrat. War dies also der Zeitpunkt des Attentats? Oder würde es gar kein Attentat geben? Dann hätte der Kurfürst recht behalten. So oder so war sich Kuisl sicher, dass die Leiche oben auf dem Dach der Stiftskirche nie und nimmer der von ihnen gesuchte Assassine war.

Kurfürst und Kaiser schritten mit gravitätischen Mienen an den Kirchenbänken vorbei und auf das Nordportal zu. Wieder blickte Kuisl hoch zur Empore. Und wenn der Attentäter doch irgendwo dort oben war? Vielleicht hatte er sich ja hinter der Orgel versteckt? Dort hatten sie noch nicht nachgesehen. Der Organist war im Schatten nicht zu erkennen.

Nichts geschah.

Die Orgel endete mit einem letzten tiefen klagenden Ton, nun waren nur noch die hallenden Schritte der Herrschaften auf dem Steinboden zu hören. Der ganze Kirchensaal schien gespannt den Atem anzuhalten. Vermutlich war allen Anwesenden bewusst, dass dieser Moment für alle Ewigkeit in ihrem Gedächtnis eingebrannt bleiben würde. Davon konnten sie noch ihren Urenkeln erzählen! Zwei der mächtigsten Herrscher der Christenheit, lebende Legenden, und diese Männer gingen an ihnen vorüber, als wären sie ganz normale Menschen. Die Stille war ohrenbetäubend, nur hier und da hustete jemand wegen des qualmenden Weihrauchs.

Und ganz plötzlich wusste Kuisl, was fehlte.

Erst in der Stille fiel es ihm auf.

Sein Blick ging hinüber zu dem hohen Uhrenkasten am Nordportal, auf dem der Tod von Eding thronte. Die Figur hielt die Sense in der Hand, aber sie bewegte sich nicht mehr. Sie stand still, kein Ticken ertönte.

So als wäre die Zeit stehen geblieben.

Und dann sah Kuisl noch etwas.

Die Klappe des Uhrenkastens hatte sich einen winzigen Spalt weit geöffnet. In dem Spalt erschien nun eine Art Rohr …

»Obacht!«, schrie der Henker in die Stille hinein. Er stürzte aus der Kirchenbank, wobei er eine alte Frau mit sich riss. Die Soldaten drehten sich zu ihm herum, sie zogen ihre Schwerter und bellten Befehle. Kuisl duckte sich und fand eine Lücke, durch die er hindurchschlüpfte. Die Wachen griffen nach ihm, doch sie bekamen ihn nicht zu fassen. Der Henker war jetzt nur noch wenige Schritte von Kurfürst und Kaiser entfernt. Eben drehte sich die Kaiserin nach ihm um und stieß einen spitzen Schrei aus. Kuisl achtete nicht weiter darauf und zwängte sich an Max Emanuels Onkel und dessen Gemahlin vorbei, wobei er auf die Schleppe der Herzogin trat. Es gab ein hässliches, reißendes Geräusch.

Im Getümmel hatte Jakob Kuisl kurz den Uhrenkasten und das Rohr aus den Augen verloren. Nun sah er es wieder. Das lange dünne Ding war direkt auf den Kurfürsten gerichtet.

»Runter!«, schrie Kuisl. »Himmelherrgott, runter!«

Max Emanuel drehte sich nach ihm um, sein Gesicht war wutverzerrt. Offenbar hatte er Kuisl erkannt. »Zum Teufel, das ist doch dieser dreckige Schongauer Henker!«, rief er. »Was ist in dich gefahren, dass du die Messe störst! Bist du wahnsinnig geworden? Ich werde dich …«

Sein Zornesausbruch rettete Max Emanuel vermutlich das Leben. Während er noch schimpfend auf Kuisl zuschritt, sauste ein winziger Pfeil an ihm vorbei und bohrte sich in eine Kirchenbank. Er war mit dem Rohr abgeschossen worden, so wie Kinder mit Schilfrohren kleine Steinchen gegen Fensterscheiben bliesen. Noch nie hatte Kuisl eine solche Waffe gesehen. Er vermutete, dass der Pfeil mit tödlichem Gift getränkt war.

Nun geschahen mehrere Dinge gleichzeitig.

Die Kaiserin erlitt einen hysterischen Anfall, sie schrie so laut, dass jeglicher andere Lärm in der Kirche übertönt wurde. Männer tobten, Frauen weinten … Kaiser Leopold hatte sich zu Boden geworfen, Max Emanuel brüllte seine Wachen an. Während gleich vier Soldaten über Kuisl herfielen, sah er noch, wie die Tür des Uhrenkastens ganz aufging. Eine zierliche, schwarz gekleidete Gestalt sprang heraus und lief auf das Nordportal zu.

»Haltet ihn!«, erklang von rechts eine vertraute Stimme. »Das ist der Attentäter!«

Es war Peter, der sich einen Weg durch die Menge gebahnt hatte. Er stürzte dem Fliehenden hinterher, der sich im Portal noch einmal umdrehte. Die grazile Gestalt trug eine Kapuze und eine schwarze Maske, zwischen den vielen Menschen war sie nur schwer auszumachen. Plötzlich hielt der Attentäter einen blitzenden Dolch in der Hand, den er nach Peter schleuderte. Kuisl hörte einen gurgelnden Schmerzensschrei.

»Mein Enkel!«, keuchte er. »Verflucht, so helft ihm doch ...«

In diesem Moment hatten ihn die Soldaten auf den kalten Steinboden gedrückt und die Hände auf den Rücken gefesselt. Der Henker sah einen schwarzen Schatten über sich und spürte einen heftigen Schmerz am Kopf.

Dann war da nur noch Dunkelheit.

Kapitel 28

Freitag, 14. März, morgens
im Burghausener Büchsenmeisterturm

Setzt Euch, beide!«

Der kleine Arthur wies Simon und Magdalena einen Platz am Tisch zu. Sie befanden sich im obersten Stockwerk des Büchsenmeisterturms, wo Simon gestern den vermeintlichen Degen des Kaisers gefunden hatte. Gabriel war unten bei dem fiebernden Maxime geblieben.

Wie am Tag zuvor lagen etliche Dokumente und Pergamentrollen auf dem Tisch. Durch das Turmfenster fiel mildes Morgenlicht, sodass Simon die Papiere gut erkennen konnte. Schlau wurde er daraus nicht. Es waren offensichtlich Baupläne der Burg, aber auch Briefe und Dokumente mit gebrochenem Siegel, daneben lag eine geöffnete lederne Mappe. Simon hatte Aventinus' Hauskalender dabei, wobei ihm immer noch schleierhaft war, was die Musketiere damit wollten.

»Was wisst Ihr von der Geschichte dieser Burg?«, fragte Arthur abrupt.

»Nun …«, hob Simon an. »Sie ist wohl sehr alt, und sie hatte einst eine große Bedeutung in Bayern. Zu einer Zeit, als sie noch von den sogenannten Reichen Herzögen aus Landshut-Niederbayern bewohnt wurde.«

»Ja, von denen ist in diesen Papieren auch die Rede. So viel habe ich verstanden.« Arthur deutete auf den Tisch mit den Dokumenten. »Es heißt, sie waren so reich, dass sie ihre Straßen mit Gold pflasterten! *C'est vrai?*«

»Äh, das ist vielleicht ein wenig übertrieben«, sagte Simon, der immer noch nicht wusste, auf was dieses Gespräch hinauslief. »Aber sie waren wohl sehr reich, ja. Und sie wohnten von Zeit zu Zeit auf dieser Burg. Es war wohl so eine Art Sommerresidenz.«

Magdalena sah Arthur ungeduldig an. »Was wollt ihr von uns? Nun sprecht schon endlich, unsere Zeit drängt!«

»Ah, *oui*, immer noch so vorlaut, *Madame*?« Arthur lächelte. »Aber Ihr habt recht, wir haben nicht mehr viel Zeit … Was würdet Ihr sagen, wenn ich Euch erzählte, dass wir diese Papiere bei einem Mann in Altötting gefunden haben? Einem sehr gefährlichen Mann! Jemandem, den wir schon sehr lange suchen.«

Simon beugte sich nach vorne, sein Mund war plötzlich ganz trocken.

Kann das sein?, dachte er. Ihn beschlich eine gewisse Ahnung.

»Sprecht weiter«, fuhr er zögernd fort. »Was … was hat es mit diesem Mann und den Papieren auf sich?«

Arthur seufzte. »Das wüssten wir ja gerne! Wir verfolgen ihn bereits seit einem halben Jahr. Damals ist er mit einem Schiff in Montpellier angekommen. Unser Auftraggeber bekam einen Hinweis, dass dieser Kerl irgendetwas Größeres plant. Etwas, das auch für *la France* von immenser Bedeutung ist.« Er zuckte mit den Schultern. »Alles, was wir bisher wissen, ist, dass der Mann ein Meister des Tötens ist. Er hat eine blutige Spur in ganz Europa hinterlassen. Sein Ziel war offenbar Bayern, um genau zu sein, Altötting. Ausgerechnet Altötting!« Arthur verdrehte die Augen. »Es hätte ja wenigstens München oder Regensburg sein können. Bis in dieses verfluchte Kaff sind wir ihm gefolgt! Aber was er genau vorhat, wissen wir immer noch nicht. Wir wissen nur, dass er dieses Treffen von Kaiser und Kurfürst wohl stören will.«

Arthur sah Simon und Magdalena an. »Ich nehme an, Ihr habt mitbekommen, dass es einige Attentate in Altötting gegeben hat?«

»Äh, ja, das haben wir«, erwiderte Simon ausweichend. Er machte eine Kopfbewegung in Richtung des Tischs. »Und was hat es nun mit diesen Dokumenten auf sich?«

»*Alors*, vor zwei Tagen hätten wir den Kerl fast geschnappt. Sind durch Zufall auf ihn gestoßen, als er sich maskiert hinter der Altöttinger Posthalterei herumgetrieben hat. Aber er ist uns entkommen und hat Maxime noch mit der Faustbüchse erwischt. Auf seiner Flucht hat er diese lederne Mappe verloren.« Arthur deutete auf das wertvolle Etui. »Darin waren diese Papiere. *Maudit*! Ich werde daraus nicht schlau. Es sind Pläne der Burg und irgendwelche alten Dokumente, immer wieder kommt diese komische Landshuter Hochzeit darin vor. Offenbar ein großes und wichtiges Fest, aber es ist schon fast zweihundert Jahre her! Ich habe in der Burgbibliothek nachgesehen, ein paar weitere Pläne mitgenommen. Aber das alles bleibt für mich ein Buch mit sieben Siegeln! Vielleicht könnt Ihr damit ja was anfangen?«

Simon schwieg betroffen und wechselte einen Blick mit Magdalena. Er hatte angenommen, dass die drei Franzosen den kaiserlichen Degen gestohlen hatten. Doch nun stellte sich heraus, dass sie offenbar alle dem gleichen Mann auf der Spur waren, jenem verfluchten Altöttinger Attentäter. Vermutlich waren die Musketiere von hier aus auf ihre Erkundungsgänge nach Altötting aufgebrochen und dort von den kaiserlichen Soldaten gesehen worden.

Simon biss sich auf die Lippen. Sein Sohn Peter hatte

recht: Wenn sie dem Kurfürsten die Identität des Attentäters präsentierten, war das vermutlich ein noch viel besseres Faustpfand für Paul als der Degen.

»Ich, äh … kann mir die Dokumente ja mal anschauen«, sagte er schließlich. »Wobei ich noch nicht ganz verstanden habe, wer Euer Auftraggeber ist. Doch nicht etwa …?« Er hob die Augenbraue. »Na ja, Ihr wisst schon.«

»*Précisément.*« Arthur grinste. »Genau der.«

»Der französische König«, ergänzte Magdalena. »Ludwig XIV., genannt der Sonnenkönig.«

»So ist es. Wir sind Musketiere des Königs, seine besten Männer.« Arthur nickte. »Ausgestattet mit einem von ihm höchstselbst versiegelten Brief, der uns als französische Baumeister des verehrten Seigneurs de Vauban ausweist. Seine Exzellenz will unbedingt wissen, was es mit diesem seltsamen Attentäter auf sich hat und in wessen Auftrag er handelt! Welche Partei hat noch ein Interesse daran, die Heilige Allianz zu stören? Die Türken sind es nämlich nicht, von ihnen kam der erste Hinweis auf den Täter, doch auch sie wissen nicht mehr. *Mon dieu*, das Ganze ist ein einziges großes Rätsel!«

Mit einer ungeduldigen Handbewegung wies Arthur auf die vielen Papiere, die in einem chaotischen Haufen auf dem Tisch lagen. »Helft uns, mehr über diesen Kerl herauszufinden. Und stellt fest, warum er diese Papiere bei sich hatte. Vielleicht findet sich ja auch etwas in diesem Hauskalender, den Ihr in der Burgbibliothek gefunden habt. Wir haben nicht mehr viel Zeit! Maxime muss nach Hause, und lange wird uns der Vizedom unsere Geschichte ohnehin nicht mehr glauben. Selbst mit königlichem Siegel. Er wird bereits misstrauisch.«

Arthur sah Simon und Magdalena ernst an. »Wenn Ihr uns irgendwie helfen könnt, werden wir uns erkenntlich zeigen. *Je le jure*! Wir holen Euren Sohn da raus. Für uns Musketiere gibt es keine Kerker und keine verschlossenen Türen.«

Arthur legte seine Hand auf Magdalenas Schulter. »Dann ist es also abgemacht. *Madame* wird sich weiter um Maxime kümmern. Ihr, *docteur*, könnt solange all diese Papiere studieren. *Au revoir*!«

Mit diesen Worten wandte der kleine Kerl sich mit Magdalena zum Ausgang und schloss ab. Simon hörte, wie der Schlüssel sich zweimal im Schloss drehte.

Dann war er mit den Dokumenten allein.

*

»Himmelherrgott, das tut weh!«

Der Henker griff sich an den Kopf, wo ihm seine Enkelin Sophia gerade das angetrocknete Blut von der Beule tupfte. Sie saßen am Tisch ihres Dachquartiers in Neuötting, zwischen ihnen stand eine Schüssel mit warmem Kamillensud.

»Wenn du weiter so rumzappelst, Großvater, tut es nur noch mehr weh«, entgegnete Sophia in strengem Ton. Kuisl fiel einmal mehr auf, wie sehr sie in solchen Momenten ihrer Mutter glich. Mit geübten Bewegungen tunkte Sophia den Lappen in die Schüssel, wrang ihn aus und begann erneut, die wunde Stelle abzutupfen. Anerkennend musste Kuisl feststellen, dass das Mädchen eine geschickte kleine Baderin war. Sophia hatte bei ihrer Mutter bereits einiges gelernt.

»Ich fürchte, wir müssen dir die Haare abschneiden«, sagte sie. »Damit ich die Wunde besser säubern kann.«

Kuisl grunzte. »Das fehlt noch! Am Ende sehe ich aus wie ein Pfaffe mit Tonsur.«

Er war erst vor einer Stunde heimgekommen, mit den schlimmsten Kopfschmerzen seines Lebens. Nachdem ihn die Wachen in der Stiftskirche überwältigt hatten, war alles sehr schnell gegangen. Es war allein Peter zu verdanken, dass ihn die Soldaten nicht gleich erschlagen hatten. Peter hatte die Männer auf das Missverständnis aufmerksam gemacht und wohl auch den Kurfürsten von Kuisls guten Absichten überzeugt. Was genau geschehen war, wusste der Henker jedoch nicht. Er war erst draußen auf dem Kapellplatz wieder aufgewacht, wo ihn die Wachen wie einen Sack Hafer abgeladen hatten. Zumindest hatten sie ihm mitgeteilt, dass Peter unverletzt war. Der Dolch, den der Attentäter am Ende geworfen hatte, hatte eine der Wachen getroffen, den Mann jedoch nur leicht verletzt. Danach hatten die Soldaten sich auf die Suche nach dem Täter begeben, doch Kuisl bezweifelte, dass sie Erfolg gehabt hatten.

Er war ihnen wieder einmal entwischt.

»Was ist mit deiner Hand?«, fragte Sophia und riss Kuisl so aus seinen Träumereien. »Die hängt so komisch runter.«

»Was soll schon groß sein?«, knurrte Kuisl. »Hab sie mir eingequetscht, als ich mit den Wachen in der Kirche gerungen habe.«

»Aber man sieht gar keine Quetschungen.«

»Kümmer dich lieber um meine Beule, das ist wichtiger«, fuhr Kuisl seine Enkelin an. Sofort bereute er seinen ruppigen Ton. Er hatte seine taube linke Hand kurz vergessen gehabt. Wenn sie schon Sophia auffiel, würde er sie wohl auch nicht mehr lange vor Peter und den anderen verheimlichen können.

»Was ist denn nun genau geschehen?«, fragte Sophia aufgeregt. »Ihr habt den Attentäter verfolgt in der Kirche. Bei diesem großen Gottesdienst, ja? Aber wo ist der Peter?«

»Dein Bruder ist wahrscheinlich noch bei diesem

Lackarsch von Kurfürst, und … Autsch!« Der Henker zuckte zusammen, als Sophia erneut mit dem Lappen über die Beule fuhr. »Wir hätten den Kerl fast gehabt! Hat sich wohl vor der Messe in die Kirche geschlichen und im Uhrenkasten versteckt.«

»Und ihr wisst immer noch nicht, wer dahintersteckt?«, fragte Sophia. Kuisl glaubte, einen leichten Spott herauszuhören. Aber er mochte sich täuschen.

Er zuckte die Achseln. »Ich habe ihn ja nur kurz gesehen. Er ist klein und zierlich, anders hätte er ja auch gar nicht in den Uhrenkasten reingepasst. Er trug eine Maske und eine Kapuze. Vielleicht weiß der Peter ja inzwischen mehr …«

Als hätte er auf sein Stichwort gewartet, öffnete sich die Tür, und Peter trat ein. Er wirkte ziemlich mitgenommen. Seine Kleidung war verstaubt und schmutzig, vermutlich von dem Gerangel in der Kirche, vielleicht auch von der anschließenden Jagd nach dem Attentäter. Seine Miene verriet, dass sie ihn nicht gefasst hatten.

»Er ist uns entkommen!«, seufzte er und ließ sich auf einen der Stühle fallen. »Einmal mehr. Die Soldaten haben jeden Stein in Altötting umgedreht, doch keine Spur von ihm gefunden. Er ist wie ein Spuk!«

»Und doch ist er aus Fleisch und Blut«, entgegnete Kuisl. »Wir haben ihn beide gesehen.«

»Ehrlich gesagt habe ich kaum etwas von ihm gesehen, nicht viel mehr als einen Schemen. Es ging ja alles so schnell, und es waren so viele Leute um uns herum.« Peter schüttelte den Kopf. »Der Uhrenkasten ist so verflucht schmal! Und dann sind da auch noch die Zugseile für die Pendel drin. Es ist mir wirklich schleierhaft, wie er sich da hineinzwängen konnte. Vermutlich hat er darin schon seit letzter Nacht ausgeharrt.«

»Diese Assassinen besitzen geheime Gaben, die wir nicht verstehen«, sagte Kuisl. »Ich habe gelesen, dass sie sich ganz in ihr Innerstes verkriechen können, so wie manche Eremiten. Sie empfinden keine Schmerzen und trotzen allen Widrigkeiten. Und dann dieses Blasrohr.« Er nickte anerkennend. »Eine tödliche Waffe im Nahkampf. Viel einfacher zu bedienen als eine Armbrust oder eine Faustbüchse. Ich denke, das Gift wäre tödlich gewesen für deinen Freund, den kurfürstlichen Lackarsch.«

»Der kurfürstliche Lackarsch spricht dir übrigens seinen Dank aus«, sagte Peter.

Kuisl hob die Augenbraue. »Ach, wirklich?«

»Na ja, auf seine Weise eben. Max Emanuel wünscht dir gute Genesung, und er hat den Kaiser davon überzeugt, dass von dir keine Gefahr ausgeht.« Peter lächelte. »So wie es aussieht, bist du hier in guten Händen. Wenn du nicht aufpasst, setzt dich Sophia noch auf Dünnbier und Trockenbrot.«

»Du gehst beim Kurfürsten einfach so aus und ein?«, fragte Sophia. Mittlerweile hatte sie das Waschen von Kuisls Beule aufgegeben. Sie saß neben ihnen am Tisch und lauschte gespannt. »Wie war es denn? Trägt er immer so ein feines blaues Wams? Gab es Pomeranzen und Zitronen zum Frühstück? Ich habe drüben in den Büchern gelesen, dass Herrscher so was essen!«

Kuisl sah seine Enkelin mit leisem Misstrauen an. Dafür, dass sich Sophia den zweiten Tag gleichsam im Hausarrest befand, machte sie einen erstaunlich friedlichen Eindruck. Aber vielleicht waren es ja auch nur die vielen Bücher und Zeitungen drüben in der Dachkammer, die ihr Ablenkung verschafften.

»Pomeranzen und Zitronen?« Peter seufzte. »Nun ja, Max' Miene sah zumindest so aus, als hätte er in eine Zitrone gebissen. Der Kaiser ist überstürzt abgereist, es gab keine Abschiedszeremonie und auch keine Geschenke mehr, so wie es eigentlich vereinbart war. Die Kaiserin ist wegen des Schocks noch immer nicht ansprechbar. Und ob die Heirat mit Leopolds Tochter noch zustande kommt, ist ziemlich fraglich. Der Kurfürst hat alles auf eine Karte gesetzt und verloren.«

»Ich glaube immer noch, dass der Lackarsch selbst ein paar Beweismittel gefälscht hat, um aus einem falschen toten Assassinen einen echten zu machen«, brummte Kuisl. »Nur damit er den Kaiser in Sicherheit wiegen konnte.«

»Ich habe vorhin noch aufgeschnappt, dass Leopold und seine Gemahlin wohl über Burghausen nach Wien zurückreisen«, fuhr Peter fort. Geistesabwesend wischte er sich den Staub vom Wams. »Die Burg erscheint ihnen sicher genug, um dort die erste Nacht zu verbringen. Schließlich ist unser Mann immer noch auf freiem Fuß.«

»Burghausen?« Kuisl zuckte zusammen, als ihn eine neue Welle Kopfschmerzen überrollte. »Dann werden es Magdalena und Simon wohl noch schwerer haben, dort etwas für Paul zu erreichen. Es wird von Soldaten nur so wimmeln.«

»Und wir haben immer noch keine Ahnung, wer dahintersteckt!«, stöhnte Peter. »Mehr als ein seltsames Siegel mit irgendeinem Vogel drauf haben wir nicht.«

»Es gibt noch diesen arabischen Spruch, den der Kerl dir hinterhergerufen hat«, warf Kuisl ein.

»Und von dem wir ebenso wenig wissen, was er bedeuten soll«, entgegnete Peter. »Gott schütze den wahren König … Vermutlich nur ein Gebet.« Er verdrehte die Augen. »Es ist zum Verzweifeln!«

Wieder fiel Kuisl der spöttische Gesichtsausdruck seiner

Enkelin auf. Er wollte Sophia eben darauf ansprechen, als Peter etwas aus seiner Tasche holte.

»Nun, eine gute Nachricht habe ich«, sagte er. »Zumindest haben wir jetzt das hier. Vielleicht hilft der uns ja weiter.«

Er legte einen Dolch auf den Tisch. Der Griff war schwarz, die lange, spitze Klinge sorgsam poliert. Kuisl runzelte die Stirn. In dem Stahl der Klinge waren Buchstaben eingraviert, zackig wie Runen.

»Das ist die Waffe, die der Attentäter auf den Wachmann geworfen hat«, erklärte Peter. »Der Kurfürst hat sie mir überlassen. Sie sieht ziemlich seltsam aus, nicht wahr?«

Kuisl nahm den Dolch und betrachtete ihn genauer. Wenn man die Buchstaben von links nach rechts las, bildeten sie einen Namen.

»Wolfgang«, las er laut vor. »Was mag das bedeuten?«

Peter zuckte die Achseln. »Es könnte sein Name sein. Vielleicht ist es ja ein sehr persönliches Geschenk, das ihm jemand mal gemacht hat. Ich glaube nicht, dass er den Dolch wirklich werfen wollte. Es war wohl mehr eine Verzweiflungstat.«

»Wolfgang?« Sophia war jetzt ganz aufmerksam. »Darf ich den Dolch mal haben?«, fragte sie.

»Nichts da!«, blaffte Kuisl. »Das ist nichts für Kinder!« Nachdenklich drehte er den Dolch in den Händen. »Eine gute Waffe. Perfekt austariert, gut zum Werfen geeignet und aus sehr hartem Stahl gefertigt. Das ist hervorragende Schmiedearbeit, keine Frage. Aber Wolfgang? Das ist doch kein Name für einen Assassinen. Und schreiben die in den Wüstenlanden nicht von rechts nach links?«

»Vielleicht hat er die Waffe ja gestohlen und seinen Besitzer ermordet«, sagte Peter. »Und irgendein armer Wolfgang vermodert längst irgendwo auf einem Feld oder im

Wald. Wir werden es wohl nie erfahren. Jedenfalls nicht, wenn wir hier nur rumsitzen.« Er stand auf, und Kuisl sah ihn fragend an.

»Was hast du vor?«

»Ich mache mir Sorgen um Lucia«, erwiderte Peter. »In der Kirche hab ich sie nicht mehr gesehen, und später ist sie auch nicht mehr aufgetaucht.«

Kuisl schnaubte. »Wahrscheinlich hat sich das Weibsbild einfach aus dem Staub gemacht. Oder sie amüsiert sich gerade mit diesem pickligen Adalbert irgendwo auf dem Friedhof. Ich hab ihr nie getraut.«

»Vielleicht hast du recht«, gab Peter zu. »So oder so will ich noch einmal nach ihr Ausschau halten. Ich möchte etwas ... überprüfen.« Er ging zur Tür. »Außerdem will ich noch nach möglichen Spuren suchen. Es soll mir keiner nachsagen können, wir hätten nicht alles versucht. Nun können wir nur noch hoffen, dass die Eltern mehr Erfolg haben bei ihrem Versuch, Paul heimzuholen. Was sie wohl in Burghausen machen?«

»Vielleicht sind sie unten am Hafen«, erwiderte Kuisl. »Ich denke nicht, dass die Wachen die Sträflinge gleich weiter auf die Galeere schicken. Sie werden erst abwarten, bis sie genug beisammenhaben, bevor es auf die große Reise geht. Aber viel Zeit haben deine Eltern nicht mehr.« Der Henker geleitete seinen Enkel zum Ausgang. »Wie ich deine Mutter kenne, wird sie eher mitfahren, als ihren jüngeren Sohn im Stich zu lassen.« Er warf Peter einen düsteren Blick zu.

Und so sah er auch nicht, wie Sophia den Dolch heimlich einsteckte und damit in der Schlafkammer verschwand.

*

Mit schmerzendem Rücken kauerte Simon im Turmzimmer des Büchsenmeisterturms, vor sich auf dem Tisch der Wust aus Briefen, Dokumenten und Pergamentrollen.

Verzweifelt versuchte er, ein wenig Ordnung in das Chaos zu bringen. Da gab es die Papiere, die Arthur aus der Bibliothek ausgeliehen hatte, und jene aus der Mappe. Das Etui war aus kostbarem Kalbsleder gefertigt und wurde mit einer roten Seidenkordel geschlossen. Darin befanden sich unleserliche Notizen und ausgeblichene Briefe, die in einer Art Geheimschrift verfasst waren. Außerdem fand Simon Lagepläne der Burg, in die diverse Gänge und Kammern eingezeichnet waren, darüber hinaus tauchte in den Aufzeichnungen immer wieder die sogenannte Landshuter Hochzeit auf. Zwei mächtige Herrscherfamilien waren damals miteinander verbunden worden.

Fast zwei Stunden saß Simon schon hier oben. Ab und zu ging er zu dem kleinen Fenster und sah hinaus. Eine Magd eilte mit einem Wasserkübel über den Burghof. Mit ihren schwarzen Haaren und ihrer aufrechten Haltung erinnerte sie ihn an eine jüngere Magdalena.

Simon streckte sich und dachte an seine Frau. So viele Hindernisse hatten sie schon gemeinsam gemeistert – ihr unendlich trauriger Blick vorhin hatte Simon bestürzt. Magdalena hatte davon gesprochen, dass sie am tiefsten Punkt ihres Lebens angelangt sei. Was hatte sie damit gemeint?

Trotz aller Schwierigkeiten hatte Simon immer noch die Zuversicht, dass sie Paul heil herausbringen konnten. Doch Magdalena schien jegliche Hoffnung verloren zu haben. Er drang nicht zu ihr durch, irgendetwas schien sie ihm zu verschweigen.

Er ging zurück an seinen Platz, setzte sich und griff nach Aventinus' Hauskalender. Zumindest lenkte ihn das Lesen von seinen Sorgen um Magdalena ab. Das Büchlein war eine gute Quelle für die Zeit der Reichen Herzöge und auch für die Landshuter Hochzeit. Simon blätterte erneut in dem Buch und hatte sich schon bald festgelesen. Es war spannend, zu erfahren, wie die mächtigen niederbayerischen Herrscher so plötzlich in die Bedeutungslosigkeit abgesunken waren.

Alles hatte vor über zweihundert Jahren seinen Anfang genommen, im Jahre 1475, mit der Vermählung des Landshuter Herzogs Georg mit Prinzessin Hedwig, der polnischen Königstochter. Die sogenannte Landshuter Hochzeit war ein Fest gewesen, wie es die Welt noch nicht gesehen hatte – vielleicht das letzte große Fest der längst verschwundenen Ritterzeit, mit Tjosten, Turnieren und Banketten, bei denen sich die Tafeln unter der Last der Speisen bogen. Zehn lange Tage und Nächte hatte die Hochzeitsfeier gedauert, neben dem deutschen Kaiser und den mächtigsten Fürsten des Reiches waren zehntausend Gäste geladen gewesen.

Doch aus der Ehe des Traumpaars war kein Sohn hervorgegangen, nur zwei Töchter. Die jüngere Tochter, Margarete, hatte man in ein Kloster gesteckt. Die ältere, Elisabeth, war mit dem Pfalzgrafen Ruprecht verheiratet worden. Da ein uraltes Gesetz vorschrieb, dass nur Söhne das Herzogtum erben konnten, war es zu einem erbitterten Krieg zwischen den Münchner und den Landshuter Wittelsbachern gekommen, in dem die Landshuter schließlich fast alles verloren.

Obwohl Aventinus erst einige Jahre danach auf die Burg gekommen war, hatte er alles genau aufgeschrieben. Seine Notizen waren jedoch so winzig, dass Simon schon bald die Augen schmerzten. Er kramte in seiner Rocktasche, wo er für diese Zwecke immer einen kleinen Kneifer aufbewahrte. Eigentlich hätte er mittlerweile, wie sein Sohn, eine richtige Brille gebraucht. Doch seine Eitelkeit ließ das nicht zu.

Simons Finger tasteten in der Tasche nach dem Kneifer, stießen dort jedoch auf etwas anderes. Es waren jene Rizinusbohnen, die er kürzlich in seiner Tasche wiederentdeckt hatte. Noch vor ein paar Stunden hätte er das Gift vielleicht verwendet, um die Musketiere in die Hölle zu schicken. Doch jetzt waren sie mehr oder weniger Verbündete.

Sie jagten gemeinsam den gleichen Täter, wenn auch aus unterschiedlichen Gründen.

Wie schnell doch aus Feinden Freunde werden, dachte er. *Wobei manchmal die besten Freunde auch Feinde sein können …*

Seufzend holte Simon die kleinen Bohnen hervor und ließ sie durch die Finger gleiten, was ihm ein wenig Beruhigung verschaffte. Es waren vier Bohnen. Sie waren gesprenkelt, wie Käferbohnen, die Oberfläche war angenehm kühl und glatt. Nur an den Seiten hatten sie Rillen. Simon drehte sie hin und her, er tat dies öfter auch mit Kieselsteinen, es half ihm beim Nachdenken. Doch diesmal stellte sich kein rettender Gedanke ein.

Wo ist der Ausweg aus diesem Labyrinth?

Zornig presste er seine Hand zur Faust zusammen.

Plötzlich knackte es.

Erschrocken ließ Simon die Bohnen auf den Tisch fallen und wischte sich die Finger an der Hose ab. Offenbar hatte er eine der Schalen zerbrochen.

Verdammt!

Sein Herz schlug schneller. Er konnte nur beten, dass er nicht mit den tödlich giftigen Samenkörnern in Berührung gekommen war. Vermutlich lagen sie jetzt überall verteilt auf dem Tisch. Schaudernd dachte Simon daran, wie es dem Leibarzt der Kaiserin ergangen war.

Mit einem saftigen Fluch auf den Lippen beugte er sich über die Papiere und hielt Ausschau nach den gefährlichen Körnern …

Und stutzte.

Da waren keine Samenkörner.

Dafür lag dort etwas anderes. Es war so klein, dass Simon zunächst nicht gleich erkannte, was es war. Mit spitzen Fingern hob er das Ding hoch. Es handelte sich um ein winziges Stück gerolltes Papier. Mit einiger Mühe gelang ihm, es auseinanderzuziehen.

Blinzelnd starrte Simon auf einen dünnen Papierstreifen, der nicht viel länger war als ein Fingerglied. Darauf befanden sich schwarze Kleckse. Mit wachsender Aufregung zog er nun doch seinen Kneifer hervor, presste ihn gegen ein Auge und beugte sich tief über den Streifen.

Es waren Buchstaben, ja, mehr noch, ein ganzer Satz.

»Der jüngste Adler kommt zum Fest«, las Simon leise. Was sollte das bedeuten?

Hastig suchte er nach den anderen drei Bohnen, von denen zwei auf den Boden gefallen waren. Als er sie schließlich gefunden hatte, nahm er einen Brieföffner und zwängte ihn vorsichtig zwischen die Rillen.

Die Bohnen sprangen auf.

Auch bei ihnen befanden sich im Inneren kleine Papierstreifen, die Simon mit zitternden Fingern entrollte und nebeneinanderlegte.

Zunächst schienen sie keinen Sinn zu ergeben. Doch als er sie schließlich in die richtige Reihenfolge gebracht hatte, starrte Simon auf einen kurzen Vers, geschrieben in winzigen krakligen Buchstaben.

Drei Eier in des Adlers Nest
Das einst der Leu gestohlen
Der jüngste Adler kommt zum Fest
Will sich's mit Krallen holen

Simon wiederholte die Zeilen, immer wieder. Was sollte das sein? Und warum befanden sich die Verszeilen just in den Bohnen? Es konnte nur einen Grund geben: Der Attentäter hatte sie dort sorgfältig deponiert. Er hatte die Bohnen geöffnet und den giftigen Inhalt entfernt – vermutlich war mit den Samenkörnern der Leibarzt umgebracht worden. Dann hatte er diese Zeilen darin versteckt.

Warum?

»Der jüngste Adler kommt zum Fest …«, las Simon noch einmal. »Das einst der Leu gestohlen.«

Nachdenklich blickte er aus dem Fenster auf den Burghof, hinüber, wo das große Tor in den nördlichsten Teil der Burg führte. Er blinzelte, sah noch einmal genauer hin …

Der jüngste Adler …

Und dann fiel es ihm wie Schuppen von den Augen.

»Natürlich …«, hauchte er. »Wie konnte ich nur so dumm sein!«

Plötzlich glaubte er, zu wissen, was mit den Zeilen gemeint war. Und zum ersten Mal ahnte er auch, wer hinter all dem Leid und Morden in Altötting stecken mochte.

Aufgeregt griff Simon ein weiteres Mal zu den Papieren aus der Ledermappe.

Kapitel 29

Freitag, 14. März, mittags am Altöttinger Kapellplatz

Peter hob den Kopf und atmete den Geruch von Pferdedung, verschüttetem Bier, Pisse und dem Qualm der vielen Lagerfeuer.

Der Altöttinger Kapellplatz, der vor ihm lag, war ein einziges Schlachtfeld. Eben bauten die kaiserlichen Soldaten ihr Lager rund um den großen, verkrüppelten Lindenstumpf ab. Zelte wurden zusammengepackt, Fässer und Ballen auf Wagen verladen. Abgenagte Knochen und andere Küchenreste, aber auch zersplitterte Bretter, zerrissene Planen, ja, ganze Kutschenräder landeten in der großen Kloakengrube neben der Hoftaverne. Übrig blieb ein schlammiger, stinkender Acker, und mittendrin stand die Heilige Kapelle, so als würde sie das alles nichts angehen. Der Kaiser und die Kaiserin waren mit kleinem Gefolge bereits vor einer Stunde abgereist, vom übrigen Tross setzten sich nun die ersten Karren in Bewegung. Auf Peter wirkte es fast so, als wäre Altötting dabei, sich vollständig aufzulösen. Aus dem bayerischen Herzen der Christenheit wurde innerhalb von Stunden wieder ein kleines Kaff.

Nachdenklich ging Peter die breite Altöttinger Dorfstraße entlang, die vom Kapellplatz wegführte. Schon kurz hinter dem Platz wurden die Soldaten und Pilger weniger, die geistlichen Bauten verschwanden und machten einfachen Bauernhäusern Platz. Am Ende der Straße war hinter einer hohen Mauer eine schlichte Kirche zu sehen. Peter beschleunigte seine Schritte.

Den ganzen Weg durch das Mörnbachtal von Neuötting hierher hatte er gegrübelt und seine Gedanken sortiert. Er war zu einem Schluss gekommen, der ihm nicht gefiel – trotzdem musste er überprüfen, ob er richtiglag. Im Nachhinein bereute er es, dass er den Großvater nicht eingeweiht hatte. Doch nun war es zu spät, er musste alleine zurechtkommen.

In der Mauer befand sich ein kleines Gatter, durch das Peter schlüpfte. Suchend sah er sich um. Die Kirche war von einem lauschigen Friedhof umgeben. Unter Linden und Eichen, an denen sich erste Knospen der Mittagssonne entgegenstreckten, standen vermooste Grabsteine und rostige Kreuze. Sankt Michael war die älteste Kirche in Altötting, älter noch als die Stiftskirche und das Franziskanerkloster. Während der Petersfriedhof am Kapellplatz den Geistlichen als Grabstätte diente, beerdigten hier die Altöttinger ihre Angehörigen. Ein ruhiger Ort, den die vielen Wallfahrer meist übersahen.

Und eben deshalb ein gutes Versteck, dachte Peter.

Er machte eine Runde um die Kirche, passierte die alten Grabplatten, die dort eingelassen waren, spähte ins Kirchenschiff und in die kleine Aufbahrungskapelle daneben, rührte in Erdhaufen und suchte nach irgendwelchen Spuren.

Er fand nichts.

Seltsamerweise überkam ihn ein Gefühl der Erleichterung. Er hatte sich also getäuscht.

Gott verzeihe mir mein Misstrauen ...

Gerade wollte er wieder zum Ausgang gehen, als sein Blick auf einen frischen Grabhügel fiel. Die Erde war schwarz und feucht, so als wäre sie eben erst umgegraben worden. Prüfend fuhr Peter mit der Hand hindurch, dann grub er ein wenig tiefer. Seine Finger berührten etwas, er zog dieses Etwas hervor. Als er erkannte, was es war, seufzte er tief.

Gott ist eben doch mit den Vorsichtigen …

Noch konnte er nicht recht einordnen, was der Fund, den er da in den Händen hielt, am Ende bedeutete. Doch eines war klar: Er war dumm und naiv gewesen. Und vielleicht hatte seine Dummheit auch einige Menschen das Leben gekostet.

Das Gatter quietschte, und Peter zuckte zusammen. Schnell verbarg er seinen Fund wieder in der Erde und wischte sich die Finger ab. Er blickte hinüber zum Ausgang und sah Lucia, die mit ihrem Bauchladen eben den Friedhof betrat. Als sie ihn erkannte, blieb sie erschrocken stehen. Schließlich huschte ein Lächeln über ihr Gesicht.

»Sieh an, der junge Herr Studiosus«, sagte sie. »Hast du mich etwa vermisst?«

»Wir alle haben dich vermisst, Lucia«, erwiderte Peter. »Auch mein Großvater.«

»Dann richte dem grantigen Riesen meine besten Grüße aus und …«

»Ich denke nicht, dass er darauf großen Wert legt«, unterbrach sie Peter. »Er war übrigens von Anfang an misstrauisch, was dich angeht.«

»Misstrauisch?« Sie runzelte die Stirn. »Was meinst du? Nur weil ich mich nach all dem Trubel in der Stiftskirche nicht gleich bei euch gemeldet habe? Wenn ich mich recht erinnere, war da ein Meuchelmörder, der es auf den Kurfürsten abgesehen hatte, und dein Großvater hat sich mal wieder mit einem halben Dutzend Soldaten angelegt …« Sie zwinkerte ihm zu. »Verzeih, wenn ich in diesem Moment nicht laut ›Hier!‹ gerufen habe. Ich hatte den Eindruck, ihr habt andere Probleme.«

Peter antwortete nicht. Stattdessen sah er sich um.

»Ein hübscher Ort, so still und dabei gar nicht weit weg von dem Trubel am Kapellplatz«, sagte er nach einer Weile. »Und von einer hohen Mauer umgeben.«

»Woher wusstest du überhaupt, dass du mich hier findest?«, fragte sie mit sichtlich wachsendem Argwohn.

Peter lächelte. »Nun, du hast es uns ja selbst heute früh gesagt. Erinnerst du dich? Der picklige Adalbert sprach von Sankt Michael. Ich nehme an, ihr habt euch hier schon öfter getroffen. Und Adalbert hat dir mehr als nur einen Gefallen getan. Es ist immer gut, einen Geistlichen auf seiner Seite zu wissen. Dann kann man überall rein, der öffnet einem alle Türen … Wobei ich kaum glaube, dass du ihn heute noch empfangen wirst. Ich denke, er hat seinen Dienst getan.«

»Herrgott, was faselst du da eigentlich?« Wütend stellte Lucia ihren Bauchladen auf dem frischen Grabhügel ab und kam näher. »Ich wollte euch helfen, den Kerl zu schnappen. Gut, es hat nicht geklappt. Aber das gibt dir kleiner Schlaumeier noch lange nicht das Recht, so mit mir zu reden!«

»Wie geht es eigentlich deinem Vater, Lucia?«, fragte Peter abrupt. »Ich konnte ihn ja leider immer noch nicht kennenlernen. Du bist doch mit deinem Vater in Altötting, nicht wahr? Das hast du jedenfalls immer wieder gesagt.«

»Er ist krank«, entgegnete Lucia schmallippig. »Die Franziskanerbrüder kümmern sich um ihn.«

»Richte ihm doch meine Genesungswünsche aus. Vielleicht hilft es ja auch, wenn du zu den fünf heiligen Hostien in Andechs betest.«

Sie sah ihn irritiert an. »Was meinst du?«

»Nun, eigentlich solltest du wissen, dass meine Heimat Schongau nicht weit von Andechs entfernt liegt. Als Kinder sind Paul und ich sogar mit dem Großvater dorthin gepilgert.« Peter rieb sich die Nase, als müsste er nachdenken. »Deshalb weiß ich auch, dass es *drei* heilige Hostien sind, nicht fünf, wie du behauptet hast. Ich habe mich gefragt, warum du das als Wallfahrtshändlerin eigentlich nicht weißt. Immerhin ist Andechs ein großer Wallfahrtsort.«

»Ich werde mich wohl versprochen haben«, sagte Lucia und verschränkte trotzig die Arme. »Ist das so schlimm?«

»Ebenso wie du dich versprochen hast, als du von den Petrus-Plaketten erzähltest, die du und dein Vater in Santiago di Compostela verkaufen wollt. Soweit ich weiß, liegen an diesem heiligen Ort aber die Gebeine des Apostels Jakob und nicht die von Petrus.« Peter redete sich jetzt in Rage. »Herrgott, ich habe dir vertraut, Lucia! Wie konnte ich nur so dumm sein! Genauso dumm wie Paul, der auch schon auf dich hereingefallen ist. Du bist gar keine Wallfahrtshändlerin ...«

»Und was bin ich dann?«, unterbrach ihn Lucia.

»Das versuche ich eben herauszufinden. Aber vielleicht erklärst du mir zunächst, wie *das* hier auf den Friedhof kommt.« Peter griff in den frischen Grabhügel und zog ein glitzerndes Geschmeide hervor. Es waren in Silber und Gold eingefasste Juwelen.

»Gib es mir!«, schrie Lucia und rannte auf ihn zu. »Du dreckiger kleiner ...«

Peter zog die geladene Faustbüchse, die er heute Morgen von Max Emanuels Leibgarde bekommen hatte. Er hatte dem Kurfürsten versprochen, dass er weiter nach dem Attentäter Ausschau halten würde. Jetzt war er froh, dass er die Pistole angenommen hatte.

»Stehen bleiben!«, sagte er scharf. Dabei versuchte er, ein Zittern zu unterdrücken. Er hatte noch nie mit einer Pistole auf jemanden geschossen, und er bezweifelte, dass ihm dies bei Lucia gelingen würde.

Selbst wenn sich seine schlimmsten Befürchtungen bewahrheiten sollten.

Lucia verharrte und musterte ihn misstrauisch.

»Schau an, der kleine Studiosus ist gar nicht so harmlos, wie er immer tut.«

»Und du bist auch nicht das, was du vorgibst.« Er hielt die Pistole fest in seinen Händen. »Wer bist du, Lucia?«

»Sag du es mir!«, bellte sie. Ihre Augen waren jetzt schmale Schlitze, hinter denen es bedrohlich funkelte.

»Von Anfang an habe ich mich gefragt, warum du eigentlich immer da aufgetaucht bist, wo ich war.« Peter lächelte traurig. »Und warum du so nett und hilfsbereit warst. Ich dachte wirklich, es liegt an Paul, dass du vielleicht ein klein wenig in ihn verliebt bist und dir Sorgen um ihn machst. Aber es ging dir nie um Paul, nicht wahr? Sehr schnell hast du nämlich die Seiten gewechselt und dich auf *meine* Fährte gesetzt. Weil du merktest, dass ich der bessere Fang bin. Weil ich Kontakte zu ganz oben habe.«

»Beziehungen machen eben attraktiv«, entgegnete Lucia mit einem Schulterzucken. »Das ist wohl wahr. Als du vor einigen Tagen aus der Dekanei kamst und von einem alten Freund sprachst, wusste ich, dass du mir vielleicht noch nützlich sein könntest.«

Peter hob das erdverklumpte Geschmeide hoch, in der anderen Hand hielt er noch immer die Faustbüchse.

»Der Kurfürst erzählte mir heute Morgen, dass seiner Tante eine wertvolle Kette fehlt. Sie meint, sie hätte sie wohl im Trubel der Stiftskirche verloren. Aber sie hat sie nicht verloren, jemand hat sie ihr gestohlen. Wo warst du, Lucia? Warum habe ich dich nicht in der Kirche gesehen?«

Als Peter zuvor durchs Mörnbachtal nach Altötting gewandert war, war ihm ein schrecklicher Gedanke gekommen. Der Attentäter, der sich im Uhrenkasten versteckt hatte, war sehr klein und grazil gewesen.

So grazil wie eine Frau …

»Warst du im Uhrenkasten, Lucia?«, fragte Peter mit bebender Stimme. »Bist du das Phantom, das wir alle suchen?«

Sie starrte ihn schweigend an, schließlich lachte sie laut auf. »Das glaubst du doch selbst nicht! Ich bin mit dir zusammen in die Kirche gegangen, erinnerst du dich?«

»Ja, aber dann warst du plötzlich weg. Ein unbeobachteter Moment, das Versteck hattest du vermutlich am Tag zuvor schon ausgespäht …«

»Herrgott, Peter, das ist …«

»Warum sonst hättest du dich an meine Fersen heften und den pickligen Kaplan um den Finger wickeln sollen?«, unterbrach er sie. »Warum hattest du sonst ein so großes Interesse daran, mit mir in die kurfürstliche Abschiedsmesse zu gelangen? Und warum findet sich das Geschmeide der Herzogin ausgerechnet hier auf dem Friedhof?« Peter schüttelte ungläubig den Kopf. »Wir haben immer an den unheimlichen Assassinen aus dem Morgenland geglaubt. Was aber, wenn der Attentäter in Wahrheit eine junge rothaarige Frau ist, die ihre ganz eigenen Ziele verfolgt?«

»Und was für Ziele sollten das sein?«, fragte Lucia.

»Ehrlich gesagt, weiß ich das noch nicht.« Peter zuckte die Achseln. »Vielleicht ging es dir ja nur darum, Verwirrung zu stiften. Ein paar Morde, um für Chaos zu sorgen.

Für dich ein sehr nützliches Chaos ...« Er sah sie aufmerksam an. »Du warst in der Kirche so plötzlich verschwunden. Vielleicht weil du schnell in den Uhrenkasten gekrochen bist, um auf die passende Gelegenheit zu warten? Die Gelegenheit für den nächsten Mord. Und dann hast du beim Hinauslaufen auch noch das Geschmeide mitgehen lassen. Die Gier war zu groß ...« Peter deutete auf den frischen Grabhügel. »Was werde ich wohl finden, wenn ich hier weiterwühle? Andere Opfer?«

»Du willst wissen, was in dem Grabhügel ist? Nun, das kann ich dir zeigen.« Lucia machte eine hastige Bewegung, und Peter streckte ihr die Pistole entgegen. Sie hob die Hände und lächelte. »Keine Angst, Studiosus! Ich werd dich schon nicht beißen.«

Sie griff zu dem Bauchladen, in dem sich in den Fächern Wetterkerzen, Medaillons, silbrige Plaketten und Heiligenbildchen reihten. Blitzschnell zuckte Lucias Hand nach vorne. An der Vorderseite des Ladens befand sich ein kleiner Hebel.

»Keine Bewegung!«, rief Peter.

Doch es war zu spät.

Lucia hatte den Hebel bereits zur Seite geschoben.

*

Zum hundertsten Mal wischte Magdalena dem großen fiebernden Mann den Schweiß von der Stirn. Ab und an prüfte sie seinen Puls, sie hatte ihm auch Quarkwickel gemacht, um das Fieber ein wenig zu senken. Doch sie wusste, dass alles, was sie tat, nicht mehr entscheidend war. Ob Maxime überlebte oder nicht, hing jetzt nur noch von ihm selbst ab – und von Gott.

Magdalena betrachtete sein Gesicht. Es war blass und

bärtig, eine Narbe zog sich vom rechten Ohr hinunter zum Hals.

Wenn Männer schlafen, sehen sie alle aus wie Kinder, dachte sie. Sie mochten geraubt, gemordet und vergewaltigt haben, doch am Ende waren sie alle Söhne von liebenden Müttern.

Sie warf den Lappen in die Schüssel und weinte.

So lange hatte sie die Tränen unterdrückt, nun ging es nicht mehr. Seltsam, dass dies gerade bei der Pflege eines Mannes geschah, der vielleicht mehr Männer auf dem Gewissen hatte als ihr Vater. Aber sein im Schlaf so jugendliches Gesicht hatte sie an Paul erinnert und an ihre eigene Lage.

In den letzten Tagen hatte sich Magdalenas Leben komplett gewandelt. Ihr jüngerer Sohn schuftete sich hier auf der Burg zu Tode, wenn man ihn vorher nicht noch auf irgendeine Galeere schleppte und ihn weit fortbrachte, an einen Ort, von dem er nie wieder zurückkehren würde. Und sie selbst hatte keinen Vater mehr. Oder doch? Hatte sie jetzt zwei Väter, von denen der eine ein längst verrotteter Teufel war und der andere ein Lügner? Es war alles so kompliziert! Und sie konnte sich keinem anvertrauen.

Mehrmals hatte Magdalena überlegt, sich Simon gegenüber zu öffnen. Einmal war sie schon kurz davor gewesen, doch dann hatte sie gezögert. Es würde kein Zurück mehr geben, wenn das Geheimnis in der Welt wäre. Und trotzdem war es schon jetzt so, dass sie Paul mit anderen Augen sah. Wie er da im Kerker über den anderen Gefangenen hergefallen war, wie eine verletzte, bedrohte Kreatur … All seine Wutausbrüche, seine gelegentlichen Bosheiten gegenüber Tieren und Menschen ergaben plötzlich einen Sinn. Wenn sie doch nur …

Es klopfte, und Magdalena erstarrte. Wer war das? Sie

war eine Gefangene, ebenso wie Simon, der noch immer oben im Turmzimmer über diesen Papieren saß. Oder wurden sie gerade befreit? Standen Soldaten vor der Tür, gar der Vizedom selbst?

»Herein«, sagte sie, mehr aus einer Gewohnheit heraus. Sie fuhr sich durch das zerzauste Haar und trocknete ihre Tränen.

Die Tür öffnete sich, und herein trat Arthur.

»Seit wann klopft Ihr an?«, fragte Magdalena verbittert. Offenbar wurden sie doch nicht gerettet. »Ich bin schon froh, wenn Ihr mir nicht ans Mieder geht.«

»Ich bin Franzose, *Madame*, ein Musketier Ihrer Majestät, des Königs. Kein Ungeheuer.« Arthur trat näher. Sein Blick fiel auf die Schüssel und den Lappen. »Ihr versucht, das Fieber zu senken?«

»Ich tue das, was man mich als Hebamme und Heilerin gelehrt hat. Und ich helfe jedem Menschen, egal ob Deutscher oder Franzose, ob Held oder Ungeheuer.«

»*Je comprends*, ich verstehe. Und ich schätze Eure Antwort.« Arthur nickte. »Darf ich mich zu Euch setzen?«

Schweigend bot sie ihm den Stuhl neben sich an. Er nahm Platz und rieb sich die Müdigkeit aus dem Gesicht.

»Ich kann verstehen, dass Ihr wütend seid«, sagte er schließlich. »Aber bitte seht auch unsere Seite. Ihr seid in unseren Turm eingebrochen …«

»Ich denke, dieses Missverständnis haben wir ausgeräumt«, entgegnete sie. »Außerdem habe ich mit diesem verflixten Degen nichts zu tun. Das ist allein die Sache meines Mannes, er hat sich da mal wieder in etwas hineingeritten. Aber er ist kein schlechter Mensch, das kann ich Euch versichern.«

»Auch wir sind keine schlechten Menschen. Wir arbeiten als Soldaten für den französischen König, so wie Euer

Gatte als Doktor für den Kurfürsten.« Er nickte entschlossen. »Jeder arbeitet eben für sein Land.«

»Ich arbeite für kein Land, *Monsieur*! Mein Land ist meine Familie, und ich bin in Burghausen wegen meines Sohnes.« Ihre Stimme zitterte, wieder kämpfte sie mit den Tränen. »Man hat ihn hier eingesperrt, ihm drohen zwanzig Jahre Schanzarbeit oder Galeerendienst. Und ich werde alles tun, um ihn zu befreien!«

»Gestattet mir eine Frage, *Madame*. Wenn Eurem Sohn zwanzig Jahre Galeerendienst drohen, dann wird er wohl mehr verbrochen haben, als nur einen Apfel zu stehlen, *n'est-ce pas*?«

Magdalena schloss die Augen. »Er ... er hat einen Soldaten niedergeschlagen.«

»Nur niedergeschlagen?«, hakte Arthur nach.

»Verflucht, nein, er hat ihn fast totgeschlagen! Er ... er war betrunken, und er ist oft unbeherrscht ... Ja, vielleicht hat Paul diese Strafe verdient, aber ...«

»Aber eine Mutter wird ihren Sohn nie im Stich lassen, so wie ein Musketier seinen König nicht. Egal, was dieser tut. Ich verstehe das, *Madame*.« Er deutete hinüber zu dem fiebernden Soldaten, dessen massiger Brustkorb sich schnell hob und senkte. »Maxime ist keiner, den man zum Feind haben möchte. Er hat viele Männer auf dem Gewissen, darunter nicht nur Mörder und Halunken. Aber wir beide, wir drei ...« Er deutete zur Tür, hinter der vermutlich noch immer Gabriel wachte. »Wir sind wie Brüder. Wir würden alles füreinander geben. Einer für alle, alle für einen! So wie Ihr für Euren Sohn. Und deshalb werden wir Euch helfen.«

»Aber doch nur, wenn mein Mann Euch nützlich ist«, spottete Magdalena. »Und wenn Maxime überlebt.«

»Nein, *Madame*. Wir werden Euch helfen, weil mir

Eure Haltung gefällt.« Er lächelte. »Und weil ich als Franzose einer schönen Frau nun mal nichts abschlagen kann.«

Sie sah ihn ungläubig an. »Danke«, sagte sie schließlich. »*Merci* ... So heißt das wohl bei Euch.« Magdalena zögerte. »Darf ich Euch etwas fragen?«

Er nickte. »Was immer Ihr wollt, *Madame.*«

»Stellt Euch vor, Ihr würdet erfahren, dass Euer Vater gar nicht Euer Vater ist«, brach es aus ihr heraus. »Dass Ihr von einem Ungeheuer gezeugt wurdet und dass Euer eigener Sohn sich manchmal wie ein Ungeheuer gebärdet.«

Er hob die Augenbraue. »*Excusez-moi*?«

Magdalena musste bitter auflachen. Wie seltsam, dass sie sich gerade gegenüber diesem kleinen Franzosen offenbarte. Vielleicht weil er ein Fremder war, weil sie ihn wohl nie wiedersehen würde.

»Was macht Ihr mit diesem Wissen? Behaltet Ihr es für Euch? Und wenn Ihr schweigt, wird es sich dann immer tiefer in Euch hineinfressen wie ... wie ein böses Wiesel?«

»Ich weiß nicht, was ein Wiesel ist, *Madame.* Aber ich will Euch selber eine Frage stellen. Liebt Ihr Euren Sohn?«

»Ich liebe alle meine Kinder, mehr als alles auf der Welt!«

»Und liebt Ihr den, von dem Ihr seit Eurer Kindheit dachtet, er sei Euer Vater?«

Magdalena nickte. »Er ist der beste Vater, den man sich vorstellen kann. Vielleicht manchmal ein bisschen grantig und stur, und er trinkt zu viel, und, na ja, der ständige Pfeifenrauch kann einen schon aufregen, aber davon abgesehen ... Ja, ich liebe ihn.«

»Dann verstehe ich Euch nicht, *Madame.* Denn für Euch hat sich nichts geändert. Wir sind alles eigene Menschen, nur uns selbst und Gott gegenüber verantwortlich. Abstammung mag bei Königen und Fürsten eine Rolle spielen, aber nicht für unsereins. Es zählt allein, wie wir *jetzt* leben, und nicht, woher wir stammen.«

»So habe ich das bislang noch nicht gesehen«, sagte Magdalena zögerlich. Geistesabwesend nahm sie den Lappen in die Hand und tunkte ihn in die Schüssel. Das Wasser umspülte warm ihre Finger.

»Danke«, murmelte sie. »*Merci.*«

Arthur wollte eben etwas erwidern, doch in diesem Moment flog die Tür auf. Gabriel polterte herein, er redete in schnellem Französisch auf seinen Kameraden ein.

»Was sagt er?«, fragte Magdalena in eine kurze Pause hinein.

»Er sagt, dass der deutsche Kaiser mit seinem Gefolge auf die Burg kommt.« Arthur verzog grimmig die Miene. »Offenbar hat es einen weiteren Anschlag in Altötting gegeben. Das ist nicht gut für uns. Sicher wird man uns als Franzosen nun noch mehr misstrauen. Wir werden abreisen müssen, vielleicht noch heute …«

Gabriel unterbrach ihn und sprach hastig weiter. Arthur lauschte, und Magdalena konnte das Wort *docteur* heraushören.

»Es geht um meinen Gatten, nicht wahr?«, erkundigte sie sich ängstlich.

»*Oui.*« Arthur nickte. »Euer Mann hat offenbar etwas Wichtiges herausgefunden. *Très intéressant*!« Er erhob sich. »*Madame*, folgt mir. Bevor Euer Mann dort oben noch vor lauter Aufregung aus dem Turmfenster springt.«

*

»Ich sagte, keine Bewegung!«, rief Peter erneut.

Seine Hand zitterte, der Finger krümmte sich um den Abzug. Eben wollte er abdrücken, als sich am Bauchladen eine Klappe öffnete. Als Lucia den Kasten nach vorne kippte, ergossen sich mit lautem Geklimper Münzen, Beutel, Ringe und Broschen auf die feuchte Erde.

Mit offenem Mund starrte Peter auf den glitzernden Haufen.

»Aber … aber …«, stammelte er schließlich und ließ die Pistole sinken.

»Im Grabhügel ist noch mehr«, sagte Lucia. »Glückwunsch, Studiosus! Du hast mein kleines Versteck entdeckt. Aber sag nie wieder, ich sei eine Meuchelmörderin.«

»Du … du bist eine Diebin? Nichts weiter als eine gewöhnliche Diebin?«

Noch immer blickte Peter auf den Haufen von Ringen, Broschen und Münzen vor ihm auf dem Boden. In den Bäumen des Friedhofs zwitscherten ein paar Vögel, als wollten sie ihn verspotten.

»Gewöhnliche Diebin? Na, hör mal! Das grenzt an Beleidigung!« Lucia schnaubte abfällig. »Du wirst zwischen Rom und Altötting bestimmt keine bessere Wallfahrtsdiebin finden als mich. Mein Vater hat mich das Geschäft gelehrt, seit ich meine Finger in fremde Taschen stecken konnte. Leider ist er vor zwei Jahren nach kurzer Krankheit gestorben. Und das, obwohl ich zwölf unserer besten Kerzen gestiftet habe, samt einer Menge falschen Silbers!« Sie zwinkerte ihm zu. »Was das angeht, habe ich also gelogen. Mea culpa! Ich bin allein hier, nicht mit meinem Vater. Gott hab ihn selig.«

»Und dieser … dieser Friedhof hier?«, stammelte Peter.

»Ist mein Versteck. Kompliment, Schlaumeier!« Sie klatschte spöttisch in die Hände. »Ich mache das immer so. Streife mit dem Bauchladen durch die Menge, greife hier und da was ab und verstecke es unten im Kasten. Dann bringe ich das Zeug von Zeit zu Zeit an einen unauffälligen Ort und verberge es, damit es keiner bei mir findet. Glaub mir, ich weiß selbst, was einer Diebin droht. Dafür brauch ich nicht deinen Vater, den Henker. Und ich will alle Finger an meiner Hand noch länger behalten.«

Peter fiel ein, wie oft in den letzten Tagen von Diebstählen die Rede gewesen war. Auch der Pater Superior aus der Jesuitenkirche hatte davon gesprochen. Steckte hinter all diesen Diebstählen am Ende Lucia?

»Und glaub mir«, fuhr sie fort. »Ich fand deinen Bruder wirklich süß, es war eine schöne Nacht mit ihm. Aber ich habe schnell gemerkt, dass bei dir mehr zu holen ist. Ich dachte, durch dich komme ich an die wirklich reichen Pfeffersäcke ran.« Sie schüttelte den Kopf. »Das mit Santiago di Compostela war wirklich dumm! So was passiert mir sonst nicht.«

»Deshalb also auch der picklige Kaplan, weil du so dessen Vorgesetzte besser bestehlen kannst«, überlegte Peter laut.

»Ringe, Kruzifixe ... Bei den dicken Pfaffen gibt es einiges zu holen. Und für einen Blick unter den Rock vergessen die schnell mal das Zölibat und ihren Münzbeutel.« Lucia nickte. »Ich dachte, wenn ich es zur Abschiedsmesse in die Stiftskirche schaffe, kann ich richtig Reibach machen. Da waren ja sämtliche reichen Neuöttinger versammelt, und dann noch der Hofadel! Ich hab die Leute abgegriffen, als sie in die Kirche kamen. Da war das Gedränge am größten. Später habe ich mich dann in einer Nische versteckt, weil ich dachte, ich könnte beim Rausgehen noch mal zuschlagen. Aber dann sprang dieser Kerl aus dem Uhrenkasten, die Kaiserin schrie wie am Spieß, alles rannte durcheinander ...«

»Und da hast du das Geschmeide der Herzogin gestohlen.« Peter ließ die Faustbüchse sinken.

Plötzlich kam er sich schrecklich dumm vor. Für einen Moment hatte er wirklich geglaubt, Lucia sei der gesuchte Assassine. Beinahe hätte er sie deshalb über den Haufen geschossen. Was wäre wohl geschehen, wenn er seinen Irrtum später bemerkt hätte? Sein Leben lang hätte ihn diese Tat begleitet.

»Was wirst du jetzt machen?«, fragte Lucia. Ihre Blicke huschten hinüber zu dem Geschmeide in seiner Hand. »Wirst du mich bei den Wachen verpfeifen?«

»Ich … weiß nicht«, sagte er zögernd. »Sollte ich? Du hast viele Menschen bestohlen. Nicht nur eine reiche Herzogin. Du bist eine Diebin, Lucia.«

Und ich weiß, was man mit Dieben macht, dachte er. Sein Großvater hatte etliche von ihnen aufgehängt.

»Und wenn ich dir einen Vorschlag mache?« Sie deutete auf die Münzen, Ringe und Broschen am Boden. »Ich verspreche dir, dass ich dies alles den Franziskanern spende, die dafür Wein und Speisen für die Armen kaufen sollen. Nur das Geschmeide behalte ich.« Sie grinste. »Die Herzogin bekommt sicher von ihrem Mann eine neue Halskette. Sie wird sie gar nicht groß vermissen.«

Peter schmunzelte. Er konnte einfach nicht anders, als dieses rothaarige Mädchen zu mögen. Oder wickelte sie ihn gerade eben schon wieder um den Finger?

»Ich werde es mir überlegen«, sagte er. Dann fiel ihm etwas ein. »Wenn ich dich nicht verpfeifen soll, musst du mir einen letzten Gefallen tun. Dieser Meuchelmörder läuft noch immer dort draußen herum. Ich habe die Hoffnung noch nicht aufgegeben, dass ich ihn doch noch erwische. Auch wegen Paul. Du bist schlau, Lucia. Eine Taschendiebin, mit allen Wassern gewaschen. Vielleicht denkst du ein wenig so wie er, das könnte nützlich sein. Hilf mir, den Kerl zu finden!«

»Dafür müsste ich erst mal wissen, was du über ihn weißt«, sagte sie.

Peter nickte. In flüsternden Worten fing er an zu erzählen.

*

Nur wenige Meilen entfernt saß Sophia im Schneidersitz in ihrer Dachkammer, vor sich ausgebreitet all die Zeitungen, Kalender und zerfledderten Büchlein, die sie in den letzten Tagen gelesen hatte. Darunter befand sich auch jenes Buch, welches sie auf die richtige Fährte gebracht hatte, das Buch mit den vielen schönen Bildern.

Sie lächelte spöttisch. Die Erwachsenen waren so dumm! Warum sahen sie nur alle nicht, was vor ihnen lag? Vielleicht, weil sie zu kompliziert dachten? So wie ihr Bruder Peter, der dachte auch immer um drei Ecken. Sophia liebte Geschichten, Märchen, Erzählungen von Kaisern und Königen, von Prinzen und Prinzessinnen. Und letztlich waren alle diese Ereignisse hier in Altötting auch nichts weiter als eine große Geschichte. Spannend, lustig, traurig, wunderbar, mit ein paar kniffligen Rätseln ... So mussten Geschichten sein! Und natürlich gab es auch einen finsteren Bösewicht, einen schwarzen Ritter.

Sophia war noch nicht ganz sicher, was ihr all diese Dinge genau sagten: das Siegel, der arabische Spruch, der Dolch ... Sie wusste auch nicht, wer der schwarze Ritter genau war. Aber sie hatte eine Ahnung.

Sie blickte auf die Waffe, die auf ihren Schenkeln lag. Der Dolch mit dem eingravierten Namen.

Wolfgang.

Am Ende hatte der Dolch ihr sein Geheimnis verraten.

Aber sie würde es den Erwachsenen nicht sagen, o nein! Sollten sie ruhig noch ein wenig herumirren und suchen.

Das hatten sie nun davon, dass sie sie hier einsperrten und nicht mit auf Verbrecherjagd nahmen! Nur einem einzigen Menschen würde sie ihr Wissen anvertrauen, und das war kein Erwachsener.

Entschlossen stand sie auf, steckte sich den Dolch unter den Rock und begab sich zum Dachfenster. Wie auch die Fenster im anderen Raum war es mit Eisenstreben vergittert, vermutlich, damit niemand von außen über das Dach einbrechen konnte. Allerdings waren die Streben so verrostet, dass Sophia keine Stunde gebraucht hatte, um sie mit einem schartigen Küchenmesser durchzufeilen. Sie hatte die Schnitte schräg angesetzt. Wenn man sich geschickt anstellte, ließ sich das Gitter später wieder einsetzen, und keiner merkte etwas. Schon gestern war Sophia auf diese Weise entwischt. Mochten die anderen denken, dass sie hier oben nur las, in der Nase bohrte und sich langweilte. Sie hatte Besseres vor!

Leise öffnete sie die Fensterläden der Dachluke, griff nach den Streben und hob vorsichtig das Fensterkreuz heraus. Ihr Großvater war noch immer nebenan, sie hörte ihn schnarchen. Er war alt und hatte eine böse Beule am Kopf. Doch sie wusste, dass er die Ohren eines Luchses hatte. Vor allem, wenn es um seine neunmalkluge Enkelin ging.

Rostiger Staub rieselte zu Boden, als Sophia das Fensterkreuz lautlos zur Seite legte. Sie hob die Arme und hievte sich durchs Fenster. Auf der Straße war sie wegen ihres Klumpfußes im Nachteil, doch sie war eine fantastische Kletterin, das hatte sie schon früher gelegentlich bewiesen. Oben angekommen, hängte sie sich mit den Füßen an einem Vorsprung am Kamin ein und ließ den Oberkörper nach unten baumeln. Dann griff sie nach dem Fensterkreuz und setzte es wieder ein. Es hielt. Mühelos wie ein kleiner Affe zog sie sich wieder nach oben.

Das soll mir der Paul erst mal nachmachen …

Grinsend saß Sophia auf dem schrägen Dach und beobachtete von dort aus das Treiben unter ihr. Von hier oben konnte sie alles überblicken: die Neuöttinger Stadtkirche mit ihrem hohen Turm, den lang gezogenen Stadtplatz, das Mörnbachtal mit seinen Auwäldern und Mühlen und in einiger Entfernung Altötting mit den zwei Türmen der Stiftskirche …

Bei ihrem ersten Ausbruch hatte Sophia eine von Efeu überwachsene Regenrinne entdeckt, an der sie auch diesmal wieder hinunterkletterte. Die Spitze des Dolchs bohrte sich schmerzhaft in ihren Schenkel, und kurz überkam sie die Angst, die Klinge könnte vergiftet sein. Sie drückte die Spitze zur Seite und rutschte nach unten, bis ihre Füße schließlich den Grund berührten.

Sie befand sich in einer schmalen, schmutzigen Seitengasse, die mit allerlei Gerümpel vollgestellt war. Vorsichtig trat sie hinaus auf den Platz vor dem Wirtshaus, wo ein paar Mägde um einen Brunnen standen. Keiner beachtete das zehnjährige Mädchen, das über den Platz auf das Einmanntor zuhumpelte und dort verschwand.

Den ganzen Weg durch das Mörnbachtal überlegte Sophia, wie sie Alois von ihren Überlegungen erzählen würde. Was würde er Augen machen, wenn er erst den Dolch sah!

Schon bei ihrem letzten Ausbruch hatte sie Alois besuchen wollen, aber sie hatte ihn nicht gefunden. Auch der kurfürstliche Soldat, der vor dem Dekaneigarten Wache gestanden hatte und der sie mittlerweile kannte, konnte ihr nicht weiterhelfen. Nun, vielleicht hatte sie heute ja mehr Glück. Sie trug ihr hübsches rotes Haarband, mit dem sie sich immer gleich viel älter fühlte, wie eine feine Dame. Heute war ein Tag zum Feiern, die Erwachsenen würden stolz auf sie sein, wenn sie irgendwann einmal von ihrem Scharfsinn erfuhren!

Nach einer halben Stunde hatte Sophia die ersten Häuser von Altötting erreicht. Sie spürte die Unruhe, die in der Luft lag. Viele Pilger reisten ab, sie unterhielten sich über das misslungene Attentat und darüber, dass Gott wohl seine Hand von dem Ort genommen hatte. Andere waren der Meinung, das Scheitern des Attentats habe gezeigt, dass die Schwarze Madonna noch rechtzeitig eingegriffen hatte.

Wiehernde Pferde, quietschende Karren, betende Wallfahrer und laut rufende Soldaten kamen Sophia entgegen. Sie wich ihnen allen aus und bahnte sich ihren Weg durch die Menge, bis sie schließlich vor dem Eingang des Gartens hinter der Dekanei stand. Die Wache nickte ihr freundlich zu.

»Die kleine Küchengehilfin, so sieht man sich also noch mal«, sagte der Soldat. Er deutete mit dem Daumen nach hinten. »Drinnen werden eben die Küchenzelte abgebaut. Spätestens in ein, zwei Stunden geht es wieder heim nach München, und du musst dir ein anderes kostenloses Gasthaus suchen.« Er zwinkerte ihr zu.

»Ist denn der Alois da?«, fragte sie hoffnungsvoll.

»Der Küchenjunge?« Der Wachmann nickte. »Ich denke, heute hast du Glück, Mädchen. Hab ihn eben noch gesehen. Packt wohl endlich mal mit an, der Faulpelz. Na ja, jetzt, wo es nach Hause geht …«

Sophia huschte an der Wache vorbei und betrat den Garten.

Tatsächlich waren hier alle schon im Aufbruch begriffen. Von den Zelten stand nur noch eines, die anderen waren bereits zu großen Ballen zusammengerollt, in einer Ecke des Gartens stapelten sich große Töpfe und Pfannen, bereit für den Abtransport. Überall liefen Menschen durcheinander, trugen Zinkwannen, Fässer, Säcke. Köche schrien, Diener trieben Ochsen vor sich her. Keiner schien Sophia groß zu beachten.

Suchend blickte sie sich nach Alois um. Als sie ihn nirgendwo entdeckte, fiel ihr etwas ein. Die Remise! Dort war er schon das letzte Mal gewesen. Vielleicht versteckte er sich ja dort, um nicht arbeiten zu müssen. Schmerzlich spürte Sophia, dass sie den Küchenjungen vermissen würde. Er war für sie einer der wenigen Lichtblicke in Altötting gewesen, auch wenn sein Hinweis nach dem Attentäter letztlich in die Irre geführt hatte. Seit der Sache mit dem Weihrauchhändler hatte sie ihn nicht mehr gesehen.

Sophia betrat die schattige Remise und nahm eine Bewegung wahr. Tatsächlich, dort stand Alois! Sie lächelte erleichtert. Er sattelte eben eines der Pferde. Also drückte er sich doch nicht vor der Arbeit.

»Hier bist du also!«, rief sie. »Ich dachte schon, ich könnte dir nicht mehr Lebewohl sagen.«

Alois zuckte zusammen. Als er Sophia erkannte, entspannte er sich und nickte ihr freundlich zu. Stoisch fuhr er fort, das Pferd zu satteln.

»Ha!« Sie grinste. »Dachtest wohl, ich bin dieser dicke Koch Semmelweis, der dem faulen Küchenjungen die Ohren lang zieht.«

»Was willst du?«, brummte er. Siedend heiß fiel Sophia ein, dass der dicke Semmelweis ja tot war, vergiftet von diesem Ungeheuer, das noch immer frei herumlief. Wie konnte sie nur so taktlos sein!

»Tut mir leid«, murmelte sie. Ihre Miene hellte sich auf. »Ich hab eine Überraschung für dich!«

»So, und die wäre?« Alois band dem Pferd die Satteltaschen um.

»Ich weiß jetzt, wer hinter den Attentaten steckt!« Sie zog eine Schnute. »Na ja, ich habe zumindest eine Ahnung. Das mit dem Kerl in der Jesuitenapotheke hat leider nicht gestimmt, das war nur der Weihrauchhändler. Aber das konntest du ja nicht wissen. Doch ich glaub, ich hab jetzt was rausgekriegt, was wirklich Wichtiges!« Stolz reckte sie ihr Kinn vor. »Übrigens als Einzige. Die Erwachsenen haben keinen blassen Schimmer!«

»Alle Achtung.« Nun lächelte er doch, dann deutete er auf das Pferd. »Hör mal, Sophia, ich muss mich beeilen, bevor ich noch Ärger bekomme …«

»Willst du nicht wissen, was ich rausgefunden habe?«, fragte sie enttäuscht.

»Also gut.« Alois seufzte und wies auf das Stroh hinter einem der Karren, die in der Remise standen. »Du wirst ohnehin keine Ruhe geben, kleine Schlaumeierin, ehe du mir nicht alles erzählt hast. Dann können wir es uns auch kurz bequem machen. Wird schon keiner nach mir schauen, die sind alle mit anderen Dingen beschäftigt.«

Sie setzten sich ins Stroh, und sofort sprudelte es aus Sophia heraus.

»Also, es ist so … Der Mörder hat bei all seinen Attentaten so ein Siegel hinterlassen. Auf seinen Pfeilen, auch auf Münzen! Es ist ein Vogel mit ausgebreiteten Schwingen. Ich hab es abgemalt, schau, so sieht es aus!« Sie zog einen zerknitterten Zettel hervor, auf den sie das Münzsiegel abgepaust hatte. Sie hatte sich besonders viel Mühe gegeben. Danach hatte sie die Münze zurück in die Schublade gelegt, damit keiner Verdacht schöpfte. Sophia war ziemlich stolz auf sich. Ihr Großvater hätte es nicht besser machen können.

Neugierig beugte sich Alois über das Stück Papier. »Wo hast du das her?«

»Hab mir die Münze von meinem Bruder ausgeborgt. Sie lag auf dem Auge des ermordeten Kaplans.« Sie legte die Finger an die Lippen. »Aber verrat mich bloß nicht! Sonst legt mich der Großvater noch übers Knie.«

»Kompliment, an dir ist ja eine echte Malerin verloren gegangen«, sagte er anerkennend. »Welcher Vogel soll das denn sein? Ein Falke?«

»Ha!« Sie grinste. »Das haben die Erwachsenen auch gedacht, weil da, wo diese komischen Assassinen wohnen, da sollen auch viele Falken leben. Aber es ist kein Falke, es ist ein Adler! Ein Adler mit einer Krone auf dem Kopf.«

»Und wie kommst du drauf? Ich meine, die Zeichnung ist ziemlich klein …«

»Weil ich diesen Adler woanders gesehen habe!«, erwiderte sie aufgeregt. »Genau diesen hier! In einem Buch, das ich oben in der Dachkammer gefunden habe. Ich kann schon ziemlich gut lesen, weißt du?«

»Aha, und was stand da drin?«, erkundigte sich Alois. »In diesem Buch?«

»Es ist ein Buch über eine große Ritterhochzeit, man nennt sie die Landshuter Hochzeit. Das war ein riesiges Fest, vor vielen Hundert Jahren, mit Rittern und Turnieren und Musik! Damals hat der Sohn des Landshuter Herzogs eine echte Prinzessin geheiratet. Die polnische Königstochter, sie war sehr hübsch!« Sophia kam ins Schwärmen. »Georg und Hedwig. Die beiden waren ein wunderschönes Paar und sehr, sehr glücklich …«

»Und was hat das jetzt mit dem gekrönten Adler zu tun?«

»In dem Buch sind Bilder von dem Ritterturnier, richtig gut gezeichnet! Und da sieht man auch Wappen, also die Wappen der einzelnen Herrscherhäuser.« Sophia deutete auf die abgepauste Zeichnung. »Das hier ist das Wappen vom Königreich Polen. Hedwigs Wappen. Ein gekrönter Adler. Genau so sieht es aus!«

Alois schwieg. Zum ersten Mal schien er wirklich interessiert. Er betrachtete lange das zerknitterte Blatt Papier.

»Aber das ist noch nicht alles«, fuhr Sophia ungeduldig fort. »Dieser Attentäter hat meinem Bruder vor ein paar Tagen so einen komischen Spruch hinterhergerufen. Gott schütze den wahren König! Ich hab nachgedacht. Mit dem König könnte doch auch der polnische König gemeint sein. Was meinst du? Immerhin hat dieser üble Kerl auch das polnische Wappen als Siegel verwendet ... Ich verstehe nur nicht, wieso. Warum tut er das?«

»Ja, warum?«, murmelte Alois. Er schien ganz in Gedanken, vielleicht war er im Kopf schon wieder mit dem Satteln des Pferdes beschäftigt. Sophia war ein wenig enttäuscht. Sie hatte gehofft, dass Alois sich mehr freuen würde, dass er sie loben und sie gemeinsam überlegen würden, wie das alles zusammenhing. So wie der Großvater und der Peter es immer taten.

»Und jetzt kommt das Beste!«, rief Sophia. Sie hatte sich die größte Überraschung für den Schluss aufgehoben. Damit würde sie Alois bestimmt kriegen. Verschwörerisch senkte sie die Stimme.

»Das darfst du jetzt aber keinem weitererzählen, ja? Das ist wirklich streng geheim! Heute früh, als der Meuchler den Kurfürsten in der Stiftskirche umbringen wollte, da hat er seinen Dolch nach ihm geworfen. Mein Bruder hat den Dolch vom Kurfürsten geschenkt bekommen. Aber ich hab ihn geklaut!« Stolz zog sie ihn hervor. »Schau! Da steht ein Name drauf.«

»Welcher Name?«, fragte Alois heiser. Er hustete, die Luft in der Remise war wirklich ziemlich stickig.

»Wolfgang«, erwiderte Sophia. »Der Name ist Wolfgang. Und jetzt kommt das Seltsamste! Ich habe von diesem Namen gelesen, in dem gleichen Buch!« Sie nickte eifrig. »Die Geschichte mit Hedwig und Georg geht nämlich weiter, und sie ist am Ende sehr, sehr traurig. Georg wollte nämlich unbedingt einen Sohn haben. Zuerst bekam er aber nur zwei Töchter. Dann endlich kam der Sohn. Er hieß Wolfgang! Aber leider …«

»Aber leider starb Wolfgang kurz nach der Geburt, noch in den Armen seiner Mutter. Und das Haus Landshut-Niederbayern war dem Untergang geweiht«, vollendete Alois ihren Satz mit düsterer Miene.

Sophia sah ihn erstaunt an. »Du kennst die Geschichte? Aber …«

»Gib mir den Dolch, Sophia.« Alois streckte die Hand aus. »Bevor ich dir mehr wehtun muss als unbedingt nötig.«

Seine Stimme war tief und rau. Und zum ersten Mal bemerkte Sophia, dass die Augen des Küchenjungen viel älter waren als sein kindliches, von Pockennarben entstelltes Gesicht.

Kapitel 30

Freitag, 14. März, mittags
im Burghausener Büchsenmeisterturm

Es steht alles dadrin!« Simon tippte so heftig mit dem Finger auf die Seiten, dass Magdalena fast befürchtete, der Finger könnte brechen. »Hier in Aventinus' Hauskalender!«

Gemeinsam mit Arthur und Gabriel standen sie oben im Dachzimmer des Büchsenmeisterturms. Simon hatte sich hinter dem Tisch erhoben, offenbar hielt es ihn nicht mehr auf seinem Stuhl. Vor ihm lagen zerfledderte Dokumente, Bücher, Notizzettel und eben jener Hauskalender.

»Die Bohnen haben mich auf die richtige Spur gebracht!«, rief Simon.

»Die Bohnen?« Arthur runzelte die Stirn. »*Mon dieu*! Was redet Ihr da? Hat Euch Maxime mit seinem Fieber vielleicht angesteckt?«

»Ich habe noch mal die Rizinusbohnen angesehen«, sagte Simon aufgeregt. »Sie sind innen hohl!« Er erzählte den anderen von den giftigen Bohnen, von dem Mord an dem kaiserlichen Leibarzt und was er entdeckt hatte.

»Der Giftmörder hatte eine Nachricht in den Bohnen versteckt«, endete Simon schließlich. »Ein Gedicht, mehr eine Art Rätsel! Es liest sich wie ein Brief, wobei ich mir nicht sicher bin, ob der Adressat der Kaiser oder der Kurfürst ist. Ich vermute eher, der Kaiser, denn in der kaiserlichen Propstei habe ich die Bohnen ja gefunden.« Er deutete auf die vier winzigen Papierstreifen am Tisch. »Mit dem Zwicker lassen sich die Zeilen lesen ...« Simon klemmte sich die Brille auf die Nase, hob die Streifen mit spitzen Fingern hoch und trug vor: »Drei Eier in des Adlers Nest, das einst der Leu gestohlen. Der jüngste Adler kommt zum Fest, will sich's mit Krallen holen.«

»Adlerrrrrr ... Krrrrrrallen!« Arthur verdrehte die Augen. »*Horrible!* Die deutsche Sprache eignet sich einfach nicht für Gedichte. Zu hart, wie ein bellender Hund! Das weiche Französisch hingegen ...«

»Und was sollen diese Zeilen jetzt bedeuten?«, unterbrach ihn Magdalena mit wachsender Ungeduld.

Simon lachte und deutete zum Fenster. »Dort draußen steht es, für jeden ersichtlich!«

»Herrgott, Simon, mach mich nicht wahnsinnig! Was steht da draußen?«

»Das große Wappen am vorderen Burgtor!« Wieder zeigte Simon nach draußen. »Ich bin in den letzten Tagen dutzendmal daran vorbeigegangen. Es zeigt das bayerische und das polnische Wappen, einen Löwen und einen gekrönten Adler mit ausgebreiteten Schwingen. Das Wappen wurde wohl um die Zeit der Landshuter Hochzeit angefertigt.«

»Die Hochzeit zwischen Georg dem Reichen und der polnischen Königstochter Hedwig«, ergänzte Arthur. »Wir sprachen bereits davon. Solche Feste macht heutzutage übrigens nur noch unser Sonnenkönig! Aber was hat das mit unserem Attentäter zu tun?«

Simon blätterte in dem Hauskalender. »Aventinus hat hier viele persönliche Notizen hineingeschrieben, auch über Georg und Hedwig. Schließlich wohnte die Königstochter damals hier auf der Burg mit ihren Kindern. Es waren zwei Töchter, Elisabeth und Margarete, jedoch kein Sohn. Und so starb das Geschlecht im männlichen Stamm aus.«

Neben ihnen brummelte Gabriel etwas auf Französisch. Arthur brachte ihn mit einem Wink zum Schweigen.

»Aventinus schreibt aber noch etwas anderes, und das ist sehr interessant«, fuhr Simon fort. »Es hat wohl doch einen Sohn von Hedwig gegeben, der allerdings schon als Säugling starb. Es hielten sich jedoch hartnäckig Gerüchte, dass das eigentlich gesunde Kind damals gegen ein todkrankes ausgetauscht wurde. Und zwar von den Münchner Wittelsbachern, die es auf das reiche Niederbayern abgesehen hatten! Sie selbst hatten nämlich einen männlichen Thronerben und waren guter Hoffnung, dass der Kaiser ihnen das Herzogtum Niederbayern zusprechen würde. Und so kam es dann ja auch.«

»Drei Eier in des Adlers Nest …«, murmelte Magdalena.

»Drei Kinder aus dem Schoße Hedwigs, der polnischen Königstochter. Zwei Töchter, ein Sohn.« Simon nickte. »Aus jenem Nest namens Niederbayern, das der Löwe gestohlen hat. Eben die Münchner Wittelsbacher, deren Wappenzeichen ein Löwe ist. Wenn man die Zeilen so liest, sind sie absolut verständlich. Der Attentäter schreibt dem Kaiser also, dass der dritte Adler auf das Fest kommt, nach Altötting zur Heiligen Allianz, um sich dort zu rächen.«

»Aber das Ganze ist über zweihundert Jahre her!«, warf Magdalena ein. »Selbst wenn dieser dritte Adler je existiert hat, lebt er doch längst nicht mehr.«

»Er nicht, aber vielleicht einer seiner Nachfahren«, entgegnete Simon ernst.

Er tippte auf die hauchdünnen Papierstreifen. »Wenn diese Zeilen stimmen, dann geht in Altötting gar kein morgenländischer Assassine um. Dann ist das alles eine uralte Rachegeschichte. Die Rache eines Niederbayern.«

*

»Gib mir den Dolch, Sophia«, sagte Alois ein weiteres Mal. »Er gehört mir.«

Seine Augen waren schwarze Tümpel, Sophia glaubte, darin zu versinken. Warum war Alois' Stimme plötzlich so viel tiefer?

Noch immer hielt sie die Waffe in den Händen, die Klinge, in die der Name Wolfgang eingraviert war. Sie konnte es noch immer nicht glauben. Alois' Worte ergaben keinen Sinn.

»Der … der Dolch gehört dir?«, fragte sie. »Aber wieso …?«

»Er hätte niemals in deine Hände geraten sollen. Ich hätte ihn niemals werfen dürfen! Er ist mein Ein und Alles!« Er streckte die Hand aus. »Gib ihn mir, jetzt! JETZT!«

Es war, als hätte Alois ein Zauberwort gesprochen. Sophia konnte gar nicht anders, zitternd reichte sie ihm den Dolch. Alois lächelte, und wieder fiel ihr auf, dass er plötzlich viel älter aussah als zuvor. Wie alt war Alois eigentlich? Er hatte es ihr nie gesagt. Sie hatte ihn auf dreizehn geschätzt, vielleicht vierzehn, nicht viel älter als sie … Doch wenn sie jetzt noch einmal genauer hinsah und sich die Pockennarben wegdachte …

»Es ist eine Krankheit«, sagte er, als hätte er ihre Gedanken gelesen. »Ich altere nicht, schon seit etlichen Jahren nicht mehr. Die Krankheit ist sehr, sehr selten. Ein Fluch, so dachte ich anfangs …«

Sophia schwieg betroffen. Stattdessen starrte sie den

Jungen an, der … *überhaupt kein Junge ist*? War so etwas möglich? Was für ein Zauber war das? Aber vielleicht machte Alois ja nur einen Witz. Das musste es sein! Nichts weiter als ein Witz …

»Als Heranwachsender war es schlimm für mich«, fuhr Alois mit einem Achselzucken fort. »Die Gleichaltrigen hänselten mich, sie verspotteten den Zwerg, den Krüppel, das ewige Kind! Aber im Grunde ist die Krankheit ein Segen.« Er lächelte böse. »Denn als Kind nimmt einen keiner ernst. Das weißt du doch selbst, Sophia, nicht wahr? Man kann tun, was immer man will. Man ist wie unsichtbar.«

Sophia schluckte. »Das … das stimmt doch nicht«, brachte sie schließlich hervor. »Alois, sag, dass das nicht stimmt. Du … du ziehst mich nur auf, nicht wahr? Alois, bitte!«

Er schwieg. In seinen Händen lag schwer der Dolch, mit der Fingerkuppe prüfte er dessen Schärfe.

Und in diesem Moment erkannte Sophia, dass es die Wahrheit war.

Sie konnte nicht weitersprechen. Es war, als befände sie sich in einem Albtraum. Eben war Alois noch der freundliche Küchenjunge gewesen, der ihr geholfen, der immer ein offenes Ohr für sie gehabt hatte. Nun saß vor ihr ein … ein …

… böser Mann.

Jener Mann, der in Altötting schon so viele Menschenleben auf dem Gewissen hatte. Sie erinnerte sich, wie sie und Peter an der Posthalterei auf den Assassinen getroffen waren. Ihr war die Gestalt damals merkwürdig vertraut vorgekommen. Jetzt wusste sie auch, warum.

Eine schreckliche Angst kroch in ihr hoch. Die uralte Angst vor dem bösen schwarzen Mann.

Das Freundliche, Vertraute zieht plötzlich die Maske vom Gesicht, und dahinter taucht eine fremde, grausige Fratze auf.

»Was … was hast du mit mir vor?«, krächzte sie schließlich.

»Du meinst, ob ich mit dir das Gleiche mache wie mit dem ach so lieben Semmelweis? Dem fetten Koch?« Alois kicherte. »Hast du mir meine Tränen wirklich abgekauft? Der Kerl war ein Menschenschinder, er hatte den Tod tausendfach verdient! Umso mehr, als er mir auf die Schliche gekommen ist. Hat mich wohl in der Propstei gesehen, als ich den kaiserlichen Leibarzt vergiftet habe. Ist ihm später wieder eingefallen, und dann hat er mir dumme Fragen gestellt. Also habe ich eben auch ihn vergiftet. Mit den gleichen Rizinusbohnen.«

Er sah sie abwägend an. »Tja, was mache ich mit dir, Sophia? Eigentlich mag ich dich ja. Bist ein kluges Kind. Was für eine glückliche Fügung, dass wir uns damals auf dem Kapellplatz trafen! Ich konnte ja nicht ahnen, dass du die Enkelin von diesem tumben Riesen bist, der mir ständig hinterhergeschnüffelt hat, ebenso wie dein dummer Bruder.«

»Du … du warst nur freundlich zu mir, weil du mich gebraucht hast«, hauchte sie, während ihr die Tränen übers Gesicht rannen. »Du bist der Teufel! Ja, das bist du, der Teufel!«

Plötzlich kam sich Sophia schrecklich töricht vor. Die Erwachsenen hatten recht gehabt. Sie war nichts weiter als ein kleines, vorlautes Kind, und jetzt erhielt sie ihre Strafe …

»Ach Gott, nun hör schon auf zu heulen!« Alois seufzte widerwillig. »Das hilft dir jetzt auch nichts mehr. Ich finde, ich war ziemlich nett zu dir, und auch zu deinem

Großvater. Immerhin hab ich ihn nicht umgebracht, auch deinen Bruder nicht. Vermutlich war das ein Fehler. Ich dachte, ich locke euch auf eine falsche Spur, indem ich euch was von einem seltsamen morgenländischen Fremden erzähle.« Er kicherte. »Das war es doch, was ihr hören wolltet, oder? So sind sie für euch, diese Fremden aus dem Morgenland. Dunkelhäutig, schwarzhaarig, mit Mondaugen und finsterem Blick. Buh!« Er holte mit dem Dolch aus.

Sophia schrie auf, und Alois lachte erneut.

»Ihr seid dem Weihrauchhändler hinterhergerannt, und ich hatte meine Ruhe. Konnte weiter Panik stiften und die Schlinge fester schnüren. Es dauerte verflucht lange, bis ich endlich an mein Ziel gelangte.« Erneut strich er mit der Fingerkuppe über die Schneide des Dolchs, die Augen leer und dunkel. »Aber durch dich wusste ich zumindest immer gut Bescheid, was dein Bruder und dein Großvater vorhatten. Nun, genug geredet.«

Er stand auf. »Ich habe jetzt leider keine Zeit mehr für dich, Sophia. Ich muss meine Pläne ändern, wieder einmal.« Alois blickte hinüber zu dem Pferd, das er vorher noch gesattelt hatte.

»Eine letzte Reise ... Ich dachte, ich könnte es hier in Altötting beenden, doch das Schicksal schlägt manchmal seltsame Volten.« Mit dem Dolch in der ausgestreckten Hand kam er auf sie zu. »Du wirst verstehen, dass ich dich nicht laufen lassen kann. Du wirst deinem Bruder von mir erzählen, deinem Großvater, das kann ich nicht riskieren. Ich bin gut im Töten, glaube mir, es wird nicht wehtun. Jedenfalls nicht lange ...«

Sophia schrie wie am Spieß, sie drehte sich blitzschnell um und kroch unter einen der Wagen. Er tastete nach ihr.

»Komm da raus, du machst es nur noch schlimmer! Außerdem hört dich keiner schreien, die Leute draußen sind alle mit anderen Dingen beschäftigt. Und Kinder quäken immer. Du bist doch kein Angsthase, Mädchen, oder? Bist du ein kleiner Angsthase?« Er begann, leise zu singen. »Häschen in der Grube, saß und schlief ...«

Weinend krabbelte Sophia auf allen vieren tiefer und tiefer unter den Wagen, bis sie schließlich die andere Seite erreicht hatte. Aber da tauchte schon wieder seine Hand auf.

»Saß und schlief ...«

»Hilfe!«, schrie sie. »Hilf mir doch einer! Irgendeiner!«

Etwas quietschte und krachte, die Räder des Wagens setzten sich in Bewegung. Mit kräftigen Bewegungen schob Alois den Karren zur Seite, sodass sie nun ungeschützt vor ihm lag. Er hob den Dolch.

»Armes Häschen, bist du krank, dass du nicht mehr hüpfen kannst ...« Singend griff er nach ihren Haaren, zog sie daran hoch und holte mit dem Dolch aus. »Häschen, hüpf, Häschen, hüpf, Häschen ...«

»He, was ist hier los?«

Im Türrahmen der Remise tauchte plötzlich eine breitschultrige Gestalt auf. Es war der Wachsoldat, der sonst vorne immer am Eingang des Gartens stand. Er sah irritiert hinüber zu Alois und Sophia.

»Hört sofort auf mit dem Blödsinn, ihr zwei Faulpelze! Wir brauchen draußen jeden Einzelnen zum Anpacken und ...« Plötzlich fiel sein Blick auf den Dolch in Alois' Hand. »Verdammt, was soll das, Junge? Du wirst jemanden damit verletzen, wenn ...«

Alois' Bewegung war so schnell, dass Sophia sie kaum wahrnahm. Eben noch hatte er den Dolch zwischen den Fingern gehalten, nun steckte die Klinge im linken Auge des Soldaten. Dessen Mund formte noch ein paar lautlose Worte, sein gesundes Auge starrte entsetzt und ungläubig, wie ein Kalb im Angesicht des Schlachtermessers. Dann kippte der Wachmann wie ein Sack zur Seite.

»Zum Teufel!«, zischte Alois. Mit ein paar Schritten eilte er zu dem toten Soldaten und zog den Dolch aus dessen Augenhöhle. Dann wandte er sich wieder Sophia zu, die vor Schrecken wie versteinert in der Mitte der Remise stand. »Warum konntest du Gör nicht still sein? Immer musst du plappern! Jetzt wird alles nur noch komplizierter!«

Draußen waren nun weitere Stimmen zu hören. Alois zögerte kurz, dann packte er Sophia an den Armen. Er war erstaunlich stark, ein Mann im Körper eines Jungen.

»Vielleicht soll es so sein«, murmelte er. »Alles ist Teil der Vorsehung!«

Er schleppte sie hinüber zu dem gesattelten Pferd, setzte sie vor den Sattel und schwang sich hinauf, ohne sie loszulassen. Dann gab er dem Pferd die Sporen und galoppierte auf den Ausgang der Remise zu.

Sophia saß vor ihm, starr vor Angst. Ein paar Wachen und Bedienstete blickten staunend auf zu dem seltsamen Paar auf dem Pferd.

»*Hifz allah almalik alhaqiqiu*!«, rief Alois der Menge zu und ließ die Zügel schnalzen.

Mägde schrien, als der Gaul auf sie zusprang. Das Pferd tänzelte, fing sich wieder, dann jagte der unheimliche Reiter mit Sophia durch den Garten, durch das Tor und schließlich die Gasse entlang, während hinter ihnen die Schreie leiser wurden und schließlich ganz verklangen.

*

Peter hörte die Rufe, als er mit Lucia an der Dekanei vorüberging.

In der letzten Stunde hatte er ihr alles erzählt: vom Auftrag des Kurfürsten, von seinen Ermittlungen und den wenigen Hinweisen, die er und der Großvater bis jetzt gesammelt hatten. Dass er sich ihr so voll und ganz anvertraute, lag sicher auch daran, dass er Lucia zuerst so fürchterlich misstraut und sie beinahe umgebracht hätte. Noch immer plagte Peter deshalb das schlechte Gewissen. Außerdem glaubte er wirklich, dass sie ihnen bei der Suche nützlich sein konnte. Er war ein Student der Medizin, kein Agent und auch kein Verbrecherjäger. Das war ihm nun einmal mehr klar geworden. Lucia hingegen war selber eine Verbrecherin, wenn auch eine sehr charmante. Sie mochte besser verstehen, was in dem Kerl vorging – und wie man ihn zu fassen bekam. Vielleicht hatte der Mörder ja jetzt endgültig das Weite gesucht? Aber irgendwie glaubte Peter das nicht.

»Das sind Schreie, und eindeutig keine Jubelschreie.« Lucia blieb stehen und lauschte. »Die kommen aus dem Garten der Dekanei. Da ist etwas geschehen.«

»Dann lass uns nachsehen«, erwiderte Peter. »Ich habe ein ungutes Gefühl.« Hastig bog er in die kleine Gasse ein, die seitlich am Gebäude entlangführte. Eine kleine Pforte stand sperrangelweit offen, dahinter lag der Garten. Bedienstete liefen durcheinander, eine Wache brüllte und verteilte Befehle. Abrupt blieb Peter stehen, als er eine große Gestalt am Rande der Menge ausmachen konnte.

Es war Jakob Kuisl.

»Großvater!«, rief Peter erstaunt. »Was machst du denn hier?«

Kuisl sah sich nach ihm um, und sofort wusste Peter, dass etwas Schlimmes geschehen war. Kuisls Gesicht war aschfahl, er wirkte um Jahre gealtert. Der einstige Henker stand da wie ein Fels, er rührte sich nicht von der Stelle. Peter näherte sich mit Lucia und sprach ihn erneut an.

»Großvater, hörst du mich? Ich bin es, der Peter. Was ist denn passiert?«

Kuisl schreckte auf, als erwache er aus einem bösen Traum.

»Er hat die Sophia«, sagte er mit belegter Stimme. »Der Sauhund hat die Sophia mitgenommen.«

»Was sagst du da?« Peter schüttelte ihn. »Nun red schon! Was ist geschehen?«

»Ich ... ich bin kurz eingeschlafen. Dann bin ich zur Sophia ins Zimmer, weil der Dolch weg war. Dachte mir, sie hätte ihn stibitzt, um uns zu ärgern. Doch sie war nicht da, hatte die Fensterstreben durchgefeilt, das schlaue Miststück ...« Es schien, als hätte Kuisl Lucia, die neben Peter stand und zuhörte, überhaupt noch nicht bemerkt. Er war wie in Trance, gefangen in einem Albtraum. »Stattdessen lagen da überall aufgeschlagene Bücher. Ich hab schnell gesehen, dass sie was rausgefunden hat. Etwas, das wir alle übersehen haben. Das Wappen ...«

»Was für ein Wappen?«, fragte Peter.

»Herrgott! Nun hör mir doch zu!« Der Henker war außer sich vor Wut und Trauer. »Das Siegel, das wir überall gefunden haben, es zeigt das polnische Wappen! Sophia hat es wohl auf Stichen von der Landshuter Hochzeit gesehen. Da hab ich mir überlegt, wo sie hingegangen sein könnte. Sie hat mir ja mal von diesem Küchenjungen Alois erzählt, der uns den Hinweis mit dem Weihrauchhändler geliefert hat. Aber ich bin zu spät gekommen ... Zu spät! Wenn ich nur ein paar Minuten früher ...« Tränen liefen Kuisl übers Gesicht. Noch nie hatte Peter den Großvater weinen sehen.

»Sophia hat herausgefunden, wer der Assassine in Wirklichkeit ist, nicht wir«, fuhr Kuisl stockend fort. »Dieser … dieser verfluchte Küchenjunge …«

»Ein Küchenjunge?«, fragte Lucia. »Der Mörder ist ein Küchenjunge? Seid Ihr Euch da sicher?«

»Ja, verdammt! Er hatte sich wohl als Küchenjunge getarnt, so konnte er überall in Altötting rumschnüffeln, kam überall rein. Er … er sieht jünger aus, als er ist, vermute ich, oder er kann sich sehr gut verstellen.« Kuisl deutete auf die Remise, wo noch immer viele Menschen beisammenstanden. »Die Leute haben gesehen, wie er auf einem Pferd mit Sophia auf und davon ist. Er hat ein paar Frauen umgeritten und zuvor eine der Wachen ermordet.« Seine Stimme zitterte. »Beim Wegreiten hat der Mörder noch seinen arabischen Spruch gerufen … Es gibt keinen Zweifel! Dieser kleine Drecksack ist unser Meuchelmörder. Und nun ist er mit unserer Sophia auf und davon!«

»Und es gibt keinen Zweifel, dass er Sophia als Geisel dabeihat?«, fragte Peter. »Es könnte doch auch ein anderes Mädchen …«

»Sophia war schon öfter hier«, unterbrach ihn Kuisl. »Die Leute haben sie sehr genau beschrieben. Außerdem habe ich etwas gefunden. Kommt mit!«

Er stapfte voraus, und Peter und Lucia hatten Mühe, ihm zu folgen. Gemeinsam betraten sie die ein wenig abgelegene Remise am Rande des Gartens. Dort lag noch immer die tote Wache. In der Aufregung hatte offenbar noch keiner Zeit gefunden, den Leichnam zur Seite zu schaffen.

Kuisl deutete auf die blutige Augenhöhle.

»Ein Dolch hat diesen Mann getötet, so viel ist sicher«, erklärte er. »Ich vermute, eben jener Dolch, den Sophia ihrem vermeintlichen Freund gezeigt hat und der sein Eigentum ist. Außerdem lag das hier auf dem Boden.« Aus seiner Hosentasche kramte Kuisl ein rotes Haarband hervor.

»O Gott, ja!«, hauchte Peter. »Das gehört Sophia.«

»Dieser Kerl hat nicht nur meine Enkelin, er hat den ganzen Ort zum Narren gehalten! Schaut, was ich entdeckt habe.« Kuisl schob einen Wagen zur Seite. Darunter war eine offen stehende Klappe zu erkennen, darin einige Kleiderbündel.

»Kostüme! Billige Kostüme, als wär das alles nur ein Mummenschanz!« Der Henker packte die Bündel und schleuderte sie nacheinander in eine Ecke. »Ein Maurerkittel, das Gewand eines Mesners, Umhänge, Hauben, sogar einen löchrigen Bettlerfetzen und einen Blechnapf! Der Bastard war in vielerlei Verkleidungen unterwegs, nicht nur als Küchenjunge. Und jetzt hat er sich Sophia geschnappt. Herrgottverflucht!« Kuisl schleuderte den Napf gegen die Wand, das Klirren und Scheppern war wie der Schlussakkord in einem nervenzerfetzenden Musikstück.

Eine Weile schwiegen sie alle drei, von draußen waren die aufgeregten Rufe der Wachen zu hören. Vermutlich würden sie bald zurück in die Remise kommen, um ihren toten Kameraden zu holen.

»Er hat sie nicht getötet, sondern auf seinem Pferd mitgenommen«, sagte Lucia schließlich in beruhigendem Ton. »Das ist ein gutes Zeichen. Er braucht sie offenbar noch als Geisel.«

»Aber wo ist er mit ihr hin?«, fragte Peter. »Flieht er einfach? Gibt er auf?«

Lucia schüttelte den Kopf. »Nach dem, was du mir von ihm erzählt hast, gibt der nicht so einfach auf. Der ist ein Fanatiker. Warum sollte er sonst auch noch einmal diesen bescheuerten Spruch rufen? Wie ging der noch mal? Gott schütze den wahren König, ich meine …«

»Wenn es einen wahren König gibt, wer ist dann der falsche?«, murmelte Peter. Er hatte sich diese Frage schon einmal gestellt, nun glaubte er, der Antwort ganz nahe zu sein. Krampfhaft dachte er nach. »Der Kurfürst? Der ist aber kein König … Wer dann?«

»Der Kaiser ist der König«, sagte Lucia. »Der Kaiser des Heiligen Römischen Reichs. Er steht über allem.«

»Der Kaiser …« Peter sah sie verblüfft an. »Verdammt, du hast recht! Vielleicht ist er gar nicht hinter dem Kurfürsten her, sondern hinter dem Kaiser. Und der Kaiser reist gerade eben nach …«

»Burghausen«, beendete Kuisl den Satz. »Die Drecksau reitet mit Sophia nach Burghausen.« Peter hörte die Zähne des Henkers knirschen. »Ich brech ihm alle Knochen, wenn er meiner Sophia auch nur ein Haar krümmt. Ich vierteile ihn mit meinen eigenen Händen!«

»Dafür müssten wir ihn aber erst mal erwischen«, sagte Peter. »Kommt, bevor uns die Wachen noch dumme Fragen stellen, was wir hier zu suchen haben.« Ohne ein weiteres Wort wandte er sich zum Ausgang der Remise um.

»Wo gehen wir hin?«, fragte Lucia.

»Wir brauchen Hilfe.« Peter nickte grimmig. »Wir wissen jetzt, wer der Kerl ist und wo er vermutlich hinwill, also jagen wir ihn. Aber nicht alleine.«

Entschlossenen Schrittes eilte er auf den Ausgang des Dekaneigartens zu.

»Das polnische Wappen als Erkennungszeichen … Der wahre König …«

Max Emanuel, der bislang nachdenklich aus dem Fenster geblickt und Peter zugehört hatte, drehte sich zu ihm um.

»Was soll all der Unsinn? Die Türken, meinetwegen die Franzosen ... Aber warum soll ausgerechnet der polnische König hinter diesen Attentaten stecken? Die Polen stehen im Kampf gegen die Heiden treu auf unserer Seite. Du musst dich täuschen.«

Max Emanuel wirkte noch immer ziemlich mitgenommen. Zusammen standen sie in dem kahlen Raum der Dekanei, wo sie sich auch schon beim ersten Mal in Altötting getroffen hatten. Die Tür war fest verschlossen, zwei schwer bewaffnete Wachen warteten davor. Ansonsten war das Gebäude fast vollständig geräumt. Eben erst hatten die letzten kaiserlichen Soldaten Altötting in Richtung Burghausen verlassen.

Draußen auf dem Kapellplatz war der kurfürstliche Tross versammelt. Außerdem die Leibgarde, die Höflinge, die buckligen Schreiberlinge und die parfümierten Hofdamen ... In einer Kutsche vor der Stiftskirche warteten Herzog und Herzogin, bereit zur Abfahrt. Es war schwierig gewesen, überhaupt noch eine Audienz beim Kurfürsten zu bekommen. Doch als Max Emanuel die Neuigkeiten erfuhr, hatte er schnell zugestimmt. Er trug bereits sein Reisegewand, den blauen Rock, den Dreispitz mit Allongeperücke, die ledernen Handschuhe und seine auf Hochglanz gewichsten Stiefel.

»Ich habe nachgedacht«, sagte Peter. »Und ich bin zu einem Schluss gekommen. Ich habe es zwar noch nicht genau verstanden, aber ich denke, so könnte es gewesen sein.« Er begann zu erzählen, wobei er verschwieg, dass ihn erst seine kleine Schwester auf die richtige Spur gebracht hatte. Das hätte die Sache nur unnötig verkompliziert.

Davor war Peter noch mit Lucia und dem Großvater in der Dachkammer in Neuötting gewesen und hatte sich die Bücher angesehen, die seine Schwester gelesen hatte. Der alte, in Leder gebundene Wälzer mit der Landshuter Hochzeit lag aufgeschlagen neben ihrem Bett. Das Wappen auf einem der Stiche war wirklich exakt dasselbe wie das Wappen, das sich auf dem Münzsiegel, den Pfeilen und den anderen Hinweisen befand. Auch auf den Namen Wolfgang war Peter in dem Buch gestoßen. Es gab wohl Gerüchte, Hedwig habe am Ende doch noch einen Sohn gehabt, der tragischerweise im Kindbett gestorben war. Oder eben doch nicht …

»Möglich, dass unser Täter sich für einen Nachfahren dieses Wolfgang hält oder im Auftrag handelt«, endete Peter seinen Bericht. »Sicher bin ich mir natürlich nicht. Aber alle Indizien deuten bislang in diese Richtung.«

»Und du glaubst, dass er es jetzt auf den Kaiser abgesehen hat?«, fragte Max Emanuel, der erneut aus dem Fenster sah. Die Nachmittagssonne stand tief über den Türmen der Stiftskirche. »Warum nicht auf mich? Ich war doch in der Stiftskirche sein Ziel.«

»Ich vermute, der Täter ist folgendermaßen vorgegangen«, sagte Peter, der in dem kalten Raum fröstelte. Der Großvater und Lucia warteten unten in der wesentlich wärmeren Hoftaverne auf ihn. »Erst hat er mit seinen Anschlägen Verwirrung stiften wollen. Diese Allianz zwischen dir und dem Kaiser sollte nicht zustande kommen. Gleichzeitig wollte er, dass wir erfahren, wer dahintersteckt. Das scheint ihm wichtig zu sein, so gibt er seinen Verbrechen einen legalen Anstrich, er sieht sich im Recht. Er ist der wahre König, der wahre Herrscher über Bayern! Deshalb die Siegel, jedes einzelne war ein kleiner Hinweis.«

»Die du nicht deuten konntest«, erwiderte Max streng.

Und du auch nicht, dachte Peter. Doch er sagte nichts dazu.

Stattdessen fuhr er fort: »Dann folgte das Attentat auf dich. Seine Rache an dem Nachkommen jener Wittelsbacher, die damals sein Reich übernahmen. Doch der Anschlag schlug fehl. Nun ist diese Gegend hier für ihn verbrannt. Natürlich könnte er jetzt auch nach München unterwegs sein, um dir dort aufzulauern. Aber in München bist du gut geschützt. Außerdem stellt Burghausen für unseren Attentäter so etwas wie eine Heimat dar, diese Burg war immerhin einmal eine wichtige Residenz der Niederbayern. Wenn er sich wirklich für einen Nachfahren hält, dann will er an euch beiden Rache nehmen für das vermeintliche Unrecht, das dem Haus Landshut-Niederbayern damals widerfahren ist.«

»Der Kaiser hat sich damals auf unsere Seite gestellt«, sagte Max nachdenklich. »Das ist wahr. Und als Niederbayern zerstückelt wurde, hat er selbst seinen Teil abbekommen. Die Münchner Wittelsbacher und die Habsburger haben das Fell des Löwen gerecht unter sich verteilt.« Er lachte. »Welche Ironie, dass dem guten Leopold in unseren Zeiten fast das gleiche Schicksal blühte wie damals dem niederbayerischen Geschlecht! Der Kaiser hatte lange Mühe, einen Sohn zustande zu bekommen. Leider ist es ihm am Ende doch noch geglückt.«

»Leider?«, fragte Peter.

Der Kurfürst winkte ab. »Das ist ein anderes Thema. Was also schlägst du vor?«

»Der Kerl ist mit meiner kleinen Schwester als Geisel geflohen. Ich werde ihm nach Burghausen folgen, jetzt gleich. Aber ich brauche Unterstützung.«

»Und wie stellst du dir das vor?« Max zuckte mit den Schultern. »Soll ich die Burg auf den Kopf stellen und ausräuchern lassen, bis wir ihn finden? Der Kaiser ist Hals über Kopf abgereist! Nicht einmal das wertvolle Geschenk, das mir versprochen war, hat er übergeben. Ich bin heilfroh, dass zumindest die Heiratspapiere schon unterschrieben waren!«

Der Kurfürst zupfte nervös an seinen Handschuhen. »Ich kann nur hoffen, dass Leopold sich beruhigt. Das wird er jedoch nicht, wenn ich ihm Soldaten hinterherschicke und ihn erneut in Panik versetze, wegen eines einzelnen Wahnsinnigen.«

»Eines Wahnsinnigen, der der perfekte Jäger ist«, gab Peter zu bedenken. »Was geschieht, wenn das Attentat auf den Kaiser am Ende gelingt? Dann kannst du deine Heiratspläne endgültig begraben. Ohne Leopold keine Hochzeit mit seiner Tochter …«

»Verdammt, du hast recht!« Max Emanuel biss sich auf die Lippen, dann nickte er. »In Ordnung, ich werde dir einen kleinen Trupp Soldaten zur Verfügung stellen. Sag dem Burghausener Vizedom meinetwegen, dass sie bis zur Grenze für die Sicherheit des Kaisers sorgen sollen. Leopold ist in Burghausen immerhin noch auf unserem Gebiet. Aber posaune nicht aus, dass der Attentäter vielleicht schon auf der Burg ist! Leopold wähnt sich dort in Sicherheit.« Er hob den Finger. »Wenn die Sache schiefgeht, weiß ich von nichts. Das ist dir hoffentlich klar?«

»Eines noch«, begann Peter.

Max verdrehte die Augen. »Was willst du noch? Ich muss zur Kutsche. Mein Onkel und meine Tante scharren sicher schon mit den Füßen.«

»Wenn ich den Mörder erwische, erwarte ich etwas von dir.«

»Du willst Geld? Einen Doktortitel?« Max winkte ab. »Darüber können wir sicherlich reden, später …«

»Darum geht es nicht. Ich will, dass du meine Familie ab jetzt in Ruhe lässt.«

Max sah ihn lauernd an. »Was meinst du damit?«, sagte er schließlich.

»Ich bin nicht dumm, Max. Ich weiß, dass du meinem Bruder Übles willst, weil er irgendwas über dich erfahren hat.« Peter hob die Hand. »Ich will überhaupt nicht wissen, um was es da geht. Es interessiert mich nicht. Ich möchte einfach nur, dass du meine Familie nicht in deine politischen Intrigen mit hineinziehst. Nicht meinen Bruder und auch nicht meine anderen Verwandten.«

Max machte ein beleidigtes Gesicht. »Und dass ich deinem Vater einen Posten als kurfürstlicher Hofmedicus besorgt habe, das zählt wohl nichts, ja?«

»Du hast es wie immer nicht ohne Eigennutz getan, Max. Mein Vater braucht solche Titel nicht, er ist auch so ein guter Arzt.« Peter sah ihn eindringlich an. »Also, was ist? Gehst du auf meine Forderung ein?«

»Du stellst dem bayerischen Kurfürsten Forderungen? Ein kleiner Studiosus der Medizin?« Max lachte. »Du bist ja noch verrückter als dieser falsche Assassine!« Er seufzte. »Aber meinetwegen, damit ich endlich von hier wegkomme. Bring mir diesen Wahnsinnigen, töte ihn, wenn es geht, schaff ihn aus der Welt. Dann lasse ich euch in Ruhe. Auch deinen Bruder. Ist er mittlerweile denn wieder aufgetaucht?«

Peter schluckte. Nun ging es ums Ganze. »Er ist in Burghausen und dort wohl im Verlies, wegen einiger … dummer Sachen. Nichts, was mit dir zusammenhängt, nur das Übliche. Meine Eltern sind ihm hinterhergereist. Wenn ich den Mörder fasse, unterschreibst du seine Begnadigung.«

»In Burghausen …« Max pfiff durch die Zähne. »Daher

weht also der Wind! Du kannst von Glück reden, dass ich erst jetzt davon erfahre. Gerissener Hund, du!« Er lächelte. Plötzlich klopfte er Peter auf die Schulter. »Aber deshalb mag ich dich ja. Weil du schlau und raffiniert bist! Und mein Freund.«

»Dann ist es also abgemacht?«

»Abgemacht.« Max pochte an die Tür, und die Wachen öffneten ihm. »Ich vertraue dir. Traue du also auch mir. Auch wenn es dir schwerfällt.«

Mit den Soldaten an der Seite marschierte der Kurfürst den langen Gang entlang und zum Portal hinaus. Seine Stiefel klackten auf dem Pflaster, während draußen die Fanfaren einsetzten.

Kapitel 31

Freitag, 14. März, abends
im Kerker der Burghausener Schütt

»Na, ausgeschlafen, du Bastard?«

Paul blinzelte. Ein greller Lichtstrahl fuhr ihm direkt ins Hirn. Als er die Augen ganz öffnete, merkte er, dass der Strahl nicht mehr war als ein mattes Flimmern. Fast zwei Tage und eine Nacht in absoluter Dunkelheit forderten ihren Tribut. Das Licht rührte von einer Laterne her. Wie eine Art Aura konnte Paul die Umrisse eines Wachsoldaten erkennen.

»Mach's dir nur nicht zu gemütlich in deinem Bett!« Die Wache lachte. »Schlafenszeit ist vorüber.«

Der Soldat stellte die Laterne ab und beugte sich zu ihm herunter. Paul hörte das Klimpern von Schlüsseln. Er stöhnte, als mit dem Erwachen der Schmerz zurückkam. Sie hatten ihn in einen sogenannten Stock gesperrt, einen Holzblock mit Löchern für die Füße und die Hände. Der Rücken wurde bei dieser Tortur auf grauenhafte Weise gekrümmt, während die engen Öffnungen das Blut in den Gliedmaßen abschnürten. Paul kannte die Prozedur aus seiner Zeit als Henkerslehrling. Sein Großvater wendete sie nie länger als eine Nacht an, weil die Schmerzen einen schier umbrachten.

Es klickte, und der Soldat hob den oberen Balken, der die Hände gehalten hatte. Paul lehnte sich keuchend zurück. Er fühlte schmerzhaft sein geschwollenes, blutverkrustetes Gesicht. Nachdem Sven seine Mutter beleidigt und er ihm eine Lektion verpasst hatte, waren die Wachen wie die Tiere über ihn hergefallen.

»Wo gehen wir hin?«, nuschelte er zwischen blutigen Zahnlücken.

»Na, jedenfalls nicht zu der hübschen Frau vom Doktor, wenn du das gehofft hast.« Der Soldat grinste breit. »So, wie du aussiehst, läuft die ohnehin vor dir weg.« Er öffnete nun auch den unteren Balken. »Nun mach schon, du Faulpelz!«

Schimpfend zerrte ihn die Wache hoch. Paul wankte, kippte kurz vornüber, dann gelang es ihm, sich aufzurichten. Noch immer waren seine Hände und Füße jeweils aneinandergekettet, sodass er nur sehr kleine Schritte machen konnte. Die Haarnadel, die ihm die Mutter zugesteckt hatte, steckte noch in seiner Hosentasche, er konnte sie fühlen. Das kleine silberne Kruzifix hatte ihm ein Wachsoldat gestern vom Hals gerissen und in die eigene Tasche gesteckt.

Paul humpelte hinaus in den Gang.

Sie hatten ihn tief unten in der Schütt eingesperrt, in einem fensterlosen Raum, wo vermutlich sonst Munition gelagert wurde. Weiter rechts öffnete sich knarrend eine weitere Tür, und Paul erkannte Sven, der wie er von einem Soldaten aus einer Zelle gezerrt wurde. Svens Gesicht war grün und blau geschlagen. Trotz seiner Schmerzen musste Paul grinsen. Nun, zumindest hatten sie seinem Widersacher das Leben ebenso schwer gemacht. Böse starrte der Fuchsgesichtige zu Paul rüber.

»Das hab ich nur dir zu verdanken, du …«

»Schnauze!«, brüllte der Soldat an Svens Seite und gab ihm einen Schubs. Sven fiel auf die Knie, der Wachmann zerrte ihn an den Haaren wieder hoch. »Und jetzt los! Bevor ihr uns hier wieder einschlaft.«

Mit klirrenden Ketten ging es über dunkle Gänge und Treppen hinauf ins Erdgeschoss und schließlich durch das große Eingangsportal. Die Sonne stand bereits tief hinter den Burgzinnen, Schatten lagen über dem Hof, es war kalt und windig. Paul sah sich um. Ob seine Eltern immer noch auf der Burg waren? Sie hatten versprochen, ihn hier rauszuholen. Doch seine Chancen waren seit gestern nicht eben gestiegen.

Zwei weitere Wachen schlossen sich ihnen an. Gemeinsam gingen sie über den lang gezogenen Vorhof, vorbei an etlichen Bediensteten, die sie ängstlich musterten. Paul konnte sie verstehen. In Ketten, schmutzstarrend und voller Blut, sahen die beiden Gefangenen aus wie gefährliche Ungeheuer.

Im Vorübergehen fiel Paul auf, dass trotz der abendlichen Uhrzeit ziemlicher Trubel auf der Burg herrschte. Durch das Christophstor, das hinunter in die Stadt führte, rumpelten eben mehrere Wagen in den Burghof. Mägde kehrten Pferdemist in einen großen Kübel.

»Wo bringt Ihr uns hin?«, fragte Sven, er lispelte stärker als zuvor. Paul vermutete, dass ihm die Soldaten gestern ein paar weitere Zähne ausgeschlagen hatten.

»Der Vizedom höchstpersönlich erweist euch zwei Halunken die Ehre«, erwiderte einer der Soldaten. »Will wohl reinen Tisch machen, bevor der Kaiser kommt.«

»Der Kaiser kommt?«, fragte Paul. »Aber warum …«

»Red nicht, geh! Bevor ich dich wie einen Ochsen am Nasenring durch die Burg ziehe!«

Der Soldat zerrte an Pauls Ketten, und Paul stolperte weiter. So näherten sie sich dem hintersten Burghof, wo sich der Palas befand. Grimmige Wachsoldaten standen vor dem Graben am Tor, ihre Harnische waren frisch geputzt.

»Dreck wie euch können wir jetzt wirklich überhaupt nicht brauchen«, knurrte Pauls Bewacher und spuckte aus. »Was soll der Kaiser da denken?«

Sie schleppten sie über den Hof in einen feuchtkalten, modrigen Raum, der sich im Zwinger befand und wohl sonst als Wachkammer genutzt wurde. Abgesehen von einer erkalteten Glutpfanne und ein paar Hockern war die Kammer leer.

»Hinsetzen!«, befahl einer der Soldaten.

Sven und Paul taten, wie ihnen geheißen, wobei Sven ihm immer noch böse Blicke zuwarf. Svens fast zahnloser blutiger Mund bildete lautlose Worte.

»Deine Mutter ist eine Hure ... eine dreckige Hure ...«

Paul schloss die Augen. Er würde sich von Sven nicht mehr reizen lassen, nie wieder. Trotzdem bereute er nicht, ihm sein schmieriges Grinsen gestern aus dem Gesicht geprügelt zu haben.

Eine Weile schwiegen alle, dann waren plötzlich Stiefelschritte zu hören. Die Wachen nahmen Haltung an.

»Aufstehen, ihr Dreckschweine!«, brüllte der Soldat, der ihnen eben noch befohlen hatte, sich hinzusetzen.

Die Gefangenen erhoben sich mühsam, und der Vizedom trat ein. Paul erkannte ihn an seinem prächtigen Gewand und daran, dass die Wachen plötzlich die Blicke gesenkt hielten und mit den Füßen scharrten.

Trotz des weit geschnittenen Rocks konnte man erkennen, wie fett Graf von Orth war. Er schnaufte schwer, als wäre er eben viele Meilen weit mit dem Pferd geritten. Die gichtige Hand ging prüfend hinunter zu seinem Schritt, und von Orth zuckte zusammen. Noch immer schien Graf von Orth Schmerzen von der Operation zu haben, die

Pauls Vater offenbar erfolgreich ausgeführt hatte. Der Vizedom wirkte bis aufs Blut gereizt.

»Das sind die beiden, ja?«, knurrte er.

Der Vorderste der Soldaten nickte. »Die zwei Aufrührer, ja.«

»Ihr … Ihr müsst mich anhören, Herr!«, krähte Sven plötzlich und deutete auf Paul. »Dieser Bursche macht gemeinsame Sache mit …«

»Halt dein verdammtes Maul, wenn der Vizedom spricht!«, brüllte der Soldat neben ihm.

»Aber so hört doch …«

Die Wache verpasste ihm eine kräftige Maulschelle, und Sven schwieg, wobei er leise wimmerte.

»Was haben die beiden Männer verbrochen, bevor sie zur Schanzarbeit zu uns kamen?«, fragte der Vizedom ungeduldig.

»Nun, der eine ist das dritte Mal beim Stehlen erwischt worden«, antwortete der Anführer der Wachen, der in einer zerknitterten Akte blätterte. »Der andere hat einen kurfürstlichen Soldaten in Altötting halb totgeprügelt.«

»Ein dreifach überführter Dieb und ein Totschläger also …« Der Vizedom nickte. »Ich war nie dafür, dass wir solchen Abschaum für die Schanzarbeit auf der Burg einsetzen. Jetzt sieht man, was man davon hat! Wir müssen Ordnung schaffen, bevor …« Er zuckte erneut zusammen und hielt sich den Schritt. »Verflucht, warum muss der Kaiser gerade jetzt kommen, und dann auch noch unangekündigt! Ich sollte im Bett liegen und mich mit warmem Gewürzwein auskurieren, stattdessen muss ich herumscharwenzeln und meine Liegstatt diesem Wiener Lackarsch zur Verfügung stellen. Herrgott!«

Graf von Orth wischte sich den kalten Schweiß von der Stirn. »Nun, der Kaiser soll nicht behaupten können, dass es uns hier an Ordnung fehlt. O nein! Wir werden ihm zeigen, was wir hier auf Burghausen darunter verstehen. Zucht und Ordnung, so hält man eine Burg am Leben!«

Mit sichtlicher Abscheu musterte er die beiden Gefangenen.

»Hängt sie«, sagte er dann, »noch heute Nacht. Oben auf den höchsten Zinnen, damit es jeder sehen kann.«

»Herr, ich bitte Euch …«, begann Sven. Der Soldat verpasste ihm einen Hieb in den Bauch, und Sven klappte stöhnend zusammen.

Der Vizedom hob schulmeisterlich den Finger. »Damit Seine Hochwohlgeboren sieht, wie wir hier mit Verbrechern verfahren! Der Kaiser soll uns in guter Erinnerung behalten.«

Graf von Orth drehte sich um und humpelte auf den Ausgang zu.

»Und jetzt bringt mir heißen Wein mit Nelken. Und den Doktor, verflucht! Er soll dafür sorgen, dass ich dem Habsburger wie ein Mann unter die Augen treten kann und nicht wie ein jammerndes Waschweib.«

*

Das Pferd jagte so schnell durch den Wald, dass Sophia die Bäume nur als huschende dunkle Schemen wahrnahm. Sie waren wohl fast schon eine halbe Stunde unterwegs, und Alois hatte noch kein Wort mit ihr gesprochen. Noch immer konnte Sophia nicht fassen, dass der nette kurfürstliche Küchenjunge der gesuchte Assassine sein sollte. Es war, als wäre sie plötzlich in einer der Geschichten aus den Truhen der Neuöttinger Dachkammer gelandet. Und es war keine schöne Geschichte. Es war ein Albtraum.

Sie saß vor ihm auf dem Pferd, sein Arm umklammerte

kraftvoll ihre Hüfte. Zwei Mal schon waren ihnen andere Reisende auf Pferden begegnet, doch Alois hatte Sophia jedes Mal versteckt den Dolch an die Seite gehalten, und sie waren schweigend vorbeigeritten. Sophias Angst und Verwirrung waren so groß, dass sie nicht einmal weinen konnte. Aber was hätte das auch gebracht? Zumindest schien er sie nicht töten zu wollen, jedenfalls nicht gleich. Sonst hätte er schon längst Gelegenheit dazu gehabt.

Mit einem Mal zügelte Alois das Pferd. Sie waren in einem dunklen Wald, irgendwo östlich von Altötting, unter den dicht stehenden Bäumen war es bereits so finster, dass man nur noch wenige Schritte weit sah. Alois packte Sophia am Kragen und stieg mit ihr ab. Dabei spürte sie einmal mehr, wie stark er war, viel stärker, als man bei seiner Körpergröße vermutet hätte. Zusammen mit dem Pferd führte er sie von der Straße weg auf eine Lichtung, wo Schneereste im letzten Abendlicht glitzerten. Hohe Tannen umstanden sie wie stumme Zuschauer.

»Setz dich«, befahl er. »Wenn du wegläufst, werfe ich den Dolch nach dir. Und ich werde dich sicher nicht verfehlen. Denk an den Wachmann in der Remise!«

Zitternd vor Kälte setzte sie sich in den eisigen Schnee. Alois wühlte derweil in den Satteltaschen. Kurz konnte Sophia darin eine Armbrust erkennen, ein Kurzschwert, eine Faustbüchse und einige Flaschen, Beutel und andere Gegenstände, die ihr nichts sagten. Der klein gewachsene Mann kramte ein Seil hervor und fesselte ihr damit die Arme auf den Rücken.

»Was ... was hast du mit mir vor?«, fragte sie ängstlich. War jetzt der Moment gekommen, wo er sie zurückließ? Gefesselt und geknebelt, als Fressen für die wilden Tiere?

»Heute ist dein Glückstag, Sophia.« Alois lachte heiser. »Ich habe nachgedacht. Du darfst bis zum Ende mit dabei sein, als meine Zuschauerin. Und ja, auch als meine Geisel. Ich weiß aus eigener Erfahrung, dass man Kinder nur ungern in Gefahr bringt. Du wirst meine Sicherheit sein, falls irgendetwas schiefgeht.«

Sie sah ihn an, und wieder fielen ihr die dunklen, alten Augen in dem jungenhaften pockennarbigen Gesicht auf. Wie alt mochte Alois in Wirklichkeit sein? Was war das für eine schreckliche Krankheit, die einen Mann im Körper eines Kindes gefangen hielt?

»Du fragst dich, was all dies soll, nicht wahr?«, sagte er, während er sie sorgfältig fesselte. »Du kommst dir vor wie in einem bösen Traum. Wie sollst du auch verstehen? Du bist ja nur ein Kind.« An seiner linken Hand sah Sophia einige schlecht verheilte Brandnarben, die ihr bislang noch nicht aufgefallen waren. »Dabei warst du der Wahrheit so nah, kluges Kind. So nah wie sonst niemand!« Er kicherte. »Sagt man nicht, dass Kinder und Narren die Wahrheit sprechen?«

»Der Name auf dem Dolch«, kam es ihr über die Lippen. »Wolfgang. Ist … ist das dein echter Name?«

»Ja, so habe ich einst geheißen.« Er hielt kurz inne. »Meine Eltern gaben mir den Namen, weil jeder Erstgeborene aus unserer Linie diesen Namen verliehen bekam. Als nagende Erinnerung an das Unrecht, das uns einst angetan wurde! Der Dolch wird von Generation zu Generation weitergegeben, du hättest ihn niemals an dich nehmen dürfen!«

Er zog die Fessel fest, und Sophia schrie vor Schmerzen auf.

»Verzeih«, sagte er mit plötzlich weicher Stimme. Er lockerte das Seil wieder. »Da … da ist so viel Wut in mir. Dabei hat mich mein Meister gelehrt, dass Wut niemals zum Ziel führt. Dich trifft keine Schuld, du warst nur zur falschen Zeit am falschen Ort.« Er überlegte. »Aber möglicherweise bist auch du Teil der Vorsehung. Das wäre … möglich.«

»Dieser Wolfgang, das dritte Kind Hedwigs, das war …«, begann Sophia, die sich an die Geschichten aus der Truhe erinnerte. »So was wie dein Ururgroßvater?« Sie hoffte, dass sie ihn auf diese Weise ablenken konnte von dem, was er mit ihr vorhatte. Dass sie so Zeit gewann. Sicher waren ihnen Soldaten auf den Fersen! In den Geschichten, die sie kannte, war das immer so. Eine ganze Kompanie galoppierte mit schmetternden Fanfaren herbei. Und am Ende gewann immer das Gute.

»Mein Urahn, ja.« Alois nickte. »Seitdem sind viele Jahre ins Land gegangen. Aber wir haben nicht vergessen, o nein! Man hat unserer Linie geraubt, was ihr von Recht und Gesetz her zusteht. Die Münchner Wittelsbacher und der deutsche Kaiser haben sich damals gegen uns verschworen!«

»Aber in dem Buch, das ich gelesen habe, heißt es, dass dieser Wolfgang gleich nach der Geburt gestorben ist …«, warf Sophia zaghaft ein.

»Eine Lüge!«, schrie Alois. »Eine gottverdammte Lüge!«

Ein paar Vögel flogen verschreckt auf, und Sophia zuckte zusammen. Sie hatte ihn verärgert, das war nicht gut.

»Sie haben das Kind noch im Kindbett gegen einen anderen, todkranken Säugling ausgetauscht«, sagte er schließlich mit gedämpfter Stimme. »Geschwächt, wie sie war, bemerkte Hedwig den Unterschied nicht. Eigentlich sollte mein Vorfahr nackt und bloß im Wald zurückgelassen werden. Es war ein bitterkalter Winter, er wäre schnell erfroren, Wölfe hätten ihn zerrissen …«

Alois' leerer Blick schweifte umher. »Hier an dieser

Stelle war es, auf dieser Lichtung. Meine Eltern haben mir davon erzählt. Wir waren oft hier ...« Seine Augen bekamen etwas unfassbar Trauriges, und Sophia versuchte, sich vorzustellen, wie er als Kind gewesen war. Als *echtes* Kind. Mit ihrem Klumpfuß wurde sie in München immer wieder gehänselt, genau wie Alois – oder Wolfgang – früher gehänselt worden war. Als Zwerg, als Däumling, der nicht wachsen wollte, das hatte er ihr selbst erzählt ... War er deshalb so geworden? So böse, so verrückt ... Plötzlich glaubte sie, ihn wenigstens ein bisschen zu verstehen.

»Was ist mit dem ersten Wolfgang passiert?«, fragte Sophia leise.

Alois' Blick war noch immer leer und traurig, als er weitersprach: »Eine Hebamme hatte Mitleid. Sie schlich auf die Lichtung und nahm das schreiende Bündel mit zu sich nach Hause, wo sie den Jungen aufzog. Erst viel später erzählte sie ihm, welches Unrecht man ihm und seiner Familie angetan hatte. Doch wer hätte ihm geglaubt?« Er lachte verzweifelt.

»Und so wuchs unsere Linie in Armut auf. Einfache Händler und Handwerker, auch ein paar Schreiber waren darunter, so wie mein Vater einer war. Wir lebten in Landshut, doch einmal im Jahr fuhren wir nach Burghausen. Wir sahen die Burg, wie sie da mächtig über dem Fluss stand, unser altes Zuhause! Aber die Tore waren uns versperrt, all die Schätze dort drinnen, die schmucken Türme, die Kemenaten und blühenden Obstgärten, in denen Hedwig mit ihren Töchtern gespielt hatte, sie blieben uns verwehrt. Uns blieben nur ein paar verstaubte Dokumente und unsere Geschichte ...« Abrupt sah er Sophia an. »Du magst doch Geschichten, Sophia, nicht wahr? Ist das nicht eine traurige Gutenachtgeschichte?«

Sie nickte zitternd. »Sie … sie ist sehr traurig, ja. Es tut mir leid, was deiner Familie passiert ist. Und … und es tut mir leid, was mit dir geschehen ist.« Neue Hoffnung keimte in ihr auf. Vielleicht würde er sie ja doch noch laufen lassen, wenn sie ihn erweichte.

Er sah sie an, ein jungenhaftes Lächeln huschte über sein Gesicht. »Du verstehst mich! Weil du selbst ein Krüppel bist. Ein Krüppel und ein Zwerg, das sind wir! Allein im großen dunklen Wald. Darum habe ich dir auf dem Kapellplatz auch geholfen, als dich dieser alte Säufer mitnehmen wollte. Weil ich mich selbst in dir sah …«

Er hob den Kopf, als würde er in die Stille lauschen, dann fuhr er mit heiserer Stimme fort: »Meine Eltern haben mir die Geschichte unserer Herkunft immer wieder und wieder erzählt. So wie auch die Eltern meines Vaters sie ihm erzählt haben und davor die Großeltern und so weiter … Aber keiner kam je auf den Gedanken, sich zurückzuholen, was einst uns gehörte! Doch dann geschah etwas gleichzeitig Wundervolles und Grauenhaftes.« Er zwinkerte ihr fast kameradschaftlich zu. »Magst du hören, wie die Geschichte weitergeht, Sophia?«

»Wie … geht sie … weiter?«, krächzte Sophia. Es war seltsam, ihn so sprechen zu hören. Sie hatte gesehen, wie Alois den Wachsoldaten in Neuötting getötet hatte, ohne mit der Wimper zu zucken. Nun schien er wieder fast so zu sein, wie sie ihn kennengelernt hatte: ein netter Küchenjunge, der ihr Leckerbissen zusteckte. Und doch wusste sie, dass sich in dem Körper dieses Jungen ein Monstrum verbarg.

Alois ging jetzt auf der Lichtung auf und ab, er hob den Kopf in den Himmel wie ein Wolf, der den Mond anheult. Dunkelgraue Wolken schoben sich über das Abendrot.

»Ich war ein kluges, ein vielversprechendes Kind«, sagte

er nach einer Weile. »Der einzige Sohn und der ganze Stolz meiner Eltern. Wenn auch ein Zwerg. Darum schickten sie mich als Jugendlichen auf die alte Universität in Montpellier, wo ich Juristerei studierte. Fern der Hänseleien in meiner Heimatstadt. Wir hofften, dass die alten Dokumente, die meine Familie von Generation zu Generation weitergab, all die Pläne, Zeichnungen und Siegelschreiben, uns vielleicht den Titel zurückbringen würden. Dass ich später als ausgebildeter Anwalt Mittel und Wege finden würde, unsere Rechte einzufordern. Doch weit gefehlt, die Verträge waren nach all der Zeit nicht mehr wert als das Papier, auf dem sie geschrieben waren!« Er lachte den Mond an.

»Meine Eltern starben in Landshut an einem Fieber, und ich begab mich auf eine Seereise«, fuhr er fort. »Dort hoffte ich, meinem Schicksal zu entkommen und einfach nur ein gewöhnlicher Mensch zu sein, nicht der, den die Bestimmung für mich vorgesehen hatte. Ich war wie Jonas aus der Bibel, der vor dem Ruf Gottes flieht! Denn auch ich bekam den Zorn Gottes zu spüren …« Er seufzte tief. »Wir wurden von Piraten überfallen, sie töteten alle, nur mich nicht. Zwerge sind ein gutes Geschäft. Mich verkauften sie als Sklaven …«

Alois' Stimme zitterte. »So kam ich über das große Meer, wurde weiterverkauft, getreten, gepeitscht und geschlagen. Doch ich war stark, stärker als die meisten! Und ich alterte immer noch nicht! Es gab Menschen, die sahen darin ein Zeichen, dass ich ein Auserwählter bin. Sie nahmen mich auf und bildeten mich aus zu dem, was ich heute bin …«

»Ein Assassine«, hauchte Sophia. »Du … du bist also wirklich ein Assassine.«

Alois nickte grimmig. »Allah hat mir den wahren Weg

gewiesen. Er hat mich nach Bayern zurückgeführt, damit ich meiner Bestimmung diene. Ich bin ein Rachegeist! Derjenige, der unsere Familie rächt, der die Nachkommen jener bestraft, die uns einst so großes Unrecht antaten. Deshalb bin ich zurückgekommen. Ich hatte viel Zeit, meine Pläne zu schmieden, viele Jahre dauerte meine Ausbildung. Als ich zurückkam, lagerten in Montpellier gut verwahrt noch immer die alten, nutzlosen Dokumente.«

Er drehte sich zu ihr um. »Seitdem bin ich nur wenig gealtert. Wenn ich in den Spiegel schaue, sehe ich vor mir den Buben, der einst dieses Land verließ. Und am Ende meiner Lehrzeit bekam ich meinen Namen zurück, meinen wahren Namen.«

Alois hielt den Dolch mit dem schwarzen Griff wie ein Kreuz in die Höhe. »Wolfgang! So wie der Erste in unserer Linie. Der Sohn Hedwigs von Polen und Georgs von Landshut-Niederbayern.«

Er packte Sophia und zerrte sie zum Pferd. Alles Kindliche war plötzlich wieder verschwunden, zurückgeblieben war ein wahnsinniger Mörder, unterwegs auf einem Pfad der Vernichtung.

»Nicht mehr lange, dann bin ich endlich zu Hause.« Alois, der nun wieder Wolfgang hieß, kicherte wie ein kleiner Junge. »Aber du weißt ja, wie das ist, Sophia. Wenn man lange nicht mehr zu Hause war, dann nistet sich Ungeziefer ein. Man muss sein Heim erst ausräuchern und die Wanzen erschlagen.«

*

Fröstelnd und übermüdet stieg Simon die wenigen Stufen vom Palas hinunter in den Burghof. Mittlerweile war es Nacht geworden, ein kalter Wind wehte, Simons Glieder schmerzten, als brüte er ein Fieber aus. So gerne hätte er sich ausgeruht, doch die Ereignisse überschlugen sich.

Erst wenige Stunden war es her, dass er die kleinen Papierstreifen in den Rizinusbohnen gefunden und ihr Geheimnis gelüftet hatte. Der Adler und Löwe! Alles deutete darauf hin, dass der Attentäter, der in Altötting sein Unwesen trieb, aus einer vergessenen Linie der Landshuter Wittelsbacher stammte. Das Rätsel schien gelöst.

Am Ende hatte Arthur Simon und Magdalena freigelassen – ganz ohne Vorbedingung. Offenbar hatte die Nachricht, dass der Kaiser auf die Burg kam, die Musketiere in Alarmbereitschaft versetzt. Außerdem schienen die Sorgen um den schwer verletzten Maxime alles andere in den Hintergrund treten zu lassen. Von dem Versprechen, Paul aus der Schütt zu befreien, war jedenfalls in den letzten Stunden keine Rede mehr gewesen.

Doch Simon hatte ohnehin bereits einen anderen Plan. Einen besseren, auch wenn er noch sehr unausgereift war.

Eigentlich hatte er sich sofort darum kümmern wollen, aber dann war ein Wachmann bei ihm erschienen und hatte ihn zum Vizedom befohlen. Graf von Orth klagte über Schmerzen, er war aufgestanden, obwohl Simon ihm das ausdrücklich verboten hatte. Und nun hatte die Wunde zu nässen begonnen, Eiter war ausgetreten. Bis jetzt war Simon damit beschäftigt gewesen, den Schnitt zu säubern und neu zu verbinden, Magdalena wartete sicherlich bereits ungeduldig auf seine Rückkehr. Bald schon würden der Kaiser und die Kaiserin erscheinen, und bislang hatte Simon noch keine Zeit gefunden, zu überlegen, wie er genau vorgehen wollte. Es war zum Verzweifeln!

Eilig betrat er die Holzbrücke, die über den Graben in den zweiten Vorhof führte. Zu seiner Linken prangte an der Mauer das alte Wappen mit dem polnischen Adler und dem bayerischen Löwen, das ihn auf die richtige Spur geführt hatte. Die Brücke knarrte, als er sie überquerte. Eben waren die zwei Torwachen aus seinem Sichtfeld verschwunden, als plötzlich eine Gestalt aus dem Dunkel auf ihn zutrat. Simon erschrak, er taumelte ein paar Schritte zurück, ehe er erkannte, wer da vor ihm stand.

»Arthur!«, seufzte er erleichtert. »Ihr habt mir einen Riesenschrecken eingejagt.« Simon zögerte und sah sich ängstlich um. »Oder habt Ihr etwa vor, mich erneut einzusperren?«

»*Certainement pas*!« Arthur winkte ab. Er trug seinen Waffengurt mit dem Degen, was im Inneren der Burg eigentlich verboten war. »Und verzeiht noch einmal die Umstände. Als Franzose ist es mir überaus peinlich, dass ich bei einer so schönen Frau wie Eurer Gemahlin Gewalt anwenden musste.«

»Da gibt es nichts zu verzeihen«, erwiderte Simon mit schmalem Lächeln. »Wir sind bei Euch eingebrochen. Schon vergessen?«

»In der Tat. Dafür habt Ihr uns geholfen, das Geheimnis des unbekannten Meuchlers zu lösen. *Félicitations*!« Arthur nickte anerkennend. »Ich habe noch einmal nachgedacht und mir diese alten Dokumente angesehen. Wahrscheinlich habt Ihr wirklich recht, und der Attentäter ist nichts weiter als ein verrückter Bayer. Keine große Politik, nur der wahnsinnige Racheplan eines Zukurzgekommenen. Irgendwie passt das zu Eurem Land!« Arthur lachte, dann wurde er wieder ernst.

»Ich wollte Euch nur sagen, dass es Maxime besser geht. Auch dafür bin ich Euch sehr dankbar! Und deshalb möchten wir, Gabriel und ich, uns revanchieren. Ich habe es Eurer Frau ja bereits versprochen, und mein Angebot steht noch immer. Wir helfen Euch, Euren Sohn zu befreien.«

»Das ist sehr nett«, erwiderte Simon. »Aber ich denke, ich habe eine andere Lösung gefunden. Eine … weniger gewalttätige.« Er hielt die Musketiere für fähige Kämpfer, aber Simon wusste auch, wie viele Wachen in der Schütt waren und wie viele verschlossene Türen überwunden werden mussten.

Arthur legte den Kopf schräg. »Hm, lasst mich raten. Sie hat nicht zufällig etwas mit der baldigen Ankunft des deutschen Kaisers zu tun?«

»Äh, mit der Ankunft von jemand anderem«, erwiderte Simon ausweichend.

»Etwa der Kaiserin?« Arthur lächelte. »Ah, *bien sûr*! Für die Ihr diesen Degen sucht, ist es nicht so?«

»Ihr habt es erraten«, erwiderte Simon mit einem Seufzen. »Ich weiß zwar immer noch nicht, wo dieser verfluchte Degen ist, aber wenn ich der Kaiserin erzähle, was ich herausgefunden habe, dann wird sie vielleicht ein gutes Wort für Paul einlegen. Vielleicht ermöglicht sie mir sogar eine Audienz beim Kaiser. Wenn der Kaiser Pauls Freilassung erwünscht, dann kann der Vizedom schlecht Nein sagen.«

»Und Ihr glaubt, die Kaiserin empfängt Euch?«, fragte Arthur skeptisch.

»Sie hat es schon einmal getan«, erwiderte Simon. »Immerhin hat dieser Attentäter ihren Leibarzt vergiftet und es auch bei ihr und ihrem Mann versucht.«

Simon fragte sich, ob sein Schwiegervater und Peter in Altötting wohl irgendetwas erreicht hatten. Viel konnte es nicht gewesen sein. Reisende aus Altötting hatten berichtet, dass es erst heute früh einen weiteren Attentatsversuch in der Stiftskirche gegeben hatte und der Kaiser aus diesem Grund hier auf der Burg Schutz suchte. »Nun, Ihr könnt es Euch immer noch überlegen, ob wir Euch helfen sollen«, sagte Arthur. »Was ein Musketier versprochen hat, das hält er auch. Allerdings habt Ihr nicht mehr viel Zeit, wir werden wohl in dieser Nacht noch abreisen. Die Identität des Attentäters ist geklärt, unser Auftrag damit erledigt.«

»Und Ihr wollt ihn nicht zur Strecke bringen?«

Arthur seufzte. »Das würden wir gerne. *Bien sûr!* Allein für das, was er Maxime angetan hat. Aber ich habe vorhin von einem Kontaktmann den Befehl zur Abreise bekommen. Da die Angelegenheit eine rein bayerische ist, will sich unser König nicht weiter einmischen.«

»Und der Vizedom?«, fragte Simon. »Was sagt Ihr dem?«

»Der besoffene Ochse wird davon nichts mitbekommen. Wie Ihr Euch erinnert, haben wir die Pläne dieser Burg gut studiert.« Arthur grinste. »Wir kennen so manchen Weg hinaus, der anderen verborgen bleibt. Dafür müssen wir nicht einmal unseren Turm verlassen.«

Arthur legte die Hand auf den Waffengurt. »Auf uns wartet ein neuer Auftrag! Zwölf wertvolle Diamantspangen, die wohl irgendwo in England verschollen sind, eine äußerst delikate Mission …« Er verbeugte sich. »Wie gesagt, *Monsieur*, bis Mitternacht stehen wir Euch zur Verfügung. Ihr wisst, wo Ihr uns findet.«

Er verschwand so schnell in der Dunkelheit, wie er aufgetaucht war.

Nachdenklich setzte Simon seinen Weg fort. Er konnte nur hoffen, dass sein Plan aufging. Was sollte er antworten, wenn ihn die Kaiserin nach dem verflixten Degen fragte? Sicher war der Diebstahl bereits aufgeflogen, der Kaiser würde toben. Würde die Kaiserin ihm wirklich helfen, ja, ihn überhaupt empfangen? Simon seufzte. Wenn etwas schiefging, konnte er immer noch am Turm der Musketiere anklopfen. Zumindest bis Mitternacht.

Mit einem Mal drangen laute Geräusche an sein Ohr. Simon hielt kurz inne und lauschte. Schreie ertönten, vermischt mit Jubelrufen und dem Klackern vieler Pferdehufe auf Pflastersteinen, dazu gebrüllte Befehle. Ein Fanfarenstoß kündigte Großes an.

Schnell eilte er weiter, bis er den vordersten Burghof erreicht hatte. Dort blieb er stehen. Das Christophstor stand weit offen, und ein steter Strom von Wagen, Kutschen, berittenen Wachen und Soldaten ergoss sich in die Burg. Fackeln leuchteten überall, ihr Schein fiel auf eine prunkvolle Kutsche, die eben durch das Tor polterte. Auf den Türen prangte das rot-weiß-rote Wappen der Habsburger. Von einem der hinteren Höfe ertönte das Glockenschlagen der Burgkapelle.

Simon spürte, wie sich sein Magen zusammenzog. Nun gab es kein Zurück mehr.

Kaiser und Kaiserin waren auf der Burg angekommen.

Kapitel 32

Freitag, 14. März, nachts
im Wald kurz vor Burghausen

»Wie lange werden wir wohl noch brauchen?«

Peter hatte seinem Pferd die Sporen gegeben und zum Kommandanten ihres kleinen Trupps aufgeschlossen. Sie ritten auf einer schmalen, schlammigen Straße durch einen Wald, in dem die Bäume dicht an dicht standen. Einige Krähen flogen krächzend auf, ansonsten war nur das stete Traben der Pferde zu hören.

Der Kommandant sah spöttisch zu ihm herüber und deutete nach hinten. »Das hängt ganz von Eurer Begleitung ab, junger Herr.«

Peter brauchte sich nicht umzuschauen, um zu wissen, wer gemeint war. Sein Großvater war nicht der schnellste Reiter, zumal für ihn bei seiner Größe auch nur wenige Pferde infrage kamen. Nach längerem Suchen hatte man einen alten Haflinger gefunden, der mindestens ebenso stur und bissig war wie der Henker.

Jakob Kuisl ritt am Ende der Gruppe, die außer ihm, Peter und Lucia aus einem Dutzend Soldaten bestand. Immer wieder blieb Kuisls Gaul in aller Ruhe am Straßenrand stehen, um Schafgarbe und Spitzwegerich zu naschen.

»Ich verstehe ohnehin nicht, warum der Alte uns begleitet«, sagte der Kommandant kopfschüttelnd. »Und dann diese junge Frau! Seit wann reiten Frauen und Greise bei einem Schutztrupp mit? Das ist …«

»Die junge Frau kann Euch gut hören«, meldete sich Lucia, die eben mit ihrem Pferd zu ihnen beiden aufschloss. Sie lächelte breit. »Übrigens ein prächtiger Bart, den Ihr da tragt, Oberst. Wie hält man den in Form? Mit Bienenwachs?«

Der Kommandant zwirbelte seinen imposanten Spitzbart, dessen Enden bis zu den Ohren reichten. »Äh, ja, in der Tat …«

»Wie es der Zufall will, habe ich Bienenwachs dabei. Sehr gutes! Eigentlich ziehe ich damit Kerzen für die Wallfahrt, aber ich könnte Euch ein wenig davon verkaufen. Natürlich zu einem Sonderpreis.« Sie zwinkerte ihm zu. »Ich habe eine Schwäche für Männer mit großen Bärten. Na ja, Ihr wisst ja, was man sagt …«

Peter glaubte zu sehen, wie der Kommandant leicht errötete. Es war wirklich erstaunlich, wie Lucia es schaffte, Menschen um den Finger zu wickeln. Sie fand ihre Schwachstellen und kleinen Eitelkeiten und nutzte sie gnadenlos aus.

»Der kurfürstliche Abgesandte hatte eben gefragt, wie lange wir noch zur Burg brauchen«, sagte Lucia unvermittelt zum Kommandanten.

»Äh, ich denke, wir werden den Wald in spätestens einer halben Stunde verlassen«, erwiderte dieser, nun weitaus umgänglicher. »Dann kann man die Burg schon sehen.« Er wandte sich an Peter. »Und unser Auftrag …?«

»Wie bereits gesagt, wir sind abgestellt, um für die Sicherheit des Kaisers zu sorgen, solange seine Exzellenz noch auf bayerischem Gebiet weilt«, sagte Peter. »Wir halten die Augen offen, bleiben aber sonst im Hintergrund.«

»Die Burgwachen werden nicht eben begeistert sein,

wenn wir uns in ihre Angelegenheiten einmischen«, gab der Kommandant zu bedenken.

»Das soll nicht Eure Sorge sein, Oberst. Mein Befehl stammt direkt vom Kurfürsten, das gesiegelte Schreiben dürfte wohl genügen.«

Peter versuchte, selbstsicherer zu klingen, als er sich fühlte. Tatsächlich besaß er ein persönliches Schreiben von Max Emanuel, und der Kurfürst hatte dem Kommandanten eingeschärft, dass sich die Männer Peters Weisungen zu fügen hatten. Aber es war dann doch noch etwas anderes, dies auch durchzusetzen. Peter machte sich nichts vor. Für die Soldaten war er nichts weiter als ein beliebiger Höfling, ein junger Schnösel, dem der Kurfürst gewogen war. Über den eigentlichen Auftrag konnte Peter ohnehin derzeit nichts preisgeben. Seine kleine Schwester war die Geisel eines wahnsinnigen Attentäters, und er und der Großvater würden alles tun, um Sophia zu befreien! Aber sollten sie auf der Burg auf den Assassinen stoßen, konnte ihnen der Trupp Soldaten gute Dienste erweisen.

Mit wachsender Sorge sah sich Peter nach Jakob Kuisl um. Etwas stimmte nicht mit ihm, und Peter glaubte zu wissen, was es war. Kuisls linker Arm hing kraftlos herab, was ihm das Reiten zusätzlich erschwerte. Er atmete heftig, sein faltiges Gesicht war grau wie Stein. Peter beschlich der Eindruck, dass nicht so sehr das Pferd gelegentlich eine Pause benötigte, sondern sein Reiter. Alles deutete darauf hin, dass der Großvater einen weiteren kleinen Schlagfluss erlitten hatte. Doch wenn man ihn darauf ansprach, reagierte er äußerst unwirsch.

Er ist wie ein alter Kettenhund, dachte Peter. *Wenn man ihn streichelt, beißt er.*

Trotz Max Emanuels Anweisungen waren noch einige Stunden vergangen, bis sie endlich losreiten konnten. So lange hatte es gedauert, bis ein Hofschreiber das amtliche Dokument aufgesetzt und gesiegelt hatte und der Trupp Soldaten zur Verfügung stand. Kuisl hatte in der Zeit mehrmals lautstark die bayerisch-kurfürstliche Bürokratie verflucht, und auch Peter war am Rande einer Nervenkrise gewesen. Aber er wusste auch, dass solche Papiere Tür und Tor öffneten. Wenn Sophia mit dem Attentäter irgendwo auf der Burg war, brauchten sie das Dokument! Peter konnte förmlich sehen, wie die Sorge um seine Enkelin Jakob Kuisl innerlich verzehrte.

Es war Peter beim besten Willen nicht möglich gewesen, Jakob Kuisl zu überreden, im Neuöttinger Quartier zu bleiben. Er wusste, wenn der Großvater sich etwas in den Kopf gesetzt hatte, dann brachten ihn keine zehn Pferde davon ab, geschweige denn sein Enkel. Dem Oberst gegenüber hatte Peter behauptet, dass es sich bei Lucia und Jakob Kuisl um einfache Reisende handelte, die den Schutz der Truppe benötigten, zumindest bis Burghausen.

Die Bäume wurden lichter, die Gruppe ließ den Wald hinter sich. Auf einem Hügelkamm sah Peter vor dem Nachthimmel die prächtige Burg, auf der unzählige Lichter brannten. Türme und Zinnen waren hell erleuchtet. Die Feste erinnerte Peter an einen langschwänzigen Drachen, der auf seinem Hort ruhte.

»Offenbar scheut man für den Kaiser weder Kosten noch Mühen«, knurrte der Kommandant. »Sieht beinahe aus, als hätten die Burghausener ihr Schmuckstück vor lauter Freude angezündet. Was man so hört, soll es später sogar noch ein Feuerwerk geben, ha! Nun, so finden wir wenigstens den Weg besser.«

Er gab seinem Pferd die Sporen, und die Truppe sprengte die Straße entlang, die zum Burgtor führte. Peter hatte Mühe, zu Lucia aufzuschließen. Offensichtlich war sie nicht nur eine gute Diebin, sondern eine mindestens ebenso gute Reiterin.

Während des schnellen Ritts dachte Peter an seine Eltern. Wo sie wohl gerade sein mochten? Vermutlich unten in der Stadt, wo Paul in irgendeinem Loch auf seine Verschiffung wartete, wenn man ihn nicht schon längst woandershin gebracht hatte.

Ist dies das Ende unserer Familie? Zerrissen, entführt, in alle Winde zerstreut …

Grimmig ließ Peter die Zügel schnalzen. Jetzt musste er zunächst Sophia helfen, wenn es dafür nicht schon zu spät war.

Eine Zugbrücke führte über einen zwölf Schritt tiefen Graben, der auf der Burgseite von einem massigen Gebäude begrenzt war. Auf den Zinnen oberhalb der Bastei standen Wachen, die argwöhnisch nach unten spähten. Von jenseits der Mauern waren Stimmen, Gelächter und das Wiehern von Pferden zu hören.

»Was wollt Ihr?«, rief einer der Wachmänner zu ihnen herunter. »In die Burg darf heute keiner mehr! Wisst Ihr nicht, wer eben erst angekommen ist?«

»Wir sind hier auf kurfürstliche Anordnung!« Peter nestelte aus seiner Rocktasche den versiegelten Brief hervor und hielt das Dokument für alle sichtbar in die Höhe. »Als Schutzgeleit für den Kaiser.«

»Der Kaiser hat seine eigenen Soldaten!«, tönte es hinunter.

»Die der Kurfürst sehr wohl achtet und schätzt«, entgegnete Peter. »Trotzdem befindet Seine Hochwohlgeboren sich noch auf bayerischem Boden. Der Kurfürst sieht es als seine Pflicht an, dem Kaiser bis zur Grenze einen Schutztrupp zur Verfügung zu stellen.«

Oben herrschte Schweigen. Mittlerweile hatte auch

Jakob Kuisl zu Peter, Lucia und den Soldaten aufgeschlossen. Ängstlich sah Peter hinüber zu seinem Großvater, dessen struppig bärtiges Gesicht unter einer Kapuze verborgen war. Es wäre nicht das erste Mal, dass Kuisl mit einem derben Spruch einen Haufen Wachleute gegen sich aufbrachte. Doch der Henker blieb still. Sein Oberkörper war leicht nach vorne gesunken.

Noch rührte sich oben nichts. Der Kommandant sah achselzuckend hinüber zu Peter.

»Wie ich Euch gesagt habe, die sind nicht eben erfreut über unser Kommen. Ich fürchte …«

In diesem Moment öffnete sich knarrend eine kleine Einmannpforte im Burgtor. Ein Offizier in blankem Harnisch trat heraus und ließ sich von Peter das kurfürstliche Schreiben zeigen. Schließlich nickte er.

»In Ordnung. Bringt Eure Pferde hinüber in den Marstall. Und dann meldet Euch beim Verwalter.« Der Hauptmann grinste. »Soll der Kurfürst ruhig sehen, dass wir unsere Burg im Griff haben. Der Kaiser schläft bei uns sicher wie eine Jungfrau in ihrer Kemenate.«

*

Warmer Schein fiel durch die Fenster der Burghausener Wirtshäuser in die Gassen. Hinter den Butzenglasscheiben sah Sophia die verschwommenen Umrisse von lachenden und singenden Menschen, Musik und Gläserklirren drangen nach draußen. Sophia presste die Lippen aufeinander, um nicht laut aufzuschluchzen. Das Leben fand ganz in ihrer Nähe statt, und trotzdem war sie davon abgeschnitten wie mit einer dicken Wand. Alois hatte ihr mehrmals gedroht, ihr sofort die Kehle durchzuschneiden, wenn sie auch nur einen Mucks machte. Und sie zweifelte keinen

Augenblick, dass er dies auch tun würde. Von dem netten Küchenjungen war nur noch eine Hülle übrig, darunter lauerten Mordlust und Wahnsinn.

Erst vor einem Glockenschlag, einer Viertelstunde, waren sie durch das Tor in die Stadt geschlüpft. Eigentlich war schon längst Sperrstunde, doch der Wachmann hatte Mitleid mit ihnen gehabt. Alois hatte gejammert, dass der Vater sie windelweich prügeln würde, wenn sie das Ross nicht rechtzeitig heimbrächten. Sie hätten beim Spielen im Wald die Zeit vergessen … Wieder einmal staunte Sophia, wie schnell und vollständig Alois eine andere Rolle annehmen konnte. Die Wache hatte sie ohne Bedenken eingelassen und jedem der beiden armen Kinder sogar noch eine Bretzel zugesteckt.

»Weil der Kaiser uns heute besucht«, waren die Worte des Wachsoldaten gewesen, als er den beiden die Nascherei gereicht hatte. »Ein Festtag für uns alle, sogar ein Feuerwerk soll es geben!«

»Ich weiß«, hatte Alois lächelnd geantwortet. »Meine Schwester ist schon ganz aufgeregt.«

Mittlerweile war er abgestiegen und führte das Pferd mit Sophia darauf durch die Gassen. Sie passierten den lang gezogenen Hauptplatz mit seinen prächtigen Patrizierhäusern, Verwaltungsgebäuden und heimeligen Herbergen und kamen in eine engere Gasse, wo sich viele einfache Wirtshäuser aneinanderreihten. Über ihnen thronte mächtig die Burg. Alois hob den Kopf.

»Mein Zuhause«, flüsterte er. »Der wahre König kehrt heim. *Hifz allah almalik alhaqiqiu …*« Er lächelte. »Es war dumm von mir, dass ich deinem Bruder diesen Spruch zugerufen habe. Aber er begleitet mich schon mein ganzes Leben. Ich konnte ja nicht ahnen, dass der kleine Schlaumeier die arabischen Worte übersetzen konnte. Eins muss man euch lassen: Ihr seid wirklich eine verflucht aufgeweckte Familie.«

Über einen gepflasterten Steig ging es weiter zu einem Gasthaus, das in einer Gasse weiter oben lag, unweit der Kirche. Es machte einen heruntergekommenen Eindruck. Schief lehnte das Gemäuer an der schroffen Felswand, die das Fundament der Burg bildete. Alois hob Sophia vom Pferd und schnitt ihr die Fesseln durch. Dann schulterte er die schweren Satteltaschen.

»Bleib hübsch an meiner Seite!«, zischte er ihr drohend zu. »Du weißt, wie schnell ich mit dem Dolch bin.«

Ein Stallbursche kümmerte sich um das Pferd, während Alois und Sophia das lärmende Wirtshaus betraten. Es war gut besucht, an den grob gezimmerten Bänken und Tischen saßen vornehmlich Männer in einfacher Kleidung und leerten ihre Humpen, die ihnen von ein paar vollbusigen Schankmaiden gereicht wurden. Jemand spielte die Fiedel, ein anderer schlug auf einem Schellenkranz den Takt dazu. Die Menschen tranken, sangen und schunkelten, keiner schenkte dem Mädchen und dem etwas älteren Jungen mit den Satteltaschen große Beachtung. Sie mochten tatsächlich aussehen wie Bruder und Schwester.

Noch immer rätselte Sophia, was Alois eigentlich vorhatte. Warum waren sie in diesem Wirtshaus? Wohl kaum, um ihren Hunger zu stillen ... Wieso waren sie überhaupt nach Burghausen geritten? Alois hatte davon gesprochen, dass er sein Zuhause von Wanzen befreien und ausräuchern wollte. Das klang alles andere als beruhigend.

Nach kurzem Suchen fand er für sie beide eine Nische mit einer leeren Bank, wo er die Taschen abstellte. Eine ältere Magd näherte sich ihnen.

»He, ihr zwei! Kinder haben um diese Uhrzeit hier

nichts mehr verloren!« Sie deutete zur Tür. »Raus mit euch, aber schnell!«

»Wir sollen den Vater abholen«, erwiderte Alois mit weinerlicher Stimme. »Befehl von der Mutter.« Mit dem Kopf machte er eine undeutliche Bewegung hin zu einer Gruppe johlender Männer. »Er sitzt dort hinten und versäuft seinen kargen Lohn, während wir zu Hause hungern.«

Die eben noch grimmige Miene der Magd änderte sich schlagartig. »Immer das Gleiche mit den Mannsbildern!«, seufzte sie. »Na, dann wünsch ich euch viel Glück!« Sie sah mitleidig hinüber zu Sophia. »Mag die Kleine vielleicht eine Ziegenmilch, während ihr wartet? Sie schaut so unglücklich drein.«

»Meine Schwester hat wohl Hunger.« Alois lächelte breit. »Eine Ziegenmilch wäre sehr nett.«

Als die Bedienung gegangen war, verwandelte sich sein Lächeln in ein böses, irres Grinsen.

»Die Menschen sind so einfältig!«, flüsterte er. »Findest du nicht? Auch dieser Küchenjunge in München ist mir damals auf den Leim gegangen. Was für ein Glück, dass ich im Kreuzviertel auf ihn gestoßen bin! Prahlte damit, dass er eine Anstellung bei Hof gefunden habe und mit dem Kurfürsten demnächst nach Altötting gehen werde. Nach drei Gläsern Wein war er betrunken und nach fünf Gläsern tot.« Er kicherte. »Vorher hat er mir noch den Namen jenes kurfürstlichen Kochs verraten, bei dem er sich vorstellen wollte. Semmelweis ... Oh, vielen Dank, das ist sehr freundlich!« Alois' Stimme fiel ganz plötzlich wieder in den höheren kindlichen Tonfall, als die Schankmaid die Ziegenmilch brachte. Er wartete kurz, dann fuhr er fort: »Es war die beste Tarnung, die ich mir wünschen konnte. Der perfekte Augenblick! Und dann macht deine neunmalkluge Familie alles zunichte ... Ich hätte deinen Großvater umbringen sollen, gleich beim ersten Mal. Ebenso wie deinen obergescheiten Bruder, verflucht!« Seine Finger umfassten den Krug mit der Ziegenmilch so fest, dass er beinahe zerbarst. Er atmete tief durch. »Doch wer weiß, vielleicht waren auch sie Teil der Vorsehung, so wie du. Komm, es wird Zeit!«

Abrupt schob er den Krug zur Seite, stand auf und zog Sophia mit sich, wobei er erneut die Satteltaschen schulterte. Unbeachtet von den anderen Gästen führte er sie zu einer Hintertür, die hinaus in einen Hof ging, der mit Gerümpel und Müll vollgestellt war. Schwarz und schroff ragte vor ihnen die Felswand auf. Darin befand sich eine weitere Tür.

»Die Felsenkeller«, erklärte Alois im Gehen. »Es gibt viele von ihnen in Burghausen. Die Keller bleiben im Sommer hübsch kalt, die Wirtshäuser können darin ihr Bier lagern. Aber kaum einer weiß, was sich *hinter* ihnen befindet. Es gibt alte Pläne, meinen Vorfahren waren sie bekannt. Und mir natürlich auch. Die Pläne habe ich zwar verloren, aber ich finde den Weg auch so. Selbst blind würde ich ihn finden!«

Aus der Satteltasche zog er eine Laterne hervor und entzündete sie. Ein weiterer Griff förderte einen Bund mit Dietrichen zutage. Es dauerte nur wenige Augenblicke, dann hatte Alois die Tür geöffnet.

»Schnell, hinein!«, befahl er.

Im Keller war es dunkel und so kalt wie im tiefsten Winter, Sophia begann schnell zu frösteln. Alois zerrte sie immer weiter, tiefer hinein in das Gewölbe. Sophia sah große Fässer, die an den Wänden lagerten. Schließlich wurde der Gang enger, zersplittertes faules Holz lag auf dem Boden, es roch nach Schimmel, Feuchtigkeit und Felsstaub. Mit der Laterne suchte Alois die Wände ab, bis er nach einer Weile auf eine Einritzung im Felsen stieß. Sie zeigte drei Türme und darunter ein Tor.

»Das Burghausener Wappen«, erklärte Alois. »Es ist immer noch da …« Seine Stimme zitterte vor Aufregung. »Mit meinen Eltern war ich manchmal hier, um unserem alten Zuhause einen Besuch abzustatten. Damals ging es ganz leicht. Wir wollen sehen …« Er nahm den Dolch und führte ihn in eine der Ritzen. Tatsächlich ließ sich ein handgroßer Brocken heraushebeln. Dahinter verbarg sich ein Loch mit einem Ring, der von Rost überzogen war. Alois griff hinein und drehte ihn. Dann zog er daran, doch nichts geschah.

»Verdammt, das Ding ist nach all der Zeit eingerostet!«, schimpfte er. »So geht es nicht.«

Wieder kramte er in seinen Satteltaschen. Diesmal holte er ein dickes Seil hervor, das er um den Ring schlang. Er packte das Tau mit beiden Händen und stemmte die Beine in den felsigen Grund. Ungeduldig wandte er sich an Sophia und deutete mit einer Kopfbewegung auf das Seilende.

»Hilf mir schon beim Ziehen! Auf drei. Eins, zwei, drei!«

Sophia war keine große Hilfe, doch am Ende gelang es ihnen schließlich, den Ring aus der Versenkung zu ziehen. Es gab ein knirschendes Geräusch, dann zeigten sich plötzlich in der Felswand die Umrisse einer Tür, die sich mit einem Quietschen öffnete. In dem dunklen Felsen war sie nicht zu sehen gewesen.

»Der Gang ist noch immer da!«, jauchzte Alois. Jetzt klang er tatsächlich wie ein kleiner Junge. »Wie früher. Komm!«

Gemeinsam betraten sie einen schmalen, niedrigen Tunnel. Rutschige, grob gehauene Treppenstufen führten nach oben.

»Diesen Tunnel haben meine Vorfahren, die Reichen Herzöge, vor vielen Jahrhunderten graben lassen«, sagte Alois, während sie emporstiegen. »So konnten sie, wann immer sie wollten, heimlich die Burg verlassen.« Er kicherte, und Sophia kam es so vor, als würde er von Stufe zu Stufe wahnsinniger. »So mancher meiner Ahnen hatte ein Liebchen unten in der Stadt, von dem natürlich keiner wissen durfte. Und ich habe nun dich als Liebchen. Der Zwerg und die Krüppelin, was für ein hübsches Paar wir zwei doch sind!«

Schier endlos ging die Treppe in die Höhe. In regelmäßigen Abständen deuteten rostige Ringe an, wo früher Fackeln gesteckt hatten. Sophia hatte das beklemmende Gefühl, tief in einem Berg gefangen zu sein. Ein kalter Wind wehte, doch sie konnte nicht erkennen, wo er herkam. Auch hörte sie gelegentlich verhallte Rufe und geisterhafte Stimmen. Ängstlich sah sie sich um.

»Dummes Kind!«, spottete Alois. »Es gibt hier überall Luftlöcher und Felsspalten. Die Geräusche spielen einem Streiche, vermutlich hören wir eine Unterhaltung, die über uns im Burghof stattfindet. Der Kaiser ist angekommen, die Wachen stehen auf den Zinnen!« Er lachte. »Und während sie brav die Mauern bewachen, kriechen wir unter ihnen durch. Jetzt schnell, wir sind gleich da!«

Die Treppe machte eine letzte Biegung, dann tauchte links eine Tür auf, während der Gang weiter geradeaus verlief.

»Hier geht es zum Palas, wo der Kaiser vermutlich Quartier bezogen hat«, sagte Alois. »Aber diesen Weg heben wir uns für später auf. Zuerst müssen wir die Wanzen ausräuchern. O ja!« Erneut kichernd, zerrte er Sophia den Gang entlang, bis sie zu einer weiteren Tür kamen. Ein altes rostiges Schloss war daran zu erkennen. Wieder zog Alois den Dietrich hervor, außerdem ein kleines Fläschchen Öl. Diesmal dauerte es ein wenig länger, doch schließlich öffnete sich auch diese Tür.

Dahinter befand sich ein großes Kellergewölbe, das vom Schein der Laterne nur dürftig erhellt wurde. Sophia blinzelte. Überall standen große und kleine Kisten und Fässer, dazwischen lagerten Kanonen, Musketen und kleinere Arkebusen, an den Wänden lehnten Hellebarden und Lanzen.

Und plötzlich wusste Sophia, wo sie sich befanden.

Und sie ahnte auch, was Alois mit dem Ausräuchern der Wanzen gemeint hatte.

*

Ziellos streifte Jakob Kuisl vorbei an Wagen, Kutschen, Soldaten und Marketenderinnen, die den vordersten Burghof belagerten wie eine Armee. Er wich zwei Köchen aus, die eine Sau an einem Spieß trugen, und wurde von einer älteren geschminkten Frau mit Perücke angerempelt. Fluchend stapfte Kuisl weiter. Verdammt, wie groß war dieser kaiserliche Tross eigentlich? In Altötting war ihm die Menge an Menschen nie so aufgefallen, weil sie sich über den ganzen Ort verteilt hatte, hier standen sich die Leute buchstäblich auf den Zehen. Dabei waren viele der Höflinge und Kämmerer unten in der Stadt untergebracht.

Der Henker hatte große Menschenansammlungen nie leiden können. Hier sorgte der Trubel dafür, dass sich sein Brustkorb noch enger zusammenzog als ohnehin schon. Er musste weg von hier, schnell! Mit seinen kräftigen Armen verschaffte er sich Platz und eilte hinüber in den nächsten Hof, wo es merklich ruhiger war. Es gab einen Obstgarten mit einigen Bänken. Kuisl setzte sich und atmete tief durch, sein Herz pochte wild und unregelmäßig.

Vor einer halben Stunde waren sie auf der Burg angekommen und hatten als Erstes die Pferde in den Marstall gebracht. Danach, so hatte Kuisl mit Peter und Lucia vereinbart, sollte jeder für sich die Augen nach dem Attentäter offen halten. Zum Neunuhrläuten wollte man sich im vordersten Burghof wiedertreffen, wo man ihnen auch ihr Nachtquartier zugewiesen hatte. Schnell und barsch hatte Jakob Kuisl sich verabschiedet, vor allem, weil er Peters Blicke nicht länger ertragen konnte.

Kein Zweifel, der Junge wusste, wie es um ihn stand.

Die kurze Reise von Altötting nach Burghausen war für Kuisl ein einziger Höllenritt gewesen. Wenn er ehrlich zu sich war, hatte er die ganzen letzten zwei Wochen seinen alten, kranken Körper über die Maßen gequält. Erst der Schlagfluss in München, dann ein weiterer kleinerer Anfall in Altötting, außerdem die Sache mit Magdalena, Pauls Gefangennahme … Jedes Mal war Kuisl wieder aufgestanden, hatte weitergekämpft, sich abgemüht – und nun war das Schlimmste eingetreten, was geschehen konnte: Der Mörder hatte seine geliebte Enkelin entführt!

Allein der unbedingte Wille, Sophia zu finden, hatte Kuisl heute Morgen die Kraft zum Weitermachen gegeben. Doch nun spürte er deutlich, dass es nicht mehr ging.

Sein Weg war zu Ende.

Was ihm am meisten wehtat, war die Tatsache, dass er keine Hilfe mehr war, sondern nur noch eine Last. Peters und Lucias Blicke und die spöttischen Bemerkungen der Soldaten auf dem Weg nach Burghausen hatten das noch einmal bestätigt. Vermutlich wäre es für alle besser gewesen, wenn er in Altötting geblieben wäre, ein alter Mann, der auf seinen Tod wartete. Aber er hatte nicht zurückbleiben wollen. Wenn dies sein letzter Kampf war, dann wollte er ihn bis zum bitteren Ende ausfechten.

Kuisls Atem beruhigte sich ein wenig. Er hob den Kopf und sah nicht weit entfernt eine große Kapelle. Ob er beten sollte? Wenigstens für Sophia? Er erhob sich schwerfällig und ging auf die Kapelle zu. Zwei Wachen standen dort und sahen ihn grimmig an.

»Kein Zutritt!«, bellte der eine Wachmann. »Die Kaiserin hat sich zum Beten zurückgezogen.«

Kuisl nickte. »Dann wollen wir verdammt noch mal hoffen, dass sie uns kleine Leute in ihr Gebet mit einschließt, wenn uns das Gotteshaus schon verwehrt bleibt.«

Da will man einmal beten, dachte er, *und dann lassen sie einen nicht rein*. Früher hätte er dem frechen Kerl die Meinung gegeigt, aber selbst dafür war er zu schwach.

Er machte kehrt und ging ohne festen Plan durch den noch fast kahlen Obstgarten, auf die nächsten Burghöfe zu. Ganz hinten ragte der Palas auf, wo der Kaiser und die Kaiserin Quartier bezogen hatten. Wie Peter bereits festgestellt hatte, war die Hauptburg gut bewacht. Niemand hatte dort Zutritt, nicht einmal die kurfürstlichen Soldaten und schon gar nicht ein dreckiger Henker. Mittlerweile kam Kuisl ihr ganzes Vorhaben völlig sinnlos vor. Den Mörder auf der Burg aufzuspüren erschien ihm fast noch weniger möglich als zuvor in Altötting. Überall gab es Nischen und Verstecke, und wenn es dem Kerl gelungen war, in die Stiftskirche einzudringen – was hielt ihn davon ab, auch in den Palas einzubrechen und seine Tat zu vollenden?

Eine unendliche Müdigkeit machte sich in Kuisl breit. Alles war vergebens. Sie würden Sophia niemals finden, Paul würde sein Leben auf irgendeiner Galeere fristen, Magdalena würde sich für immer von ihm lossagen …

Die Familie Kuisl brach auseinander.

Mittlerweile hatte der Henker den Hof vor der Hauptburg erreicht. Wie erwartet war das Tor schwer bewacht, etliche Soldaten standen dort. Weiter rechts drängte sich ein ganzer Haufen von ihnen, sie johlten und lachten. Kuisl schnaubte. Überall Soldaten! Er kam sich schon vor wie früher im Krieg, wobei … Verwundert spähte er in die Richtung, aus der das Lachen kam. Was trieben die Kerle eigentlich dort?

In der Dunkelheit konnte er jetzt ein hohes Holzgerüst erkennen, das nahe der Zinnen aufgebaut war. Der Henker brauchte nur wenige Augenblicke, um zu erfassen, um was es sich handelte.

Ein Galgen.

Er war sehr provisorisch errichtet worden, im Grunde bestand er nur aus einem waagrechten Balken, der zwischen zwei Stützen hing. Auf Leitern, die an dem Balken lehnten, standen zwei Männer mit Schlingen um den Hals.

Jakob Kuisl blinzelte, seine Augen waren nicht mehr die besten. Schon oft hatte er eine solche Szene gesehen, meist hatte er selbst daran mitgewirkt. Aber irgendetwas ließ ihn diesmal frösteln, ein mulmiges Gefühl, das ihn überkam, noch bevor er seinen Blick scharf stellen konnte.

Und dann sah er plötzlich, wer dort stand, und sein Herz setzte für einen Moment aus.

Paul! Mein Gott, das ist Paul!

Kuisls Beine wurden schwach, er musste sich an einer Zinne abstützen, um nicht umzufallen. Ein Trommelwirbel rasselte drohend, das Johlen der Soldaten verstummte, und jemand zog unter einem der beiden Männer die Leiter weg.

Genau in diesem Moment zerriss ein Schrei die Stille.

Es war ein hoher klagender Schrei, der aus dem tiefsten Inneren einer verzweifelten Seele zu kommen schien.

Er kam Jakob Kuisl seltsam vertraut vor.

Zwischen den Soldaten stand eine Frau, die offenbar gerade erst hinzugekommen war. Verzweifelt versuchte sie, sich an den Männern vorbeizudrängeln. Sie schob, drückte und weinte, doch die Soldaten hielten sie fest und lachten nur.

»He, gute Frau, wohin so schnell?«, rief einer von ihnen. »Oder wollt Ihr mit den zwei Galgenvögeln tanzen? Keine Sorge, die tanzen schon alleine!«

»Mein Sohn!«, schrie die Frau. »Um Himmels willen, das ist mein Sohn!«

»Magdalena ...«, flüsterte Kuisl.

Der Henker ballte die Fäuste. Neue Kraft durchströmte ihn, irgendeine versteckte Quelle, die sich von Wut, Liebe und Angst nährte.

Dann rannte Kuisl auf den Galgen zu.

*

»Die Rüstkammer«, sagte Sophia und sah sich zitternd um. Ihre Stimme hallte in dem großen Gewölbe. »Das ist die Rüstkammer der Burg!«

Der Großvater hatte ihr mal von der Rüstkammer im alten Schongauer Schloss erzählt. Die Waffen und Rüstungen darin waren allerdings, wie er sagte, alt und verrostet gewesen, das Schießpulver unbrauchbar. Hier sah alles wesentlich neuer aus – und gefährlicher.

»Schlaues Mädchen.« Alois nickte. »Wir sind unter dem Zeughaus. Der Gang, durch den wir gekommen sind, diente früher auch für Ausfälle, wenn die Burg belagert wurde. Dafür brauchte man Waffen und Schießpulver.« Er hob die Laterne. Mit einer weiten Armbewegung deutete er auf die vielen Lanzen, Hellebarden, Schwerter, Kanonen, Mörser, Feuerbüchsen und Arkebusen. Weiter hinten stapelten sich Kanonenkugeln zu schwarzen Pyramiden.

»Ich hatte schon befürchtet, dass sie das ganze Zeug längst anderswohin gebracht haben. Aber dafür ist der Vizedom zu faul, wie es scheint.« Alois sah sich um und klopfte auf das eine und andere Fass. »Ist nicht mehr so viel, wie es mal war. Aber es sollte wohl genügen.«

»Du ... du willst die Burg in die Luft sprengen?«, hauchte Sophia, der plötzlich dämmerte, was Alois vorhatte.

Er zuckte die Achseln. »Nun, die ganze Burg, das wird leider nicht möglich sein. Dafür ist sie zu groß, und nicht alles Schießpulver lagert hier. Aber ich denke, es wird reichen, um draußen die Hölle auf Erden anbrechen zu lassen. In der plötzlichen Panik wird keiner mehr groß auf den Schutz des Kaisers achten. Alle werden wie wild durcheinanderrennen, sich in Sicherheit bringen wollen ... Wer achtet da schon auf einen einzelnen Mann mit einer Armbrust?« Er lächelte finster.

»Ich ... ich verstehe dich nicht«, sagte Sophia. »Du hast gesagt, das hier ist dein Zuhause. Aber warum zerstörst du es dann?«

»Verdammt, was gibt es da zu verstehen?«, schrie er plötzlich. Sein Gesicht lief vor Zorn rot an. »Ich werde dieses Zuhause nie besitzen, ich werde kein neuer niederbayerischer Herzog! All das ist lange vorbei! Mit den alten Dokumenten kann sich der Kaiser den Arsch abwischen!« Er fuhr sich über die Lippen, von denen Speichel tropfte. »Aber wenn ich hier nicht wohnen kann, soll es auch kein anderer! Sie sollen am eigenen Leib erfahren, was sie unserer Familie angetan haben. In Altötting haben Kurfürst und Kaiser versucht, eine Allianz zu schmieden, genau wie damals! Der Kurfürst ist mir entwischt, vielleicht hole ich ihn mir später noch. Aber jetzt wird erst einmal der Kaiser das begangene Unrecht büßen, hier auf *meiner* Burg soll er sein Ende finden!«

»Du … du bist verrückt«, kam es Sophia über die Lippen.

Alois' Hand schnellte nach vorne, seine Finger umkrallten Sophias Kehle.

»Sag … das … nie … wieder!«, zischte er. »Nie wieder! Ich bin der Nachfahre einer großen Linie, ich bin nicht wahnsinnig, Gott selbst hat mich geschickt, dieses Unrecht zu sühnen. Ich bin der wahre König! *Almalik alhaqiqiu*!«

»Lass … mich … los …«, konnte Sophia eben noch krächzen.

Er lockerte seinen Griff und sah sie eindringlich an. »Dein Weg endet hier, mein Kind, so oder so.«

Sie wollte schreien, doch er stopfte ihr einen Fetzen Stoff in den Mund, knebelte sie und fesselte ihr nun auch die Füße. Hilflos musste Sophia mitansehen, wie er hinüber zu den Satteltaschen ging und eine Rolle hervorholte, auf die eine schwarze Schnur gewickelt war. Im Zwielicht brauchte Sophia einen Moment, um zu erkennen, was es war.

Eine lange Lunte.

»In der Stadt unten haben sie von einem großen Feuerwerk gesprochen, das heute stattfinden soll«, sagte Alois, während er die Zündschnur ausrollte. »Du erinnerst dich? Nun, sie sollen ihr Feuerwerk haben!«

Er begann, die einzelnen Fässer und Kisten mit der Lunte zu verbinden. Dabei ließ er aus einem mitgebrachten Tonkrug schwarzes Pulver auf einzelne Stellen rieseln. Sophia vermutete, dass es sich dabei ebenso um Schießpulver handelte. Verzweifelt zerrte sie an ihren Fesseln, doch diese rührten sich keinen Fingerbreit.

»Du wirst nichts spüren«, sagte Alois beinahe zärtlich. »Vielleicht einen Hauch, ein heißes Brennen, mehr nicht. Es wird ganz schnell gehen.« Er hatte seine Arbeit mittlerweile beendet. Wie Spinnweben eines Netzes verliefen die Lunten zwischen den einzelnen Kisten und Fässern. Mitleidig sah er sie an. »Ach, mein kleiner Krüppel! Eigentlich mag ich dich ja. Wirklich! Aber du musst verstehen, deine Familie kann nicht ohne Strafe bleiben. Sie ist mir ein paar Mal zu oft in die Quere gekommen. Dein Tod wird ihre Strafe sein.«

Er zog ein Zunderkästchen hervor, eine kleine blaue Flamme flackerte plötzlich zwischen seinen Fingern. Andächtig wie bei einem Kirchgang kniete Alois sich auf den Boden und entzündete eine der Lunten in der Mitte des Netzes. Zischend wanderten die Funken von dort an den einzelnen Schnüren entlang.

»Zu gerne möchte ich selbst spüren, wie es sich anfühlt, wenn der Körper sich in einem Augenblick in Asche verwandelt«, sagte Alois verträumt. »Wenn man die Qual dieses Lebens endlich hinter sich lässt. Doch ich kann nicht, ich habe noch eine Aufgabe zu erledigen, und die werde ich …«

Er stockte, als von irgendwoher ein Knarren und Quietschen zu hören war. Sophia drehte mühsam den Kopf und sah, dass sich ganz hinten im Gewölbe eine Tür öffnete. Etwas rumpelte und fiel zu Boden.

»*Merde!*«, ertönte eine Stimme. »*Fais attention, crétin*!«

Auch Alois spähte jetzt in die Richtung, aus der die Stimme gekommen war. Zwei Männer waren dort zu sehen, sie trugen Schlapphüte mit Federn und die Kleidung von Soldaten. Einer war klein und zierlich, der andere lang und hager. Sophia glaubte, sie schon irgendwo einmal gesehen zu haben. Zwischen den Männern befand sich eine

Trage, die offenbar zu Boden gefallen war. Darauf lag ein größerer Mann, der nun laut aufstöhnte.

»*Excusez-moi*«, brummelte der Hagere. »*J'ai* …«

Mit ihrer ganzen Kraft und Verzweiflung trat Sophia gegen eines der Fässer. Es fiel krachend um und rollte in Richtung der Männer. Diese sahen überrascht auf.

»*Sois maudit, que diable* …«, begann der Kleine.

In diesem Moment stürzte sich Alois auf die beiden Soldaten.

In Windeseile hatte er ein kurzes Schwert aus der Satteltasche gezogen, mit dem er nun gegen die Männer anstürmte. Die Waffe war seltsam krumm und gebogen, sie erinnerte Sophia an einen Säbel, wie ihn Muselmanen führten.

»*L'assassin*!«, schrie der Lange. »*Ah, enfin … Vengeons Maxime*!«

Die beiden Soldaten zogen nun gleichfalls ihre Degen. Sie parierten Alois' Schläge und teilten selbst aus. Schnell entspann sich zwischen den Männern ein Kampf auf Leben und Tod, während die Lunten um Sophia herum zischten und brannten. In ihrer Verzweiflung wälzte sie sich hin und her und versuchte auf diese Weise, die Flammen zu ersticken. Bei einigen der Lunten gelang ihr das auch, doch es waren einfach zu viele.

Aus dem Augenwinkel sah sie, wie die beiden fremden Soldaten Alois zunehmend bedrängten. Sie waren zu zweit und hervorragende Kämpfer, doch Alois schien ihnen mehr als gewachsen. Er wirbelte mit dem krummen Schwert herum, duckte sich unter den Hieben, setzte Stiche wie eine Hornisse. Der Kampf wogte wild hin und her.

Weiter hinten auf der Trage erhob sich jetzt ächzend der dritte der Franzosen, ein bärtiger Hüne. Und endlich wusste Sophia auch, wo sie die Männer schon mal gesehen hatte. In Wasserburg war das gewesen, im Gasthaus hatten die drei randaliert! Aber was machten sie hier unten im Zeughaus der Burg?

Der große bärtige Mann schien krank oder verletzt, er schwankte hin und her, fast wie ein Betrunkener. Dabei versuchte er, sich an einigen der Fässer festzuhalten, die daraufhin umfielen und gegen die Kämpfenden rollten.

Und immer noch brannten um Sophia herum die Lunten. Immer näher fraßen sie sich an die Fässer mit dem Schießpulver heran.

Plötzlich ertönte ein Schrei. Alois hatte die Deckung seiner beiden Kontrahenten unterlaufen und einen Hieb gesetzt, der den hageren Soldaten zurücktaumeln ließ. Aus dessen Kehle ergoss sich ein Blutstrahl.

»Nom de Dieu! Tu paieras pour ça!«

In grenzenloser Wut stürzte sich der kleine Franzose auf Alois. Finten, Attacken und Paraden wechselten so schnell, dass Sophia im Zwielicht des Gewölbes nur zuckende Schatten sah.

Der hagere Soldat lag leblos in seinem eigenen Blut. Der große Mann, der vorher noch auf der Trage gelegen hatte, bemerkte nun die gefesselte und geknebelte Sophia, die ihn mit vor Entsetzen geweiteten Augen anstarrte. Mit einer Kopfbewegung wies sie auf die Lunten.

»Ausmmmm …«, tönte es dumpf hinter ihrem Knebel. »Ausmmmmm …«

Der hünenhafte Franzose musste sie nicht verstehen, um zu wissen, was sie meinte. Schweißüberströmt wankte er auf die brennenden Zündschnüre zu und trat eine nach der anderen aus. Hinter ihm erklang erneut ein wütender Schrei.

Diesmal war es Alois, der offenbar einen Hieb abbekommen hatte. Er hinkte leicht, trotzdem drosch er weiter wie der Teufel auf seinen Gegner ein.

»*Vive le roi*!«, rief der kleine Franzose nun. »*Un pour tous, tous pour un*!«

Der große Soldat humpelte auf eine der Pyramiden mit den Kanonenkugeln zu. Er beugte sich hinunter zu einer Kugel aus der untersten Reihe und zog daran. Sein Gesicht verfärbte sich vor Anstrengung, seine Muskeln traten unter dem Hemd hervor. Dann hatte er die Kanonenkugel aus dem Stapel gelöst. Die ganze Pyramide erzitterte leicht, plötzlich lösten sich die Kugeln und rollten in alle Richtungen davon. Sophia kroch im letzten Moment zur Seite und sah, wie die Kugeln noch einige der Zündschnüre zum Erlöschen brachten.

Aber nicht alle!, dachte Sophia entsetzt. *Nicht alle!*

Alois und der kleine Franzose verschwanden eben hinter einigen Kisten, Schreie, Keuchen und Klirren waren von dort zu hören. Weitere Fässer fielen krachend um, Lanzen und Hellebarden stürzten mit einem Scheppern zu Boden.

Etwas britzelte direkt neben Sophias Ohr.

Es war eine brennende Lunte. Zischend wanderten die Funken auf die Pulverfässer zu, Zentimeter für Zentimeter.

Kapitel 33

Freitag, 14. März, nachts auf der Burghausener Burg

Ohne nachzudenken, lief Jakob Kuisl an den verblüfften Soldaten vorbei, hinüber zum Galgen. Paul stand noch immer gefesselt auf der Leiter, während der Verurteilte neben ihm ein letztes Mal zuckte und zappelte und dann leblos im Seil hing. Sie hatten Paul übel zusammengeschlagen, sein Gesicht war entstellt von Blut und Dreck. Trotzdem wirkte er ruhig und gefasst, so als hätte er mit dem Leben abgeschlossen. Als er nun den Großvater wie einen wild gewordenen Stier auf sich zulaufen sah, weiteten sich seine Augen. Auch Magdalena hatte Kuisl jetzt bemerkt. Fassungslos und stumm vor Entsetzen stand sie zwischen den Soldaten, die sie festhielten.

»Aufhören, sofort aufhören, verdammt noch mal!«, brüllte Kuisl in dem barschen Befehlston, den er sich in vielen Heeresjahren angeeignet hatte. Er war Feldwebel gewesen und wusste, wie man mit solchen Kerlen umsprang. Ein paar Sekunden lang funktionierte der Trick. Der Soldat, der eben noch Paul von der Leiter stoßen wollte, hielt zögernd inne. Einige der Männer nahmen ganz automatisch Haltung an.

»Wer seid Ihr?«, blaffte schließlich einer der älteren Soldaten, offenbar der Hauptmann. »Wer hat Euch geschickt?« Er musterte Kuisl argwöhnisch. Da er weder ein

Offizierszeichen noch sonst ein Symbol der Macht bei seinem Gegenüber erkennen konnte, fuhr er fort: »Misch dich hier nicht ein, Alter! Diese Männer sind Verbrecher, und sie werden gehängt, alles hat seine Richtigkeit.«

»Wo ist der Richter?«, fragte Kuisl laut. »Wer hat diese Männer abgeurteilt? Ich sehe weder den Vizedom noch irgendeinen Verwalter!«

Der Hauptmann lachte. »Die haben derzeit wirklich Besseres zu tun, als zwei räudigen Galgenvögeln beim Tanzen zuzusehen. Aber glaub mir, das Urteil wurde gesprochen. Alles hat seine Richtigkeit.« Er deutete nach hinten zur Hauptburg. »Der Vizedom hat den Schuften erst vor ein paar Stunden den Prozess gemacht. Es sind Diebe und Totschläger, und nun bekommen sie ihre gerechte Strafe. Wenn der Kaiser uns besucht, räumen wir eben auf!«

»Das dort ist mein Sohn!«, rief Magdalena und versuchte vergeblich, sich loszureißen. »Und er ist sein Großvater! Er ... er ist selber Henker. Wenn er euch sagt, dass hier ein Richter fehlt, dann ... dann ist das auch so!« Sie sah Kuisl aus verheulten, schreckgeweiteten Augen an. »Ich habe keine Ahnung, was du hier auf der Burg treibst. Aber ich bitte dich, tu was! Paul ist dein Enkel, er wird es immer bleiben ... egal, was zwischen uns ist. Lass das nicht zu!«

»Der Alte ist ein Henker? Im Ernst?« Der Wachmann prustete. »Dieser Witz ist zu gut!« Er trat an die Galgenleiter, auf der noch immer schweigend Paul stand, und rüttelte daran. »Dann komm und zeig uns, wie es geht, Henkerlein! Damit wir auch alles richtig machen. Haben wir den Strick ordentlich geknotet, stimmt seine Länge? Wackelt die Leiter gar zu arg?«

Die anderen Soldaten lachten und johlten.

»In der tiefsten Hölle sollst du schmoren!«, entfuhr es Kuisl.

»Du willst nicht? Hast dich schon aufs Altenteil zurückgezogen, ja? Nun gut, wie du meinst. Dann werde ich eben der Henker sein …«

Der Hauptmann zog an der Leiter, Magdalena schrie, und Kuisl stürzte nach vorne. Er verpasste dem Offizier einen so heftigen Fausthieb, dass dieser mehrere Schritte zurücktaumelte und in die Gruppe mit seinen Männern fiel.

Im gleichen Moment kippte die Leiter um.

In letzter Verzweiflung hechtete Kuisl unter den Galgen und fing Paul mit seinen mächtigen Schultern auf. Der Henker schwankte leicht, wie ein Baum im Wind, dann fasste er Fuß und stand aufrecht. Gefesselt und mit dem Strick um den Hals saß Paul auf seinen Schultern. Die Schlinge hatte sich festgezogen, sodass Paul hustete und keuchte, doch er lebte.

Unwillkürlich musste Kuisl daran denken, wie er Paul früher als Buben huckepack getragen hatte. Der Kleine hatte vor Freude gekräht und ihn an den Haaren gezogen. Nun trug Jakob Kuisl mit seinem Kreuz die Last eines ausgewachsenen jungen Mannes. Pauls Leben ruhte auf seinen Schultern.

Und Kuisl spürte, wie seine Beine erneut schwach wurden.

Schnaufend hob er den Kopf und blickte in die schweigende Runde. Der Hauptmann hatte sich eben wieder aufgerappelt und wischte sich das Blut vom Mund.

»Nun gut, Henker.« Seine Stimme war leise und drohend. »Bist ein großer, starker Ochse. Mal sehen, wie stark du wirklich bist.« Er trat auf Kuisl zu und zwickte ihn ins Ohr. »Bleib schön so stehen, pfeif meinetwegen einen Marsch. Aber irgendwann wirst du zusammenbrechen, und dann baumelt dein Enkel. Ob jetzt gleich oder in einer Stunde, uns ist das egal.«

Um den Galgen bildete sich nun ein Kreis Soldaten, die Kuisl und Paul grinsend musterten und die ersten Wetten abschlossen. Magdalena stand wie versteinert zwischen ihnen.

»Hol … Hilfe …«, keuchte Kuisl, während er unter der menschlichen Last hin und her wankte. »Peter … ist hier … irgendwo. Mit … kurfürstlichen Soldaten.«

Magdalena zögerte kurz, ihr Blick ging ein letztes Mal hinüber zu Paul, der stumm und mit großen geweiteten Augen auf Kuisls Schultern thronte. Dann drehte sie sich um und rannte los.

Die Beine des Henkers wurden schwächer und schwächer, der Schweiß rann Kuisl von der Stirn, seine Zunge fühlte sich an wie eine gedörrte Pflaume.

Doch er fiel nicht.

*

Magdalena rannte so schnell wie noch nie in ihrem Leben. Dabei widerstand sie dem Drang, sich noch einmal umzudrehen. Vermutlich wäre sie beim Anblick ihres Sohnes wieder zu ihm zurückgerannt, doch dort konnte sie ihm nicht helfen.

Aber konnte Paul überhaupt noch irgendjemand helfen?

In den letzten Minuten hatten sich die Ereignisse überschlagen. Der Vater hier auf der Burg, der Galgen, Paul mit dem Strick um den Hals … Ihr Sohn würde hängen, vielleicht lebte er jetzt schon nicht mehr, weil ihr Vater unter ihm zusammengebrochen war!

Dreh dich nicht um … Lauf weiter!

Bislang hatte Magdalena gehofft, dass die Musketiere

sie bei Pauls Befreiung unterstützen würden. Doch Simon war von dieser Idee abgekommen. Nach zähen Diskussionen hatte sie sich von ihm überreden lassen, dass er zunächst der Kaiserin einen Besuch abstatten würde. Ihre Exzellenz Eleonore Magdalene galt als sehr gläubig. Simon hoffte, sie nach dem Gottesdienst in der Burgkapelle abfangen zu können.

Magdalena war von Simons Plan keineswegs überzeugt gewesen. Allein, ihr war kein besserer eingefallen, und so hatte sie die Zeit überbrückt, indem sie gedankenverloren durch die Burganlage streifte. Dabei hatte sie die Gruppe Soldaten und den Galgen entdeckt, und schließlich Paul.

Seitdem war alles anders.

Magdalena rang um Atem, während sie verzweifelt weiterrannte. Sie beschloss, zunächst zum Turm der Musketiere zu laufen, doch dort brannte kein Licht. Sie rüttelte an der Tür, schrie, doch keiner machte ihr auf.

Verdammt! Hilf mir doch irgendeiner!

Ihr Vater hatte eben davon gesprochen, dass irgendwo auf der Burg auch Peter sein sollte. Offenbar waren die beiden nach Burghausen gereist. Ob Sophia auch hier war?

Mittlerweile hatte sie den vordersten Burghof neben der Schütt erreicht. Dort war das Gedränge am größten, durch das Christophstor war in den letzten Stunden der Tross des Kaisers gezogen. Überall brannten Fackeln, bewaffnete Männer saßen um ein großes Lagerfeuer, über dem eine Sau am Spieß brutzelte.

Mit wild klopfendem Herzen sah sich Magdalena in der Menge um, doch Peter war nirgendwo zu entdecken. Sie überlegte eben, ob sie nach ihm rufen sollte, als ihr etwas einfiel.

Simon!

Wenn er wirklich gerade bei der Kaiserin war, dann

konnte sie ihnen vielleicht helfen. Darauf hätte sie schon eher kommen können! Magdalena machte kehrt und rannte zurück zur Hauptburg. Schon nach kurzer Zeit hatte sie den Vorhof erreicht, in dem sich die Burgkapelle befand. Das kleine Kirchlein stand ein wenig abseits an der Burgmauer, ein Obstgarten war darum gepflanzt. Eben bimmelte oben im Kirchturm eine kleine Glocke. Offenbar ging die Messe gerade zu Ende. Ein paar Wachmänner standen vor der Tür, vermutlich, um die Kaiserin beim Hinausgehen in Empfang zu nehmen. Der Mond schien hell, sodass Magdalena nach einigem Suchen tatsächlich Simon entdeckte. Er stand zwischen den Obstbäumen, wo er ganz offensichtlich auf die Kaiserin wartete. Händeringend lief Magdalena auf ihn zu.

»Simon! Simon, etwas Schreckliches …«

»Psst!«, zischte er und hielt den Finger vor den Mund. »Ihre Hochwohlgeboren kommt jeden Moment aus der Kirche. Mach jetzt bitte keine Szene! Ich werde versuchen …«

»Himmelherrgott, hör mir doch zu!«, schrie Magdalena. Die Wachsoldaten blickten misstrauisch zu ihnen hinüber. »Dein Sohn hängt am Galgen! Jedenfalls gleich, wenn nichts geschieht!« Sie deutete Richtung Hauptburg. »Dort vorne! Der Großvater ist bei ihm, aber auch er kann ihm nicht helfen! Tu was! Red mit der Kaiserin!«

»Paul … der Großvater …?« Simon fehlten einen Moment lang die Worte. »Aber …«, stotterte er. »Mein Gott … wieso …?«

In diesem Augenblick öffnete sich die Tür zur Kapelle, und die Kaiserin trat heraus. Sie war umgeben von ihrem Hofstaat, doch Magdalena erkannte sie sofort. Im Gegensatz zu ihren Hofdamen trug sie ein einfaches schwarzes Gewand wie eine Büßerin. Ohne lange zu überlegen, trat

Magdalena auf sie zu und fiel auf die Knie. Die Soldaten zogen ihre Waffen, blieben aber abwartend stehen.

»Eure Hoheit, Ihr … Ihr müsst uns helfen!«, sagte Magdalena mit bebender Stimme. »Es geht um unseren Sohn! Er soll hängen, hier auf der Burg, keinen Steinwurf weit von Euch entfernt. Er hat das nicht verdient, glaubt mir!«

»Wer seid Ihr?« Die Kaiserin sah verwirrt hinunter zu Magdalena, dann fiel ihr Blick auf Simon.

»Doktor Fronwieser!«, rief sie überrascht aus. »Habt Ihr etwa gute Neuigkeiten für mich?«

»Ich … äh …«, begann Simon. »Nun …«

Magdalena hielt es nicht mehr aus. Sie griff nach den Kleiderschößen der Kaiserin und zerrte daran. »Ich bin Frau Fronwieser, seine Gattin. Bitte, hört mich an! Unser Sohn ist in großer Gefahr, er …«

»Was … was … soll das?«, fragte die Kaiserin und riss sich los. »Doktor Fronwieser, was hat das zu bedeuten? Ich dachte, Ihr seid vielleicht gekommen, um …«

»Himmelherrgott, mein Sohn stirbt!«, schrie Magdalena. »Vielleicht genau jetzt, in diesem Moment. So hört mich doch an! Er ist …«

In diesem Augenblick ertönte ein Knall, so laut, dass Magdalena glaubte, der Mond sei auf die Erde gefallen.

Dann brach um sie herum ein entsetzliches Chaos aus.

*

Noch immer stand Jakob Kuisl da wie ein Fels in der Brandung.

Der Henker hatte die Augen geschlossen, in seinen Ohren war ein Heulen und Brausen wie bei einem großen Sturm. In dem Brausen hörte er einzelne Wörter, Gelächter, jemand stupste ihn an, zwickte ihn in die Nase, doch er wankte nicht. Er spürte Pauls Gewicht so schwer auf den Schultern lasten, als würde er die ganze Welt tragen. Die Legende vom heiligen Christophorus, dem Schutzheiligen der Reisenden, kam ihm in den Sinn. Dieser hatte das Jesuskind durch einen Fluss getragen, und auch Christus war schwer wie die Welt gewesen.

»Wer mich trägt, der trägt all die Liebe dieser Welt auf den Schultern ...«

Kuisl zuckte zusammen. Wer hatte das eben zu ihm gesagt? Es war ihm vorgekommen, als flüstere jemand in sein Ohr. Wohl kaum die Soldaten, aber wer dann? Oder träumte er etwa im Stehen? Sein Herz pochte so furchtbar schnell, es klang wie das Galoppieren eines Pferds, das Rauschen in seinem Kopf wurde lauter und lauter. Gleichzeitig tauchten Bilder auf, lange verschüttete Bilder. Er sah Magdalena, wie sie als kleines Mädchen an seiner Hand die ersten Schritte machte.

Papa! Papa, schau da! Ein Schmetterling ...

Er sah Paul und Peter als drei- und vierjährige Buben, die Münder verklebt mit Pflaumenmus, ein freches Grinsen im Gesicht, am Boden die Scherben eines Tontiegels.

Na wartet! Die Löffel werd ich euch beiden lang ziehen!

Er sah Anna Maria, seine längst verstorbene Frau, wie sie gemeinsam auf einem Pferd davonritten, weg aus Weidenfeld, dem kleinen Dorf bei Regensburg, wo alles begonnen hatte.

Sie wird immer dein Kind sein, Jakob. Egal, was geschehen ist ... Unser Kind ...

»Wer mich trägt, der trägt all die Liebe dieser Welt auf den Schultern ...«

Da! Da war wieder diese Stimme, diesmal hatte er sie

deutlich gehört. Es war die sanfte Stimme einer Frau. Und dann sah er sie endlich vor sich.

Die Schwarze Madonna.

So zart und klein war sie, im güldenen Gewand und mit der Krone auf dem Haupt, sie trug das Jesuskind in ihren Händen, und sie sah ihn an, ihn, den ehrlosen, dreckigen Henker …

»Eher geht ein Kamel durch ein Nadelöhr, als dass ein Reicher in das Reich Gottes gelangt«, sagte die Madonna. »Du aber, Jakob …«

Plötzlich ertönte ein lauter Knall, sodass Kuisl die zarte Stimme nicht mehr hören konnte. Stattdessen waren da Rufe und Schreie, der Boden erzitterte, als etwas Schweres neben dem Henker zu Boden fiel.

Doch Kuisl wankte nicht.

Wieder ein Donnern und Krachen, ein Rumpeln im Boden wie bei einem Erdbeben, schließlich erneut eine Stimme, seltsam vertraut.

Doch Kuisl fiel nicht.

»Großvater! Großvater, kannst du mich hören! Ich bin es, der Peter! Ich halte den Paul, alles wird gut, du kannst jetzt loslassen!«

Und Kuisl ließ los. Endlich.

Seine Beine gaben unter ihm nach, und er stürzte in einen weiß-blauen bayerischen Himmel, wo auf einer Wolke lächelnd die Schwarze Madonna saß.

*

»Schneide ihn los, schnell!«

Mit beiden Armen hielt Peter seinen Bruder fest, der noch immer mit dem Strick am Galgen hing. Pauls Gesicht war rot angelaufen, er röchelte und hustete, doch er war bei Bewusstsein. Lucia war mit einem Messer am Balken hochgeklettert und schnitt nun das Seil durch. Vorsichtig versuchte Peter, den jüngeren Bruder am Boden abzusetzen, doch es gelang ihm nicht. Paul fiel in den Dreck, direkt neben seinen Großvater, der mehr tot als lebendig aussah.

»Mein Gott!«, keuchte Peter. »Wie lange mag er ihn so getragen haben?«

»So lange, wie ich gebraucht habe, deinen Vater herzubringen. Lasst mich zu ihnen!«

Magdalena stürzte nach vorne und kniete sich zwischen Paul und Jakob Kuisl. Sie weinte vor Glück und Erschöpfung. Peter sah sich um. In einem der mittleren Burghöfe loderten Flammen. Dort, wo das Zeughaus gewesen war, standen jetzt nur noch Trümmer.

Er hatte sich mit Lucia eben in einem der Geschütztürme unweit des Büchsenmeisterturms umgesehen, als das Zeughaus explodierte. Offenbar war in der Rüstkammer eine größere Ladung Schießpulver hochgegangen.

Peter hatte keinen Zweifel, wer dahintersteckte. Das Durcheinander war perfekt. Dachziegel, Steinbrocken, ja sogar ganze Mauerstücke waren weit über die Burg geschleudert worden, an mehreren Stellen brannte es. Mägde und Bedienstete, aber auch viele Soldaten liefen mit Löscheimern herum wie aufgeschreckte Hühner. Als Peter und Lucia vor den Flammen flohen, waren sie auf Magdalena und Simon gestoßen. Die Mutter hatte ihnen noch im Laufen von Paul und dem Galgen erzählt.

Als sie schließlich den Platz vor der Hauptburg erreicht hatten, stand da nur noch Jakob Kuisl, seinen Enkel auf den Schultern. Neben ihnen am Galgen hing leblos ein zweiter Verurteilter, der nicht so viel Glück gehabt hatte. Die Soldaten waren alle geflohen oder halfen, die Flammen zu löschen, die drohten, auf den Palas überzugreifen. Just als Peter seinen Bruder erreichte, war der Großvater unter ihm zusammengebrochen.

»Wie geht es den beiden?«, fragte Peter.

Simon, der sich neben Magdalena hingekniet hatte und eben Jakob Kuisl und Paul untersuchte, sah mit ernstem Blick auf.

»Paul hat ein paar Zähne verloren, er hat üble Beulen und Blessuren, aber sonst geht es ihm gut. Aber für den Großvater waren die Anstrengung und auch die Aufregung wohl zu viel …« Simon legte sein Ohr an Kuisls Brust. »Sein Herzschlag ist sehr schwach, fast nicht mehr vorhanden, die Haut eiskalt, der Blick starr. Ich fürchte, es ist ein weiterer Schlagfluss.« Er seufzte schwer. »Wenn kein Wunder geschieht, müssen wir mit dem Schlimmsten rechnen! Und diesmal wirklich.«

»Er … er hat Paul gerettet«, sagte Magdalena unter Weinen. »Er ist ein Held und mein Vater. Mein Vater, was … was auch immer geschehen ist.«

»Was auch immer geschehen ist?« Peter runzelte die Stirn. Er verstand nicht, was seine Mutter meinte.

»Was macht ihr überhaupt hier in Burghausen?«, fragte Simon abrupt. »Du, der Großvater und …«, er sah hinüber zu Lucia, »diese junge Frau?«

»Das ist eine längere Geschichte«, sagte Peter. Er schluckte. Es fiel ihm schwer, den Eltern zu erzählen, was inzwischen geschehen war, gerade jetzt, da sie Paul gerade noch vor dem Galgen gerettet hatten. »Wir sind hier, weil der Attentäter auf der Burg ist. Er … er hat Sophia in seine Gewalt gebracht.«

»Sophia!« Magdalena blickte erschrocken auf. »Mein Gott … Die Explosion …«

»Das war er, zweifellos.« Peters Miene verdüsterte sich.

»Es ist der Küchenjunge, den Sophia in Altötting kennengelernt hat, sein Name ist Alois, wobei das sicher nicht sein richtiger Name ist. Eigentlich hat der Bastard es hier auf den Kaiser abgesehen, doch Sophia ist wohl seine Geisel. Ich kann dir nicht sagen, was mit ihr ist. Ob sie überhaupt noch …«

»*Quelle surprise … le docteur.*«

Über den Burghof, wo noch immer die Menschen mit Löscheimern durcheinanderliefen, jammerten und schrien, wankte eine Gestalt auf sie zu. Es war ein kleiner Mann, im zerfetzten, blutbefleckten Gewand. Er konnte kaum noch laufen, seine einst fesche bunte Hose hing in Streifen, das Gesicht schwarz von Ruß, doch der Schlapphut mit der Feder saß fest auf seinem Kopf.

»Euer Sohn, ja?«, sagte er, an Simon gerichtet. Mit der Degenspitze wies er auf Paul, der noch immer keuchend und hustend am Boden lag. Die Stimme des Mannes war rau und heiser, als wäre er direkt durch die Hölle gelaufen. »Dann braucht Ihr wohl unsere Hilfe nicht mehr.« Er lächelte traurig. »Wobei Ihr mit meiner Hilfe allein hättet vorliebnehmen müssen. Gabriel und Maxime …« Er verstummte und schlug ein Kreuz. »Sie haben es nicht geschafft. *Paix à leurs âmes.*«

»Das sind doch diese Musketiere aus Wasserburg«, flüsterte Peter. »Was zum Teufel machen die …«

Doch sein Vater fiel ihm ins Wort: »Was genau ist geschehen?«

»Dieser Teufel war unten im Zeughaus, gerade, als wir durch den Tunnel in die Stadt fliehen wollten. *Merde!*« Der kleine Soldat hustete. »Es war der Assassine. Hat gekämpft wie ein Dämon und das Schießpulver in die Luft gejagt. Ich … ich bin gerade noch hinausgekommen. Aber meine Kameraden …«

»War ein Mädchen bei ihm?«, fragte Peter aufgeregt.

»*Ah, oui*!« Der kleine Mann sah ihn überrascht an. »Ja, da war ein Mädchen. Gefesselt und geknebelt. Ich denke, er ... er wollte sie dort unten lassen. Doch dann ist er mit ihr geflohen.«

»Wohin?«, fragte Magdalena. »Wohin sind sie geflohen? Mein Gott, sprecht schon!«

»*Nom de Dieu*, woher soll ich das wissen? Das Schießpulver war alt und feucht, sonst wäre die Explosion sicher noch größer gewesen. Aber auch so war es die Hölle ... Ich denke, ich habe ihn verletzt. Aber bei einem Dämon kann man nie wissen ...«

»Wenn er es auf den Kaiser abgesehen hat, dann ist er jetzt in der Hauptburg«, sagte Lucia. »Und ich denke, er hat eure Sophia noch immer mit dabei.«

»Warum sollte er?«, fragte Peter. »Sie ist doch nur Ballast für ihn.«

»Denk doch mal nach! Er braucht eine Tarnung.« Lucia nickte grimmig. »Ein kleines Mädchen an seiner Seite ... Wer sollte da groß Verdacht schöpfen? Jede Wette, er ist irgendwo mit ihr in der Hauptburg.«

Ein röchelndes Husten ertönte. Paul erhob sich schwerfällig und wischte sich das angetrocknete Blut aus dem Gesicht. »Wenn meine Schwester bei ihm ist, werde ich sie da rausholen.«

»Du?«, fragte Magdalena. »Um Himmels willen, aber ...«

»Wer soll es sonst machen?«, entgegnete Paul mit heiserer Stimme. »Mein Bruder mag ein schlauer Kerl sein, aber er kann keiner Fliege was zuleide tun. Außerdem müsst ihr euch um den Großvater kümmern. Ich war immer nur eine Last für euch. Lasst mich ein Mal in meinem Leben etwas Nützliches tun. Für die Familie!« Er sah hinunter zu dem reglosen Jakob Kuisl. »Für den Großvater.«

»Wenn du glaubst, du kannst hier allein den Helden spielen, dann hast du dich getäuscht.« Lucia trat neben Paul. Sie lächelte schmal. »Außerdem bin ich dir noch einen Gefallen schuldig, weil ich dir letztens einen Korb gegeben habe. Meinst du nicht?«

»*Mon dieu!* Und ich werde nicht eher ruhen, bis meine beiden Kameraden gerächt sind.« Der kleine Franzose trat hervor. Trotz seiner zahlreichen Verletzungen und Verbrennungen wirkte er sehr entschlossen.

»*Un pour tous, tous pour un*! Einer für alle, alle für einen!«

Peter blickte die drei an. Sie waren ein überaus seltsames Trio, aber sie wirkten so entschlossen wie der Tod.

Kapitel 34

Freitag, 14. März, nachts in der Hauptburg

In der Hauptburg herrschte ein unbeschreiblicher Tumult. Zwar hatte es hier keine Explosion gegeben, allerdings waren Funken aufs Dach geflogen, einige Schindeln hatten Feuer gefangen. Soldaten hantierten mit Löschspritzen, die ihr Wasser im weiten Bogen über die Dächer verteilten. Manche der Gebäude waren jedoch zu hoch, sodass einzelne Männer mit Eimern aus den Fenstern klettern mussten. Im Hof waren Diener damit beschäftigt, Truhen, Kommoden und andere wertvolle Möbelstücke aus dem Palas zu tragen. Die Glocke der kleinen Burgkapelle schlug so wild, als wollte sie auch noch den letzten Burghausener unten in der Stadt aus dem Schlaf läuten.

»Den Kaiser kann ich nirgendwo entdecken«, sagte Lucia und sah sich im dämmrigen Licht der vielen Fackeln um. »Und auch unseren Attentäter nicht.«

»Ich denke, Seine Exzellenz ist noch drüben im Palas.« Paul deutete auf das hohe Gebäude ganz am Ende der Burganlage. »Der Kaiser wartet vermutlich auf bewaffnete Begleitung.«

Pauls Stimme war heiser, als hätte ihm jemand mit einem Reibeisen die Kehle geschmirgelt, ein roter Ring zog sich um seinen Hals. Noch immer konnte er kaum glauben, dass er dem Teufel gerade noch einmal von der

Schippe gesprungen war. Er hatte mit seinem Leben bereits abgeschlossen gehabt. Als er Sven neben sich baumeln sah, hatte er sein letztes Gebet gesprochen – und dann war doch alles anders gekommen. Die Angst um seine kleine Schwester ließ Paul die Schmerzen, den Schock und sogar die Sorge um den Großvater vergessen. Er musste Sophia finden, das war jetzt alles, was zählte!

Zusammen mit Arthur waren sie über die Brücke in die Hauptburg gelangt. Wo zuvor ein Dutzend grimmiger Soldaten Wache gestanden hatte, war jetzt ein stetes Kommen und Gehen. Das Tor zum Zwinger stand weit offen. Um nicht aufzufallen, hatten Paul, Lucia und der kleine Franzose jeweils einen Löscheimer in die Hand genommen und waren einfach hineingegangen. Während Arthur sich in den oberen Stockwerken umsah, blieben Paul und Lucia zunächst unten im Hof.

»Ich vermute, er lauert irgendwo dort oben mit seiner Armbrust.« Pauls Blick wanderte über die einzelnen Gebäude, die den schmalen lang gezogenen Hof umgrenzten: den Zwinger, den Bergfried, die Kemenate, die kleine Kapelle und den Palas. »Von oben kann er den Kaiser, wenn er rauskommt, am besten ins Visier nehmen.«

»Und wenn der Kaiser schon abgereist ist?«, fragte Lucia.

Paul zuckte die Achseln. »Das hätten wir gemerkt. Die Kaiserin hat man, was der Vater erzählt hat, wohl bereits in Sicherheit gebracht. Der Kaiser befand sich zum Zeitpunkt der Explosion dort hinten im Palas.« Er zögerte. »Höchstens, sie haben ihn getarnt rausgeschmuggelt. Verkleidet als einfachen Bürger ...«

In diesem Moment fuhr von der Brücke her mit lautem Gerumpel eine Kutsche in den Burghof ein, auf jeder Seite eskortiert von drei berittenen, schwer bewaffneten Soldaten der kaiserlichen Leibgarde. Der Kutscher schwenkte die Peitsche und verscheuchte jeden, der sich der kleinen Truppe in den Weg stellte. Einer der Wachmänner blies auf einer Fanfare, die Tür des Palas öffnete sich, und der Kaiser eilte der Kutsche entgegen.

Anders als in Altötting hatte Leopolds Auftritt gar nichts Erhabenes. Krampfhaft hielt er seinen Hut fest, damit er ihm nicht vom Kopf wehte, er hatte einen Mantel übergeworfen, darunter konnte man ein seidenes Nachthemd erkennen. Von der Tür bis zur Kutsche waren es nur wenige Schritte.

Mit zunehmender Ungeduld blickte Paul hinüber zu den Fenstern und Dächern, auf denen noch immer Männer mit Löschkübeln balancierten. »Verdammt, wo bist du, du Teufel?«, murmelte er. »Und wo steckt dieser Franzose? Ich hätte mit ihm gleich nach oben gehen sollen, jetzt ist es zu spät!«

Eine peinliche Stille trat ein, als der Kaiser die Kutsche bestieg, wobei er auch noch einen Schuh verlor. Soldaten schlossen hastig den unteren Teil des Verschlages, über dem man Leopolds blasses Gesicht erkennen konnte.

»Herrgott, nun fahr er schon los!«, blaffte der Kaiser den Kutscher an. »Oder will er bis zum Sankt-Nimmerleins-Tag warten?«

Der Wagen fuhr polternd los.

»*Le voilà!*«, ertönte aus den oberen Stockwerken plötzlich eine Stimme. Es war Arthur, der an einem der Fenster stand und nach unten deutete. »*Je le reconnais*! Das ist er!«

Auch Lucia schien nun etwas entdeckt zu haben. »Der Franzose hat recht!« Sie deutete auf die Menge, die eben der Kutsche Platz machte. »Dort! Die zwei Kinder, siehst du sie?«

Und Paul sah sie.

Die beiden mussten sich in irgendeiner Nische verborgen gehalten haben. Der vermeintliche Junge war klein, doch von erstaunlich kräftigem Wuchs. Er trug eine Haube, die er tief ins Gesicht gezogen hatte. Neben ihm stand zitternd ein Mädchen in einem zerfetzten, rußverschmierten Kleid, Kopf und Gesicht waren teilweise mit Verbänden bedeckt. Sie sah aus, als wäre sie dem Inferno gerade noch entronnen.

Trotz des Verbands erkannte Paul sofort, wer dort stand.

»Sophia!«, rief er.

Mit geballten Fäusten rannte er auf sie zu. Sophias Augen weiteten sich, doch sie blieb stumm. Erst jetzt sah Paul, dass der Gesichtsverband nichts weiter als ein Knebel war, ihre Füße waren mit einem kurzen Seil aneinandergefesselt, sodass sie nur kleine Schritte machen konnte. Mit einer Grimasse grenzenloser Wut blickte der Junge Paul entgegen, dann bückte er sich plötzlich und hob eine der Löschspritzen hoch. Sie war aus Kupfer und mehr als armlang. Vorne endete das Rohr in einer schmalen Düse, hinten befand sich der Griff einer Pumpe.

Eben fuhr die Kutsche vorüber. Die klein gewachsene Gestalt richtete die Spritze auf das Fenster, hinter dem der Kaiser saß.

Im gleichen Moment krachte ein Schuss.

Zuerst dachte Paul, der Junge habe irgendwie mit der Pumpe geschossen, doch es war Arthur mit seiner Faustbüchse gewesen. Er stand im Fenster mit der rauchenden Pistole in der Hand, doch der Schuss hatte den Attentäter knapp verfehlt.

»Achtung!«, erklang jetzt Lucias Stimme neben Paul.

Er nahm nur einen Schatten wahr, als Lucia an ihm vorbeihechtete. Sie warf sich auf den Attentäter und stürzte mit ihm und der Löschspritze zu Boden. Aus der Spritze schoss ein gleißender roter Strahl, der sich in der Luft zu einem fauchenden Feuerball entlud. Paul kam es vor, als würde ein Drache in der Burg seinen tödlichen Odem ausstoßen.

Eine Feuerspritze!, ging ihm durch den Kopf. *Kein Wasser, sondern Feuer!*

Die Menschen im Burghof kreischten und schrien um Hilfe. Eines der Pferde stieg hoch, warf seinen Reiter ab und galoppierte in Panik auf das Burgtor zu. Die kaiserliche Kutsche folgte den übrigen berittenen Soldaten, überquerte die Brücke und verschwand aus dem Blickfeld.

Der Kaiser war entkommen.

Paul war mittlerweile bei seiner Schwester angelangt. »Geht es dir gut?«, fragte er hastig. Sie nickte stumm, und er wandte sich wieder Lucia und dem Attentäter zu, die am Boden miteinander rangen. Die Feuerspritze lag neben ihnen im Dreck. Paul vermutete, dass das mörderische Gerät mit reinem Alkohol gefüllt gewesen war, vielleicht auch noch mit etwas anderem. Der Feuerball war jedenfalls gewaltig gewesen. Hätte er die Kutsche getroffen, wäre von ihr und dem Kaiser nicht mehr viel übrig geblieben.

Lucia und der Attentäter kämpften noch immer. Eben wollte sich Paul auf den klein gewachsenen Mann werfen, als Lucia vor Schmerzen laut aufschrie. Ein Dolch blitzte in der Hand ihres Gegners, Lucia hielt sich die Seite, wo die Klinge sie offenbar erwischt hatte. Der Meuchler sprang auf, zerrte die angststarre Sophia mit sich und verschwand mit ihr durch eine Mauerlücke neben dem Zwinger.

»Lauf ihnen nach!«, keuchte Lucia, eine Hand fest auf

die seitlichen Rippen gedrückt. Auf ihrem Kleid zeigte sich ein Blutfleck, der schnell größer wurde.

»Aber …«, begann Paul.

»Verflucht, sie … sie ist deine Schwester, nun mach schon!« Sie hob den Dolch, mit dem der Attentäter zugestochen hatte. »Der Kerl hat mich mit seinem Messerchen nur geritzt.« Ihre Lippen verzogen sich zu einem bitteren Lächeln. »Wenigstens kann ich jetzt sagen, dass ich dem Kaiser höchstpersönlich den Arsch gerettet habe.«

»Nicht nur dem Kaiser …« Paul beugte sich zu ihr hinunter und drückte ihre Hand. »Danke, Lucia! Wenn ich irgendwas …«

»Nun lauf schon, du Narr! Sonst war alles umsonst!«

Er erhob sich und rannte Alois und seiner Schwester hinterher. Hinter der Lücke schloss ein schmaler Garten an, der längs der Burgmauer bis zur äußersten Spitze der Anlage verlief. An den hastigen Schritten hinter sich konnte Paul erkennen, dass sich ihm wohl etliche Wachsoldaten angeschlossen hatten. Vermutlich war auch Arthur unter ihnen.

Schon nach kurzer Zeit hatte Paul den Rand des steilen Hügels erreicht, wo die Burg endete. Zinnen spitzten aus der Mauer, die an dieser Seite über einem schroffen Felsabbruch thronte.

Auf einer der Zinnen stand Alois, in den Händen die noch immer geknebelte Sophia. Im fahlen Mondlicht zeichneten sich die beiden als hart umrandete Umrisse ab.

Paul blieb sofort stehen und hob die Hände. »Was immer du jetzt vorhast …«, begann er.

Alois hatte die Arme ausgestreckt und hielt Sophia vor sich wie einen Schild.

»Keinen Schritt weiter«, schrie er, »oder dieses Kind lernt fliegen!«

Die Soldaten, die Paul nun eingeholt hatten, blieben stehen und senkten die Schwerter. Abwartend beobachteten sie das Geschehen. Paul sah Arthur, der ein wenig abseits stand, aber auch er rührte sich nicht.

»Das Spiel ist aus!«, rief Paul Alois zu. »Es gibt kein Zurück mehr. Der Kaiser ist entkommen, der Kurfürst ebenso. Du kannst nicht fliehen, das ist das Ende deines Weges. Lass wenigstens meine Schwester gehen, Gott wird es dir lohnen! Du glaubst doch an einen Gott, oder?«

»Du bist ihr Bruder?« Alois fletschte hasserfüllt die Zähne, er sah jetzt beinahe aus wie ein wildes Tier. »Wie viele von eurer verfluchten Sippe gibt es eigentlich noch? Alle sollte man euch totschlagen, alle! Ich hätte es schon viel früher tun sollen!«

»Sie ist doch nur ein Kind«, versuchte es Paul noch einmal. »Was hat sie dir denn getan?«

»Ein Kind, ha? Kinder werden oft unterschätzt, sieh nur mich an!« Alois lachte, in seinen Augen glomm der Wahnsinn. »Deine Schwester war die Einzige, die meine Zeichen lesen konnte, die Einzige, die mir auf die Spur gekommen ist. Wenn deine verdammte Familie nicht gewesen wäre, dann wäre mein Plan aufgegangen, meine Rache wäre erfüllt! So viele Jahre habe ich darauf gewartet …«

»*Ça suffit*!«, knurrte Arthur, der mittlerweile zu Paul aufgeschlossen hatte. Seine Hand ging zum Degenknauf. »Ich werde nicht mehr länger …«

»Nicht!« Paul fiel ihm in den Arm. »Herrgott, wollt Ihr riskieren, dass er meine Schwester von der Zinne wirft?« Er senkte die Stimme. »Wir müssen Zeit gewinnen. Ich weiß, was ich tue, vertraut mir.«

»*Mais* …«, hob Arthur an.

»Herrgott, lasst mich machen!«, zischte Paul. »Stellt Euch vor, es wäre Eure Schwester!«

Arthur schwieg, und Paul wandte sich wieder an Alois.

»Es heißt, dein Name ist Alois«, sagte er laut. »Das hat mir mein Bruder vorhin gesagt. Aber das ist nicht dein richtiger Name, nicht wahr?«

Wieder lachte Alois, das Echo seiner Stimme wurde von den Mauern zurückgeworfen. »Du willst meinen Namen wissen? Den Namen meiner Familie? Die Steine hier wissen unseren Namen, all die Türme, Gräben und Zugbrücken, die Burg flüstert ihn mir zu, jede Nacht! Denn dies ist *unsere* Burg, die Burg meiner Ahnen! Niemals wieder soll ein dreckiger Habsburger oder einer aus der verruchten Münchner Sippe der Wittelsbacher seinen Fuß über die Schwelle unserer Burg setzen!«

»Dein Name ist Wolfgang, oder?«, fragte Paul abrupt.

Alois stutzte. »Woher weißt du das? Wer hat ihn dir gesagt? Deine Schwester ...?«

»Nun, er steht auf deinem Dolch«, erwiderte Paul mit einem bösen Lächeln.

»Mein Dolch? Aber ...« Erst jetzt schien Alois zu bemerken, dass er zuvor im Kampf mit Lucia seine Waffe verloren hatte. Er nestelte nervös an seinem Gewand. »Ich ... ich habe ihn schon einmal verloren, ich darf ihn nicht erneut verlieren! Der Meister hat mir meinen Namen zurückgegeben. Mein Name ist mein Ein und Alles ...«

»Hier ist er!«, rief Paul plötzlich. »Fang!«

Im gleichen Moment schleuderte er den Dolch.

Lucia hatte ihn Paul vorher noch zugesteckt. Kurz hatte Paul den Namen darauf gelesen, und seine Ahnung hatte sich bestätigt. Für einen kurzen Augenblick war Alois abgelenkt, das reichte Paul.

Schon als kleiner Junge war er gut darin gewesen, Messer zu werfen. Später, in München, in seiner Zeit als Herumtreiber, hatte er diese Fähigkeit zur Meisterschaft perfektioniert. Er konnte kein Latein wie sein Bruder, und er las auch keine Bücher wie der Vater. Aber er hatte andere Fähigkeiten.

Ich bin ein Nichtsnutz und Halunke, dachte Paul. *Manchmal zahlt sich das eben aus.*

Der Dolch flog, als würde er an einem Faden dahinschnurren. Er traf Alois in der Halsbeuge und blieb dort stecken.

»Da hast du deinen Namen«, sagte Paul.

Von Alois' Lippen kamen gurgelnde Laute, sein Hemd färbte sich rot mit Blut. Er wankte, taumelte, griff nach dem Dolch, der noch immer in seinem Hals steckte. Dabei ließ er Sophia los, die mit einem erstickten Schrei auf die Zinne fiel. Paul stürzte nach vorne, fing seine kleine Schwester auf und gab Alois einen letzten Stoß.

»Grüß mir deine Ahnen!«, rief er Alois hinterher, der mit einem letzten krächzenden Schrei in der Tiefe verschwand. Noch kurz sah man ihn mit den Armen rudern, so, als wollte er fliegen, dann rauschte er auf die dunklen Bäume zu, die tief unten am Fuße des Burgbergs wuchsen.

Die Tannen und Fichten verschluckten den letzten Nachfahren einer großen Linie, ohne sich groß darum zu scheren.

Nicht viel später erreichten auch Magdalena und Peter die hintere Mauer. Als Magdalena ihre Tochter wohlbehalten vor sich sah, lief sie mit einem Schrei der Erleichterung auf sie zu und drückte sie fest an sich. Paul hatte Sophia in der Zwischenzeit den Knebel abgenommen und die Fesseln gelöst. Trotzdem brachte Sophia keinen Ton heraus, der Schock saß zu tief. Sie klammerte sich an ihre Mutter und weinte leise.

»Als wir die Schreie in der Hauptburg hörten, konnte ich die Mutter nicht mehr halten«, sagte Peter, der Paul jetzt fest umarmte. »Du hast es also wirklich geschafft.«

Paul lächelte erschöpft, wobei sich eine große blutige Zahnlücke zeigte. »Hast du je an mir gezweifelt?«

»Eigentlich nie, kleiner Bruder«, erwiderte Peter. »Du hast immer nur an dir selbst gezweifelt.« Er sah sich nach den Soldaten um, die die Zinnen nach möglichen weiteren Attentätern absuchten. Ein paar waren über den Wehrgang hinunter zum See gegangen, um dort unten nach der Leiche Ausschau zu halten. Auch Arthur hatte sich dem Suchtrupp angeschlossen.

»Wir sollten schleunigst von hier verschwinden«, sagte Peter leise und deutete auf die Soldaten. »Bevor einem von denen einfällt, dass noch eine Hinrichtung aussteht. Außerdem müssen wir zurück zu Simon und dem Großvater.«

»Wie geht es ihm?«, wollte Paul wissen.

»Er ist nicht ansprechbar, es ist, als wäre er jetzt schon in einer anderen Welt. Aber wenigstens liegt ein Lächeln auf seinen Lippen, so als hätte er irgendetwas sehr Schönes gesehen.« Peter blickte traurig drein. »Der Vater meint, es sieht nicht gut aus.«

»Der Großvater hat mir das Leben gerettet«, sagte Paul mit schwacher Stimme.

»Und du das von Sophia«, entgegnete Peter. Er sah seinen Bruder ernst an. »Vater sagte vorhin, dass er viele Fehler gemacht hat. Er will sich ändern …«

Paul lachte müde. »Das werden wir noch sehen, ob der sich je ändert! Außerdem ist er nicht der Einzige, der Fehler gemacht hat.« Er schluckte, seine Kehle brannte wie Feuer. »Dort am Galgen, da … Es war, als würde mir Gott eine zweite Chance geben. Ich will sie nutzen, so gut ich kann …« Plötzlich stockte er. »Hast du Lucia gesehen?«

»Nicht, dass ich wüsste.« Peter zuckte mit den Schultern. »Ich hab mich schon gefragt, wo sie steckt.«

»Der Kerl hat sie mit dem Dolch verletzt, ich fürchte, es ist schlimmer, als sie zugeben möchte. Sie muss doch irgendwo sein!«

Peter seufzte. »Wir werden aus diesem Mädchen wohl nie schlau werden.« Er nahm Paul am Arm. »Lass uns gehen. Hier auf der Burg haben wir nichts mehr verloren. Wir sollten das Chaos nutzen, um dich schleunigst hier rauszubringen. Und dann muss mir der Vater noch erzählen, was es mit diesen drei französischen Musketieren auf sich hat. Dieses Rätsel ist immer noch nicht …«

Er brach ab, als Magdalena mit Sophia auf sie beide zukam.

»Mutter«, sagte Paul leise. Er hatte plötzlich Tränen in den Augen.

Sie schloss ihn in die Arme. »Ich habe gesagt, dass ich dich hier raushole, Paul. Ich habe nie daran gezweifelt, dass es mir gelingen würde. Doch als du da am Galgen standest …«

Sie schüttelte sich, dann fuhr sie mit fester Stimme fort: »Du bist unser Sohn, Paul, und wir lieben dich von ganzem Herzen. Egal was …« Sie verstummte. Dann winkte sie ab. »Ach, es ist nicht wichtig. Es war nie wichtig. Wichtig ist nur, dass wir als Familie zusammenbleiben. Der Großvater hätte es sich so gewünscht.«

Von jenseits der Zinnen tauchte nun Arthur wieder auf. Trotz seiner Verletzungen war er ein Stück die Böschung heraufgeklettert, in seinem Schlapphut hingen Blätter und Zweige.

»*Merde*, bis jetzt konnten wir den Hund nirgendwo finden, aber …« Er stockte, als er Magdalena bemerkte. »Ah, *Madame docteur*!« Er deutete auf Sophia. »Die Geisel, das ist Euer Kind, ja?«

Magdalena nickte. »Eines meiner drei Kinder.« Sie wies auf Peter und Paul. »Das sind meine beiden großen Buben. Von Paul hatte ich Euch ja schon erzählt.«

»Ihr könnt Euch wahrlich glücklich schätzen, solche Kinder zu haben«, sagte Arthur mit anerkennender Miene. »Euer Sohn ist ein echter Teufelskerl! *Quel démon*! Wie der den Dolch geworfen hat, alle Achtung!« Er sah sie fragend an. »Ich fürchte, ich habe in all der Aufregung Euren Namen vergessen. *Madame …*?«

»Wir sind die Kuisls«, sagte Magdalena. »Und jetzt entschuldigt uns. Es gibt noch einiges zu tun.«

Sie nahm Sophia an der Hand. Gemeinsam mit Paul und Peter gingen sie durch den Garten, auf den Burghof zu, wo noch immer die Flammen über den Dächern züngelten. Paul lächelte.

Wir sind die Kuisls …

Er war verdammt stolz, dass er Teil dieser Familie war.

Epilog

Ein paar Tage später in der Altöttinger Gnadenkapelle

Heilige Maria, bitte für uns Sünder, jetzt und in der Stunde unseres Todes. Amen.«

Die Worte kamen Simon über die Lippen wie ein uraltes, vertrautes Kinderlied. Wie oft hatte er das Ave-Maria schon gesprochen, doch noch nie hatte ihn das Gebet so berührt wie gerade eben. Er sah hinauf zu der Schwarzen Madonna, die milde lächelte, ihr kindliches Gesicht strahlte eine unendliche Güte aus.

»Und bitte gefälligst auch für unseren Großvater, er hat es, verdammt noch mal, verdient!«, fügte Paul an, der neben ihm kniete. Obwohl vier Tage seit jenen schrecklichen Ereignissen in Burghausen vergangen waren, war seine Stimme immer noch heiser, mit dem Striemen im Gesicht und der neuen Zahnlücke wirkte er noch grimmiger als vorher. Stirnrunzelnd sah Simon zu ihm hinüber.

»In der Gnadenkapelle fluchen, das ist wirklich …«, begann er. Dann spürte er plötzlich einen sanften Händedruck auf seiner Schulter. Es war Peter, der zu seiner Linken kniete.

»Lass, Vater«, sagte Peter leise. »Die Schwarze Madonna wird es verstehen.«

Simon seufzte. Es würde wohl noch ein wenig dauern,

bis er Paul nicht mehr ständig kritisierte. Er hatte geschworen, sich zu bessern. Doch sie würden immer unterschiedliche Charaktere bleiben. Paul kam eben ganz nach seinem Großvater.

Aber macht das eine Familie nicht aus?, dachte Simon. *Dass jeder ein wenig anders ist, mit seinen eigenen Fähigkeiten, seinen eigenen Stärken und Schwächen? Und dass man sich am Ende trotzdem verträgt?*

Nun, zumindest hatte Paul versprochen, dass er wieder zurück nach Schongau gehen würde, als Henkerslehrling zu seinem Onkel. Er wollte es noch einmal versuchen. Vielleicht fand sich ja auch eine andere Unterkunft für ihn, sodass er nicht bei Georg, dem kleinen Sohn und der ständig nörgelnden Crescentia im Henkershaus wohnen musste.

Simon erhob sich und schlug ein Kreuz, und Peter und Paul taten es ihm gleich. Dann verließen sie zu dritt die Kapelle. Die Frühlingssonne schien warm auf den Kapellplatz herab, die Pfützen trockneten langsam, Kinder spielten lachend im Dreck oder kletterten in den Wurzeln des großen Baumstumpfs, der von der alten Linde übrig geblieben war. Ein Bauer saß auf seinem Fuhrwerk und trieb zwei Ochsen an, die langsam über den Platz trotteten. Von der Stiftskirche ertönte gemächlich das Mittagsläuten.

Altötting war wieder ein kleines Dorf.

Es fiel Simon schwer, diesen Eindruck mit der Erinnerung an die letzte Woche in Übereinstimmung zu bringen, als noch die Heilige Allianz hier getagt hatte – die vielen Soldaten, Höflinge und Schreiber, das laute bunte Treiben auf dem Platz ... Dekanei und Propstei wirkten nach dem Abzug von Kaiser und Kurfürst wie ausgestorben. Von der benachbarten Hoftaverne her duftete es verführerisch nach krossem Schweinebraten.

»Ob wir der Mutter und Sophia etwas zu essen mitbringen sollten?«, fragte Simon. »Immerhin schlägt die Glocke eben die Mittagsstunde.«

»Oh, ich denke, die beiden wären schon froh, wenn es mal kein gekümmeltes Kraut gibt«, erwiderte Peter schmunzelnd. »Man könnte glauben, dieser Koch Engelschall kennt nur ein einziges Gericht.«

Noch immer wohnten sie in Neuötting in der Frauengasse. Jakob Kuisls Zustand machte eine Reise zurück nach München oder gar Schongau derzeit unmöglich. Der Großvater lag im Bett und rührte sich nicht. Ein paar Mal hatte er die Augen geöffnet und zur Decke gestarrt, als würde dort irgendetwas schweben, was nur er sah; ansonsten wirkte er wie ein lebender Toter. Auch wenn Simon eben zur Schwarzen Madonna gebetet hatte, machte er sich keine großen Hoffnungen.

Magdalena saß die ganze Zeit am Bett ihres Vaters. Auch wenn beide schwiegen, hatte Simon den Eindruck, dass sie einander viel zu sagen hatten. Vielleicht hing Magdalena auch Erinnerungen nach, an all das, was sie mit ihrem Vater verband und was sie gemeinsam seit ihrer Kindheit erlebt hatten. Ein langer Abschied.

Seltsamerweise hatte Magdalena auch einmal von Arthur gesprochen, dem kleinen Franzosen. Sie hatte gesagt, dass sie dem Musketier etwas zu verdanken habe. Doch was das war, das verriet sie Simon nicht. Und Arthur konnte es ihm nicht mehr sagen. Trotz seiner schweren Verletzungen war er nach Frankreich abgereist. In der Pariser Kathedrale Notre-Dame wollte er für seine beiden toten Kameraden beten und danach dem König Bericht erstatten. Jetzt, da bewiesen war, dass der Assassine weder von der türkischen noch der französischen Seite geschickt worden war, würden sich die politischen Wogen sicherlich schnell glätten. Auch wenn die Leiche des Attentäters bislang noch nicht gefunden worden war.

Ebenso wie der kaiserliche Degen, dachte Simon. Wo er wohl sein mochte? Dieses Rätsel war bis zum Schluss ungelöst geblieben.

An einem Stand, der noch von dem herrschaftlichen Treffen übrig geblieben war, erstand Simon zwei riesige gebratene Haxen, die er in seinem Beutel verstaute. Grinsend wies Paul auf den gut gefüllten, fettigen Leinensack. »Davon wird Sophia mindestens die Hälfte essen. Für eine Zehnjährige hat sie wirklich einen erstaunlichen Appetit.«

»Wir können von Glück sagen, dass sie ihre Entführung so gut überstanden hat«, sagte Peter. »Andere Kinder wären an so etwas vielleicht zerbrochen. Sie ist eben doch eine echte Kuisl.«

Simon zuckte die Achseln. »Wir wissen nicht, was in ihr vorgeht. Und dann ist da ja auch noch die Sache mit dem Großvater …« Er seufzte tief, als er an seinen Schwiegervater dachte. »Sie hat ihn eben sehr gern.«

Gemeinsam schlenderten sie über den Platz hinüber zum Franziskanerkloster. Paul humpelte noch leicht, doch alles in allem hatte er die Verletzungen erstaunlich gut weggesteckt. Es machte Simon stolz, zwischen seinen beiden Söhnen einherzugehen, von denen ihn Paul mittlerweile um einen Kopf überragte und der kleinere Peter mit seiner Brille wie ein typischer Studiosus aussah. So sollte es sein, ein Vater mit seinen beiden fast erwachsenen Kindern an der Seite!

Und jeder von ihnen ist auf seine Art etwas Besonderes, dachte Simon.

Eine Postkutsche ratterte im Schneckentempo am Rande des Platzes vorbei, offenbar auf dem Weg zur Altöttinger Posthalterei.

»He, wartet einen Moment!«, rief Peter dem Kutscher zu. Er eilte hinüber zu der Karosse, wechselte mit dem Mann ein paar Worte und kam mit einem größeren bedruckten Zettel zurück. Er hielt ihn hoch, sodass Simon darauf einen billigen Stich erkennen konnte: die Schwarze Madonna, wie sie ihre Hände segnend über Kurfürst und Kaiser hielt.

»Ein Flugblatt aus München, druckfrisch«, erklärte Peter. »Sie verkünden jetzt schon, dass die Heilige Allianz ein voller Erfolg gewesen sei. Max Emanuel wird dem Kaiser im Kampf gegen die Türken beistehen und einer Verlobung mit der Tochter des Kaisers steht nichts mehr im Wege.« Er überflog die Zeilen und schnaubte spöttisch. »Kein Wort über den Attentäter und die Ereignisse in der Stiftskirche! Und von Burghausen heißt es hier nur, es habe auf der Burg eine kleinere Explosion im Zeughaus gegeben. Es ist wirklich erstaunlich, was diese sogenannten Zeitungen zusammenlügen!«

»Und was ist mit dem Brief, der heute früh für dich mit dem Boten aus München kam?«, wandte sich Simon betont beiläufig an Peter. »War das etwa auch ein Flugblatt?« Er war immer noch ein wenig eingeschnappt, dass mittlerweile Peter Briefe bekam und nicht er, zumal auf dem Kuvert ein hochamtliches Siegel prangte.

Peter grinste. »Eigentlich wollte ich euch davon ja erst erzählen, wenn die Mutter mit dabei ist. Aber nun gut. Paul ist vom Kurfürsten höchstpersönlich begnadigt worden, wegen Verdiensten für das Vaterland. Seine Entlassung ist jetzt also offiziell. Max hat sein Versprechen gehalten.« Er nickte zufrieden. »Zwischen den Zeilen lässt Seine Exzellenz auch durchscheinen, dass er sich nicht mehr in unsere Familienangelegenheiten einmischen will. Für dich, Vater, heißt das allerdings, dass du deinen Titel als kurfürstlicher Hofarzt von nun an wieder los bist.«

»Pah!« Simon winkte ab. »Ich kann mich auch so um meine Patienten kümmern, dafür brauche ich keinen Fetzen Papier. Außerdem war der Titel ohnehin nur auf Zeit verliehen.« Tief im Inneren spürte er allerdings doch eine leichte Enttäuschung. Kurfürstlicher Hofmedicus, das hatte sich wirklich gut angehört. Jedenfalls besser als Schongauer Bader, was Simon ja ursprünglich mal gewesen war.

»Ich werde mich von euch jetzt verabschieden«, sagte Paul plötzlich. »Ihr seht mich heute Abend wieder. Vielleicht auch erst morgen früh.«

»So?« Simon runzelte die Stirn. »Geht es wieder in ein Wirtshaus, ja?«

»Schon, aber nicht allein.« Paul strahlte. »Ich werde mich mit Lucia treffen.«

»Mit Lucia?«, fragte Peter verdutzt. »Dann ... dann ist sie also wieder aufgetaucht?«

»Das ist sie. Ich hab mich mit ihr bereits gestern getroffen und ihr in der Nacht auch bei etwas ...«, Paul zögerte, »geholfen.«

»Aha, geholfen ... Und bei was war das?«, fragte Peter und zog spöttisch die Augenbraue hoch. »Hast du ihr die Verbände gewechselt?«

»Das musste ich gar nicht. Die Verletzung, die ihr dieser verrückte Hund in Burghausen zugefügt hat, war nicht so schwer wie befürchtet.« Paul zwinkerte Peter und Simon zu. »Ich habe ihr geholfen, etwas zu holen, das sie versteckt hatte. Zusätzlich zu der kleinen Diebesbeute vom Friedhof Sankt Michael.«

»Aha, und das wäre?«, fragte Simon mit wachsender Neugier.

»Kannst du dir das nicht denken, Vater?« Paul grinste jetzt so breit, dass seine Zahnlücke aufblitzte. »Es ist eine wirklich sehr schöne und sehr kostbare Waffe ...«

»Der … der kaiserliche Degen! Aber … aber …« Simon war so verdutzt, dass ihm die Worte fehlten.

»Sie hatte ihn letzte Woche aus der Propstei gestohlen«, fuhr Paul fort. »Kurz bevor ich sie im Wirtshaus kennengelernt habe. Es war ganz einfach, eigentlich ein Zufall. Eines der hinteren Fenster stand offen, sie ist reingeklettert, hat den Degen in der Truhe entdeckt und ist mit ihm auf und davon. In dem Trubel der kaiserlichen Anreise hat keiner was gemerkt.«

»Und wo hatte sie ihn versteckt?«, fragte Peter. »Wohl kaum auf dem Friedhof Sankt Michael. Da hätte ich ihn entdeckt.«

Paul deutete auf den Altöttinger Kapellplatz hinüber, wo die Kinder spielten. Ein paar von ihnen waren von ganz oben in den Stumpf der gefällten Linde geklettert und turnten an den Wurzelstrünken.

»In der Eile hat sie ihn im Wurzelwerk der Linde verborgen«, sagte Paul. »Sie wollte ihn später holen, aber dann hatten die kaiserlichen Soldaten ausgerechnet dort ihr Lager aufgeschlagen! Sie kam nicht mehr ran und musste warten, bis die Luft wieder rein war.«

Peter kratzte sich nachdenklich am Kopf. »Aber als die Soldaten nach dem Attentat in der Stiftskirche ihr Lager abgebaut hatten und weiter nach Burghausen zogen …«

»Ja, da hätte sie den Degen holen können. Aber das hat sie nicht getan. Stattdessen ist sie mit dir und dem Großvater mitgegangen, um Sophia zu retten.« Sein Bruder nickte. »Sie mag eine Diebin sein, aber sie hat verdammt noch mal ein Herz aus Gold. Sie ist das großartigste Mädchen, das ich je kennengelernt habe!«

Peter lachte. »Dann wünsche ich dir viel Glück mit ihr. Aber ich glaube, keiner kann Lucia festhalten, auch du nicht, Paul …«

»Augenblick mal!«, mischte sich Simon ein. »Soll das heißen, dieser verfluchte Degen war die ganze Zeit hier vor unserer Nase? Himmelherrgott, wisst ihr, wie viel Nerven mich die Suche nach ihm gekostet hat?«

»Der Degen ist in guten Händen, Vater«, sagte Paul. »Ich finde, er ist der gerechte Lohn dafür, dass Lucia dem Kaiser das Leben gerettet hat.«

»Und die Kaiserin?« Simon konnte sich immer noch nicht beruhigen. »Verdammt, hast du daran mal gedacht? Ihr Gatte wird ihr die Hölle heißmachen!«

»Das glaube ich kaum«, entgegnete Paul achselzuckend. »Sie wird einfach sagen, dieser verfluchte Attentäter habe den Degen gestohlen. Wer kann ihr schon das Gegenteil beweisen? Im Grunde hat sie ziemliches Glück gehabt. Der Degen hätte nach dem Schlussgottesdienst in der Stiftskirche übergeben werden sollen. Bis dahin wussten wohl nur die Kaiserin und du, dass er gestohlen worden war. Als dann das Chaos ausbrach, war der Degen erst mal unwichtig.«

»Paul hat recht, Vater«, sagte Peter. »Vermutlich hat der Kaiser den Degen schon wieder vergessen. Oder er glaubt tatsächlich, dass Alois ihn gestohlen hat und er daher auf Nimmerwiedersehen verschwunden ist …«

»Vater, Peter, Paul!«

Alle drehten sich um zum Franziskanerkloster, wo die hohe vertraute Stimme herkam. Aus der benachbarten Gasse kam Sophia gelaufen, sie wirkte sehr aufgeregt. Trotz ihres Klumpfußes war sie so schnell wie ein kleines Zicklein.

»Verflixt, Sophia!«, schimpfte Simon. »Ich hab dir doch verboten, allein hierherzukommen! Du solltest bei der Mutter und dem Großvater in Neuötting bleiben. Warum kannst du nur nie hören?«

»Aber … aber um den Großvater geht es ja«, keuchte Sophia, als sie schließlich bei ihnen anlangte. Sie war noch völlig außer Atem. »Er … er …«

»Was ist mit ihm?«, fragte Peter ängstlich. »Geht es ihm etwa schlechter? Müssen wir den Pfarrer für die Letzte Ölung rufen?«

»O nein, er spricht! Und er hat nach Bier verlangt …«

»Nach Bier verlangt …?« Simon beugte sich zu seiner Tochter hinunter. »Stimmt das, Sophia?«

»Ja, es stimmt! Und er hat großen Hunger, sagt er.«

»Zum Teufel, der Alte ist unverwüstlich!« Paul lachte auf. »Vielleicht sollten wir zurück zum Stand gehen und noch eine dritte Schweinshaxe holen.«

»Ein Wunder«, murmelte Simon. »Es ist ein Wunder.«

Er blickte zurück zur Gnadenkapelle.

Und für einen kurzen Moment glaubte er, in der Luft ein leises Singen zu hören, wie von Engeln. Er dachte an das Lächeln der Schwarzen Madonna.

Dann setzten erneut dröhnend die Glocken ein.

Nachwort

Beachte stets das elfte Gebot:
Du sollst das Nachwort immer erst nach dem Roman lesen, es sei denn, du willst schon vorher wissen, wer der Bösewicht ist oder welche Wendungen die Handlung nimmt – und dir so den Spaß verderben.
Amen.

Bei meiner ersten Wallfahrt nach Altötting prüfte Gott mich auf vielerlei Weise.

Um dem Weg meiner Protagonisten nachzuspüren, hatte ich beschlossen, mit dem Rad anzureisen. Da es von München nach Altötting aber doch ein gutes Stück ist, nahm ich bis kurz vor Erding die Bahn. Ich war spät dran, hetzte zum Bahnhof, zerrte das Fahrrad in den Zug und wollte mit meiner Handy-App ein Ticket kaufen. Weil ich aber wegen dem sch… Corona eine Maske trug, funktionierte meine Gesichtserkennung nicht, das Passwort hatte ich vergessen. Ich tippte also wie wild auf meinem Handy herum, als mich auch schon zwei Kontrolleurinnen ansprachen. Seufzend gab ich zu, schwarzzufahren (das erste Mal seit Jahrzehnten, ich schwöre!), woraufhin mich die strengen Damen darauf aufmerksam machten, dass auch mein Fahrrad schwarzfuhr. Das sogenannte erhöhte Beförderungsentgelt für die beiden Schwarzfahrer – Autor und Fahrrad – summierte sich auf hundertzwanzig Euro.

Als ich schließlich ausstieg, fiel mir das Handy auf den Bahnsteig und der Bildschirm zersplitterte, sodass ich auf meiner Navigations-App nur noch die Hälfte sehen konnte. Im Laufe der Radtour wurden dann zuerst der Akku des Handys und dann auch noch der meines E-Bikes leer. Wer schon einmal ein E-Bike ohne Akku gefahren ist, der weiß, dass sich das in etwa so anfühlt, als würde man einen Panzer ganz allein einen Berg hochschieben. Außerdem hatte ich keine Straßenkarte dabei, sodass ich mich auf den letzten zwanzig Kilometern im finsteren Wald zwischen Burghausen und Altötting verirrte. Wäre ich ein Kind gewesen, ich hätte mich in den Straßengraben geworfen und geheult.

Als ich um neun Uhr abends völlig verschwitzt und dehydriert endlich in meinem Hotel anlangte, teilte man mir mit, die Küche habe schon geschlossen. Die Rezeptionistin muss die Mordlust in meinen Augen bemerkt haben, jedenfalls bekam ich doch noch etwas zu essen, bevor ich mit einem letzten Stoßgebet ins Bett fiel. In diesem Gebet versprach ich, von nun an nicht mehr auf Handy, Apps und Akkus zu vertrauen, sondern allein auf Muskel- und Geisteskraft. Ich hatte meine Lektion gelernt.

Solche Situationen meistert man als Christ mit viel Glaube, Liebe und Hoffnung. Glücklicherweise verfüge ich, zumindest bis ins Erwachsenenalter, über einen ordentlichen bayerisch-katholischen Lebenslauf mit Taufe (im Taufkleid), Kommunion (im dunkelblauen Samtanzug) und Firmung (in Lederhosen). Als Kind war ich einige Jahre lang Ministrant, wohl aus dem einfachen Grund, dass ich *immer* die große Bühne und Show suche. Und, hey, da hat die katholische Kirche doch einiges zu bieten! Ich liebte den Backstage-Raum (die Sakristei), das schrille Outfit (die Messgewänder), die Live-Performance mit Soundelementen (heilige Kommunion mit viel Gold und Geklingel) und den satten Wumms der Band (schiefer, dafür lauter Gesang der Gläubigen, untermalt von der

Orgel). Bis heute kann ich viele Gebete in der Messe auswendig mitsprechen, und ich mag nach wie vor die kirchlichen Lieder, zumindest die alten. Sie geben mir ein Gefühl von Heimat. Leider endete meine Ministranten-Karriere jäh mit einem Kreislaufzusammenbruch in der Frühmesse. Der Grund: Rauchvergiftung durch eine zu hohe Dosis Weihrauch. Wenn der Weihrauch also in diesem Buch nicht sonderlich gut wegkommt, hat das sicherlich auch damit zu tun.

Der Glaube spielt in allen meinen Henkerstochter-Romanen eine wichtige Rolle; einfach deshalb, weil Gottesfürchtigkeit und die Kirche insgesamt für die Menschen damals ein wesentlicher Bestandteil ihres Lebens waren. Diesmal wollte ich einen Roman schreiben, bei dem die Religion im Mittelpunkt der Handlung steht. Und welcher Ort in Bayern bietet sich dafür besser an als Altötting, sozusagen das Mekka der katholischen Kirche hierzulande?

Diese Idee spukte schon lange durch meinen Kopf. Die Initialzündung war dann ausgerechnet ein Artikel in der Bayerischen Staatszeitung, welcher die sogenannte Heilige Allianz von Altötting zum Thema hatte. Davon hatte ich bislang noch nie gehört. Aber sofort wusste ich: Das wird das Thema meines neuen Romans!

Tatsächlich trafen sich Anfang März 1681 der bayerische Kurfürst Max Emanuel und der deutsche Kaiser Leopold I. in dem kleinen Kaff Altötting, um dort europäische Politik zu machen. Es ging um nichts Geringeres als die Verteidigung der Christenheit gegen die Türken (die dann zwei Jahre später tatsächlich vor Wien standen). Nach außen hin begaben sich die beiden Herrscher auf Wallfahrt, aber eigentlich ging es um das Schmieden eines Bündnisses. Ein politisch hochbrisanter Vorgang, bei dem auch die Interessen des machthungrigen französischen Sonnenkönigs berücksichtigt werden mussten.

Das echte Treffen dauerte damals vermutlich nur vier bis fünf Tage, ich habe es aus dramaturgischen Gründen ein wenig verlängert. Während die Anreise des Kaisers von Wien in den Chroniken genau geschildert ist, war über den Pilgerweg des bayerischen Kurfürsten nur wenig in Erfahrung zu bringen. Ich habe mich für den Landweg entschieden. Auch weiß ich nicht, was genau dort in den Hinterzimmern besprochen wurde, und es gab auch keinen Attentäter. Anderes wiederum habe ich übernommen, so zum Beispiel die Schilderungen von Max Emanuels Garderobe, die wahrscheinlichen Unterkünfte der beiden Herrscher, die Größe und das Personal ihres Gefolges, aber auch den ominösen, mit Diamanten besetzten Degen. Diesen überreichte der Kaiser dem bayerischen Kurfürsten am letzten Tag als Geschenk. Bei mir wird er vorher gestohlen. Seltsamerweise wird dieser Degen in den Chroniken später nirgendwo mehr erwähnt. Vielleicht, weil er wirklich gestohlen wurde …?

Die wunderschöne Linde, deren Stumpf und Wurzelwerk in meinem Roman als Versteck für den Degen dienen, wurde übrigens wirklich kurz vor dem Herrschertreffen gefällt. Anschläge von Assassinen gab es vermutlich auch im Deutschen Reich, zumindest kursierten entsprechende Gerüchte, so zum Beispiel bezüglich des Attentats auf Herzog Ludwig I. von Bayern, genannt der Kelheimer, im Jahre 1231. Allerdings waren die geheimnisvollen Meuchelmörder vornehmlich im Mittelalter tätig, im 17. Jahrhundert war ihr Ruhm schon lange verblasst. Aber wer weiß: Vielleicht agierte der Orden im Geheimen weiter? Dies ist eben ein Roman und kein Sachbuch.

Wer meinen historischen Wälzer »Die Burg der Könige« kennt, weiß, dass ich ein echter Burgen-Narr bin. Deshalb war von Anfang klar, dass die Burghausener Burg ein weiterer wichtiger Schauplatz sein würde. Immerhin ist sie die längste Burg der Welt und auch sonst eine Reise wert. Davon abgesehen liebe ich die Stadt Burghausen, wo jedes Jahr ein legendäres Jazzfestival stattfindet. Bei der Romanhandlung musste ich ein wenig mogeln. Der Kaiser besuchte die Burg zwar 1681 auf seiner Wallfahrt nach Altötting, allerdings davor und nicht danach. Und aus Gründen der Geheimhaltung durfte er die Burg damals auch nur allein besichtigen, also ohne seinen Hofstaat. Als Vorlage für die Szenen auf der Burg diente mir ein Modell aus dem 16. Jahrhundert, das Sie im Burg-Museum besichtigen können (mehr dazu im anschließenden Reiseteil).

Den französischen Baumeister Sébastien Le Prestre de Vauban (1633 bis 1707), der den drei Musketieren als Alibi dient, gab es wirklich. Er war für den Bau vieler Militäranlagen in Europa verantwortlich.

Erst bei der Recherche in Burghausen entwickelte sich der Landshuter Erbfolgekrieg von 1504/1505 zum eigentlichen Hintergrund der Romanhandlung. Ich hatte davon zwar schon gehört, aber erst dort wurde mir klar, was sich da eigentlich abgespielt hatte: eine knallharte Entmachtung der bis zu diesem Zeitpunkt reichsten und mächtigsten Linie der Wittelsbacher. Mit Kämpfen, diversen Intrigen, einem Schatz und einer Reihe gebrochener Versprechen … *Game of Thrones* in Bayern!

Die berühmte Landshuter Hochzeit, bei der sich Herzog Georg der Reiche 1475 mit der polnischen Prinzessin Hedwig vermählte, gilt als eines der letzten großen Feste des späten Mittelalters. Noch immer wird sie alle vier Jahre in Landshut nachgespielt, ein Riesenspektakel und nicht nur für historisch Interessierte ein Muss! Schon immer wollte ich sie mal in einen meiner Romane einbauen.

Tatsächlich gab es immer wieder Gerüchte, Herzogin Hedwig von Polen habe neben zwei Töchtern auch ein oder zwei Söhne zur Welt gebracht. Für die Motivation meines Bösewichts habe ich diese Gerüchte vermischt mit der Geschichte von Kaspar Hauser. Hauser war ein rätselhaftes Findelkind, von dem es Anfang des 19. Jahrhunderts hieß, er sei der Erbprinz von Baden. Um die Thronfolge zu manipulieren, habe man ihn bei der Geburt gegen einen sterbenden Säugling ausgetauscht. Einen guten Einblick dazu verschafft der Spielfilm »Kaspar Hauser« aus dem Jahr 1993 mit André Eisermann in der Hauptrolle.

Der Gelehrte Johannes Turmair, genannt Aventinus, wohnte tatsächlich auf der Burghausener Burg, wo er ab 1509 für einige Jahre die beiden Wittelsbacher Prinzen, die jüngeren Brüder des bayerischen Herzogs Wilhelm IV., unterrichtete. Zwar ist mir keine Privatbibliothek von ihm bekannt, aber den ominösen Hauskalender gibt es wirklich. Das fast fünfhundert Seiten dicke Tagebuch lagert heute in der Bayerischen Staatsbibliothek. Ob Aventinus darin auch über den Landshuter Erbfolgekrieg und die Landshuter Hochzeit geschrieben hat, vermag ich nicht zu sagen, zumindest gilt Aventinus als erster Historiker Bayerns. Allein deshalb wollte ich ihm in einem historischen Roman, der in Bayern spielt, ein Denkmal setzen. Die *Geschichte des Morgenlands* von Wilhelm von Tyrus, in der Peter in der Altöttinger Jesuitenbibliothek stöbert, gilt als verschollen. Es ist durchaus möglich, dass sich darin auch ein Kapitel über Assassinen befunden hat.

Noch ein Wort zu meinem Bösewicht: Die Krankheit, die Alois alias Wolfgang ein Kind bleiben lässt, ist eine hormonelle Wachstumsstörung, die sehr selten auftritt. Sie heißt Morbus Simmonds. Ein Fall in unseren Tagen ist der des mittlerweile 28-jährigen Kroaten Tomislav Jurcev, der lange Zeit aussah wie ein Zwölfjähriger. Sein kleiner Wuchs verschaffte ihm einen Auftritt in der Serie *Game of Thrones* – als Licht-Double für den Schauspieler Peter Dinklage, den zwergwüchsigen Tyrion.

Auch diesmal haben eine Menge Leute dazu beigetragen, dass aus ein paar wirren Ideen am Ende ein Roman wurde. Und wie immer gehen alle Fehler natürlich auf meine Kappe.

An erster Stelle möchte ich Stadtführer Hannes Schneider danken, der mir auf seiner Führung durch Altötting einen wichtigen ersten Einblick verschaffte und auch später noch auf (fast) alle meiner neugierigen Fragen eine Antwort hatte. Danke auch an die Kreisheimatpflegerin Renate Heinrich, die Stadtarchivarin Ulrike Scholz und den langjährigen Stadtheimatpfleger Manfred Lerch, das Altöttinger Gedächtnis. Menschen wie sie sorgen dafür, dass die Vergangenheit zum Nutzen der Gegenwart nicht in Vergessenheit gerät.

In Neuötting halfen mir Heike Wienzl und Christoph Obermeier vom Stadtmuseum Neuötting, in Burghausen zeigte mir Stadtführerin Irmgard Polzer alle wichtigen Orte und verriet mir, wo sich vielleicht ein Tunnel von der Stadt hinauf zur Burg verbirgt (ich stoße bei meinen Recherchen immer wieder auf Tunnel, es ist wie ein Fluch!). Eva Gilch vom Burghausener Stadtarchiv brachte mich unabsichtlich auf die Idee mit dem verschollenen Wittelsbacher Sohn. Danke, dass ich im Archiv die Bücher einsehen und eines sogar für eine gewisse Zeit mit nach Hause nehmen durfte!

Ein besonderer Dank gilt Mariele Vogl-Reichenspurner

von der Engfurter Klause, wo wesentliche Teile dieses Romans geschrieben wurden. Die alte Eremitenklause ist ein wunderbarer mystischer Ort in der Nähe von Altötting! Sie ist Teil einer Barockkirche, und hier herrscht genau die richtige Atmosphäre, die ich zum Schreiben eines historischen Romans brauche: mit knarzenden Treppenstufen, einem prasselnden Kaminfeuer und dem Odem der Jahrhunderte. Sie können übrigens für den Erhalt dieses Kleinods sorgen, indem Sie spenden oder wie ich Mitglied des Vereins »Freunde der Klause Engfurt e. V.« werden. Die nötigen Informationen dazu finden Sie unter *www.freunde-der-klause.de.*

Ein letzter Dank geht an den engen Kreis jener, die mich beim Schreiben stets unterstützen. An die Mitarbeiter und Mitarbeiterinnen des wundervollen Ullstein-Verlags, an meine Lektorin Uta Rupprecht, an Gerd, Martina und Sophie von der Agentur Gerd F. Rumler, an meine alte Freundin Eva Bayer für die Französisch-Übersetzungen, an unseren Patensohn Aliahmad für die Übersetzung des arabischen Spruchs – und natürlich an meine wichtigste Testleserin, meine Ehefrau Katrin. Auch wenn du mir auf einem Strandspaziergang in Portugal die Motivation einer wichtigen Romanfigur zerschossen hast … Na ja, oder eigentlich gerade dafür.

Liebe Katrin, danke für die vielen Lektoratsrunden, bei denen ich in Cafés und Restaurants deine Änderungsvorschläge auf Servietten kritzelte. Was wären ich und meine Bücher ohne dich!

Bis zum nächsten Roman,

Ihr Oliver Pötzsch

Kleiner Zeitreiseführer durch meinen Roman

(Spoileralarm! Nicht vor dem Roman lesen!)

Wie immer finden Sie, geehrte Leserin, geehrter Leser, an dieser Stelle einen kleinen Reiseführer, mit dem Sie auf den Spuren meines Romans spazieren können. Die Orte mögen sich in den letzten vierhundert Jahren geändert haben, doch die Aura ist die gleiche geblieben. Viel Spaß beim Zeitreisen!

Altötting

Auch wenn das kleine Städtchen, knapp hundert Kilometer östlich von München gelegen, lange nicht mehr derartige Pilgermassen anzieht wie noch vor einigen Jahrzehnten, ist es nach wie vor Bayerns heiligster Ort. Das hat natürlich mit der Schwarzen Madonna zu tun, jenem berühmten Gnadenbild, das mit vielen christlichen Wundern in Verbindung gebracht wird und diesem Roman seinen Titel gab. Im 15. Jahrhundert soll ein dreijähriger Knabe in den Mörnbach gefallen und dort ertrunken sein. Die verzweifelte Mutter brachte ihn daraufhin in die Kapelle, legte den leblosen Körper auf den Altar und betete zur Heiligen Jungfrau Maria – und siehe da, das Kind erwachte wieder zum Leben! Seit 1489 gibt es seitdem Wallfahrten nach Altötting.

Die folgenden Seiten gewähren nur einen kurzen Einblick. Zur Vertiefung der Altöttinger Tour empfehle ich Ihnen das Büchlein »Altötting – Wallfahrts- und Stadtgeschichte« von Stefan König (erschienen im Verlag St. Antonius Buchhandlung), das mir immer wieder zur Orientierung diente.

Als Einstimmung empfehle ich Ihnen, die Tour in der Gnadenkapelle (auch Heilige Kapelle) zu beginnen. Sie steht auf dem Kapellplatz und ist nicht zu übersehen. (Zum Zeitpunkt, da ich dies schreibe, wird sie gerade renoviert – schauen Sie lieber vorher noch einmal ins Internet, ob sie wieder geöffnet ist.) Ihr heutiges Aussehen erhielt die Kapelle Ende des 15. Jahrhunderts, doch sie ist viel älter. Es gibt Legenden, die von einer einstigen keltischen Kultstätte sprechen, auch habe hier der heilige Rupert um 700 n. Chr. den bayerischen Herzog Theodo getauft und damit Bayern dem Christentum zugeführt. Ob das nun stimmt oder nicht – für mich hat die Kapelle etwas sehr, sehr Mystisches. Das beginnt schon mit dem Umgang, wo die großen Mirakeltafeln und Votivbilder aufgehängt sind, die von den vielen Wundern zeugen. Versuchen Sie doch, jene Mirakeltafeln zu finden, die auch dem Henker Jakob Kuisl bei seinem Besuch auffallen: den Soldaten mit dem Pfeil im Hals, den Geräderten, der seine Hinrichtung überlebte, und natürlich jenen Ertrinkenden, dem Männer ein Seil zuwerfen – in meinem Roman ist das Seil eine echte Zündschnur. Na, haben Sie die Bilder entdeckt? Dann betreten Sie jetzt das Innere der Kapelle.

Durch das Langhaus mit weiteren Votivtafeln geht es ins Allerheiligste. Das Schwarz des oktogonförmigen Raums stammt vom Ruß der vielen Kerzen, seit 1630 wird allerdings auch schwarze Farbe verwendet. Vor der ganz in Silber ausgekleideten Nische steht der Gnadenaltar. Im Sockel des Silbertabernakels befindet sich der »Blutweihebrief«, den Herzog Maximilian mit seinem eigenen Blut geschrieben hat. In den sogenannten Herzurnen in den Nischen der Westseite sind die Herzen von verstorbenen Mitgliedern der Wittelsbacher Herrscherfamilie bestattet. Und das Allerheiligste befindet sich direkt vor Ihnen …

Die Schwarze Madonna selbst ist nicht sonderlich groß, die Figur aus Linden- oder Nadelholz stammt vermutlich aus dem 13. oder 14. Jahrhundert. Vermutlich hat der ständige Kerzen- und Weihrauch sie so schwarz gefärbt, möglich ist auch eine Oxidation durch Silberanteile in der Skulptur. Ihr friedliches Antlitz hat auf mich die gleiche Wirkung wie das der Mona Lisa im Louvre.

Überhaupt strahlt der ganze Raum eine überaus heilige Aura aus, wie ich sie sonst von keiner anderen Kapelle kenne. Es geht einem unweigerlich so wie Jakob Kuisl, der reumütig auf die Knie fällt. Um diese besondere Ausstrahlung zu spüren, muss man nicht mal Christ sein.

Draußen auf dem Kapellplatz, der erst seit wenigen Jahrzehnten verkehrsfrei ist, geht unsere Tour weiter. Bis etwa 1670 stand hier eine schöne Linde, die allerdings kurz vor dem Einsetzen der Romanhandlung gefällt wurde. Der große Marienbrunnen stammt von 1637 und wurde vom Salzburger Bischof gestiftet. Es gab, wie im Roman erwähnt, tatsächlich Pläne des Architekten Enrico Zuccalli (1642 bis 1724), auf dem Platz einen riesigen Kuppeldom zu bauen. Ein gigantisches Bauprojekt, das jedoch kurz darauf aus Geldmangel wieder verworfen wurde.

Stellen Sie sich in die Mitte des Platzes und lassen den Blick einmal im Kreis schweifen. Dann bekommen Sie einen guten Überblick über die einzelnen Gebäude, die in meinem Roman eine Rolle spielen: die Altöttinger Stiftskirche, daneben die ehemalige Propstei, die früheren Chorherrenstöcke, die Dekanei (damals auch Dechantei genannt, heute das Wallfahrtsmuseum mit neuer Schatzkammer, das danebenliegende Rathaus gab es noch nicht), die Hoftaverne (heute Hotel Post) und schließlich die Jesuitenkirche St. Magdalena.

Nachdem wir uns auf diese Weise ein wenig orientiert haben, betreten wir nun die Stiftskirche. Sie verfügt über zwei Glockentürme, die auf der Höhe der Fenster mit einem Steg verbunden sind. Von dort aus stürzt der Dekan Achatius Viertl im Roman zu Tode, erinnern Sie sich? Die Glocke »Die Große Stürmerin«, die zu Kuisls Zeiten noch läutete, hat mittlerweile einen Sprung und steht in der westlichen Vorhalle vor dem romanischen Portal.

Gleich hinter dem Nordportal (dem Hauptportal) mit seinen schönen Schnitzarbeiten steht rechts der »Tod von Eding«, jener Sensenmann, dessen todbringende Sense unaufhörlich schwingt – ein sehr barockes Motiv! Uhr und Skelett tauchen erstmals 1664 in einer Rechnung auf, in dem engen Uhrenkasten verbirgt sich in meinem Roman der zierliche Assassine. Ich gebe zu, der Kasten ist schon sehr schmal. Aber wer einmal einen sogenannten »Schlangenmenschen« im Varietétheater gesehen hat, der weiß, zu was Menschen fähig sind.

Das Innere der Stiftskirche hat sich seit dem 17. Jahrhundert immer wieder geändert. Was jedoch geblieben ist, ist der schöne Kreuzgang, den Sie durch das Südportal auf der gegenüberliegenden Seite betreten. Hier gehen etliche Kapellen ab, so die Sebastianikapelle, die Tilly-Kapelle (in deren Gruft sich die Überreste des berühmten Feldherrn befinden), die Sieben-Schmerzen-Kapelle (wo Simon im Roman die Leiche des jungen Kaplans entdeckt) und die Rastkapelle, die nach dem Zweiten Weltkrieg errichtet wurde, als Gedenkstätte für die in den letzten Kriegstagen von den Nazis ermordeten sieben Altöttinger. Sie hatten mit anderen mutigen Männern versucht, den Ort kampflos an die Amerikaner zu übergeben, und waren deshalb erschossen worden.

Wie ein Anbau wirkt die Anbetungskapelle, die sich außerhalb befindet, links des Nordportals. Sie diente zu Zeiten von Scharfrichter Kuisl als Sakristei und Schatzkammer. Die außen angebrachte Kanzel, in der sich in meinem Roman der Attentäter mit seiner Armbrust verbirgt, gibt es nicht mehr.

Links an die Stiftskirche schließt die Jesuiten-Klosterkirche St. Magdalena mit dem Kongregationssaal an. Hier trifft Peter, der Enkel des Scharfrichters, auf den Superior der Jesuiten und kann gerade noch ein Attentat verhindern. Die heutige Kirche wurde erst 1697 anstelle der alten gebaut, rechts daneben befand sich zu Kuisls Zeiten die Jesuitenapotheke, wo Sophia und Alois auf den vermeintlichen Assassinen stoßen.

Zwei Orte sollten Sie am Kapellplatz unbedingt noch besuchen. Da ist zum einen die Dioramenschau des Altöttinger Marienwerks. Gezeigt werden hier liebevoll präparierte Raumbilder mit über fünftausend handmodellierten Figuren, die die wichtigsten Ereignisse des Wallfahrtsorts nachstellen. Darunter ist auch ein Bild der Heiligen Allianz, auf dem sich Kurfürst und Kaiser eben gerade auf dem Platz treffen. Man sieht gut die einzelnen Gebäude, vor allem aber, dass der Platz wegen des nicht enden wollenden Regens damals mit Stegen ausgelegt war. Dieses Diorama war eine wichtige Inspirationsquelle für mich.

Ein weiteres Gebäude, das Sie besuchen sollten, ist das Wallfahrtsmuseum mit neuer Schatzkammer in der ehemaligen Dekanei. Die Kostbarkeiten, die hier ausgestellt sind, befanden sich früher in der Schatzkammer (Sakristei) der Stiftskirche. Darunter ist auch das berühmte »Goldene Rössl«, einer der wertvollsten Kunstschätze Europas. 1921 versuchten zwei Berliner Einbrecher, das Rössl zu stehlen, es kam zu einem Schusswechsel mit der Polizei, bei dem einer der Diebe starb. Lange hatte ich überlegt, ob meine Diebin Lucia sich das »Goldene Rössl« unter den Nagel reißen soll, fand dann aber den kaiserlichen Degen reizvoller. Hinter der Dekanei befindet sich der (nicht öffentliche) Dekanei-Garten, wo während der Heiligen Allianz wohl die kurfürstliche Küche untergebracht war. Einige wichtige Szenen des Romans spielen dort.

Altötting ist nicht besonders groß, die weiteren Handlungsorte außerhalb des Kapellplatzes sind deshalb schnell aufgezählt. Da ist zum einen das ehemalige Franziskanerkloster St. Anna, heute das Kapuzinerkloster St. Konrad. Es befindet sich westlich des Kapellplatzes, hinter der Dioramenschau. Noch ein Stück weiter erhebt sich die prächtige Basilika St. Anna, ein gewaltiges Bauwerk, das jedoch erst Anfang des 20. Jahrhunderts errichtet wurde, als die Pilgerströme stetig zunahmen. In dem 42 Meter hohen Gotteshaus haben über achttausend Menschen Platz.

Wenn Sie der Kapuzinerstraße in nordöstlicher Richtung folgen, kommen Sie an einigen Wirtshäusern vorbei, wie es sie, teils unter gleichem Namen, damals schon gegeben hat. Der Herumtreiber Paul wird nicht nur eines von ihnen aufgesucht haben …

An der Ecke Kapuzinerstraße / Neuöttinger Straße stoßen Sie schließlich auf die beschauliche Friedhofskirche St. Michael, die älteste erhaltene Begräbnisstätte der Stadt. Hinter die hohen Mauern verirren sich Touristen eher selten. Auch damals war dies ein stiller, abgelegener Platz, weshalb Lucia den Friedhof auch als Versteck für ihr Diebesgut benutzt.

Neuötting

Wenn Sie einen etwa halbstündigen Fußmarsch nicht scheuen, können Sie von Altötting nach Neuötting zu Fuß gehen. Der Weg führt durch das Mörnbachtal, in meinem Roman ist das auch der Weg der Kuisls. Dafür gehen Sie einfach die Kapuzinerstraße links von St. Michael weiter, die dort zur Herrenmühlstraße wird. Zu Ihrer Linken taucht nun immer wieder der inzwischen teilweise überbaute Mörnbach auf, später folgt die Herrenmühle, die heutzutage eine Jugendbegegnungsstätte ist.

Natürlich hat sich das Tal seit Kuisls Zeiten verändert, doch in stillen Momenten kann man noch die vielen Mühlen ahnen, die hier einst standen. Von der einstigen Auenlandschaft ist jedoch nicht mehr viel geblieben.

Auch Neuötting hat sich seit dem 17. Jahrhundert stark gewandelt. Bis zum Ende des 18. Jahrhunderts war es eine blühende Stadt und ein Zentrum der Region. Doch 1797 zerstörte ein gewaltiger Brand einen Großteil der Häuser, und davon hat sich Neuötting bis heute nicht mehr richtig erholt. Viele Ämter wurden verlegt oder endgültig aufgehoben. Geblieben ist unter anderem die Stadtpfarrkirche Sankt Nikolaus, mit einer Höhe von fast achtzig Metern Ausdruck stolzen Bürgertums. Über zweihundert Jahre (von 1410 bis 1623) wurde daran gebaut, schon von Weitem kann man den Kirchturm sehen. An der Ludwigstraße, die früher der lang gezogene Stadtplatz war, reihen sich auch heute noch die prunkvollen Häuser in der typischen Inn-Salzach-Bauweise. Die hochgezogenen Mauern an der Häuserfront sollen dafür sorgen, dass ein ausgebrochenes Feuer nicht auf andere Häuser übergreift und man Feuerleitern besser anlehnen kann.

Die neuen Arkaden lassen erahnen, wie es früher gewesen sein muss, als reiche Tuchmacher, Goldschmiede und Salzhändler hier ihre Niederlassungen hatten. Der Marienbrunnen am Stadtplatz in der Mitte der Hauptstraße (Ludwigstraße) teilt den Platz in die Obere und Untere Stadt. Dort standen auch Getreidestadel (heute Rathaus) und Brothaus, und es fand der Markt statt, auf den die Henkerstochter Magdalena mit grantigem Vater und nörgelnder Tochter geht.

Von der Ludwigstraße zweigt etwa in der Mitte die Frauengasse ab, wo sich das schäbige Quartier der Kuisls befindet. Zu sehen sind noch die Schwibbögen, die sich über die Gasse wölben. Am Ende der u-förmigen Gasse ist ein hübscher Platz mit einem Brunnen. Eine kleine Pforte, das sogenannte »Türl«, führte damals hinunter zu den Gerbern und Färbern, die außerhalb der Stadtmauern leben mussten.

Den Namen des Stadtkochs Niklas Engelschall habe ich mir nicht ausgedacht, er hieß wirklich so. In der Frauengasse betrieb Meister Engelschall ein Wirtshaus, das wohl als frühes Catering-Unternehmen bezeichnet werden kann. Der Stadtkoch belieferte die vielen Behörden in der Stadt. Sicher war sein Essen viel besser und abwechslungsreicher, als es in meinem Roman geschildert wird! Gut und preiswert essen können Sie in der Frauengasse in dem kleinen thailändischen Restaurant Mythai Lounge, wo ich mich während meiner Recherche öfter gestärkt habe.

Die Ludwigstraße endet am früheren Burghauser Tor. Auf dem Areal links davon befand sich früher das Pflegschloss. Zum Inn hinunter geht es genau in der anderen Richtung, durch das schöne Landshuter Tor. Allerdings ist der Fluss ein gutes Stück entfernt und der Weg dorthin nicht sonderlich schön. Wesentlich lohnenswerter ist da das Neuöttinger Stadtmuseum, das sich im ehemaligen Zehenthaus des Klosters Baumburg befindet (gleich neben der Stadtpfarrkirche). Dieses kleine Museum lege ich Ihnen ausdrücklich ans Herz! Es ist ebenso lehrreich wie unterhaltsam. Die vielen Ausstellungsstücke, vor allem aber das Stadtmodell mit Inn und Umgebung waren wichtige Inspirationen für mich.

Burghausen

Ein großer Teil des Romans spielt in Burghausen. Das liegt auch daran, dass ich diesen Ort an der bayerisch-österreichischen Grenze in mein Herz geschlossen habe. Burghausen hat alles, was ich an einer Kleinstadt liebe: eine idyllische, fast mediterran anmutende Altstadt an einem Fluss, eine lebendige Musikszene ... und eine Burg. Und zwar nicht irgendeine, sondern die mit 1051 Metern längste Burg der Welt! Sie thront über der Stadt und sorgt dafür, dass Burghausen ein wirklich traumhaftes Postkarten-Motiv abgibt.

Ende des 17. Jahrhunderts hatte Burghausen seine besten Zeiten schon hinter sich. Nach dem Landshuter Erbfolgekrieg (1504/05) diente die Stadt nur noch als eines von vier Rentämtern in Bayern. Außerdem war der Salzhandel, von dem Burghausen einst stark profitierte, 1594 verstaatlicht worden. Trotzdem hat sich das Stadtbild im Großen und Ganzen nicht sehr verändert. Wenn Sie durch die Gassen gehen, dann merken Sie das schnell. Burghausen hat ein ganz spezielles Flair.

Am besten beginnen Sie Ihren Stadtbummel unten in der Altstadt. Diese wird im Norden abgeschlossen durch die Studienkirche Sankt Joseph (die ehemalige Jesuitenkirche), das ehemalige Bischöfliche Seminar und das Kurfürst-Maximilian-Gymnasium (erbaut 1662 bis 1664), das sich am Ufer der Salzach befindet. Ganz in der Nähe, wo es zum Fluss hinuntergeht, liegt in meinem Roman die kleine Schiffslände, wo Henkerstochter Magdalena und ihr Mann Simon nach ihrem gefangenen Sohn Paul Ausschau halten. Heute befindet sich etwa dort die Plätten-Anlegestelle, wo man wie anno dazumal auf einem flachen Boot, einer sogenannten Plätte, die Salzach entlangschippern kann. Mehr zu diesem einmaligen Erlebnis erfahren Sie in der Touristikinformation. Einen richtigen Hafen hat es in Burghausen übrigens nie gegeben, die Boote legten oft direkt an den Häusern an.

Spazieren Sie nun in Richtung Süden über den langen Stadtplatz, vorbei an der Touristikinformation, dem Marienbrunnen und vielen prächtigen Häusern. Zur Linken sehen Sie beispielsweise das Haus Vier Jahreszeiten, das Taufkirchen-Palais (Wohnsitz des Vizedoms seit 1736 und kurzzeitig das Quartier von Napoleon) und die Schutzengel-Kirche (ehemaliges Institut der Englischen Fräulein). Gleich dahinter geht es links in die Bruckgasse, die früher von acht Bögen überspannt wurde und am Brucktor endete. Das Tor mit prächtiger Barockfassade wurde im 19. Jahrhundert leider abgerissen. Die Gasse führt zur Salzach-Brücke, welche die Grenze zu Österreich bildet. In dem kleinen Ort Ach auf der anderen Seite stand früher am Ufer das Scharfrichterhaus. Der Burghausener Scharfrichter hatte gut zu tun. Im 18. Jahrhundert sind in nur dreißig Jahren 1100 Hinrichtungen verzeichnet! Die Hinrichtungsstätte befand sich übrigens draußen vor der Stadt, wo heute die Straßengabelung Altötting-Marktl ist.

Gehen Sie wieder zurück zum Stadtplatz, wo links das

ehemalige kurfürstliche Regierungsgebäude mit drei dekorativen Renaissancetürmchen, das Rathaus (einst mit Uhrturm und Tanzsaal) und das ehemalige Ständehaus auftauchen. Abgeschlossen wird der Platz im Süden durch die schöne Stadtpfarrkirche Sankt Jakob, die schon 1140 geweiht wurde. Hier vermutet man auch den ältesten Siedlungskern von Burghausen.

Links der Kirche geht es nun weiter in eine schmale Gasse, genannt In den Grüben. Im Gegensatz zum breiten Hauptplatz wohnten hier eher die kleinen Handwerker. Achten Sie auf die eingelassenen Gussplatten im Boden! Auf ihnen stehen die Namen ausgesuchter Jazzmusiker, die alle schon auf der Internationalen Jazzwoche Burghausen gespielt haben – darunter Chet Baker, Bobby McFerrin oder Ella Fitzgerald. Das berühmte Jazzfestival gibt es bereits seit 1970, es ist eine echte Institution. Mehrmals fiel es wegen Corona aus, und als es endlich wieder seine Pforten öffnete, hatte ich selbst Corona … Ein Fluch! Ich hoffe sehr, dass ich demnächst wieder hingehen kann. Jazz ist neben dem Schreiben meine große Leidenschaft. Sollten Sie auch vorhaben, das Festival zu besuchen, buchen Sie rechtzeitig Tickets und Hotelzimmer! Beides ist schnell weg.

Etwa in der Mitte der Grüben geht es rechts in eine noch schmalere Gasse, die sogenannte Messerzeile, wo vorwiegend Schlosser und Kunsthandwerker wohnten. Sie führt unterhalb des Burgbergs in einem Bogen zurück zur Kirche. Dort befindet sich im Roman das Wirtshaus, durch dessen Kellergewölbe Alois und Sophia auf die Burg hinaufgelangen. Derartige Felsenkeller gab und gibt es etliche in Burghausen, es sind sozusagen natürliche Kühlschränke. Und man munkelt, dass von der Burg ein Geheimgang in einen dieser Felsenkeller führte. So was liebt man natürlich als Schriftsteller!

Spazieren Sie nun wieder nach Norden über den lang gezogenen Stadtplatz, wo zur Linken das ehemalige Stadthaus der Herzöge, daneben das Hotel Post (wo ich zur Recherche immer abgestiegen bin, ehemals Gasthaus zur Krone) und der Bayerische Hof auftauchen. Über den Hofberg (vor dem Bischöflichen Seminar) geht es nun links hinauf zur Burg …

Burg Burghausen

Der Fußgängerweg, der hier mäßig steil nach oben führt, war zu Kuisls Zeiten die einzige Straße, die jetzige breite Autostraße rechts davon gab es noch nicht. Der Weg endet oben am Christophstor, früher der einzige Zugang von Norden her. Dahinter erstreckt sich ein lang gezogener Platz, der sogenannte 5. Vorhof. Die Burg besteht aus fünf Vorhöfen und der Hauptburg, die sich alle oben auf dem Bergkamm aneinanderreihen. In jedem Hof stehen Informationstafeln, sodass Sie sich jederzeit gut orientieren können.

Wo sich jetzt der große Parkplatz befindet, waren bis Anfang des 19. Jahrhunderts der Burggraben und die sogenannte Schütt, ein bulliger Bau, der die Burg nach Norden hin schützte. Hier muss im Roman Paul als Schanzarbeiter schuften. Der daran anschließende 5. Vorhof ist der längste Hof auf der Burg, er beherbergte früher die Arbeitsstätten und Wohnräume der Hofhandwerker und Hofbeamten. Im Roman sind dort auch Simon und Magdalena untergebracht. Eine ehemalige Wohnung des Stadtphysikus gab es allerdings nicht, der Arzt wohnte unten in Burghausen. Schön anzusehen ist das sogenannte Brunnenhaus mit Uhrturm. Eigentlich sollte hier das Teleskop von Burgkaplan Georg stehen, aber ich fand die Burgbibliothek (siehe Aventinus-Haus) dann doch besser. Wenn Sie Zeit haben, schauen Sie auch im Haus der Fotografie vorbei, einem kleinen Fotomuseum, das in der ehemaligen Rentmeisterei untergebracht ist. Hier habe ich einige alte Fotoapparate gefunden, die mir bei der Recherche zu meiner »Totengräber«-Serie nützlich waren.

Im anschließenden 4. Vorhof sticht vor allem die Hedwigskapelle ins Auge, die äußere Schlosskapelle. Zur Linken hat man vom ehemaligen Gärtnerturm einen wunderbaren Blick auf die Stadt, auf der rechten Seite schaut man hinunter auf den Wöhrsee. Dieser frühere Flussarm der Salzach, der auch zur Verteidigung der Burg diente, ist ein echtes Highlight der Stadt. Für mich ist der Wöhrsee das schönste Freibad der Welt! Von der Burg aus gibt es mehrere Zugänge, die hinunterführen, Sie können das Freibad aber auch über die Stadt erreichen. Im Sommer schwimmt man hier idyllisch direkt unterhalb der Burganlage. Auf der Anhöhe an der anderen Seite des Sees sehen Sie den bulligen Pulverturm, der durch einen Wehrgang mit der Hauptburg verbunden ist. Ursprünglich wollte ich den Showdown dorthin verlegen, entschied mich dann aber im letzten Moment für einen anderen Ort (siehe Hauptburg).

Weiter geht es in den 3. Vorhof, wo sich gleich rechts der Folterturm mit Verlies befand. Heute ist dort ein privates Folter-Museum untergebracht, das jedoch nicht viel Neues zu bieten hat. Aber okay, ich bin auf diesem Gebiet halt auch Experte ... Auf alle Fälle reicht die Atmosphäre aus, um sich in Paul hineinzuversetzen, der auf der Burg eingekerkert ist und am Ende nur knapp dem Tod durch den Strang entgeht.

Weiter vorne steht rechts das sogenannte Aventinus-Haus. Eine Plakette weist darauf hin, dass hier der bayerische Historiker und Humanist Johannes Turmair, genannt

Aventinus (1477 bis 1534), gewohnt habe. Das stimmt vermutlich nicht, trotzdem ist es auch in meinem Roman sein ehemaliges Wohnhaus, wo der Burgkaplan Aventinus' alte Bibliothek aufbewahrt. Leider ist das Gebäude nicht öffentlich zugänglich, Sie müssen also Ihre Fantasie walten lassen.

Wenn Sie in den 2. Vorhof weitergehen, taucht gleich rechts der Büchsenmeister-Turm auf, wo ich die drei französischen Musketiere untergebracht habe. Simon und Magdalena verbringen dort eine sehr lange Nacht. Außerdem steht hier das Alte Zeughaus (Kurzer Kasten), in dem früher Geschütze und Munition aufbewahrt wurden. Mein Bösewicht jagt das Zeughaus im Showdown in die Luft, in Wirklichkeit steht es Gott sei Dank noch, wovon Sie sich selbst überzeugen können.

Über einen tiefen Graben gelangt man auf einer hölzernen Brücke in den 1. Vorhof. Am Georgstor sehen Sie rechts das Doppelwappen mit dem bayerischen Löwen und dem polnischen Adler, welches bei der Lösung eines Rätsels im Roman eine wichtige Rolle spielt. Links kommt man durch das kleine Stephanstor auf steilem Weg hinunter in die Stadt. Wir gehen allerdings weiter durch das letzte Tor und über einen weiteren Graben und betreten nun endlich die Hauptburg …

Sie ist das Herz der Burg, und das sieht man auch. Hier stehen die wichtigsten Gebäude: links der mächtige siebenstöckige Bergfried, der Dürnitzstock mit dem Speisesaal, die Schatzkammer und die Innere Schlosskapelle, rechts die Kemenate (heute Stadtmuseum) und vorne schließlich der Palas. Sie können auch außen an der Hauptburg entlanggehen, dann gelangen Sie an ihr südliches Ende, den Unteren Zwinger, wo mein Bösewicht seine gerechte Strafe findet.

Unsere Tour durch die Burg findet ihren Abschluss mit dem möglichen Besuch von gleich zwei Museen. Im ehemaligen Dürnitzgebäude können Sie im Staatlichen Burgmuseum durch die alten Säle wandeln, hier hängen auch etliche große Gemälde mit Schlachtendarstellungen. Ich empfehle allerdings eher das Stadtmuseum, das in der ehemaligen Kemenate untergebracht ist. Es wurde 2012 neu gestaltet und ist wirklich sehr ansprechend, gerade für Kinder! Es gibt Mitmach- und Audiostationen, und was das Leben auf einer Burg betrifft, kann man jede Menge entdecken. Allerdings sollte man dafür mindestens eine Stunde einplanen. Doch es lohnt sich!

In einem der Räume finden Sie übrigens auch das Modell der Burg, das mir zur Orientierung diente. Damit können Sie noch einmal genau all die Gebäude und Orte nachvollziehen, an denen Simon, Magdalena und die anderen auf der Burg gewesen sind. Aber sprengen Sie am Ende bitte nicht das Modell des Zeughauses in die Luft …

Viel Spaß beim Lesen, Stöbern und Spazieren wünscht Ihnen

Ihr Burgenliebhaber und Geschichtenerzähler

Oliver Pötzsch